L'ÉLARGISSEMENT

ÉDITIONS VERDIER
11220 LAGRASSE

DU MÊME AUTEUR
dans la même collection

La Capitale, 2019
Don Juan de la Manche, 2011
Chassés de l'enfer, 2010
Machine arrière, 2003
La Pitoyable Histoire de Leo Singer, 2000

Robert Menasse

L'élargissement

Roman

Traduit de l'allemand (Autriche) par
Philippe Giraudon

Collection « Der Doppelgänger »
VERDIER

COLLECTION DIRIGÉE PAR JEAN-YVES MASSON

*Ouvrage publié avec l'aide du
Centre national du livre*

www.editions-verdier.fr

© Suhrkamp Verlag AG, Berlin, 2022
© Éditions Verdier, pour la traduction française, 2023
Titre original : *Die Erweiterung*
ISSN : 1158-5544
ISBN : 978-2-37856-179-6

Pour mes petits-fils Janek et Kamil.
Un jour ou l'autre, ils poseront des questions.
Je ne pourrai plus répondre, mais je puis leur léguer
ce récit consacré à « autrefois », mon présent.

PROLOGUE

Le monde a été conquis par des nains. Quand il s'en rendit compte, Tomislav dit « Tommy » Vysoky n'en revint pas. Le jeune homme mesurait deux mètres cinq et étudiait la communication transculturelle à l'université de Vienne, où il jouait également au basket-ball dans l'équipe des *Uni Wien Emperors*. Pour financer ses études, il collectionnait les jobs à mi-temps. Depuis une semaine, il travaillait comme gardien au Weltmuseum, une dépendance du Kunsthistorisches Museum, dans le palais de la Hofburg. Le mardi et le mercredi en matinée, le vendredi pendant l'après-midi – de cette façon, il conciliait sans peine son entraînement et ses cours. Il était affecté à la salle d'armes, qui abritait la plus importante collection d'armes historiques en Europe et dont tous les objets exposés étaient liés à des événements politiques majeurs, tels que réunions de la Diète d'Empire, couronnements, campagnes militaires, lesquels, d'après le catalogue du musée, « évoquaient » les grandeurs et décadences de diverses dynasties et les grands tournants de l'histoire européenne. Tommy Vysoky trouvait cette formule absurde : ces objets n'évoquaient rien du tout, les rangées d'armures restaient obstinément muettes. Il faudrait charger quelqu'un de raconter leur histoire, mais ce n'était pas le rôle du jeune homme. Il devait simplement veiller à ce que personne n'approche de trop près les armures. Le cœur de son domaine était la « salle d'armes des Héros », une collection d'épées, de hallebardes, de casques, de cuirasses, d'armures et de trophées de guerre, principalement des drapeaux et des étendards, ayant appartenu aux généraux les plus célèbres des quinzième et seizième siècles, conquérants et défenseurs de l'Occident. Mais pour Tommy Vysoky, ces objets brillant d'un éclat assourdi n'étaient pas nimbés de l'aura d'hommes aussi forts que puissants, vainqueurs d'innombrables batailles, maîtres du monde alors connu. Ce qui l'étonnait nettement plus, c'était la petite taille de ces héros. À en juger par leurs armures, ils ne mesuraient guère plus d'un mètre soixante. Des nabots, en somme.

Si on le rapetissait d'une tête, pensa Tommy – de façon purement théorique, bien sûr –, il serait toujours plus grand que ce chef de guerre appelé Skanderbeg, dont un touriste allemand observait en cet instant même d'un air très respectueux le casque qui semblait destiné à une tête d'enfant.

Severin Osterkamp, professeur de musique au lycée Ludwig-Georg de Darmstadt, était stupéfait. Il n'était entré dans la salle d'armes que parce qu'il estimait de son devoir et de sa dignité, lorsqu'il visitait un musée prestigieux, de parcourir toutes les salles – jusqu'à la dernière! Après tout, il avait payé un billet pour tout le bâtiment. Et on ne savait jamais si une surprise, dont le guide ne disait rien, ne vous attendait pas quelque part. La surprise, elle était là : le casque de Skanderbeg. Dans une vitrine qui avait tout de suite attiré son attention, car elle était éclairée de l'intérieur, si bien que le casque resplendissait, alors que ses pareils restaient dans l'ombre, exposés derrière des cordons – le professeur Osterkamp ne leur accorda pas un regard.

En lisant la notice, il s'étonna. En tant que professeur de musique, il connaissait évidemment *Scanderbeg*, l'opéra de Vivaldi. Encore quelques semaines plus tôt, on en avait donné une version de concert au Staatstheater de Darmstadt. Cependant, Skanderbeg n'était pour lui qu'un personnage d'opéra, il n'aurait jamais imaginé se retrouver un jour devant un casque que ce héros avait porté lors de batailles bien réelles.

Il sortit en hâte son smartphone en jetant un regard inter-rogateur au gardien de la salle, lequel hocha la tête d'un air encourageant. Le professeur photographia le casque surmonté d'une tête de chèvre. Puis il se remit en route d'un pas pressé, car il y avait encore tant de salles dans ce musée.

Malgré l'importance historique de la salle d'armes du Kunsthistorisches Museum, elle n'attirait pas les foules. Tommy Vysoky pouvait rester souvent vingt ou trente minutes à échanger des messages sur WhatsApp avec sa petite amie ou les *Emperors,* avant qu'arrive le visiteur suivant. Mais aujourd'hui, étrangement, voilà qu'entrait déjà un autre touriste.

David Bryer, Londonien, journaliste de la BBC à la retraite, se sentait si frustré par le Brexit qu'il avait entrepris un *senti-mental journey* prolongé sur le Continent.

Venant du Ring, il avait traversé la Heldenplatz pour se rendre à la célèbre pâtisserie Demel, dans le Kohlmarkt, où son guide l'invitait avec insistance à goûter aux délicieuses *Mehlspeisen* viennoises, ce qu'il voulait faire avant de partir pour Prague le lendemain. Surpris par une averse alors qu'il passait devant le Weltmuseum, il s'était réfugié dans le musée. Le faste impérial de la Hofburg l'impressionna et il monta l'escalier de marbre, après quoi il se retrouva soudain dans la salle d'armes. Il longea d'innombrables rangées d'armures avant de se retrouver devant la vitrine où brillait ce casque étrange, surmonté d'une tête de chèvre. Contrairement aux autres casques de la salle, on pouvait presque qualifier l'objet de *unique selling proposition.* Qui donc pouvait se coiffer d'une tête de chèvre ? se demanda David Bryer. Et il lut la notice, qui le laissa bouche bée.

À Londres, il habitait dans Inverness Terrace, où il passait chaque jour devant le buste de Skanderbeg à l'angle de la rue menant aux Porchester Gardens. En tout cas, il savait que le nom de Skanderbeg figurait sur le socle du buste. Quarante ans plus tôt – non, cela faisait encore plus longtemps –, il donnait rendez-vous à des jeunes filles à cet endroit. On se retrouve devant le Skanderbeg! Toutefois, il n'avait jamais su que ce Skanderbeg était une sorte de Wellington de la fin du Moyen Âge. À son retour à Londres, il verra d'un œil nouveau le buste à l'angle de sa rue. Comme s'il ne l'avait encore jamais vu, en fait.

Tommy Vysoky s'étonna. Voilà qu'arrivait déjà un autre visiteur! Cette fois, c'était une jeune femme gracile, qui aurait pu aisément entrer dans une des armures exposées dans la salle. Il lui donna environ un mètre soixante. Ses longs cheveux étaient mouillés, et comme elle secouait la tête, des gouttelettes volaient autour d'elle. Il la pria en anglais d'arrêter, car les armures en fer étaient sujettes à la rouille. C'était une simple hypothèse de sa part, il ignorait en réalité si elles pouvaient rouiller. Elle s'excusa aussitôt – yes, scusi. Tommy lui tendit un mouchoir en papier, avec lequel elle s'essuya le visage – grazie. Elle portait un énorme sac à dos. En fait, c'était interdit, mais Tommy se dit qu'il n'allait pas faire de zèle, puisqu'on l'avait laissée passer en bas, elle n'avait certainement pas envie de voler un casque.

Patrizia Barella étudiait la musique à Rome. Elle était venue à Vienne pour suivre des cours particuliers du professeur Höllerer, afin de couronner ses études de violon et aussi d'améliorer ses chances d'avenir en incluant dans son cursus : « a étudié à Vienne avec le professeur Höllerer ». On racontait que tout violoniste était confronté à ce choix avant une carrière internationale : « Höllerer, sinon rien. »
Alors qu'elle longeait une rangée d'armures, d'épées et de casques, qui impressionnait par sa masse mais où aucun objet ne se détachait, elle s'immobilisa devant un casque surmonté d'une tête de chèvre, lequel était manifestement à part et avait droit à une présentation différente, dans sa propre vitrine, tel un

solitaire, sous un éclairage donnant l'impression qu'un homme qui se coifferait de ce casque serait nimbé d'une auréole.

Patrizia lut la notice et poussa un cri de joie qui fit sursauter Tommy : Mannagia, non posso crederci ! Ça alors, c'est incroyable !

Scusi, scusi, tout va bien ! À Rome, Patrizia habitait chez ses parents Piazza Albania, une place où se trouvait une statue de l'« Athleta Christi Skanderbeg ». Elle ne savait pas qui c'était, mais pendant ses années d'école elle avait dû faire une rédaction sur le thème : « J'explore mon quartier », et elle avait écrit (elle s'en souvenait maintenant) : « Sur la place, il y a la statue d'un homme qui a des cornes sur la tête. Mes parents ignorent de qui il s'agit, mais ce devait être un personnage important, autrement il ne trônerait pas sur notre place. » Elle prit une photo, il fallait qu'elle l'envoie à ses parents et aussi à Lina, sa meilleure amie, avec qui elle s'était assise si souvent au pied de la statue.

C'est alors qu'un homme entra d'un pas précipité dans la salle. Manifestement, il savait ce qu'il voulait voir. C'était Fatos Velaj, un artiste albanais auquel une galerie de Vienne consacrait une grande exposition. Il était arrivé le jour même de Tirana et tenait absolument à contempler le casque de Skanderbeg, avant même de se rendre au vernissage. Par pur orgueil national : pour lui, ce casque était un symbole de l'importance des Skipétars pour l'Europe. Il songea...

À cet instant, Tommy Vysoky lança : Nous fermons dans cinq minutes. Veuillez regagner la sortie du musée. Nous fermons.

Mais...

Nous fermons dans cinq minutes !

Cette nuit-là, dans sa chambre d'hôtel, Fatos Velaj peignit une gouache intitulée : « L'Europe : Nous fermons dans cinq minutes. »

PREMIÈRE PARTIE

Tout et ses contraires

I

Il ne faudra pas oublier ce nom : Fate Vasa.

Le 6 septembre 2019, il entra dans l'histoire. Du moins dans l'histoire telle que pouvait l'écrire un poète, en ce monde qui échappait aux chefs d'État. Il eut une idée. Une idée dont il n'imaginait pas quel engrenage elle allait mettre en branle.

Il était présent lors de l'entretien téléphonique du Premier ministre albanais avec le président français.

Avec respect, Monsieur le Président*, hurla le Premier ministre dans le téléphone, *Ta dhjefsha surratin!*

C'était un juron albanais courant, qu'on employait souvent à la légère, mais qui était incroyablement ordurier pour une conversation entre hommes d'État – on peut le traduire avec ménagement par : « Je te chie au visage ! » En revanche, la phrase suivante, qui ne fut pas hurlée mais chuchotée, faisait presque cultivée : *T'u harroftë emri!* – Que ton nom tombe dans l'oubli !

Excusez-moi. Je ne comprends rien à vos simagrées.*

Cela dit, cette conversation ne provoqua pas de complications diplomatiques, ou du moins rien de plus grave que la mésentente entre les deux pays, laquelle ne datait pas d'hier. C'était évidemment dû au fait que le Premier ministre albanais jurait dans sa langue maternelle, alors que le président français avait convoqué pour l'occasion son sherpa (c'est-à-dire son conseiller diplomatique), le spécialiste des Balkans au ministère de l'Intérieur et le ministre chargé de la poli-

---

* Les mots en italiques suivis d'un astérisque sont en français dans le texte.

tique européenne, mais pas d'interprète pour traduire l'albanais. Après tout, on savait à l'Élysée que le Premier ministre parlait parfaitement français. C'était la norme en Albanie, où personne, de l'artiste anarchiste au dictateur, ne pouvait réussir sans avoir étudié à Paris.

Le Premier ministre, que ses intimes appelaient ZK (*Zoti Kryeministër*) ou simplement « Chef », mit fin abruptement à l'entretien téléphonique et demanda aussitôt d'une voix surexcitée à ses conseillers quel était le nom du président français. L'expression de son visage et ses mains levées en un geste de refus indiquaient clairement qu'il ne souhaitait pas de réponse. Il hocha la tête avec satisfaction. *T'u harroftë emri!*

La veille, le président français avait empêché par son veto au Conseil européen que l'Union entame des négociations avec l'Albanie pour son adhésion. ZK avait remporté les élections en promettant de faire entrer l'Albanie dans l'Union européenne. Pour l'heure, cependant, l'Albanie restait un pays candidat sans perspective concrète et devait commencer par remplir des conditions supplémentaires, se soumettre à des contrôles interminables et à l'évaluation des réformes par des délégations de l'UE, se confronter à des listes d'exigences nouvelles dont l'adoption serait critiquée avec virulence par les nationalistes.

Le Premier ministre demanda ensuite comment s'appelait le président chinois, en encourageant de la main ses conseillers à répondre. Aussitôt, tous s'écrièrent en chœur :

Xi ! Xi !!! Xi Jin ! Ping !

Oui, la Chine ! lança le porte-parole du gouvernement, Ismail Lani. Bien sûr ! L'Albanie avait une histoire particulière dans ce domaine, une certaine tradition…

La tradition ? rétorqua le Premier ministre d'un ton irrité. Je l'envoie chier aussi, la tradition. Après tout, l'histoire de l'Albanie n'est qu'un long cauchemar de domination et d'oppression étrangère. Elle a été occupée par les Turcs, les Grecs les Italiens, les Allemands ! Et la dictature communiste… Un dictateur qui voulait être plus chinois que Mao Zedong, ça non plus, ce n'est pas une tradition. Et la mafia…

Il était intéressant qu'il mentionne la mafia, ce sujet tabou.

Non, nous n'avons pas de tradition, reprit-il. Nous nous sommes réveillés d'un long cauchemar, et pourquoi? Pour être rejetés si brutalement par l'Europe que nous sombrons aussitôt dans un autre cauchemar. Dans cette partie, la Chine n'est qu'une carte de la realpolitik. Mais…

Les proches de ZK, qu'il avait réunis dans son bureau, se regardèrent en silence.

Mais?

Avant que le Premier ministre puisse continuer, Ismail Lani intervint:

Mais… mais… vous ne pouvez pas dire ça, *Zoti Kryeministër*… pas ouvertement! Pas de tradition… pas d'histoire… Je réponds simplement: Skanderbeg. Notre héros national! C'est cela, notre histoire, son souvenir encore vivant, notre identité, cette fière tradition qui a toujours permis à notre nation de se relever!

Le Chef rejeta cet argument d'un geste dédaigneux.

Skanderbeg… Haha! Mon cher Ismail, va donc à la fenêtre et regarde dehors.

Bon. Et alors?

Dis-moi ce que tu as sous les yeux. Tu vois Skanderbeg?

Oui, je le vois.

Et que fait-il?

Rien. Que voulez-vous qu'il fasse?

Il ne fait rien? Exactement. Comment en irait-il autrement? Il n'est qu'une statue sur la place, devant laquelle les gens passent à toute allure. Tu as déjà vu quelqu'un le regarder? Et son casque et son épée se trouvent à Vienne. Un homme du seizième siècle…

Du quinzième siècle! corrigea Ismail Lani.

Un homme du quinzième siècle… c'est avec lui que je devrais faire entrer ce pays dans l'avenir? Peut-être faudrait-il aussi que je brandisse une épée?

Il y eut un silence. Puis le timide Fate Vasa, le premier poète dans l'histoire du monde à figurer dans le think-tank d'un chef d'État (le Premier ministre faisait preuve d'originalité dans le recrutement de son personnel, puisqu'on comptait cinq artistes parmi ses conseillers!) fit une remarque qui déclencha des rires aussi libérateurs qu'enthousiastes : Une épée métaphorique, bien entendu! Le casque et l'épée de Skanderbeg, qu'incarnent ces symboles? L'idée d'une Albanie unie. C'est pour cela qu'il est notre héros national : il a été le premier à faire l'union des tribus albanaises. Et l'important, c'est uniquement le signal qu'il donne. J'insiste sur cette notion de signal. Si l'Europe paraît aujourd'hui aux Européens trop petite pour être prise au sérieux, il faut que tu brandisses pour ainsi dire l'épée de Skanderbeg. Il s'agit d'un geste symbolique, tu comprends : la grande Albanie! Puisque les Allemands ont eu le droit de se réunifier, pourquoi pas nous? Avec les Albanais du Kosovo et ceux de la Macédoine... Devant une telle revendication, que va-t-il se passer? L'Union européenne pourra-t-elle accepter qu'une nouvelle mèche menace de faire sauter la poudrière des Balkans? Elle se montrera aussitôt prête à faire des concessions et à entamer avec nous des négociations pour notre adhésion.

Le Chef regarda d'un air pensif Fate, cet homme étrange qui écrivait des poèmes magnifiques, d'un art achevé, et qui était si laid, une vraie erreur de la nature. Il le regarda longuement, puis il hocha la tête.

Mais... commença Ismail Lani, le porte-parole.

Cette fois le Chef secoua la tête, et Ismail se tut.

Ce fut le début de l'histoire. Quelques mois avant la grande conférence européenne sur les Balkans à Poznań, en Pologne. Une mèche allumée.

2

Quelques jours seulement après que la Vierge Marie fut apparue à sa femme, Jarosław comprit qu'il devait divorcer. Il était clair pour lui qu'un homme ne pouvait plus être heureux avec cette femme, ni même faire une carrière en Pologne. Cependant le déclencheur de son désir de divorcer était aussi l'obstacle qui s'y opposait: cette femme autrefois tellement cynique, prête à toutes les concessions du moment qu'elle puisse vivre dans le luxe, était maintenant inspirée par la Vierge et refusait de mettre fin à un mariage scellé par un sacrement.

Adam Prawdower referma le livre. Avait-il envie de continuer sa lecture? Tout le monde parlait de ce roman à clés sur les élites politiques de la capitale. Un certain député était-il gay, ce qui pouvait permettre de le faire chanter? Il n'était pas évident d'identifier ce député, mais chacun avait son hypothèse. Un fonctionnaire haut placé du ministère pour le Développement économique était-il vraiment corrompu? Avait-il recyclé des subventions européennes dans des entreprises qu'il dirigeait à travers des hommes de paille? De qui pouvait-il s'agir? Et un membre du parti avait-il une liaison avec une secrétaire du parti, qui avait obtenu du coup un poste important dans les chemins de fer polonais? Chacun avait son idée: Lui! Non, lui!

C'était un roman de gare rempli de calomnies mais inattaquable, car ceux qu'il diffamait n'étaient pas clairement identifiables, une fiction utilisant tout simplement des préjugés très répandus, un jeu avec des fantasmes qui se prolongeait sur les réseaux sociaux en pleine ébullition – qui est le politicien dont la femme a vu apparaître la Vierge? Qui est le député gay?

Et c'était ça dont parlait tout Varsovie? Des rumeurs! Adam n'en revenait pas. Mais personne n'évoquait le véritable scandale qui se déroulait pourtant sous les yeux de tous: la

21

trahison politique du Premier ministre. Tous les idéaux du temps de leurs combats, bafoués et vendus. Leurs conquêtes, leurs victoires étaient peu à peu annulées, détruites. Cependant les électeurs discutaient pour savoir qui était le politicien dont la femme avait vu la Vierge. C'était déprimant.

Dorota se faisait du souci. Adam était plus renfermé et absorbé que jamais. Elle l'appelait le Prince des Ténèbres, mais il ne riait pas. Quand l'avait-elle vu rire pour la dernière fois ? Trois semaines plus tôt, le samedi, quand il était revenu d'une longue promenade avec un chiot.

Qu'est-ce que c'est que ça ?

Un brachet polonais, *ogar polski.* Tu connais bien *Une vie de chien*,* cette boutique de l'avenue de la Chasse où on vend des chiots ? En passant devant, je l'ai vu dans la vitrine.

Il déposa sur la terrasse le petit chien, le poussa et éclata de rire en le voyant tomber à la renverse puis se remettre sur ses pattes.

Dorota était furieuse.

Il ne me reste que trois mois de congé parental, dit-elle. Et ensuite ?

Le chien de chasse des rois, dit-il. Il vous protégera.

Vous ? De qui parles-tu ? De notre fils et de moi ? Pourquoi ne dis-tu pas : « nous » ?

Il donna une nouvelle bourrade au chiot en riant.

Et maintenant, ils avaient un chiot qui faisait pipi dans la maison. Adam s'en fichait, il rentrait tard du travail, après quoi il restait longtemps assis sur la terrasse ou dans son bureau, à rêvasser dans son attitude typique, la tête baissée et la main gauche posée sur son oreille mutilée. Ou bien il lisait et prenait des notes.

Dorota aimait son mari. Son côté distant, même quand il s'exclamait : « Moi aussi ! », sa difficulté à se livrer sans réserve, il fallait qu'elle les comprenne. Et elle comprenait, mais il lui arrivait quand même de se demander parfois : pourquoi ?

Pourquoi devait-elle comprendre? Devoir n'était pas un verbe qui convenait à l'amour. Mais ensuite, il y avait de nouveau un moment où il prononçait des phrases qui donnaient l'impression à Dorota de se rapprocher de lui, et d'un coup elle retombait dans le piège de la compréhension. Puis il se taisait encore. Et ce qu'elle ne voulait pas comprendre, ce qu'elle ne comprendrait jamais, c'était cette haine qui depuis quelque temps semblait l'obséder. Il ne voulait pas en sortir, il repoussait tout appel à la raison ou à l'apaisement.

« Non, ce n'est pas de la haine. C'est de la loyauté. Nous avons prêté serment. »

La haine empoisonnait son âme et finirait peut-être par empoisonner aussi leur mariage, voire à détruire leur vie. Cette haine, totalement irrationnelle aux yeux de Dorota, qu'il vouait à son ancien meilleur ami, son « frère de sang » auquel il se sentait lié à jamais par un serment remontant à leur enfance, Mateusz, l'actuel Premier ministre de la République de Pologne.

Dorota jugeait insensé, absurde, absolument inutile de détruire l'amitié de toute une vie sous prétexte d'une trahison qu'elle ne trouvait pas vraiment évidente. Peut-on réellement parler de trahison, quand un conflit surgit entre les idéaux politiques de la jeunesse et les possibilités de la realpolitik? S'agit-il d'une trahison avérée, alors qu'on prête à un ami de jeunesse qui a fait carrière des intentions qu'il n'a jamais exprimées?

Il les a exprimées! Il a parlé clair et net!
Clair et net? Pure rhétorique de campagne électorale!

Ils n'avaient pourtant rien à faire de la politique intérieure polonaise. Ils vivaient à Bruxelles, dans une maison confortable derrière laquelle s'étendait un beau jardin, rue d'Oultre-mont, près de la station de métro Merode. Le jardin abritait d'énormes rosiers, dont le vendeur de la maison était particu-lièrement fier. Voici la rose « Doktor Kurt Waldheim », ainsi nommée d'après l'ancien secrétaire général de l'ONU qui a envoyé dans l'espace un message à l'intention d'extrater-restres, vous vous souvenez ? Non ? C'était sans doute avant votre temps. Et cette rose-là s'appelle « Doktor Wolfgang Schüssel », je l'ai rapportée de chez moi, en Basse-Autriche. Malheureusement, elle est très vulnérable aux pucerons, au début le purin d'ortie est efficace mais ensuite il faut passer à des remèdes plus énergiques.

Toutes vos roses ont-elles passé le doctorat ? demanda Dorota.

Pas celle-ci, ma préférée, la rose « Sang viennois ». Elle a des fleurs rouge foncé, et pas d'épines. Vous pourriez vous coucher sur ces roses comme sur un lit douillet.

Un vrai bain de sang !

Le vendeur éclata de rire. Il leur laissa un bidon de poison pour traiter Waldheim, Schüssel et le Sang viennois, afin « que ces roses soient toujours une joie pour vous ». Dorota aimait le jardin, les roses, la terrasse en béton lavé avec le grill qui rouillait sous la pluie bruxelloise mais faisait toujours son office, quand Adam revenait avec des saucisses de la boucherie Lanssens, les meilleures de Bruxelles. Ils n'avaient pas seule-ment l'impression d'avoir eu de la chance et de mener une existence agréable, leur vie leur paraissait aussi chargée de sens car ils n'avaient pas des emplois quelconques mais des occupations professionnelles auxquelles ils adhéraient pleine-ment. Adam travaillait pour la Commission européenne, à la direction générale pour le voisinage et les négociations d'élar-gissement, où elle l'avait rencontré en arrivant à Bruxelles comme stagiaire après ses études de droit à Bologne et son master en *European and transnational law* à l'université de Göttingen. Le père de Dorota était un Polonais, qui avait fui à l'Ouest après l'instauration de la loi martiale. Sa mère était une Italienne. Dorota avait sept ans tout juste quand le rideau de fer avait disparu. Elle avait rendu visite à plusieurs reprises à ses grands-parents en Pologne, d'abord avec ses parents puis seule, elle était Italienne mais avait aussi conscience de ses origines polonaises, cela dit le patriotisme ou le nationalisme polonais lui étaient totalement étrangers. Elle se souvenait avec quel étonnement elle avait entendu son grand-père se lancer en s'étranglant presque dans une diatribe contre « les Allemands », alors qu'elle poursuivait ses études à Göttingen et était amoureuse d'un condisciple qui s'appelait Hermann. Ses grands-parents avaient été si heureux, quand elle avait épousé un peu plus tard Adam, un Polonais issu d'une famille célèbre. Une dernière joie qu'elle leur avait offerte.

Tu es un fonctionnaire européen ! Tu ne joues plus aucun rôle à Varsovie ! En quoi la politique intérieure polonaise te regarde-t-elle ?

La politique intérieure ? Dorota, je t'en prie, nous sommes en train de préparer la conférence sur les Balkans à Poznań. C'est de la politique européenne. Et Mateusz est l'hôte de la conférence, bien sûr. Si tu savais toutes les pressions que nous subissons. Les coups de téléphone, les mails…

Le Premier ministre te téléphone ?

Pas en personne. Il a ses sous-fifres, qu'il commande comme une armée. Et une armée n'arrive jamais avec des intentions pacifiques.

Les familles d'Adam et de Mateusz étaient intimement liées depuis plusieurs générations. En 1863 déjà, lors de l'insurrection de Janvier, les grands-pères de leurs grands-pères avaient combattu ensemble contre les Russes dans le même bataillon de partisans. Telle était l'ancienneté des traditions familiales. Plus tard, leurs grands-pères paternels participèrent au combat clandestin contre les nazis au sein de l'*Armia Krajowa,* l'Armée de l'intérieur. Puis leurs pères, à partir de 1981, entrèrent à leur tour dans la clandestinité pour lutter contre les communistes, qui avaient proclamé la loi martiale et réprimé le soulèvement de *Solidarność.* Ils mirent sur pied l'armée clandestine *Solidarność Combattante,* un atelier d'armement, une radio pirate, un service de renseignements. Passant de cachette en cachette, ils organisaient des sabotages, des attentats à l'explosif, ils enlevaient et tuaient des officiers de la *Służba Bezpieczeństwa,* la police secrète polonaise, laquelle torturait et assassinait dans ses caves. Ces pères devenus des étrangers. Adam et Mateusz avaient tous deux treize ans, quand leurs pères entrèrent dans la clandestinité. Leurs mères ne voyaient plus leurs maris que rarement, dans des appartements de conspirateurs ou dans une cabane au fond d'un bois, où elles étaient amenées par d'autres combattants. La mère d'Adam tomba enceinte, de même que celle de Mateusz six mois plus tard. Elles mirent toutes deux au monde des filles, qui grandirent comme des sœurs. Quant à Adam et Mateusz, ils partirent étudier chez les Frères à Poznań, c'était le meilleur moyen de protéger les fils de deux combattants clandestins identifiés comme tels par la SB, en les transférant dans le royaume de l'Église catholique, où même les services secrets n'avaient pas si aisément accès, sous prétexte de les préparer à la prêtrise. On passa sous silence le père juif d'Adam. D'après ses papiers, Adam avait été baptisé, ça suffisait. C'est alors que les deux jeunes hommes commencèrent à s'éloigner l'un de l'autre, même s'ils en furent longtemps inconscients, jusqu'au moment où ils finirent par se haïr. Avec le recul, tout remontait à cette période.

Quand ils eurent quatorze ans, ils prêtèrent le serment de la *Solidarność Combattante* devant un représentant de l'armée clandestine envoyé par leurs pères. Après avoir été bénis par le père Piotr, ils restèrent seuls avec cet homme, qui s'appelait Konrad.

En sa compagnie, ils descendirent dans les catacombes de la cathédrale Saints-Pierre-et-Paul pour rejoindre le sarcophage de Bolesław VI, duc de Grande-Pologne. Était-ce un hasard ou Konrad connaissait-il les origines juives d'Adam ? En 1264, Bolesław avait publié la Charte de Kalisz, un édit de tolérance qui définissait la situation des Juifs en Pologne et posait les fondements de l'existence relativement autonome qu'ils purent mener jusqu'à la fin du dix-huitième siècle. La charte prévoyait entre autres des peines à l'encontre des profanateurs de synagogues ou de cimetières juifs. Elle punissait également ceux qui accuseraient les Juifs de meurtre rituel. Elle réglementait les activités commerciales des Juifs et protégeait leur vie et leurs biens.

En y repensant plus tard, Adam ne pouvait croire que ce fût une coïncidence s'ils avaient prêté serment devant les ossements de ce souverain ami des Juifs. Les hommes de l'ombre, les combattants de la Pologne libre ne laissaient rien au hasard. Quand ils prenaient les armes, c'était toujours conformément à un plan mûrement réfléchi, jamais sous l'effet d'une impulsion. Ils faisaient de même avec les symboles, les signaux qu'ils envoyaient. Cette certitude était très importante pour Adam.

Konrad leur déclara qu'ils n'étaient évidemment pas destinés à la prêtrise, leur vocation était ailleurs.

Il faisait froid, très froid, et Adam et Mateusz n'avaient sur le dos que leur chemise blanche de séminariste, mais ils brûlaient du désir d'être admis dans l'armée de leurs pères, en ces lieux souterrains de la sainte Pologne. Ils passèrent leurs bras autour de leurs épaules, après quoi l'initiation commença et Konrad leur parla... des femmes.

À présent, il était temps qu'ils y soient préparés, leur dit-il. Ils allaient commencer à s'intéresser aux femmes, ils allaient tomber amoureux, connaître leurs premières déceptions, maudire leur manque d'assurance, souffrir d'angoisses, mais toutes ces souffrances ne seraient que les douleurs de l'enfantement de cette liberté qui leur resterait : la liberté d'aimer.

L'amour revêt bien des formes, il faut s'y préparer, mais il est impossible d'être vraiment prêt, de planifier ses propres réactions, sauf sur un point : on peut toujours se demander si l'amour est une tempête émotionnelle menaçant d'échapper à tout contrôle ou s'il est le fondement d'une solidarité inconditionnelle. Comment puis-je être sûr que la personne que j'aime ne me trahira pas, parce qu'elle craint pour sa vie, par déception ou pour se venger de blessures que je lui aurais infligées ? En cas de doute, ils devaient garder le silence, même s'ils aimaient. C'est tout ce qu'on pouvait dire à ce sujet. En revanche, il fallait qu'ils soient préparés…

Il fit une pause, les regarda, pointa le doigt sur Adam et demanda : De quelle couleur est le ciel ?

Bleu.

Faux, répliqua Konrad. Tu as tout faux.

Surpris et déconcertés, Adam et Mateusz se serrèrent l'un contre l'autre.

Il faut que vous soyez préparés aux interrogatoires, reprit Konrad. Quand on vous interrogera, vous devrez avoir conscience d'une chose : vous ne savez rien. Et vous devrez tirer toutes les conséquences de cette ignorance. De quelle couleur est le ciel ? Vous l'ignorez. Qu'ils regardent dehors, vous, vous n'en savez rien. Peut-être est-il bleu, peut-être gris, ou peut-être noir s'il se couvre à cause d'un orage, comment pourriez-vous le savoir dans la salle d'interrogatoire ? Qu'ils regardent donc par la fenêtre. Vous ne pouvez pas leur donner la réponse. Dès que vous commencez à répondre à des questions innocentes, vous entrez dans l'engrenage des réponses, y compris à des questions qui font de vous des coupables à leurs yeux et d'après leurs procès-verbaux. Il faut que ce soit clair : vous ne savez rien. Et pour commencer, vous ignorez quelle est la couleur du ciel, si jamais ils vous le demandent. Qu'ils regardent par la fenêtre, comme ça ils auront la réponse. Qui sont tes amis ? Allez, dis-nous qui sont tes amis… Konrad pointa le doigt sur Mateusz.

Mateusz dit : Mes amis…

Il regarda Adam et…

Konrad lança : Tu n'en sais rien. Rien du tout. Qui peut savoir qui sont ses amis, ses amis authentiques, loyaux, ses faux amis, les traîtres qui se sont insinués dans tes bonnes grâces… Ils savent tout ça mieux que toi. Tu ne peux pas, tu ne dois pas répondre. Qu'ils regardent dans leurs dossiers, ils ont des informateurs, des mouchards, ils savent mieux que toi qui sont tes amis. Toi, tu l'ignores. Tu ne peux pas répondre, c'est compris ? Tout le truc est là : ils commencent par des questions banales, toutes simples, et tu t'imagines que c'est facile, anodin, que tu n'as qu'à répondre et montrer tout de suite ta bonne volonté, en faisant semblant de coopérer, de cette façon tu seras plus crédible… Et c'est justement ça, la faute, tu tombes ainsi dans le piège de la coopération. Vous devez donc faire bien comprendre dès le début que vous ne savez rien. Après quoi, ils vous menaceront. Nous tenons ta sœur. Comment réagis-tu ?

Je vous en prie…

Non, tu ne les pries de rien du tout. Tu ne dis rien. Rien ! Tu dois leur faire comprendre que tu n'ouvriras pas la bouche. Si tu ne sais rien, pourquoi devrais-tu savoir quelque chose parce qu'ils tiennent ta sœur ? Tu dois leur montrer que tu préférerais mourir que de dire de quelle couleur est le ciel. Et que même le meurtre de ta sœur n'apporte aucune réponse. C'est alors seulement que tu leur poseras problème. Quand ils se rendront compte que la mort n'a pas d'importance à tes yeux et qu'ils n'arriveront donc à rien, même avec les pires menaces. Ils veulent des réponses ? Un mort ne leur en donnera aucune.

Ma sœur… commença Adam.

Quoi, ta sœur ? l'interrompit Konrad. Je vais vous raconter une histoire.

C'était une histoire qui, d'après Adam, faisait du héros un monstre. Adam et Mateusz jurèrent « sur leur vie ». Cependant, une perplexité subsista dans l'âme d'Adam, comme un trou noir.

Il était une fois un paysan appelé Érasme, raconta Konrad. La Gestapo arriva et l'interrogea sur les partisans. Mais Érasme garda le silence. Ils tuèrent son fils sous ses yeux. Érasme resta muet. Ils tuèrent sa fille. Érasme ne dit pas un mot, ne poussa pas même un gémissement. Ils tuèrent sa femme. Érasme se taisait toujours.

On attendait d'eux qu'ils se sacrifient ainsi, comprirent les deux adolescents. Main dans la main, ils prêtèrent serment. Mais…

Pendant longtemps, Adam n'avait pas voulu s'avouer les doutes qui le rongeaient. Ses professeurs remarquèrent les symptômes de ces doutes, mais les interprétèrent faussement. Ils croyaient qu'il doutait de sa vocation de prêtre, comme plusieurs autres séminaristes, et il eut droit à des sourires indulgents. Ils savaient pourtant qu'il n'était pas destiné à devenir un prêtre, mais un soldat. Cependant, il était travaillé par ses doutes sur le serment qu'il avait prêté avec Mateusz. Comment pouvait-on vivre avec ce serment qui vous enga-geait à une froideur aussi inhumaine face à la mort de ceux à qui on était lié par une autre loyauté, celle de l'amour et de la fidélité ? Par exemple, était-il censé assister sans un mot, sans un geste, à l'exécution de Mateusz ? En serait-il vraiment capable, tant qu'il conserverait l'espoir de pouvoir sauver la vie de son ami, fût-ce au prix d'une trahison qui ne serait qu'une ruse ? Et inversement : Mateusz, son meilleur ami, son compagnon d'armes, regarderait-il vraiment en silence…

Une nuit, il posa cette question à Mateusz, dont le lit était près du sien. Tu en serais vraiment capable ?

Un froid glacial régnait dans le dortoir. En hiver, il n'était pas rare que les séminaristes découvrent à leur réveil du givre sur les couvertures et les oreillers. Mais jamais Adam n'avait eu aussi froid qu'en cet instant où Mateusz répondit : Je t'abattrais de ma propre main, si tu disais ne serait-ce que la couleur du ciel.

Adam fut effrayé. En même temps, la honte l'envahit aussitôt, la mauvaise conscience le brûla.

Bien entendu, il comprenait que l'important était de protéger les autres combattants. Ce n'était pas le bonheur de son ami qui était en cause, mais la liberté de la Pologne, le bonheur du peuple. Pourtant...

À l'époque, il ne savait comment s'expliquer, mais il éprouvait un profond malaise, une angoisse, un désarroi face à cette contradiction insupportable : il fallait des héros pour créer un monde plus humain, mais à quelle humanité pouvait-on s'attendre dans un monde qui exigeait des héros qu'ils soient inhumains ?

Les traîtres n'avaient pas droit à l'existence, il en était conscient. Sur ce point, aucun doute n'était possible, aucun compromis. Il savait alors qu'il ne trahirait jamais Mateusz. Mais il savait aussi que Mateusz ne donnerait pas un sou si jamais on enlevait Adam et qu'on exigeait une rançon pour le libérer, car « on ne paie pas pour le mal ».

Il l'avait dit très clairement. Malgré tout, ne pourrait-on pas trouver un compromis ? Un compromis qui ne laisserait aucun doute sur leur refus de tout compromis, si absurde que cela puisse paraître ?

Adam passait des nuits sans sommeil. Il ne remettait pas en question leur serment, mais il sentait que Mateusz s'éloignait de plus en plus de lui, depuis qu'ils s'étaient liés ainsi à la vie, à la mort.

Il lui fallut environ trente ans pour comprendre. Ou du moins, il crut comprendre. Ce n'étaient pas ses propres appréhensions et incertitudes, le problème, mais l'incapacité de Mateusz à douter, son dogmatisme, sa conviction presque religieuse d'avoir raison, son enthousiasme à sacrifier sa famille et ses compagnons d'armes pour prouver ainsi avec éclat qu'il n'était pas un traître envers le peuple polonais. De même qu'autrefois il aurait regardé sa sœur se faire tuer sous ses yeux, en gardant un silence glacial, sans même pousser un gémissement, de même il regarderait aujourd'hui une horde d'antisémites cracher sur Adam et le rouer de coups.

Devenu Premier ministre, Mateusz avait encouragé l'antisémitisme « pour la défense du peuple polonais ». Fondamentalement, la Pologne était innocente. Les Allemands et les Juifs voulaient rejeter sur les Polonais la responsabilité de l'holocauste, mais les Juifs eux-mêmes y avaient contribué. La formule de la « complicité juive », le jeu politique avec l'antisémitisme, tout cela était un scandale pour Adam. C'est à ce moment qu'il comprit qu'il était trahi par l'homme auquel il aurait sacrifié sa vie dans la clandestinité. Mateusz avait-il oublié en quel lieu symbolique ils avaient prêté leur serment? Devant le sarcophage de Bolesław VI, le protecteur des Juifs. Et le père d'Adam, un Juif, avait combattu au côté du père de Mateusz dans l'armée clandestine. Ne s'en souvenait-il pas? Adam était d'origine juive, Mateusz le savait, lorsqu'il avait prêté avec lui le serment de la *Solidarność Combattante*. Il avait tout oublié, tout trahi. Ils avaient été protégés, au temps où ils étudiaient dans l'école des frères à Poznań, le séminaire était un camouflage et non une initiation au fanatisme religieux. Le catholicisme militant de Mateusz, son mépris des Juifs, sa haine des musulmans et de tous les adeptes d'autres croyances, c'était la preuve non de sa fidélité à son serment mais de sa trahison, car ce serment avait pour but l'instauration de la liberté. Oui, ils s'étaient battus pour la liberté. Et maintenant qu'il était le chef du gouvernement, il gouvernait le pays comme s'il était toujours occupé et dirigé par des étrangers. Par les banquiers juifs et par Bruxelles. Il n'était pas fidèle à leur combat pour la liberté, et trahissait la liberté qu'ils avaient conquise.

Il est fou, c'est un danger public!

Qui?

Là! Une interview de Mateusz. Écoute-moi ça:

Je voudrais rappeler que les Polonais ont été les premiers à s'opposer activement au fascisme. Ils ont aussi été les premiers à vaincre le communisme, c'est aussi grâce à nous que le mur de Berlin est tombé, et je vous déclare que si la Commission européenne continue de nous sanctionner pour nos décisions souveraines et d'entraver notre développement, la Pologne s'occupera de mettre également un terme à l'Union européenne.

Mettre un terme à l'Union européenne! Voyons, Adam! Ce n'est qu'un braillard! Qui peut prendre ça au sérieux?

Ce journal, par exemple: le *Financial Times*.

Une fois encore, Adam était rentré tard, son fils Romek était déjà au lit. Il s'était assis sur la terrasse avec le journal, en disant qu'il avait déjà mangé un sandwich « gezond » chez *Exki* et n'avait plus faim, mais qu'une Wyborowa lui ferait du bien. Le chien, qu'il avait appelé Maladusza, sauta sur ses genoux. Adam le gratta derrière les oreilles et Dorota demanda: Tu ne veux pas aller voir Romek? Il dort déjà. Embrasse-le, qu'au moins il n'oublie pas l'odeur de son père.

Puis ils restèrent assis sur la terrasse, c'était l'une des dernières soirées encore douces de l'année, ils n'avaient envie ni l'un ni l'autre de se lever pour aller se coucher, la bougie du photophore s'éteignit et les petites lueurs dans le ciel surgirent d'un coup. Adam déclara:

Le problème, c'est que, pour Mateusz, Érasme est un paysan polonais.

3

Si l'éloignement entre les deux frères de sang était devenu de la haine, c'était la faute du 19 octobre 2017.

Ce jour-là, un homme entra dans le bureau de poste de la Plac Defilad, dans le centre de Varsovie. Il avait un bidon d'essence dans sa main gauche, un gros ghetto-blaster dans sa main droite, et il portait en bandoulière un sac de toile avec l'inscription *Nikt nie ma prawa być posłusznym,* un cadeau publicitaire de la librairie Tarabuk. Au guichet, il posa soigneusement son bidon et son radio-cassette, puis il sortit du sac de toile une douzaine de lettres, lesquelles étaient adressées, comme le constata avec surprise le postier, à la Première ministre, à son vice-Premier ministre, aux membres de la Rada Ministrów, le gouvernement polonais, ainsi qu'aux rédacteurs en chef de la *Gazeta Wyborcza* et *Rzeczpospolita* et à d'autres journalistes influents. Le postier pesa minutieusement chaque lettre sur la balance, bien qu'elles eussent toutes manifestement la même taille et le même poids, en observant les noms des destinataires.

Avec patience, l'homme le regarda peser les lettres, les timbrer puis appliquer un tampon avec douceur, comme si le postier ne voulait pas blesser les hauts personnages auxquels elles étaient destinées.

Plus tard, le postier déclara à la police qu'il n'avait pas remarqué que l'homme avait avec lui un bidon d'essence. Lorsqu'il s'était présenté au guichet, il avait déjà posé ce bidon, et quand il était parti, le postier ne l'avait pas regardé mais s'était hâté d'aller voir son supérieur. Cela dit, l'homme lui avait paru suspect, bien sûr, tout à fait suspect, à cause des destinataires des lettres qu'il voulait envoyer. Qui donc écrit des lettres au gouvernement, pas vrai ? Il faut être toqué ou mégalo, non ? Peut-être même préparait-il un attentat. Et son sac ! Le postier n'avait pu lire que le mot *posłuszny,* obéissant, et ça aussi, ça lui avait paru bizarre. En tout cas, il avait couru aussitôt chez le directeur du bureau de poste. Depuis 2008, ils devaient vérifier les expéditeurs et les destinataires, dans ce genre de cas, et prévenir l'Agencja Bezpieczeństwa Wewnętrznego, l'Agence de sécurité intérieure.

Dans quels cas ?

Les cas de ce genre. Quand quelque chose semblait étrange. Il n'était qu'un petit employé, qui ne pouvait évidemment pas en juger, c'est pourquoi il avait tout de suite été voir le directeur, pour qu'en plus haut lieu…

Vous n'avez donc pas jugé nécessaire de donner tout de suite l'alarme, alors que vous aviez devant vous un homme avec un bidon d'essence?

Je n'ai pas vu ce bidon, je le jure, je ne l'ai pas vu, au nom de la Sainte Vierge! Mais j'ai immédiatement prévenu mon supérieur…

En tout cas, les lettres n'arrivèrent jamais à destination.

L'homme, qui d'après le nom de l'expéditeur s'appelait Piotr Szczęsny, paya avec une grosse coupure et sortit de son sac des feuilles de papier – des tracts avec comme titre: « Je proteste ». Pour vous! dit-il au postier. Puis il prit le bidon et le ghetto-blaster, et il sortit.

D'après le postier, il avait payé avec un billet de deux cents zlotys, un « Zygmunt », et n'avait même pas ramassé la monnaie. Bien entendu, le postier l'avait aussitôt rapportée au directeur, puis dans la recette du jour… vraiment, il ne l'avait pas gardée… lança-t-il précipitamment. En tout cas…

Piotr Szczęsny s'installa sur la Plac Defilad, devant le Palais de la Culture, et distribua ses tracts. *Je proteste.* En quinze points, il reprochait au PiS, le parti au pouvoir, de restreindre les droits des citoyens, de persécuter les minorités, de bâillonner les médias, d'enfreindre la Constitution, de supprimer la séparation des pouvoirs et de détruire la justice indépendante.

Piotr avait cinq ans de plus que Mateusz, qui était alors vice-Premier ministre et devait devenir Premier ministre moins de trois mois plus tard. Il le connaissait depuis l'époque de la *Solidarność Combattante*, les derniers mois de la lutte clandestine avant la chute du Mur.

Ce n'est pas pour ça que nous nous sommes battus, Mateusz. Tu m'avais été confié, car j'étais ton aîné. Nous avons lutté

contre un régime autoritaire, pour la liberté. Après la défaite du
communisme, je n'aurais jamais cru qu'il reviendrait un jour.
Aujourd'hui, j'ai compris que le système autoritaire ne revient
pas sous la forme du communisme mais de l'anticommunisme.

Cependant cette lettre, comme toutes les autres que Piotr Szczęsny avait portées à la poste, ne fut jamais envoyée et disparut dans les archives des services secrets.

Piotr Szczęsny alluma son radio-cassette et mit le son au maximum. Tandis que la chanson *Kocham wolność* – « J'aime la liberté » – retentissait d'un bout à l'autre de la place, il prit le bidon, dévissa son bouchon, l'inclina et s'enduisit le visage avec ses mains. Puis il souleva le bidon et fit couler l'essence sur sa tête. Il l'approcha ensuite de sa poitrine pour asperger ses vêtements, le souleva de nouveau, arrosa encore son visage. Il se mit à cracher et tousser, respira à fond, secoua le bidon, dont le contenu s'écoulait en glougloutant, jusqu'à ce qu'il ait entièrement vidé les vingt litres d'essence. « Je ne peux pas faire grand-chose / j'aime et je comprends la liberté / je ne peux pas renoncer à elle », il brandissait le bidon en le secouant inlassablement, le liquide irritait ses yeux, ses lèvres, les muqueuses de sa bouche, maintenant c'était ses larmes, ce flot brûlant qui ruisselait sur son visage. « J'avais si peu / j'ai si peu / je peux tout perdre / je peux... » Dans la pénombre du crépuscule, il apercevait des silhouettes indistinctes, déformées, personne ne le regardait, Piotr ne chanta que ce vers, à voix basse : « ... rester seul. J'aime la liberté. »

Il posa le bidon vide. Les gens n'étaient plus que des fantômes obscurs, à mesure que le soir s'assombrissait, les voitures ressemblaient à d'énormes scarabées noirs, aux yeux brillants et inquisiteurs. Soudain, la place se mit à luire d'un éclat rougeâtre, comme si un brouillard toxique envahissait la scène. C'étaient les projecteurs qui éclairaient maintenant le Palais de la Culture de leur lumière violette, bleue et rouge. Le Palais de la Culture, le « cadeau de Staline à la Pologne », dans son dos. Et devant lui, au bout de la place, les néons d'une rue animée, l'Ulica Marszałkowska.

Monsieur le Rédacteur en chef, je me suis battu dans la clandestinité pour la liberté de la Pologne. Ce combat était naturellement aussi un combat pour la liberté de la presse. Des gens innombrables, les meilleurs d'entre nous, ont sacrifié leur vie à cette cause, et je ne crois pas qu'ils auraient voulu le faire s'ils avaient su qu'au terme de cette lutte on imposerait la liberté du mensonge, qui n'est guère différente de la presse asservie au Parti du temps de la dictature. Vous-même, Monsieur le Rédacteur en chef, vous avez qualifié de « geste patriotique » la suppression de la séparation des pouvoirs, et présenté comme une « volonté populaire » la destruction de la justice indépendante, pour laquelle tant de victimes ont lutté – cela ne vous rappelle rien ? Et que voyez-vous, quand vous vous regardez dans le miroir ? Vous pouvez encore vous battre, et je veux vous y encourager. Vous avez moins à craindre que l'armée clandestine qui a lutté pour votre liberté – cette liberté que vous trahissez aujourd'hui.

Cette lettre aussi ne fut jamais envoyée.

La chanson se termina sur un bruit léger, le radio-cassette continua de tourner à vide, Piotr s'était contenté d'enlever *Kocham wolność*. La rumeur du silence, puis le déclic d'un briquet.

Seuls quelques passants avaient entendu le cri perçant, ce bref hurlement suraigu rappelant une sirène, que Piotr Szczęsny poussa tandis qu'il se métamorphosait en un corps noir comme du charbon qui se livrait à une danse grotesque, enveloppé dans un manteau de flammes déchaînées. Ceux qui l'avaient entendu ne devaient jamais l'oublier.

Les gens passant à proximité se figèrent, seul un homme essaya d'approcher de la silhouette en feu, c'était une vision folle que cet homme bondissant en avant, frappant à deux reprises le corps embrasé avec sa serviette, comme s'il pouvait

éteindre les flammes de cette manière, reculant puis s'élan-
çant de nouveau en brandissant la serviette, jusqu'au moment
où sa manche prit feu et où il se jeta au sol pour enlever son
manteau avec force contorsions.

Ce jour-là, Adam Prawdower était venu de Bruxelles pour
participer à Varsovie, en tant que représentant de la Commission européenne, direction générale pour l'élargissement, à
un forum avec des représentants du gouvernement et de l'opposition sur le thème : « L'avenir de l'UE : élargir, approfondir
ou démanteler ? »

En se rendant au Palais de la Culture, il aperçut l'homme
en feu. Il vit la foule qui avait accouru, entendit les cris et les
sirènes, les rotations d'une lumière bleue éclairaient sporadiquement la scène, les flammes se tordaient, incandescentes,
en baignant de couleurs toxiques un corps noir qui s'affais-
sait en se convulsant. Non, ce n'était pas un être humain,
c'était impossible, il s'agissait certainement d'un mannequin
qu'on avait incendié. Était-ce une manifestation, un rassemblement de protestataires ? Des membres de l'opposition ? Des
anarchistes ? Qui représentait ce mannequin ? Le président de
la Pologne ou la chancelière allemande, à moins qu'on n'ait
embrasé symboliquement le Premier ministre russe ?

Non. Un être humain était bel et bien en train de brûler.
La sirène, la lumière bleue : pompiers et policiers étaient
arrivés. Il vit des gens tenter d'éteindre l'homme avec leur
manteau, une couverture, des bouteilles d'eau. Ils reculaient
d'un bond, battaient aussitôt en retraite. Leurs efforts étaient
vains. C'est alors qu'Adam s'élança, il était redevenu un
soldat, prêt à sacrifier... et il se jeta sur le corps en feu pour
étouffer les flammes avec son propre corps, à l'instant précis
où les pompiers accourus les ensevelissaient tous deux sous la
mousse des extincteurs.

C'est ainsi qu'Adam en sortit avec les cheveux et les sourcils roussis, lesquels finirent par repousser. Il avait aussi une

brûlure de l'oreille jusqu'au cou, une sorte de grosse cloque, ainsi que des cloques plus petites sur les paumes, qui guérirent parfaitement. « Restitutio ad integrum », déclara d'un ton satisfait le docteur Rensenbrink, le spécialiste qui soigna Adam à la clinique de l'Europe après son retour à Bruxelles. Vous avez eu de la chance, Meneer Prawdower. Quant à la zone où s'est quand même formé du tissu cicatriciel, à l'oreille et sous le pavillon… permettez-moi de dire les choses ainsi : la sensibilité du lobe n'est pas vraiment indispensable à la vie ! Je me trompe ?

Adam lança un regard étonné au médecin, lequel éclata de rire.

En tout cas, il n'y a pas de quoi vous frotter les oreilles !

C'est de l'humour flamand, pensa Adam avec indulgence, presque touché.

Adam n'avait pas reconnu Piotr, lorsqu'il s'était jeté sur lui. Et pendant les deux jours suivants, qu'il avait passés à la clinique pour soigner ses brûlures, il n'avait pas appris l'identité de l'homme qu'il avait tenté de sauver. Il ignorait que cet homme, qui n'était désigné dans les journaux que par ses initiales, était un compagnon d'armes du temps de la clandestinité et lui avait sauvé un jour la vie. Quel lien serait plus fort entre deux êtres humains que celui-ci : Il m'a sauvé la vie !? Mais Adam ne savait pas que l'homme sur lequel il s'était jeté pour le sauver était son camarade Piotr. Toutefois, ce qu'il lisait dans les journaux, durant son séjour à la clinique, le mettait en colère. D'après les articles, Piotr S. était « un malade mental », sa « démence » et son « déséquilibre psychique » étaient avérés. Et Mateusz, le futur chef du gouvernement polonais, accusait l'opposition, dans une interview pour la *Gazeta Wyborcza*, de « causer la mort de personnes instables par ses discours hystériques sur la menace d'une dictature ».

C'est alors qu'Adam apprit qui était le « dément » : Piotr Szczęsny, un homme qui avait combattu avec Mateusz et lui au temps de la clandestinité, et il ne pouvait croire que Mateusz l'ignorât. Une amie d'Adam, Paulina Piechna-Więckiewicz, qui était membre du parti libéral et siégeait au conseil municipal, revenait d'une séance dudit conseil au moment où Piotr brûlait sur la place comme une torche vivante. Elle avait ramassé un tract traînant sur le sol et l'avait publié sur Twitter, avec une photo du sac de Piotr portant l'inscription : « Personne n'a le droit d'obéir. Hannah Arendt » au-dessus du logo de la librairie Tarabuk.

Paulina alla voir Adam à la clinique.

Tu connaissais Piotr, dit-elle.

Oui. Comment va-t-il ? Il s'en tirera ?

Il est vivant, mais ça ne se présente pas bien.

Que pouvons-nous faire ? Mais épargne-moi les belles formules du genre : Il faut que son souvenir…

Estimons-nous heureux s'il en reste une trace, de son souvenir.

Après dix jours de souffrance, Piotr Szczęsny mourut. Dix jours pendant lesquels les médias martelèrent qu'il était déséquilibré, irresponsable, maniaco-dépressif, sous l'emprise de théoriciens du complot, les vrais coupables de sa fin tragique…

Quand Adam fut sorti de la clinique, il écrivit une lettre au vice-Premier ministre, son vieil ami Mateusz. En fait, ce n'était pas une lettre. Il lui envoya une feuille de journal avec l'interview de Mateusz, sur laquelle il avait souligné quelques phrases et noté dans la marge : Tu le crois vraiment ? Ou : As-tu oublié ce que Piotr a fait pour nous, pour moi ? Ou : C'est ainsi que tu parles d'un combattant courageux ? Et tout à la fin de l'interview, où Mateusz évoquait le patriotisme en déclarant que les Juifs ne savaient pas ce que c'était mais qu'ils ne pourraient pas donner mauvaise conscience aux Polonais, même en s'immolant par le feu, Adam avait écrit : Dis-moi ça en face !

Il glissa la feuille dans une enveloppe, se rendit au bureau de poste de Plac Defilad. L'employé du guichet prit la lettre, lut le nom du destinataire et tripota son oreille d'un air pensif. Il n'en avait pas conscience, mais on aurait dit qu'il se moquait d'Adam, lequel frottait le pansement de son oreille brûlée qui le démangeait. Très lentement, le postier posa l'enveloppe sur la balance, colla le timbre et appliqua le tampon avec circonspection. En encaissant le règlement, il regarda longuement Adam. Puis il ferma son guichet et suspendit une affiche : « Veuillez vous rendre au guichet ouvert le plus proche. »

4

Impossible, monsieur*, dit Catherine. Le système informatique ne l'accepte pas, malheureusement.

Comment ça, il ne l'accepte pas ? Que voulez-vous dire ?

Quand j'entre « déplacement professionnel en Albanie », je ne peux pas enregistrer dans la facture un billet d'avion pour la Grèce sans correspondance pour l'Albanie, *monsieur**, j'obtiens aussitôt, regardez vous-même : *Erreur !**, saisie impossible. De toute façon, vous n'aviez pas d'autorisation. Vous auriez dû demander auparavant une autorisation pour le week-end.

J'ai besoin d'une autorisation pour un week-end privé ?

Quand il rentre dans le cadre d'un déplacement professionnel, oui, *monsieur** Auer.

Pour l'Autrichien qu'il était, elle prononçait son nom à peu près comme *gruyère**, ce qu'il trouvait tout à fait déplaisant. Le faisait-elle intentionnellement ? Elle trouvait peut-être ça drôle ?

Les entretiens à Tirana avaient lieu du lundi au mercredi, lança-t-il non sans nervosité. J'ai pris l'avion pour Corfou le samedi précédent, puis le ferry pour Saranda, dans le sud de l'Albanie. Je me suis dit que c'était l'occasion de passer un week-end sur la Riviera albanaise, à titre privé…

Mais vous n'aviez pas d'autorisation! Quand la Commission vous envoie à l'étranger pour participer à des entretiens politiques, vous ne pouvez pas en profiter pour y ajouter un week-end, c'est le règlement. Qui allez-vous rencontrer là-bas, avec qui parlerez-vous, comment exclure que vous ayez des intérêts qui, dans le contexte de…

Il s'agissait d'un séjour purement privé, Catherine, je vous prie de prendre en compte…

Je me permets de vous rappeler que…

Veuillez noter que…

Avec une politesse appuyée et une patience qu'il ne conservait pas sans effort, il répéta que ce week-end au bord de la mer n'avait rien à voir avec son déplacement professionnel, mais que le vol d'aller devait tout à fait lui être facturé dans le cadre de ce déplacement.

J'ai simplement passé deux jours sur la plage! Seul! J'aurais pu aussi bien me rendre à la plage de Knokke pour le week-end et partir le lundi matin pour Tirana en prenant l'avion à Bruxelles, en quoi serait-ce différent?

Karl Auer fit aussi observer que le billet pour Corfou était moins cher qu'un billet pour Tirana, d'autant qu'il n'existait pas de liaison directe entre Bruxelles et la capitale albanaise. En outre, il avait payé de sa poche le ferry de Corfou à Saranda, ainsi que la voiture qu'il avait louée pour aller à Tirana…

*Je suis désolée, monsieur, ce n'est pas moi qui ai fait le règlement. Je ne peux pas changer le système de MIPS.**

Tant de choses avaient changé. Ne serait-ce que le fait que Catherine, depuis le Brexit, communiquait en français et non plus en anglais avec ses collègues. *L'anglais est maintenant une petite langue en Europe,* disait-elle. *Qui parle anglais dans l'UE, en dehors d'une poignée d'Irlandais?**

Oui, il y avait eu du changement. Après les dernières élections européennes, où des millions d'Européens avaient voté, la nouvelle présidente de la Commission, qui n'était même pas candidate, avait été élue avec seulement deux voix, celle du président français et celle de la chancelière allemande. Du coup, les élections européennes avaient l'air d'une farce. La nouvelle présidente avait tout mis sens dessus dessous, la Commission ressemblait à un kaléidoscope qu'on avait tourné hardiment de façon à faire apparaître un nouveau motif. Les compétences furent distribuées entre divers départements et les missions redéfinies. On changea les noms des directions générales, et les vétérans prolongeaient de plus en plus leurs pauses-déjeuner dans les restaurants de la rue Stevin ou de la rue Archimède, en évoquant pour les « apprentis », nouveaux fonctionnaires ou stagiaires, l'âge d'or de la présidence de Jacques Delors, ou l'époque de Barroso, qui au moins avait parfois un comique involontaire, même s'il fallait tenir compte du sentimentalisme des souvenirs ! Et Karl Auer, après des années à la direction générale de la concurrence (COMP), se retrouvait dans la direction générale pour le voisinage et l'élargissement (NEAR) au sein de la Commission remaniée. Pour lui, a priori, ce n'était pas le rêve, même si l'on avait évidemment besoin de juristes hors pair pour superviser les réformes judiciaires des candidats à l'adhésion. Du point de vue de sa carrière, c'était une promotion importante. Mais ce n'était pas l'essentiel à ses yeux. Il n'avait rien d'un carriériste, il voulait pouvoir s'engager totalement dans son travail. Certains trouvaient ça démodé.

Regardez donc son costume, dit un jour Catherine à des collègues à la cantine. *Monsieur Gruyère** porte des costumes comme on n'en fait plus. Avec un pantalon à pinces, gloussa-t-elle, et une ceinture en similicuir. Et ces énormes revers, je ne sais pas, moi, il fait *grand-père**. D'ailleurs, il n'arrête pas de nous régaler de ses *bons mots de grand-père**... Elle riait à en perdre haleine.

Karl Auer n'avait guère eu le temps de se familiariser avec son poste, quand déjà ce déplacement professionnel s'était présenté : l'Albanie, la réunion semestrielle des négociateurs de l'UE avec le candidat à l'adhésion, au plus haut niveau. Du côté de la Commission, le directeur du NEAR avec trois hauts fonctionnaires. Du côté albanais, le Premier ministre, les ministres compétents – des Affaires étrangères, de l'Intérieur, de la Justice, de l'Économie. Sans compter des entretiens avec des représentants de l'opposition et de diverses ONG. C'est alors qu'Auer eut l'idée de prendre l'avion dès le samedi matin au lieu d'attendre le lundi, afin de passer auparavant un week-end relaxant mais peut-être aussi intéressant dans une station balnéaire albanaise.

C'est aussi à ce moment que l'Office européen de lutte anti-fraude (OLAF) ouvrit une enquête à l'encontre du commissaire polonais Janusz Wojciechowski, soupçonné de n'avoir pas facturé correctement ses déplacements. Il aurait reçu 11 250 euros de remboursement pour des voyages fantômes.

Cela paraissait absurde. Comment cet homme avait-il pu faire chose pareille, étant donné sa position et ses revenus ? Mais la Commission était irréprochable. Il ne fallait pas qu'il existe le moindre doute à ce sujet !

Auer paya donc de sa poche son billet d'avion, et n'eut droit qu'au remboursement de son hôtel à Tirana et à trois jours d'indemnités, du lundi au mercredi.

Il s'efforça de ne pas montrer son irritation, quand il quitta Catherine en s'inclinant légèrement avant de regagner son bureau. Peu lui importaient les quatre ou cinq cents euros qu'il avait dû débourser pour des raisons purement formelles. Ce qui le tourmentait, c'est qu'il y avait quelque chose qu'il ne pouvait pas dire à Catherine, même s'il avait l'impression qu'elle le savait ou du moins s'en doutait. N'avait-elle pas fait une allusion ?

Non, elle ne pouvait rien savoir. Comment même aurait-elle pu se douter de quelque chose ?

Mais le non-dit n'était pas moins réel, et il savait qu'il ne pouvait pas en parler à Catherine, ni le raconter à un collègue.

Il ne pouvait se confier à personne, il fallait qu'il le garde pour lui dans sa tête – il pensa d'abord : dans son cœur, mais cela lui sembla par trop pathétique. À la réflexion, il jugea que la question était du ressort de sa tête. Il se comportait ainsi en vrai fonctionnaire : l'attribution d'un problème était la priorité, la compétence ne venait qu'ensuite.

Karl Auer n'était pas un viveur. Pendant un bref instant, voilà bien longtemps, il avait entrevu le mirage d'une existence sensuelle et romantique, à la fois colorée et obscure, comme les vitraux de la Collégiale. Il avait alors seize ou dix-sept ans. Élève du lycée catholique de Zwettl, il devait comme chaque année après les vacances d'été écrire une rédaction : « Mon plus beau souvenir de vacances ». Avec les confessions, ces rédactions constituaient pour ainsi dire les cookies permettant aux enseignants de collecter les données de leurs élèves. En toute ingénuité, le jeune Karl Auer raconta qu'il avait vu *La Dolce Vita* au cinéma municipal, dans le cadre d'une rétrospective Fellini.

Il n'était pas certain d'avoir vraiment compris le film, les images avaient défilé trop vite devant lui, dans son excitation il s'était cramponné aux accoudoirs de son siège, comme s'il se trouvait dans un grand huit, mais Anita Ekberg dans la fontaine de Trevi et le titre lui-même : *La Dolce Vita*… Il avait tout de suite pris conscience, sans l'ombre d'un doute, que c'était l'exact opposé de sa vie austère.

Il avait donc entrepris de le raconter dans sa rédaction, dans un style qui rappelait presque un essai mais émaillé de formules très bureaucratiques, qui laissaient pressentir le futur juriste : *vu que… considérant que… compte tenu de…* Après quoi venaient deux concepts auxquels il recourait probablement pour la première fois dans une rédaction : *projet de vie* et *fascination*.

La Dolce Vita, haha! Quand le père Gottfried rendit aux élèves les rédactions notées par ses soins, il demanda à Karl de s'avancer.

Tu voudrais donc mener la belle vie ? Alors, mets-toi bien ça dans la tête : C'est le travail qui donne une belle vie (il accompagna ces mots d'une tape sur la nuque), pas une femme à moitié nue dans une fontaine romaine ! (Le professeur n'avait certainement pas vu *La Dolce Vita,* mais cette scène était si célèbre que même lui l'associait immédiatement au titre du film.) Tu dois assumer la responsabilité de ta vie, et non t'accrocher à de telles sornettes. Mais si vraiment tu t'intéresses aux fontaines de Rome, continua-t-il avec un sourire : tu vas m'apprendre par cœur le poème de Conrad Ferdinand Meyer sur « La Fontaine romaine ». Tu trouveras les œuvres de Meyer à la bibliothèque du lycée. Si ma mémoire est bonne, l'édition donne la septième version du poème. Tu as de la chance, c'est la plus courte.

À peine le bon père eut-il parlé, la fontaine de Trevi ne fut plus qu'un monument historique profané par Fellini, alors que la *fontana dei Cavalli Marini* de la Villa Borghèse avait été ennoblie par le poème écrit par Meyer en 1882, que Karl récita bravement le lendemain.

De retour dans son bureau, qu'il appelait « la cellule » – même les hauts fonctionnaires n'avaient droit qu'à des espaces de travail relativement exigus et chichement meublés –, il posa les yeux sur son calendrier mural. La maxime du jour proclamait : *Vis chaque jour de ta vie comme si c'était le dernier !*

Quelle importance aurait alors la bureaucratie régnant dans cette maison ? Tandis que Karl Auer s'asseyait à son bureau, allumait l'ordinateur et regardait l'écran, il se surprit à réfléchir bel et bien à ce qu'il ferait, si ce jour était le dernier de sa vie. Assurément, il ne serait pas dans son bureau. Qui donc irait travailler, s'il savait qu'il s'agissait de son dernier jour sur la terre ? Mais quoi qu'il décide maintenant, ce serait un stress épouvantable – tout ce qu'il devrait, pourrait, voudrait vivre encore. Ou peut-être que non, peut-être n'aurait-il devant lui que des plaisirs triés sur le volet. Le stress se réduirait à la nécessité de tout caser en vingt-quatre heures – et même moins, s'il se levait comme d'habitude à 6 h 30, ce qui signifierait qu'il aurait déjà perdu cinq heures et demie à dormir. Une autre question se posait : tous les plaisirs qu'il désirait seraient-ils disponibles sur-le-champ, accessibles, possibles ? Sans doute n'obtiendrait-il même pas une table dans son restaurant préféré, à moins d'avoir déjà réservé sans savoir que ce serait son dernier jour. Il lui paraîtrait plus acceptable de savoir qu'il n'avait plus que dix ans devant lui, ce qui serait encore nettement inférieur à son espérance de vie. Il serait même profitable de se demander comment il voudrait passer le temps qui lui resterait. En tout cas, il n'irait plus au bureau. Qu'est-ce que cela signifiait ? La vie privée. Jusqu'à son dernier jour.

Privé : c'est ainsi qu'il avait qualifié en parlant à Catherine son week-end au bord de la mer avant cette réunion à Tirana. Privé, oui, au sens de solitaire et sans joie. En arrivant en ferry à Saranda, il avait été épouvanté. Quoi qu'ait été cet endroit dans le passé – un village de pêcheurs ? –, il n'en restait plus aucune trace. Un port ? Il n'avait jamais été important, manifestement, les installations portuaires étaient modestes, on aurait dit plutôt un parking pour autocars, le grand port albanais était Durrës. La ville même de Saranda était entièrement dévastée par un chaos de bâtiments imposants, hôtels ou immeubles d'appartements, entre lesquels on voyait les ruines de maisons inachevées, dont la construction avait été interrompue, soit que les maîtres d'œuvre aient manqué d'argent, soit qu'ils n'aient pas pu ou voulu payer des autorisations supplémentaires. Un Manhattan qui n'était qu'un décor de théâtre en placoplâtre, avec au milieu une route totalement embouteillée où son taxi mit vingt minutes pour couvrir les huit cents mètres le séparant de son hôtel. Devant l'hôtel, si l'on contournait un chantier, on découvrait la plage, nantie d'un bar diffusant de la musique disco à crever le tympan. Quand il se mit à longer la plage pour échapper à ce vacarme, il arriva dans le domaine du bar suivant, lequel déversait lui aussi des torrents de disco. À la jonction des deux sonos, les marteaux-piqueurs d'un chantier se déchaînaient, ce qui s'harmonisait en un sens avec les grues et les charpentes du paysage, mais était surtout une façon particulièrement violente de torturer les touristes. Auer avait envie de se saouler au bar de l'hôtel, cependant c'était trop contraire à ses habitudes. Il se contenta d'un verre de vin blanc, un sauvignon au bouquet écœurant – en plus, le verre faisait dix centilitres, une quantité convenant au schnaps mais non au vin, pour un Autrichien. Une fois qu'il l'eut servi, le barman disparut sans laisser de traces. Après avoir contemplé pendant vingt minutes le verre vide, le bol où ne restait plus une noisette et les alcools baignés d'un éclairage bleuâtre sur le mur du fond du bar, Auer se rendit à la réception pour annuler la deuxième nuit dans cet hôtel et commander une voiture de location pour le lendemain 9 heures. Ensuite, il demanda s'il était possible de lui conseiller un restaurant pour le dîner, avec de la bonne cuisine et une ambiance tranquille, pas de pizzeria, s'il vous plaît – sur le chemin de l'hôtel, il avait vu une bonne douzaine de pizzerias –, pas de cochonneries industrielles !

La réceptionniste fit une croix sur un plan de la ville, qu'elle poussa vers lui en émettant ce qui ressemblait à un éternuement.

Comment ?

Elle écrivit le nom du restaurant sur le plan : *Haxhi,* dit-elle, très sympathique, excellente cuisine, sur l'allée piétonnière…

À quelle distance d'ici ?

Trente minutes à pied, quarante en taxi, et le taxi ne peut pas aller jusque-là, il doit s'arrêter au début de l'allée, répondit-elle avec un enjouement glaçant. *You are welcome.*

Karl Auer, même s'il lui arrivait d'être morose, n'était pas sujet aux dépressions. Néanmoins, quand il s'assit enfin au *Haxhi,* au terme d'une longue marche au milieu du bruit et des gaz d'échappement, et pointa le doigt sur la photo des *moules et frites** du menu, en se demandant pourquoi il commandait en Albanie un plat dont il avait plus que mangé sa part à Bruxelles, il se sentit un peu atteint, pour dire les choses sobrement. Il demanda au serveur s'il pouvait lui conseiller un verre de vin blanc. Le serveur hocha la tête, embrassa le bout de ses doigts, disparut... et revint avec une bouteille. Auer fut lui-même très étonné de constater, trois quarts d'heure plus tard, qu'il avait vidé la bouteille.

Le lendemain, il se rendit à Durrës avec le *driver,* après avoir cédé aux injonctions de ce dernier et visité les ruines de l'antique cité de Butrint, à vingt kilomètres de là. Nourri de culture humaniste, Auer n'était certes pas un béotien, mais il se demanda pourquoi il se traînait au milieu de fouilles grecques et romaines avec des milliers de touristes sous un soleil torride, un quart de siècle après s'être rendu à Rome avec Interrail pour voir le *forum romanum.* « Vend i trashëgimisë botërore », dit le *driver.* Comment ? Vend i trashëgimisë botërore, how do you say ?

Aucune idée. En tout cas : il y avait des milliers de touristes. À Saranda, déjà, il s'en était étonné. Comment ce pays pouvait-il être submergé de touristes du monde entier, alors qu'on le présentait d'ordinaire comme un trou noir en Europe, une *terra incognita,* un mystère complet après des décennies d'isolement, on disait « Albanie » et personne n'associait une image, une idée, ou alors on pensait au Moyen Âge, ou à des lubies comme ces milliers de petits bunkers édifiés par un dictateur fou, mais quand on en parlait, on passait déjà pour un spécialiste de l'Albanie... C'était aussi incompréhensible que fatigant.

Auer fut content d'arriver à Durrës. Il n'avait rien envie de voir et demanda à être conduit directement à un hôtel. Le *driver* l'amena à l'hôtel *Villa Pascucci. You will love it.* On aurait cru une mauvaise copie de la Maison-Blanche en plus énorme, d'un ridicule intimidant – cette impression en disait sans doute davantage sur l'humeur d'Auer que sur l'hôtel. Toutes les chambres standard étaient occupées, on n'avait à lui proposer qu'une prétendue suite grand luxe avec jacuzzi. Trop fatigué pour se mettre en quête d'un autre hôtel, il accepta. Il paya le *driver*, dîna à l'hôtel, qui avait un joli jardin, mais il faisait malheureusement trop frais pour manger dehors. Un plateau de fruits de mer – il songea non sans mélancolie qu'on ne devrait pas manger seul des fruits de mer, qu'il faudrait les partager avec quelqu'un qu'on regarderait joyeusement dans les yeux en suçant et en gobant avec délice huîtres, bulots et pinces de homard avant de se lécher les doigts. À la lumière des jours suivants, il aurait pu voir dans ces pensées un présage... Puis il regagna sa suite, en emportant la bouteille de vin dont il n'avait bu qu'une moitié. Une fois dans sa chambre, l'alcool le dégoûta soudain et il versa le reste du vin dans le jacuzzi, qu'il rinça aussitôt car l'idée que la femme de ménage trouve le lendemain une flaque de vin dans le jacuzzi lui était pénible. Il se coucha et le lundi au petit matin prit un taxi pour Tirana. Tel fut son week-end « privé ». Aussi agréable que deux jours de coma.

En fait, ce furent ses journées de travail à Tirana qui se révélèrent décisives pour sa vie privée. Le service, les réunions, les négociations. Ces jours où la Commission lui accordait une indemnité journalière et le remboursement de ses frais. Lundi, mardi, mercredi, ces jours où il fit une expérience surprenante : une vague nostalgie eut soudain un but, un visage rieur, il se sentit plein d'une énergie grandissante, il remarqua que son cœur battait à tout rompre, sans peur, il éprouva... quoi ? Un mot passé de mode lui vint à l'esprit : l'allégresse. Le matin, en se lavant les dents et en se rasant, il voyait le visage d'un homme nanti d'un bien qu'il avait ignoré posséder : le don. Il avait quelque chose à donner, et il recevait quelque chose qui le rendait plus fort, plus riche, plus optimiste. Le don.

Karl Auer était tombé amoureux.

Il alluma son ordinateur et attrapa son smartphone, il avait pris quelques photos en Albanie. Il en chercha une en particulier – voilà : le visage souriant de Baia Muniq Kongoli, présidente de la commission pour la réforme judiciaire du Parlement albanais. Une juriste de haut niveau, titulaire d'un diplôme de troisième cycle de l'université européenne Viadrina de Francfort-sur-l'Oder, avec une personnalité… Auer regarda un moment la photo, l'idée de cette personnalité l'émouvait, car il ressentait la signification de ce concept dans toute sa profondeur : la personnalité. Baia !

Il était assis dans sa cellule et il pleurait – enfin, en tout cas il avait les yeux humides. Tel fut le récit de Nathalie Bonheur, qui avait passé la tête dans son bureau pour lui demander s'il aurait envie de faire une pause cigarette dans l'escalier de secours, puisqu'il était avec elle la dernière personne de l'étage fumant encore. Il avait refusé en sanglotant…

En sanglotant ?

Enfin, dit Nathalie, il s'est mouché, mais on aurait dit qu'il sanglotait.

Et il n'a pas cité une des maximes idiotes de son calendrier, genre : *Demain, le soleil brillera de nouveau,* ou…

Non, il a juste dit qu'il n'avait pas envie de fumer maintenant et…

Et ? Qu'est-ce qu'il avait ?

Je n'en sais rien. Mais je vais trouver.

5

*Madame** Delacroix est arrivée, *Zoti Kryeministër,* la journaliste de la télévision française, avec trois hommes, ils attendent…

Oui, oui. Montrez-leur la salle de conférence, qu'ils installent là-bas leur caméra et leurs projecteurs, je vais venir dès que possible.

Je les préviens que vous venez tout de suite.

Dès que possible.

Oui. Encore une chose : elle a demandé si vous vouliez que l'interview soit en français. De toute façon, elle a amené un interprète.

Je parlerai français. Conduisez-les à la salle de conférence. Et s'il vous plaît, Mercedes, apportez-moi du café et du raki.

Dans la salle de conférence ?

Non, ici.

Quand Mercedes revint avec le café et le raki, elle trouva le Premier ministre habillé en tout et pour tout d'un caleçon.

Elle était célèbre pour son sang-froid et elle avait une certaine habitude des excentricités du chef du gouvernement, mais elle manqua faire tomber son plateau en le découvrant en tenue d'Adam.

Pas d'affolement, Mercedes, je me change simplement pour recevoir *Madame**. Et maintenant, ouste !

En sortant du bureau du ZK, elle rencontra le porte-parole Ismail Lani.

Tu ne peux pas le voir pour le moment. Il est nu.

Il est nu ?

Mercedes raconta avec agitation la scène. Ce récit fit aussitôt le tour du bâtiment. Il est nu ? Comment ça, nu ? Tu me dis qu'il est nu, lui ? En quelques instants, six proches collaborateurs du cabinet du Premier ministre se retrouvèrent dans la salle de conférence pour l'attendre.

Cependant, il prenait son temps. Fate Vasa l'appela sur la ligne intérieure, mais il ne décrocha pas. Debout devant une armoire à dossiers, il contemplait un tiroir qui contenait quelques chemises de rechange et ses cravates symboliques, comme celle avec des petits cochons, qu'il arborait lors des négociations avec les politiciens de l'opposition, ou celle avec un lion, qu'il mettait volontiers lors des entretiens avec le chef de la délégation de l'UE à Tirana. Tout au fond, il y avait un sac de sport, pour le cas devenu rare où il se rendrait à l'entraînement tout de suite après le travail. Sortant du sac un T-shirt totalement délavé, qui avait dû être bleu mais n'était plus que vaguement bleuâtre, il renifla le tissu. Puis il prit un short noir sur lequel était brodé en lettres rouges *Glory Glory Man United*. Il avait acheté ce short plusieurs années auparavant, dans la boutique des fans du stade de Manchester United. Il mit le short, puis des chaussures de course qu'il voulait jeter depuis longtemps. Mais quand un homme dans sa position trouverait-il un moment pour s'acheter quelque chose de neuf?

Il vida son verre de raki, s'assit au bureau.

Il sonna Mercedes : Qu'est-ce que ça veut dire? Je t'ai dit de m'apporter du raki, pas : une goutte de raki!

Voulez-vous… voulez-vous que je vous…

J'en veux encore, évidemment!

Il songea qu'il convenait de faire attendre encore trente minutes *Madame** et son équipe de tournage. Quarante minutes seraient encore mieux. Il but le café, réfléchit à la conversation qu'il avait eue le matin même avec Fate Vasa à propos du casque de Skanderbeg.

Mercedes lui apporta encore une goutte, comme elle le dit d'un ton sévère.

Peu après, le téléphone sonna. Il ne décrocha pas, consulta sa montre. Encore cinq, non, dix minutes. Enfin, il se leva pour se rendre à la salle de conférence. Après un instant d'hésitation, il retira ses chaussures de course.

Suite au veto du président français contre les négociations d'adhésion de l'Albanie à l'UE, Colette Delacroix avait été envoyée par France 2 à Tirana pour interviewer le Premier ministre albanais. Elle était l'incarnation de la Parisienne élégante. Devant sa coiffure au carré très classique, *à la française**, le Premier ministre pensa à un casque doré, mais il faut dire qu'il ne cessait de penser à des casques depuis quelque temps. Elle portait un petit tailleur en cachemire, des bas à l'éclat soyeux, d'élégants escarpins. Pour tout bijou, une broche en or rouge représentant un aigle, dont l'œil était une petite aigue-marine. Avait-elle voulu faire une allusion ? Dans ce cas, elle était mal renseignée. L'aigle albanais était bicéphale. Dans les armoiries du pays, l'aigle était surmonté du casque doré de Skanderbeg. Au moins, la coiffure de la journaliste était d'actualité.

Colette Delacroix était une journaliste aussi expérimentée que qualifiée d'environ quarante-cinq ans, auteur d'interviews légendaires pour la télé avec des hommes et des femmes d'État ou des célébrités de toutes sortes. Elle n'avait donc rien d'une petite poupée se définissant uniquement par son chic parisien. Son aspect, sa volonté d'*avoir du style*** formait un contraste saisissant avec l'apparition du Premier ministre qui s'avançait vers elle en tendant la main. Déconcertée, elle prit la main tendue, qu'elle semblait avoir plutôt envie de repousser.

Ce géant corpulent arrivant pieds nus, vêtu d'un T-shirt délavé et d'un short, gouvernait un État ? Un petit État, certes, mais qui se trouvait quand même au cœur de l'Europe ?

Il se détourna d'elle et demanda en français : Comment se fait-il qu'on ait poussé sur le côté la table et les chaises ? Pourquoi le buffet des boissons se trouve-t-il maintenant dans un coin ? Et d'où viennent ces deux fauteuils au milieu de la pièce ?

Le cameraman déclara qu'ils avaient pris ces deux fauteuils dans le hall en vue de l'interview, car l'impression de profondeur de la pièce, si on les filmait d'ici… et cette longue table entourée d'un tas de chaises donnerait à l'image une impression de morcellement, pour ainsi dire…

Le ZK éclata de rire : La réalité ne vous intéresse pas, en somme ? Vous désirez filmer un entretien avec moi sur mon lieu de travail, mais vous commencez par transformer la pièce? Vous voulez quoi? Que je mette un costume? Que je porte un masque? Vous avez l'intention de tromper vos spectateurs?

Excusez-moi, dit le cameraman, mais...

Remettez cette pièce dans son état d'origine! L'interview ne commencera pas avant.

Il regarda *Madame** Delacroix: *N'est-ce pas, madame?* Suis-je un acteur, pour qui vous devez monter un décor?

Il observa en souriant les hommes de l'équipe de tournage qui remettaient en place les meubles avec l'aide de ses propres collaborateurs, tandis qu'on lui installait un micro. Puis il s'assit à la table et fit signe à *Madame** d'approcher.

Asseyez-vous, je vous en prie, ici!

Il s'ingénia à se vautrer sur son siège de la façon la plus grossière possible.

Il était décidé à se venger. Même si c'était cette journaliste française qu'il humiliait, il visait en fait le président français.

Comme si le veto de ce dernier contre les ambitions européennes de l'Albanie lui était parfaitement égal, il répondit avec désinvolture, d'un air ostensiblement ennuyé.

Était-il déçu par la décision de ne pas entamer de négociations avec l'Albanie pour son adhésion à l'UE?

Non, il ne se sentait pas déçu mais encouragé.

Encouragé? De quelle façon?

Un homme d'État ne mise jamais sur une seule carte, je l'ai toujours dit. Et maintenant, il est clair que j'avais raison.

Vous avez donc d'autres atouts dans votre manche? À quelles options pensez-vous?

Je pense que votre président ou ses conseillers, qui sont d'ordinaire bien renseignés, savent de quels atouts je dispose encore. Disons: un as et un joker.

*Madame** Delacroix effleura ses cheveux avec précaution, comme pour redresser son casque. Son sourire était un peu forcé.

L'adhésion de l'Albanie à l'UE était donc remise à plus tard, dit-elle. Redoutait-il de ce fait des problèmes de politique intérieure? Un renforcement de l'opposition, des nationalistes?

La décision de votre président a plutôt contribué à rassembler la population derrière le gouvernement. Des problèmes de politique intérieure? Je vous en prie! Avez-vous vu ici le moindre gilet jaune? Et pour vous répondre sur l'opposition nationaliste: elle ne me paraît pas renforcée, mais il se pourrait que le nationaliste en moi soit devenu plus fort.

*Madame** Delacroix le regarda avec stupeur, en s'efforçant manifestement de réagir, de trouver une phrase, une question, mais il reprit après un bref bâillement: Ce qui ne veut pas dire que je ne veuille pas élargir notre horizon. Comme vous le savez peut-être, il n'est pas particulièrement vaste. Nous sommes donc traditionnellement un peuple ouvert sur le monde.

*Madame** Delacroix consulta le carnet où elle avait noté à l'avance ses questions. Elle respira profondément et enchaîna: En tant que peintre vous avez exposé dans le monde entier, même au musée Guggenheim de New York. Pourquoi avez-vous renoncé à votre travail artistique pour entrer en politique?

Je n'ai pas renoncé à mon travail artistique, *madame**, je continue de peindre, je dessine même pendant les séances du Parlement. Mais permettez-moi de vous dire que si j'avais dessiné, au lieu de répondre à vos questions, votre visite aurait été plus productive.

Il se leva pour signifier que l'interview était terminée. Ses conseillers et ses collaborateurs, qui avaient suivi l'entretien debout dans un coin de la salle, ne semblaient pas savoir comment réagir. Le porte-parole Ismail Lani fit une grimace, le poète Fate Vasa applaudit sans bruit en faisant un signe au Premier ministre, qui ne répondit que par un hochement de tête : Oui, nous allons parler dans un instant !

Pourriez-vous m'attendre encore dix minutes, s'il vous plaît, pendant que vos collègues démontent et rangent leur matériel, dit le Premier ministre à la journaliste. Je voudrais encore vous donner quelque chose, *madame**, je reviens tout de suite.

Quinze minutes plus tard, il revint vêtu d'un élégant costume Versace bleu foncé, d'une chemise bleu clair et d'une cravate de l'université d'Oxford, achetée des années plus tôt au marché aux puces d'Old Spitalfields, à Londres, pour une livre − *a bargain !* Il était environné d'un nuage de *D'Artagnan,* un parfum raffiné de Patou avec le musc comme note de cœur, qu'il se faisait régulièrement expédier de Paris. Bien entendu, il portait des chaussures Budapest cousues main.

Asseyez-vous, je vous prie, dit-il. *Madame** Delacroix, abasourdie, s'assit mécaniquement en face de lui.

Je serais ravi que nous recommencions l'interview, déclara le Premier ministre, et je vous promets des réponses sincères.

Mais nous avons rangé les caméras, et le son… Elle se retourna, l'équipe était prête à partir avec ses sacs…

Oh, quel dommage ! Voyez-vous, ce que vous diffusez, ce ne sont que des bavardages, des phrases creuses, mais quand il s'agit de la vérité, vous commencez par dire : Le mobilier ne va pas, ce n'est pas photogénique, il faut tout changer. Puis vous dites : Nous avons déjà rangé le matériel. Mais peu importe, votre président est un homme clairvoyant, rien qu'avec le film que vous rapporterez il comprendra. Et il se demandera s'il était vraiment intelligent de forcer l'Albanie à se tourner non vers Bruxelles, mais vers Pékin. Songez à nos mines de cuivre. Les gisements de cuivre les plus importants d'Europe se trouvent en Albanie.

lette Delacroix intima à son équipe de déballer les
ıs, en agitant fébrilement les mains. Vite, vite!

ez-vous le plus drôle, *madame**? Nous donnons les
droits d'exploitation aux Chinois, mais c'est l'UE qui paie les
infrastructures nécessaires, car nous sommes encore candidat
si bien que nous continuons de recevoir les subventions qu'elle
nous verse!

*Faites vite! Vite!** Elle continua de presser du geste le cameraman et l'ingénieur du son.

Votre président est si clairvoyant! Il comprend certainement pourquoi nous vendons l'aéroport international de
Tirana à la Chine, mais en faisant d'abord financer un second
terminal par l'UE, ce qui est bon pour le prix et donc pour
notre budget.

*Dépêchez-vous!**

Et maintenant, je vais vous exposer une évidence toute
simple de la realpolitik, que votre président clairvoyant
comprendra sans peine: l'Albanie va entrer dans l'UE.
Soit elle y entrera, soit ce seront les Albanais qui entreront.
Comme infirmières, comme travailleurs au noir, ou encore,
disons les choses avec précaution, comme des familles aux
intérêts particuliers. D'une façon ou d'une autre, ils entreront.

We are ready, *Madame**! Son? Bon pour le son!

C'est alors que le Premier ministre se leva. Merci pour
cette conversation passionnante, dit-il en tendant la main à
la journaliste, qui la prit d'un air laissant supposer que ladite
main était infestée de virus.

Cette séance, qui pouvait donner l'impression d'un chaos
anarchiste, était en fait un chef-d'œuvre de symbolique politique. Pour le Premier ministre, il était évident qu'on pouvait
déclencher des évolutions, des retournements de tendance, des
dynamiques nouvelles, avec un geste simple mais hautement
symbolique. Le président français comprendrait le message. Et
le ZK savait aussi qu'il devait beaucoup à Fate Vasa, de ce

point de vue. Il aimait s'entourer d'artistes, auxquels il confiait ostensiblement des fonctions politiques, mais Fate restait un cas exceptionnel. Il était le seul qui, en dehors de son talent poétique, apportait une expérience politique acquise dès sa jeunesse. Et ce talent et cette expérience s'unissaient chez lui à un flair presque infaillible pour trouver des symboles politiques efficaces, des métaphores, des images lyriques, des séductions rhétoriques. C'est lui qui avait dit au ZK, qui n'était encore que le maire de Tirana : Tu as maintenant quatre ans pour transformer cette ville grise en une capitale colorée. C'est un travail de longue haleine, mais il suffira de quelques mois pour que tu imposes ta marque ou plutôt ta peinture, si j'ose dire.

Comment ?

Tu es un peintre, après tout. Il est tout naturel que tu distribues des seaux de peinture en disant : Peignez vos maisons de couleurs vives ! La ville achètera la peinture sur place, à Tirana, chez *Bojra dhe llaqe ylberi*. L'entreprise est au bord de la faillite, tu la sauveras, tu sauveras du même coup des emplois, le tout ne coûtera sans doute même pas 900 000 leks, et tu en récupéreras une partie en TVA, en impôt sur les bénéfices et ainsi de suite. Tu es un peintre, donc crie aux gens : Peignez ! Et la ville resplendira de couleurs !

De fait, ça avait marché. Il avait été réélu. Et le maire de Tirana avait fini par devenir Premier ministre, une fois que le peintre indépendant se fut emparé (le mot était faible) du parti socialiste, après avoir compris qu'il était prêt à s'abaisser pour lui au rôle de comité électoral. C'était aussi à Fate qu'il devait de saisir l'instant dès qu'il permettait une impulsion. En l'occurrence, l'impulsion venait de la conscience qu'avaient les sociaux-démocrates d'avoir le choix entre parvenir au pouvoir avec ce peintre fou ou finir en prison sans lui. Le pouvoir ou la prison, il était rarement question d'autre chose, dans la politique intérieure albanaise. Les vieux cadres du parti avaient besoin de lui, même s'ils le méprisaient secrètement, avec sa façon bizarre de gesticuler, il n'avait vraiment rien d'un homme d'État, on voyait tout de suite que ce géant avait été autrefois un joueur de basket, d'ailleurs ses mains semblaient devenir folles sans ballon, on aurait dit Charlie Chaplin sans son globe terrestre.

Lors de leur réunion stratégique matinale, Fate avait prononcé la phrase qui avait d'abord amusé le ZK et tous les autres assistants, comme s'il s'agissait d'une plaisanterie. Mais ensuite...

Le Premier ministre comprit aussitôt que c'était Fate, une nouvelle fois, qui avait eu la bonne intuition...

J'ai dit ce matin que tu devais brandir symboliquement l'épée de Skanderbeg, dit Fate. Ça vous a fait rire... Il menaça du doigt les conseillers présents : Mais... attendez! Attendez! C'est peut-être drôle, mais en tant que symbole politique, un geste aussi martial semble ridicule et dépourvu de toute crédibilité. Annexer le Kosovo et une partie de la Macédoine du Nord pour réunir par la conquête l'ensemble du territoire des Albanais... Voyons! Personne ne peut prendre ça au sérieux. Et ce qu'on ne peut pas prendre au sérieux ne marche pas comme symbole politique. Mais... attendez! Attendez, s'il vous plaît! Cette idée n'est pourtant pas complètement absurde. J'ai réfléchi à la question. Ce n'est pas l'épée qui compte, c'est le casque de Skanderbeg. Ce casque est l'arme qu'il nous faut, mes amis!

Se tournant vers le ZK, il ajouta :

Il faut que tu te coiffes du casque de Skanderbeg!

Tous éclatèrent de rire.

Cette plaisanterie devient surréaliste! s'écria Ismail Lani. D'un geste, le chef du gouvernement rétablit le calme.

Vous pouvez bien rire, reprit Fate. Mais n'importe quel Albanais sait que même s'il ne lui reste qu'une dent, le lion peut déchiqueter sa proie. Zoti Kryeministër, tu dois faire comprendre que tu es le lion, bien que tu aies l'air d'être dans une position de faiblesse. Premièrement, tu prends son thème favori à l'opposition, qui a fait de Skanderbeg – l'homme qui a uni les Albanais – son cheval de bataille. En te coiffant de son casque, tu deviendras le défenseur de l'unité albanaise, de cette façon tu mettras les nationalistes de ton côté. Tu y réussiras avec le casque, pas besoin d'une épée. Deuxièmement, ce serait la meilleure réponse à adresser à Bruxelles. Tu leur rappellerais que Skanderbeg était le protecteur de la chrétienté européenne contre les Ottomans. Grâce à leur héros traditionnel, tu donneras aux Albanais plus de poids, plus d'importance pour l'Europe que si tu te contentais d'aller mendier à Bruxelles un peu plus de prospérité. C'est cela que représente le casque. N'oublie jamais que les Européens s'intéressent soit aux marchés, soit aux symboles. Ils sont fascinés par les symboles, car ils n'en possèdent plus eux-mêmes, c'est ce qu'ils appellent des récits fondateurs. Comme marché, l'Albanie n'est pas intéressante, mais symboliquement, avec le casque de Skanderbeg, nous avons vraiment le crâne dur! Et troisièmement, avec ce casque, tu montres que tu as un plan B, une alternative si jamais l'UE nous laisse mendier à la porte : la Grande Albanie! Là encore, Skanderbeg en est le symbole, avec son don pour conclure sans cesse de nouvelles alliances, ce qui nous ramènerait à la Chine. Et le mieux, c'est que tout ça ne coûte rien. Sans compter que le casque est plus crédible que l'épée. Il n'a qu'à exister comme une idée pour semer le trouble dans certains esprits.

Le casque se trouve dans un musée de Vienne, observa le Premier ministre.

Oui, répliqua Fate. Tu as très mal réagi, hier, au Parlement. Mais l'important, ce n'est pas l'erreur d'hier mais la déclaration de demain. Tu dois simplement faire savoir que tu demandes la restitution du casque.

Le Kunsthistorisches Museum avait prêté le casque pour l'exposition « Cent ans d'État albanais » qui s'était tenue à Tirana. L'opposition avait jugé le moment favorable, c'est-à-dire défavorable à l'UE, pour exciter les sentiments nationalistes en critiquant au Parlement le fait qu'on ait rendu à Vienne un objet aussi essentiel pour l'identité albanaise. Sur quoi, le Premier ministre avait lancé au chef de l'opposition : Quand on a besoin d'un casque, c'est qu'on travaille du chapeau !

OK, c'était une erreur. Mais c'est encore sans importance, dit Fate. Tu expliqueras que le casque a été rendu pour respecter le contrat de prêt. C'est la preuve que l'Albanie honore ses contrats. En Europe, c'est un point essentiel. Mais maintenant, tu demandes une restitution. Tu ne veux rien prêter, tu veux récupérer un bien national qui a été volé.

Fate ouvrit son sac en cuir élimé et craquelé, dont il sortit une chemise. Ce sont de nouveaux poèmes de moi, dit-il. J'espère que tu te reconnaîtras dans le lion qui n'a qu'une dent.

Le Premier ministre regarda cet homme fluet auquel son gros ventre donnait l'air de souffrir de malnutrition. La peau fine de son front, qui paraissait presque vitreux avec ses veines bleuâtres, contrastait de façon troublante avec ses bajoues hérissées de poils de barbe. Ses mains aussi étaient déconcertantes, aussi petites que des mains d'enfant. L'aspect de cet homme n'en faisait pas vraiment une incarnation de l'harmonie et de la beauté classique. Le Premier ministre, ce géant, avait envie de prendre dans sa main ce nain étrange pour le protéger comme un oisillon tombé du nid.

Il prit la chemise et le remercia.

C'est alors que Fate dit quelque chose qui devait encore beaucoup occuper le Premier ministre et mener à la vendetta familiale la plus violente qu'ait connue l'Albanie depuis la mort du dictateur Enver Hoxha en 1985.

Tu devrais peut-être te faire fabriquer une copie sur mesure du casque. De toute façon, l'original serait nettement trop petit pour toi. Tu annonces que tu demandes la restitution, tu laisses la procédure sombrer sous des tonnes de paperasses, et quelque temps plus tard tu mets sur ta tête la copie, qui ne va parfaitement qu'à toi.

Tu es sérieux?

Nous allons y réfléchir. Personnellement, je trouve que l'idéal serait que ton couronnement avec le casque ait lieu le Jour de l'indépendance et du drapeau. Deux semaines avant la conférence sur les Balkans à Poznań…

6

À sa naissance, Fate semblait atteint d'hydrocéphalie. Mais son père se montra rassurant: Mon fils n'a pas d'eau dans la tête, il a simplement plus de cervelle que vous tous! Et ça prend de la place! (Comme le raconta plus tard la mère de Fate, c'était une interprétation étonnante, de la part de cet homme qui s'était détruit le cerveau à force de boire du raki!) Le seul problème, continua le père, c'est qu'il aura besoin d'un chapeau plus grand que ceux qu'on trouve chez les chapeliers. Mais qu'est-ce qu'on trouve dans les magasins, en Albanie? Rien, et c'est ça le vrai problème!

Le père disparut peu après. Soit il n'avait finalement pas supporté cet enfant, soit il s'était saoulé et avait dit des vérités par trop imprudentes – sous la dictature de Hoxha, l'espérance de vie d'un homme prononçant une phrase pouvant passer pour une critique du régime n'excédait pas vingt-quatre heures. C'était la différence avec d'autres États staliniens, où les détracteurs du régime étaient certes incarcérés mais survivaient très souvent, si bien qu'après la chute du Mur ils devinrent diplomates ou présidents de la République.

L'enfant était maladif, mais sa mère réussit à le maintenir en vie. Elle pleurait souvent – jamais devant lui, cependant. Elle répétait sans cesse qu'il fallait qu'elle le tire d'affaire, ce garçonnet malingre à la tête énorme, qui éveillait la pitié chez les voisins ou à l'école. Pour le « tirer d'affaire », elle était prête à toutes les humiliations, sa vie en était bien remplie, jusqu'au moment où elle le perdit. Et elle le perdit quand l'Albanie où elle s'était battue avec acharnement, dont elle haïssait évidemment le système mais connaissait tous les trucs et tous les possibles dans l'impossible, laissa la place à un autre pays. Un pays meilleur, mais où quelqu'un comme elle n'avait plus aucune possibilité, aucune chance.

Un pays meilleur ? Elle disait : En apparence. Pour elle, les politiciens jouaient avec les apparences, rien de plus. Ils recouvraient de couleurs brillantes une réalité sinistre. C'est ainsi qu'elle voyait les choses. Mais elle ne pouvait absolument pas comprendre ceci : elle qui avait passé sa vie à esquiver la politique, à refuser tout contact avec elle afin de survivre, il fallait maintenant qu'elle voie son fils se lancer dans la politique. Elle n'était pas du genre à lui faire ses adieux, de toute façon il ne se retournait pas et n'y aurait même pas prêté attention.

Ce n'est que bien plus tard, longtemps après la mort de sa mère, que Fate raconta : L'engagement politique m'a passionné et façonné, car c'était dans l'air du temps. Je croyais vraiment qu'il existait objectivement des questions sociales et qu'il valait la peine de se battre pour elles. Lutter avec beaucoup d'autres dans l'intérêt de tous. Les gens que je connaissais pensaient tous ainsi. Aucun d'entre nous n'aurait imaginé que les idées politiques les plus nobles pourraient devenir un ramassis de phrases creuses. L'air du temps. Si j'étais né vingt ans plus tard, je serais peut-être devenu un cynique, ou un poète plein de sensibilité, d'ailleurs l'un n'exclut pas l'autre. Ce qui me dérange dans cette histoire : si j'étais né vingt ans plus tôt, serais-je devenu un fervent stalinien ?

Ce n'était pas un jeu conscient sur les mots, il se trouvait simplement qu'en évoquant son enfance Fate disait « home-pital » au lieu de « hôpital ». À l'hôpital, il était chez lui.

Il avait appris très tôt à considérer les hôpitaux comme sa vraie maison. Il avait toujours été un enfant maladif, privé très tôt de son père, avec une mère qui ne pouvait lui montrer son amour que par la dureté et une discipline sévère, ce qu'il mit longtemps à comprendre. Il la voyait se battre, mais il ne la voyait pas aimer, il ne sentait pas son amour dans sa dureté. L'amour, on en parlait. L'amour de Jésus-Christ. La mère était catholique, c'est-à-dire qu'elle appartenait à une petite mino-rité dans un pays majoritairement musulman, et au sein de cette minorité elle faisait partie des dévots, lesquels étaient rares dans ce peuple qui, musulman ou pas, était surtout fier de se définir comme athée d'après sa Constitution.

C'étaient ses séjours à l'hôpital qui lui donnaient l'impres-sion d'être soigné et protégé, dans les délires de la fièvre, avec la main fraîche de l'infirmière sur son front, les perfusions qui lui paraissaient verser goutte à goutte dans ses veines un fluide vital, et les questions des médecins lors de leurs visites. Chez lui, personne ne s'était jamais enquis de son état de santé, et encore moins de ses états d'âme – l'âme ne prenait d'impor-tance que le dimanche, à la messe – même en été, il mourait de froid dans l'église – ou lors des enterrements, le grand-père, la grand-mère, un oncle, encore un oncle, une grand-tante, on parlait alors de l'âme, laquelle était délivrée car le corps avait péri, le pourvoyeur des souffrances, mais la vie, elle, était sans âme, il n'y avait pas d'âme libérée de la souffrance dans un corps contracté, douloureux, qui devait faire la queue pour avoir du pain, faire la queue pour tout ce qui n'existait pas vraiment, seuls existaient les tickets de rationnement et ces files interminables dans l'espoir qu'un bout de papier ou de carton se transformerait en nourriture. Mais à l'hôpital, il n'y avait pas de files d'attente, couché dans un lit on était alimenté par une poche suspendue à une perche et dont le contenu s'écoulait dans les veines, sans délai, sans bousculade, sans fausses promesses, la vie s'instillait en vous pendant que dehors la lutte pour la survie faisait rage devant les magasins qui, en fait de poches pleines de fluide vital, n'avaient que des aliments en quantité insuffisante.

Quand Selina Vasa alla chercher une nouvelle fois son fils à l'hôpital Mère-Teresa, on était le 21 juin 1998, ils furent rapidement coincés par un embouteillage dans la Rruga e Dibrës, un embouteillage comme la ville de Tirana n'en avait encore jamais vu. Ils étaient dans un taxi, les minutes s'écoulaient, le chauffeur poussait des jurons, rien ne bougeait, on n'avançait pas d'un mètre, ils attendaient mais rien ne se passait, ils faisaient du surplace.

Ce sont ces fils de pute de la Sigurimi ! s'écria le chauffeur.

Je ne vous ai pas entendu, déclara la mère.

Vous ne m'avez pas entendu ? Non ? Vous êtes sourde ? Mais même les sourds vont se faire tirer les oreilles ! Il est évident que la Sûreté d'État veut profiter du chaos pour...

Ne dites pas de pareilles absurdités ! Continuez de rouler !

Vous êtes aveugle, en plus, ma bonne dame ? Vous ne voyez pas que tout est bloqué ?

Depuis la chute du Mur, la circulation dans Tirana n'avait cessé d'augmenter, pour la grande joie des statisticiens du gouvernement qui y voyaient une preuve irréfutable de la croissance économique et de la prospérité grandissante de la population, mais jamais avant ce 21 juin on n'avait vu une situation pareille, où le trafic s'était totalement interrompu dans des quartiers entiers de la ville. Le lendemain, le journal *Koha Jonë* écrivait : *Après les deux emprunts bien connus à l'allemand que sont « Kindergarten » et « Rucsac », notre langue doit maintenant acclimater un nouveau mot : « Blehlawine ».*

En l'occurrence, cet équivalent germanique du bouchon ne s'appliquait pas à un embouteillage normal. La situation avait ses racines, si l'on peut employer un tel mot en relation avec des voitures, dans un mécontentement populaire. C'était la première grande manifestation de la société civile albanaise, une tentative aussi résolue que désespérée, après l'effondrement des structures de l'État, d'obtenir par la force qu'une Albanie démocratique prenne un nouveau départ.

Un nombre étonnant de propriétaires de voiture avaient répondu à l'appel des artistes et des professeurs d'université les invitant à s'engager dans une rue et à mettre leur véhicule en travers, de façon à bloquer complètement la circulation. Comparé à d'autres capitales européennes, Tirana n'avait qu'un taux relativement bas d'automobilistes, mais ce jour-là, cette ville encore arriérée avait tout d'une métropole mondiale totalement engorgée.

Fate était assis au fond de la voiture, appuyé contre sa mère, il entendait le chauffeur dire *soulèvement de la loterie, guerre civile, Sigurimi, Constitution, Europe.* Autant de concepts qu'il ne connaissait pas mais qui lui paraissaient importants, dans cette situation inexplicable. Il en voulait à sa mère d'imposer sans cesse silence au chauffeur, de ne rien vouloir entendre de toute cette histoire.

Cela dit, il ignorait aussi que sa mère devait dépenser énormément d'argent en pots-de-vin, qu'elle devait s'humilier pour emprunter et s'endetter sans remède, que bien souvent elle ne mangeait pas à sa faim afin qu'il ait sa poche de fluide vital et ses conserves à l'hôpital Mère-Teresa, alors que les plus pauvres pouvaient s'estimer heureux si on lavait les cadavres de leurs proches hospitalisés. Il ne savait rien de l'effondrement de l'État, lequel semblait encore prendre soin de lui grâce à sa mère qui vendait tout – et il ne devait jamais apprendre ce que cela signifiait : *tout.*

Ils finirent par sortir du taxi, Fate fut ennuyé de voir sa mère se disputer avec le chauffeur, elle ne voulait pas payer car il ne l'avait pas amenée où elle voulait, c'est-à-dire chez elle, il n'était de toute façon pas question qu'elle paie la somme indiquée par le compteur, qui n'avait cessé de tourner pendant qu'ils étaient immobilisés.

Tandis que sa mère discutait avec le chauffeur, Fate s'avança avec curiosité le long des voitures, pour la première fois le combat de sa mère, une simple querelle avec un chauffeur de taxi, eut pour effet qu'elle perdit des yeux son fils. Les conducteurs avaient ouvert les portières de leurs autos, les klaxons se déchaînaient, on entendait des sirènes et des avertisseurs, certains mettaient le son de leur radio au maximum. Non sans étonnement, Fate s'aperçut qu'au bout d'un moment beaucoup choisissaient le même programme, dont la musique retentissait à l'unisson, et bientôt une foule de gens, hommes et femmes de tous âges, enfants et adolescents, se mirent à s'agiter entre les véhicules en claquant des doigts en cadence, à tambouriner sur les toits des voitures, à chanter les refrains. Pour finir, une voix tonitruante s'éleva d'une voiture : *It's my life.* Quelques automobilistes joignirent leur voix, *It's my life,* puis ils furent de plus en plus nombreux à régler leur radio sur cet émetteur, leur nombre sembla encore grandir avec le refrain suivant, puis ils furent des centaines à hurler *It's my life* en tapant en cadence sur les toits de véhicules, en battant des mains et en criant, *It's my life,* et le petit Fate avait la chair de poule tandis qu'il s'avançait parmi les voitures devant ces gens braillant d'un air exalté, il se surprit à onduler des hanches, entendit ensuite sa mère crier son nom, mais ce cri fut bientôt englouti dans le vacarme et les hurlements, *It's my life,* c'est alors que les chœurs se mirent à crier inlassablement *Assez! Assez! Nous en avons assez!* Assez de la corruption, de la violence, des imposteurs, ils réclamaient la démission d'un homme que Fate ne connaissait pas, dont il n'avait encore jamais entendu le nom, mais il savait qu'il était du côté de ceux qui scandaient ce nom, hurlaient, dansaient, battaient des mains. Et ils ne cessaient aussi de proclamer : *Nous sommes l'Europe!*

Une nouvelle fois, il entendit sa mère crier, *un cri qui fut englouti par le bruit assourdissant comme un galet qu'on a jeté dans le ressac.* Telle fut la première phrase qu'il devait écrire le lendemain dans un cahier, le début de ses tentatives littéraires. Plus tard, il ne fut pas fier de cette phrase, pas plus que de ce cahier à bon marché dont la couverture s'ornait du dessin puéril d'un panda, *made in China*. Mais il le conserva, car c'était son début.

Fate continua d'avancer. Il sentait qu'il s'éloignait de sa mère, irrémédiablement, qu'il existait une vie au-delà du régime sévère instauré par sa mère et des soins prodigués par les infirmières, ces deux pôles de son existence qui étaient en marge de la réalité.

Fate, né le 17 décembre 1981, n'avait pas encore dix-huit ans ce jour-là, avec sa tête énorme et ses pieds trop petits on lui en aurait donné quatorze, on aurait dit un enfant qu'on pouvait aisément renverser. Mais c'est alors qu'il apprit qu'il ne dépendait que de soi-même d'être renversé par les autres – ou de les bousculer.

Eh bien, mon petit, tu as perdu tes parents ?

Le jeune homme qui s'adressait à Fate n'avait que quatre ans de plus que lui, mais il avait pris Fate pour un enfant. Il ne fut que plus stupéfait par sa réponse :

Je ne cherche pas mes parents, je cherche mon avenir.

Puis il ne put s'empêcher de rire, car Fate poursuivit :

Mon père a été délivré de son corps et ma mère se dispute avec le chauffeur de taxi.

C'est ainsi que Fate rencontra au milieu des radios, des klaxons et des sirènes déchaînées Ismail Lani, le futur porte-parole du gouvernement du Premier ministre, qui militait alors dans un groupe d'étudiants en droit défendant l'idée d'une nouvelle Constitution pour l'Albanie. Ce serait la première constitution démocratique depuis les années vingt, expliqua-t-il. Une urgence !

Une essence, dit Fate.

Non, répliqua Ismail en riant, une urgence, c'est…

J'ai déjà compris, c'est l'essence de ce qui est nécessaire !

Le lendemain, Ismail emmena cet enfant pour le moins singulier à une réunion de militants. C'est lors d'une de ces réunions, neuf mois plus tard, que Fate rencontra l'ancienne star légendaire de l'équipe nationale albanaise de basket-ball, qui recherchait le soutien des étudiants en tant que candidat indépendant du parti pour les élections municipales de Tirana. À cette époque parut le premier recueil de poèmes de Fate, *Sirènes et avertisseurs,* chez Shtypi Universitar, University Press Tirana.

7

Toutes les dictatures se ressemblent. Mais chaque individu se sent opprimé d'une manière différente.

Adam n'en était pas revenu, quand Mateusz avait prononcé cette phrase, au milieu d'une grande manifestation contre le régime à Varsovie, qui lui faisait l'effet exactement contraire : L'oppression rend les gens semblables, elle les unit dans leurs aspirations et leurs revendications, comme on le voit clairement dans cette résistance ouverte contre le régime. Les révoltés ne sont pas différents mais égaux dans l'oppression !

L'époque de la clandestinité était terminée, en ce mois d'avril 1989 où une vague de grèves et de manifestations avait contraint le gouvernement à négocier, ce qui devait conduire plus tard à la reconnaissance officielle du syndicat Solidarność. Adam et Mateusz, ces résistants encore tout jeunes, presque des enfants, se trouvaient ce jour-là à une fenêtre de l'étude Guciński i Synowie, les représentants légaux de Solidarność, dans la Ulica Marszałkowska, et observaient la foule qui agitait des drapeaux. Les seuls témoins de leur conversation absurde étaient Jakub Guciński, un avocat chevronné, et

Piotr Szczęsny, le soldat de la *Solidarność Combattante,* qui avait été euphorique avant la libération mais se montrait déçu depuis la chute du Mur et devait tomber dans la dépression puis, des années plus tard, s'immoler par le feu.

Ils buvaient de la vodka, à l'exception de Mateusz, et Piotr leva son verre en riant et proclama : Nous allons gagner !

Mateusz ferma la fenêtre. Il fait froid, dit-il. Et le pathos ne me réchauffe pas. Puis il prononça cette phrase : Toutes les dictatures se ressemblent. Mais chaque individu se sent opprimé d'une manière différente.

Dans sa stupeur, Adam ne trouvait pas ses mots. La communauté de pensée… on voit quand même bien ici… les revendications communes…

Mateusz sourit. Les revendications de ceux qui résistent à une dictature ne constituent pas une base pour gouverner ensuite un État libre, déclara-t-il.

Adam : Qu'est-ce que tu racontes ?

Regarde donc en bas, dit Mateusz. Que veulent-ils ? La liberté de la presse. C'est ce qu'ils sont en train de hurler : la liberté de la presse. Et quand ils l'auront, qu'est-ce qu'ils vont acheter ? Des revues pornos et des magazines de mode.

Il rouvrit la fenêtre, se pencha vers la rue.

Vous entendez ? Une justice indépendante. C'est ce qu'ils crient maintenant. Mais quand ils l'auront, ils ne se soucieront que d'obtenir eux-mêmes justice, et cela reviendra bientôt à voir leurs préjugés confirmés, ce dont la télé pourra fort bien se charger. Quant à avoir ou non une justice vraiment indépendante, ils ne s'y intéresseront guère dans leur vie quotidienne, tant qu'ils n'auront pas à craindre d'être arrêtés arbitrairement mais pourront voir de temps un temps un « gros bonnet » passer devant un tribunal. Qu'est-ce qu'ils attendent d'une démocratie ? Je vais te le dire : une augmentation de leur niveau de vie. Mais il n'existe aucune constitution, aucun modèle de démocratie, où il soit inscrit que tout vote conduit nécessairement à plus de prospérité. Regarde la Chine : là-bas, le niveau de vie augmente sans démocratie, sans libertés civiles. Alors qu'en Inde, la plus grande démocratie du monde, c'est la misère absolue. Et ainsi de suite. Crois-moi, Adam, chacun de ceux qui sont en train de défiler en bas veut quelque chose de différent et a sa propre conception de la vie. Pour l'instant, ils ont des slogans communs, pour lesquels ils descendent tous dans la rue. Quand le régime tombera – et il va tomber, sur ce point vous avez raison et c'est pour ça que nous nous sommes battus –, plus personne ne se contentera de la liberté abstraite, il y aura concrètement des gagnants et des perdants, les uns seront libres d'en prendre à leur aise, les autres au contraire se sentiront opprimés d'une manière différente, car ils n'auront aucune chance dans la chasse au bien-être. Et chacun aura ses propres motifs, mais ce qui est sûr, c'est qu'ils ne seront pas consolés par le règne officiel de la démocratie. Pourquoi devraient-ils en être satisfaits, puisqu'il s'agira d'une démocratie où ils seront condamnés à l'échec? À ce moment, nous devrons offrir d'autres slogans, pour rétablir la concorde. Des formules aussi creuses que celle de la liberté de la presse, qui ne sera que la liberté des propriétaires des médias, comme c'était le cas auparavant et comme cela le redeviendra sous une autre forme: jusqu'alors, c'était le parti, dorénavant ce seront des magnats de la presse. Ces slogans n'auront pas plus de réalité que celui de la paix mondiale garantie par l'Union soviétique. Après tout, la démocratie n'est rien d'autre que l'adoption volontaire et non plus forcée de formules toutes faites. Par exemple: Maintenant, tu peux réussir parce que nous t'offrons davantage d'opportunités, sans la moindre idéologie, et on ne t'arrêtera pas si tu racontes une blague sur le régime. Et quand ils voudront être en sécurité, donne-leur donc un État policier, avec revues pornos et magazines de mode. Je te promets que dès qu'ils se sentiront protégés, ils se ficheront pas mal de la démocratie!

C'est pour ce cynisme que ton père est mort? demanda Adam.

Mateusz haussa les épaules en souriant. Adam se dit qu'il n'avait pas parlé sérieusement. C'était l'effet de la vodka.

Mais Mateusz était le seul à n'avoir pas bu de vodka. Sa vérité se fondait sur sa lucidité.

Jakub Guciński dit alors : Referme cette fenêtre, il fait froid.

Et à l'instant où la fenêtre se fermait, Piotr entendit le mot que criaient des milliers de bouches : *Wolność*. Liberté.

Jakub remplit de nouveau leurs verres. On n'entendait plus rien. Les fenêtres étaient insonorisées.

Quand Adam Prawdower, devenu entre-temps un haut fonctionnaire de la direction générale NEAR, dans la direction D, *Western Balkans Strategy Unit*, écrivit un mail à Mateusz, son frère de sang, devenu de son côté le Premier ministre de la Pologne, il se rappela soudain cette scène, et aussi cette nuit au séminaire où Mateusz avait dit : Je t'abattrais de ma propre main. Et l'immolation par le feu de Piotr, et la réaction de Mateusz…

Il resta longtemps assis là, incapable d'écrire. Puis il commença enfin à taper sur les touches, en s'efforçant de conserver un ton objectif.

Cher Mateusz, Monsieur le Premier Ministre,

J'ai été chargé par la DG NEAR (direction générale pour le voisinage et l'élargissement) de la Commission européenne de préparer la conférence sur les Balkans qui doit se tenir en novembre prochain à Poznań.

Comme nous nous connaissons depuis l'enfance, on le sait également ici, il serait aussi naturel qu'utile si nous pouvions tous deux échanger nos idées de façon informelle avant le début des négociations des Vingt-Sept avec les représentants des pays balkaniques ayant le statut de candidats. En tant que Premier ministre de la Pologne, tu présideras cette conférence si essentielle pour l'avenir des Balkans, je considère notre vieille amitié comme un coup de chance qui pourrait nous permettre au préa-lable de mettre au clair et d'harmoniser nos positions, afin de formuler en conséquence les thèmes des discussions.

Comme tu le sais, voilà longtemps que la politique balka-nique de l'Union est ~~impuissante mal informée~~ malencontreuse, et récemment encore le veto contre les négociations d'adhésion avec les pays candidats a été une faute grave. ~~Je~~ La DG NEAR tient beaucoup à ce que cette conférence soit un succès, c'est-à-dire qu'elle aboutisse à des perspectives concrètes pour les pays des Balkans occidentaux.

Je te prie donc de m'indiquer des dates possibles pour nous rencontrer, étant bien entendu que je me rendrai évidemment à Varsovie pour la circonstance.

Inutile de préciser que je t'écris ce mail à titre personnel, même si j'ai informé officieusement mon directeur, M. Ambroise Bigot.

J'attends ta réponse avec impatience,
~~Ton~~

~~frère de sang~~
~~compagnon d'armes~~
~~vieil ami~~

~~Ton vieux Juif de cour~~ Non, à présent il devenait cynique, peu sérieux. Il poussa un juron, effaça et signa :
Adam
en ajoutant sa signature électronique.

Bien entendu, Adam mentait quand il disait avoir informé M. Bigot de son initiative, ou du moins il exagérait fortement. Il s'était contenté de lui raconter en passant qu'il connais-sait le Premier ministre polonais depuis l'enfance et était resté sporadiquement en contact avec lui. En réalité, Adam se permettait là quelque chose d'inouï. Il était évidemment interdit aux fonctionnaires européens de faire de la politique en privé et de se servir de l'institution pour leurs intérêts personnels. Mais Adam n'était pas sûr qu'on présenterait son mail à Mateusz, s'il ne donnait pas l'impression d'agir avec l'accord et au nom de la Commission européenne.

De fait, Adam devait obtenir son rendez-vous avec une rapidité surprenante. Mateusz avait-il estimé nécessaire de réagir sans tarder face à une exigence de la Commission ? Ou le puissant Premier ministre de la Pologne se sentait-il encore lié par leur pacte de frères de sang ? À moins qu'il n'ait vu dans cette rencontre informelle l'occasion, pour ainsi dire, de déposer une bombe dans les locaux de la Commission européenne sans laisser d'empreintes digitales ? Adam était-il trop naïf ? Ou tellement aveuglé par la haine qu'il n'était plus capable de prévoir les conséquences de son geste ? Il commit une erreur supplémentaire en rédigeant un rapport sur sa « rencontre à titre privé avec le Premier ministre polonais », ce qui devait faire quelques vagues dans la direction générale NEAR.

8

Les gens cherchent le bonheur, ils veulent une vie heureuse, comme ils disent. Mais dès qu'ils le trouvent, soudain il n'est plus question de bonheur, mais de réalisation. Rares sont ceux qui se rendent compte que leur bonheur repose souvent sur les réalisations mais aussi parfois sur les crimes de leurs parents ou de leurs aïeux, qui ont eu lieu longtemps avant eux et conditionnent ensuite la vie de générations entières. Somme toute, les réalisations des riches ne sont rien d'autre que les profits que feront ceux qui ont touché un gros lot à leur naissance. C'est cela, leur bonheur.

Ainsi discourait Karl Auer, non sans se demander pourquoi il s'en tenait à ces généralités abstraites, alors qu'il s'agissait de devenir plus intimes l'un avec l'autre. Mais il n'était pas sûr qu'ils en soient déjà là.

Il raconta qu'à l'époque où il étudiait à la faculté de droit, il avait un condisciple qui possédait aujourd'hui l'un des plus gros cabinets juridiques d'Autriche. Naturellement, cet homme estime qu'il doit sa réussite à son travail et à son talent. N'a-t-il pas étudié avec zèle? N'a-t-il pas travaillé souvent même la nuit? Ne s'est-il pas débattu pendant des heures d'insomnie avec des décisions qui auraient pu causer sa ruine, mais finalement ce risque que d'autres n'auraient peut-être pas couru s'était révélé payant... Mais: quelle aurait été sa vie, si son arrière-grand-père, un avocat sans envergure, ne s'était pas emparé d'une florissante étude juive sous prétexte d'aryanisation? Si son grand-père, dans les années cinquante et soixante, n'avait pas recouru à toutes les astuces juridiques pour empêcher une restitution du bien confisqué, et s'il n'avait pas trouvé dans le milieu des vieilles élites une clientèle aux solides ressources financières, qui de son côté lui accordait sa confiance du fait de son histoire familiale?

Auer ne pouvait rien reprocher à son ami. Celui-ci avait hérité d'une étude confisquée par les nazis, mais il n'était pas de ceux qui minimisaient les crimes de la dictature. Ce n'était pas non plus un parvenu, il travaillait dur, il s'intéressait aux arts et, comme il devait le prouver dans certaines circonstances, on pouvait compter sur son amitié. Malgré tout, que serait-il devenu sans cet héritage qu'il devait à la politique d'aryanisation?

Et toi, de quoi as-tu hérité?

De rien.

Regarde pourtant ce que tu es devenu! Est-ce dû seulement à ton travail, ou des décisions prises avant ta naissance auraient-elles...?

C'était leur premier soir, les premières heures que Karl Auer et Baia Muniq Kongoli passaient ensemble, et déjà ils parlaient du bonheur. Baia raconta plus tard, après avoir perdu son enfant, qu'ils étaient un peu ivres, qu'ils avaient tous deux – tous deux! elle en était certaine – le sentiment d'être faits l'un pour l'autre pour des raisons tenant presque à la logique de leur histoire, comme une conséquence d'orientations décidées bien avant leur naissance. C'était étonnant, car Baia, cette juriste rationnelle, n'avait guère tendance à ce genre de fantasmes chimériques. Mais pourquoi : chimériques ? Puisqu'il existait des précédents.

Après la première réunion des fonctionnaires de la Commission avec les représentants du gouvernement albanais, il y eut un dîner au restaurant *Mullixhiu,* autour d'une longue table. Avec ses tables en bois bien astiquées, son parquet d'aspect usé, son poêle ouvert trônant dans un coin et où flambaient des bûches, on aurait dit une très ancienne auberge traditionnelle. Toutefois Auer apprit que l'endroit était neuf, on l'avait aménagé avec soin d'après de vieilles photos d'une cabane de meunier du nord de l'Albanie, tandis qu'à l'arrière se cachait une cuisine moderne de vrai professionnel. Le restaurant devait son succès à la redécouverte de vieilles recettes albanaises. Le chef Bledar Kola, un jeune homme, dirigeait la cuisine avec une cuiller en bois en guise de baguette. Même s'il était célébré par des critiques culinaires du monde entier, il était guidé par des grands-mères et des arrière-grands-mères qui lui avaient légué leurs cahiers de recettes dont il donnait maintenant *une interprétation moderne,* comme l'expliqua Ismail Lani dans son petit discours aux hôtes venus de Bruxelles. Pour commencer, on servit d'abord *Pllaqi me veshka keci* puis *Roshnica,* et comme plat principal *Mish qengji në qumësht,* ce qu'Auer nota dans son carnet – ce n'était pas dans ses habitudes, mais il ressentait le besoin de garder une trace de ce repas, outre qu'il comptait regarder sur Google ce qu'il avait mangé exactement. Cependant, il ne prit pas les plats en photo, car il n'était pas sur Facebook. En dessert, il choisit *Tortë kosi.* Ce mot l'enchantait : *kosi* ! Qu'est-ce que ça veut dire ? demanda-t-il en souriant à son vis-à-vis, cette brillante juriste qui avait attiré son attention lors de la première réunion par plusieurs interventions d'une grande qualité sur la réforme de la justice albanaise et sur le droit européen. Comment s'appelait-elle, déjà? Baia? Baia Muniq Kongoli. Docteure en droit.

Ce plat s'appelle vraiment *kosi*? Il prononça le mot ostensiblement à l'anglaise, bien qu'il eût depuis longtemps remarqué qu'elle parlait parfaitement allemand.

La *Tortë kosi* était une tarte au fromage blanc avec des marrons, des myrtilles et – qu'est-ce que c'est? Du thym? Oui, du thym. Intéressant. Il avait cru qu'il ne pourrait plus avaler une bouchée, mais voilà qu'il attaquait son dessert, sous les yeux de Baia, comme s'il voulait... Quand cette pensée lui vint, ce « comme s'il voulait... », il reposa sa fourchette.

Karl Auer ne connaissait pas les *Contes des mille et une nuits*, c'est à peine s'il avait connu par expérience les Contes d'une nuit. Même si cela avait parfois débouché sur des amitiés, et s'il y avait eu à l'occasion d'autres nuits, c'était comme ça, ce n'était pas l'amour.

Depuis longtemps, il sentait qu'il serait prêt pour l'amour, prêt en fait à fonder une famille. Mais comment un homme toujours prêt à intervenir en cas d'urgence peut-il se distinguer si personne ne l'appelle jamais au secours? Il était le genre d'homme que les femmes d'un certain âge avaient envie de materner, ce qui était parfois très agréable mais ne pouvait à long terme se concilier avec son désir d'enfants. Et les jeunes femmes, ou même celles qui avaient son âge, le considéraient comme un homme mûr qu'on saluait poliment quand on le croisait dans la cage d'escalier.

À la fin du banquet, on vit soudain quelques hommes nantis de costumes noirs et d'oreillettes téléphoner avec une nervosité discrète, après quoi des limousines arrivèrent pour ramener les représentants du gouvernement chez eux et les fonctionnaires de la Commission européenne à leur hôtel.

Je préférerais marcher un peu, dit Auer. Est-ce un long chemin?

Dans quel hôtel logez-vous ? demanda Baia.

Au *Tirana International.*

C'est à une demi-heure d'ici. Vous saurez y aller ?

Auer sourit, légèrement ivre.

Non, vous n'y arriverez pas. Je serais ravie de vous raccompagner. Moi aussi, j'ai envie de marcher. C'est comme ça qu'on dit ? J'habite dans la Rruga Qemal Stafa, ce n'est pas loin de votre hôtel.

Ils se fichaient tous deux de ce que les autres pensaient. Dans l'agitation du départ, il est probable que personne ne pensa ou ne remarqua quoi que ce soit, au milieu des échanges d'amabilité qu'échangeaient les participants avant de sauter dans les limousines se succédant sans relâche.

Le seul à qui il n'échappa certes pas qu'Auer ne montait pas en voiture mais s'éloignait à pied avec Baia, l'austère Baia, ce fut Ismail Lani, lequel était chargé de rester sur place – comme *last man standing,* selon sa formule – jusqu'à ce que le dernier membre de la délégation ait été mis en voiture après les adieux.

En souriant, il songea que des relations, disons, plus intimes entre délégués du parti gouvernemental et fonctionnaires de l'UE ne pouvaient que faciliter les choses. Et il savait évidemment à qui il devait faire part de cette réflexion.

Il leur fallut plus d'une demi-heure pour faire le chemin. Ils flânaient, se taisaient. Se taire n'avait rien de pénible, c'était un silence rêveur.

Baia dit enfin : Tu n'es pas étonné par mon nom ?

Non, pourquoi ? Baia est un beau nom.

Tu es la première personne depuis longtemps qui n'ait rien remarqué. Et tu ne m'as pas encore demandé pourquoi je parle allemand…

Ton allemand est excellent !

Ils continuèrent leur chemin, en passant devant la pyramide édifiée pour le défunt dictateur, on l'avait déjà montrée à Auer et ses collègues lors du tour de ville avant les négociations, si bien qu'il put se repérer et comprit qu'ils n'étaient plus très loin de l'hôtel, et il se dit qu'il devrait peut-être l'interroger. Pourquoi aurait-il dû être étonné par son nom? Et pourquoi parlait-elle si bien allemand?

En 1975, raconta-t-elle, mon père a étudié l'allemand en Chine. À cette époque, on pouvait partir. Aller faire des études en Chine. Mon père a appris l'allemand. En Chine! Parce que c'était possible. Pourquoi l'allemand? Je n'en sais rien, il avait une vision de l'Allemagne qu'il trouvait libératrice ou exemplaire comparée à l'Albanie, à la réalité qu'il connaissait et n'avait pas le droit de critiquer. Il ne pouvait pas dire l'Albanie est sale, mais il pouvait dire l'Allemagne, car c'était un synonyme de propre. Il ne pouvait pas dire que l'Albanie était privée de tout droit, en dehors du Kanun, le droit coutumier, qui était certes interdit mais encore appliqué, cependant il pouvait dire l'Allemagne, car c'était un synonyme d'État de droit. Il ne pouvait pas dire corruption en Albanie, mais il pouvait dire Allemagne, tu comprends? C'était très ambivalent. Même quand il disait « homme fort », il voulait parler de l'Allemagne, pas de notre dictateur. Et avant tout, il voulait gagner un jour des deutschemarks, c'était le rêve. L'aisance avec une monnaie forte, c'était ce que promettait le mark, avec lui on obtenait tout ici, à l'époque, absolument tout. OK, je commence à interpréter, je ne sais pas exactement comment c'était, il ne me l'a jamais expliqué. Mais imagine, l'Allemagne est ton rêve et...

Auer déglutit...

Et la seule possibilité à cette époque, c'est d'aller en Chine.

C'est dément, dit Auer.

C'était la réalité. Le nombre d'Albanais qui étudiaient l'allemand en Chine, tu ne peux pas savoir. Seuls ceux qui faisaient des études d'ingénieur étaient plus nombreux.

Ils passèrent devant des cafés et des bars, des terrasses en plein air, tous bondés, dans les rues la circulation était trépidante, Auer fut stupéfait par l'animation de cette ville, le dynamisme de cette Tirana avide et frénétique.

En tout cas, poursuivit Baia, il a très bien appris l'allemand en Chine, à son retour il a continué d'étudier à l'Institut Lenz, qui existe encore...

Lenz?

Oui, il a été fondé par un Juif allemand qui avait fui l'Allemagne nazie. Il s'était retrouvé ici, et il était resté. Les gros bonnets envoyaient leurs enfants dans sa *Shkolla e gjuhës Lenz,* être capable d'écrire des lettres en allemand était censé aider à faire carrière et à monter les échelons du parti. À cause de l'import-export, je ne sais pas exactement, il me semble que c'était une question de devises. Aujourd'hui, Lenz est une école privée, qui est devenue depuis longtemps une institution, il faut dire que le premier Goethe-Institut de Tirana ne remonte qu'à quelques années. Après la mort d'Enver Hoxha, mon père a obtenu une bourse pour étudier en Allemagne, les Allemands étaient prompts à distribuer les aides, les bourses, les espoirs. Avec son passé scolaire, mon père n'eut aucune peine à obtenir une bourse pour le Goethe-Institut de Munich, afin de perfectionner son allemand pendant trois mois. Comme il disait: Trois mois pour oublier mon allemand de Chine.

Ils arrivèrent sur la place Skanderbeg. Pour rejoindre l'hôtel *Tirana International,* ils devaient obliquer à gauche, mais Baia dit: Marchons encore un peu, le *Sophie Caffe* est tout près, nous pourrions y prendre encore un verre, c'est un endroit sympathique, très populaire, OK? Et tu vois la tour de ton hôtel? Là-bas. Exactement. OK. Tu ne pourras pas la manquer.

À Munich, mon père a obtenu un stage à la radio bavaroise. Il voulait s'initier au journalisme radiophonique. Les Allemands étaient incroyablement généreux, en ce temps-là, ils avaient vraiment un projet. Je crois qu'ils pensaient que chaque personne qu'ils formeraient serait comme une tête de pont de l'Allemagne dans son pays.

Comme une quoi ?

Une tête de pont.

Ton allemand est vraiment… très allemand !

Arrivés au *Sophie Caffe,* ils eurent la chance de trouver une table libre. Elle commanda une bière, lui un verre de vin. Il aurait dû s'en abstenir par expérience ? Mais à présent, tout contredisait son expérience !

En fait, dit Baia, mon père était en Allemagne ce qu'il ne voulait pas être chez lui. Comprends-moi bien, j'aime mon père, je le respecte beaucoup, mais il est intéressant de voir qu'il pouvait considérer une adhésion inconditionnelle comme un moyen de se libérer d'une autre adhésion, celle qu'on exigeait de lui dans son pays. Sous prétexte de s'adapter, il est devenu la caricature d'un Allemand, d'un Bavarois en culotte de cuir, vouant une passion douteuse aux saucisses blanches, etc. Il ne gagnait pas grand-chose, mais il s'est accordé l'essentiel : un abonnement…

Les boissons arrivèrent. Auer but une gorgée de vin, comprit qu'il ne viderait pas son verre, observa Baia qui buvait une gorgée de bière, elle se retrouva avec une moustache de mousse, comme dans la publicité… Il s'humecta la lèvre supérieure et demanda : Quel abonnement ?

Je ne sais pas comment il s'est débrouillé, mais il a eu un abonnement pour les matchs à domicile du Bayern de Munich. Il allait à chaque match, si j'ai bien compris, en culotte de cuir et avec une trompette.

Touchant, pensa Auer.

Puis je suis venue au monde, continua Baia. Mon père n'a pas obtenu de faire venir sa famille, car son visa était d'une durée limitée, mais ma mère a pu lui rendre visite. De retour à la maison, elle s'est aperçue qu'elle était enceinte. Comme le visa de mon père était arrivé à expiration, mon père est rentré à son tour. C'est ainsi que je suis née à Tirana, avec sept semaines d'avance, mais mon père avait des deutschemarks, il a pu payer tout le nécessaire pour que j'échappe à la mort des prématurés. Mon père était très économe, il ne s'accordait aucun extra et mettait le moindre mark de côté. Son seul luxe, c'était l'abonnement pour le Bayern. Il a pu se le payer. Et il pouvait se payer une vie. Ma vie.

Karl Auer la regarda. Il attendait l'instant où il semblerait tout naturel qu'il l'embrasse. Ému. Amoureux.

C'est ainsi que j'ai reçu mon nom, poursuivit-elle. Il voulait que je m'appelle comme son bien-aimé club de foot, qu'il avait encouragé avec sa trompette, en ces mois qu'il considérait comme la période la plus heureuse de sa vie. L'officier de l'état civil a écrit le nom comme il l'entendait, dans mon acte de naissance : Baia Muniq. Ce qui paraît étrange pour des oreilles albanaises, mais très albanais pour quelqu'un comme toi !

Puis : Tu trouveras le chemin de l'hôtel ?

Oui.

Le premier baiser n'eut lieu que le lendemain, en fin de soirée.

Baia Muniq. Auer ne put s'empêcher de se réjouir, en se glissant sous les draps de son lit d'hôtel. Les yeux fermés, il revit son sourire.

Adam Prawdower regretta d'avoir réservé pour la même journée son aller vers Varsovie et son retour pour Bruxelles. Il avait cru qu'il n'aurait qu'un désir, après son entretien avec Mateusz, ce serait de rentrer chez lui, de retrouver sa famille. Mais après l'entretien, il fut pris d'une envie irrépressible de boire dans une vieille taverne varsovienne, avec des vieux amis et compagnons d'armes, par exemple au *Gospoda Stanisław II*, dans l'arrondissement de Żoliborz, si du moins l'endroit existait toujours et n'avait pas cédé la place à un « pub » moderne. Ah, ce bon vieux *Stanisław* où ils avaient eu tant de discussions excitées, euphoriques, ivres d'avenir, à la fin du régime de Jaruzelski, au milieu d'une épaisse fumée qui semblerait inimaginable aujourd'hui — sa petite amie de l'époque s'était enfuie un jour de la taverne en proclamant qu'elle ressemblait à une chambre à gaz. Heureusement, elle s'était excusée ensuite pour cette formule peu délicate… Il aurait tellement aimé raconter à de vieux compagnons de route sa conversation avec Mateusz. Comme il n'avait pas le droit de la raconter, en fait, ses confidences seraient un secret de conspirateurs, comme autrefois, mais non moins nécessaires : pour se soulager.

L'entretien avait été plus bref que prévu. Ou aussi bref qu'Adam aurait dû s'y attendre. Il lui restait ensuite quatre heures avant son avion, c'était long mais pas assez pour prendre rendez-vous avec des amis. En quittant la *Willa Parkowa,* la résidence officielle de Mateusz, il se rendit donc directement à l'aéroport, s'assit dans le Business Lounge et mit à profit la vodka et les noisettes. Au moins, il s'était accordé le confort de la Business Class. Si ç'avait été un déplacement professionnel, il n'aurait pu se permettre que le billet le moins cher, mais son initiative était officieuse et il l'avait payée de sa poche.

Encore trois heures.

Sa conversation avec Mateusz avait été franche et ouverte, Adam devait le reconnaître, mais il n'aurait su dire si c'était l'effet de leur vieille amitié ou de l'ivresse du pouvoir à laquelle Mateusz semblait en proie, tant il se sentait certain d'être en position de force vis-à-vis de Bruxelles.

Mateusz commença l'entretien par des souvenirs du passé, deux ou trois anecdotes… Tu te rappelles, disait-il, ou : Encore récemment, je n'ai pas pu m'empêcher de repenser à…
Mais l'atmosphère ne devint pas sentimentale pour autant, l'émotion était absente.

Tu te rappelles cette histoire avec Mirosław, quel Mirosław, un de nos condisciples, un peu plus âgé que toi, ses poings étaient plus forts que son cerveau, Mateusz éclata de rire, tu sais bien, le mouchard, et quand tu m'as écrit, je n'ai pas pu m'empêcher de repenser à cette fois où je me suis disputé avec lui et où tu t'es presque évanoui…
Adam se demanda pourquoi Mateusz racontait ça. Une histoire sans importance, mais vaguement humiliante. Cette fois où il s'était évanoui – sourire glacé. Où voulait-il en venir ? Il n'avait quand même pas raconté ça pour briser la glace ? Il prouvait qu'il était le maître de ce terrain froid et lisse comme un miroir, sur lequel il entraînait maintenant Adam pour le faire glisser et tomber de tout son long.

Après tout ce que nous avons vécu ensemble, dit Mateusz, je peux être complètement franc avec toi.

Sa franchise n'était qu'une franche brutalité.

Ce qui avait stupéfié Adam, c'était que Mateusz ne montrait aucune compréhension pour les problèmes et les espérances des États balkaniques qui s'efforçaient d'adhérer à l'UE.

Le point de vue polonais est…
L'intérêt de la Pologne est…
Le gouvernement polonais a fait comprendre que…

Et Adam dit : Tu n'as vraiment aucune empathie.

À quoi Mateusz répondit : Faire preuve d'empathie n'est qu'un symptôme de narcissisme.

L'entretien se termina non parce que tout avait été dit, mais parce que Mateusz avait dit tout ce qu'il souhaitait dire. Il n'y eut pas d'accord, pas de conclusion au moins sous la forme de formules mielleuses prétendant concilier les deux points de vue, les intérêts de la Commission et les prétendus intérêts nationaux de la Pologne. La conversation prit fin abruptement quand un collaborateur entra comme sur commande et rappela à Mateusz qu'il avait tout de suite ce rendez-vous téléphonique avec le président américain…

Je n'y crois pas, pensa Adam, mais Mateusz se leva d'un bond, l'embrassa, et le pire, ce fut qu'Adam se vit l'espace d'un instant de l'extérieur et se souvint de ces photos et de ces films où les tsars du parti communiste de l'URSS embrassaient leurs vassaux des « États frères ».

Encore deux heures.

Adam n'était pas un alcoolique, même s'il avait appris à boire une grande quantité de vodka pendant un long espace de temps, de façon à n'avoir jamais l'air d'être ivre ou de perdre son sang-froid.

Aujourd'hui, il buvait trop vite.

Il alla chercher un autre verre, qu'il remplit à ras bord.

Adam avait eu du mal à se concentrer sur la conversation, à rester attentif, par moments il ne comprenait qu'avec retard ce que disait Mateusz, car il enregistrait en un éclair des détails insignifiants. Par exemple, la chemise de Mateusz. Était-il possible que Mateusz fît amidonner ses chemises? Il baissa les yeux sur sa propre chemise chiffonnée et s'irrita car avec sa tête inclinée il avait l'air d'un séminariste qui se sentait coupable. Comment ça, coupable?

La catholique Pologne, dit Mateusz – et l'attention d'Adam s'éveilla de nouveau – n'aurait aucun intérêt à ce qu'un pays comme l'Albanie devienne membre de l'UE, un pays où soixante pour cent de la population est musulmane.

Soixante pour cent de deux millions, dit Adam. Personne en Europe n'avait mis en garde l'UE contre l'adhésion de la Pologne, avec ses presque quarante millions de catholiques.

Pourquoi y aurait-il eu une telle mise en garde dans notre Occident chrétien? demanda Mateusz en souriant.

Les Juifs auraient pu le faire, répliqua Adam. Mateusz haussa les sourcils. Ou les bouddhistes, ajouta précipitamment Adam, ou les protestants, ou même les musulmans européens, car avec l'adhésion de la Pologne le poids des catholiques par rapport à…

Mateusz l'arrêta d'un geste. Mais nous ne parlons pas ici de sujets qui sont tout à fait personnels. Quel Dieu est-ce que je prie avant de m'endormir, comment prie un autre, mon voisin? Chacun peut croire ce qu'il veut, j'ai des amis juifs…

Adam fut effrayé.

Ce que je veux te faire comprendre, c'est que nous ne voulons pas d'un État musulman dans l'UE. Un État, tu entends? Et tu sais bien que l'Albanie, comme la Turquie, d'ailleurs, est membre de l'Organisation de la coopération islamique.

Mais

C'est un État athée.

Mais

On ne voit pas de femmes voilées, là-bas.

Mais

À Tirana, on voit des musulmans boire de l'alcool.

Mais
Mais
Mais

Tu dis : soixante pour cent de musulmans, c'est le problème. Moi, je te dis : quatre-vingt-dix pour cent des Albanais veulent entrer dans l'UE, ils ont des espérances, ils attendent des opportunités, qui n'ont absolument rien à voir avec la religion. Et même s'ils sont musulmans… c'est un petit pays !

Un petit pays, oui, je suis au courant. C'est le problème suivant, si tu ne veux pas considérer la religion comme un problème. Il est si petit qu'il ne constitue pas un marché intéressant. Mais avec ses deux millions d'habitants à peine, il aurait un siège au Conseil européen, une voix qui compterait autant que celle de la Pologne avec ses près de quarante millions d'habitants. Ce serait une folie. La Pologne n'a aucun intérêt à accepter dans l'Union de tels pays, qui nous mettraient en minorité en s'alliant à d'autres nains. Ou qui nous bloqueraient avec un veto.

Encore une heure.

Adam se leva, se rendit compte qu'il avait trop bu, s'acheta un double expresso à la machine à café, s'assit de nouveau. Le souvenir de sa conversation avec Mateusz était comme un mauvais rêve.

Ce que je ne comprends pas, lança Adam, c'est que le 15 octobre, lors de la réunion du Conseil, tu n'as pas apposé de veto contre les négociations d'adhésion avec l'Albanie et la Macédoine du Nord. Tu me dis maintenant que le gouvernement polonais est contre, mais officiellement la Pologne était pour.

Mateusz éclata de rire. Je savais, dit-il, que la France, la Hollande, l'Irlande allaient mettre leur veto. Je pouvais compter dessus. Quant à nous, on nous soupçonne toujours de n'être pas vraiment pro-européens, d'enfreindre le droit européen et ainsi de suite, tu le sais bien. C'était l'occasion pour nous de montrer que nous étions de bons Européens et que nous suivions les recommandations de la Commission. Le président français a fait notre boulot. Pourquoi aurions-nous dû nous risquer, alors que nous pouvions rester à l'abri ?

Et comme il riait !

Je te donne donc un bon conseil, mon ami. Vous pourriez vous épargner beaucoup de travail, à la Commission, en prenant acte de ce fait : il n'y aura pas de négociations d'adhésion avec l'Albanie et la Macédoine du Nord, et encore moins avec le Kosovo. Cinq membres de l'UE n'ont même pas reconnu l'indépendance du Kosovo. Comment veux-tu que ça marche ?

Mais la Pologne a reconnu le Kosovo !

Cette fois, Mateusz était franchement hilare. Oui, nous l'avons reconnu, dit-il, car nous sommes des Européens bien sages, mais en même temps nous refusons d'avoir des relations diplomatiques avec la République du Kosovo, car en réalité nous ne reconnaissons pas son existence. Tu comprends ? Ainsi va la politique. En fait, la politique est un jeu avec des coulisses, comme au théâtre : devant, tu as des gestes symboliques, et derrière c'est le domaine de la technique. Ce sera exactement pareil pour la conférence de Poznań. Nous jouerons les animateurs pro-européens, mais nous défendrons nos intérêts nationaux. Nous n'aurons pas à jouer cartes sur table, il nous suffira de prendre acte en tant qu'animateurs que certains États membres sont opposés à un élargissement comme à un approfondissement de l'UE, en somme qu'ils sont contre l'Europe dont rêvent les bureaucrates de la Commission.

Adam était sans voix, et Mateusz savoura son désarroi. Mais Mateusz réserva le coup de grâce pour la fin. Quand le larbin vint le chercher sous prétexte d'un prétendu entretien avec le président américain, Mateusz dit en se levant et en se dirigeant vers la porte : Du reste, tu voulais que je te le dise en face…

Tu as donc reçu ma lettre ? demanda Adam avec étonnement, mais Mateusz ne répondit pas et poursuivit :

Et je suis prêt à te le dire en face à tout moment : Je dois défendre les intérêts d'une Pologne libre, et non les fantasmes de cosmopolites déracinés.

Mateusz avait disparu derrière la porte aux deux battants capitonnés et Adam s'était soudain retrouvé face à un homme qui lui tendait son manteau.

Adam frissonnait. Il enfila le manteau, il faisait si froid. Pour les gens *coupables* de « cosmopolitisme », il ne faisait bon dans aucune pièce. Dans aucun pays. Jamais. Nulle part.

Adam se rendit à la porte d'embarquement. Quand il arriva chez lui, Dorota et le petit Romek dormaient déjà. Il y avait un mot sur la table de la cuisine : *Aurais-tu envie maintenant d'une Żywiec et d'un bigos ? Je ne crois pas. Tu trouveras dans le frigo du chili con carne à réchauffer et une Mort Subite glacée – ce n'est pas ta bière préférée, mais elle sera peut-être de circonstance après le bras de fer (ç'a été un bras de fer ?) avec M. Je t'aime !*

10

Karl Auer arriva au bureau à 8 h 30, rangea son manteau, son écharpe et son chapeau sur le portemanteau Thonet qu'il avait importé de Vienne et qui tenait beaucoup de place dans sa cellule, avec ses crochets en bois arrondis. Puis il agrippa le revers de sa veste et le tripota en haussant les épaules. Toutes ses vestes avaient une tache luisante à l'endroit où il les tripotait sans cesse pour les ajuster, mais en fait il n'ajustait rien du tout, c'était juste un tic. Suivait le rituel du calendrier. Une éphéméride était accrochée au mur derrière son bureau.

CHAQUE JOUR EST UN CADEAU.

Sous cette phrase, les feuilles à arracher. Chacune indiquait, les uns en dessous des autres, le mois, la semaine, le jour, les anniversaires, les fêtes et une maxime, citation ou aphorisme. En noir et blanc, seuls les dimanches étaient en rouge. Il arracha la feuille de la veille. Aujourd'hui, on était en septembre, trente-neuvième semaine, le mercredi 23, né ce jour-là: Jimi Hendrix (1942), c'était la fête des Jakob, Ute, Virgil et Modestus. Enfin, la phrase du jour: *L'impatience exige l'impossible, à savoir atteindre le but sans les moyens (G. W. F. Hegel).*

Il se demanda s'il connaissait un Modestus, à qui il pourrait souhaiter une bonne fête. Non. Ce n'était qu'une blague, haha, après quoi il relit la phrase du jour.

Il hocha la tête. Évidemment, il ne savait pas ce qui l'attendait dans un instant, lorsqu'il allumerait son ordinateur.

Il aimait les éphémérides, que sa grand-mère déjà accrochait dans la cuisine. Dans son enfance, il avait le privilège d'arracher une feuille chaque jour, avant le petit déjeuner, et de lire à voix haute – dès qu'il avait su lire – la date et la maxime. À présent, il commandait chaque année sur Internet ces calendriers que sa grand-mère achetait dans l'épicerie du village, ils étaient toujours produits par la même imprimerie et leur présentation n'avait pas changé depuis son enfance.

Le 28 janvier – encore un rituel qui l'emplissait d'une joie intense –, sa grand-mère lui demandait: Et puis? Regarde bien! De qui est-ce la fête?

Karl! s'exclamait-il avec jubilation.

Il avait droit alors à un petit déjeuner de fête, avec du jambon, un œuf et une petite surprise – des chocolats Milka, des bonbons Heller ou des pièces en chocolat à l'effigie de Mozart.

Mais pas tout d'un coup!

Non, Mamie.

Il avait pris cette recommandation au sérieux. En gérant avec parcimonie les friandises qu'il recevait en de rares circonstances, il avait appris à ajourner ses pulsions.

C'est sa grand-mère qui l'avait élevé. Il ne connaissait pas son père. Sa mère avait toujours refusé de révéler son identité. Mamie était persuadée qu'il s'agissait de ce politicien, Monsieur le Ministre du parti chrétien-démocrate, chez qui la mère de Karl avait travaillé comme secrétaire. Mais Maman ne l'avait jamais confirmé.

Quelle que fût l'identité de son père, il avait acheté sa liberté. L'argent était là, pas beaucoup, mais en se montrant économe on avait pu aller loin. Jusqu'au diplôme de Karl.

Parfois, il vaut mieux que le père soit absent, ça vaut mieux pour l'enfant et pour la table, avait dit Mamie un jour.

On aurait dit une maxime de son calendrier.

Pourquoi ?

Parce qu'il y a des pères, répondit-elle, qui se croient obligés de taper constamment du poing sur la table.

Alors que Karl avait six ans et devait bientôt commencer l'école, sa mère mourut dans un accident de moto. Elle était sur la selle arrière. Le nom du conducteur ne disait rien à la grand-mère de Karl. Sa mère n'avait même pas trente ans. Elle était jeune et elle avait envie de vivre, dit Mamie. Maintenant, elle a la vie éternelle et elle veille sur toi.

C'est ainsi qu'il vint chez sa grand-mère, qui était elle-même déjà trois fois veuve. Les hommes ne l'intéressaient plus, ils mouraient trop facilement. Ils étaient là en train de fumer, et l'instant d'après ils avaient disparu.

Elle fut si fière, quand le curé recommanda son petit-fils pour le lycée catholique du chef-lieu le plus proche. Quand il passa brillamment son diplôme d'études secondaires. Quand il étudia le droit, « là-bas à Vienne » et obtint au bout de trois semestres une bourse réservée aux meilleurs éléments.

Lorsqu'il rendait visite à sa grand-mère, pendant ses années à la faculté, il avait le droit comme autrefois d'arracher la feuille de l'éphéméride, de lire la maxime du jour, c'était indispensable. Mais la meilleure des maximes, c'est sa grand-mère qui l'avait dite : « Ton père est puni, car il ne sait pas qu'il a un fils dont il peut être plus fier que de lui-même ! »

Il ne savait pas que sa grand-mère, lorsqu'elle parlait de son père, disait aussi quelque chose de façon détournée sur son propre père, il ignorait qu'elle avait un problème avec lui. Qu'une décision avait été prise, qui devait marquer non seulement son existence mais celle de sa fille, la mère de Karl. Et donc, finalement, l'existence de Karl. Une malédiction qu'aucune feuille d'éphéméride ne pouvait conjurer, mais il ne s'agissait pas de conjurer mais de faire en sorte que la vie continue.

Six mois avant qu'il n'obtienne son doctorat, Mamie était morte. Un AVC. En entendant la voix au téléphone, il comprit que la situation était critique. Il se précipita à l'hôpital. Elle vivait encore, se trouvait en réanimation. Debout près de son lit, il la voyait tressaillir en haletant. Un AVC multiple. Ce qui se passe dans la tête de cette femme, dit le médecin, est un incroyable feu d'artifice, une succession d'éclairs et d'étoiles.

Un feu d'artifice, pensa Karl. Des éclairs et des étoiles. Mamie aimait tellement le feu d'artifice du Nouvel An et les fêtes des pompiers dans son village ! Serait-il possible que son agonie lui donne comme la joie des feux d'artifice de l'an nouveau ? Faites qu'il en soit ainsi, je vous en prie !

Qui devait faire qu'il en soit ainsi ?

Peu importait à Karl que ce soit Dieu ou la chimie. Voilà longtemps qu'il ne priait plus Dieu, qu'il n'y pensait plus. Quand il vida la maison de sa grand-mère, il trouva dans un coffret un insigne doré commémorant « Cinquante années d'adhésion au Parti social-démocrate », et à côté une croix d'or. Posés côte à côte sur le velours, en une coexistence pacifique.

Après qu'il eut obtenu son doctorat, il déposa son diplôme rangé dans un rouleau de carton rouge sur la tombe de sa grand-mère. Et il dit : Je veux avoir une fille qui ait ton âme dans un monde où chacun ait davantage de chances.

Il n'avait toujours pas réussi à avoir une fille. C'était devenu un tic chez lui : chaque fois qu'il rencontrait une femme, il ne se demandait pas s'il avait envie de coucher avec elle mais s'il pouvait imaginer avoir un enfant avec elle – cette enfant. Non. Et avec le temps, ce fut de plus en plus difficile, car il développa des tics et des marottes de plus en plus marqués, au point de paraître bizarre voire ridicule aux autres. Avec les femmes de son entourage, il se montrait d'une politesse ostensible, presque démodée. Mais le courant ne passait jamais. C'est ainsi qu'il finit par correspondre à la définition du vieux garçon. Ce n'est pas vraiment drôle, même lorsqu'on lit sur son calendrier : Chaque jour est un cadeau.

De temps à autre, il se sentait pris de nostalgie, lorsqu'il rentrait tard chez lui et buvait un dernier verre de vin, il s'imaginait être le père d'une fille, comme il l'avait promis devant la tombe de sa grand-mère. Puis il pensait : Si j'allais la chercher au jardin d'enfants, les autres parents me prendraient pour son grand-père.

Dans ces moments-là, il arrivait qu'il ait les yeux humides.

On connaît le phénomène du fils à sa maman, dont on sait qu'il n'a pas bonne presse. Mais il existe aussi le fils à sa mamie, et dans ce cas ce n'est pas seulement son père qui lui manque pour orienter le développement de son identité et de sa conscience d'être un homme, c'est toute une génération qui est absente ! Ces enfants sont complètement décalés.

Mais peut-être sont-ils enracinés plus profondément dans l'histoire ?

Karl Auer s'assit à son bureau et alluma l'ordinateur.

Il parcourut les mails, regarda ce qui demandait une réponse immédiate et ce qu'il pourrait repousser au moins jusqu'à la pause de midi. Un message signalé comme très urgent l'arrêta. Ce mail de son collègue Prawdower était adressé non pas à lui mais à Ambroise Bigot, le directeur de la direction D, *Western Balkans Strategy*. Une secrétaire du directeur l'avait archivé dans le système ARES, qui était destiné aux courriers importants. Rien n'indiquait que le directeur en ait pris connaissance. Manifestement, le message avait été intercepté par son secrétariat, lequel avait cependant commis l'erreur de l'archiver en ARES, de sorte que tous les utilisateurs du système pouvaient y accéder en faisant leurs recherches. Si le secrétariat s'était contenté de l'imprimer pour le présenter au directeur, personne ne connaîtrait à présent cette évocation authentique du cynisme du Premier ministre polonais – un document qui devait encore avoir six mois plus tard une certaine influence sur la Cour de justice de l'Union européenne, quand elle condamna la Pologne en mars 2020 pour avoir enfreint le droit européen.

Quoi qu'il en soit : Un collègue avait découvert ce mail d'Adam Prawdower, qui n'avait en fait aucun caractère officiel, et l'avait transmis à tous ceux qui s'occupaient de la Pologne, de l'Albanie, de la politique balkanique et de la conférence de Poznań.

Quand Karl Auer le lut, il était déjà suivi d'une demi-douzaine de commentaires. Se renversant dans son fauteuil, Auer tripota le revers de sa veste et songea : Si c'est vrai (et il n'en doutait pas une seconde), il faut que la Commission revoie entièrement sa politique balkanique et surtout ses préparatifs pour la conférence sur les Balkans.

Ce qui signifie que mon travail est à jeter au panier, se dit-il. À moins de le conserver dans les archives historiques de l'UE à Florence.

Florence ! Pour la première fois, la pensée d'archives historiques l'emplit d'une certaine excitation romantique. Il songea à Baia et…

Il sortit sur l'escalier de secours, fuma une cigarette et demie jusqu'au moment où il fut gelé, rentra dans son bureau, frissonna et mit son manteau. Telle était sa vie, se dit-il, tellement absurde : il sortait sans manteau et se couvrait en rentrant dans son bureau chauffé.

Il arpenta la pièce en grelottant, trois pas jusqu'à la fenêtre, trois pas jusqu'au portemanteau Thonet. Et de nouveau de la porte à la fenêtre, après quoi, au bout de deux pas, il s'immobilisa devant l'éphéméride sur le mur derrière son bureau et lut la réponse au problème de la réaction qu'il convenait d'adopter face à ce mail. La maxime du jour. Oui, Hegel avait raison. Ils devaient enfin recourir à des moyens capables d'obtenir le possible par la force, au lieu d'exiger l'impossible avec une impatience qu'ils finissaient même avec le temps à prendre pour de la patience. Il retourna sur l'escalier de secours, mais cette fois il avait son manteau.

Entre-temps, le rapport d'Adam Prawdower avait fait tant de remous qu'on programma une réunion pour le lendemain, *À propos Conférence sur les Balkans à Poznań, urgent, 11 heures meeting room.*

II

Le rapport d'Adam, auquel sa sauvegarde en ARES avait donné une diffusion malencontreuse, eut aussi pour effet qu'Adam fut convoqué par le directeur général. C'était très inhabituel. Un fonctionnaire occupant dans la hiérarchie la position d'Adam ne voyait pour ainsi dire jamais son directeur général. L'échelon intermédiaire était occupé par le directeur, et tout ce qu'il y avait au-dessus – le triangle directeur général, commissaire et présidente de la Commission – était aussi lointain que l'œil de Dieu.

Adam avait lu récemment un roman que des collègues lui avaient conseillé, l'histoire d'un fonctionnaire qui aspirait plus que tout à avoir un mariage harmonieux avec sa femme mais qui revenait chaque soir du bureau mort de fatigue et incapable de communiquer, car il travaillait jusqu'à l'épuisement à des tâches qu'il était seul à s'imaginer importantes pour ses supérieurs. Comment s'appelait ce roman? *Le Moloch*? Non, *Le Bureau*. Au début, il n'avait pu s'empêcher de sourire en le lisant, mais il l'avait abandonné au bout d'environ deux cents pages, en proie à un agacement croissant, il ne voulait pas se regarder dans un miroir, quand il lisait un roman, il voulait observer le monde.

À présent, il faisait face au directeur général, et ce dernier n'était pas un personnage imaginaire, il était là en chair et en os, ce qui n'empêchait pas Adam d'avoir l'impression que sa chair et ses os n'étaient qu'un rembourrage pour un pantin, chez qui toute individualité avait disparu tant il se conformait au cliché du fonctionnaire aussi correct qu'efficace. Les lunettes à la monture dorée, la raie impeccable des cheveux d'un gris empreint de sérieux, le costume prudemment conservateur, la cravate dont il était difficile d'identifier la couleur neutre, quelque part entre le beige sombre et le gris souris, la volonté de se couler à toute force dans le moule idéal de la correction – c'était injuste, mais telle fut la première impression d'Adam.

Cette impression ne fut certes pas atténuée par la gaieté compassée avec laquelle le directeur général l'accueillit: Je m'appelle Thor, mais je ne vais pas vous foudroyer! Asseyez-vous, je vous en prie. Voulez-vous du café?

Le directeur général Thor Gustafsson, un Suédois, devait bientôt prendre sa retraite. Après les dernières élections européennes, il avait déjà offert sa démission, afin de se retirer en même temps que l'ex-président de la Commission. Ç'aurait été la fin logique d'une carrière agitée, mais la nouvelle présidente de la Commission ne voulut pas se priver d'un homme aussi expérimenté dans ces fonctions. À quoi s'ajoutait peut-être la crainte que la Suède ne soit sous-représentée à ce niveau de la hiérarchie, après le départ de Thor Gustafsson. Même si cet aspect ne devait pas rentrer en ligne de compte, d'après l'éthique de la Commission, puisque tout fonctionnaire devait se dévouer à l'idée européenne et non à sa nation d'origine, la nouvelle présidente tenait absolument à préserver un équilibre entre les divers intérêts nationaux (ou les diverses susceptibilités nationales) dans l'attribution des postes les plus importants. Elle-même dépendait pour la réussite de son travail des vingt-sept fils que les vingt-sept chefs d'État et de gouvernement de l'Union tenaient dans leurs mains. Même si elle n'avait évidemment pas l'impression d'être leur marionnette, elle ne voulait pourtant pas s'emmêler dans ces fils.

Thor Gustafsson paraissait presque indispensable à cet équilibre, car sa carrière se singularisait par une alternance continuelle entre son activité diplomatique au service de la Suède et ses tâches au sein de la Commission européenne. Il avait ainsi été d'abord le représentant permanent de la Suède auprès de l'Union européenne, avant de devenir *expert national détaché** dans la Commission européenne. Cinq ans plus tard, il revenait au service de la Suède en tant qu'ambassadeur en Turquie. Au bout de cinq nouvelles années, il retourna dans la Commission pour devenir *head of unit,* responsable de la coordination des négociations d'adhésion avec la Turquie. Sa carrière et son ascension au sein de la Commission avaient donc été favorisées par les années où il redevenait un diplomate suédois de haut niveau. Se considérait-il maintenant plutôt comme un serviteur de l'État suédois ou un fonctionnaire européen? Personne n'avait eu l'idée de le lui demander. Sa réputation se fondait justement sur sa capacité à incarner les qualités aussi bien des fonctionnaires européens que des diplomates au service des nations: correction, fiabilité, loyauté, pragmatisme et une absence grandissante d'illusions. On disait de lui qu'il n'était pas né de la dernière pluie, mais il passait aussi pour avoir dit récemment dans son cercle d'intimes que toute cette pluie l'avait éteint, quand il pensait à l'ardeur qui l'animait autrefois. Bref, il était fatigué. Lorsqu'il était ambassadeur de Suède à Ankara, il avait appris à aimer la Turquie. Étant entré dans la direction générale pour l'élargissement, il s'était appliqué avec zèle à organiser et faire avancer les négociations d'adhésion avec ce pays. Toutefois, les États membres de l'UE étaient de moins en moins favorables à une future adhésion de la Turquie, un nombre croissant de chefs d'État émirent des réserves, de sorte que les négociations finirent par être gelées. Quant à Thor Gustafsson, il fut encore félicité et si bien promu qu'il put contempler du haut de sa position de directeur général de la NEAR la médiocrité de ses efforts.

Adam savait tout cela. Il s'était préparé. Et pourtant, il s'était fait une idée complètement fausse du directeur général. Il avait espéré une certaine compréhension – bien plus, il s'y était attendu. Dans le cas de la Turquie, Thor Gustafsson avait vu son engagement personnel et les efforts de la Commission mis en échec par la considération et l'attention portées aux humeurs nationales. Le même jeu allait se répéter avec les États des Balkans occidentaux : on commençait par donner des espoirs à ces pays, à leur ouvrir des perspectives, on versait des sommes considérables pour engager des réformes et des mesures d'harmonisation, tout cela pour se heurter finalement au veto de divers chefs d'État et se contenter de gérer à peu près une situation de blocage. Adam avait-il vraiment cru pouvoir instaurer une sorte de complicité avec cet homme qui le regardait en esquissant un sourire en coin ?

La plaisanterie laborieuse avec laquelle le Suédois l'avait accueilli, à propos de son prénom et de la foudre, avait déconcerté d'emblée Adam. Manifestement, le directeur général estimait que tout Européen cultivé devait savoir que Thor était le dieu du tonnerre chez les peuples nordiques. Mais Adam le regarda sans comprendre.

Voulez-vous du café ?

Thor Gustafsson l'invita à s'asseoir en désignant le coin salon de son bureau. Coin salon est un bien grand mot, il s'agissait en fait d'une petite banquette à deux places flanquée d'une chaise, dont l'armature en acier inoxydable, se balançant légèrement, s'ornait d'un siège et d'un dossier rembourrés d'un mince tissu bleu. Adam s'assit sur la banquette, Thor Gustafsson sur le fauteuil, avec la fenêtre dans le dos. Adam voyait ainsi le directeur général « sous la lumière », *pod światło*, comme on dit en polonais, mais il trouvait ici que l'expression française convenait mieux : *en contre-jour**.

C'était une journée ensoleillée, parcourue de nuages rapides, si bien que la tête du directeur général était alternativement auréolée de lumière ou plongée dans l'ombre.

Vous savez évidemment, ou vous devriez savoir, qu'il est interdit, formellement interdit...

Thor Gustafsson appuya deux ou trois fois sur un thermos placé devant lui sur une table en verre fumé, dont s'écoula en glougloutant un mince filet de café dans une tasse qu'il poussa vers Adam avant de reprendre, le visage sombre : ... à des fonctionnaires de faire de la politique de leur propre chef, en poursuivant des intérêts personnels, en prétendant de surcroît être...

Le thermos se remit à glouglouter, le Suédois prit sa tasse de café dans ses deux mains, la regarda d'un air pensif...

... missionnés par la Commission ou du moins avoir son accord. Vous ne pouvez quand même pas contacter le chef du gouvernement d'un État membre et faire comme si vous aviez quelque chose à négocier avec lui.

Et maintenant ? pensa Adam. Devait-il s'attendre à une mesure disciplinaire ? En quoi consisterait-elle ? Il s'en fichait. Le visage obscur du directeur général devant la fenêtre grise. Sa bouche de travers. Au temps où on le préparait à entrer dans l'armée clandestine, alors qu'il n'était encore qu'un enfant, Adam avait appris et pratiqué inlassablement l'observation du langage corporel et des expressions du visage, en veillant à remarquer et à jauger les signes les plus insignifiants. C'était important pour adapter autant que possible ses propres réactions en conséquence. Ce n'était pas la même chose, si quelqu'un était bienveillant ou faisait semblant de l'être, s'il vous menaçait sérieusement ou voulait simplement vous intimider sans avoir de cartes dans son jeu. Il existait des indices permettant de repérer ces différences, quand on savait les interpréter correctement. Mais la bouche de travers de Thor Gustafsson embarrassait Adam. Devant ce visage sombre se détachant devant la fenêtre qui s'éclairait soudain, il ne parvenait pas à déterminer si cette bouche exprimait une attitude cynique à son égard ou si elle était un trait constant de la physionomie de cet homme, gravé sur son visage par des décennies d'expérience.

Ses lèvres remontaient légèrement sur la gauche, comme pour esquisser un sourire, mais elles s'abaissaient sur la droite en un rictus sévère et chagriné. Deux hommes coexistaient ici. Auquel avait-il affaire?

Ce n'était pas ça, déclara Adam.

Le soleil perça de nouveau, nimbant d'une lumière éclatante la tête du directeur général.

Qu'est-ce que c'était, alors?

J'avais profité d'un jour de congé pour aller chez mon dentiste à Varsovie.

Vous avez un dentiste à Varsovie?

Oui, c'est le dentiste de ma famille. Et comme j'étais à Varsovie, j'ai aussi rendu visite à des parents et à de vieux amis, naturellement. Je connais le Premier ministre depuis l'enfance, nos pères étaient eux-mêmes des amis très proches. J'ai donc rencontré avant tout un vieil ami, pas un homme politique. Autrement, n'étant qu'un petit fonctionnaire de la Commission, je n'aurais jamais pu le voir.

Et alors? Manifestement, vous avez quand même poursuivi des intérêts politiques lors de cette rencontre!

Non, on ne peut pas dire ça. On ne poursuit pas des intérêts personnels simplement parce qu'on parle de sujets qui vous intéressent. Lors de notre rencontre, il est évident que nous avons évoqué aussi des affaires qui nous concernent dans notre activité professionnelle. C'était un échange d'idées entre amis.

Entre amis, n'est-ce pas? Après quoi, vous écrivez un rapport pour la Commission. Faites-vous la même chose après chacune de vos conversations amicales?

Le visage du Suédois était de nouveau gris, et le coin de ses lèvres abaissé vers le bas semblait plus gris encore. Cet homme est un cynique, songea Adam. En quoi il se trompait, mais il avait raison sur un point: l'administration européenne n'était pas l'armée clandestine polonaise, et il pouvait répondre sans danger par le cynisme au cynisme supposé de son interlocuteur. Quand j'apprends quelque chose d'intéressant en discutant avec des amis, dit-il, je mets naturellement d'autres amis au courant.

Il s'interrompit un instant pour laisser cette phrase faire son effet, puis il ajouta: Le Premier ministre m'a dit des choses dont il me semblait nécessaire d'informer mon directeur, car elles concernaient notre travail. Je lui ai écrit à titre privé. Si sa secrétaire l'a mis en ligne, elle a commis une erreur, mais ce n'est pas ma faute.

Après un nouveau silence, pendant lequel l'ombre et la lumière dansèrent derrière le directeur général, Adam déclara: C'était de la loyauté, pas de l'individualisme!

Un glougloutement. Le directeur général se servit encore un café, réfléchit.

Et dans votre rapport... vous n'avez rien, comment dire, dramatisé?

Non. Il a... Adam respira profondément. Eh bien, ce qu'il a dit, ses projets, ça m'a...

Gustafsson l'interrompit d'un geste et lança: Vous savez ce que ça signifie?

Oui.

Vous savez qu'une seule solution s'offre à nous.

Oui.

Vous savez qu'elle n'est pas possible.

Oui. (Adam regarda discrètement sa montre, il mourait d'envie de rentrer chez lui pour coucher son fils puis jouer avec son chien.)

Quoi qu'il arrive, on a Thor.

Adam le regarda d'un air désemparé. Encore une plaisanterie laborieuse, qu'il ne comprenait pas.

Thor Gustafsson renversa sa tête en arrière, comme pour chercher une solution dans le plafond. Il se balança un instant sur son siège, puis dit enfin :

Mais il doit exister un compromis. Quelle possibilité de compromis voyez-vous ?

Monsieur le directeur général, répondit Adam non sans agacement, pendant toute ma vie je n'ai vu dans cette maison que des compromis boiteux.

Pas d'états d'âme, je vous en prie, Mister Prawdower. Nous parlons de realpolitik. Dans ce domaine, il n'y a que des compromis. Un compromis est un succès, et un succès n'est jamais boiteux. Un compromis boiteux est une *contradictio in adjecto,* si vous voyez ce que je veux dire.

Oui, bien sûr, monsieur le directeur général.

Bien. Nous avons donc besoin d'un compromis avant la conférence sur les Balkans. Une proposition qui nous permette d'entamer les discussions en coulisse et d'aboutir à un résultat pour la conférence. Un résultat présentable, qui doit naturellement être convenu d'avance. Je vais vous dire quelque chose que vous devriez retenir, dans l'intérêt de votre carrière à venir : quand on prend en compte l'échec dans ses plans, on planifie l'échec. Mais donc, il faut préparer le résultat de la conférence. Les États des Balkans doivent pouvoir remporter de la conférence une promesse, une perspective, mais la Pologne, de même que la France, le Danemark, les Pays-Bas et aussi la Hongrie, n'en doivent pas moins être confirmés dans leur refus d'un élargissement.

Adam le regarda. C'est une contradiction insoluble, dit-il.

Il se peut que ce soit une contradiction d'un point de vue philosophique, Mister Prawdower. D'un point de vue politique, c'est le compromis qu'il nous faut : la promesse ne sera pas entérinée mais on la mettra sur le tapis. Tout n'est qu'une question de formulation. Puisque vous avez bu le sang empoisonné de cet homme... à moins que je sois mal informé ? Il paraît que vous êtes frères de sang !

Adam fut effrayé. De toute façon, ils savent tout. Le ciel s'assombrit.

... vous devriez être le mieux placé pour connaître...

Thor Gustafsson hésita, il voulait dire « la psyché » mais se décida pour :

... les intérêts du Premier ministre polonais et élaborer un document en conséquence...

Oui, monsieur le directeur général.

Un échec de la conférence, c'est-à-dire un durcissement des positions et une humiliation des États balkaniques, équivaudrait à un échec de la Commission, ce qui est évidemment hors de question.

Évidemment.

Le navire ne peut pas changer complètement de cap, si vous voyez ce que je veux dire. Donc ?

Donc nous avons besoin d'un canot de sauvetage.

Le directeur général respira profondément, regarda nerveusement l'oreille mutilée d'Adam, se demanda si ce fonctionnaire fou ne voulait pas comprendre ou avait tout simplement des problèmes d'audition, pressa sa main droite contre sa tempe comme s'il avait la migraine, puis déclara : Non, Mister Prawdower, nous n'avons pas besoin d'un canot de sauvetage. Pourquoi devrions-nous quitter notre paquebot pour monter à bord de petits rafiots ? Non, ce dont nous avons besoin, c'est d'une entente sur le compromis suivant : Nous gardons le cap, et quant à la destination exacte nous nous mettrons d'accord plus tard.

À présent, il pleuvait. Des gouttes de pluie ruisselaient sur la vitre derrière le visage du directeur général, qui sembla s'estomper. Adam eut l'impression qu'il pleurait. Ou peut-être riait-il aux larmes ? Cet homme était double.

Adam se leva.

Un mot encore, Mister Prawdower. À l'avenir…

Oui ?

Je peux vous conseiller un bon dentiste à Bruxelles.

Adam retourna dans sa cellule, s'assit à son bureau.

Ce n'était pas la première fois, mais pour la première fois depuis un certain temps il songea à démissionner. Puis il pensa à sa famille. Après son congé parental, sa femme Dorota n'aurait de vraies opportunités qu'ici, à Bruxelles. Elle ne trouverait rien de comparable en Pologne ou en Italie. Les États européens offraient étonnamment peu d'opportunités aux gens comme Dorota, qui était considérée comme Polonaise en Italie et comme Italienne en Pologne, même si elle parlait polonais – mais avec un accent. Et leur fils Romek : la Pologne (dont son père était citoyen), l'Italie (dont sa mère était citoyenne) et la Belgique (son pays de naissance) n'arrivaient même pas à se mettre d'accord pour savoir qui devait verser les allocations familiales. Grâce à son traitement de fonctionnaire de la Commission, Adam pouvait s'en ficher, mais non, il ne s'en fichait pas. Par principe. Il s'agissait d'un symptôme des difficultés absurdes que l'Europe faisait aux gens ayant une biographie vraiment européenne. Il y avait de quoi désespérer de l'idée européenne, ou plutôt non, pas de l'idée, de la pratique, de tant de blocages et de compromis, mais était-ce une raison pour tout envoyer promener ? Romek irait à l'École européenne de Bruxelles, il apprendrait des langues et aurait des opportunités que nulle part ailleurs… Non, il fallait qu'Adam continue. Il était prêt à se soumettre. Se comportait-il comme un cochon ? Le cochon est un animal intelligent, pensa-t-il, au fond c'est l'animal emblématique de la Commission.

Pendant ce temps, à Tirana, Fate Vasa écrivait pour le Premier ministre une lettre au gouvernement autrichien, *Objet : Restitution du casque de Skanderbeg.*

Thor Gustafsson avait rappelé les exigences de la realpolitik concernant les négociations avec les États balkaniques occidentaux. Mais le problème, c'est que ce n'était plus réaliste.

DEUXIÈME PARTIE

Comme tragédie, comme farce, comme si

I

Celui qui se coifferait du casque de Skanderbeg, un geste équivalant à une variante est-européenne et postmoderne de l'autocouronnement de Napoléon, deviendrait ainsi le chef de tous les Albanais, le souverain du groupe ethnique le plus important des Balkans, qui comprenait les Albanais du Kosovo, de Macédoine du Nord, du Monténégro et de la Serbie, sans compter les Albanais de Grèce et des importantes communautés d'Italie du Sud, d'Allemagne et de Turquie, dont le nombre ne devait pas être sous-estimé.

Comme l'expliquait Fate Vasa, les Albanais unis constitueraient une puissance européenne, et leur revendication d'un territoire commun et d'un droit à l'autodétermination s'accordait avec les principes fondamentaux de la Charte des Nations unies, définis par les articles 1, 2 et 55.

Fate s'était très bien préparé, comme le pouvait seul un poète qui braconnait dans le monde du droit international, totalement étranger à son être. Du reste, il avait un soutien compétent en la personne de Baia Muniq, spécialiste du droit international et présidente de la commission parlementaire sur la justice. Elle lui apprit que le droit international comme la Charte des Nations unies ne garantissaient que les *intérêts justifiés* des principaux États nationaux, autrefois puissances impérialistes.

Je vais te donner un exemple pour que tu comprennes, dit Baia. Le pauvre Kurdistan! Tu comprends? Dans ce système d'accords internationaux, les Kurdes ont beau avoir raison ils n'ont aucune chance de voir aboutir leurs prétentions juridiques.

Peu importe, répliqua Fate, nous nous référons aux prétentions juridiques garanties par le droit international. Puis-je le formuler ainsi ?

Bien sûr que tu peux le formuler ainsi. Tu peux tout formuler, surtout toi. Mais il n'existe aucune instance juridique auprès de laquelle tu puisses revendiquer ton droit. Comme le dit cette formule admirable : *En droit international, la plus haute instance est le consensus international.*

Ce qui signifie ?

Comme il n'existe pas d'instance législatrice centrale au niveau international, toute situation contraire au droit peut être légitimée par le concert des nations. Seul le fait d'être reconnu par les nations définit le consensus international. C'est prévu explicitement : *Le droit international est lié à l'existence de conditions objectives.*

Donne-moi un exemple !

Eh bien, prenons encore le cas du Kurdistan. La taille de la Turquie, son importance économique et géopolitique, sans compter le fait qu'elle est membre de l'OTAN, tout cela constitue des conditions objectives. Elles pèsent plus lourd que le désir des Kurdes d'avoir un État. En outre, la revendication d'une union de tous les Kurdes dans un État dont le territoire englobe des parties de la Turquie, de l'Irak et de la Syrie serait en contradiction avec le principe, inscrit dans le droit international, de l'intangibilité du territoire national et des frontières des États officiellement reconnus. Aucun État ou presque ne peut entériner de telles revendications, car cela créerait un précédent pouvant remettre en question ses propres frontières. Autrement dit, l'Espagne aurait un gros problème avec les Catalans et les Basques, la France avec les Corses, la Grande-Bretagne avec les Écossais et ainsi de suite. C'est la deuxième condition objective, et elle est décisive. Si tu espérais sérieusement la reconnaissance d'une Albanie unifiée... laisse tomber !

Fate se mit à mordiller son pouce autour de l'ongle, puis il le suça d'un air pensif. OK, dit-il, l'important pour moi, c'est de revendiquer nos droits, pas d'obtenir satisfaction. Après tout, il ne s'agit que d'un symbole. Je n'ai pas besoin de l'accord de la communauté internationale, il me suffit de produire un effet sur elle. C'est pourquoi je veux étayer correctement cette revendication symbolique avec tous les arguments du droit international. De cette façon, il ne s'agirait plus d'une folie mais d'un rêve.

C'est bien une formule de Fate, pensa Baia. Quel étrange personnage! Il la fascinait, comme un crapaud capable de rendre des oracles.

En effet, reprit Fate, j'ai appris que lorsqu'une idée est folle, elle ne marche pas, mais lorsqu'elle ressemble à un rêve, elle peut se révéler efficace.

Partant de ce principe, dit-il: Si l'on a le casque, on représente tous les Albanais. On les représente! Tu comprends? Rassembler tous les territoires où vivent des Albanais en une grande Albanie unifiée est évidemment impossible, car on ne pourrait obtenir le… comment as-tu dit? le consensus international. Les nations du monde ne reconnaîtraient pas une telle entreprise. Mais unir symboliquement tous les Albanais, qu'ils vivent en Europe centrale ou dans l'est du continent, sous la conduite d'un chef dont la légitimité se fonde sur un demi-millénaire d'histoire, cela donnerait une puissance bien réelle. Imagine ce que cela signifierait, si les Albanais vivant dans cinq ou six États liaient leur loyauté à Tirana? Il y aurait sans aucun doute des conséquences pour la realpolitik! En fait, ce *serait* de la realpolitik! Tout cela grâce au geste symbolique d'un homme se coiffant d'un casque!

Fate éclata d'un rire tonitruant.

L'Europe devrait absolument apaiser les protestations des États concernés, il deviendrait nécessaire de courtiser l'homme au casque, de rechercher des compromis avec lui, de faire des concessions et…

Fate parlait avec une excitation grandissante, ce qui agaçait Baia. Elle l'interrompit : Tu m'as demandé de répondre à quelques questions sur le droit international. Mais je ne suis pas une spécialiste des rêves.

Et du fait de son amateurisme dans le domaine des rêves, elle ne sut pas tout de suite comment réagir au message WhatsApp que Karl Auer venait de lui envoyer. Il pourrait venir à Tirana le week-end prochain. À titre privé. Serait-il bienvenu ? Il avait ajouté une maxime tirée d'une éphéméride : *Donne une chance au destin, quand il frappe à ta porte !*

Après sa rencontre avec Fate, elle rentra chez elle à pied, tellement absorbée dans ses pensées qu'elle trébucha deux fois sur le trottoir bosselé, mais heureusement sans tomber, elle passa devant le café Sophie et décida d'entrer. Elle se commanda une bière. D'un coup, elle eut envie de fumer, comme si elle était dans le même genre de situation qu'à la mort de son père, ou lorsqu'elle avait fêté son diplôme de troisième cycle, ou lors de la dernière victoire électorale de son parti. Elle demanda s'ils avaient des cigarettes. Non, répondit le serveur, mais devant le café, vous voyez, il y a un kiosque.

Je reviens tout de suite.

Elle but sa bière, fuma trois cigarettes, tapota sur son smartphone, effaça, tapota de nouveau, regarda fixement les phrases qu'elle avait écrites, les effaça, chercha des mots différents des termes précis de son langage juridique. Pour finir, sa réponse au message d'Auer fut : « OK. »

Bien entendu, elle savait que ces deux lettres pouvaient difficilement passer pour un concentré de rêverie romantique, mais elle espérait que Karl Auer comprendrait qu'elles signifiaient : d'accord pour cette tentative de s'engager avec lui dans le vaste domaine du romantisme.

Le Premier ministre avait donné une conférence de presse, où il avait annoncé qu'il demandait à l'Autriche la restitution du casque de Skanderbeg. Après quoi, il informa les députés de sa décision dans un discours au Parlement, où il la justifia avec force arguments politiques. Le soir même, il s'adressa à la nation dans une allocution sur *Televizioni Shqiptar*, en promettant aux Albanais qu'il reconquerrait le casque de Skanderbeg et qu'avec lui, dans l'intérêt de *tous* les Albanais, l'importance historique et l'identité et l'avenir et la liberté et l'Europe et ainsi de suite… C'était le script de Fate Vasa.

La pensée que le Premier ministre puisse entrer en possession du casque de Skanderbeg, et se proclamer ainsi chef de tous les Albanais, alarma extrêmement le chef de l'opposition. Lors d'une séance du bureau politique du parti, il déclara avec véhémence qu'il fallait absolument qu'il devienne lui-même le possesseur du casque. Toutefois, il n'était plus possible de l'obtenir officiellement, puisque le gouvernement avait fait sa demande par la voie diplomatique. Comment donc pourrait-on procéder ?

Monsieur le président du parti, il est en effet exclu que vous puissiez entrer légalement en possession du casque afin de vous en couronner. Il ne reste qu'une possibilité : nous devons empêcher le Premier ministre de mettre la main dessus.

Et comment ? Devons-nous dire aux Autrichiens de garder le casque ? Si on l'apprenait…

Non, monsieur le président du parti. Le casque doit disparaître.

Disparaître ? Oui, bien sûr, comme ça personne… Mais est-ce faisable ?

Nous y réfléchissons, monsieur le président du parti.

Le Premier ministre fut prévenu par un message d'un officier de la Sigurimi.

Comment? La Sigurimi existe encore? demanda Fate.

Non, bien entendu. Mais les anciens collaborateurs de la Sigurimi ont tous des familles qu'il faut nourrir. Et une douzaine d'officiers des services secrets aigris par le chômage seraient plus dangereux pour moi que des ouvriers sans travail, avec tous leurs contacts. D'ailleurs, ce sont des experts, comment pourrais-je renoncer à leur savoir? À présent, c'est à moi qu'ils sont fidèles.

Donc?

Ils m'informent que l'opposition a elle aussi des projets avec le casque de Skanderbeg.

Et alors? Comment veulent-ils... s'y prendre?

Certainement pas en suivant la voie diplomatique. Moi-même, je ne sais rien de plus.

Bien sûr, Fate Vasa s'était attendu à des réactions de l'opposition. C'était prévisible. Ils pouvaient défendre *un véritable Skanderbeg* contre les falsifications idéologiques du gouvernement, remettre en question la crédibilité du Premier ministre quant à l'histoire et les traditions albanaises, en invoquant de nombreux exemples malheureusement avérés, ou tourner en dérision la vanité et l'inutilité de cette tentative d'obtenir de l'Autriche la restitution du casque.

En revanche, il n'avait pas cru possible, il n'avait pas vu venir cette réaction: l'opposition prenait cette histoire tellement au sérieux que son chef voulait s'emparer lui-même à tout prix du casque de Skanderbeg, dans le seul but d'empêcher le Premier ministre de s'en servir pour obtenir des avantages politiques et accroître sa popularité. Manifestement, il croyait vraiment à la légitimité politique que le casque apporterait à son possesseur.

En un sens, dit Fate au ZK, une telle réaction prouve que notre idée était bonne, c'est un point positif. D'un autre côté, nous avons maintenant un problème, car nous ignorons ce qu'il manigance.

Nous savons simplement qu'il veut lui aussi le casque. Et il a beau être un idiot, il est capable de tout.

C'est ainsi que commença la chasse au casque d'or.

3

La voie hiérarchique. Le ministère albanais des Affaires étrangères transmit à l'ambassadeur d'Autriche à Tirana le document officiel réclamant la restitution du casque de Skanderbeg à la République d'Albanie. L'ambassadeur le transmit à son tour au ministère des Affaires européennes et internationales à Vienne, comme c'était son devoir, même s'il trouvait cette histoire grotesque. Cela dit, il n'avait pas à exprimer officiellement cette opinion. Dans sa lettre d'accompagnement, il dut en revanche préciser que la mention *poison* comme objet du document était due manifestement à un lapsus du service de traduction du gouvernement albanais. Bien entendu, il n'était pas question de la restitution par l'Autriche d'un poison albanais mais de ce casque considéré comme un trésor national, comme l'indiquait clairement le document. De toute évidence, on avait d'abord traduit le mot albanais signifiant « casque », *përkrenare,* par le mot allemand correspondant: *Helm.* Après quoi, le correcteur avait confondu ce mot avec l'albanais *helm,* qui signifie précisément « poison ».

Au cabinet du ministre, on discuta « après réception du document » – qu'on appelait désormais ironiquement *la lettre empoisonnée* – pour savoir qui devait rédiger la réponse, laquelle serait évidemment négative. Il s'agissait de déterminer si la section II (Affaires bilatérales) ou la section V (Relations culturelles avec l'étranger) était qualifiée pour s'en charger.

« Si quelque chose concerne la culture, c'est bien un vieux casque, dit M. Wondracek de sa voix nasillarde. C'est pour ça qu'il est dans un musée! C'est donc la section V qui doit s'en occuper. » M. Wurbala l'approuva aussitôt et se permit d'ajouter: « Dans ce cas, il faut aussi mettre à contribution le Kunsthistorisches Museum! »

Finalement, on parvint à la décision suivante: la directrice de la section V transmettrait le document à la directrice du Kunsthistorisches Museum, en la priant de vérifier si, concernant ce casque albanais, il existait des faits susceptibles de ~~nous obliger à rendre~~ justifier une demande de restitution et provoquer ainsi un litige bilatéral.

Si l'enquête sur la provenance ne révélait aucune circonstance justifiant une restitution, la directrice de la section V devait rédiger à l'intention du ministère albanais des Affaires étrangères un document approprié fournissant l'explication appropriée…

C'est ainsi que concluait M. Wondracek. Il aimait le mot « approprié ». Ce mot mettait de l'ordre dans son monde.

Quand la directrice du Kunsthistorisches Museum lut non sans étonnement la requête du ministère des Affaires européennes et internationales, elle ignorait qu'en cet instant même – ce qui l'aurait non seulement étonnée mais inquiétée – deux visiteurs du musée se montraient particulièrement intéressés par le casque de Skanderbeg et inspectaient en conséquence avec une extrême attention la salle d'ordinaire peu fréquentée où il était exposé.

Le casque se trouve dans une vitrine en verre avec une porte verrouillée sur le devant. La vitrine est reliée à une alarme se trouvant dans l'encadrement de la porte (en dessous duquel on aperçoit un petit câble), ce qui veut dire que l'alarme ne se déclenche que si l'on force la porte en rompant ainsi le contact avec le câble de sécurité. Avec un coupe-verre, il serait possible d'accéder au casque sans déclencher l'alarme.

Deux caméras de surveillance dans la salle. Système manifestement ancien: transmission numérique des images avec suppression automatique probablement au bout de vingt-quatre heures. Avec deux personnes postées l'une à droite et l'autre à gauche de la vitrine, une troisième personne serait invisible pendant l'opération et l'image serait effacée au bout de vingt-quatre heures.

En dehors des heures d'ouverture, un détecteur de mouvements près de la porte d'entrée de la salle. À une hauteur de 60 centimètres.

Trajet entre la vitrine, salle VI, par le grand escalier jusqu'à la sortie du musée, en marchant vite mais sans précipitation suspecte: une minute vingt.

IMPORTANT: musée ouvert lundi. Comme en général les musées sont fermés le lundi, presque aucun visiteur ce jour-là et seulement deux gardiens par étage (!). Il est donc conseillé d'opérer lundi, pendant les heures d'ouverture – pas de capteur de mouvements déclenchant l'alarme!

Tel était le rapport des deux visiteurs, dont l'intérêt pour le casque de Skanderbeg n'avait attiré l'attention, et encore moins les soupçons, de personne. La caméra de surveillance les avait bien filmés, mais les images ne furent pas sauvegardées et disparurent vingt-quatre heures plus tard.

La directrice du Kunsthistorisches Museum répondit sur-le-champ à la lettre du ministère des Affaires étrangères, avec une concision sans appel: Il n'y avait aucune raison de négocier avec l'Albanie sous prétexte que le casque de Skanderbeg serait un trésor national. Pour commencer, la plupart des chercheurs doutaient même que ce casque ait jamais pu être en contact avec la tête de Skanderbeg. Il était établi que le casque avait été fabriqué en Italie vers 1460. Cela dit, le bandeau qui l'entourait ne pouvait guère remonter à cette époque, même s'il constituait avec l'ornement en forme de tête de chèvre le fondement de la symbolique nationale de l'Albanie. Quant à la provenance, on avait la preuve que l'archiduc Ferdinand II avait acheté le casque en 1593, ainsi qu'il était mentionné dans l'inventaire de la collection d'Ambras. On avait également un contrat de vente avec une certaine Irena Kastrioti, une femme accablée de dettes qui affirmait être la descendante et l'héritière de Gjergj Kastrioti, dit Skanderbeg, et qui avait ~~refilé~~ vendu à l'archiduc, grand collectionneur d'armes, toutes sortes de ~~camelotes~~ trésors de ce chef de guerre dont la lutte contre les Ottomans était alors légendaire. Le casque était exposé comme un exemple de fabrication d'un mythe historique, non comme un butin du colonialisme. Une restitution était impossible, puisqu'on ne pouvait restituer qu'un objet qui aurait eu auparavant un autre propriétaire, en l'occurrence la République d'Albanie.

Dans l'espoir de leur avoir été utile, elle les assurait de sa profonde, etc.

Pour Mme la directrice du Kunsthistorisches Museum, la question était réglée. Elle n'y pensait plus, et se méprit d'autant plus aisément quand un mois plus tard ce bon Swoboda, membre du *security team,* fit irruption dans son bureau, après avoir repoussé la secrétaire et ses « vous ne pouvez pas… arrêtez… vous ne pouvez pas… » Hors de lui, il cria : « Le casque! Le casque! Le casque en or! »

« Le stock est déjà épuisé? », demanda-t-elle, ennuyée d'être ainsi dérangée. Elle pensait au casque doré pour cycliste qu'on vendait dans la boutique du musée et qui remportait un énorme succès. Le casque doré avec le logo du Kunsthistorisches Museum existait aussi dans une version pour skieur et snowboardeur, la moitié de l'Autriche l'arborait sur les pistes cyclables ou les parcours de ski. « Mais pourquoi est-ce vous qu'on m'envoie? » L'agacement de la directrice céda la place à la surprise : qu'est-ce que la sécurité avait à voir avec la boutique? Un cycliste n'avait quand même pas dévalisé…

« Non, non, pas celui de la boutique! Celui de la salle VI, la collection des armes! »

La salle VI ? Quel casque ? Elle se rappela vaguement qu'il y avait eu quelques semaines plus tôt une histoire avec ce casque albanais, Skanderbeg. Qu'est-il arrivé à ce casque ?

Il a disparu, madame le directeur. Disparu sans laisser de traces.

On ne pouvait pas dire qu'il n'y eut pas de traces, mais elles semblèrent d'abord ne donner aucun indice sur les possibles auteurs du vol, tandis qu'un soupçon dont la directrice fit malheureusement part à la police non seulement entraînait l'enquête dans une mauvaise direction mais provoquait des complications diplomatiques.

Les images de la caméra de surveillance montrèrent un gros homme barbu à la carrure imposante. « Est-ce une vraie barbe ? Je crois plutôt que c'est un masque ! — Difficile à dire. L'image est floue ! » Il portait des lunettes de soleil et une casquette de base-ball. À son côté, une femme enceinte. « Cette coiffure qui lui cache le visage ! Je parie que c'est une perruque ! »

Ils passent devant quelques objets exposés, en ne s'arrêtant que brièvement et en lisant de temps en temps les notices, comme la plupart des touristes errant dans les musées. Puis ils s'immobilisent devant la vitrine abritant le casque de Skanderbeg. À cet instant, un autre homme entre dans la salle VI et marche droit vers la vitrine. « Un complice ! — Manifestement ! »

Toutefois, l'homme et le couple ne se saluent pas, ils se postent devant la vitrine. À présent, la femme enceinte est entre les deux hommes. Les deux caméras de surveillance se faisant face ne montrent plus que deux larges dos masculins, tandis qu'on distingue à peine ce que fait la femme. « Regardez ! » Un des hommes se baisse pour poser par terre la vitre proprement découpée. Pendant ce court instant, on voit la femme sortir le casque de la vitrine et remonter sa robe de grossesse.

Cette femme n'est pas enceinte !

Elle va bientôt l'être. Avec le casque !

Stop ! Combien de temps ça a duré ?

Entre le moment où ils entrent et celui où ils sortent, deux minutes vingt-sept.

Et où donc était le gardien ?

Nous sommes lundi, madame le directeur ! Lundi ! Du fait de la faible affluence, il n'y a que deux gardiens par étage !

Avons-nous des images des voleurs quand ils quittent le musée ?

Oui, ici on les voit dans le hall. Une minute plus tard environ.

On peut en tirer des photos pour des avis de recherche ?

Nous allons les utiliser. Mais elles ne donneront rien.

Malheureusement, lors d'une conférence de presse, la directrice du musée répondit de nouveau, quand lui fut demandé si l'on avait des indices ou des soupçons concernant les auteurs du vol : Oui, il y avait une piste. Un mois plus tôt, le gouvernement albanais avait demandé la restitution de ce casque, considéré comme un trésor national de l'Albanie. Elle avait dû refuser, car la provenance du casque était connue et il ne s'agissait pas d'un bien confisqué. En tout cas, il était étonnant que ce casque que l'État albanais voulait récupérer ait été volé si peu de temps après son refus. Il fallait respecter la présomption d'innocence, bien sûr, mais elle attendait de la police autrichienne ainsi que du ministère des Affaires étrangères des investigations sur ce qui était pour le moins une étrange coïncidence.

Après ces déclarations, le ministre autrichien des Affaires étrangères convoqua l'ambassadeur d'Albanie à Vienne. Les amabilités d'usage cédèrent bientôt la place à des mises au point brutales : Bien entendu, le gouvernement albanais ferait tout ce qui était en son pouvoir pour que soit élucidée cette affaire criminelle, avec laquelle il n'avait rien à voir, pas plus qu'aucune institution gouvernementale ou proche du gouvernement. Il rappelait d'ailleurs que quelque temps plus tôt, dans le même musée, on avait volé une salière italienne, exécutée par Benvenuto Cellini pour François Ier (l'ambassadeur s'était bien préparé), sans qu'on ait soupçonné l'État italien ou l'État français. Il s'était avéré que le vol avait été commis par un petit voyou autrichien. Donc... Il ne dit pas ouvertement que les insinuations sur l'implication possible de l'État albanais dans le vol du casque de Skanderbeg étaient à ses yeux du pur racisme de la part des Autrichiens. Il ne montra pas sa colère, sourit et prit congé en disant : *Ta dhjefsha surratin!*

Comment ?

Oh, excusez-moi ! C'est une salutation albanaise ! Au revoir !

L'ambassadeur d'Autriche à Tirana obtint un rendez-vous du ministre albanais des Affaires étrangères. Dans son rapport, il ne put s'empêcher d'écrire : « Si M. le ministre des Affaires étrangères était capable de jouer l'innocence qu'il m'a manifestée, il ne serait pas devenu simplement le ministre d'un petit pays mais une star de Hollywood. »

La presse à sensation se déchaîna, qualifia le gouvernement albanais de mafia. *Il faut respecter la présomption d'innocence* : malgré la répétition régulière de cette formule consacrée, les deux États furent bientôt en froid, car aucun des deux ne croyait en l'innocence de l'autre.

Dix jours auparavant, Fate Vasa avait été voir le Chef en compagnie d'un ferronnier d'art. Avec un mètre, l'artisan mesura en tous sens la tête du Premier ministre, tout autour puis de haut en bas, il prit des notes puis tendit le mètre entre la tempe et la joue...

Qu'est-ce qu'il fabrique ?

Tiens-toi tranquille, s'il te plaît !

Qu'est-ce que ça veut dire ?

Il va te fabriquer un casque de Skanderbeg sur mesure !

Ce ferronnier était un homme serein, qui n'était consommateur de presque aucun média, en dehors de *Radio Dardania Tirana,* la station de musique populaire, pendant son travail. Il était fier de son métier, aimait le matériau avec lequel il travaillait, sa nature malléable, passant de la fluidité à la dureté, de la chaleur brûlante au froid de l'acier, il maîtrisait parfaitement toutes les techniques nécessaires, de la puissance du martelage au doigté le plus délicat. Il était fier aussi de pouvoir nourrir convenablement sa famille, qui ne connaissait certes pas le luxe, mais pas non plus la pénurie. Il considérait la commande du chef du gouvernement comme une récompense, un grand moment de sa vie. Et s'il donnait toute satisfaction dans cette entreprise, l'homme le plus puissant de l'État pourrait peut-être… il osait à peine l'imaginer… un mot pour sa fille… pour qui la fonction publique… Il sourit, son cœur était plein d'ardeur, comme son visage rougi par la chaleur.

Il pratiquait le *puddlage,* une technique remontant au Moyen Âge, qu'il avait pu encore apprendre jeune homme auprès de son maître. On éliminait le carbone et le laitier du britannium chauffé à blanc et devenant pâteux sous l'effet du refroidissement – c'était dans ce matériau qu'avait été forgé l'original du casque. Oui, il souriait en travaillant. Il devait employer de vieilles techniques pour reproduire fidèlement ce casque vénérable. Avec des méthodes modernes, sans les anciennes traditions artisanales, il ne produirait qu'une médiocre contrefaçon. Il était évident que la calotte du casque devait être coulée en un seul tenant, et non façonnée à partir de deux éléments qu'il fallait ensuite riveter et souder. Qui maîtrisait encore cette technique ? Comme tout Albanais un peu patriote, il avait évidemment une idée de l'aspect du casque de Skanderbeg, mais Fate lui avait fait imprimer une série de photos tirées d'Internet montrant le casque sous tous les angles, ainsi que des détails agrandis. Il les avait clouées au mur noir derrière son enclume. Le bord du casque devait être entouré d'une bande en laiton et décoré de bosses. La bande de la partie centrale posait problème. Était-elle en or ? ou dorée ? Elle portait des lettres gravées, qu'il ne parvenait pas à lire sur les reproductions. Il interrogea Fate, qui lui donna les informations nécessaires : la bande était en cuivre doré, les lettres IN PE RA TO RE BT étaient ainsi groupées par deux, chaque groupe étant séparé par une rosette dorée. Il employa donc du cuivre, même si une bande en aluminium bon marché aurait fait l'affaire, car on n'aurait vu aucune différence une fois qu'elle aurait été dorée. Mais telle était son ambition : un travail précis et fidèle à l'original. La crête du casque consistait en une tête de chèvre cornue et dorée. Fate le renseigna : Pas en or, c'est du bronze doré !

Il se procura un crâne de chèvre chez son ami Beqë, le boucher de la rue. Pendant trois jours, il ne trouva aucun crâne à son gré, il lui fallait une chèvre très jeune. Il offrait un drôle de spectacle, dans l'arrière-cour de la boucherie, près des déchets d'abattage, occupé à mesurer avec son mètre des crânes de chèvre. Il finit par en trouver un pouvant lui servir de modèle, comme une forme pour un cordonnier. Tout cela coûtait cher. Il fabriqua un moule négatif en plâtre, réalisa l'alliage de cuivre et d'étain puis le coula. Il dut recommencer trois fois l'opération, car il voulait travailler de façon tradi-tionnelle, sans caoutchouc de silicone, ce qui provoquait des failles qu'il n'était plus possible de fondre. Ensuite, il dut placer dans les orbites vides des yeux stylisés, de petits cercles sur une surface plate, sans aucune trace de rivetage ni de soudure. Quand le crâne de chèvre surmonta enfin le casque, celui-ci resplendit comme s'il était neuf. À présent, il fallait ajouter des signes d'usure et de vieillissement. Il réalisa en trois jours cette dernière opération.

C'est ainsi que la réplique du casque fut terminée au moment même où Europol commençait ses investigations pour retrouver l'original.

4

Dorota lui avait déjà conseillé plus d'une fois d'arrêter, mais Adam s'obstinait à lire le matin des journaux polonais en ligne. Il lisait naturellement la *Gazeta Wyborcza,* qui avait été fondée pour porter la parole du syndicat Solidarność, même si, pour parler franchement, il y avait maintenant autant de rapport entre elle et les combats d'antan qu'entre une pilule homéopathique et une grenade. Ensuite, il lisait le plus souvent *Dziennik,* qui avait l'ambition d'être la version polonaise du *Welt* allemand.

C'est absurde, disait Adam, il n'a pas la même ambition, il a simplement le même propriétaire. Et même si je ne peux pas le prouver, je crois que Mateusz est aussi là-dessous. Derrière un groupe d'investisseurs, une filiale de sa holding pour le moins aventureuse ou un homme de paille...

Et quand bien même!

Ce journal se prétend indépendant!

Parce qu'il n'appartient à aucun parti.

Et Mateusz, il n'est pas membre d'un parti?

Adam, je ne supporte plus ta haine!

Dorota avait parfois dit en plaisantant qu'Adam ne lisait ces journaux de si bonne heure que pour se fouetter le sang. Il commençait sa lecture et s'énervait aussitôt, son visage blême du matin prenait des couleurs, son corps fatigué retrouvait force et souplesse. Mais elle finit par ne plus plaisanter. Une tarte à la crème en pleine figure, on pouvait trouver ça drôle une fois. Mais quand c'était chaque jour, et qu'on était soi-même la cible?

Le petit Romek se mit à crier en essayant de fourrer son petit poing dans sa bouche. Il faisait ses dents. Dorota lui

122

donna le sein. Il est temps que je commence à le sevrer, dit Dorota.

Adam était penché sur son ordinateur, la main gauche contre son oreille, la droite occupée à enlever des miettes de croissant sur sa poitrine, et il s'exclama : Ça ne peut pas être vrai !

Adam, tu as entendu ce que je viens de dire ? Je vais bientôt arrêter d'allaiter le petit !

Oui, dit-il. Écoute…

Dorota se leva et alla dans la chambre avec l'enfant.

Adam ne réussissait pas à croire ce qu'il était en train de lire dans le journal. Mateusz ! Ce traître !

La journée était tempétueuse, inhospitalière, mais il se rendit au bureau à pied. Il voulait sentir le vent cingler son visage. Quand une rafale fit s'envoler son chapeau, il éclata d'un rire hystérique. Il ne courut pas après le chapeau, il ne l'aimait pas, il le trouvait à la fois moins chaud que sa vieille casquette et moins protecteur qu'un casque. Dorota lui disait toujours : Prends ton chapeau. Maintenant, le vent l'avait emporté.

Il n'y avait qu'une station de métro entre Merode et Schuman, à travers le parc du Cinquantenaire, en passant devant Autoworld, le musée des voitures anciennes. Il ne l'avait jamais visité, les autos de collection ne l'intéressaient pas, c'était bon pour les nostalgiques. Quels avantages présentait une Mercedes historique, qu'il fallait faire démarrer laborieusement à la manivelle ? Quel idiot sentait son cœur battre à la vue d'une vieille Fiat Polski, cette vieille guimbarde des communistes ? De l'autre côté, il y avait le *Musée royal de l'Armée**, lui il l'avait visité une fois. Mais il avait été déprimé par la vision des avions de combat des alliés de la Seconde Guerre mondiale, qui avaient bombardé n'importe quelle cible sauf les voies ferrées menant à Oświęcim.

Il franchit les Arcades du Cinquantenaire, longea le rond-point Robert-Schuman jusqu'à la rue de la Loi, où se trouvait son bureau. Comme il était furieux de ce qu'il avait lu dans *Dziennik*! À présent, il comprenait mieux, non, il comprenait enfin la fin de la conversation qu'il avait eue récemment avec Mateusz à Varsovie.

Comme ils ne parvenaient à aucun rapprochement au sujet de la conférence sur les Balkans à Poznań et des buts qu'il conviendrait d'atteindre sous la présidence polonaise, Adam fit une dernière tentative. Puisque l'approche objective ne marchait pas, autant mettre les choses sur un plan personnel : il proposa une promenade à Mateusz. Ils pourraient aller sur la Plac Defilad.

Pourquoi? En quoi le palais de Staline t'intéresse-t-il?

Je veux me rendre à l'endroit où notre compagnon d'armes Piotr Szcześny…

Il ne réussit pas à dire : s'est immolé par le feu.

Tu dois quand même te souvenir de lui, et de la…

Mateusz le regarda.

J'ai acheté des œillets. Ta secrétaire a eu la gentillesse de les mettre dans un vase. Viens avec moi, je t'en prie, nous les laisserons à l'endroit où… Nous penserons à lui et au temps passé. Il y a toujours des gens qui déposent des fleurs là-bas, ou qui apportent des bougies. Voilà longtemps que je voulais te proposer d'ériger une stèle avec une inscription préservant son souvenir et celui de son combat. Notre combat commun.

Mateusz le regarda, fronça les sourcils et dit : Pour commencer, je n'ai pas le temps de me promener. Ensuite, je ne comprends pas pourquoi tu voudrais une stèle en sa mémoire. Pour qu'il y ait encore plus de fous qui se tuent en s'imaginant qu'on va leur consacrer un monument? Je n'irai pas là-bas. Nous nous sommes battus pour la liberté, c'est vrai, mais Piotr avait une conception délirante de la liberté.

Adam lui lança un regard incrédule. C'est alors que Mateusz déclara : Piotr voulait un monde où chacun puisse dire chaque jour que le ciel est bleu. Mais regarde par la fenêtre! Ça ne marche pas comme ça.

Ce matin-là, Adam avait lu dans *Dziennik* que Mateusz, en compagnie du maire de Varsovie, avait donné le premier coup de pioche d'un important chantier sur la Plac Defilad. On devait y édifier le futur *Muzeum Sztuki Nowoczesnej w Warszawie*. Le bâtiment s'intégrerait dans un projet plus vaste de réaménagement de tout le quartier du Palais de la Culture. L'inauguration était prévue pour décembre 2022. Le journal présentait une maquette du projet, où Adam crut voir que le lieu de l'immolation de Piotr disparaissait sous les fondations du musée, littéralement enterré.

Adam déduisit de l'article que des retards s'étaient produits dans l'élaboration du projet, il y avait eu des rejets et des dissensions lors du concours international d'architecture, au point qu'il avait fallu en organiser un second afin que la ville et l'État puissent s'accorder sur le résultat.

Pourquoi? Parce que les projets antérieurs ne permettaient pas d'atteindre l'objectif que l'appel d'offres ne pouvait évidemment indiquer explicitement: disposer le bâtiment sur la place de façon que le lieu de l'immolation soit caché derrière des palissades de chantier avant d'être définitivement englouti sous les fondations? Il fallait que cet endroit... oui, qu'il soit effacé!

Adam n'était pas assez fou pour croire sérieusement que Mateusz était intervenu pendant l'élaboration du projet afin de parvenir à ses fins. Cependant, il n'imaginait que trop bien le même Mateusz, qui n'avait pas voulu aller avec lui sur la Plac Defilad, donner en souriant le premier coup de pioche devant des photographes, à deux pas des fleurs et des bougies déposées en souvenir de Piotr. Et cette idée le rendait fou.

Devant l'ascenseur, il rencontra Catherine. Elle portait un béret qui couvrait sa tête comme un casque rouge. En voyant les cheveux ébouriffés d'Adam, elle lui dit : Quelle tempête, *monsieur**, pas vrai ? Elle ajouta en souriant : On se sent tout chose !

Vous avez raison, Catherine !*

Comme toujours, Adam commença sa journée en répondant à ses mails. Mais ce matin-là, il fut incapable de se concentrer. En tout cas, pas sur des mails. Il renonça, ferma sa boîte aux lettres. Il regarda sa montre. La réunion était prévue pour 11 heures. Encore presque deux heures. Sa colère prenait les devants. Ils vont s'asseoir dans la salle de conférence, à l'ameublement aussi réduit que l'imagination de ses collègues, autour de la table au revêtement glacé en Resopal. On évoquera son rapport sur sa conversation avec le Premier ministre polonais, en se demandant ce que ces informations changent pour la suite de leur travail. Chacun agitera plus ou moins énergiquement une salière, afin de pouvoir mettre son grain de sel, après quoi il le fera rerentrer dans ladite salière. Ce n'est pas possible ? Mais si ! Tout est impossible, dans cette maison, mais réintroduire un grain de sel dans une salière était un tour de force qu'on maîtrisait à la perfection dans la Commission. Résultat ? Il n'y avait rien sur l'assiette, de sorte qu'on pouvait dire avec satisfaction : Il est temps de se lever de table. Telle était la célèbre culture du compromis. Comme s'il pouvait y avoir un compromis entre des fleurs et une pelleteuse.

Adam Prawdower avait préparé pour la réunion un document développant plusieurs points, où il plaidait pour l'annulation de la conférence sur les Balkans à Poznań afin que la Commission ne participe pas à cette tragédie pour cabotins. Naturellement, il savait que ce n'était pas possible, il avait compris après sa conversation de la veille avec le directeur général qu'il ne servirait même à rien d'en discuter dans l'espoir que ses collègues prennent au moins conscience du problème. Il ouvrit le fichier sur son ordinateur, relut son exposé, les arguments étaient bons mais pas assez, beaucoup trop idéalistes pour influer sur la route du paquebot. Il regarda fixement l'écran. Et... regarda... et se tapa le front. Enfin, ce n'est qu'une image, bien sûr, mais il eut une idée – une révélation, en fait. C'était comme si on venait d'un coup de tirer un rideau, en illuminant ainsi la pièce. Il voyait enfin ce qui lui avait échappé jusqu'alors : il s'était focalisé sur l'annulation de la conférence de Poznań, ce qu'il ne pourrait évidemment jamais obtenir. Cette conférence devait avoir lieu, ça allait de soi. Mais – et c'était l'idée qui lui était venue en un éclair – pas en Pologne ! Il avait voulu empêcher l'inévitable, au lieu de trouver simplement une solution de rechange. La conférence sur les Balkans devrait avoir lieu dans l'un des États balkaniques candidats à l'adhésion à l'UE. Ce changement donnerait à la conférence l'*impact* nécessaire, ce serait le signe que la Commission prenait au sérieux les efforts de ces États. À Tirana, par exemple, ou à Skopje. Ou pourquoi pas à Pristina – ce serait un vrai signal ! Mais en aucun cas à Poznań.

Et pour quel motif ? Parce qu'il considérait le chef du gouvernement polonais comme un traître ? Non. Le motif devait être : la Commission avait récemment poursuivi la Pologne devant la Cour de justice européenne car le gouvernement polonais enfreignait le droit européen, abolissait l'indépendance de la justice et soumettait les juges au contrôle politique de l'exécutif. Pourquoi Piotr avait-il donné son signal, accompli son geste bouleversant ? À cause justement des infractions commises par le gouvernement polonais, contre lequel la Commission européenne avait enfin engagé des poursuites.

Par exemple, comment pourrait-on négocier les nécessaires réformes de la justice avec les candidats à l'adhésion, si l'hôte de la conférence, lui-même membre de l'UE, violait le droit européen ? Ce serait cynique, totalement contre-productif.

Les défenseurs de la realpolitik dans la Commission ne pourraient rien objecter, pensa Adam.

Il effaça le fichier qu'il avait préparé et nota en hâte ce que signifierait un véritable échec de la conférence, malgré toutes les belles paroles : à savoir une influence chinoise grandissante en Europe, puisque les États balkaniques, frustrés et trahis par l'UE, renforceraient évidemment leurs liens avec la Chine. Puis quelques points expliquant pourquoi le transfert de la conférence dans la capitale d'un des pays candidats augmenterait les chances d'obtenir un résultat favorable. La question était maintenant de savoir s'il serait possible d'imposer ce changement dans un délai aussi court et de mettre sur pied l'organisation nécessaire : non plus Poznań mais…

Tirana, dit Karl Auer.

Outre Karl Auer (D4 – Albania, Bosnia and Herzegovina), les participants de la réunion de la direction D de la NEAR étaient : Nathalie Bonheur (D1 – Montenegro), David Charlton (D3 – Kosovo, North Macedonia) et naturellement Ambroise Bigot (directeur de la direction D, Western Balkans). Mihkel Müürisepp (D2 – Serbia) n'était pas venu.

Adam Prawdower fut heureusement surpris de voir son collègue Auer soutenir aussitôt sa proposition. Choisir l'Albanie pour accueillir la conférence serait un signal fort, déclara l'Autrichien, nous savons par des sondages de l'Eurobaromètre que plus de quatre-vingts pour cent des Albanais sont pour l'adhésion à l'UE, et les réformes sont impressionnantes dans ce pays, par exemple dans le domaine de la justice, je crois que c'est une bonne idée de donner ce signal et…

Oui ! Je trouve qu'Adam et Karl ont raison, dit Nathalie. Nous n'avons quand même pas intérêt à ce que le Premier ministre polonais se présente à nos dépens comme l'adversaire de l'islam et des prétendus États voyous pour grappiller quelques points dans ses élections nationales, je veux dire, il nous est impossible d'empêcher ça, mais dans ce cas précis nous pouvons changer les conditions et…

Yeah, dit David Charlton, il trouvait ça totalement logique. Lui-même avait changé récemment de nationalité, c'était un Anglais qui après le Brexit s'était découvert un arrière-grand-père irlandais et était devenu Irlandais. Nous avons besoin de flexibilité pour avancer, ajouta-t-il.

Vous proposez donc de désobliger la Pologne ! intervint le directeur Ambroise Bigot, qui les avait écoutés avec une irritation croissante.

Non, répliqua Adam, je propose de rappeler à la Pologne les valeurs européennes, pour pouvoir les représenter de façon crédible face aux États balkaniques.

Well...

Malgré tout, ce n'est pas en contradiction avec notre mission, pour laquelle au contraire les valeurs...

Well, permettez-moi de m'exprimer ainsi : quand il existe des intérêts différents parmi les États membres, notre démarche n'est pas dictée par des valeurs abstraites, qui de toute façon font l'unanimité, mais par les rapports de force.

Passant brusquement de l'anglais véhiculaire à un français passablement affecté, il conclut : *J'espère m'être exprimé clairement !**

Silence. Adam était horrifié. Il regarda à la ronde puis se pencha par-dessus la table – le directeur Bigot était assis en face de lui, cet homme qu'il avait informé officieusement de son intention d'aller voir Mateusz à Varsovie, cet homme qui lui avait dit *allez-y*, go ahead, mach mal,* cet homme qui l'avait encouragé, mais qui ensuite avait publié si malencontreusement son rapport. Adam se pencha vers lui et dit d'une voix blanche : Je n'ai pas compris, *monsieur*.*

Avant que Bigot ait pu répondre, Adam reprit : Je crois certes avoir compris que vous espériez vous être exprimé clairement. Mais ce n'est sûrement pas ce que vous avez dit !

Ambroise Bigot le regarda nerveusement, l'ombre de barbe sur sa joue rasée de près luisait. Il ne savait pas s'il devait confirmer : Mais oui, c'est ce que j'ai dit. La question était purement rhétorique, il n'avait pas à répondre. Cependant, Adam enchaînait déjà : Vous ne pouvez pas avoir dit ça. Car un homme dans votre position doit savoir qu'une mauvaise décision ne devient pas meilleure parce qu'on assure avec fierté qu'on l'a exprimée clairement.

Adam se leva. Il était tellement furieux qu'il avait envie de perdre son sang-froid. Quand on prend une décision idiote, dit-il, le comble de l'idiotie c'est d'affirmer qu'on s'est exprimé clairement.

Cette fois, Bigot se leva d'un bond.

Mais je vous ai certainement mal compris, reprit en hâte Adam, vous savez bien qu'on ne peut revenir sur une mauvaise décision sans perdre la face que si elle n'a pas été clairement formulée !

Il n'y aura pas de procès-verbal de cette séance ! s'écria Ambroise Bigot en quittant précipitamment la salle.

Oui, monsieur ! lui cria Adam dans son dos. *Zróbmy naszą robotę !*

David Charlton sourit puis lança d'un ton théâtral : *By the pricking of my thumbs, something wicked this way comes.* Karl Auer éclata de rire, cette formule lui plaisait. Nathalie Bonheur le regarda en posant deux doigts sur sa bouche d'un air interrogateur, et l'Autrichien s'inclina légèrement en signe d'accord. Adam Prawdower s'en alla. Karl accompagna Nathalie au bureau de cette dernière, l'aida à enfiler sa doudoune puis l'accompagna sur l'escalier de secours pour fumer.

Tu n'as pas froid ?

Ça va.

Non, non, dit Nathalie, va chercher ton manteau. Tu es fou, il fait beaucoup trop froid. *Vite !* Je tiendrai ta cigarette en attendant.

Quand Karl Auer revint, elle lança : Je t'en prie, Charles, dis-moi que cette scène ne s'est pas produite. Ce n'était pas vrai, non ?

Cette réunion n'a pas eu lieu, c'est officiel. Tu as entendu le directeur Bigot : Pas de procès-verbal !

Nathalie tira sur sa cigarette en hochant la tête. Il l'aimait vraiment beaucoup, pas seulement à cause de leurs pauses à deux en tant que « derniers des Mohicans fumeurs », c'était une collègue extrêmement efficace, compétente et serviable. Mais il n'aimait pas sa façon de fumer. Elle plissait les yeux et tenait sa cigarette à bout de bras entre deux bouffées. Ce n'était pas élégant. Il paraissait déconcertant à la fois de fumer et d'éloigner le plus possible sa cigarette.

Elle aspira encore une bouffée, souffla la fumée en agitant la main gauche devant son visage puis demanda : Tu sais ce qui me laisse perplexe ?

Ce genre d'expression plaisait à Auer.

C'est que personne pendant cette réunion n'ait rappelé que la Commission peut organiser une conférence à tout moment, sans demander l'autorisation du Conseil ni la participation des ministres des Affaires étrangères. Une conférence des donateurs, tu comprends ? Nous investissons tant d'argent dans les pays candidats, du coup nous avons légitimement le droit de convoquer une conférence pour évaluer les investissements, discuter du progrès des réformes, formuler des perspectives et ainsi de suite, rien que nous, les représentants de la Commission et les États balkaniques occidentaux. À peu près au même moment que la conférence de Poznań, nous pourrions donc…

Elle sortit de sa doudoune un cendrier de poche, écrasa sa cigarette, tendit le cendrier à Karl pour qu'il écrase la sienne. Puis elle s'alluma une nouvelle cigarette et continua : … nous pourrions montrer aux États balkaniques : Oubliez la frustration de Poznań, la Commission travaille à une perspective concrète. Qu'en penses-tu ? Ce serait très important pour moi.

Avec le Monténégro, j'ai déjà pris beaucoup de risques.

Auer s'alluma à son tour une nouvelle cigarette. Tu as raison, dit-il. Je comprends que M. Bigot n'ait pas évoqué cette possibilité...

Mais Adam !

Il voulait juste boycotter la conférence de Poznań et la remplacer par une conférence dans une autre ville. Ça ne peut pas marcher, évidemment, que ce soit avec le Parlement ou le Conseil. Mais tu as raison, dis donc, personne ne peut nous empêcher d'organiser une conférence avec les pays candidats, en tant que Commission.

Je vais parler à Adam, déclara-t-elle. C'est exactement ce que je vais lui dire : Personne ne peut nous en empêcher ! Et nous ferons cette conférence à...

À Tirana.

Tu aimes bien Tirana, pas vrai ?

Oui. Tirana est... est...

OK, dit Nathalie, Tirana est OK, mais nous avons encore le temps de choisir l'endroit, je vais d'abord parler à Adam.

Karl envoya tomber d'une chiquenaude la cigarette dans la cour.

Tu n'es qu'un sale pollueur, dit Nathalie.

Super, pensa Karl Auer. Si elle arrivait à ses fins, ils auraient deux conférences.

5

Le trajet de Schottenring au lieu du crime prit une vingtaine de minutes à la police. Pendant que les policiers se frayaient un chemin dans les embouteillages de la Landes-gerichtsstrasse à grand renfort de sirènes et de gyrophares, les malfaiteurs avaient parcouru la Neustiftgasse dans leur Mercedes Sprinter, en profitant du couloir de bus désert, et arrivaient déjà à la Westbahnhof. Les deux hommes et la femme s'étaient changés dans la fourgonnette. Barbe, casquette de base-ball, jeans, robe de grossesse et perruque avaient cédé la place à des costumes d'homme d'affaires et un tailleur élégant, quant au casque il était maintenant rangé dans une valise à roulettes Louis Vuitton.

À la Westbahnhof, les trois complices se séparèrent. La femme s'assit à côté du chauffeur, qui l'emmena à l'aéroport. Le gros homme lourdaud prit le tram de la ligne 8 et arriva un quart d'heure plus tard à la Hauptbahnhof. Le second homme, mince et élégant, se dirigea d'un bon pas vers le quai de la Westbahn avec la valise à roulettes.

Tandis que les policiers se faisaient une première idée de la situation au Kunsthistorisches Museum, le train de Salzbourg sortait de la gare. C'est ainsi que le casque prit la direction exactement opposée à celle que devaient lui attribuer plus tard les policiers. En première classe.

L'homme à la valise était détendu. Il savait qu'il faudrait au moins vingt-quatre heures avant qu'on ouvre une enquête. On attendrait d'abord les résultats des investigations de la KTU, le département de la police scientifique : empreintes digitales (négatif), traces d'ADN (négatif), reconnaissance faciale d'après les images des caméras de surveillance (négatif).

Ensuite, le commissaire principal devait s'entretenir avec le procureur compétent, lequel émettrait des commissions rogatoires en se fondant sur les faits disponibles (fort restreints). Cette procédure était une pure routine, dont le seul effet était de gonfler les dossiers.

Le commissaire Starek avait cessé depuis longtemps de se demander pourquoi on ne remettait pas en question cette routine, qui n'aboutissait presque jamais à un résultat.

S'il l'avait pu, il aurait adopté une méthode plus énergique : dans l'hypothèse où le butin serait transféré à l'étranger, il aurait ordonné aussitôt la fermeture des frontières, ainsi que le contrôle rigoureux des postes-frontières, des aéroports et de tous les trains quittant l'Autriche. Mais il avait les mains liées, car il était exclu, même avec le soutien du parquet, de fermer des frontières à l'intérieur de l'espace Schengen. Le vol d'un objet d'art ne justifiait pas que la libre circulation des personnes et des biens, cette conquête de l'Europe, soit abolie ou même provisoirement suspendue. En outre, on manquait de personnel. On manquait de tout ce qui aurait été nécessaire pour lancer immédiatement une telle opération. Il aimait répéter qu'il ne disposait même pas d'une canne à pêche, il devait attraper ses poissons avec des dossiers.

Il fit inscrire l'affaire dans le registre international des œuvres d'art volées (une pure formalité). Informa Europol (autre formalité). Enquêta auprès de personnes de confiance dans le milieu des receleurs (négatif). Demanda à l'opérateur Telekom de pouvoir examiner les données de téléphonie et le profil des déplacements sur le lieu du délit et dans les environs à l'heure des faits (demande d'abord rejetée au nom de la protection des données personnelles, puis imposée par l'autorité judiciaire : négatif). Il ne lui resta plus qu'à attendre, sous la rubrique : Recherches pour retrouver des malfaiteurs inconnus.

Lui-même était un enquêteur inconnu. Ses collègues s'occupant des meurtres, du trafic des stupéfiants ou de la délinquance économique étaient constamment sous les feux des projecteurs, célébraient leurs succès et passaient pour des héros. Au contraire, les vols d'œuvre d'art se caractérisaient par le taux d'élucidation le moins élevé, ce qui tracassait les statisticiens de la police mais n'émouvait guère le public, car il s'agissait en général d'affaires peu spectaculaires. Quelques vols d'instruments de musique, mais il n'avait jamais été question d'un Stradivarius, la disparition d'un calice dans une église, mais ce n'était jamais la cathédrale Saint-Étienne ou l'église Saint-Charles-Borromée, ou encore un tableau volé lors du cambriolage d'une villa cossue de Hietzinger, mais jamais un Picasso, le plus souvent un Waldmüller. Bien entendu, il n'existait aucune photo du tableau, il ne figurait pas plus à l'arrière-plan d'une photo de famille que dans un catalogue d'exposition, et il était inutile de vouloir connaître l'historique de sa provenance, il s'agissait toujours d'un héritage de grand-papa, mais évidemment il valait une fortune. Finalement, on soupçonnait une escroquerie à l'assurance et l'affaire passait à la brigade des fraudes, ce qui était encore la meilleure solution.

Depuis vingt ans que le commissaire Starek dirigeait ce service, seules deux affaires avaient fait du bruit : le vol d'un Renoir au Dorotheum et le vol de la salière de Cellini au Kunsthistorisches Museum, qui devrait enfin vérifier l'efficacité de son système de sécurité. Dans les deux cas, ce ne fut pas l'enquête qui permit de trouver les coupables, mais des hasards que Starek n'espérait même plus, du haut de sa pile de dossiers. Après quoi, lesdits coupables avaient écopé respectivement de huit et de quatorze mois de prison.

Si je n'étais pas dans la police, déclara un jour Starek dans le café-restaurant *Pistauer,* son quartier général de la Simmeringer Hauptstrasse, et si je devais faire une carrière de voleur, je me spécialiserais dans les œuvres d'art. On ne se fait pas pincer, d'ordinaire, et même si ça arrive, on a droit à une peine légère. Savez-vous ce qu'a dit au tribunal le voleur du Renoir ? Il voulait rencontrer des femmes, qu'il a dit. La juge n'a pas compris ce qu'il avait en tête, elle lui a demandé deux fois des éclaircissements, mais finalement elle ne l'a condamné qu'à huit mois, comme si elle avait de l'indulgence pour sa nostalgie, même s'il avait fait un peu trop de zèle.

Son partenaire de tarot au *Pistauer,* M. Prochaska, un professeur à la retraite, répliqua : Et si je devais faire une carrière de faussaire, je me spécialiserais dans les Malevitch.

Starek pensa au bureau du préfet de police et dit : Ou dans les Otto Muehl.

À présent, lui, l'enquêteur inconnu, devait sortir de l'obscurité de son service pour donner une conférence de presse sous le feu des projecteurs, en compagnie du préfet de police, lequel se référerait ostensiblement à lui afin qu'on sache plus tard à qui attribuer un éventuel échec, si les coupables n'étaient pas démasqués. Bien entendu, il s'agissait d'une affaire spectaculaire, qui passionnait les foules, mais que devait-il dire à tous ces micros qu'on lui tendrait? Qu'il comptait sur la chance, le hasard et la bêtise suicidaire du voleur, comme dans l'affaire de la salière, car on n'avait pas d'autre possibilité, et qu'en attendant il restait assis à son bureau en vieux routier qu'il était?

Non, tu leur diras : Nous avons une piste sérieuse.

Nous n'avons pas de piste sérieuse.

Pense à ce qu'a dit la directrice du musée.

Je ne vais quand même pas raconter que nous enquêtons sur le gouvernement albanais. Comment veux-tu qu'on enquête sur un gouvernement? Je n'aurais pas l'autorité nécessaire.

Inutile de parler du gouvernement albanais. Tu n'as qu'à dire : L'Albanie, une piste sérieuse...

Ces messieurs de la presse me poseront des questions.

Eh bien, tu leur diras : Je compte sur votre compréhension, dans cette enquête en cours nous ne pouvons et blablabla, et nous travaillons d'arrache-pied et blablabla.

Je ne vais pas raconter devant les caméras de la télé : Nous travaillons d'arrache-pied.

Mais c'est ce qu'ils veulent savoir!

Ils doivent quand même s'en douter! Quel que soit le sens qu'ils donnent à « d'arrache-pied ».

Tu pourrais le leur expliquer.

Si je leur explique ça, tu peux démissionner.

OK, dans ce cas, le ministre de l'Intérieur et moi, nous ferons seuls le boulot.

Le commissaire Franz Starek était un homme extrêmement léthargique. Cependant il ne fallait pas confondre sa léthargie avec un bon caractère, son caractère pouvait se révéler exécrable. Il avait une conception inflexible de la morale, de la vie correcte, de la bienséance, et vingt années passées dans un poste de commandement qui était aussi une impasse pour sa carrière, étant donné son existence effacée dans l'institution, lui avaient conféré cette attitude flegmatique qu'on résume à Vienne par le verbe « s'en foutre ». Quand quelque chose l'irritait intensément ou lui paraissait incorrect, il était capable d'engueuler même des hauts fonctionnaires de l'Office fédéral de police criminelle avec tant d'énergie qu'ils demandaient un arrêt maladie pour cause d'acouphènes.

C'était aussi un homme qui aimait la vie de famille. Dans ce domaine, il avait connu un terrible échec : il avait divorcé. Un jour, il avait dû s'avouer qu'il ne désirait plus sa femme. À ses yeux, toutefois, ce n'était pas un motif de divorce. Il ne trompait pas sa femme, toutes ces histoires à propos du sexe lui paraissaient franchement exagérées. Si tout le monde avait été comme lui, la psychanalyse serait restée dans les limbes, de même que l'industrie du porno. Ce qui comptait pour lui, c'était la tendresse, les intérêts communs, la solidarité. Tout ça paraissait si sérieux. Mais non, il fallait évidemment encore autre chose : l'allégresse. Mais sa femme ne le rendait pas joyeux, lorsqu'il rentrait. C'était une drôle de constatation, il réfléchit à ce que cela voulait dire, cette pensée : Elle ne me rend plus joyeux. Et il n'était plus question non plus de tendresse. Quand l'avait-elle embrassé spontanément pour la dernière fois ? se demandait-il. À l'époque de leur rencontre, lors d'une de leurs premières soirées, ils avaient échangé en riant une bouchée de saucisse dans une échoppe de la Schwedenplatz, en se faisant du bouche à bouche. À présent, il n'avait même pas droit à une bise quand il revenait du bureau. Et il devait s'avouer autre chose : il était dégoûté à l'idée d'embrasser sa nuque de plus en plus grasse, lorsqu'elle faisait la cuisine, en posant sa main sur son derrière volumineux, alors qu'autrefois il avait envie de remonter sa jupe, et elle disait oui, oh, oui.

137

Il mena à bien le divorce sans qu'ils aient à laver leur linge sale, à se faire la guerre. Il aurait aimé avoir deux ou trois enfants, mais ils n'avaient eu qu'une fille, Sabine, sa petite abeille, qui l'appelait Papa et appelait sa mère Elfi. Elle avait déjà vingt-quatre ans, maintenant, l'année précédente il avait réussi à la faire entrer dans l'administration de l'arrondissement, où elle se montrait très capable, à ce qu'on disait, ce qui l'emplissait de fierté. Depuis son passage chez les Faucons rouges, sa fille était une fervente sociale-démocrate, ce qui était peut-être un avantage dans la municipalité. Cette idée l'émouvait, lui aussi était un rouge, même s'il trouvait que la morale du parti...

Laisse tomber, dit M. Prochaska, inutile de nous disputer. C'est un vaste problème.

Le point sur la situation : La directrice du Kunsthistorisches Museum avait déclaré, que peu avant le vol le gouvernement albanais avait demandé la restitution du casque en question. Il était remarquable que le vol ait eu lieu quelque temps après l'avis défavorable.

Pour moi, le signal est clair, dit le commissaire Huber. C'est un coup de la mafia albanaise !

Je préférerais que nous n'indiquions pas dans le dossier que le gouvernement albanais est une mafia, dit Starek, les jambes allongées et le corps renversé en arrière sur sa chaise, plus léthargique que jamais. Écrivons : Indications à confirmer sur les intérêts de certains milieux en Albanie.

Il se ravisa, pris d'une inspiration subite : Non, mettons plutôt : Indications sur des milieux nationalistes en Albanie.

Si nous admettons que le casque a été transporté le plus rapidement possible en Albanie, dit le jeune Huber d'un ton excité, on ne peut envisager que deux itinéraires : à travers la Slovénie, la Croatie et le Monténégro, ou en passant par la Hongrie, la Serbie et la Macédoine.

La Macédoine du Nord, corrigea Starek.

Comment?

On dit la Macédoine du Nord, maintenant.

Oui. En tout cas…

C'est intéressant, d'indiquer les itinéraires les plus rapides une semaine après le vol, songea Starek. Intéressant pour le dossier.

Les polices de ces pays ont été averties par Europol, dit-il, mais nous n'avons reçu d'elles aucune indication. Je ne dis pas : aucune indication utile. Nous n'avons pas d'indications du tout. Rien.

Puis il eut une idée, qu'il ne consigna pas dans le dossier pour le moment. Il avait un petit-cousin – était-ce bien le mot? Son grand-père et la grand-mère de ce cousin étaient frère et sœur. À l'époque où il était écolier, du vivant de son grand-père, ils rendaient des visites obligées pendant les vacances d'été à la sœur de Papy, la tante Hilda, cette vieille femme aux marottes étranges, qui élevait son petit-fils non moins étrange. Maman emmenait Mamie et Papy dans sa 2 CV jusqu'au Waldviertel, dans le nord de la Basse-Autriche, juste à la frontière tchèque. La voiture montait en brinquebalant, ils devaient s'arrêter au plus tard à Ziersdorf pour qu'il puisse aller vomir, puis il recommençait à Göpfritz et le plus souvent une dernière fois à Schwarzenau, mais là ils étaient presque arrivés.

Après la mort du grand-père, sa mère avait gardé le contact un certain temps, par esprit de famille. Mais quand la grand-tante mourut et que son toqué de petit-fils partit étudier à l'étranger, c'en fut fini de leurs relations avec son « cousin » – lors de leurs visites estivales, lorsque leurs parents et grands-parents s'asseyaient pour le goûter et envoyaient les enfants jouer au jardin, ils ne disaient jamais « petits-cousins » mais : C'est merveilleux qu'ils s'entendent si bien, les deux cousins.

Voilà longtemps qu'il n'avait pas eu de nouvelles de son « cousin », en dehors de cartes de vœux à Noël, à Pâques et aux anniversaires. Ils se montraient corrects, toujours par esprit de famille. C'est ainsi que Starek savait au moins qu'il travaillait maintenant à Bruxelles dans la Commission européenne. La politique du voisinage et l'élargissement... S'occupait-il aussi de l'Albanie ? Peut-être pourrait-il apporter des informations qui mèneraient plus loin que les mises à jour d'Europol, lesquelles ne servaient qu'à gonfler le dossier. Il était certainement en contact avec des milieux albanais qui devaient avoir intérêt à ce que le gouvernement ne soit pas associé au vol de cet objet d'art et qui seraient en mesure de fournir des informations qu'il serait impossible d'obtenir avec la routine des méthodes traditionnelles de la police.

Merci, messieurs, dit-il. Merci, Frank, dit-il à Huber. Puis il alla dans son bureau et écrivit un mail à son étrange cousin Karl Auer.

6

Le ferronnier mit son costume du dimanche, celui de l'usine textile Tirana, qui avait longtemps porté les noms de Staline puis de Mao Zedong. Aujourd'hui, elle s'appelait Hijeshi, « Élégance », et on y travaillait encore en partie avec des machines russes du temps des tsars et des coupes allemandes des années soixante-dix. Le tissu était un mélange de coton et de polyester, dont il trouvait l'indigo très élégant, alors que les jeunes générations l'appelaient avec mépris « le bleu costume Mao ». Il enveloppa le casque dans une étoffe de feutre, qu'il rangea dans son sac de sport Adidas, le premier luxe qu'il s'était accordé après avoir passé son brevet de ferronnerie. Il l'appelait son « sac allemand » et en était très fier.

Quand il pénétra dans le palais du Premier ministre, en arborant ce costume et ce sac, il donna l'impression de s'être trompé d'époque ou d'être passé d'une époque à l'autre.

Il déclara qu'il venait voir M. le Premier ministre, qu'il était attendu.

L'employé de la réception lui demanda son nom et consulta une liste. Elle n'était pas très longue, vit le ferronnier, il n'y avait que cinq noms suivis chacun d'une heure. L'employé lui demanda trois fois comment il s'appelait, fit glisser trois fois son doigt le long des cinq noms, secoua finalement la tête d'un air contrit. Le ferronnier n'était pas annoncé. Peut-être avait-il un objet à déposer? demanda-t-il en regardant le sac de sport.

Oui, répondit le ferronnier avec ce calme qu'on apprend en travaillant des matériaux rebelles par une chaleur intense, mais il devait le remettre en main propre à M. le Premier ministre.

Vous pouvez me laisser votre sac, dit l'homme. Je le ferai porter au bureau du Premier ministre. Mais j'irai d'abord voir les agents de sécurité, pensa-t-il. Qui sait ce que cet homme étrange avait dans son sac.

Le ferronnier refusa, en répétant qu'il devait remettre personnellement le casque de Skanderbeg à M. le Premier ministre.

Cette fois, l'employé fut convaincu d'avoir affaire à un fou. Qui sait comment réagirait le suspect (il utilisa plusieurs fois ce mot lors de son interrogatoire: *le suspect*), s'il continuait de lui refuser l'accès au Premier ministre. Peut-être était-il armé, peut-être avait-il une bombe dans son sac. Que faire?

Donner l'alarme? La situation risquait de dégénérer. Il réfléchit.

Le ferronnier le regardait d'un air patient. Cet homme ne lui plaisait pas, avec son visage blême qui lui rappelait de la cendre.

L'homme sourit. Je vais prévenir le bureau du Premier ministre de votre visite, dit-il.

Faleminderit shumë, merci beaucoup, répondit poliment l'artisan. Il n'était pas encore excédé par les difficultés que lui faisait cet employé, alors que sa visite était attendue. Il respectait le pouvoir et trouvait normal qu'il se montre par principe inaccessible. Cependant il était persuadé que tout s'éclaircirait dans quelques instants, que M. le Premier ministre voudrait le recevoir personnellement et qu'il pourrait passer fièrement devant cet homme.

Le ferronnier sourit.

L'employé appela le bureau du Premier ministre.

Ici la réception. J'ai ici un monsieur… un monsieur… qui a le casque de Skanderbeg. C'est bien ça? dit-il en regardant le ferronnier, qui hocha la tête. Et il veut le remettre en main propre au Premier ministre. C'est bien ça? répéta-t-il à l'adresse du ferronnier, qui approuva derechef. Il dit qu'il est attendu. Avec le casque de Skanderbeg! Puis-je…

Le Premier ministre participe à une réunion importante, dit Mercedes. Il ne peut recevoir personne. Dites au ferronnier de vous laisser le casque, nous l'enverrons chercher plus tard. Pour le moment, c'est impossible.

Très malin, pensa l'employé. Avec les fous, il faut toujours faire comme si on prenait au sérieux leurs délires. Mme Mercedes avait vraiment vite fait de comprendre la situation et d'agir en conséquence: elle avait dit de laisser le casque, sans poser encore des questions qui auraient probablement irrité le fou et l'auraient peut-être même rendu agressif.

Cependant, il n'était pas question pour le ferronnier de laisser ici son précieux sac allemand. Et encore moins de sortir le casque pour le confier à cet homme. Son chef-d'œuvre. Il ne pouvait quand même pas l'abandonner à un vulgaire concierge. Il hocha la tête, se retourna et quitta le palais.

L'employé de la réception fut soulagé. Il lui semblait s'être tiré à bon compte d'une situation plus que périlleuse.

Le vent se leva, des bourrasques évoquant un soufflet ranimant des braises, les jambes larges du pantalon de son costume Hijeshi s'agitaient à chaque pas, le sac battait contre son genou, il avançait d'un air hébété, il ne comprenait pas ce qui venait de se passer. Cinq jours plus tôt, il était convenu de ce rendez-vous avec M. Vasa, qui lui avait demandé avec impatience quand donc il pourrait enfin livrer le casque terminé. Le Premier ministre s'en faisait une joie, il avait hâte de le voir, avait dit Fate Vasa. Et maintenant... Le ferronnier n'arrivait pas à comprendre. Il s'était attendu à ce que le Premier ministre admire son travail et lui demande comment le remercier. En prévision de cet instant, il avait préparé une petite allusion à propos de sa fille. La valeur matérielle du casque était très importante. Rien que le cuivre, il était introuvable, car tout le cuivre albanais était exporté, il n'en avait déniché qu'au marché noir, à un prix absurdement élevé. Il lui était désagréable de penser qu'on lui demanderait pour finir combien coûtait le casque, il ne voulait pas donner l'impression d'avoir des exigences scandaleuses. Que pouvaient savoir ces messieurs des prix du marché noir ? Il n'avait prévu qu'un tout petit supplément pour le coût des matières premières, environ cent leks par heure de travail, ce qui était risible, personne ne pouvait vivre avec ça. Et la valeur artistique de son travail n'était évidemment pas incluse dans le prix.

Il était hébété, comme s'il avait trop bu. Il n'éprouvait pas de colère, car il ne savait pas contre qui il devrait être en colère, il ne connaissait pas les dessous de l'affaire, alors que c'était toujours l'essentiel. Malgré tout, il était totalement bouleversé, comme si un violent coup de marteau lui avait donné une forme nouvelle, l'avait mis dans un état qu'il n'avait jamais connu chez lui. Il traversa la place Skanderbeg, passa devant la statue du héros. Il se sentait flageolant et décida de s'asseoir sans autre forme de procès au pied de la statue. Ce n'était pas confortable, le socle de pierre lui faisait mal au dos. Il éclata de rire comme un ivrogne, ouvrit son sac Adidas, sortit le casque de l'étoffe de feutre... et le posa sur sa tête.

Il avait agi sans réfléchir, sans savoir ce qu'il faisait : c'est-à-dire qu'il était si fier de son œuvre qu'il voulait la montrer.

Il resta donc assis, respira profondément en regardant dans le vide. Au-dessus de sa tête, Skanderbeg brandissait son épée, coiffé du célèbre casque. En bas, adossé au socle, un homme en costume Mao, coiffé du même casque.

Des passants jetèrent des pièces dans son sac Adidas. On le prenait en photo. Deux touristes chinois se postèrent à sa droite et à sa gauche et firent un selfie avec lui au milieu.

Il sortit de sa transe, pensa : Il n'y a plus de respect.

Il se leva et s'éloigna. Traversa la place, le sac dans sa main gauche, le casque sous son bras droit. Il avait l'impression de tenir sa tête sous le bras.

Sentant le regard des passants sur lui, il s'assit sur un banc devant l'*Opéra Café,* enveloppa de nouveau le casque et le rangea dans son sac. Puis il repartit, passa entre le Musée national historique et l'hôtel *Tirana International,* s'engagea sur le Bulevard Zogu I, continua plus loin. Ce n'était pas son chemin pour rentrer, il marchait sans but, se contentant de s'éloigner de plus en plus du quartier des bâtiments officiels.

Si l'on n'avait pas permis au ferronnier de voir le Premier ministre, c'était qu'il avait convoqué une réunion de crise et enjoint à Mercedes de ne le déranger sous aucun prétexte, en refusant tout visiteur, tout appel téléphonique, sans exception et sans demander des précisions. Du coup, on ne l'avait évidemment pas informé de la présence du ferronnier. La réunion était si dramatique que Fate lui-même avait complètement oublié que la livraison du casque était prévue justement à cette heure-là.

Outre Fate Vasa, les participants de la réunion étaient le porte-parole du gouvernement Ismail Lani, le ministre de l'Intérieur Maksun Demaçi, le ministre des Affaires étrangères Dardan Agolli, le préfet de police Endrit Cufaj, le chef du cabinet du Premier ministre Jeton Pashku, et enfin Baia Muniq.

Pourquoi Baia? chuchota Ismail.

Pourquoi demande-t-il ça? A-t-il vraiment un problème avec les femmes? Le Premier ministre se fichait totalement de l'orientation sexuelle des gens en général et de ses collaborateurs en particulier, tant que cela ne créait pas des problèmes dans le travail et qu'ils ne sortaient pas du cadre de la loi et de la bienséance. On lui avait rapporté récemment qu'Ismail désirait des garçons très jeunes, presque des enfants, qui n'avaient pas l'âge légal de la majorité sexuelle – mais il n'avait pas le temps de s'en occuper tout de suite, il avait un autre problème. Cela dit, il pourrait demander à Endrit après la réunion si la police avait déjà des informations à ce sujet, puisqu'il avait le préfet sous la main. Le Premier ministre était terriblement énervé. Nous avons un problème d'une dimension européenne, répondit-il à Ismail, et Baia est ma spécialiste pour le droit européen.

Les nerfs du Premier ministre étaient à vif. Ses collaborateurs étaient habitués à ses réactions aussi inattendues qu'originales, à le voir rire d'un problème qui inquiétait ses conseillers ou à se montrer d'une humeur de chien alors que les sondages auraient dû le ravir. Il lui était aussi arrivé, lors de négociations sur la réforme du système de santé, d'éclater en sanglots quand on lui avait présenté les statistiques sur les décès imputables aux carences de l'hôpital public.

Mais ce qui se passa ce matin-là était aux yeux d'Ismail Lani encore plus humiliant que son comportement, quelque temps plus tôt, envers cette journaliste française. Et c'était d'autant plus douloureux que ceux qu'il humiliait étaient ses propres collaborateurs, sa fidèle équipe.

Il ne les avait pas conviés à s'asseoir autour de la longue table de la salle de conférence, mais à se rassembler dans son bureau, où ils durent rester debout devant lui. Lui-même était assis à son bureau, et il garda le silence jusqu'à ce qu'ils soient tous là.

Nous voilà debout comme des cancres devant M. le directeur, pensa Fate Vasa. Ce n'est pas bon pour l'esprit d'équipe. Il faudra que je lui dise en tête à tête.

Puis le Premier ministre prit la parole : il avait un problème, que quelqu'un avait mis dans le nid comme un œuf de coucou.

Il faudra aussi que je l'aide à améliorer ses images et ses métaphores, pensa Fate Vasa.

Qui m'a refilé cet œuf ?

Il parlait déjà très fort, mais Fate ne s'inquiéta pas encore car on restait à un niveau sonore qui n'avait rien d'extraordinaire.

On me soupçonne d'avoir commandité le vol de ce putain de casque. Simplement parce que j'ai demandé peu auparavant sa restitution, qui m'a été refusée. Ce que nous n'obtenons pas par la voie officielle, nous le prenons sans autre forme de procès ! Voilà où nous en sommes ! Et à qui... – sa voix s'éleva d'un cran – à qui dois-je des remerciements ?

Dans son bureau, des souvenirs étaient disposés sur un buffet : des photos où on le voyait avec les présidents français ou américain ou d'autres chefs d'État, lesquels les avaient évidemment dédicacées et signées, mais aussi une statuette en porcelaine d'un blanc pur représentant un lipizzan cabré, offerte par le président autrichien.

Sur ce buffet, il y avait également une coupe en cristal tchèque, que surmontait un ballon de basket. Son ballon porte-bonheur. Celui qui avait fait de lui un héros, une légende, lors du mémorable match de barrage de l'équipe nationale albanaise contre la DDR, en vue de la qualification pour la finale du championnat d'Europe.

Le Premier ministre se leva, approcha du buffet, prit le ballon et respira profondément, comme s'il se concentrait avant un lancer franc. Puis il répéta, et cette fois on aurait dit un soupir : À qui ? La tête baissée, il fit tourner le ballon entre ses mains, le caressa, le pressa contre sa poitrine, le brandit en continuant de le faire tourner, alors qu'il avait six hommes et une femme alignés devant lui, sept personnalités d'une grande importance politique et sociale dans cet État, qui regardaient le Premier ministre semblant occupé à cajoler un ballon.

Plus tard, ils partagèrent leurs impressions, leurs interprétations de ce moment étrange, leurs hypothèses sur ce qui s'était vraiment passé. Avaient-ils eu la révélation d'une mélancolie du Premier ministre, d'une nostalgie du temps où il était un sportif adulé, un héros national ? C'était l'avis du ministre des Affaires étrangères. Sans oublier, dit le ministre de l'Intérieur, que les vedettes du sport n'ont pas d'opposition ! Il a été tellement marqué par ses succès de basketteur qu'il n'arrive pas à comprendre qu'il doit affronter la critique et la contestation, alors qu'il a l'impression de réussir tous ses tirs. Moi, je ne sais pas, dit le préfet de police, mais il m'a fait penser à Charlie Chaplin, pendant cette scène, il me semblait qu'il allait se mettre à jongler avec ce ballon comme si c'était un globe terrestre. Le dictateur ! Heureusement, il s'est retenu. Mais ça l'a travaillé.

Tout se tient, dit le chef du cabinet, il ne supporte pas la contradiction. Il veut recevoir en tant qu'homme politique les hommages auxquels il était habitué pendant sa carrière de sportif. Il veut faire un tir mémorable, être acclamé et puis c'est tout.

Dommage que Baia soit partie, dit Fate après avoir écouté ces commentaires. Ça m'aurait intéressé de connaître son interprétation. En tant que femme. Je veux dire...

Et toi, qu'en penses-tu ?

Devait-il avouer qu'il s'était senti humilié, quel que fût le sens qu'on donnait à cette scène ? Et quand son regard croisa celui de Lani – devait-il admettre qu'il méprisait son ancien mentor pour son comportement pendant cette réunion ? Il haussa les épaules et dit : Je ne sais pas.

« Je ne sais pas » n'est pas une réponse très originale pour un poète, observa le ministre des Affaires étrangères, avec son sourire en coin que Fate trouvait si agaçant.

Écoute, crétin, pensa Fate avant de lancer : Les poètes sont les seuls à oser dire encore « je ne sais pas ».

Que s'était-il passé ensuite ? Le Premier ministre leva les yeux et dit : Qui est le responsable de cette folie ? Et il lança le ballon à Fate.

Fate attrapa le ballon : Je... Il voulait dire : Je ne sais pas...

Oui, c'est toi ! hurla le Premier ministre en agitant la main avec impatience pour l'inviter à renvoyer le ballon.

Toi !

Si tu ne m'avais pas mis dans la tête que je devais demander la restitution du casque aux Autrichiens, personne n'imaginerait que je puisse avoir quelque chose à voir avec ce vol !

Il n'aurait sans doute même pas été volé, se permit d'observer le préfet de police. Nous avions des informations d'après lesquelles l'opposition...

Fate renvoya le ballon au chef du gouvernement.

...l'opposition, donc, voulait vous empêcher à tout prix d'entrer en possession du casque, monsieur le Premier ministre.

Et alors ? cria le Premier ministre en lançant par terre avec fureur le ballon, qui rebondit contre le mur derrière le bureau en frôlant *L'Albanie libre,* un grand tableau de Sadri Velaj, le peintre préféré du Premier ministre. Vous voyez ! L'Albanie libre est touchée et blessée ! Et alors ? Qu'a révélé votre enquête ?

Nous n'avons pas ouvert d'enquête ! dit Endrit Cufaj. Ce vol ne nous concerne pas. Le casque n'a pas été volé dans un musée albanais, après tout !

Ismail Lani s'élança vers le ballon, qui sautillait maintenant dans un coin, et le tendit au Premier ministre. Ce geste servile écœura Fate. Le Chef pouvait ramasser son ballon lui-même, si vraiment il se sentait obligé de jouer ce jeu grotesque avec eux. De toute façon, Ismail ne ressemblait plus à l'homme combatif et créatif que Fate avait connu et qui l'avait introduit dans ce milieu. Ce n'était plus qu'un beau parleur, qui appréciait ses privilèges et redoutait les humeurs du Chef.

Mais maintenant vous allez devoir enquêter, dit doucement le Premier ministre, avec un visage soudain attristé. Puis il éleva de nouveau la voix : Car ce vol nous concerne, maintenant !

Je confirme, intervint le ministre des Affaires étrangères Agolli. Sur la scène internationale, depuis cette histoire, nous sommes... Il leva les mains, comme pour se protéger au cas où le Chef lui lancerait le ballon.

Nous sommes quoi, sur la scène internationale ?

Discrédités. Soupçonnés d'être un État mafieux.

Tenant le ballon des deux mains, le Premier ministre regarda à la ronde. Fate se sentit révolté. C'était un spectacle grotesque : en dehors de Baia, ils levaient tous les mains devant leur poitrine, en un geste de défense, prêts à intercepter le ballon. Il eut envie de crier une grossièreté et de sortir. Il vit que Baia faisait la grimace, comme pour dire : Nous ne devons pas tolérer ça !

Comment allons-nous nous en sortir ? demanda le Chef.

Fate aurait aimé le savoir, lui aussi. Il alluma une cigarette, sur quoi le ministre de l'Intérieur ouvrit aussitôt la fenêtre en toussant et en implorant du regard l'approbation du chef du gouvernement.

Si les voleurs sont des Albanais, dit-il ensuite, nous devrions pouvoir élucider l'affaire par nos propres moyens.

Et quand nous y serons parvenus, enchaîna le ministre des Affaires étrangères, nous rendrons le casque à l'Autriche. De cette façon, nous prouverons que nous sommes honnêtes et prêts à coopérer.

C'est absurde ! s'écria le Premier ministre. Nous rendrons le casque aux Autrichiens après leur avoir demandé de nous le restituer ?

C'est la seule solution. Nous leur rendrons et ensuite nous demanderons de nouveau sa restitution.

Ils se mirent à parler tous à la fois.

Il est maintenant exclu que tu te coiffes du casque comme prévu. Je parle de la copie, bien sûr.

Sur le plan international, je dis bien : international, cela donnerait l'impression que vous êtes en possession du casque volé.

Et s'il expliquait qu'il s'agit d'une copie ?

Dans ce cas, il passerait pour un faussaire sur la scène politique albanaise. Ce n'était certes pas ce qui était prévu. L'idée, c'était de réclamer avec fracas la restitution du casque, de laisser passer un peu de temps et ensuite d'arborer la copie du casque pour représenter symboliquement tous les Albanais. Ça n'aurait gêné personne à Vienne, puisque le vrai casque serait toujours au musée, tandis que les Albanais auraient cru que notre Premier ministre avait reconquis ce trésor national. Mais maintenant, avec cette copie, il va donner l'impression à l'étranger d'avoir commandité un vol dans un musée, et chez nous on le considérera comme un faussaire.

Il n'y a pas d'autre solution, nous devons retrouver le casque volé et le rendre aux Autrichiens.

À condition de réclamer ensuite de nouveau sa restitution, cependant.

C'est absurde.

Peu importe pour l'instant, il faut d'abord… monsieur, le préfet de police ! Avez-vous un soupçon, un indice indiquant quel clan aurait éventuellement…

Du calme ! cria le Premier ministre. Pas tous en même temps !

Furieux, il lança par terre le ballon, qui rebondit sur le côté et s'envola par la fenêtre.

Oh, non ! Pas ça ! Son porte-bonheur, son fétiche, le ballon de son plus grand triomphe, en mai 1989, quand ils avaient vaincu la DDR 108 à 106, grâce à son tir à trois points, une seconde avant la sonnerie de la fin du match.

Vite ! Qui va me chercher ce ballon ?!

Ismail Lani s'élança aussitôt.

Au fait, dit Fate qui venait de se rappeler que c'était l'heure du rendez-vous avec le ferronnier pour la livraison de la copie du casque. Il attira l'attention du Premier ministre sur ce point, tandis que Baia déclara qu'on n'avait certainement plus besoin d'elle.

Qu'est-ce que tu dis ?

Baia s'en alla. Sans autre forme de procès.

Et Fate répéta : Le ferronnier devait apporter le casque maintenant.

Et où est-il ?

Aucune idée.

Le Chef ouvrit violemment la porte en hurlant : Mercedes ! Le ferronnier ! Dès qu'il arrive, faites-le monter.

Il est déjà venu.

Il est déjà venu ? Et personne ne m'a rien dit ? Où est passé le casque ?

Je lui ai dit de le laisser au réceptionniste. Vous ne vouliez être dérangé sous aucun prétexte. Par personne.

Qu'il m'apporte tout de suite ce casque !

Le réceptionniste déclara que le ferronnier, le suspect, était parti avec son sac, heureusement. Sans rien laisser.

Ça ne peut pas être vrai ! C'est un cauchemar ! Vous avez tous perdu la tête ou quoi ? Fate ! Va chez lui, c'est toi qui étais en contact avec lui. Il faut récupérer ce casque avant qu'on apprenne que j'ai commandé un faux.

Fate se mit en route. Mais il ne pouvait accepter la façon dont le Chef – telle était son interprétation – se défaussait du problème sur son équipe.

Dans l'atelier, Fate trouva l'apprenti Lepur, qui lui dit qu'il ne savait rien. Flaka, la femme du ferronnier, ouvrit la porte de l'appartement au-dessus de l'atelier. Elle savait juste que son mari avait mis son costume du dimanche parce qu'il avait soi-disant un rendez-vous au palais du Premier ministre. Elle s'étonnait qu'il ne soit pas encore rentré.

Merveilleux! pensa Fate. Maintenant, deux casques ont disparu. Il demanda à Mme Flaka de l'appeler dès que son mari serait de retour.

7

Depuis combien de temps Karl Auer était-il resté sans nouvelles de son cousin, en dehors des cartes de Noël? Cela faisait-il trois ans ou quatre que Franz lui avait envoyé une lettre écrite à la main, pour lui annoncer son divorce? Ils s'étaient téléphoné ensuite, et quelques semaines plus tard, comme il était de passage à Vienne, ils avaient bu ensemble une bière au café-restaurant *Pistauer*. Il avait cru que Franz allait s'épancher, peut-être même verser quelques larmes, mais il n'en fut rien. Franz ne s'apitoya pas sur lui-même et ne fit aucun commentaire malveillant sur son ex. Ils évoquèrent de lointains souvenirs, repensèrent aux jours passés ensemble pendant les vacances d'été, parlèrent de ce qu'ils attendaient alors de l'existence, ou plutôt tombèrent d'accord que cette époque avait été heureuse justement parce qu'ils n'attendaient rien et prenaient la vie comme elle était. Ils se mirent à philosopher sur le passage du temps, dont ils découvraient soudain qu'il ne s'étendait plus à l'infini devant eux.

Parfois, je pense que ce n'est pas le temps qui passe mais nous, jusqu'au moment où nous n'avons plus notre place dans le temps tel qu'il est.

Toi et tes maximes!

Ils se turent de nouveau, en sirotant leur bière. Pour finir, une accolade. Merci, dit-il.

Le divorce avait stupéfié Karl, car il avait toujours considéré Franz comme un veinard, dont la vie avait une sorte de légèreté, si bien qu'il ne retombait jamais, et lorsqu'il s'élevait, il n'approchait jamais assez du soleil pour se brûler. Il avait à son côté une femme solide, et une fille « réussie », comme il disait. Dans le domaine professionnel aussi, le cousin Franz avait eu de la chance : il était devenu très tôt fonctionnaire de police et avait occupé rapidement un poste à responsabilité. À l'époque, Karl terminait tout juste ses stages. Au fond, Franz s'est accompli précocement, pensait-il.

Oui, ces jours d'été qu'ils avaient passés ensemble. Son cousin apportait des romans policiers, des livres de poche à bon marché, ce qu'on appelait des romans de gare, que sa grand-mère n'aurait jamais achetés, mais quand il était là, elle n'a jamais rien dit contre ces bouquins, ne les a jamais confisqués. Mes enfants, vous avez de ces lectures ! s'exclamait-elle. Elle ne pouvait s'empêcher de rire en lisant certains titres, dont Karl se rappelait soudain : *Chambre avec cadavre* ou *La cour se retire pour assassiner.* Assis côte à côte dans le jardin, ils dévoraient ces romans. Il sourit quand un autre titre lui revint : *Longtemps sans rien voir,* un polar sur un tueur aveugle. C'est dingue, avait dit Franz, il faut bien comprendre que la solution n'est jamais visible. Après quoi, l'amateur de polars qu'était Franz avait bel et bien fait carrière dans la police.

À l'époque où ils lisaient ainsi à la file des romans policiers, ils avaient déjà quinze ou seize ans. Karl se souvenait maintenant qu'ils avaient eu auparavant, l'espace d'un été, une brève période Karl May. Franz avait apporté quelques volumes, que son père lisait déjà dans sa jeunesse.

Karl se rappelait que Franz avait refermé le volume intitulé *Dans les gorges des Balkans* en s'exclamant : Quel livre insipide ! Où sont les Balkans ? Winnetou était mieux.

À l'époque, Karl ignorait lui aussi où se trouvaient les Balkans. Mais au Far West, ils étaient chez eux.

Allongés côte à côte sur une couverture, au milieu de la prairie fleurie de sa grand-mère, ils levaient les yeux sur un ciel d'un bleu limpide, ils entendaient le bourdonnement des insectes, les messages en morse d'un pivert. Une odeur de foin flottait dans l'air. Des merles sautillaient sur la prairie, ils ne volaient pas. La journée semblait indolente, on aurait dit que le temps était sur le point de s'immobiliser.

C'est alors que Franz demanda : Tu as une petite amie ?

Karl se souvenait très précisément de cet instant. Comme il avait eu peur ! Cette question venait d'un autre monde, où le temps n'était pas immobile et où l'on n'était pas patient avec l'innocence. Un monde qui l'entraînait vers un avenir inévitable.

De toute façon, je sais que tu n'as pas de poils, dit Franz.

Et toi ? avait lancé Karl, mais en fait il voulait lui demander s'il avait une petite amie, lui. Et Franz... soudain, Karl se rappela ce qu'il lisait en cet après-midi consacré à Karl May : *Au pays des Skipétars.*

Cela faisait une éternité qu'il n'avait plus pensé à cet instant. Oui, c'était bien *Au pays des Skipétars,* il ne se souvenait plus que vaguement de l'intrigue, il était question de l'importance singulière de l'hospitalité mais aussi d'une menace de vendetta, à laquelle le héros parvenait cependant à échapper, on ne cessait de lui tendre des pièges et il avait un truc – lequel ? – pour épater les Skipétars, si bien qu'il finissait par passer pour invincible, puis il démasquait un chef de clan, encore un exploit de Kara ben Nemsi.

Oui, il se trouvait au pays des Skipétars, quand Franz, ce garçon précoce, lui avait montré qu'il avait déjà des poils pubiens.

Le ciel bleu, la chaleur. Son visage brûlant.

Et demain, il devait retourner au pays des Skipétars. À titre privé. Baia.

Il se leva, son regard tomba sur l'éphéméride : *Le chemin le plus court pour se trouver fait le tour du monde.* Il s'étira. Jusqu'où s'était-il avancé sur ce chemin ? Jusqu'à Bruxelles.

Puis il donna quelques coups de téléphone, pour pouvoir ensuite répondre au mail de son cousin.

Cher Franz, je suis heureux d'avoir de tes nouvelles, même si tu ne dis rien de toi, selon ton habitude ☺, j'ignore comment tu vas en dehors de tes problèmes professionnels et ce qu'il y a de neuf chez toi. As-tu (pour un peu, il écrivait : une petite amie) *une nouvelle* (femme ? affection ?) *femme* (après un instant de réflexion, il ajouta :) *à ton côté ? Et comment va ta petite abeille ?*

Concernant ta question : je crains de ne guère pouvoir t'aider. Je m'occupe bien de l'Albanie, tu ne t'es pas trompé dans tes suppositions, mais je ne pense pas que mes relations et mes interlocuteurs à Tirana disposent d'informations qui puissent t'être utiles. Je te promets pourtant que lors de mon prochain voyage (il aurait lieu dès le lendemain. Mais à titre privé. Non…) ~~*mon prochain voyage*~~ *ma prochaine réunion à Tirana* (Eh bien ? Je vais interroger les gens ? Dites donc, sauriez-vous par hasard qui a volé le casque de Skanderbeg à Vienne ?) *j'amènerai discrètement la conversation sur ce sujet, dans un cadre informel. Nous verrons ce que je pourrai découvrir comme hypothèses et comme possibles indices. Quant aux informations que je peux te fournir aujourd'hui, tu les connais probablement déjà depuis belle lurette. J'ai parlé avec un collègue, Adam Prawdower, qui est le spécialiste maison des Balkans* (spécialiste en gorges des Balkans ☺), *et il m'a conseillé d'appeler M*me *Jana Maly, qui dirige au sein de la Commission européenne la D-AL, la délégation à la commission parlementaire de stabilisation et d'association UE-Albanie. Et j'ai aussi téléphoné à Antonio Bennato, qui appartient à la DSEE, la délégation pour les relations avec la Bosnie-Herzégovine et le Kosovo. Je m'étais dit qu'il faudrait aussi prendre en compte le Kosovo, si l'on part du principe que ce sont des Albanais qui s'intéressent à ce casque. Je dois te dire qu'aucun de ces spécialistes ne croit sérieusement que le gouvernement albanais ait quelque chose à voir avec cette affaire. Vu ses efforts pour faire entrer l'Albanie dans l'UE en conformité avec l'État de droit incarné par les démocraties occidentales, il ferait tout pour éviter de donner l'image d'un État voyou. Et la mafia* *albanaise? Ça paraît aussi très douteux. Pourquoi aurait-elle fait une chose pareille? Mes spécialistes des Balkans ont tous été d'accord pour dire que la mafia albanaise semble n'avoir encore jamais été impliquée dans le vol d'œuvres d'art. Et si jamais elle s'était lancée dans ce « secteur d'activité », d'une part elle aurait volé un objet plus précieux, et d'autre part certainement pas un qui fasse penser immédiatement à la piste albanaise. D'après* De Tijd, *un journal belge sérieux, la valeur de ce casque ne doit pas être très grande, car il paraît fort peu probable que le héros national albanais l'ait jamais eu en sa possession. Apparemment, ce n'est pas un original. Ici, à Bruxelles, on croit à un vol occasionnel. Une occasion favorable, pas de gardien, un système de surveillance manifestement déficient, et il se trouve que ce casque était là. On raconte déjà des blagues à ce sujet. Le directeur des Musées royaux des Beaux-Arts de Belgique* a déclaré dans une interview qu'à l'avenir, pour acquérir de nouvelles pièces, il ne se ruinerait plus dans des enchères à Londres, il irait se servir à Vienne.*

De toute façon, quel que soit l'auteur du vol, il ne pourra pas vendre le casque. Il va donc demander une rançon. Voilà mon hypothèse. Et je crois (pardonne-moi si je me permets ce conseil, en tant que profane mais aussi ton compagnon de lectures policières en nos lointains étés): tu ne peux rien faire d'autre pour l'instant que d'attendre la demande de rançon. C'est alors seulement que tu entreras en contact avec les voleurs et que tu pourras les démasquer.

Tiens-moi au courant, s'il te plaît, dans la mesure où ça ne contrevient pas au secret professionnel. En tout cas, tu as éveillé ma curiosité. Du reste, je suis toujours ravi d'avoir de tes nouvelles.

Bien à toi, ton cousin Karl

8

Au pied de son lit, un médecin et une infirmière. Il avait confiance en eux, restait bien tranquille. Mais pourquoi n'avait-il pas de canule au bras, pourquoi n'était-il pas sous perfusion ? Il était surpris. C'est alors qu'arriva un homme, qui détacha à coups de pied les fixations des roulettes de son lit, le tira et le fit sortir de la chambre. Cet homme était gros, il était serré dans son pantalon blanc et sa chemise blanche qui paraissait sur le point de craquer. Il nota encore ces détails avant de s'assoupir.

Il mourait. Et il n'éprouvait ni panique ni euphorie. Il s'étonnait qu'il en soit ainsi, un étonnement infini, comme une douce brise soufflant le long du couloir menant à l'éternité. Il voulait dire quelque chose, énoncer une vérité très importante, ses derniers mots : *L'étonnement est le commencement et la fin.*

Mais il n'arrivait pas à parler, ses derniers mots se réduisirent à une combinaison de chiffres dans son cerveau, 8 pour l'infini, 1 pour le commencement, 9 pour la fin et 0 pour le néant, 8 1 9 0 – il fallait qu'il retienne cette combinaison pour pouvoir ouvrir la dernière porte.

Une voix lança alors : Non !

Il ne restait plus que 1 et 0 – en des combinaisons et des séquences infinies, qui se succédaient à toute allure dans sa tête.

Le gros homme en blanc poussait encore son lit, l'emmenait toujours plus loin.

Non !

À présent, il entendait des sirènes, des avertisseurs, et il se rendit compte qu'il pouvait de nouveau former des lettres avec 1 et 0. Des mots, et enfin des phrases, et il demanda comment cet homme pouvait être aussi gros en cette époque de pénurie alimentaire ?

L'homme éclata de rire : Ça appartient à l'histoire, et l'histoire n'est plus vraie.

Il riait si fort. Tout le passé, dit-il, pour les uns c'est un rêve, mais il n'est pas vrai, pour les autres un cauchemar, mais il n'est plus vrai.

C'est alors que Fate Vasa se réveilla, sans suffoquer, sans sentir son cœur battre à tout rompre.

La veille, en rentrant de chez le ferronnier, il s'était arrêté dans une taverne à bon marché de la Rruga Luigj Gurakuqi et avait dévoré une douzaine de *kërnacka,* des boulettes de viande grillées avec énormément d'oignons – il lui arrivait de manger un oignon comme d'autres mangent une pomme, il en était fou, pour lui c'était à la fois le goût de son enfance et un remède magique : quand sa mère n'avait plus rien, il lui restait toujours quelques oignons, avec lesquels elle tartinait du pain ou préparait une soupe, en lui disant que ça lui donnerait des forces, le rendrait invulnérable, et qu'un autre enfant devant aller aussi souvent que lui à l'hôpital serait mort depuis longtemps sans oignons. C'est ainsi qu'il ne pouvait guère concevoir un jour sans oignons, de même qu'il ne pouvait écrire sans entendre dans sa tête une sirène, comme un acouphène – il commanda donc ses *kërnacka* avec une portion supplémentaire d'oignons, car ses pensées tournaient en rond et il voulait s'éclaircir les idées, et accompagna le tout d'une grande bière, c'est-à-dire un litre, une petite bière faisait un demi-litre, il n'y avait pas de quantités moindres dans cette taverne populaire. Il se sentait nerveux. Pourquoi le ferronnier n'était-il pas rentré chez lui avec le casque ? C'était du moins ainsi qu'il interprétait le silence de Mme Flaka. Il resta deux heures attablé, mais elle n'appela pas. Il finit par l'appeler. Non, son mari n'était pas encore rentré, elle était inquiète, ne savait pas ce qui avait pu se passer. Après ça, il commença à boire du raki. Au bout de quatre verres, il rentra chez lui en titubant. Les passants qui le croisaient avaient pitié de lui, ils ne reconnaissaient pas le poète célèbre dans l'antichambre du pouvoir.

Dans son errance, le ferronnier finit par obliquer dans une rue donnant sur le Bulevard Zogu et se retrouva dans une impasse comme il en existe des centaines à Tirana. La Rruga Hamit Shijaku.

Deux jeunes hommes étaient assis sur le perron d'un immeuble, ils ne devaient même pas avoir vingt ans. Dans leur ennui, ils étaient prêts à toutes les insolences. L'un d'eux désigna de la tête le ferronnier, sans dire mot, et regarda l'autre, qui hocha la tête. Ils se comprenaient, le sac Adidas était dans le viseur.

Le ferronnier s'aperçut qu'il était entré dans une impasse et s'immobilisa. À cet instant, les deux garçons s'avancèrent en faisant comme s'ils voulaient juste passer devant lui. Quand ils furent dans son dos, l'un d'eux lui donna une bourrade si violente qu'il tomba et lâcha le sac. L'autre s'en empara, et ils s'enfuirent en courant. Le ferronnier avait fait une mauvaise chute. Lorsqu'il se releva, il sentit une vive douleur irradier son épaule gauche, son coude et son genou. Les garçons avaient déjà disparu, il n'aurait su dire s'ils avaient tourné à gauche ou à droite en sortant de l'impasse. Il fit quelques pas, mais son genou lui faisait si mal qu'il ne pouvait se lancer à la poursuite de ces deux jeunes idiots, qu'en temps normal il aurait attrapés par la nuque, soulevés de terre et laissé gigoter comme de petits chats insolents.

À présent, il avait un problème. Et M. Vasa va avoir un problème, pensa-t-il, et probablement aussi M. le Premier ministre. Cette pensée à quoi s'ajoutaient la honte, un sentiment de culpabilité et d'impuissance, une colère mêlée de peur à l'idée des conséquences, tout cela le brûlait et finissait par être plus douloureux que toutes ses contusions et ses égratignures.

Mais les deux garçons eux-mêmes avaient un problème. Quand ils ouvrirent le sac dans une arrière-cour et virent leur butin, ils comprirent aussitôt que c'était trop pour eux.

Le ferronnier se traîna jusqu'à la Rruga Sami Frashëri, où il savait que se trouvait le commissariat. En arrivant enfin devant le bâtiment de la *Drejtoria e Policisë Tiranë*, il hésita. Il n'avait encore jamais connu cela : ce sentiment d'être refoulé, ou plutôt chassé d'une maison. Les vitres opaques des rangées de fenêtres lui rappelaient les boucliers en plexiglas d'un détachement de policiers repoussant des manifestants, des provocateurs et des asociaux. Au-dessus du toit en terrasse, comme un étendard, une armature de fer portait le blason national avec à côté en grosses lettres : POLICIA E SHTETIT (Police d'État). Intimidé, il regarda l'aigle albanais et fut pris de peur. Il ne venait pas signaler un simple vol sur la voie publique, il s'en rendit compte d'un coup. Il devait signaler un problème qu'il causait lui-même à l'État. Il n'était pas qu'une victime de la délinquance urbaine, il était devenu un problème pour l'État. Il ne connaissait pas le contexte, l'importance de la commande qu'il avait reçue, mais il y avait toujours des enjeux cachés, et comme il était question d'un symbole de l'identité albanaise et que la commande émanait du palais du Premier ministre, l'affaire devait revêtir un intérêt majeur pour l'État. Il regarda donc l'aigle du blason et se dit qu'il ne devait pas signaler un délit, il devait avouer ce qui s'était passé.

C'est alors que la porte de verre s'ouvrit devant lui. Deux hommes en uniforme sortirent du bâtiment, il recula et s'adossa à un arbre au bord du trottoir, il poussa un gémissement, les deux hommes passèrent l'un à sa gauche l'autre à sa droite, puis ils sautèrent dans une voiture de police et s'éloignèrent après avoir actionné sirène et gyrophare.

Le ferronnier reprit alors confiance dans les forces de l'ordre et entra dans le bâtiment. Il avait à signaler quelque chose de très important.

Adressez-vous au policier de service, s'il vous plaît, lui dit l'homme de l'accueil d'un ton ennuyé en lui montrant le chemin.

J'ai été attaqué et volé, déclara le ferronnier au policier de service, et...

Votre nom? Adresse? Votre adresse! Pas celle du lieu de l'agression.

Où? Vous devez indiquer ici où s'est passée l'agression.

Une ruelle donnant sur le Bulevard Zogu i Parë? Laquelle? Vous n'avez pas une idée plus précise de l'endroit?

Le ferronnier ne trouva pas étrange que le policier tape à la machine un formulaire, mais il fut étonné par son air indolent, ennuyé et indifférent.

Écoutez, monsieur le commissaire, il est de la plus haute importance que vous...

Oui, bien sûr. Savez-vous dans quelle ruelle?

Non. C'était une impasse et...

Regardez sur ce plan. Essayez de repérer l'endroit où vous êtes allé.

C'est ici, dans cette zone, et il faut absolument que vous...

Bien sûr. Pouvez-vous me donner le nom d'une rue? Il faut que j'en indique un.

Ici. C'était probablement la Rruga Hamit Shijaku.

Rr u ga Ha mi t... tapa le policier.

Quand? Dites-moi à quelle heure!

Que vous a-t-on dérobé? Un sac? Pouvez-vous le décrire?

Et qu'y avait-il dans le sac? Des objets de valeur?

Enfin, le ferronnier put faire comprendre le caractère dramatique du problème. Le casque de Skanderbeg. Et il aurait dû le livrer au palais du Premier ministre.

Le casque de Skanderbeg?

Le policier était au courant de l'avis de recherche international concernant le casque, cette information avait été communiquée à tous les services de police albanais.

Vous me dites que le casque de Skanderbeg se trouvait dans votre sac?

Oui. J'ai...

Le policier se leva, interrompit le ferronnier : Attendez !

Le vol du musée de Vienne. Et voilà que cet homme affirmait avoir été en possession du casque.

Attendez ici. Je reviens tout de suite.

Dix minutes plus tard, le ferronnier était sous arrestation. Deux heures plus tard, le parquet ordonnait sa mise en détention provisoire. Un médecin-conseil consigna dans le dossier les blessures du ferronnier en attestant qu'elles étaient antérieures à son arrestation et à son premier interrogatoire.

Il fut autorisé à utiliser le téléphone du commissariat pour une communication. Il appela chez lui, mais c'était occupé car sa femme était en train de parler au téléphone avec Fate Vasa. Il raccrocha, voulut réessayer, mais le policier dit : Tu n'as droit qu'à un appel ! Et il le conduisit dans une cellule. C'est seulement pour la nuit, dit-il, demain on te transférera dans la prison 302. Tu as de la chance, il y en a de pires.

Quand les deux petits voyous ouvrirent dans une arrière-cour le sac du ferronnier et découvrirent le casque, ils prirent peur. Bien entendu, ils reconnurent ce qu'ils avaient entre leurs mains. C'était un trésor national. Ils n'étaient pas au courant du vol au musée de Vienne, ils ne savaient même pas où ce casque était conservé – au Musée national ? Peut-être même dans un coffre-fort au palais du Premier ministre ! Mais on avait dû le voler, autrement comment se serait-il retrouvé dans ce sac de sport ? L'homme qu'ils avaient renversé et dévalisé appartenait certainement à une organisation aussi puissante qu'efficace, sans quoi il aurait été impossible de s'emparer d'un objet qui devait être gardé dans des conditions de sécurité maximale. L'affolement les gagna. Il n'existait qu'une organisation capable de faire un tel coup. S'attaquer à eux revenait à...

Nous sommes cuits, c'est de la folie, comment ai-je pu me laisser entraîner, toi et ton idée idiote, j'ai tout de suite eu un mauvais pressentiment...

Arrête!

Tout ça à cause d'un stupide sac Adidas! En plus, c'est sans doute une contrefaçon fabriquée en Chine! Et c'est pour ça que nous allons...

Ferme-la! Arrête tes jérémiades! Nous devons garder la tête froide...

La tête froide? Nous n'aurons bientôt plus de tête! Je te chie au visage! Il faut qu'on se débarrasse de ce truc, qu'on le fasse disparaître tout de suite! Si on nous trouve avec...

Non! L'autre garçon criait, maintenant: Non! Ça suffit, maintenant! Il y a des espions derrière chaque fenêtre. Nous ne savons pas qui nous a vus. Si la police les interroge, ils diront peut-être qu'ils n'ont rien vu, et encore, ce n'est pas sûr. Mais si un membre d'une certaine famille vient s'informer poliment, une heure plus tard il connaîtra notre nom et notre adresse. Toi et moi, on les verra débarquer chez nous. Et si nous n'avons plus le casque parce que nous l'avons fait disparaître, nous serons fichus pour de bon. Non, il n'y a qu'une possibilité pour s'en sortir: nous devons le rendre avant qu'ils se mettent à notre recherche.

Tu es dingue? Comment veux-tu retrouver ce type? Tu n'as plus toute ta tête. Tu voudrais que nous parcourions les rues en demandant, dites donc, est-ce que vous connaissez par hasard le type que nous avons agressé? Nous aimerions lui rendre quelque chose.

Non, pas lui. Sa famille. Et je crois savoir comment mettre la main dessus.

Mon père, dit-il, connaît Zotin Kalorës, le bienfaiteur, il a aidé mon père quand il a perdu son travail. Il est venu une fois chez nous, il a fallu que je baise son anneau. C'était flippant. Ensuite, j'ai filé. Mais je crois que si mon père est encore en contact avec lui, c'est cet homme qui saura à qui on doit rendre le sac. Nous n'avons pas le choix. Il faut rendre le casque.

Il avoua à son père ce qu'il avait fait et quel problème il avait causé ainsi probablement – plus que probablement.

Montre !

Le père regarda le casque d'un air incrédule, l'enveloppa de nouveau soigneusement dans l'étoffe de feutre, le rangea dans le sac, s'agenouilla et poussa le sac avec précaution sous le lit. Puis il se redressa, le fils eut l'impression que le père grandissait encore et encore, il ne l'avait jamais vu aussi grand, même dans son enfance quand son père immense se penchait sur lui. Le père écarta les bras, comme pour repousser à gauche et à droite les murs de la pièce, il enleva sa montre et la posa sur la table – son fils tétanisé s'efforça de trouver amusant qu'il enlève sa montre dans une situation pareille.

Le père ne cria pas. C'était au fils de crier.

Le père dit à voix basse : Non seulement tu nous couvres de honte…

Il frappa avec tant de force que le fils perdit l'équilibre, tituba en arrière et s'effondra. Il se releva et fit de nouveau face au père.

… mais tu mets notre famille en danger.

Il retira la ceinture de son pantalon et se mit à cingler son fils, le roua de coups d'un bout à l'autre de la pièce.

Le fils ne cria pas, ne hurla pas, ne supplia pas. Il savait que ces coups étaient son assurance-vie, la douleur prouvait qu'il était encore vivant, c'était mieux que de s'affranchir de la souffrance dans la mort.

Jusqu'au moment où la mère dit : Assez, arrête, ça suffit ! Il a raison, tu dois informer Zotin Kalorës.

Fate Vasa ne se souvenait plus de son rêve, mais celui-ci le travaillait souterrainement. En prenant une tasse de café bien fort, il eut une inspiration sur la façon dont le Chef et lui pourraient résoudre leur problème et sauver le projet initial. La directrice du Kunsthistorisches Museum n'avait-elle pas écrit que Skanderbeg « selon toute probabilité n'avait jamais touché ce casque » ? L'histoire n'était donc pas vraie et le casque volé dans le musée viennois n'était pas l'authentique casque du héros mais une falsification historique. Il fallait communiquer à ce sujet. Le passage correspondant dans le rapport de la directrice du musée devait être rendu public.

Il se leva d'un bond, prit une pose d'orateur et lança sur le ton propre au Chef, mêlant de façon si caractéristique le pathétique et l'ironie :

Croit-on sérieusement à Vienne que la République d'Albanie s'intéresse à un casque qui est certes attribué à notre héros national, mais qui est en fait une copie ? La tête de Skanderbeg n'a jamais touché (n'a *vraisemblablement* jamais touché ? Non)… n'a jamais touché ce casque, comme l'atteste un rapport de la directrice du Kunsthistorisches Museum.

Il sourit.

Que la police autrichienne et Europol se lancent à la recherche de ce faux – nous, nous cherchons l'original !

Oui, voilà exactement ce que le Chef devait dire. Après quoi, quelque temps plus tard, il pourrait se coiffer de la copie du casque et déclarer : Ce casque est l'original. Les Viennois pourront bien continuer de chercher leur contrefaçon, le Chef, lui, serait désormais couronné en tant que représentant de tous les Albanais. Et s'ils le désiraient, les Viennois pourraient expertiser le casque et constater que ce n'était pas celui qu'on avait volé. Du coup, le ZK serait libéré à la fois du soupçon d'avoir commandité un vol et de l'accusation d'être un faussaire. Génial ! Il y avait de la poésie là-dedans ! C'était la solution ! Cela dit, il fallait d'abord que le ferronnier refasse enfin surface avec le casque. Il appela Mme Flaka. Elle lui dit en pleurant que son mari n'était toujours pas rentré, elle n'avait aucune nouvelle de lui, elle était désespérée.

Il faut que vous m'aidiez, dit-elle.

Oui, dit Fate. Et il se demanda à qui il pourrait demander de l'aide.

Zoti Kalorës arriva, examina le contenu du sac, sourit. Il souriait tout le temps, comme un personnage de fiction dont les expressions se limitaient au sourire et aux lèvres moites. Il souleva le casque, le tourna et le retourna. Un rayon de soleil entrant par la fenêtre fit briller le métal d'une étincelle fugitive.

Il hocha la tête. Longuement, pensivement. Son sourire s'élargit. Vous avez bien fait de me mettre au courant, dit-il. La police recherche ce casque.

Il remit au père une enveloppe, pour la formation de ton fils, dit-il, nous avons besoin de jeunes gens intelligents comme lui pour reconstruire l'Albanie. Une Albanie où règne la justice. Puis il demanda au père s'il était satisfait de son travail…

Oui, répondit-il, je vous suis très reconnaissant d'avoir…

Il ne faut pas être reconnaissant. Et s'il y avait un problème, tu sais comment me joindre.

Le père s'inclina. Il paraissait si petit, soudain. Il s'inclina et on aurait dit qu'il rapetissait, devenait une petite limace visqueuse, c'en était fini des mains écartées, de la stature imposante remplissant la pièce. Le fils se sentit moins angoissé. Sa vie n'était pas heureuse, pensa-t-il, mais il l'avait quand même sauvée.

Deux jours plus tard, Karl Auer reçut un message WhatsApp du commissaire Franz Starek : *Cher cousin, tu devrais entrer dans la police. Tu as du flair ! Le Kunsthistorisches Museum a bel et bien reçu une demande de rançon !*

9

Adam en était persuadé, rares étaient ceux dont l'enfance avait été pleine des possibilités merveilleuses de leur condition d'enfant, et pourtant la plupart se rappelaient cette époque où leur âme s'était brisée comme si ç'avait été l'enfance et non sa destruction.

Devait-on les dire heureux? Ou simplement oublieux? Aucun de ces deux mots ne s'appliquait à Adam. Son enfance avait été rapidement détruite par la disparition de son père, qui était devenu pour lui un fantôme auquel il voulait plaire. Ensuite, quand il avait été séparé de sa mère pour entrer au séminaire, il avait été un enfant seul au milieu de trente autres, qui priait la nuit en silence dans le dortoir non parce qu'il croyait en un Dieu, mais parce qu'il n'avait encore jamais appris une autre façon d'exprimer sa nostalgie et d'implorer qu'on lui donne la force dont il avait besoin pour plaire à un fantôme. Tout finirait par s'arranger, son père serait de nouveau là et lui dirait qu'il était fier de lui. Adam voulait qu'il puisse le lui dire un jour.

Après l'immolation par le feu de Piotr, le conflit d'Adam avec Mateusz s'était exacerbé, mais c'était leur récente conversation à Varsovie qui avait provoqué un violent effet secondaire : d'un coup, il ne pouvait plus s'empêcher de repenser à son enfance et à sa première jeunesse, à certains épisodes des années qu'ils avaient partagées. Des souvenirs enfouis en lui se relevaient de leur tombeau mental, venaient flotter derrière son front mais sans sentimentalité, sans attendrissement, c'était la terreur nue de la mémoire.

Il était frappé de voir que sa vie s'était réduite depuis longtemps déjà à un abrégé biographique, comme celui qu'on pouvait consulter en entrant son nom sur la page d'accueil de la Commission européenne ou sur Wikipédia, quelque chose d'extérieur, comme un manteau qu'il enfilait en sortant de chez lui et qu'un nombre limité de caractéristiques suffisait à décrire.

Né École Études Parcours professionnel Marié Père.

C'était lui. Ça suffisait pour être quelqu'un.

Mais maintenant que des images de son passé ne cessaient de resurgir dans sa tête, le résumé abstrait de sa vie était livré aux flammes de l'enfer du concret. Il pensait littéralement en ces termes – et le mot « flammes » l'effrayait. La peur l'envahissait toujours, quand ces souvenirs venaient, car il éprouvait de la honte ou de la souffrance, tout se superposait, la honte et la souffrance, la fureur et l'apitoiement sur soi. Pourquoi ne se rappelait-il désormais que des moments de son enfance et de sa jeunesse qui lui paraissaient pénibles avec le recul, qui lui faisaient mal, les incertitudes d'un enfant pleurant en cachette dans sa faiblesse, toujours à mentir et se vanter pour paraître fort, un enfant se croyant obligé de porter une armure martiale car il n'avait pas la peau assez dure ou peut-être n'avait pas de peau du tout, c'était l'armure sa peau, et elle frottait et râpait sa chair, elle était trop lourde pour lui, si bien qu'il ne cessait avec elle de vaciller et de tomber. Pourquoi Mateusz lui avait-il rappelé, dès le début de leur conversation à Varsovie, cette histoire avec leur condisciple Mirosław ? Une histoire banale, en fait, qu'Adam avait depuis longtemps oubliée, mais quand Mateusz l'avait racontée avec un sourire glacé et cet air de lui rafraîchir la mémoire, Adam avait évidemment aussitôt revu la scène et s'était senti humilié. Telle était manifestement l'intention de Mateusz : l'humilier.

Un jour, Mateusz avait été menacé par un élève plus âgé, le fameux Mirosław. Mateusz l'avait traité de mouchard, toujours en train de cafarder les autres. Qu'y avait-il à cafarder ? Des bagatelles, dont les conséquences n'avaient rien de dramatique. Mais pour Mateusz, c'était une question de principe, on ne racontait pas les affaires des autres à ceux qui détenaient le pouvoir de punir. Mateusz avait commencé par le montrer du doigt au réfectoire : Ne parlez pas quand il peut entendre, regardez-le bien ! Il se laisse pousser les cheveux et il ne rase pas son duvet dans l'espoir d'avoir une barbe comme Jésus ! Il veut ressembler à Notre-Seigneur ? Mais non, il est son contraire, il ne prend pas sur lui nos péchés, il fait retomber sur les autres ses propres fautes. C'est un judas, un mouchard, pour qui on a gaspillé l'eau du baptême.

Silentium!
Les élèves baissèrent la tête sur leur soupe aux pois.

Ensuite, après la pause de midi, Mirosław est entré dans notre classe… tu te rappelles? avait demandé Mateusz en souriant.

Oui. Adam revoyait la scène.

Furieux, Mirosław se planta devant Mateusz et lui donna une bourrade. Adam voulut aussitôt aider son ami, être à son côté, il se leva d'un bond, se fraya un chemin dans le cercle des élèves braillant des encouragements aux combattants, mais soudain il sentit une sueur glacée sur son front, sa vue se brouilla, il distingua encore Mirosław juste devant lui, sa posture agressive, sa résolution brutale peinte sur son visage, puis il tituba sur le côté, pris de vertige, s'agrippa à un pupitre en fermant les yeux et s'effondra sur une chaise. Quand il rouvrit les yeux, l'agresseur gisait par terre, manifestement Mateusz l'avait fait tomber en le poussant violemment, voire en lui donnant un coup de poing. C'est ainsi que Mateusz s'était acquis le respect de ses condisciples, qui étaient maintenant tous de son côté, si bien que l'assaillant plus âgé fila. Et Adam, lui, courut aux toilettes car il avait l'impression d'avoir fait dans son pantalon. C'était tellement affreux, tellement pénible!

Adam coupa une banane en tranches dans son muesli, en luttant contre les larmes.

Il avait couru aux toilettes, mais il n'y avait rien ou presque à remettre en ordre sans être vu, cependant il passa plusieurs minutes sur le siège, le visage dans ses mains, rempli de honte. Encore maintenant, à cette pensée, il avait honte.

À quoi penses-tu, chéri?
À rien.

Mais était-ce vraiment l'effet de sa peur ? De sa défaillance ? À l'époque, il avait commencé sa puberté, le rythme cardiaque et la tension étaient souvent comme fous à cet âge, au point qu'on pouvait s'évanouir en se levant trop rapidement, et de fait c'était arrivé plusieurs fois au séminaire, et on avait toujours dit : la puberté !

Mais dans son souvenir : faiblesse et défaillance. Et ce coup d'épingle de Mateusz : Tu te rappelles ?

Il laissa échapper sa tasse de café, qui se cassa bruyamment sur le carrelage.
Que s'est-il passé, Adam ?
Rien, rien du tout. Une petite maladresse.

Il avait été un enfant qui pleurait beaucoup, même si c'était en cachette, la nuit, dans son oreiller, mais qui voulait en même temps être soldat dans la compagnie de son père. Aurait-il pu s'imaginer alors qu'il vivrait un jour dans une belle maison à Bruxelles, avec une femme qui le matin faisait des exercices de yoga ? Inversement : s'il aimait cette vie aujourd'hui – qu'avait-elle de commun avec sa vie dans la clandestinité de la résistance catholique, contre un régime qui n'existait plus ? En tant que Juif – il détestait le concept de demi-Juif, c'était un concept de fascistes et d'antisémites, qui croyaient qu'il existait différentes sortes de sang et différents dosages –, devait-il se définir d'après son expérience déterminante dans un séminaire catholique ou bien, ce qui n'était pas moins difficile, se contenter d'être celui qu'il était maintenant, sans référence au passé : un fonctionnaire européen bien payé, qui regardait avec amour en prenant son petit déjeuner sa femme s'exerçant avec souplesse sur son tapis de yoga.
Il balaya les débris.

Il était faible. Et Dorota ne cessait de lui reprocher, ces derniers temps, d'être impitoyable. Dur comme le fer, lui, le chevalier qui n'avait pas de peau.

Dorota avait installé à côté de son tapis de yoga une couverture, sur laquelle le petit Romek faisait ses premières tentatives pour marcher à quatre pattes, avec une ténacité fascinante et une force qui tendait tout son petit corps. Il s'arc-boutait, avançait un bras pour s'appuyer dessus, étendait ensuite son autre bras. Mais il ne réussissait pas encore à soulever ses jambes et les placer en avant, il s'efforçait de ramper avec ses poings minuscules agrippant la couverture, puis il retombait lourdement sur le ventre.

Quand l'enfant commença à hurler, Adam prit peur. Il voulut le calmer afin que Dorota termine ses exercices, elle en était aux mouvements pour muscler le bassin, mais le petit garçon cria en s'arc-boutant dans les bras de son père et Dorota le lui prit sans tarder. Il a faim, dit-elle.

Il regarda l'arrière de la tête de son fils, un bel occiput arrondi, il n'était certes pas sans cervelle. Adam s'attendrit.

Tel était son état d'esprit.

Il voulait terminer plus tôt au bureau ce vendredi, en tout cas il voulait rentrer chez lui avant que son fils ne soit endormi. Après quoi, le week-end devrait être propice à l'intimité, décida-t-il, plein d'amour et de tendresse, il était effrayé par la distance qui s'était installée entre Dorota et lui, par la tristesse hostile qu'elle lui manifestait lorsqu'il revenait tard de son travail. Il voulait faire des efforts. En mettant la table pour le petit déjeuner, il se dit en souriant : Je suis un combattant.

Il aurait aimé aller à Knokke pour le week-end, mais c'était une idée absurde en cette saison. Se promener sur la plage, marcher dans la mer, sauter en arrière quand une vague déferlerait, se laisser tomber sur le sable, s'embrasser pendant que le petit plongerait ses mains dans le sable et – non! Non! Pas dans la bouche! Et ils éclateraient de rire… Une telle vision romantique, un tel espoir d'intimité était totalement irréaliste en Belgique à cette époque de l'année. Le temps était pluvieux et venteux. Ils avaient donc résolu de rester confortablement chez eux, de se prélasser sur le canapé en lisant, de jouer avec leur enfant, de faire la cuisine ensemble, Adam avait acheté à la boucherie Lanssens un merveilleux carré d'agneau ainsi que des légumes du marché. Et il s'était juré de ne pas dire un mot, jamais, au sujet de Mateusz. Des mots qui tombaient comme des soldats.

Quelques jours plus tôt, il avait fait un tour à la librairie *Passa Porta*, rue Antoine-Dansaert, il avait un peu bouquiné avant d'acheter finalement un livre d'un auteur inconnu de lui, uniquement parce que la couverture lui avait plu, si bien qu'il avait ouvert le volume et été immédiatement touché par l'exergue : *Après tout, les héros ne sont que des fils.*

Il projetait de le lire pendant ce week-end, ou peut-être pas, il le gardait simplement en réserve au cas où Dorota voudrait lire sur le canapé, blottie contre lui, tandis que Romek dormirait et que les flammes jailliraient du bois de hêtre dans la cheminée. Il tenait à ce que ce week-end soit tendre.

Et pas un mot sur Mateusz. D'autant qu'il avait appris, à propos de la conférence des Balkans, une nouvelle qui lui avait fait très plaisir.

10

Karl Auer habitait dans la rue du Peuplier, à deux pas de la station de métro Sainte-Catherine. Il aurait pu se rendre en métro directement à la gare de Bruxelles-Central, pour prendre de là le prochain train pour l'aéroport. Toutefois, Karl n'aimait pas cette gare. Il serait trop dire qu'il la haïssait, mais il avait quand même ri avec approbation quand son collègue David Charlton, de son ton d'Anglais pince-sans-rire, avait déclaré qu'il faudrait rétablir la loi martiale pour des architectes tels que celui qui avait conçu la gare Centrale.

Cette gare consistait en un labyrinthe inextricable d'escaliers et de couloirs, de montées et de descentes incessantes entre divers niveaux. Il aurait été imprudent de se croire en sûreté après avoir trouvé l'itinéraire menant au bon quai, car l'une des spécialités de la gare était de transférer à volonté les trains sur d'autres quais sans tenir aucun compte de ce qu'annonçaient les panneaux d'affichage. Certains attribuaient ces errances à un aiguilleur ivre, mais d'autres y voyaient la conséquence d'un système informatique « typiquement belge ». Quand une de ces erreurs se produisait une énième fois, une voix métallique faisait une annonce et tous les voyageurs du quai concerné se ruaient vers les montées, qui du moins étaient des escalators, en se servant de leurs sacs à dos et valises à roulettes pour éliminer leurs concurrents avant de chercher désespérément entre les colonnes du niveau s'étendant sous le hall principal l'accès au quai indiqué, où le train ne les attendait pas. Karl Auer ayant manqué deux trains de cette façon, il évitait autant que possible Bruxelles-Central. Il préférait descendre du métro à Schuman, quatre stations plus loin, afin de rejoindre la rue Archimède, juste derrière le bâtiment de la Commission, et de monter dans le bus de la ligne 12, qui le conduisait ponctuellement en une demi-heure environ à l'aéroport.

Alors qu'il sortait du métro et traversait le rond-point Schuman pour se rendre à l'arrêt de bus, Karl Auer rencontra Adam Prawdower qui allait au bureau en passant par le parc du Cinquantenaire. Pour un peu, il ne l'aurait pas reconnu, car le visage d'Adam était en partie caché par sa casquette gavroche en cuir nappa.

Adam s'arrêta pour lui dire bonjour. Karl Auer le reconnut enfin. Il souleva son chapeau Panizza Gregory, qu'il avait acheté à Vienne chez Nagy dans la Wollzeile, un couvre-chef merveilleusement démodé qu'il trouvait idéal pour le climat bruxellois. Il tenait la tête au chaud et protégeait de la pluie mieux qu'un parapluie. Sa grand-mère disait : Avoir froid à la tête est aussi stupide qu'avoir les pieds glacés. Ton grand-père n'est jamais sorti de la maison sans chapeau.

Dans le vestibule de Mamie, au-dessus de la petite table du téléphone, on voyait sur le mur quatre photos encadrées, trois du grand-père, qui était mort avant la naissance de Karl, et une « de mon papa », comme avait dit une fois Mamie, c'est-à-dire de l'arrière-grand-père de Karl. Effectivement, tous deux portaient un couvre-chef. Sur une photo, le grand-père était un jeune homme souriant, coiffé d'un chapeau de paille, devant des gerbes de blé dans un champ. Sur la deuxième, il était un peu plus âgé et regardait l'objectif d'un air sérieux, avec un costume cravate et un élégant chapeau en feutre de laine. Sur la troisième, en tant que volontaire du corps des sapeurs-pompiers du village, il arborait un casque de pompier. Au-dessus de cette photo, on voyait celle de l'arrière-grand-père portant la veste et le casque de l'uniforme de la Wehrmacht, avec en bas, écrit à l'encre : « Pour ma Hilda, affectueux souvenir du champ de bataille, Vinzenz. »

C'était comme ça. Dans son enfance, Karl n'avait pas poussé plus loin l'analyse, si l'on peut dire. Il n'avait rien remis en cause. C'était comme ça. Ce n'est que plus tard…

Leur rencontre était désagréable à Karl Auer. Adam observa sa valise à roulettes : Tu pars en voyage ? Pour le travail ? En Albanie ?

En Albanie, oui, mais pas pour le travail. À titre privé. Mais Karl voulait justement éviter ces mots, ces explications.

Il lança : Oui ! Puis : Non.

Adam le regarda.

Oui, je prends l'avion pour… j'ai pris un jour de congé. Je dois me rendre à… Vienne. À titre privé.

Et il ajouta : Pour des raisons familiales.

Peut-être Adam aurait-il compris, si Karl lui avait dit qu'il voulait aller à Tirana car il était tombé amoureux, mais leurs relations n'allaient pas jusque-là. Ils s'entendaient bien comme collègues, mais ils n'étaient pas amis.

Il se mit à pleuvoir. Adam releva le col en fausse fourrure de son blouson. Machinalement, Karl fit de même avec le col de son manteau.

Tu seras de retour lundi ?

Bien sûr.

C'est qu'il y a du nouveau ! Nathalie a…

Je sais. Nous en parlerons lundi. Je dois…

Des hommes et des femmes affluaient de tous côtés en faisant cliqueter leurs valises à roulettes sur le pavé bruxellois, avant de s'agglutiner à l'arrêt de bus.

Sa conversation avec Adam avait irrité Karl Auer. Elle l'avait confronté au fait qu'il avait quelque chose à cacher. Mais pourquoi ? Était-ce vraiment nécessaire ? Que faisait-il là ? Il se tenait derrière la foule agglutinée, littéralement en marge de l'événement, et il éprouvait une hostilité croissante envers les petits malins qui arrivaient après lui et réussissaient à se faufiler vers l'avant de façon à être mieux placés pour entrer dans le bus. Il n'était pas moins exaspéré par ceux qui restaient plantés sur place, en empêchant les gens comme lui de passer. Il se heurtait à des personnes en train de monologuer – c'était une illusion, bien sûr, en fait ils téléphonaient. Il entendait au moins une demi-douzaine de langues différentes, les téléphoneurs parlaient en baissant la tête, inconscients de ce qui se passait autour d'eux, une main sur la poignée de leur valise, l'autre sur le câble reliant leurs oreillettes au smartphone. Certains tentaient machinalement de faire les cent pas en téléphonant, mais c'était impossible dans cette foule. Ils faisaient donc un unique pas, en esquissaient un deuxième puis étaient contraints de se retourner, on aurait dit un ballet grotesque : des hommes et des femmes ne cessaient de faire un pas en avant puis en arrière, de se tourner et se retourner, en parlant chacun comme s'il était seul au monde, tandis que Karl Auer restait immobile, silencieux, et se sentait terriblement solitaire en marge de cette cohue. Le bus arriva, Auer entendit les vieilles portes automatiques s'ouvrir en soupirant, bien entendu il n'y avait plus de places libres quand il put enfin monter. Il dut rester debout, plus ou moins suspendu à une poignée, et au bout de dix minutes de trajet il eut l'impression que ses genoux se dérobaient. Il pensait au motif de son voyage, à son but, et il se sentait flageolant.

À l'aéroport, ensuite, il affronta la fatigue des contrôles de sécurité. Depuis les attentats terroristes de mars 2016 à Bruxelles-Zaventem, on les avait doublés. Avant même d'entrer dans le bâtiment de l'aéroport, Auer dut passer par une tente, où son billet fut contrôlé et ses bagages scannés. Puis il y eut le scanner corporel avant la zone d'embarquement. L'appareil émit un signal, Auer fut fouillé, dut se déchausser, enlever sa ceinture. Dans son trouble et son énervement, il dénoua sa cravate et la jeta sur les chaussures dans le bac en plastique.

La ceinture, *monsieur**, la ceinture ! Ce n'était pas la peine d'enlever votre cravate, *monsieur**.

Je ne voulais pas donner l'impression que j'allais étrangler quelqu'un.

Auer eut de la chance, sa prononciation française était mauvaise, son français suffisait certes pour ses obligations professionnelles, mais dans la vie quotidienne on aurait cru qu'il parlait le dialecte viennois. L'agent de sécurité ne le comprit donc pas. Le mot « étrangler », dans la bouche d'Auer, ressemblait plutôt à « triangle », ce qui n'avait vraiment aucun sens à propos de sa cravate. L'agent ne s'en soucia pas, se contenta de hocher la tête et attendit que chaussures, ceinture et cravate soient repassées par le scanner. Après quoi, il se permit de plaisanter : Vous pouvez les remettre, mais surtout ne confondez pas la ceinture et la cravate !

Auer ne comprit pas, il n'avait même pas écouté, il avait la tête ailleurs. Il hocha la tête, dit merci. Tout cela ne signifiait rien, c'était du pur surréalisme, mais peut-être était-ce quand même un indice sur l'état d'esprit de Karl Auer à l'égard de sa mission en Albanie.

Mais il n'en avait pas encore fini. Sa valise ne se trouvait pas au bout du tapis roulant, on l'avait mise sur le côté et un employé lui demanda : C'est votre bagage ?

Oui.

Pourriez-vous l'ouvrir, s'il vous plaît ?

Auer ouvrit la valise, que l'homme entreprit de fouiller.

Que cherchez-vous ?

L'homme continua sa fouille.

Que cherchez-vous ? Peut-être pourrais-je vous aider à le trouver.

À cet instant, l'homme sortit la trousse de toilette, un splendide étui en cuir noir venant de chez Horn's, à Vienne. Il l'ouvrit, en sortit la lime à ongles.

Vous n'avez pas le droit d'emporter ça à bord.

C'est absurde, je l'ai emporté en avion des milliers de fois.

L'homme la mesura avec une règle et dit : Vous voyez, elle a un centimètre de trop.

Seulement en comptant le manche.

Elle est trop longue, insista l'homme. Il regarda Auer et jeta finalement la lime dans une poubelle.

Je vous remercie, dit Auer, vous avez empêché un attentat à la lime à ongles !

L'homme regarda Auer, il n'avait pas vraiment compris ce qu'il disait mais il réagit à son ton manifestement agressif. Venez donc, ici, *oui, merci, monsieur**!

Il dut passer de nouveau par le scanner, mais il avait remis ses chaussures et sa ceinture (sans oublier sa cravate), la machine sonna aussitôt et il eut droit à une nouvelle fouille au corps, à côté d'un homme armé – Auer ne s'y connaissait pas en armes… était-ce une mitraillette ?

C'est sans doute mon piercing génital qui a déclenché l'alarme, dit Auer avec un cynisme irrité.

L'homme qui promenait sur lui un scanner corporel s'arrêta, le regarda, lui attrapa l'entrejambe et le pinça si fort qu'Auer poussa un gémissement. L'homme dit alors : Il n'y a rien !

Il sourit et lui fit signe d'avancer : Allez-y !

Le visage écarlate, Karl Auer se rendit à la porte d'embarquement. Son vol prévoyait une correspondance à Vienne pour Tirana, mais il n'avait pas fait ce choix parce qu'il était viennois et voulait profiter de l'occasion pour voir des amis ou des parents. Cette brève escale dans l'aéroport relativement petit de Vienne lui plaisait davantage que le chaos de London Heathrow, où une de ses valises avait disparu un jour sans laisser de trace, ou que les couloirs interminables de l'aéroport de Francfort.

Je n'ai pas vraiment menti à Adam, songea-t-il en arrivant enfin à la porte d'embarquement. Il allait bel et bien s'envoler pour Vienne.

Dans le duty-free de Bruxelles, il avait acheté des pralines belges – des « Désirs » de Neuhaus, bien sûr. Pendant son escale viennoise, il acheta des Mozartkugel et aussi, puisqu'il restait du temps, une Sachertorte. Pour Baia.

C'était ridicule. Le cliché du petit cadeau acheté à l'aéroport pour une femme qu'il voulait – quoi ? – qu'il voulait conquérir ?

Il lui restait une heure avant sa correspondance. Il alla dans la maison de la presse pour acheter un journal autrichien. Il prit le *Kurier* de Vienne ainsi qu'un guide de poche sur l'Albanie qu'il avait trouvé sur un tourniquet.

Avant même que l'avion ait atteint son altitude de croisière, il eut envie de ranger le journal tant il l'ennuyait. Il le feuilleta de nouveau, et vit soudain à la page 5 une photo de son cousin Franz.

De quand datait cette photo ? Ils avaient le même âge, mais sur cette photo Franz semblait avoir bien dix ans de moins que lui. Nous ne sommes plus si jeunes, pensa-t-il. D'un coup, avec une souffrance aiguë, Karl Auer prit conscience de son âge et de son apparence, de l'outrecuidance de son espoir d'être aimé d'une jeune femme…

Non, la photo de Franz provenait des archives du service communication de la police, elle n'était certainement pas actuelle. Du reste, l'article ne se rapportait pas à une conférence de presse que Franz aurait donnée et où il aurait été photographié, mais à un communiqué de presse de la police où il était cité. Il y avait une piste. Dans les journaux, les pistes sont sérieuses par définition. Le titre l'attestait en grosses lettres : VOL DU CASQUE : UNE PISTE SÉRIEUSE. Cela dit, en lisant l'article, on découvrait qu'il n'était pas vraiment question d'une piste mais d'une nouvelle action des voleurs du casque. On avait piraté la banque de données du Kunsthistorisches Museum, où figuraient notamment les montants des assurances des objets exposés ayant fait déjà l'objet de prêts. Il était remarquable que le montant de la rançon demandée pour le casque correspondît exactement à celui de son assurance.

C'est alors qu'intervenait le commissaire Starek : d'après lui…

Sucré ou salé ?

Karl Auer leva les yeux. L'hôtesse de l'air. Des bonbons en forme d'avion ou des petits bretzels ?

L'hôtesse souriait. Elle répéta : Sucré ou salé, pour vous ?

Non. Son sourire énervait Karl. Il avait l'impression d'un masque bienveillant, qu'on arbore pour calmer les gens dont l'équilibre mental semble incertain. Le masque d'une infirmière en chef dans un établissement psychiatrique, un sourire qui disait : Détendez-vous, tout va bien ! Il ferma les yeux, répondit : Non, merci.

Que voulez-vous boire ?

Rien, merci.

Pourquoi était-il si énervé ? Personne ne l'avait forcé à faire ce voyage. C'était censé être...

Il s'obligea à respirer profondément.

C'était censé être un voyage d'agrément.

Il avait donc envie de son voyage ? Il était caractéristique que l'envie devînt aisément un équivalent de l'humeur. Selon vos envies et vos humeurs. Comme des torchons et des serviettes. Mais on ne peut pas les comparer, pas plus qu'on ne doit les confondre. Ils s'annulaient à force de se ressembler. Les torchons et les serviettes servent au ménage. L'envie et l'humeur sont des réflexes mentaux. Point. Mais ce point était-il vraiment essentiel ? Chaque fois qu'il avait eu ce réflexe – envie, désir, nostalgie –, il avait fini rapidement par se demander : Pourrais-je imaginer avoir un enfant avec cette femme ? Ou plus exactement : Pourrais-je imaginer que cette femme soit la mère de mon enfant, et donc que je puisse mener avec elle une vie fructueuse, dans le havre d'une harmonie et d'un respect mutuel qu'aucun orage ne pourrait détruire à l'improviste ? Car ce n'était pas négociable : L'enfant ne devait être à aucun prix un enfant de divorcés. Il était arrivé à Karl de tomber amoureux, de façon parfois tellement névrotique qu'il voyait dans ses continuelles larmes de désespoir la preuve de l'immuabilité de son désir, mais quand il se demandait enfin si c'était vraiment de l'amour, le test décisif était toujours pour lui de savoir s'il voulait avoir un enfant avec cette femme, et avec personne d'autre. Il n'avait jamais eu de liaisons durables. Était-ce une nouvelle fois le cas ? Voulait-il simplement vérifier si Baia...

C'était fou, pensa-t-il. Ce voyage était la caricature d'un déplacement professionnel où il devait vérifier si un pays candidat à l'adhésion présentait les conditions nécessaires pour des négociations sérieuses. L'acquis communautaire n'était pas négociable. C'était au pays candidat de procéder au rapprochement. Pourtant...

Il se rappela soudain cet instant, après le dîner de la délégation dans ce célèbre restaurant de Tirana. Tout le monde s'en allait, ils étaient tous devant le restaurant à attendre les limousines. Il s'était retrouvé derrière Baia et avait vu sur sa nuque un duvet blond presque imperceptible où luisaient deux ou trois gouttes de sueur. Des perles.

Il rouvrit les yeux, regarda dans le journal.

Franz Starek. Voici donc comment son cousin voyait les choses : Si le montant de la rançon avait été nettement plus élevé que celui de l'assurance, le musée ne paierait sans doute pas car il préférerait toucher l'assurance. Pourquoi perdrait-il de l'argent pour racheter un objet d'une importance secondaire pour ses collections ? En revanche, si la rançon demandée était très inférieure au montant de l'assurance, le musée paierait évidemment et serait remboursé par l'assurance, mais les voleurs n'encaisseraient pas autant d'argent qu'ils l'auraient pu.

Le piratage de la banque de données du musée signifiait donc, d'après le commissaire Starek, qu'on avait affaire à des professionnels, ce qui n'était pas le cas lors du vol de la salière de Cellini.

Dans les journaux autrichiens, les professionnels étaient toujours qualifiés de deux façons – *epitheta ornantia,* se dit Karl Auer –, soit ils étaient pleins d'astuce, soit ils ne plaisantaient pas. Dans la suite de l'article, ils ne plaisantaient pas, ce qui était normal puisque la piste était sérieuse.

À présent, des spécialistes allaient tâcher de remonter jusqu'à l'origine du piratage de la banque de données du musée.

C'était donc ça « la piste ». Rien qu'un trou noir dans la toile.

Karl Auer glissa le journal dans le filet du fauteuil devant lui. Il ferma les yeux.

Il était si agité.

Il prit le guide sur l'Albanie.

Encore plus d'une heure avant d'atterrir à Tirana.

Les photos des curiosités jalonnant des circuits touristiques qu'il ne ferait pas n'avaient aucun intérêt pour lui. Et encore moins ce qu'on appelait les « impressions de voyage ». Une belle jeune femme en bikini devant un bunker, sur la côte de l'Albanie méridionale. D'autres photos de bunkers. Manifestement, les auteurs de ce guide étaient particulièrement fascinés par ces petites casemates nanties d'une unique meurtrière et où il n'y avait de la place que pour un ou deux hommes. Ce qu'était la Grande Muraille pour l'immense Chine, c'était pour ce pays minuscule cette série de verrues en béton défigurant le paysage. Le legs d'un dictateur paranoïaque aux crimes innombrables, qui n'avait pas édifié avec le sang de son peuple une pyramide de Khéops, une Stalin-Allee, un palais de Ceauşescu, mais ces bunkers parsemant comme des boutons le visage de son pays, nés dans le cerveau du petit-bourgeois qu'était Hoxha malgré sa folie des grandeurs. Et c'était censé être une attraction touristique? Voilà encore une photo de bunker, à côté d'une route de campagne avec une charrette attelée d'un bœuf, que conduisait un paysan qui riait – il lui manquait une incisive. Que voulait dire le guide? Qu'il voyageait dans un pays où les gens étaient pauvres et arriérés, mais joyeux? Et où ils passaient dans leurs charrettes, avec un naturel archaïque, devant les reliques de la terreur stalinienne. Ils avaient peut-être perdu une dent, mais pas leur char à bœuf ni leur joie de vivre. Sans oublier leur sens de l'hospitalité. Suivait un chapitre sur l'hospitalité albanaise.

Agacé, Karl Auer continua de feuilleter. Alors qu'il allait refermer ce guide allemand, il tomba sur la section « Vocabulaire de base pour votre voyage / Tournures idiomatiques / Expressions usuelles ».

Il découvrit un lexique et entreprit aussitôt de l'apprendre. Pourquoi faisait-il ça ? Pendant que son voisin de siège étudiait sur une tablette des tableaux Excel, Karl Auer essayait de retenir des mots et des phrases, il fermait les yeux pour mieux les mémoriser. Bonjour. Excusez-moi. Je voudrais. C'est trop cher. Il regarda de nouveau le texte. Combien de mots réussirait-il à retenir d'ici l'atterrissage ? *Sa kushton kjo ? Sa kushton kjo ? Sa kushton kjo ?* se répéta-t-il, les yeux clos.

Non. Il referma le livre. De toute façon, Baia parlait allemand à la perfection. Pourquoi devrait-il savoir dire en albanais « Je m'appelle » et « Combien ça coûte » ? Alors qu'il n'était même pas capable de tenir une conversation banale dans cette langue. Et comprendre le moins possible de ce qui se disait dans les pays étrangers, afin d'assurer son propre bien-être intellectuel, ne faisait-il pas partie des droits de l'homme ? Il se rappelait un séjour à Gdańsk, il y avait environ six mois, où le directeur du *Europejskie Centrum Solidarności,* après une réunion suivie d'une visite guidée de ce musée impressionnant, l'avait invité à manger dans une auberge vraiment typique.

Chez nous, quand on vous recommande un endroit typique, avait déclaré le directeur, il s'agit de folklore pour les touristes. Ce n'est pas obligatoirement mauvais. Sur les vingt meilleurs décorateurs du monde, neuf sont Polonais, nous avons le savoir-faire. Mais cette auberge n'est pas typique, elle est authentique, vous comprenez ?

Karl Auer admira le vieux comptoir, les boiseries de la salle, la patine. Et ce qu'on mange ici, dit le directeur, c'est de la cuisine polonaise classique, sans compromis avec les habitudes des touristes occidentaux. Le *rosół,* par exemple, c'est une soupe au poulet, mais rien à voir avec la *Hühnersuppe* allemande, qui est plus soupe que viande, car… À cet instant, des rires tonitruants s'élevèrent de la table voisine.

Auer regarda de ce côté. Une grande famille, pensa-t-il, ému. Manifestement, trois générations étaient réunies autour de la table, pour manger et rire ensemble. Un homme à cheveux blancs, sans doute le grand-père, semblait ravi du succès remporté par l'histoire qu'il venait de raconter. Une anecdote familiale ? Un jeune homme prit la parole, et tous se remirent à rire. Le jeune homme avait sur ses genoux un enfant, qu'il faisait sauter par moments en jouant à dada, pour la plus grande joie du bambin.

C'est merveilleux, dit Auer.

Ils racontent des blagues antisémites, dit le directeur.

Non. Il vaut mieux ne rien comprendre, nulle part. Ce n'est qu'ainsi qu'on peut prendre plaisir à la gaieté d'autrui. *Unë nuk kuptoj.*

Il ferma les yeux.

Nous entamons notre descente.

De violentes turbulences secouèrent l'avion. Des perturbations atmosphériques malmenaient l'aérodynamique, mais le polymère haute performance et la commande intelligente des actionneurs s'opposèrent aux tourbillons et parvinrent à atténuer la vibration de l'avion. Tout ça était normal. Il s'avéra que son voisin de siège était un technicien aéronautique, mais cela ne suffit pas à tranquilliser Auer. Le voisin avait beau sourire, Auer avait l'impression d'être précipité vers la mort à l'instant d'approcher de son amour. Un goût acide remplit sa bouche, il déglutit. Sucré ou salé ? Sa dernière pensée : pas de baiser avec cette bouche. Aucune femme n'aurait envie d'embrasser cette bouche qui sentait le vomi.

Le commissaire Franz Starek affirmait que sa solitude lui plaisait. Et certains jours, il y croyait vraiment.

Pendant les derniers dix-huit mois de son mariage, après le départ de sa petite Sabine, il avait dû constater avec une irritation croissante que sa femme et lui avaient désappris à se satisfaire ou même à tirer plaisir de leur vie à deux. Le soir, après le travail, quand il fumait assis à la table de la cuisine, ce qui lui valait les remontrances de sa femme, tandis que la graisse grésillait et brûlait sur la cuisinière car elle préparait une fois de plus des galettes aux pommes de terre, il se faisait déjà à cette idée : Il serait si agréable d'être seul dans un appartement, à fumer et à manger simplement un sandwich au fromage. Seul !

Ces galettes aux pommes de terre ! Il ne les aimait pas spécialement mais il les mangeait, naturellement, car il mangeait tout ce qui arrivait sur la table. C'était elle qui les aimait, du moins elle le prétendait, mais il avait fini par ne plus la croire. Il la soupçonnait d'apprécier surtout le fait qu'elles ne coûtaient pas cher, elle aimait économiser sur l'argent du ménage. Après lui avoir servi trois ou quatre galettes, elle-même n'en mangeait toujours qu'une seule.

Quand on aime, on en veut davantage.

Si l'amour se traduit par le désir, la nostalgie, la tendresse – et quoi d'autre ? –, il était devenu dans leur vie conjugale comme une galette aux pommes de terre : honnête, sans plus.

Ça ne te manque pas, la tendresse que tu trouvais dans le mariage, la femme à demeure dans le lit ? demanda son ami Prochaska un soir où ils prenaient une bière au *Pistauer*.

Pardon si c'est une question trop intime, renchérit Prochaska, mais…

Lui-même était veuf, il avait perdu très tôt sa femme à la suite d'un cancer du sein. Le cancer la lui avait prise, disait-il.

La tendresse! s'exclama Starek. Comment me manquerait-elle, alors qu'il y avait bien longtemps que j'en étais privé. Je m'étais habitué.

Il ajouta : Ce sont les habitudes auxquelles tu dois renoncer, qui te manquent. Le reste… Il haussa les épaules.

Après le divorce, Starek avait commencé dès le premier jour sa vie dans son nouvel appartement avec des habitudes, soit en faisant tout comme depuis toujours, mais sans avoir à subir des commentaires, soit en faisant comme il le désirait depuis longtemps, sans en être dissuadé par la nécessité de tenir compte de sa femme ou plutôt d'éviter d'avoir des problèmes avec elle. Il voulait tout simplement redevenir un homme joyeux ou du moins, ce qui revenait à peu près au même, un homme qu'on n'irritait pas constamment.

Du fait de sa position professionnelle et de son adhésion depuis une éternité au parti social-démocrate, il avait obtenu en un temps record un agréable appartement de la municipalité dans le Rosa-Jochmann-Hof, un immeuble de la Fickeystrasse, deux pièces avec débarras et cuisine équipée. Il aimait la vue sur la vaste cour verdoyante, le vacarme des enfants, les voix qu'il entendait par la fenêtre ouverte, la lumière du soir en cet automne qui dorait la cour, les arbres aux vives couleurs dont les feuilles finissaient par tomber et dansaient dans le vent de novembre, avant que M. Petrovic les dompte et les élimine avec un aspirateur-broyeur.

Et de son immeuble, il pouvait aller à pied à son quartier général du *Pistauer*.

Il aurait pu avoir un appartement dans le bourgeois neuvième arrondissement, à quelques minutes de marche de son lieu de travail, mais il ne voulait pas quitter Simmering, ce quartier où il avait grandi et vécu toute sa vie, et où il serait aussi enterré un jour dans le Zentralfriedhof, au bout de la Simmeringer Hauptstrasse, un des plus grands cimetières d'Europe, où la nuit *les curés dansent avec les catins, et les Juifs avec les Arabes,* comme on chantait à Vienne. Parfois, il empruntait le tram 71, appelé « l'express des arrosoirs », pour se rendre au Zentralfriedhof et s'y promener. Il aimait arpenter le secteur 47, cette partie du cimetière où reposaient les défunts juges de la Cour suprême, procureurs et hauts responsables de la police, certains mythiques comme Hans Werner Ruf, qui fut à partir de 1955 le premier directeur du service de répression des vols d'œuvres d'art de l'Office fédéral de police criminelle, un ancien résistant qui s'était illustré dans la traque d'œuvres volées par les nazis mais aussi par le soutien qu'il apportait à de jeunes artistes.

Les soirées où il se sentait mélancolique, car il n'avait pas de compagnie et allait se coucher seul dans son lit dont il aurait encore fallu changer les draps, se faisaient plus rares. Et les soirs non moins rares où il rentrait se coucher avec une « rencontre », comme il disait, ne faisaient finalement que le conforter dans son bonheur de vivre seul. Lorsqu'une rencontre, après une nuit laborieuse et embrumée d'alcool, se croyait obligée le matin de jouer tout de suite les épouses en ouvrant bruyamment dans la cuisine le frigo, les placards et les volets pour chercher de quoi faire un petit déjeuner, alors qu'il n'avait envie que d'un café noir et de cigarettes, il disait : Laisse ça, fermait les yeux et attendait qu'elle s'en aille et qu'il soit débarrassé de l'odeur de sa bouche et de ses aisselles, de ce parfum intime et étranger qui l'importunait. Sans compter cette énigme : pourquoi, le lendemain de l'irruption d'une rencontre dans sa vie, tous les objets avaient-ils quitté leur place habituelle ? Ça le rendait fou. Comment se faisait-il que le décapsuleur ait déserté son poste ? Et où se trouvaient le cendrier et sa tasse à café ?

Oui, dans les journées et les soirées qui suivaient, il croyait vraiment qu'il n'était heureux que quand il était seul chez lui.

Et maintenant, la femme de ménage changeait la literie une fois par semaine.

Il avait mis du temps à trouver une femme de ménage. Toutes celles qu'on lui conseillait dans son entourage voulaient être payées de la main à la main et refusaient d'être déclarées, ce que Starek ne pouvait et ne voulait pas se permettre dans sa position. Un policier engageant une travailleuse au noir, non, c'était impossible. Puis M. Hans, le maître d'hôtel du *Pistauer*, l'avait mis en contact avec Mme Bessa.

Déclarée c'est bien, je suis auto-entrepreneuse, comme je dis toujours, je n'ai pas mari, je dois être déclarée, car autrement pas assurée. Et vous savez, réfugiée en règle, mais plus papiers si travailler au noir.

Oui, Starek appréciait sa nouvelle vie de célibataire. Il se le répétait sans cesse. Cependant, ces derniers temps, il s'était surpris à se réjouir quand le vendredi arrivait, et finalement à l'attendre avec impatience, car Mme Bessa venait alors faire le ménage à sept heures du matin et il l'observait pendant une heure et demie, avant d'aller lui-même travailler, tandis qu'elle s'activait dans l'appartement comme une bonne fée. Oui, il la voyait vraiment comme une bonne fée, lui qui avait presque oublié combien il pouvait être merveilleux de sentir une vie dans son appartement, une sorte de quotidien familier entre les quatre murs de sa solitude, une fée qui riait. Et qui parlait : elle ne faisait jamais de commentaires sur lui, mais sur le monde – ministre Affaires étrangères est fou, lui voudrait expulser étrangers, lui n'a qu'à être malade, ce ministre, personne pour le soigner car étrangers partis. Et comme elle riait ! C'est vraiment vrai, honnêtement, disait-elle. Et sa façon de bouger, il buvait son café noir et fumait, et il regardait avec allégresse mais non sans une certaine mauvaise conscience – après tout, il avait suivi la formation sur « la prévention des importunités à caractère sexuel sur le lieu de travail », dont il avait d'ailleurs trouvé que tout ce qu'on y enseignait allait de soi – mais donc, il regardait le derrière de Mme Bessa quand elle débranchait la prise de l'aspirateur. Avec satisfaction, pensait-il. Avec joie. Était-ce déjà une attitude déplacée ? Un jour, il lui demanda si elle ne voulait pas s'asseoir pour boire un café avec lui, et tout heureux il assura que oui, elle pouvait aussi fumer, bien sûr.

Après avoir allumé une cigarette, elle déclara qu'elle l'avait vu trois jours plus tôt dans le journal. Au sujet de ce casque albanais.

Oui, dit Starek, il était en effet le commissaire qui…

Alors ? Casque est retrouvé ?

Non. Nous n'avons pas encore identifié les voleurs.

Vous avez lait ? J'ai besoin lait pour mon café.

Starek se leva aussitôt, sortit la bouteille de lait du frigo et la posa sur la table.

Vous voyez, dit Mme Bessa.

Quoi ?

Je veux lait, vous prenez lait.

Rien de plus normal…

Normal, oui. Mais si normal, pourquoi vous cherchez qui a pris casque ? Vous devez demander : qui a été *vouloir* casque. C'est pas du tout même personne. Et pourquoi a été vouloir casque. Comme ça, vous trouvez, autrement, pas trouver. Vous voulez lait ? Lui plus dans frigo, maintenant lui avec moi. Donc, vous devez trouver pas qui était près frigo mais qui a été vouloir lait. Vous savez quoi ça signifie, casque de Skanderbeg ? Eh bien, qui peut avoir besoin ce casque ? Lui là-bas !

Ainsi parla la femme de ménage Bessa Cakaj, Albanaise de Macédoine du Nord.

Starek dut aller travailler. Bessa fit encore le ménage pendant trois heures, et en rentrant le soir Starek se réjouit que l'appartement soit si propre et bien rangé, il avait l'impression qu'on prenait soin de lui. Il se prépara un sandwich au fromage, enleva aussitôt les miettes du plan de travail avec l'aspirateur de table, prit une bière dans le frigo et… pourquoi se sentait-il soudain si mélancolique, seul dans la cuisine avec son sandwich et sa bière, et pourtant heureux ?

Plus tard, il prit une douche et se sentit ridicule car il n'avait pu s'empêcher de penser au casque en mettant son bonnet de douche. Il ne voulait pas aller au lit avec les cheveux mouillés. Qui voulait mettre ce casque sur sa tête, et pour quel motif? Il était maintenant sous le jet de la douche, tel un Skanderbeg nu coiffé d'un bonnet en guise de casque. Pourquoi n'avait-il pas songé plus tôt à rassembler une documentation pouvant lui expliquer quelle signification revêtait ce casque, qui était peut-être davantage qu'un simple objet volé dans un musée? Peut-être. L'idée de Bessa était intéressante, mais peu vraisemblable. Car si vraiment quelqu'un avait voulu posséder ce casque, il n'aurait pas demandé de rançon. Il l'avait dit à Bessa, mais elle avait répliqué: Moi crois pas. Qui a casque veut pas argent. Et qui veut argent vole pas ce casque.

Il se coucha. Le léger parfum de fleur des draps fraîchement lavés. Cette odeur lui rappela Bessa, il pressa son visage contre ses seins, non, contre l'oreiller, serra la couette entre ses jambes et… non! Il ne voulait pas de ça. C'était absurde. Il se releva d'un bond.

Assis à la table de la cuisine, il s'étourdit avec du schnaps et des cigarettes. Heureux? Il ne voulait plus penser à rien. Barrer l'accès à cette question.

Le lendemain, totalement apathique, presque en état de mort cérébrale tant il avait mal au crâne, il devait apprendre que l'affaire du casque volé avait pris une tournure absolument insensée.

12

Après l'atterrissage à Tirana, Karl Auer se précipita dans les toilettes les plus proches pour se rincer la bouche. Il aspergea d'eau froide son visage, afin de laver la sueur due à l'angoisse, il but, se gargarisa, recracha, rinça de nouveau sa bouche, aspergea encore son visage, puis regarda autour de lui: il n'y avait pas de distributeur de serviettes!

Rien qu'un sèche-mains automatique.

Il courut dans une cabine des toilettes et s'essuya le visage avec du papier hygiénique. Il ouvrit sa chemise, se sécha la poitrine et le ventre. Mais du fait de sa nervosité, peut-être aussi sous l'influence de la peur qui avait été la sienne lors de la phase d'approche de l'avion, il se remit à suer encore plus abondamment. Affolé, il déroula des mètres de papier hygiénique, s'essuya frénétiquement, finit par s'asseoir sur le siège des toilettes, entreprit de respirer profondément.

Pourquoi? Tout ça? Baia…

Il resta assis dans une pose méditative, en serrant dans son poing une grosse boule de papier toilette. Il se demandait…

Do you need help?

Karl Auer leva les yeux. À la porte de la cabine, un autre passager le regardait avec un étonnement mêlé d'inquiétude. Il devait être presbyte et ses yeux écarquillés étaient encore grossis par les verres de ses lunettes. Dans son affolement, Auer avait oublié de fermer et de verrouiller la porte.

Can I help you?

Non, non, dit Auer, il se sentait très bien, pas de problème. Il se leva d'un bond et actionna la chasse, ce qui mit un comble à la stupeur du passager car Auer s'était assis sur le siège des toilettes sans baisser son pantalon. L'homme recula et Auer sortit précipitamment avec sa valise à roulettes. Il passa devant les tapis roulants des bagages, pénétra dans le hall de l'aéroport.

Quand Karl Auer était tombé amoureux de Baia Muniq, lors des réunions avec les parlementaires albanais puis, définitivement, sur le chemin de l'hôtel après le dîner au restaurant, il lui avait semblé que cette femme serait toujours élégante, dans n'importe quelle tenue, du simple fait de son rayonnement. En tailleur de femme d'affaires ou dans un sac à pommes de terre, ce serait pareil. Même en violet, pour reprendre une expression qui remontait à ses années de lycée, au temps où il devait choisir de soutenir l'équipe bourgeoise du club de football Austria Wien (maillots violets) ou celle des prolétaires du Rapid Wien (maillots verts). Il s'était décidé pour les verts, ce qui était logique étant donné ses origines. Cependant cette couleur avait bientôt pris un sens qui dépassait le football : quand un supporter des verts disait qu'il pouvait imaginer une fille « même en violet », il voulait dire qu'à ses yeux elle paraîtrait jolie même dans une tenue particulièrement peu flatteuse.

Mais en apercevant Baia dans le hall, il se rendit compte qu'il n'avait pas encore vraiment pris la mesure de son charme.

Il la vit tout de suite – et ce fut comme s'il la voyait pour la première fois, il eut l'impression qu'il ne percevait pleinement qu'en cet instant sa personnalité, sa singularité. Non, pour elle, le violet était hors de question.

Dans le fourmillement coloré de la foule, elle se détachait d'emblée. Elle n'eut même pas besoin d'agiter la main, car elle comprit qu'il l'avait repérée au premier coup d'œil. Elle portait une robe noire toute simple. Autour d'elle, des gens en costumes, robes, vestes, chemises, tee-shirts, pantalons de jogging de toutes les couleurs et tous les motifs possibles, violet, vert acide, orange, gris argent façon plastique avec rayures blanches, des familles venant chercher quelqu'un, l'air endimanché en mauve foncé ou gris souris mêlé de fils argentés, des jeunes arborant les couleurs de tous les clubs de foot du globe, le plus souvent en surpoids et avec le numéro 10 dans le dos, des touristes dans de soi-disant vêtements fonctionnels aux tissus voyants, qu'on qualifiait de « respirants » même si leur aspect coupait le souffle à n'importe quel observateur un peu sensible. C'est ainsi que Karl Auer vit la scène. Une image mal pixélisée, une pluie de confettis aux couleurs criardes.

Et Baia dans sa petite robe noire, avec pour tout bijou un collier de corail du même rouge que son rouge à lèvres. Ses traits, malgré toute leur individualité, étaient parfaitement réguliers, expression sans aucun doute d'une âme harmonieuse. Il resta immobile à la contempler. La robe noire était comme un cadre qui semblait en quelque sorte s'effacer pour faire ressortir pleinement l'image de cette femme.

Pourquoi pensa-t-il : une séduction écrasante.

Elle souriait.

Il s'avança vers elle, lâcha sa valise à roulettes pour écarter les bras, la valise se renversa avec fracas et il lança : *Shumë e shtrenjtë!*

Comme il avait appris quelques mots pendant le vol, et peut-être aussi dans l'espoir de se faire bien voir, il avait voulu la surprendre en lui disant bonjour en albanais, mais il s'était trompé de phrase et avait dit : *Trop cher.*

Sa prononciation était si mauvaise que Baia ne comprit pas, elle crut qu'il avait dit quelque chose en viennois, *shumë* ressemblait vaguement à *schau ma*. Elle dit en souriant qu'elle avait beau comprendre le bavarois, il vaudrait mieux qu'il se donne la peine de parler l'allemand standard.

Mais au début ils restèrent silencieux, se contentèrent de se sourire, jusqu'au moment où ils s'assirent dans un taxi, après que Baia eut manifestement passé un savon au chauffeur.

Que s'est-il passé ?

Il voulait le prix fixe pour les touristes, qui est trois fois plus élevé que le tarif légal du compteur.

Ça arrive souvent ?

Elle éclata de rire : C'est normal.

Normal ? Si l'Albanie veut entrer dans l'UE, il faudra…

Écoute, d'abord ça m'est aussi arrivé à Prague, et la République tchèque est membre de l'UE, mais je n'ai malheureusement pas pu me défendre car je ne parle pas tchèque. Et puis…

Et puis…

Nous allons porter ta valise à l'hôtel, ensuite nous irons dans un endroit que je veux te montrer pour que tu apprennes à mieux connaître l'Albanie. Nous pourrons manger là-bas, tu n'as sans doute pas eu de repas dans l'avion.

Oui. Je veux dire : Non, pas de repas. Oui, allons manger quelque chose.

Bien. Et puisque tu mentionnes déjà l'UE, nous ferons addition séparée.

Quel rapport… avec l'UE ?

Il faut que ce soit clair tout de suite, dit Baia. Pas de conversations professionnelles, pas de cadeaux, et nous paierons séparément en cas de dépenses communes.

Tu veux rédiger un contrat ?

Un contrat ? s'exclama-t-elle en riant. Ce n'est pas moi qui en suis l'auteur. En tant que parlementaires, nous avons un code de conduite. Du reste, j'ai lu les réglementations de la Commission européenne. Voici ce qu'on peut dire en général : Discrétion concernant le fonctionnement interne de nos institutions et notre travail politique. Interdiction de recevoir des cadeaux. Accepter l'hospitalité n'est permis qu'en accord avec les habitudes diplomatiques, ou plus précisément dans le cadre des rencontres officielles. Ce qui veut dire que le Parlement albanais peut inviter au restaurant des représentants de la Commission européenne après des entretiens exploratoires, ou qu'inversement moi-même, en tant que parlementaire, je ne saurais inviter un fonctionnaire européen ou être invitée par lui à moins d'une mission officielle. Tel est le code de conduite, ou comme vous dites le Code of Conduct, document C65/7 dans le Journal officiel de l'Union européenne.

Se pourrait-il que tu sois juriste ? dit Auer.

Baia ne rit pas.

Tu es stricte à ce point ?

Ne devons-nous pas être stricts ? C'est un fonctionnaire de la Commission qui parle ainsi ?

13

Le commissaire Starek savait évidemment que le traçage d'un mail était d'ordinaire voué à l'échec, du moment que l'expéditeur avait adopté une tactique de professionnel pour rester dans l'ombre.

Il s'interrogea. Pourquoi cet homme voulait-il passer une éternité à l'expliquer en détail ?

Toutefois, le traçage s'avérait parfois d'une facilité surprenante. On arrivait très vite à l'adresse IP d'un cybercafé. Ce qui ne voulait pas dire obligatoirement qu'on avait affaire à des amateurs, au contraire. L'emplacement du cybercafé n'apprenait rien sur le lieu où se trouvait l'objet volé, et les bandes agissant au niveau international préféraient cette méthode pour lancer à bon compte les enquêteurs sur de fausses pistes.

Starek hocha la tête.

Le casque pouvait se trouver, disons, à Helsinki, mais le cybercafé d'où était parti le mail de la demande de rançon était situé à Bari, en l'occurrence. Du coup, même si l'on réussissait à localiser l'expéditeur d'un mail, cela n'apportait rien à l'enquête. En revanche, pour les voleurs, cette méthode simple permettait de communiquer rapidement. Il est très facile de créer anonymement un compte Yahoo ou Gmail dans un cybercafé. De cette façon, les malfaiteurs reçoivent une réponse immédiate à leur mail de demande de rançon et peuvent donner eux-mêmes aussitôt leurs instructions et les modalités de la remise. Le mail suivant pouvait être envoyé depuis une autre ville, mais la communication fonctionnait en temps réel, ce qui ne serait pas le cas si l'expéditeur du mail de la demande de rançon devait affronter les complications du *hot routing*…

Du quoi ?

Le *hop routing*, c'est…

Oui, oui.

…en somme, il ne serait plus accessible. Dans ce cas, il faudrait se donner la peine d'ouvrir d'autres canaux de communication, comme des petites annonces codées dans des journaux, des boîtes aux lettres mortes et ainsi de suite.

En d'autres termes… dit Karl Hammerschlag.

Inutile d'employer d'autres termes, j'ai déjà compris, pensa Starek en se massant le front.

… le traçage si aisé du mail de la demande de rançon ne signifie donc absolument pas… même procédé quand le musée Van-Gogh d'Amsterdam… des professionnels… au niveau international…

C'est bon, c'est bon, j'ai compris, dit Starek. Pourquoi ces informaticiens parlaient-ils toujours si vite? En outre, Hammerschlag avait la particularité irritante d'ouvrir les lèvres en parlant, mais non la mâchoire, comme s'il serrait entre les dents les bytes de ses informations. Et pourquoi arborait-il sans cesse ce sourire ravi, que Starek n'avait vu auparavant que chez des vieilles dames en train de déguster un gâteau Malakoff dans la *Konditorei Aida*. Et qu'est-ce qui poussait ce jeune homme à porter cette barbe qui lui donnait l'air d'un gynécologue de la Belle Époque? Starek respira profondément et dit: Merci, votre aide m'a été précieuse.

Le mail de la demande de rançon avait donc été expédié depuis un cybercafé. Habituellement, ce n'était pas vraiment un indice qui pouvait mener loin, il en était conscient. Toutefois, un détail le tracassait: le cybercafé se trouvait à Bari, dans le sud de l'Italie, et s'appelait *Vlora*.

Un nom bien particulier. Starek chercha sur Google et trouva aussitôt plus d'une douzaine de cybercafés à Bari, qui s'appelaient *World Connection, Caffé Mezzaluna, Frizz, Console, Carlo's Ponti*, etc. Un café s'appelait *Mahmudul Islam*, et on ne se trompait sans doute pas en supposant qu'il était fréquenté surtout par des musulmans. Mais donc, si un café s'appelait *Vlora*, il était tout aussi vraisemblable qu'il appartienne à des Albanais et soit fréquenté par la communauté albanaise de Bari. Peut-être y avait-il là quand même un indice qui les mettait sur la piste des auteurs du vol. Vlora n'était pas seulement le nom d'un port du sud de l'Albanie, à l'endroit où la mer Adriatique était la plus étroite, c'était aussi celui d'un cargo albanais qui avait accosté en 1991 au port de Durrës avec une cargaison de sucre cubain et avait été pris d'assaut par des milliers d'Albanais voulant s'enfuir en Italie. Le navire ainsi capturé avait bel et bien mis le cap sur la côte italienne et avait fini par accoster à Bari, où les Albanais furent autorisés à débarquer pour des raisons humanitaires. C'était ce qu'on appelait le grand exode albanais, dont tous les médias avaient parlé à l'époque. Son ami Max-Otto avait rappelé cette histoire à Starek, lors d'une longue conversation téléphonique sur la mafia albanaise dans le Mezzogiorno.

Max-Otto Hagenbeck était un policier de Hambourg couvert de médailles. Depuis cinq ans, il travaillait à La Haye pour Europol, comme Assistant Director du Operations Department O2 (*organized crime*). Starek l'y avait rencontré deux ans plus tôt lors d'un « voyage scolaire », comme il disait. On avait conduit des hauts gradés de la police autrichienne à travers diverses salles, Starek se rappelait avec malaise de longs couloirs, des pièces sombres, on aurait dit que c'était l'essentiel : faire régner l'obscurité. Puis des présentations PowerPoint, avec des tas de cases aux couleurs vives et des flèches dans tous les sens, pour montrer comment Europol était organisé, comment il fonctionnait ou aurait dû fonctionner, s'il avait pu agir à sa guise, sans les petites rivalités entre les *national units* et les limites de compétence imposées par les États membres, qui voulaient rester « maîtres chez eux » et ne comprenaient pas qu'ils se trouvaient simplement dans des pièces plus ou moins vastes et mal meublées d'une maison commune, comme l'avait expliqué en toute franchise Max-Otto Hagenbeck. Il nous arrive de savoir quelque chose mais de ne pouvoir intervenir, dit-il, nous pourrions apporter notre aide, mais on n'en veut pas. C'est un miracle que nous existions, mais il n'est pas étonnant que nos résultats n'aient rien de miraculeux.

Ce voyage avait été vraiment instructif, même si ses enseignements étaient plutôt déprimants. Cependant, il avait aussi été à l'origine d'une amitié singulière entre le Viennois et l'homme du Nord. Il serait exagéré de la qualifier de « chaleureuse » au sens viennois du terme, mais parler de « tiédeur » ne serait pas moins inapproprié vu les sentiments amicaux qu'ils avaient assurément l'un pour l'autre. Peut-être pourrait-on dire de cette amitié qu'elle était « cool », c'était la seule occasion où Starek trouvait un sens à ce mot et ne voyait pas par quel adjectif allemand le remplacer. Avant le divorce de Starek, ils avaient passé une fois des vacances d'été ensemble au bord de la mer du Nord, avec leurs femmes, sur l'île de Wangerooge. Les deux hommes avaient discuté au cours de longues promenades sur la plage, sans se répandre en plaintes sur leurs problèmes personnels, en luttant contre le vent violent, c'était vraiment cool.

Un grand nombre de ces Albanais débarqués à Bari avaient continué leur route jusqu'aux centres industriels du nord de l'Italie, ou plus loin encore, en Allemagne, pour y tenter leur chance. Cependant beaucoup étaient restés sur place, et il s'agissait littéralement de ceux qui avaient le couteau entre les dents, raconta Hagenbeck. Des criminels qui avaient déjà pris le commandement dans le stade de Bari, où les réfugiés avaient été installés au début. Avec quelques familles implantées depuis longtemps dans le sud de l'Italie à quoi s'ajoutaient leurs propres relations familiales en Albanie, ils mirent sur pied un réseau qui contrôla bientôt le trafic de drogue transitant par les ports de Bari et de Brindisi.

Il y a des familles albanaises implantées à Bari ?

Oui, à Bari, à Brindisi, on trouve des familles albanaises dans le Sud jusqu'en Sicile. On les appelle les Arbëresh. Au fil du temps, ils ont quitté les Balkans pour l'Italie lors de vagues migratoires plus ou moins importantes. Après la mort de Skanderbeg et la soumission des tribus albanaises par les Ottomans…

Mais ça remonte à une éternité, on est en plein Moyen Âge.

Ce n'est une éternité qu'à l'échelle d'une vie humaine. Mais ça n'a pas cessé de génération en génération, ces migrations, quand les Grecs sont entrés en Albanie et ont terrorisé la population, puis ce furent les fascistes de Mussolini, puis les nazis, il y avait toujours un motif pour s'enfuir, et finalement il s'agissait d'échapper aux communistes, même si c'était presque impossible. Et tu sais le plus étrange? Dans le cadre des organisations mafieuses, c'est un phénomène exceptionnel, qui ne s'explique que par ces vagues continuelles de migrants albanais : ils aiment les arbres généalogiques. À leurs yeux, c'est sacré. Ils peuvent remonter dix ou vingt générations en arrière, souvent même davantage, c'est une idée fixe chez eux. Mettons qu'un Albanais dont le nom de famille est Velaj soit arrivé à Bari lors du grand exode de 1991 et qu'il existe une famille Velaj depuis longtemps implantée dans la ville, ils sauront qu'il y avait en Albanie deux frères, disons au dix-septième siècle, dont l'un s'est installé en Italie. Le nouvel arrivant nommé Velaj descend de l'autre frère. Du coup, la loi de la solidarité familiale s'applique aussitôt. D'autre part, certaines de ces familles d'Arbëresh ont réussi avec le temps à se faire une place pour leurs trafics entre Casa Nostra et la 'Ndrangheta. Les nouveaux migrants albanais en Italie ont pu rejoindre leurs rangs, et ces renforts leur ont permis d'élargir leurs champs d'activité. Mais il est important que tu comprennes ce fait : les Albanais disent toujours qu'il n'y a pas de mafia albanaise, il n'y a que des familles, et ils se méfient beaucoup de ceux auxquels ils ne sont pas unis par les liens du sang. En fait, ça les différencie de toutes les organisations mafieuses italiennes, où l'on peut entrer et gagner la confiance en transmettant des messages, par exemple, et finalement en exécutant des meurtres commandités. Les Albanais disent : Un étranger qui se dit prêt à tuer pour mon compte, comme si c'était son métier, pour ainsi dire, peut oublier tous ses serments le lendemain, demander à bénéficier d'un programme de protection en tant que témoin et m'envoyer en prison. Un membre de la famille, lui, ne ferait jamais une chose pareille.

Amusant, dit Starek.

Je ne trouve pas, répliqua Hagenbeck.

En tout cas, continua-t-il, à Bari, le jour où l'on a découvert le Padrone Santino Tiralongo dans la vitrine des *Adria Ferries*, qui relient Bari et Brindisi à Durrës et Vlora, ce jour-là au plus tard il est devenu évident que le règne de la 'Ndrangheta était fini en ces lieux et qu'on savait qui étaient les nouveaux patrons. Car Tiralongo n'avait pas seulement le front troué par une balle, il tenait dans ses mains ligotées avec un serre-câble une photo de Mère Teresa, la sainte nationale de l'Albanie.

Je suis à peu près certain, déclara Hagenbeck, qu'on peut exclure définitivement, en l'état actuel des choses, que le vol du casque soit l'effet du hasard. C'était une action planifiée, le casque était visé, ce qui paraît manifestement lié à des intérêts albanais. Ce sont des Albanais qui ont fait le coup. Tout l'indique, non seulement le fait que ce cybercafé soit manifestement albanais, mais le choix même de Bari. Bien entendu, nous ignorons si le casque se trouve maintenant à Bari, mais nous pouvons supposer qu'il est passé par cette ville. Il n'a pas été transporté directement en Albanie, il aurait été illogique et beaucoup trop risqué de passer par la Serbie, le Kosovo et la Macédoine du Nord, ces pays qui n'appartiennent pas à l'espace Schengen et ont des contrôles aux frontières. En revanche, les voleurs ont pu quitter l'Autriche et se rendre en Italie sans être dérangés, en gagnant tranquillement le Sud de la péninsule. De là, il n'y a pas grand risque à prendre un ferry pour l'Albanie. On peut même se passer de ferry, les bateaux de contrebandiers font la navette, comme nous disons, car ils n'arrêtent pas leurs allers et retours. La marijuana arrive d'Albanie en Europe, et la cocaïne arrive d'Italie en Albanie, d'où elle est distribuée dans les Balkans occidentaux et sur les marchés de l'Europe de l'Est. C'est ce qu'on appelle la

« banane bleue ». La coke produite en Amérique latine transite dans les ports du Benelux, après quoi elle est acheminée en Italie en suivant une route qui dessine comme une banane sur la carte de l'Europe. Le plus drôle, c'est qu'elle vient d'Amérique latine dans des caisses de bananes. Et maintenant, mon ami, demande-moi ce que nous faisons contre ce trafic.

Que faites-vous ?

Nous nous contentons d'être au courant. Avons-nous l'autorité nécessaire pour agir ? Non. Tu sais bien que nous ne sommes pas le FBI. En tout cas, le casque n'est sans doute pas allé directement en Italie, mais a dû transiter dans l'Ouest avant de voyager vers le sud. Bon, si les voleurs sont des Albanais, qui pouvait s'intéresser à ce casque et pourquoi ?

C'est la question de Bessa, pensa Starek.

C'est ici que se pose une autre question, qui ne va pas avec le reste, reprit Max-Otto Hagenbeck. Pourquoi demander une rançon ? Si les voleurs sont des Albanais, pourquoi sont-ils prêts à échanger contre de l'argent ce trésor national ? Tout se tient, et nous pouvons maintenant nous demander qui a intérêt à entrer en possession du casque. Mais ce qui n'est pas logique, c'est la demande de rançon.

Une heure plus tard, on eut la réponse à cette question. Une réponse stupéfiante.

Auparavant, cependant, Hagenbeck et Starek conclurent leur entretien téléphonique sur une note amicale.

Nous devrions songer à passer de nouveau des vacances ensemble, dit Hagenbeck.

Tu sais que j'ai divorcé.

Je sais. Sans femmes, cette fois. Un voyage qui n'aurait d'intérêt que pour nous, les hommes.

Une dégustation de vin en France ?

Évidemment, ce serait intéressant. Mais nous autres, à Hambourg, nous buvons plutôt de la bière et du schnaps. Non, j'ai une autre idée.

À quoi penses-tu?

Écoute-moi ça!

Franz Starek entendit à l'autre bout de la ligne Max-Otto taper frénétiquement sur son clavier.

Voilà! Je l'ai. La compagnie maritime nationale Drejt-Flote inaugurera un nouveau bateau avec un premier voyage qui commencera le 28 novembre. C'est la fête nationale en Albanie, le jour de l'indépendance. Ce sera incroyable. Le nouveau bateau est un navire de croisière et il s'appelle... comment?

Comment?

Le *SS Skanderbeg*. Oui, il s'appelle vraiment *Skanderbeg*. Il n'est pas aussi gros que des monstres comme *Symphony of the Seas* ou le *Queen Elizabeth*, il ne fait qu'un tiers de leur taille, donc il est plus petit que le *Titanic*. Je t'envoie le lien, tu pourras faire une promenade virtuelle à bord. Pas dans tout le bateau, car il y a des suites de luxe réservées au Premier ministre, aux membres du gouvernement, aux invités de haut rang, le tout forme une sorte de quartier diplomatique coupé de l'extérieur. C'est un projet phare du gouvernement, censé donner une impulsion au tourisme et ainsi de suite, mais je crois que ce phare doit surtout mettre en lumière les élites politiques albanaises. Le *Skanderbeg* naviguera dans l'Adriatique et dans la mer Ionienne, de Durrës à Bari et Brindisi, en remontant jusqu'à Saranda et en redescendant vers Catane et Syracuse. Il y a encore des suites avec balcon à réserver. Attends! Je t'envoie les offres et les prix, voilà! Peux-tu prendre un congé? J'ai encore assez de jours de vacances à poser! Qu'en dis-tu? Nous prenons des billets? Nous pourrions mener l'enquête...

Franz Starek se massa les tempes.

... pour savoir si ce genre de vacances nous fait du bien. Rester assis sur un transat avec un plaid sur les genoux...

Starek savait que Max-Otto souriait à l'autre bout du fil.

Je regarde et je te dis si ça marche, dit-il.

Pendant la conversation, il avait bu deux aspirines effervescentes. À présent, il avait aussi mal au ventre. Il se demanda s'il n'aurait pas été mieux de boire une goutte de schnaps ou au moins une bière pour soigner sa gueule de bois, mais ce n'était pas la peine d'y penser, il n'était pas du genre à cacher dans son bureau une bouteille grande ou petite. Il savait que certains collègues « picolaient un peu », comme on disait dans la maison par euphémisme, il les connaissait tous. Par exemple, Huber, ce type rubicond qui faisait justement irruption dans son bureau.

Chef, chef, cria-t-il, nous devons aller tout de suite au Kunsthistorisches Museum !

Pourquoi, qu'est-ce qui se passe ?

Les gens du musée ont répondu au mail des rançonneurs, comme nous leur avions conseillé, en demandant une photo du casque volé, afin de s'assurer qu'il était bien en leur possession. Ils en ont aussitôt envoyé une par mail.

Et alors ?

Il y a une surprise. Nous devons aller au musée. Ils nous attendent pour nous la montrer.

Quoi ?

Eh bien, la surprise. Ils disent que c'est dingue, que ça change tout.

Starek se leva, prit son manteau sur la patère. Huber, tu as bien une bouteille dans ton bureau.

Moi ? Une bouteille ? Quelle bouteille ?

Ça m'est égal. Donne-m'en une gorgée.

14

Une dame les attendait dans le hall du musée. Elle les conduisit rapidement au bureau de la directrice, le claquement de ses talons sur le carrelage faisait mal aux oreilles de

Starek, mais pour Huber c'était comme un roulement de tambour avant un numéro sensationnel.

La directrice les accueillit d'un air manifestement très excité. Ses mains se tortillaient comme des tentacules tandis qu'elle les saluait, désignait ses collaborateurs pour les présenter puis se lançait dans ses explications. Elle s'efforçait d'arborer un sourire aimable ou poli, mais Starek avait l'impression qu'elle se contentait de montrer les dents tant elle était tendue.

Bonjour, merci pour votre promptitude... nous avons fait une découverte, qui... je ne sais que penser... comment nous devons... l'interpréter, je crois qu'elle change tout. Vraiment tout. Mais mes collaborateurs, si vous voulez bien me permettre, voici M. Kratky, responsable de la collection et conservateur de la salle de la chasse et des armures, qui se charge en fait de l'exploitation scientifique de cette collection où le casque, ce casque... et...

Starek n'aurait jamais pris cet homme pour un savant. Avec son corps mince d'adepte du fitness, son maintien plein de raideur et son costume bleu légèrement trop étroit, il lui faisait penser à un de ces nouveaux politiciens du parti social-démocrate, mais pas à un historien d'art.

... et Mme Liska, restauratrice et collaboratrice scientifique, qui a énormément travaillé sur le casque de Skanderbeg.

Cette femme était le contraire de son collègue, en fait de minceur fitness elle portait un jean grande taille et un ample pull-over noir, avec une négligence qui attestait qu'elle ne s'attardait pas longtemps devant son miroir avant d'aller voir les œuvres d'art. Malgré son physique imposant, elle donnait l'impression, grâce à cette non-couleur qu'est le noir, de vouloir se fondre discrètement dans le monde des chefs-d'œuvre exposés. Elle inspira tout de suite confiance à Starek. Et il se demanda...

Allons droit au but, commença Huber. Qu'avez-vous à nous dire?

Puis-je vous demander de vous asseoir à cette table… dit M. Kratky.

Mme la directrice les invita d'un geste à prendre place à la longue table de conférence sur laquelle étaient disposés des documents et des photos.

Voyez-vous, reprit M. Kratky, ceci est la photo que nous avons prise nous-mêmes pour le site web du musée. Et ici, c'est une impression de la photo que les soi-disant voleurs nous ont envoyée par mail. Vous ne remarquez rien ?

Les soi-disant voleurs, dites-vous ? s'étonna Starek.

Huber se pencha sur la table : Cette photo-ci est l'œuvre de professionnels, alors que l'autre n'est qu'un instantané, sans doute pris avec un smartphone. On voit le casque tel qu'il se trouvait alors, à côté d'un journal.

C'est nous qui voulions qu'à côté du casque… intervint Mme Liska.

Oui, c'est le journal le nœud de l'affaire, la coupa M. Kratky. Nous avons exigé qu'ils photographient le casque à côté d'un quotidien.

Très astucieux, approuva Starek.

Oui, nous voulions vérifier qu'ils étaient vraiment en possession du casque, dit M. Kratky, et qu'ils ne nous enverraient pas une photo quelconque trouvée sur Internet. Ils ont placé le journal comme prévu sous un angle qui permettait de lire la date. Vous voyez ?

C'est alors que j'ai remarqué… dit Mme Liska.

Exactement, dit M. Kratky, nous avons remarqué que quelque chose clochait.

Il souriait comme quelqu'un qui savait qu'on allait l'applaudir dans un instant.

La photo du casque à côté du journal serait un montage ? suggéra Huber.

Non, de toute évidence. Le détail révélateur est ailleurs. Regardez encore le journal.

La *Gazzetta del Sud,* lut Huber.

Si vraiment c'est si important pour l'enquête, venez-en au fait, s'il vous plaît, monsieur Kratky, inutile d'attendre que le détail se révèle.

Cette scène l'agaçait. Il jeta un regard à Mme Liska, qui se crut obligée de dire quelque chose : Il s'agit du rapport entre...

M. Kratky enchaîna aussitôt : Bien entendu, ici, personne ne connaît ce journal. Il est très populaire dans le sud de l'Italie, mais il est impossible de s'en procurer un exemplaire à Vienne.

J'ai trouvé ça tout de suite sur Google, dit Mme Liska, c'est-à-dire que...

Ce qui nous a chiffonnés, l'interrompit M. Kratky, ce sont les proportions du casque, surtout les cornes du bouc servant de cimier, regardez, là, et là... Comparez encore une fois les deux photos.

Hmm, dit Huber. Vous voulez dire qu'il y a une différence ? C'est difficile à dire, elles ne sont pas prises sous le même angle.

Nous-mêmes, nous n'étions pas sûrs de nous, aussi nous avons voulu connaître le format du journal. Amusant, pas vrai ? Nous voulions qu'il y ait un journal sur la photo à cause de la date, et finalement nous avions besoin de son format.

C'est un tabloïd, dit Mme Liska, 235 millimètres de largeur et 315 de hauteur. Du coup, nous avions la possibilité de...

Du coup, déclara M. Kratky, il nous a été possible de mesurer le casque sur la photo. Regardez cette feuille : avec la largeur du journal nous avons obtenu une règle ou un mètre virtuel, que nous avons appliqué au casque, pour mesurer la longueur des cornes, ainsi que la circonférence et la hauteur du casque.

Il était radieux.

Et alors ? demandèrent Starek et Huber d'une seule voix.

Allons, dites enfin à ces messieurs ce que nous avons découvert, intervint la directrice.

Les cornes du cimier sont en fait plus longues que celles de l'original du musée d'après les documents dont nous disposons. Mais ce n'est pas tout. Le casque de la photo a un tour de tête, comme on dit vulgairement, à peu près quatre fois supérieur à l'original. Il est conçu comme qui dirait pour une autre tête !

Ce qui veut dire ? (Huber)

Que ce n'est pas le casque volé. (Starek)

Exactement. (Kratky)

Croyez-vous possible que les voleurs du casque aient fait fabriquer une copie afin de l'échanger contre une rançon tout en gardant l'original ? demanda Starek.

Franchement, non, répondit M. Kratky. De toute façon, la rançon demandée n'est pas très élevée. La valeur du casque de Skanderbeg pour l'assurance est bien inférieure à ce qu'imaginerait un nationaliste albanais. Et nous n'aurions pas versé un euro de plus que la valeur de l'assurance. Comme la copie paraît d'excellente qualité, si l'on déduit de la rançon le prix du travail et des matières premières, le possible bénéfice ne justifierait guère l'investissement et le danger qu'implique le vol. En outre, si nous avions payé, nous aurions fini par nous apercevoir que le casque qu'on nous avait livré était un faux. Les voleurs ne seraient donc pas même assurés de n'être pas poursuivis.

Ça ne tient pas debout, dit la directrice.

Pourquoi ? demanda Starek. Tout se tient, au contraire. Quant à l'origine de la copie, c'est un autre problème. Mais pour ce qui est du casque volé, l'affaire paraît de nouveau claire. C'était bien ce casque qui était visé, et non n'importe quel objet qu'on pouvait sortir de ce musée avec une relative facilité. Et ceux qui s'intéressaient à ce casque n'avaient aucun intérêt à demander une rançon.

Si je puis me permettre, intervint Mme Liska. Je crois... la coupa M. Kratky.

Attendez, lança Starek. Que vouliez-vous dire, madame?

Eh bien, dit-elle, je ne sais si cela peut vous aider, mais j'ai trouvé une indication intéressante dans la littérature spécialisée. L'Albanie est devenue brièvement une monarchie, quand le président de la République Ahmet Zogu s'est proclamé roi sous le nom de Zog Ier, en 1928. Il aimait l'Opéra de Vienne et...

L'Opéra de Vienne? Bravo! En quoi cela peut-il nous aider? (M. Kratky)

Lors d'une représentation de l'Opéra de Vienne, en février 1931, on lui tira dessus au bord de la scène. Les auteurs de l'attentat étaient deux exilés albanais qui ne le reconnaissaient pas comme roi des Albanais. Il survécut et par la suite, c'est ici que cela devient intéressant, il fit exécuter une copie du casque de Skanderbeg, prétendit être un descendant du héros et se couronna avec ce casque en prenant le nom de Skanderbeg III, troisième du nom après le fils de Skanderbeg et souverain légitime de tous les Albanais. Quand Mussolini envahit l'Albanie en 1939, Zog s'exila en France, où il mourut. Les élites albanaises se doivent d'avoir fait leurs études en France ou, à défaut, de mourir dans ce pays... Elle sourit, et Starek sourit à son tour.

En tout cas, reprit-elle, il est question d'une copie du casque de Skanderbeg, dans la littérature spécialisée, même s'il n'en existe pas d'image.

Et alors? Voyons, chère collègue! Cette copie n'est qu'un bruit qui court, déclara M. Kratky. Comme vous le dites, on ne dispose d'aucune reproduction, d'aucune description. Croyez-vous sérieusement qu'elle soit apparue comme par miracle précisément maintenant, après la disparition de l'original? Quel hasard! Du reste, même si le casque du roi Zog existait vraiment, ce ne serait pas une simple copie, il aurait lui-même une importance historique, n'est-ce pas, madame la directrice? Le casque avec lequel le seul roi de l'Albanie ait tenté d'asseoir sa légitimité! Vous êtes d'accord, madame la directrice?

Oui, dit-elle, je veux dire, c'est très intéressant, mais revenons à notre problème. Messieurs, il est donc clair que le casque qu'on nous propose en échange d'une rançon n'est pas celui qui a été volé. Que me conseillez-vous, à présent, et comment voyez-vous la suite ?

Si vous voulez avoir cette copie, payez la rançon. Si elle ne vous intéresse pas, il est inutile de réagir. Je vous remercie, votre aide m'a été précieuse.

Le soir, Starek se rendit au *Pistauer*, but deux grandes bières et fit une partie de tarot.

Qu'est-ce qui t'arrive ? demanda Prochaska. Tu demandes un roi et tu ne sais plus ensuite qui l'a dans son jeu. Tu as la tête ailleurs, aujourd'hui.

Tu as raison, dit Starek. Je ferais mieux de rentrer chez moi.

Il se prépara un sandwich au fromage, enleva les miettes du plan de travail avec l'aspirateur de table, but encore une bière, passa un moment à ruminer. Puis il écrivit un mail à son cousin :

Tu te trompais, finalement. Il n'y a pas de demande de rançon pour le casque volé. La question est maintenant : qui a intérêt à entrer en possession du casque et à se couronner ainsi en tant que souverain ou chef légitime de tous les Albanais ? Et pourquoi ? Pour formuler ensuite des revendications territoriales, rattacher à l'Albanie les deux tiers du Kosovo et une partie de la Macédoine du Nord ? Et peut-être se couper aussi une tranche du territoire grec ? Pour ne rien dire de l'importante colonie albanaise du sud de l'Italie. C'est une bombe politique.

Il réfléchit un instant, effaça *une bombe*. *Un problème politique ?* Non, c'était trop faible. Il remit *une bombe*.

15

Baia Muniq avait réservé pour Karl Auer une chambre au *Dream Hotel*, à dix minutes à pied de la place Skanderbeg, au centre de la ville. Pendant le trajet en taxi, il regarda par la fenêtre avec une curiosité ostentatoire, afin de dissimuler derrière son intérêt pour le paysage urbain sa nervosité quand il regardait Baia assise à côté de lui sans savoir que dire. Elle apprécia son attitude, il lui était déjà arrivé d'avoir la visite d'Européens, à titre professionnel ou privé, et ils se mettaient aussitôt à parler avec une prolixité incroyable, sans un regard pour l'endroit où ils venaient d'arriver. Elle l'avait toujours ressenti comme une preuve d'égocentrisme, un mépris pour sa ville, pour la réalité quotidienne de sa vie. Elle avait aussi du mal à comprendre pourquoi les bureaucrates bruxellois, lorsqu'ils venaient pour des réunions ou des évaluations, ne se déplaçaient que dans des limousines noires aux vitres teintées, entre leur hôtel et leurs rendez-vous, et restaient alors penchés sur leurs dossiers sans songer à ouvrir la fenêtre, à regarder dehors, à respirer l'air de la ville, et encore moins à marcher cinq minutes à pied. Ils savaient par cœur des documents remplis de statistiques, ils connaissaient si bien l'Albanie sur le papier, mais ils n'avaient aucune idée des couleurs, de la lumière, des odeurs de cette ville, ils fréquentaient les halls des hôtels internationaux avec leur clientèle cosmopolite sous des lustres somptueux, mais jamais ils ne se plongeaient dans la foule des rues de Tirana.

« Un visiteur venu d'Europe » – tant que l'Albanie ne serait pas membre de l'UE, l'Europe resterait même pour Baia une réalité étrangement abstraite, comme un rêve peuplé lui-même d'étranges personnages.

Je t'ai pris une chambre au *Dream Hotel*, dit Baia.

Le *Dream Hotel*? Devait-il y voir une allusion? Continue de rêver, Karl! S'était-il imaginé qu'il pourrait chez elle… non. Non, bien sûr.

J'habite dans la rue où se trouve l'hôtel.

Quand le taxi obliqua dans la Rruga Qemal Stafa – nous arrivons, dit Baia –, Karl, le nez collé à la vitre, trouva aussitôt cette rue sympathique, ils roulaient devant de petites boutiques, des ateliers aux façades ouvertes, fruits et légumes, boulanger, vente et réparation de vélos, cordonnier, un kiosque avec des journaux et des cigarettes, des cafés avec des tables sur le trottoir. Il fut particulièrement frappé par une rangée de villas à l'architecture très séduisante, avec de petits jardins, il vit aussi des restaurants italiens, du moins les restaurants de cette rue avaient tous des noms italiens.

Le *Dream Hotel* était une petite pension familiale, et la gentillesse allègre de la jeune fille de la réception le changea agréablement de l'amabilité de commande des employés des mornes hôtels internationaux.

Il reçut sa clé, Baia demanda qu'on porte sa valise à roulettes dans sa chambre.

Je voudrais bien monter changer de chemise, dit-il.

Elle secoua la tête. Nous devons repartir tout de suite.

En face de l'hôtel, Karl vit un restaurant appelé *A Tavola*, avec une belle terrasse. Si nous mangions là? proposa-t-il. L'endroit m'a l'air sympathique.

Il n'est pas mal, dit-elle, mais maintenant je veux te montrer autre chose.

Ils remontèrent dans le taxi, qui se mit en route.

Ces villas sont très jolies, dit-il.

Elles te plaisent? Elles datent toutes de l'époque où Mussolini occupait l'Albanie, ce sont les Italiens qui les ont construites. C'est là qu'habitaient les... – elle hésita un instant – les employés des forces d'occupation. Une nouvelle version de Little Italy!

Elle se pencha et apostropha le chauffeur.

Que lui as-tu dit? Quel est le problème?

Il faut qu'il roule plus vite.

Mais nous ne sommes pas pressés.

Si. Il ne faut pas que nous manquions la prière du vendredi.

La prière du vendredi, dis-tu ?

Oui.

Karl Auer la regarda d'un air interrogateur. Elle garda le silence, détourna la tête, à présent c'était elle qui regardait avec attention par la fenêtre. Cependant, il crut voir flotter sur ses lèvres l'ombre d'un sourire.

Nous sommes arrivés.

Baia paya le chauffeur. Combien était-ce, quelle est ma part ? demanda Karl. Rien, c'est bon, répondit-elle. Mais tu voulais que nous fassions addition… Oui, mais il y a aussi les vieilles lois albanaises de l'hospitalité, et d'après elles, c'est… oh, laisse tomber !

Karl sourit, amusé : C'est un cas classique de contradiction entre deux systèmes juridiques, dit-il, le Kanun albanais et le Code of Conduct de la Commission européenne, il faut que l'édifice des différentes dispositions…

Baia le fit taire d'un geste. Regarde plutôt où tu es !

Il lui lança un regard stupéfait. Qu'est-ce que cela voulait dire ? Avait-il compris ce qu'elle venait de lui indiquer ?

C'est le *Birrari Tymi*, dit-elle, une vieille brasserie. « Tymi » veut dire « fumée ». C'est à cause de la fumée du grill, ou celle des cigarettes de tous les artistes et intellectuels qui sont venus ici, Dieu seul le sait. Ici…

Karl regarda. L'établissement était ouvert sur la rue, comme un garage double, avec un auvent en bois pareil à une porte de garage basculante. Sur le trottoir, entre de vieux platanes, des tables étaient disposées, formant une sorte de terrasse ombragée par les frondaisons majestueuses. Ils se frayèrent un chemin entre les voitures garées et les tables devant la brasserie. Ici, déclara-t-elle, il y a le soleil de l'Albanie.

Une table était libre. Nous avons de la chance, dit-elle, regarde, asseyons-nous là.

Mais… dit Karl.

Devant la brasserie, en travers de la terrasse, une multitude de gens étaient alignés.

Karl interrogea Baia du regard. Assieds-toi, dit-elle.

Mais que font ces...

Assieds-toi, dit Baia, ils prient.

À cet instant, comme s'ils obéissaient à un ordre, les gens tombèrent à genoux, se prosternèrent. Puis Karl entendit la voix métallique d'un imam s'échappant d'un haut-parleur.

Tu vois, il y a une petite mosquée tout près d'ici. La Xhamia Dine Hoxha.

Comment?

C'est le nom de la mosquée. Peu importe, tu n'as pas besoin de le retenir. En tout cas, la vieille mosquée du centre est en train d'être restaurée. Du coup, les musulmans croyants, qui ont toujours prié là-bas, se sont rabattus sur d'autres mosquées. Mais nous n'en avons pas tant que ça, et celle d'ici est très aimée, l'imam qui y prêche est poétique et *i gëzueshëm*, comment dit-on, plein de joie de vivre? Oui? Un imam joyeux, donc, mais la mosquée est trop petite pour l'affluence, il y a beaucoup trop de fidèles le vendredi, c'est pourquoi une file se forme toujours sur le trottoir et jusqu'à cette terrasse...

De nouveau, les gens se prosternèrent à côté de leur table, Karl regarda les dos courbés...

Un serveur rejoignit leur table en enjambant deux fidèles. Baia commanda sans demander à Karl ce qu'il voulait, c'était aussi bien, il n'aurait pas su quoi choisir.

On leur apporta deux grosses chopes de bière. La Tirana, dit Baia, ma bière préférée, les saucisses sont faites maison, on n'en trouve qu'ici, elles ont le même goût que chez ma grand-mère...

Ta grand-mère?

Oui, elle faisait encore elle-même ses saucisses! Il y a bien longtemps. Mais ici, le fromage blanc vient de Gjirokastra, c'est là qu'on fait les meilleurs fromages, et goûte-moi ces olives, rien à voir avec les olives grecques ou italiennes, ce sont des Albanais radicaux qui semblent refuser d'être séparés de leur noyau, mords dedans, tu vois comme elles résistent ? Mais tiens bon, tout le monde a conquis l'Albanie et est parvenu à la goûter, et qu'est-ce que tu dis de ce goût ?

Les hommes agenouillés près des tables se relevèrent, murmurèrent quelques mots. Karl entendit la voix de l'imam se mêler au bruit de la circulation, qui n'était pas plus forte qu'elle, on paya à plusieurs tables, qui se retrouvèrent libres. C'est alors que le serveur apporta une casserole, ce n'était pas une casserole, en fait, mais une sorte de moule rond en métal où fumait une masse jaune sillonnée de lignes brunes allant du centre au bord du moule. C'est notre *fli,* dit Baia, on l'appelle le soleil de l'Albanie.

À cet instant, la file se disloqua et les hommes qui venaient de prier à genoux se bousculèrent pour occuper les tables libres, dans le jardin ou dans la salle. Dix minutes plus tard, ils avaient tous des chopes de bière devant eux.

C'est de la bière sans alcool ? demanda Karl.

Baia éclata de rire. Maintenant, goûte enfin le fli, ensuite tu seras arrivé. Et pour l'accompagner, tu dois manger ces *turshi,* des légumes marinés.

Mixed pickles, dit-il.

Des *turshi,* dit-elle. Et tu viens d'avoir ta première leçon : Introduction à l'Albanie. Que viens-tu de voir ? La France et la Hollande ont peur d'admettre dans l'UE un pays musulman. À présent, tu as vu nos musulmans. Je vais te dire encore une chose. Le président turc a voulu mettre son grain de sel en faisant construire une mosquée gigantesque à Tirana, où pourront prier cinq mille fidèles. C'est énorme, mais il n'y a pas assez de musulmans ici. La mosquée turque restera vide et je te parie que dans dix ans elle aura été transformée en boîte de nuit.

Elle rit de nouveau. Et combien de femmes portant le foulard as-tu vues pendant le trajet jusqu'au restaurant ?

Je ne sais pas.

Cinq? Dix? Davantage?

Non, moins, beaucoup moins. Peut-être même pas cinq.

Merci! Et tu n'as rien remarqué? À l'avenir, il faut que tu saches que quand tu vois ici des femmes avec un foulard, la plupart sont des chrétiennes qui le portent par respect pour Mère Teresa. Mais maintenant, goûte-moi enfin ce *fli*. On t'en offrira souvent, sous prétexte de te servir un plat typique – elle leva les sourcils, mettant ainsi « typique » entre guillemets –, mais ce n'est qu'ici…

Une vieille femme s'approcha de leur table, dit quelque chose, Baia répondit en désignant d'un air engageant la corbeille de pain, la vieille lança un regard interrogateur à Karl.

Qu'a-t-elle dit? Que veut-elle?

Elle a demandé si elle pouvait prendre du pain.

Évidemment! Non?

C'est ce que je lui ai dit.

Nga vjen ky zotëri?

Qu'a-t-elle dit?

Elle demande d'où tu viens.

Nga Evropa. Ça, tu l'as compris. Je lui ai dit que tu venais d'Europe.

Është mirë. Edhe ne e duam Evropën. Apo Zoti mendon se ne jemi kinezë?

Baia éclata de rire.

Qu'y a-t-il?

Elle trouve que l'Europe, c'est bien. Elle voudrait aussi en faire partie. Mais peut-être crois-tu que nous autres, Albanais, nous sommes des Chinois?

No, no, assura Karl précipitamment.

Non se dit *jo,* observa Baia.

La femme avait un visage ridé, un grand sourire. Elle salua Karl de la tête, lui parla d'un air joyeux.

Comment? Qu'est-ce qu'elle dit?

Elle dit qu'elle touche une retraite d'environ cinquante euros, si l'on fait la conversion. Mais elle a entendu dire que dans l'UE... Baia lui posa une question, puis reprit : Oui, elle dit qu'il paraît que dans l'UE on touche une retraite de plus de cent euros. Ce serait magnifique si l'Albanie entrait dans l'UE. Encore que... Baia écouta un instant, hocha la tête : Encore que quatre-vingts euros seraient déjà suffisants pour elle.

Demande-lui, ce qu'elle désirerait plus que tout.

Elle dit qu'elle n'a pas de chauffage, elle aimerait bien ne pas geler quand le froid va venir, dans quelque temps. Et, un instant ! Baia écouta, hocha de nouveau la tête : Elle a un petit-fils de douze ans, il travaille bien à l'école. Elle aimerait tellement pouvoir lui acheter un livre, afin de l'avoir aidé ou d'avoir contribué à l'épanouissement de son intelligence.

C'est affreux, pensa Karl Auer, du vrai kitsch social, mais c'est réel, je le vis vraiment.

La vieille femme refusa d'accepter de l'argent, elle les remercia pour le pain, et dit en riant – quoi ?

Elle te souhaite un bon séjour en Albanie.

Merci ! lui cria-t-il alors qu'elle s'éloignait.

Faleminderit ! Tu peux retenir ce mot, dit Baia, il te sera toujours utile.

Elle se pencha vers lui et chuchota : J'ai vu que tu avais les yeux humides.

Même à la table voisine, on ne pouvait comprendre ce qu'ils disaient. Ismail Lani se trouvait par hasard deux tables plus loin – enfin, ce n'était pas vraiment un hasard, car il venait très souvent au *Tymi*. La scène était passionnante, même s'il la voyait mais ne pouvait l'entendre. Il mâchait ses olives en les observant. C'était bel et bien Baia Muniq, députée, membre de la commission des lois, et avec elle ce fonctionnaire de Bruxelles qu'il avait déjà rencontré. Elle lui tournait le dos, ne pouvait le voir, et le fonctionnaire ne se doutait de rien, Ismail Lani pouvait les fixer impunément, regarder leurs têtes se rapprocher de plus en plus, elle tendit les bras comme pour étreindre le monde entier, puis ils se dirent quelques mots tout bas, front contre front – aha, ils échangeaient des secrets.

16

La sirène commença comme une sonnerie stridente, continue, Fate Vasa se pressa les mains contre les oreilles, non, il ne réussissait qu'à enfermer ce hurlement, ce fracas qui martelait avec violence son conduit auditif, les parois de son crâne, comme s'il voulait fracturer sa tête pour s'en échapper en hurlant. Fate écarta en hâte ses mains, la sirène s'affaiblissait, s'amplifiait de nouveau, il se leva d'un bond, arpenta sa chambre en tous sens, les yeux fermés, en respirant profondément, il se cognait au bureau, à la chaise, à la bibliothèque, comme le hurlement strident ébranlant les os de son crâne. Il s'immobilisa, haletant. Il fallait qu'il écrive. Quand il entendait la sirène, il devait écrire. Et il voyait déjà les images appeler à grands cris ses mots, la délivrance dans ses poèmes, qui étaient aussi sa délivrance. Il s'assit au bureau, où était sa plume? Il écrivait toujours ses poèmes à la main, à mesure que l'encre s'écoulait de la plume, le hurlement déferlait de ses oreilles et finissait par se tarir.

Cependant les images s'assombrirent, elles vacillaient et tremblaient comme si l'on agitait en tous sens une caméra dans une salle obscure, Fate ne leur trouvait aucun sens, rien qui annonce même l'ombre d'une métaphore. C'était pourtant là son grand art, qui avait fait sa renommée : un aigle bicéphale dans une cage se trouvant elle-même dans une cage plus vaste était décrit de façon que les Albanais – et tous les humains, espérait-il, mais en tous cas les Albanais – pouvaient voir dans cette image la quintessence de leur âme, ou encore l'évocation d'une colonne de voitures à l'arrêt semblait comme la déploration de ses contemporains dont les espoirs et les aspirations, enfermés dans des boîtes métalliques, étaient bloqués par une frontière qui seule pourtant pouvait leur ouvrir un avenir.

Le hurlement se tut, il se releva, courut à la fenêtre, il entendait le bruit de la circulation, rien d'autre. Il retourna à son bureau et lut ce qu'il venait d'écrire – non, ça ne valait rien. *Le ferronnier n'est pas à son enclume / Le casque n'est sur aucune tête / Les bergers sont assis dans des bunkers / Et moi…*
Il froissa la feuille de papier, la jeta.

Il alla se chercher une Korça dans la cuisine, même boire de la bière avait chez lui une portée symbolique. La Korça était pour lui le symbole de l'identité et des aspirations d'un buveur albanais : issue de la plus vieille brasserie d'Albanie, fondée par un Italien, cette bière était fabriquée avec du houblon allemand et une technologie tchèque, et on l'exportait même en Belgique. Rien à voir avec cette lavasse de bière Tirana, dont l'arrière-goût insipide rappelait l'époque où il était impossible d'être satisfait de ce qu'on devait s'estimer content d'avoir. Il but aussi une gorgée de raki Rrushi. Depuis qu'il pouvait se le permettre, en tant que conseiller du ZK, il faisait venir son raki du village de Kallmet, où les Illyriens faisaient déjà du vin et où l'on cultivait toujours le gomaresha, un cépage ancien et menacé. Ce luxe avait son prix. D'après Fate, il aurait menti en disant qu'il sentait la différence avec un raki qu'il achetait dans sa rue. Mais savoir que son raki Rrushi était exclusif exaltait son goût et accroissait son effet.
Rien qu'un petit verre !
Il glissa son index dans le verre, puis agita son doigt afin d'envoyer deux ou trois gouttes dans la pièce. Il était persuadé que l'esprit de sa mère était encore présent en ces lieux sous une forme ou sous une autre. Elle qui ne s'était pas accordé

le moindre plaisir, durant son existence! Les derniers jours, il n'avait pu qu'humecter ses lèvres gercées et desséchées avec un peu d'eau. Il ne l'avait jamais vue pleurer.

Il avala le raki d'une traite, but une gorgée de bière à la bouteille. Sans lâcher la bouteille, il se mit à arpenter la pièce. Il se sentait mieux.

Le ferronnier qui n'était pas à son enclume, le casque qui ne coiffait aucune tête, oui, c'était ça qui avait déclenché l'alarme. Un signe, un indice. Il devait…

Tu es chez toi? Allume la télé!

C'était Mercedes qui l'avait appelée, la responsable du cabinet du Chef. Fate prit sa télécommande. Vite, mets la chaîne Ora! lança-t-elle à l'autre bout du fil.

La scène que découvrit Fate était grotesque, irréelle. Et c'était pour lui un coup violent au ventre, à la nuque ou à la poitrine, il était difficile de le localiser, en tout cas un coup frappant de plein fouet le siège de sa conscience.

Mme Flaka Tahiraj, l'épouse du ferronnier Hekuran Tahiraj, s'est rendue au commissariat pour demander où était son mari, disparu depuis une semaine, ce qu'elle avait signalé cinq jours plus tôt. On lui a refusé toute information. Un refus brutal, avons-nous appris. Nous nous trouvons devant le commissariat, en direct depuis la Rruga Sami Frashëri. Après être rentrée chez elle, Mme Flaka a chargé dans la camionnette de son mari l'enclume et de lourdes chaînes en fer, avec l'aide de son fils, et elle les a transportées ici.

Comment a-t-elle fait une chose pareille?

En direct de la Rruga Sami Frashëri. D'après nos informations, Mme Flaka Tahiraj, l'épouse du ferronnier Hekuran

Tahiraj, s'est installée devant le commissariat, enchaînée à une enclume, et réclame…

Mᵐᵉ Flaka enchaînée à cette enclume dans la rue, à la clarté changeante des gyrophares des voitures de police sur sa droite et sur sa gauche, avait l'air d'un ange aux ailes de fer. À côté d'elle, appuyé contre un arbre, un morceau de carton avec la photo du ferronnier sous laquelle était écrit : « *Kryeministër! Ku është burri im?* » (« Monsieur le Premier ministre! Où est mon mari? »)

En direct de la Rruga Sami Frashëri. Nous essayons d'interroger Mᵐᵉ Flaka Tahiraj… Madame Flaka, pour quelle raison protestez-vous ici?
Mon mari a exécuté une commande pour M. le Premier ministre et…
Pour M. le Premier ministre?
Oui. Et depuis, il a disparu. Et la police…
Il a disparu sans laisser de traces?
Oui. Et j'ai…
Les policiers nous forcent à nous éloigner, cette conversation ne peut pas… Mᵐᵉ Flaka! Mᵐᵉ Flaka!
Oui!
Reculez, reculez!
On nous refoule. En direct de la Rruga Sami Frashëri…

Fate Vasa avait oublié qu'il avait encore l'oreille collée au téléphone, il entendit la respiration de Mercedes.
Mais c'est le ferronnier qui…
Oui, dit Fate.

17

Baia Muniq et Karl Auer payèrent, et Ismail Lani observa avec amusement qu'ils se disputaient manifestement pour savoir qui réglerait l'addition. Puis ils s'en allèrent. Ismail Lani s'attendait à ce qu'ils hèlent un taxi, ce qui l'inquiétait car il n'était pas sûr de trouver à son tour un taxi assez vite pour pouvoir les suivre. Il s'aperçut non sans surprise qu'ils s'éloignaient à pied, en remontant d'un pas indolent la Rruga e Kavajës pour rejoindre la Rruga Kajo Karafili. Soudain, ils s'arrêtèrent, il vit le fonctionnaire européen montrer une vitrine, qu'ils regardèrent tous deux en riant, le fonctionnaire prit la main de Baia Muniq comme pour l'entraîner dans la boutique, elle se dégagea en lui donnant une tape sur le front, il baissa la tête d'un air contrit, mais pour autant qu'Ismail Lani pût en juger à cette distance, ce n'était que de la comédie. Ils reprirent leur flânerie et Ismail, en leur emboîtant le pas, arriva à son tour à cette vitrine. C'était celle du studio de photographe *Kotoni* et on y voyait des photos de mariages et de couples d'amoureux, dans un style très désuet, elle assise sur un fauteuil d'osier et lui debout derrière elle devant un décor représentant la tour Eiffel, ou bien les tourtereaux s'inclinaient légèrement, joue contre joue, mais ce qui semblait vraiment faire fureur, c'était la statue de la Liberté à l'arrière-plan des jeunes couples.

Ils obliquèrent dans la Rruga Ded Gjo Luli, Ismail se demanda quel était leur but, il les suivait obstinément, certain que personne dans leur position ne se contenterait ainsi de se laisser vivre avec indolence, ils révéleraient tôt ou tard leurs intentions, et si jamais celles-ci étaient d'ordre, disons, très privé, il serait peut-être intéressant pour lui d'un point de vue politique d'être au courant.

Environ vingt minutes plus tard, ils entrèrent dans la Rruga Qemal Stafa, ce qui étonna Ismail, car il ne connaissait aucune adresse dans le voisinage qui eût la moindre importance politique. Il vit le fonctionnaire proposer son bras à Baia, qui l'accepta, ils marchaient joyeusement – c'était son impression, même s'il était loin et ne les voyait que de dos –, joyeusement et d'un même pas.

Et voilà qu'ils pénétraient... dans un hôtel ! Le *Dream Hotel*. Ismail s'immobilisa, attendit un instant, fit encore quelques pas, oui, pas de doute, ils étaient entrés dans cet hôtel. Il regarda autour de lui, impossible de rester comme ça dans la rue, il aperçut en face le restaurant appelé *A Tavola*, avec sa terrasse donnant sur la rue, il s'assit à une table d'où il pouvait plus ou moins surveiller l'hôtel. Après avoir commandé un café, il fit le guet. Baia allait-elle sortir tout de suite ? Ou alors... Il les vit soudain s'avancer sur une terrasse, tout en haut, au dernier étage de l'hôtel. Ils étaient tout près l'un de l'autre – avait-il passé son bras autour de sa compagne ? On ne distinguait pas assez clairement leurs silhouettes. Elle tendit le bras pour montrer... quoi ? La vue. Les toits de la ville, à l'horizon le Dajti, la montagne personnelle des habitants de Tirana. Sans doute disait-elle en cet instant même : C'est le Dajti, notre montagne personnelle, qui est aussi importante, aussi sacrée pour Tirana que le Fuji pour Tokyo. C'est ce qu'on disait toujours, quand on avait de la visite, avec une colère rentrée car tout le monde connaît le Fuji, dans le lointain Japon, alors que ce Dajti si beau et sacré, chargé d'un destin si européen, il fallait toujours expliquer non sans peine ce que c'était, en sachant que dix minutes plus tard les visiteurs seraient incapables de donner le nom de cette montagne. Les pires, c'étaient les citoyens du monde, qui étaient tellement fiers d'avoir à peu près tout vu sur le globe et d'être tellement incapables de comprendre l'orgueil national et les œillères du nationalisme, c'étaient justement eux qui, lorsqu'on leur montrait le Dajti, commençaient à pérorer impitoyablement sur le Fuji qu'ils avaient... les fleurs de cerisiers au pied... la neige au sommet... et l'émotion de cette sainte... n'importe quoi, et il fallait rester aimable tout en répétant : Mais ici, c'est le Dajti.

Ismail vit le couple quitter la terrasse, rentrer dans la chambre – était-ce elle qui entraînait son compagnon ? Il jeta un billet de cent leks sur la table, pour le café, pensa : Ça alors ! et s'en alla.

18

Quand ils furent dans la chambre, Baia dit : Je dois retourner un peu au bureau, je viendrai te chercher ici entre six heures et demie et sept heures, OK ? Tu peux te reposer en attendant, ou faire une petite promenade.

Karl hocha la tête, regarda Baia se retourner encore sur le seuil pour lui sourire. C'était étrange : en cet instant, il eut l'impression que ses bras étaient des corps étrangers pendant à ses épaules, deux appendices inutiles, qui échappaient à son contrôle. Puis Baia disparut, silhouette noire engloutie par les ténèbres du couloir.

Il resta immobile à contempler la porte ouverte, s'avança pour la fermer – non, il sortit de la chambre, descendit l'escalier d'un pas lent, très lent, il ne fallait pas que Baia ait l'impression qu'il la suivait. À la réception, il demanda si on pouvait lui servir une bière dehors, à une des tables devant l'hôtel.

C'était une petite bouteille de Korça, il en demanda vite une autre. Il observa la rue, en regardant les passants entrer dans la lumière puis retourner dans l'ombre, apparitions, disparitions, le soleil traçant des pistes lumineuses entre les arbres – comme des spots, ou des projecteurs ? Les couleurs brillaient en miroitant, s'assombrissaient puis s'illuminaient, au gré des nuages parcourant le ciel, et alors qu'il attendait sa troisième bière il pensa soudain à Christa, son premier semestre à la faculté de droit. Il l'avait rencontrée pendant son cursus de droit pénal pour débutants, ils avaient bu ensemble un verre de vin rouge dans la vieille taverne Batzenhäusl, en face de la faculté. À l'époque, ils n'étaient guère habitués à l'alcool, ils ne buvaient pas tellement du vin rouge par goût, mais parce qu'ils trouvaient ça romantique. Au début des vacances d'été, il invita Christa à passer un week-end avec lui chez sa grand-mère. C'était un souvenir obscur, mais il y avait eu ce moment littéralement lumineux : ils avaient décidé de se promener, ils prirent des chemins campagnards, longèrent des plantations de pommes de terre, des prairies, des champs de blé, en passant devant de vieux arbres fruitiers, arrivèrent au vivier à carpes, situé près d'une clairière de la forêt, laquelle se déployait sur l'autre rive comme l'aile protectrice d'un aigle, ils s'engagèrent sur une allée pour s'enfoncer dans la forêt, et il était si heureux de toute cette beauté qui s'offrait au regard de son amie, peut-être se sentait-elle un peu oppressée par la joie qu'il manifestait, par son aspiration au bonheur, une journée d'été avec quelques nuages indolents, et ce soleil éclatant, ces couleurs intenses, le vert des prairies et des feuilles des pommes de terre, l'or des épis, le brun verdâtre de l'eau, le gris anthracite des rochers, les hachures vives des sapins, la mousse sombre, rien n'était pâle dans l'éclat de la lumière, aucune nuance pastel, rien que des couleurs foncées violemment illuminées, et Christa dit : Chez nous, en Carinthie, la lumière est très différente.

Il avait souri sans faire de commentaire, n'avait pas accordé grande importance à cette phrase. Ce n'est que plus tard, lorsqu'ils se séparèrent peu après l'été et qu'elle s'installa presque aussitôt, à sa grande surprise, avec un étudiant originaire lui aussi de la Carinthie – est-ce qu'il ne s'appelait pas Geowulf ? Quel nom ! – en tout cas, il s'était souvenu alors de ce moment :

Chez nous en Carinthie la lumière est très différente.

Et soudain, cette phrase lui était apparue comme un présage et une explication. Consciemment ou non, elle lui avait transmis ce message : elle avait appris à voir le monde sous une autre lumière que lui. Leur promenade était un exemple abstrait, absolument pur, de ce que cela signifiait, avoir appris à voir le monde sous une certaine lumière, et ne pas imaginer qu'on pourrait ou voudrait le voir différemment.

Christa, la fille d'un éminent juriste possédant une étude importante à Klagenfurt, et lui, l'élève doué qu'un curé avait libéré d'une ferme où il ne cessait pourtant de revenir – était-ce ainsi qu'elle voyait les choses ? Elle ne pouvait s'arracher à son monde, comme une violette qu'on déracine pour la replanter ailleurs, sous un autre soleil. Pourquoi repensait-il à cet épisode, pourquoi se demandait-il…

One more beer ?

Il leva les yeux.

Tout va bien ?

Vous parlez allemand ?

No. Only : merci, s'il vous plaît, tout va bien ?

Tout va bien, *faleminderit,* dit Karl Auer.

Il alla dans sa chambre prendre une douche et se changer.

19

Fate Vasa et le préfet de police Endrit Cufaj.

Le préfet de police venait de se faire apporter un sandwich au foie, qui était celui qu'il préférait et qui correspondait en outre à sa conception de l'homéopathie : vu sa consommation d'alcool, pensait-il, il devait manger autant de foie frais que possible. Et personne ne préparait le traditionnel sandwich au foie albanais comme Naim Frashëri, dans son échoppe en bas de la rue. Un idiot quelconque lui avait dit qu'elle n'était pas autorisée et devait donc disparaître. D'accord, il ne payait pas, mais dans ce cas particulier… Dès qu'il avait été au courant, le préfet de police avait fait comprendre que Naim Frashëri était sous sa protection.

Alors qu'il allait mordre dans son sandwich, Fate fit irruption dans son bureau et s'assit en face de lui sur la chaise des visiteurs.

Endrit Cufaj songea qu'il serait ridicule d'offrir son sandwich à cet hôte intempestif, même si les lois de l'hospitalité l'auraient exigé. D'un autre côté, pouvait-on qualifier d'hôte quelqu'un qui prenait d'assaut pour ainsi dire la préfecture de police ? Mais il n'était pas moins impensable de manger devant lui. Ce que cette erreur de la nature pouvait l'énerver ! Voilà longtemps qu'il se demandait comment ce crâne qui avait l'air d'appartenir à un extraterrestre pouvait exercer une telle influence sur le ZK. Il n'apportait que trouble et chaos dans les vieilles structures éprouvées de la culture politique, où l'on savait encore tout naturellement qui on devait payer, menacer, favoriser ou détruire, et surtout : qui on devait remercier pour son salaire.

Endrit Cufaj repoussa avec irritation son sandwich sur son bureau, se renversa en arrière et regarda d'un air agressif ce fou qui croyait sérieusement qu'on pouvait gagner des voix sans les acheter, rien qu'avec des symboles, avec sa poésie politique bizarre, et il dit : Je suis heureux de te voir.

Le Chef s'impatiente, dit Fate.

Le casque volé à Vienne. Que savait-il, qu'avait-il découvert ? Peu importait que ce fût à travers ses contacts avec certaines familles ou par des activistes bénévoles de l'ancienne Sigurimi (Fate esquissa un sourire) ou par Europol… mais bon Dieu (Fate cessa de sourire) qu'avait-il à raconter ?

Voici où nous en sommes, dit le préfet de police. Le casque est dans le sud de l'Italie, à Bari. Mais ce n'est pas celui qu'on a volé.

Fate lui lança un regard interrogateur, et Endrit Cufaj dit : Oui, c'est le casque de Skanderbeg et il a fait l'objet d'une demande de rançon. Mais les Viennois disent que ce n'est pas l'original. Qu'est-ce que j'en sais. On pourrait organiser un coup de filet à Bari avec mes collègues italiens. La *Direzione investigativa antimafia* m'a assuré que ce n'était que du menu fretin pour elle.

Fate le regarda.

Nous en sommes là, dit le préfet de police en poussant le sandwich vers Fate. Imagine que tu aies envie d'un sandwich.

Celui-ci n'est pas celui que tu voulais et que tu as commandé. Mais c'est tout ce que tu peux avoir.

Il le prit dans ses mains, l'examina ostensiblement puis conclut : De toute façon, il n'est plus chaud du tout.

Fate regarda ce type répugnant, dont le Chef aurait dû se débarrasser depuis longtemps. Il ferma les yeux, il avait maintenant une idée de ce qu'il en était du casque, ou plutôt des casques. Il se leva, dit : Lancez ce coup de filet. Puis il prit un stylo-bille et une feuille de papier sur le bureau du préfet de police, et écrivit le nom du ferronnier.

Le Chef veut savoir dès aujourd'hui où se trouve cet homme.

20

Le menton sur la main, Karl Auer comptait. Les lèvres de Baia s'ouvraient et se fermaient, mais l'espace d'un instant il ne comprit pas ce qu'elle disait. Il se souvenait qu'elle avait raconté que son père avait obtenu après la mort d'Enver Hoxha une bourse pour aller en Allemagne, à Munich. Sauf erreur de sa part, Enver Hoxha était mort en 1985. Le père de Baia devait avoir obtenu sa bourse peu après, donc peut-être en 1986 ou 1987, quand le régime s'était déjà quelque peu ouvert. Elle était née exactement un an plus tard, donc en 1987 ou 1988. C'est-à-dire qu'elle avait environ huit ans de moins que lui. Seulement huit ans. Il aurait cru qu'elle était plus jeune d'au moins quinze ans. À moins que son père n'ait obtenu sa bourse qu'après la chute du régime communiste, donc après 1990, ce qui était en fait plus vraisemblable, dans ce cas elle serait née en 1991 ou 1992, et elle aurait onze ou douze ans de moins que lui. Toutefois, il faudrait qu'elle ait fini ses études en un temps record et que sa carrière ait été fulgurante. Non, la chronologie n'allait pas vraiment.

Quand es-tu née ? demanda-t-il.

En novembre 1989. Pourquoi ?

Elle avait donc presque dix ans de moins que lui.

Des taches rouges apparaissaient sur le visage de Baia, de la sueur perlait à son front.

Pourquoi cette question ? Tu veux vérifier que nous sommes compatibles du point de vue de l'âge ?

Compatibles du point de vue de l'âge ? Quelle idée !

C'est que tu ne m'as pas demandé la date de mon anniversaire, mais celle de ma naissance. Nous n'avons connu ni l'un ni l'autre l'ancien monde.

Moi, si, pensa Karl.

Et même si nous étions là, continua-t-elle, nous n'en gardons aucun souvenir. J'ai vécu le jour du grand exode, quand le *Vlora* a été pris d'assaut. Mais bien entendu, je ne m'en souviens pas.

Tu étais là ? Comment ça ?

On était en août 1991. Je n'avais pas encore deux ans, j'étais juchée sur les épaules de mon père. C'est ce qu'il m'a raconté. Nous sommes allés en voiture au port de Durrës, car le frère de mon père et sa femme, la sœur de mon père, son mari et leurs deux fils, en somme mes oncles, tantes et cousins avaient déclaré qu'ils voulaient essayer de monter à bord du *Vlora*. Ils avaient fait leurs adieux. Le bruit courait que le *Vlora* allait se rendre en Italie, qu'il suffisait donc de se débrouiller pour être à bord. Manifestement, beaucoup de gens avaient entendu cette rumeur. Vingt mille personnes ont pris d'assaut le cargo, on raconte que dix mille autres se bousculaient sur le quai, tout le long de la jetée. Dans la cohue, des dizaines de gens sont tombés à l'eau, ils se cramponnaient aux cordages du *Vlora*, le vacarme était tel qu'on n'entendait plus les sirènes des voitures de police et des ambulances, et mon père était là, avec moi sur ses épaules.

Vous vouliez partir, vous aussi ?

Mais non. Mon père est allé à Durrës pour retenir son frère et sa sœur, il voulait les convaincre de rester. C'était une folie.

Il venait d'obtenir une bourse en Allemagne, il était persuadé qu'il n'était plus nécessaire de s'enfuir, que de nouvelles possibilités allaient s'offrir, et voilà que nous étions sur cette jetée, où une foule s'était massée à une allure si incroyable que mon père mourait de peur de tomber dans cette bousculade, d'être renversé et piétiné, il a crié les noms de son frère et de sa sœur, mais ils étaient introuvables au milieu de la cohue, il ignorait s'ils étaient encore quelque part dans la foule agglutinée sur la jetée ou avaient déjà réussi à monter à bord, au bout d'un moment il ne pensa plus qu'à nous mettre en sécurité, et la sécurité était ici, pas là-bas, en Albanie et non en Italie. Et il a hurlé à perdre haleine, heurté et bousculé les gens pour nous arracher à cette masse humaine, il criait comme un veau qu'on égorge, m'a-t-on raconté plus tard, et j'étais sur ses épaules tandis qu'il se frayait péniblement un chemin pour échapper à cette aberration, il avait l'impression que le ponton vibrait, il l'a toujours affirmé, des milliers de gens se pressaient en tous sens, martelaient le sol, la foule pesait de tout son poids du côté du bateau, si bien que la jetée semblait rebondir et vaciller, et nous avancions péniblement dans la direction opposée, vers l'entrée du quai, et ma mère a raconté que mon père n'avait plus eu de voix pendant deux semaines, il n'était capable que de chuchoter, et moi j'étais là, chaque fois qu'on évoquait cette scène, j'étais en plein milieu, sur les épaules de mon père, et il nous a sauvé la vie, mais je n'en garde aucun souvenir, aucune image, on peut trouver des photos sur Google, mais je n'y vois pas mon père ni moi, ces photos de Google appartiennent à l'histoire, pas à ma vie. Non, je n'ai pas connu le monde ancien et son effondrement.

Et tes parents ? Tes oncles et tes tantes ? Ils étaient sur le bateau ?

Oui, ils ont dû réussir à monter. Je ne les ai jamais rencontrés, je n'ai jamais rien su d'eux sinon qu'à l'époque, sur le *Vlora*...

Jamais ?

Non, jamais. J'ignore si mon père a eu d'autres nouvelles d'eux. Il en aurait parlé. Enfin, je crois qu'il en aurait parlé.

Karl caressa le front de Baia, essuya la sueur dans ses cheveux, lui donna un baiser. Elle avait repoussé le drap, il le remonta jusqu'à son menton, elle posa sa tête sur sa poitrine et une jambe sur sa jambe.

21

Il faisait sombre, le lampadaire était allumé mais n'éclairait que faiblement le sol. Baia avait jeté sa robe noire sur l'abat-jour. Un crépuscule bleu foncé s'étendait derrière les vitres de la porte donnant sur la terrasse.
Ne t'endors pas, dit-elle. La nuit ne fait que commencer. Allons manger quelque chose. Et je veux du vin. Du bon vin.

Quand elle prit sa robe sur le lampadaire, la lumière revint d'un coup. Baia pressa la robe contre son visage, comme si elle était éblouie. Non, elle la renifla et dit : Elle est presque brûlée.

Ils traversèrent la rue pour se rendre au restaurant *A Tavola*, commandèrent des antipasti et du vin, un vin blanc italien qui n'était pas assez pétillant pour le palais viennois de Karl mais *potabile*, comme il dit, puis ils commandèrent du fromage et encore du vin. De quoi parlèrent-ils ? De fromages !
Il faut que tu essaies celui-là, il est sensationnel !
Une pause. Puis : Mmm. Et celui-là ?
Pas de réponse.
Il est trop fait, tu ne trouves pas ?
Un regard interrogateur ou étonné. Silence.

Quand Karl Auer alluma une cigarette, elle dit qu'elle en voulait une aussi, exceptionnellement.

Il lui donna du feu et vit que sa main tremblait légèrement. Elle paraissait tendue. Il l'était aussi. C'était étrange, ils venaient de coucher ensemble, mais la tension était maintenant plus forte qu'avant. Une sensation étonnante. Comme elle le regardait! Par-dessous les paupières, « elle me regarde à travers des meurtrières », pensa-t-il. Leur dialogue sur les fromages : une politesse appliquée. Avait-il commis une faute? L'avait-il déçue? Comme il l'avait lui-même formulé un jour, il n'était « pas du genre animal! ». Plutôt du genre tendre et câlin. Mais il savait malheureusement qu'une de ses « aventures » (il n'arrivait pas à dire « coup d'un soir ») avait raconté à ses amies (le concept de « soirée entre filles » lui était également interdit) qu'il n'avait donné au lit qu'une « performance très médiocre ». Qu'il était « resté là à se faire servir » en arborant de surcroît « un sourire débile ». Une performance! Mon Dieu, à quelle époque vivait-on? Il avait été blessé, bien sûr, mais il avait refoulé cette humiliation et pris garde plus que jamais à ne pas prêter le flanc aux commérages. C'était comme ça qu'on devenait un solitaire. Et maintenant, ce souvenir le rattrapait. Il avait pourtant tout fait, de la façon la plus active, pour découvrir Baia. Il aimait ce mot : dé-couvrir. Non, pas tant que ça. Car… il était troublé. Que pensait-elle, que ressentait-elle?

Pas de doute, Karl Auer était amoureux. Mais…

Il ne la connaissait pas. L'intimité commence par créer cette proximité où l'autre paraît plus étranger que lorsqu'on le voyait à distance. Et pourtant il se demandait déjà comment ce serait, avec cette femme, qui ne plissait peut-être ainsi les paupières qu'à cause de la fumée et qu'il aimait, ça ne faisait aucun doute, il l'aimait, car il connaissait ce sentiment sous forme de question, et il savait que la réponse était la somme d'un grand nombre de sentiments : les sensations que lui avait données sa première petite amie, elles étaient comme gelées en lui et voilà que le dégel était arrivé, les larmes d'émotion que lui avaient arrachées les films d'amour, elles avaient depuis longtemps séché mais se préparaient à couler de nouveau, les images brûlantes de sa nostalgie en ses années de solitude, elles étaient devenues sombres et froides, mais voilà qu'elles échauffaient de nouveau sa tête et il sentait encore au bout de ses doigts ce qu'il venait de saisir – littéralement! – et il se demandait comment ce serait de vivre chaque jour avec cette femme. Chaque jour! Il se trouvait dans une situation exceptionnelle, il fallait bien le dire, et il se demandait...

À quoi penses-tu?

Oui, à quoi pensait-il? Qu'elle le désorientait... qu'elle était différente de ce qu'il avait imaginé... était-ce bien ça? Qu'il essayait néanmoins d'imaginer un avenir commun avec elle? Il ne pouvait pas, il voulait l'imaginer.

Les souvenirs, dit-il. Ce que tu as raconté. Je veux dire...

Le fromage était bon, mais le pain blanc, on aurait dit du carton. Il tenta de déglutir, avala une grande gorgée de vin. Il n'est pas possible que tu n'aies aucun souvenir... quand le régime s'est effondré, lors du soulèvement de 1997, tu avais huit ans. Tu dois quand même en avoir gardé quelque chose. Quand j'avais huit ans, ç'a été la fin du rideau de fer, et je me rappelle très bien...

Elle s'essuya la bouche, ses lèvres rouges étaient maintenant sur la serviette. Elle esquissa un pâle sourire. Il y avait des coups de feu, dit-elle, et je le sais là aussi par ouï-dire. Les écoles étaient fermées. Je me souviens que j'apprenais à lire, écrire et compter. À la maison. Voilà ce dont je me souviens, pas d'un ancien système politique mais d'une petite fille de huit ans. Je n'avais pas le droit de quitter la maison. Je ne sais même plus si j'ai posé des questions. C'était comme ça, voilà tout. J'apprenais à lire et à écrire avec ma mère et ma grand-mère. Mon père sortait et revenait avec des vivres. Et c'est à cette époque que j'ai lu mon premier vrai livre.

Quoi donc? *Au pays des Skipétars*?

Elle le regarda sans comprendre, dit: Non, le Kanun.

Le Kanun? Toutes ces histoires de vendettas sanglantes? Ça te fascinait? À huit ans?

Tu parles sans savoir. Le Kanun n'est pas un recueil de quelques lois archaïques et sanguinaires mais un cadre juridique complet, aussi ancien que le droit romain, qui se fonde sur le *mos majorum*. Chez nous, dans une armoire, j'ai déniché la version écrite du *Kanun de Lekë Dukagjini*. J'avais appris très vite à lire et je cherchais des lectures. Oui, la vendetta, il y a beaucoup d'aspects très problématiques aux yeux d'un contemporain, mais d'autres semblent presque progressistes voire utopiques, alors qu'ils étaient bien réels. En fait, il s'agit toujours dans le Kanun de se demander ce qu'est la justice. Je n'ai sans doute pas compris grand-chose à l'époque, mais c'était mon premier contact avec le droit et la justice. Tout roulait là-dessus. Comment garantir le droit et la justice. Bien entendu, c'est sans intérêt pour un adepte de la pure théorie du droit. Tu trouves ça méprisable? Donne-moi une autre cigarette. En tout cas, voilà tout ce qui me reste de cette époque : pas l'effondrement de l'ancien régime, dont je n'ai pas eu conscience, mais la découverte qui devait déterminer mon avenir, à savoir que j'allais étudier le droit.

Je comprends bien, poursuivit-elle, qu'un juriste de Bruxelles ne peut pas se poser cette question. Qu'est-ce que la justice? Cette question est en soi dérangeante. Votre conception du droit est si abstraite qu'elle est plus archaïque que celle du Kanun dans la pratique.

Que veux-tu dire?

Eh bien, qu'y a-t-il de plus archaïque que le droit du plus fort? L'Allemagne veut quelque chose, c'est juste et avantageux. La France ne veut pas de quelque chose, c'est juste même si ça coûte cher. Mais quand l'Albanie veut quelque chose... oh, on se contente de regarder en souriant nos efforts pour monter un escalier roulant en train de descendre. Vous ne jugez des progrès de la réforme de la justice albanaise que

233

d'après le nombre de paysans qu'on sacrifie à vos exigences, puisque vous êtes les plus forts. Des pays membres de l'UE, comme la Pologne et la Hongrie, mènent une politique anti-européenne et sapent l'État de droit, alors que des pays comme l'Albanie mendient pour être admis dans l'UE car leurs citoyens attendent d'elle l'État de droit. Ce n'est pas cohérent. Les citoyens croient que le droit relève de la justice. Mais dans votre caricature de théorie juridique, le droit n'est qu'une émanation abstraite de la puissance politique et économique.

Ce discours fait un peu... marxiste, dit-il – non, il se contenta de le penser. Tu es certaine de n'avoir eu aucune idée du vieux monde ?

Comme si elle avait lu dans ses pensées, elle dit : Le monde est plus vieux que quelques décennies. L'esprit contemporain s'enracine dans la profondeur des siècles. Tu as étudié le droit européen, n'est-ce pas ?

Karl Auer hocha la tête.

Et qu'as-tu pensé, quand tu t'es occupé du système juridique néerlandais ?

Le système juridique néerlandais ? Je ne m'en suis pas occupé. Je ne suis pas un spécialiste des particularités des droits nationaux, d'autant qu'ils sont de plus en plus harmonisés.

Harmonisés ? De quoi parles-tu ? En préparant mon Advanced Master à la European Law School de Maastricht, je me suis rendu compte que votre harmonisation créait simplement un univers parallèle. Aux Pays-Bas, la présence du droit coutumier dans le système juridique est une évidence au même titre que le *broodje gezond* qu'on prend le matin à la cafétéria de la faculté.

Qu'est-ce que tu racontes ?

Le système juridique néerlandais a trois fondements : le code civil français, les influences du droit romain et enfin, j'y viens : le droit coutumier traditionnel. Tu peux harmoniser tant que tu voudras, les Hollandais n'y renonceront jamais. Il est tellement ancien qu'ils l'ont dans leurs gènes, maintenant.

Elle éclata de rire. Vous avez donc le Kanun au cœur de l'Europe, mais vous avez aussi en Hongrie ou en Pologne des gens qui détruisent le droit moderne et progressiste, et tu voudrais m'expliquer...

Je ne veux rien t'expliquer du tout...

Demain, dit-elle, j'irai avec toi à l'Institut Lenz, il se trouve juste au début de la rue, devant le nouveau marché. Je veux que tu fasses la connaissance du vieux M. Lenz et qu'il te raconte en quoi le Kanun est lié à son existence, c'est-à-dire au fait qu'il soit vivant.

Baia respira profondément, dit qu'elle voulait rentrer. Elle ne voulut pas qu'il la raccompagne. Elle n'habitait qu'un peu plus loin sur la rue, dit-elle. Il joua un instant avec l'idée de la suivre en cachette, il aurait aimé savoir si elle habitait l'une de ces villas italiennes. Non, il ne pouvait pas faire ça. Il se coucha donc seul dans son lit d'hôtel, les nerfs à vif, l'odeur de Baia imprégnait l'oreiller, il sentait en lui une étrange méfiance. Quelque chose clochait, il ne la croyait pas. Il ne pouvait admettre qu'à huit ou neuf ans elle n'ait rien perçu de la chute du régime, de l'anarchie, des crises, mais elle avait lu le Kanun, elle, l'éminente juriste au cursus international, elle lui avait jeté à la figure le droit coutumier albanais, mais quelle histoire voulait-elle ainsi lui faire avaler, et pourquoi ? Et le droit coutumier aux Pays-Bas... c'était insensé. Il fallait qu'il vérifie. Il se promit de le faire. Son cœur battait si fort qu'il se releva pour faire les cent pas dans la chambre. Il avait envie de boire, mais il n'y avait pas de minibar. Finalement, il alla en pyjama sur la terrasse, fuma en regardant à ses pieds la Rruga Qemal Stafa. Devant un café, à moins de cinquante mètres de l'hôtel, deux vieillards étaient assis et jouaient aux échecs. Oui, ils devaient jouer puisque l'un d'eux, un quart d'heure plus tard, déplaça un pion.

22

Ce n'était pas un rêve. C'était un souvenir. Mais il lui revint dans une sorte de transe, comme un rêve éveillé. Oui, ça s'était passé ainsi, plus ou moins. Quand il eut cet âge, huit ans, tout avait changé d'un coup, une nouvelle fois, ou à peu près, car sa petite vie avait déjà été bouleversée deux ans plus tôt, lorsque sa mère était morte dans un accident et qu'il était venu chez sa grand-mère, à la campagne, non loin de la frontière avec la Tchécoslovaquie. Il avait appris à faire du vélo sur le vieux Waffen de sa grand-mère et à mettre son courage à l'épreuve : il longeait à vélo la frontière, *Attention ! Pozor ! La frontière borde la route !* Quand on tombait dans le fossé, on tombait dans le no man's land, et il pédalait devant les barbelés, les miradors, les clôtures parcourues de chiens féroces, il ne fallait pas lever les yeux vers les gardes avec leurs mitraillettes, il lui semblait qu'ils le guettaient de leurs yeux perçants du haut des miradors, tandis qu'il passait, il leur jetait un bref coup d'œil puis regardait de nouveau la route, il n'était pas encore un cycliste expérimenté, c'était un défi pour lui. Qu'y avait-il derrière cette frontière ? Un autre monde. Comment était-ce, là-bas ? Pourquoi cet autre monde était-il si bien gardé ? Il pensait que c'était peut-être le paradis, là-bas, et qu'on le gardait pour éviter qu'il ne soit pris d'assaut. Aucun paradis ne saurait résister à une marée humaine. On devait le défendre, autrement il ne serait plus le paradis pour personne. C'est pourquoi ces hommes armés de mitraillettes arboraient ce regard sévère, c'est pourquoi il y avait ces clôtures, ces barbelés, ces bêtes féroces.

Puis il apprit que les gens derrière cette frontière étaient tristes, car ils pensaient que le paradis était de ce côté-ci, mais ils ne pouvaient franchir la frontière pour venir chez nous. Nos pauvres parents, disait Mamie. D'autres disaient les communistes ou les cocos. C'était quelque chose de méprisable. Selon les points de vue, le paradis était toujours de l'autre côté, telle était la situation lorsqu'il avait sept ou huit ans. Mais les « cocos » ne lui semblaient nullement méprisables, d'après ce qu'il en savait, il aimait leurs émissions pour enfants. En bougeant l'antenne avec un peu de patience – bientôt, l'habitude venant, cela ne dura qu'un instant –, on pouvait voir la télévision tchécoslovaque – que Mamie appelait la « télé bohémienne ». L'émission du soir s'appelait *Večerníček*, ce nom lui était familier : Mamie, je peux regarder *Večerníček* ? Bientôt, il disait lui aussi tout naturellement au début de l'émission : *Dobrý večer!* Et à la fin : *Dobrou noc!* Il adorait Krtek, la petite taupe, qu'il était facile de comprendre car elle ne parlait pas, se contentant de piauler gentiment. Ce n'est que beaucoup plus tard qu'il apprit que là-bas, de l'autre côté de la frontière, les gens tournaient leurs antennes de façon à capter la télévision autrichienne. Qu'avaient-ils vu ? De la publicité ? En fait, toutes les émissions de la télévision autrichienne étaient pour eux de la publicité. C'est ce qu'on lui raconta, mais plus tard. Pour l'heure, il avait devant lui l'été 1990. L'ouverture de la frontière, la démolition des dispositifs de défense en décembre 1989 et janvier 1990, il ne l'avait vécu qu'indirectement, ce n'était pas le moment de faire du vélo. On en parla beaucoup pendant les vacances de Noël. Et il vit au supermarché, en accompagnant sa grand-mère, beaucoup de gens qui avaient l'air différent, avec des vêtements d'hiver comme il n'en avait jamais vu, en nylon à l'extérieur et en fausse fourrure à l'intérieur, des blousons qui leur donnaient un air d'ours en peluche, dans son souvenir il y avait soudain partout des ours en peluche, c'étaient les « Bohémiens », déclara Mamie. Il disait alors : *Dobrý večer!* Mais ce n'était pas le soir, les ours en peluche souriaient gentiment et disaient : *Ahoj chlapče.*

Des lambeaux de souvenirs, rien de plus, des images en gris et bleu foncé. Mais ce qu'il revoyait maintenant si nettement, brillante et colorée, c'était une des dernières journées de l'été 1990, à la fin des vacances. Ce jour-là, à neuf ans, il avait compris ce que signifiait l'ouverture de la frontière : le monde entier s'était ouvert.

Une journée sans nuages, exceptionnellement chaude, le soleil brillait comme s'il voulait tout plonger dans une clarté éblouissante, tout illuminer, même les ombres des arbres fruitiers étaient plus claires que ce qu'on imagine d'ordinaire des ombres. Des ombres blanches. Mamie lui avait mis le chapeau de paille du défunt grand-père. Cette association lui semblait caractéristique : en ce jour éclatant de vie, le grand-père avait la pâleur des morts... Elle lui avait demandé d'arroser les carrés de légumes. Pas avec le tuyau ! Avec l'arrosoir. Le jet du tuyau ne ferait qu'abattre les plantes, les tuer, les déraciner, emporter la terre, non, il fallait les arroser avec soin, comme si elles recevaient cette douce pluie qu'elles attendaient désespérément depuis des jours, et il fallait s'y reprendre à plusieurs fois, car au début on ne faisait qu'humecter la terre, mais l'eau devait filtrer peu à peu jusqu'aux racines, il faisait donc d'innombrables allers-retours entre le robinet de la maison et le potager, en baissant la tête pour que le bord du chapeau le protège du soleil aveuglant, et il était reconnaissant d'avoir un chapeau mais il en voulait à sa grand-mère, car elle exigeait de lui un tel effort pour une poignée de carottes et de haricots verts, quant aux salades elles étaient déjà irrémédiablement desséchées. Au supermarché, on en aurait trouvé sans que coulent le sang, la sueur et les larmes.

Il avait honte de ces pensées. Il faisait preuve de légèreté. Mais à l'époque, il était naïf. Du reste, il n'avait sans doute jamais eu de telles pensées, sur le moment, comment aurait-il pu avoir cette idée : *du sang, de la sueur et des larmes.*

Il était donc là, avec son arrosoir à la main, lorsqu'un homme ouvrit la porte du jardin, s'avança vers lui et dit...

... Water.

Quoi que l'inconnu ait dit, l'enfant ne comprit intuitivement que ce mot : water.

Le jeune homme portait un sac à dos plein à craquer et tenait sous le bras un énorme carton à dessin.

Le jeune homme riait. Un grand rire débordant de franchise, d'espoir et de gentillesse.

Le jeune homme était noir.

Il ne savait plus très bien comment ils avaient communiqué, ils avaient parlé par gestes, comme on dit, en tout cas il s'avéra que l'inconnu était un Anglais, étudiant en art, qui avait profité de la fin du rideau de fer pour parcourir l'Europe. L'Europe inconnue, en s'avançant aussi loin que possible derrière l'ancien rideau. Il en fit la démonstration avec une grande carte qu'il sortit d'une poche de son sac à dos et étala sur la table, en tapotant du doigt le long de son itinéraire pour faire comprendre qu'il avait emprunté ou voulait emprunter ce chemin. Il venait de Prague et se rendait à Vienne, d'où il entendait continuer jusqu'à Budapest. Et ses doigts avancèrent encore plus loin, vers la Yougoslavie et l'Albanie…

Le petit Karl était fasciné. C'était peut-être pour ça, pensa-t-il, qu'il avait lu plus tard avec son cousin Franz Starek pendant les vacances d'été ces romans : *Dans les gorges des Balkans* et *Au pays des Skipétars*. Mais ce qu'il voyait maintenant, dans la lumière éblouissante du souvenir, c'était qu'il avait emmené cet homme dans la maison pour lui donner de l'eau et que Mamie avait dit : *Mon Dieu, il aura fallu que j'atteigne cet âge pour voir mon premier nègre !*

Et elle mit pour lui « les petits plats dans les grands », lui offrit un lit pour la nuit et se montra d'une curiosité insatiable pour ce qu'il avait à raconter. Elle avait toujours de nouvelles questions et disait à Karl : Demande-lui ! Puis elle demandait : Qu'est-ce qu'il a dit ?

Pourquoi Mamie croyait-elle qu'il parlait anglais ? Elle pensait qu'on était entré dans une époque nouvelle, qui était celle du petit, si bien qu'il l'apprenait certainement à l'école. Cependant les cours d'anglais de l'école primaire se limitaient à apprendre des comptines et à chanter des chansons anglaises pour enfants, qu'on les comprît ou pas. Karl gesticulait désespérément, et quand l'invité disait quelque chose, il tâchait d'interpréter ce que signifiaient les mots et les gestes, même s'il n'avait pas compris grand-chose, il brodait, l'imagination ne lui manquait pas, et une chose était claire finalement : l'Europe des frontières ouvertes était si belle, si passionnante.

Comment voyait-il cette scène, avec le recul ? Il avait un peu honte, mais d'un autre côté : il n'était qu'un enfant, et ce qu'il inventait n'était pas absolument faux, d'ailleurs il ne s'en souvenait plus exactement, mais ce qu'il revoyait avec netteté, dans sa transe, c'était la grand-mère qui gâtait leur invité, avec amour et curiosité. Son *premier nègre*. Et quand celui-ci avait ouvert son carton pour montrer un à un les dessins évoquant ses impressions d'Europe, dont la vente était censée financer son voyage, elle avait déclaré d'un ton catégorique : *Oui, oui, mais nous n'avons pas d'argent pour ça,* et elle lui avait servi une nouvelle boulette de pommes de terre dans son assiette : *Mangez ! Vous avez besoin de prendre des forces !*

À côté de la table, l'éphéméride était accrochée au mur. Se pouvait-il que Karl se souvînt vraiment de la maxime de ce jour lointain ? Alors qu'il se demandait pourquoi cette phrase était idiote, en fait, il s'endormit.

Seul celui qui croit en la vérité de ses rêves peut construire l'avenir.

23

Au bout d'une semaine, le ferronnier avait définitivement compris ce que signifiaient en ce monde *pak kohë*, ces mots qu'on disait sans y penser, avec un sourire : *un petit moment.* Ils signifiaient : une valeur de base de l'éternité. À son arrivée dans la prison 302, l'homme chargé des formalités d'admission lui avait expliqué qu'il comparaîtrait devant un juge d'instruction, qui déciderait de la suite de son affaire. Mais il devait se faire à l'idée que ça prendrait un petit moment, *pak kohë*.

Le ferronnier, abasourdi par ces événements qu'il ne comprenait pas, regarda l'homme, qui interpréta ce regard comme une question. Pourquoi? C'est comme ça! Tu peux dire merci à l'Union européenne.

Évidemment, cette remarque n'éclaira guère le ferronnier sur sa situation. Il resta désemparé, debout devant le bureau de cet homme, qui réussissait l'exploit de le toiser alors qu'il était assis. Telle fut l'impression du ferronnier : dans les yeux de cet homme, il ne lisait que mépris et froideur.

À cet instant, le ferronnier dit le mot : Pourquoi?

C'était comme un coup de marteau : *Pse?*

L'homme éclata de rire. Manifestement, il prenait un malin plaisir à expliquer le monde à ce nouvel arrivé. Ce monde mauvais où tous devaient souffrir, même lui. On a renvoyé pour corruption plus de la moitié des juges d'instruction, dit-il, dans le cadre de la réforme de la justice, c'était ce que voulaient les Européens. Au nom des droits de l'homme, tu comprends? Un homme présumé innocent a le droit de rester en détention provisoire pendant une éternité, à cause du manque de juges, mais il est contraire à la justice qu'il comparaisse devant un juge avec lequel on puisse régler très vite une affaire. Enfin, on n'y peut rien. Numéro 236! C'est ton numéro, quand on te parle ou quand on t'interroge, tu dois dire ce numéro. C'est compris, détenu?

Le ferronnier hocha la tête.

On recommence! Qu'est-ce que j'ai dit? Détenu?

236. Compris.

Il ne comprenait rien. Il ne voyait même pas en quoi il avait de la chance d'être enfermé dans une cellule pour quatre où ils n'étaient que six. Au bout d'une semaine, tout ce qu'il avait compris, c'était ce que signifiait ici *pak kohë* : une unité de mesure du temps suspendu.

Dans la cellule où on l'amena, tout était depuis longtemps gagné par la léthargie. De temps à autre, elle se fissurait, comme une blessure rouverte d'où s'échappait du pus. Un accès d'agressivité ou d'autodestruction.

Il y avait le jeune Artan, un blanc-bec aux grands yeux innocents, avec de longs cils admirables qui ne cessaient de battre nerveusement. On l'appelait *Vajzë*, Fillette. On racontait qu'un autre détenu avait essayé de le violer, voilà quelques semaines. Comme une bête, disait-on, comme une bête, mais les autres avaient infligé au type une telle correction qu'il s'était retrouvé à l'infirmerie, après quoi il avait sans doute été transféré dans une autre cellule, car il n'était pas revenu. Et il était plus que douteux qu'il puisse recommencer un jour ce genre de tentative, vu la façon dont ils lui avaient écrasé les testicules. Cette protection dont Artan avait bénéficié allait de soi, le Kanun l'exigeait.

Artan était désespéré. Pourquoi était-il en prison ? Il était convaincu qu'on le libérerait sur-le-champ, lorsqu'il serait enfin présenté à un juge d'instruction.

Depuis combien de temps attendait-il ce moment ?

Neuf mois.

Le ferronnier apprit ce détail le deuxième jour qu'il passa dans cette cellule.

Le lendemain, Fillette entreprit de se blesser lui-même, afin d'attirer l'attention sur lui. Avec une vis rouillée qu'il avait dû tirer ou arracher de son grabat. Il s'était lacéré le bras gauche et la cuisse, en enfonçant la vis dans la chair, mais ces petites plaies d'où coulaient quelques gouttes de sang n'intéressèrent pas les gardiens. De fait, elles cicatrisèrent rapidement, à l'exception d'une entaille dans l'avant-bras gauche, qui s'était infectée et commençait à suppurer, la peau était rouge vif et les bords de la plaie presque noirs.

Avait-il de la fièvre ?

Le ferronnier s'y connaissait en brûlures. Les petites brûlures, comme il s'en produisait dans une forge à la suite de projections d'étincelles ou de limailles brûlantes. Mais il n'avait jamais eu affaire à une telle inflammation. Et dans cette cellule, il n'avait guère de moyens à sa disposition pour secourir le jeune homme. Les gardiens s'en fichaient. Pourquoi ce fou s'était-il écorché la peau ? Ça finirait bien par cicatriser.

Le ferronnier demanda aux autres de mettre dans le lavabo tout le papier et même tout ce dont ils pouvaient se passer comme matière inflammable, afin d'y mettre le feu dans l'espoir que la chaleur ainsi produite suffirait pour faire bouillir un peu d'eau dans une gamelle qu'il tiendrait au-dessus. Il y versa le sel qu'ils avaient pu fournir, jusqu'à ce qu'il soit entièrement dissous. Après avoir laissé refroidir cette solution saline, le ferronnier s'en servit pour nettoyer la plaie. Le jeune homme cria en tendant tous ses muscles pour ne pas tressaillir, ne pas se tordre de douleur, de grosses larmes remplirent ses yeux. C'est un bon garçon, pensa Hekuran le ferronnier.

Tout dépendait maintenant de Sajmir. Un homme renfermé, dont on disait qu'il était ici à cause d'une histoire de vendetta, ce qu'il n'avait jamais confirmé, de toute façon il ne parlait presque pas avec les autres. Sa famille lui avait fait parvenir un pot de miel, qu'il gardait férocement. Donne-moi une cuillerée, s'il te plaît ! Sajmir ne réagit pas, du moins en apparence. Le ferronnier avait encore sur lui 500 leks, qu'il lui tendit. Une cuillerée de miel pour le petit, s'il te plaît ! Sajmir sortit le pot de miel de dessous son grabat et le donna au ferronnier, en repoussant la main qui lui offrait les 500 leks.

Si le miel était authentique, il devrait avoir une action antibiotique. Du moins, il fallait l'espérer. Panser une petite brûlure avec un bandage imprégné de miel, c'était un remède de grand-mère que son maître lui avait enseigné durant son apprentissage, bien des années plus tôt. Mais cela marcherait-il aussi pour une plaie déjà purulente comme celle-ci?

Un bandage. Il n'y avait rien dans la cellule qui puisse en tenir lieu. Le ferronnier enleva sa chemise, la lava à l'eau froide – elle n'était chaude qu'un quart d'heure par jour, pas maintenant bien sûr. Il essora la chemise avec vigueur puis la découpa en bandes. Il badigeonna de miel l'une des bandes, et l'appliqua comme un pansement sur la plaie.

À cet instant, la porte de la cellule s'ouvrit: Détenu 236!
Le ferronnier dit: C'est moi.
Il était nu jusqu'à la ceinture, derrière lui Fillette était assis avec son bras bandé.
C'est moi!
Viens!

La prison 302 de Tirana avait un énorme portail coulissant en fer, lequel se distinguait par son étrange… comment dire? Configuration? Décoration? Il ressemblait à une gigantesque feuille de papier quadrillé, dont chaque case s'ornait d'un X énergique.

Comme si un géant avait inscrit un X chaque fois qu'un prisonnier était… quoi? Libéré? Une journaliste de la *Deutsche Welle,* auteure récemment d'un reportage sur l'amélioration des conditions de vie dans les prisons albanaises, avait trouvé que ce portail faisait penser à une partie de « bataille navale ».

Un X dans chaque case. Ici, tout le monde avait coulé.

À droite du portail, un panneau bleu encadré d'étoiles dorées annonçait: *Me fondet e Bashkimit Evropian.*

On était ainsi informé que les travaux de rénovation de cette prison, comme la construction de nouvelles prisons en Albanie, étaient financés par des fonds de l'Union européenne.

Dans son système pénitentiaire aussi, le pays candidat devait se conformer aux normes du droit européen.

Le vantail coulissa et le panneau bleu disparut derrière la feuille géante parsemée de X. Le ferronnier sortit dans le crépuscule de la liberté. Le soleil dardait ses derniers rayons sur le parvis de la prison, les réverbères étaient déjà allumés.

Le ferronnier dans son costume du dimanche, maintenant froissé et taché, sans chemise, à la main une enveloppe brune contenant son formulaire de sortie ainsi que le rapport médical attestant que ses hématomes étaient antérieurs à son incarcération. En outre, un document signé de sa main confirmait que ses objets personnels lui avaient été restitués intacts et dans leur totalité : 1 montre de marque Guangzhou, China, mécanique, avec des aiguilles rouges et l'inscription 1944-1974, 30 ans de République populaire d'Albanie, 550 leks en billets, 70 leks en monnaie, 1 ceinture en similicuir, 1 paire de lacets marron.

Il regarda sa montre. Elle était arrêtée, naturellement. Quelle heure était-il ? Il ne savait même pas quel jour de la semaine. Il respira profondément et leva les yeux.

On va venir vous chercher, avait dit le directeur. J'ignore comment vous vous y êtes pris, mais vous êtes libre et on va venir vous chercher.

Une limousine noire attendait devant la prison.

Une portière s'ouvrit. *Zoti Hekuran ?* Montez, s'il vous plaît.

24

Il ne manquait plus que ça : une division SS !

Mais avant, il y avait d'autres informations.

Le commissaire Starek faisait une recherche sur Skanderbeg avec Google, il voulait en apprendre plus long sur cet homme dont le casque avait manifestement une immense importance symbolique. Starek s'était convaincu que le vol du casque n'avait rien à voir avec sa valeur financière. Il devait donc y avoir un autre intérêt à entrer en possession de ce casque. Le commissaire jugeait improbable qu'un oligarque albanais un peu fou ait commandité ce vol pour pouvoir se coiffer du casque dans la cave de sa villa dans le Tessin suisse ou sur la terrasse de son penthouse parisien, afin de satisfaire sa pulsion égocentrique en s'enivrant de la sensation d'être le chef de tous les Albanais. Du reste, existait-il des oligarques albanais ? Il chercha sur Google. Comme Mme Bessa passait maintenant la serpillière sur le sol sous sa table, il leva les jambes, ce qui détourna un instant son attention.

En tout cas, Skanderbeg. Prince de tous les Albanais. Champion de la résistance contre les Ottomans. Défenseur de l'Occident chrétien. Un tel personnage était évidemment d'une haute portée symbolique en Europe. Mais qui pouvait se permettre d'apparaître publiquement avec ce casque sous prétexte de donner symboliquement plus de poids à ses ambitions politiques, en risquant du même coup de passer pour un voleur ou le commanditaire d'un vol ? Non, c'était impossible. D'autant qu'il était difficilement concevable que quelqu'un veuille revendiquer la tradition d'un résistant chrétien dans un pays aujourd'hui majoritairement musulman. Qu'aurait-il à y gagner ? À quoi s'ajoutait cette histoire avec la copie pour laquelle on avait demandé une rançon au Kunsthistorisches Museum. Qui avait fait fabriquer cette copie, et pourquoi ? Certainement pas pour la vendre au musée, qui ne pouvait manquer de reconnaître tout de suite la fraude. Mais quels que fussent les motifs à l'origine de cette fraude, se pouvait-il que la copie ait été elle aussi volée ? Par les mêmes malfaiteurs, qui sait ?

Il y avait trop d'informations, trop de fragments du puzzle, qui brouillaient les perspectives. S'il avait accroché à son mur une éphéméride, comme son vieil ami Karl Auer, la maxime du jour aurait dû être, à supposer que le hasard ait quelque souci d'une composition harmonieuse, cette phrase avec les arbres et la forêt, qui était à l'origine de la théorie de la connaissance.

Bessa, lança-t-il, on fait une pause-café ?

Vous persuadez moi, dit-elle.

Voici le lait, Bessa. Vous connaissez bien l'histoire albanaise, pas vrai ?

Je sais tout ce que nous pas vouloir oublier.

Haha, vous savez donc peut-être qui aurait aujourd'hui un intérêt politique à se coiffer du casque de Skanderbeg ?

Nouveaux Alexandre, dit-elle.

Que voulez-vous dire avec de nouveaux Alexandre ?

Eh bien, Skanderbeg en allemand s'appelle Seigneur Alexandre. *Beg* est comme turc *bey*, c'est seigneur ou chef. Et Skander est Alexandre. Pourquoi Seigneur Kastrioti, qui est vrai nom de Skanderbeg, vouloir qu'on l'appelle Seigneur Alexandre ? Tu sais, on a dit c'est le nouveau Alexandre le Grand. Et tu as image du casque ? Regarde ! J'ai appris dans école à Skopje : casque est fait d'après couronne royale macédonienne, regarde sur ordinateur, tu vois, en haut et ici ! Donc, casque est copie faite pour nouveau Alexandre qui se bat contre nouveaux Perses, c'étaient les Ottomans. Et qui veut maintenant être nouveau Alexandre ? Et qui est nouveaux Ottomans ?

Qui ?

Comment je sais ? Qui veut conquérir aujourd'hui Albanie ? Chine ? Union européenne ? Ou de nouveau Turquie ? Pourquoi président turc paie pour nouvelle mosquée à Tirana ? Elle doit être la plus grande de tous Balkans.

Starek était stupéfait. L'original était donc lui-même déjà une copie, en tout cas il imitait manifestement un modèle. Avec ce casque, le nouvel Alexandre combattait les nouveaux Perses, à savoir les Ottomans. La question était alors : qui sont les nouveaux Ottomans ? Et qui voulait maintenant être lui-même un nouvel Alexandre luttant pour une défense ou une libération sur le modèle d'anciens combats? Les hypothèses de Bessa lui paraissaient insensées, en même temps il n'avait quant à lui aucune idée à proposer. La seule chose qui lui paraissait claire, c'était que ce vol n'était pas à l'origine un vol d'œuvre d'art mais un avertissement politique particulièrement embrouillé. Cette affaire ne le laissait pas en repos, il aurait dû depuis longtemps aller au bureau mais il continua ses recherches sur Google, et c'est ainsi qu'il fit la découverte qui le stupéfia, le désorienta complètement et l'entraîna sur une nouvelle piste.

En mars 1944 est créée une division SS kosovo-albanaise, la 21e division de montagne de la Waffen-SS « Skanderbeg ». Son étendard : le casque de Skanderbeg en or sur un fond rouge sang, au-dessus d'une auréole entourant les lettres CC.

Le commandant de cette division SS était un Albanais du Kosovo, Essad bej Demolli, un nationaliste fanatique qui rêvait d'une grande Albanie purgée des Juifs et des Serbes sous la protection du Reich. Dans une lettre à Heinrich Himmler, il promettait de recruter 12 000 hommes et demandait des armes. Le recrutement fut nettement plus modeste, puisque la division ne compta finalement que 9 000 hommes, mais ils étaient très bien équipés grâce au soutien de Hermann Neubacher, l'ancien maire de Vienne, qui avait empêché les pompiers d'éteindre les synagogues en flammes lors de la nuit de Cristal et était devenu ensuite, en 1942, le responsable du gouvernement nazi pour le sud-est de l'Europe, ce qui lui donnait la haute main sur les opérations militaires en Serbie. Du fait de sa formation d'ethnologue et surtout de sa lecture de Karl May, il avait une vision romantique et idéalisée des Albanais comme guerriers intrépides, et Essad bej Demolli semblait parfaitement correspondre à cette vision, comme Neubacher l'expliqua à Himmler.

D'après lui, le regard perçant des yeux gris clair contrastant avec les cheveux noirs et drus, et surtout la forme du crâne, conformément à la classification du docteur Joseph Gall, faisaient de Demolli le type même de l'*Aryen illyrien*. Le bourrelet sus-orbitaire prononcé, qui ne s'interrompait pas au-dessus de la racine du nez, de même que le front large, étaient un signe de pugnacité et de courage, tandis que l'occiput allongé indiquait clairement une nature loyale. Bref, bej Demolli était exactement l'homme dont on avait besoin pour nettoyer les Balkans, et Neubacher le recommandait pour diriger une division albanaise de la Waffen-SS avec toute liberté opérationnelle. Heil Hitler.

C'est dingue, pensa Starek, et après le vol du casque au Kunsthistorisches Museum de Vienne, voilà qu'il découvrait aussi une connexion avec l'Autriche. De plus, la signification du casque changeait complètement : d'un coup, il devenait un symbole nazi. Le commissaire se demanda ce qu'avait pu devenir l'étendard de la division Skanderbeg après la guerre. Existait-il encore ? Et si oui, où se trouvait-il ? En arrivant au bureau, il convoqua aussitôt Huber.

Téléphone au Kunsthistorisches Museum et demande-leur s'ils connaissent l'existence de l'étendard d'une certaine division Skanderbeg de la Waffen-SS.

La Waffen-SS ?

Oui, la Waffen-SS. Il y avait en Albanie une division appelée Skanderbeg. Le casque de Skanderbeg figurait sur son étendard. Je veux dire, le musée possédait le casque, ils ont encore l'épée de Skanderbeg, peut-être ont-ils aussi cet étendard mais évitent de l'exposer. S'ils ne l'ont pas, demande-leur s'ils connaîtraient un musée qui aurait cet étendard dans ses réserves, ou même qui l'exposerait. Peut-être le musée d'Histoire militaire de Vienne ? Tu pourrais l'appeler dans la foulée. Et il existe un Musée national à Tirana. Renseigne-toi aussi là-bas.

Pourquoi?

J'ai comme un pressentiment. Si cet étendard se trouve dans un musée, il sera peut-être le prochain objet à être subtilisé par les voleurs du casque. Et s'il s'avère que l'étendard appartient à un propriétaire privé, il se pourrait que nous retrouvions le casque chez lui. Seul un mouvement clandestin néofasciste peut avoir intérêt à entrer en possession de ce genre d'objets de piété, sans vouloir les montrer en public. Il s'agit de rester dans la clandestinité, tu comprends? Comme ça, ils légitiment leur délire lors de leurs réunions secrètes, ils se sentent plus forts et plus nobles, chargés d'une mission par l'histoire, pour ainsi dire, qu'est-ce que je sais. Ce sont des crétins dangereux. Il faut donc que nous sachions s'il y a des groupuscules néonazis ou néofascistes en Albanie, je veux dire, cela n'aurait rien d'étonnant après l'effondrement d'un régime stalinien, pense à l'Allemagne de l'Est. Il faudrait aussi demander des informations à Europol, au service de renseignements de l'armée et aux services secrets albanais. Connaît-on les noms de chefs ou de membres de ces groupuscules, leurs adresses, qu'a-t-on observé à leur sujet?

Des néonazis en Albanie? demanda Huber. Je ne sais pas...

Le visage rose de Huber, constellé de veinules rouges. Starek le trouvait tellement répugnant. Huber, dit-il, c'est justement quand on ne sait pas qu'on doit poser beaucoup de questions.

Lui-même voulait en savoir davantage sur cette division SS et décida de s'informer auprès d'un expert. L'université de Vienne. Là-bas, on avait certainement des spécialistes s'occupant de cette histoire. Il trouva sur la page d'accueil de l'université un Institut d'histoire est-européenne, où officiait un professeur qui était peut-être l'homme dont il avait besoin: Albert Wehrschütz, axes de recherche: « Le fascisme en Europe orientale dans le cadre des études comparées sur le fascisme » et « Développements socioculturels dans les

Balkans albanais ». Il composa le numéro et réussit à joindre le professeur, qui était là et avait du temps.

Oui, en effet, dit le professeur, cette division Skanderbeg a bien existé, et son histoire a été brève mais extrêmement singulière.

Dans son combat contre l'armée de libération populaire yougoslave, qui groupait les partisans de Tito, la division Skanderbeg n'a guère obtenu de succès. Les Albanais s'étaient enrôlés surtout pour avoir des vêtements chauds, même si c'était un uniforme, et des repas réguliers – des années plus tard, le mot allemand pour ravitaillement, *Nachschub,* était encore employé en albanais comme un synonyme de « provisions ». Ils évitaient le plus possible de combattre, ils se défilaient et fuyaient dès que les affrontements devenaient sérieux. Le manque d'efficacité des soldats fut aggravé par l'attitude impitoyable des officiers allemands qui encadraient la division : ils exécutaient les « planqués » pour « faire un exemple », et comme les exemples se succédaient, le nombre des déserteurs ne cessa d'augmenter.

Le professeur Wehrschütz avait une voix rauque et monotone, qui s'élevait toujours légèrement en fin de phrase avant de retomber aussitôt dans des abîmes.

Le commandant de la division, Essad bej Demolli, comprit que la Skanderbeg, dont les effectifs diminuaient au même rythme que l'ardeur au combat, entre les pertes infligées par les partisans serbes et les exécutions programmées par les officiers allemands, était promise à un déclin irrémédiable. Il essaya donc de sauver ce qu'il pouvait sauver de son combat : la persécution fanatique des Juifs qui avaient fui divers pays occupés par les nazis et avaient réussi à rejoindre l'Albanie. La Wehrmacht viendrait à bout des partisans, pensait-il, mais il aurait l'honneur de débarrasser résolument et systématiquement l'Albanie de ses Juifs, sans mêler ses hommes à des escarmouches auxquelles ils n'étaient pas préparés. Il quitta donc le Kosovo pour le nord de l'Albanie, où l'on disait que des Juifs se cachaient dans des villages montagnards isolés.

À l'origine, l'Albanie n'abritait qu'une minuscule communauté juive dans la ville de Shkodra, mais à partir de 1933 un nombre croissant de Juifs fuirent l'Allemagne et l'Autriche pour l'Albanie, car le régime du roi Zog leur accordait des visas avec libéralité. Comme leur voyage d'hiver vers l'outremer devenait de plus en plus difficile, ils obtenaient même des permis de séjour illimité. Les Juifs arrivèrent de plus en plus nombreux de l'Europe centrale et de la Yougoslavie et la Grèce voisines occupées par la Wehrmacht. Ils pouvaient vivre librement leur identité et célébrer leurs fêtes. Depuis 1939, l'Albanie était occupée par l'armée italienne, mais celle-ci ne s'occupait guère des Juifs du pays. C'est ainsi qu'une vie juive devint soudain visible en Albanie. Tout changea en septembre 1942, quand la Wehrmacht prit le contrôle du pays. À cette époque, le nationaliste albanais qu'était Demolli devint un national-socialiste fanatique, car le Reich reconnaissait officiellement l'union des territoires albanais comme un État autonome.

Bien entendu, les Allemands attendaient en échange une collaboration docile.

Des camarades d'Essad bej Demolli, qui se trouvait encore dans une unité des troupes régulières kosovares, se souvenaient qu'il avait épinglé à la porte du mess des officiers une page de journal avec la photo de Xhafer Deva, le ministre de l'Intérieur albanais, et qu'il avait tiré dessus avec son arme de service en hurlant. En effet, le ministre de l'Intérieur avait opposé un refus aux Allemands lui demandant d'arrêter tous les Juifs d'Albanie, d'établir des listes avec leurs noms et adresses puis de les livrer aux occupants. Il trahissait la cause albanaise! Il trahissait *Mbrotjës Hitler*! (Demolli n'appelait jamais Hitler *Udhëheqës,* l'équivalent albanais de

Führer, mais *Mbrojtës*, qui signifie à peu près « bienfaiteur » ou « protecteur ».)

Les balles ne se contentèrent pas de mettre en pièces l'image de Xhafer Deva, elles traversèrent la porte en bois et atteignirent le jeune Çlirim Çhami, qui voulait entrer malencontreusement juste à cet instant pour apporter à Demolli le tabac qu'il avait demandé. En se penchant sur le jeune homme, Demolli s'aperçut qu'il râlait encore, il tendit la main pour prendre l'arme d'un camarade et « délivra » le malheureux en lui tirant une balle dans le front. Puis il se redressa et dit d'une voix enrouée et aussi, précise la légende, « avec des yeux gris étincelants qui rappelaient ceux d'un loup » : Ici repose notre premier martyr dans la lutte contre les philosémites d'Albanie !

Du reste, c'est de la *oral history*, nous n'avons aucune source écrite, observa le professeur Wehrschütz de sa voix rauque. Mais le fait est que Demolli réussit en très peu de temps à faire connaître dans les milieux nationalistes ce pauvre jeune homme avec cette légende douteuse de martyr de la grande Albanie. C'est pour cette raison qu'on broda les initiales CC sur l'étendard de la division SS Skanderbeg.

Pour encourager la troupe à accomplir cette nouvelle mission, c'est-à-dire la chasse aux Juifs, Demolli se lança dans un discours aussi pathétique qu'enflammé, en dépeignant aux soldats la grande Albanie déjudaïsée comme un paradis où l'on aurait écrasé le serpent qu'était l'Internationale juive. Pourquoi les Juifs venaient-ils de plus en plus nombreux dans le pays ? Pour saigner à blanc le peuple albanais, mais la richesse de l'Albanie devait appartenir à la communauté nationale des Skipétars ! Il débitait son prêche en hurlant, il levait les mains et fermait les poings, comme pour cueillir et presser des fruits du ciel, il avançait le menton comme pour recueillir goutte à goutte dans sa bouche ouverte le jus exquis des fruits célestes, il baissait soudain la voix. Les hommes ne comprenaient pas vraiment. Ils ne connaissaient pas de Juifs, n'avaient aucun problème avec les Juifs. Ces robustes fils de paysans albanais, habitués à travailler dur et non à tuer d'autres fils de paysans en une lutte sournoise, ne comprenaient qu'une chose : ce que Demolli leur promettait maintenant, ce n'était pas des meurtres et des assassinats dans une guerre impitoyable, mais de simples rafles, oui, puisque des gens se cachaient loin des champs de bataille ils allaient aller les chercher, et ensuite il y aurait du *mazë të zier,* des *fasule me pastërma* et du raki à volonté. Ils se mirent donc à crier : Hourra !

Les officiers allemands de la Skanderbeg furent impressionnés. C'est un idiot, mais il a une nature de chef, dit le sous-lieutenant Martin Krass. Cependant, le capitaine Rudolph von Fritthoff resta sceptique. On verra, dit-il, mais je crains que ce ne soit un idiot inutile.

Peut-être parlait-il ainsi parce qu'il était un officier de la vieille école, qui considérait que l'antisémitisme, ce « stimulant des imbéciles », ne justifiait pas d'engager et pour finir de gaspiller des hommes et du matériel.

J'ignore si tu sais que l'Albanie est le seul pays occupé par la Wehrmacht qui comptait plus de Juifs après la guerre qu'avant. Et cette situation est liée au Kanun. Tu es juriste, je veux que tu comprennes ce qui s'est passé, dit Baia Muniq. C'est pourquoi je voudrais que tu rencontres M. Lenz, que tu écoutes son histoire. Karl Auer n'était pas d'humeur à plaisanter, mais il essaya quand même : Je croyais déjà que tu trouvais mon allemand autrichien si mauvais que tu voulais m'inscrire à un cours pour arranger ça.

Baia ne répondit pas. C'était une journée de fin d'automne sans nuages, au soleil éclatant, beaucoup trop chaude au gré de Karl Auer, il était rare d'avoir un temps pareil même en plein été à Bruxelles, il sortit son mouchoir et essuya son front en sueur, il était l'un des derniers hommes à utiliser encore des mouchoirs en tissu, avec un monogramme. Ils n'avaient parcouru que la moitié de la Rruga Hoxha Tahsim, mais le mouchoir était déjà tellement trempé qu'il lui était désagréable de le remettre dans sa poche. Il le pressa contre son nez et sa bouche, une odeur âcre empestait l'air, comme un gaz toxique, il vit que des ouvriers traçaient de nouveaux marquages sur la chaussée, Karl et Baia étaient juste à la hauteur de la machine de traçage qui dessinait en gémissant une ligne continue, tandis que des hommes peignaient le pictogramme d'un vélo sur la bande ainsi délimitée, destinée à servir de piste cyclable. Par cette chaleur, la peinture dégageait encore plus de vapeur, elle brûlait les yeux, irritait les muqueuses de la bouche et du nez, à quoi s'ajoutaient les coups de klaxon des voitures contraintes de s'entasser sur une seule voie. Que de Mercedes! Tout le monde semblait rouler en Mercedes, à Tirana. Des passants affairés se hâtaient sur le trottoir, des gens attablés dans les cafés devant un expresso ou une bière contemplaient stoïquement le chaos. Ils arrivèrent à un grand rond-point, Baia Muniq tourna à droite pour rejoindre la Rruga Qemal Stafa et déclara : Nous y sommes.

L'Institut Lenz était une petite maison à un étage en brique rouge, dont la porte était surmontée d'un panneau de bois usé par les intempéries mais qui avait la beauté d'une époque révolue, car c'était manifestement l'œuvre d'un peintre d'enseignes. Sur un fond rouge, un aigle volait en tenant dans son bec une branche dorée, à côté de l'inscription : *Instituti i gjuhës gjermane Lenz.*

À droite et à gauche de la porte, il y avait deux petits présentoirs. Auer regarda avec étonnement ce qu'ils contenaient, mais Baia s'écria : Viens ! Qu'est-ce qu'il y a ? Viens !

En entrant, Auer retrouva d'un coup l'odeur depuis longtemps oubliée de ses années d'école primaire : encaustique, Lysol, sueur. Et le vieux M. Lenz lui faisait déjà face, un homme ascétique aux cheveux blancs et aux yeux marron qui brillaient comme s'il les humectait de temps à autre avec une larme. Approchez, dit-il.

Un jour de juillet 1944, Essad bej Demolli, commandant de la division SS Skanderbeg, arriva à la maison de la famille Baxhaku, dans le village de Sose, avec un contingent de trente hommes, après une marche à travers des pics karstiques abrupts et de vertes forêts de hêtres. Il avait appris qu'un fugitif juif était caché en ces lieux.

Demolli frappa violemment la porte avec la crosse de son fusil, elle n'était pas verrouillée et s'ouvrit aussitôt, il demanda à grands cris si c'était la maison Baxhaku, il voulait voir le chef de la famille. Le paysan Adnit Baxhaku émergea de l'obscurité du vestibule, vit les soldats, fit quelques pas vers la gauche devant la maison de façon à avoir le soleil dans son dos, du coup le commandant du contingent fut aveuglé par le soleil quand il se tourna vers M. Baxhaku.

Adnit Baxhaku était un homme aisé, il possédait un âne et une douzaine de chèvres, et il se demanda si ces soldats voulaient lui confisquer son bétail. Non, il n'était pas question du bétail. Au fond de lui, il avait déjà deviné qu'on l'avait dénoncé et que ces hommes venaient pour le fugitif qu'il avait accueilli chez lui. Il savait par lui, ou croyait avoir compris, que les Allemands recherchaient partout les Juifs pour les emmener dans des camps où ils les traitaient comme des esclaves. Il vit le commandant plisser les yeux et lever la main, mais ce n'était pas pour faire le salut nazi mais pour abriter ses yeux.

Demolli hurla. Le Juif! Caché ici. Nous savons. Le Juif. Où est-il. Amène-le-moi. Sinon.

Adnit Baxhaku ne craignait pas pour sa vie. Ces soldats avaient beau porter un uniforme allemand, c'étaient des Albanais. Il les reconnaissait aux bas de grosse laine de couleur vive dont ils avaient enveloppé leurs jambes de pantalon jusqu'aux genoux, et aux traditionnels bonnets en feutre que plusieurs arboraient à la place du calot allemand... Et il savait : On ne le tuerait pas pour avoir caché un fugitif juif et respecté ainsi le Kanun, aucun Albanais ne le ferait, pas ici, sachant que tous les parents de la victime, jusqu'au dernier homme du clan, n'auraient de cesse que l'assassin soit tué à son tour, l'assassin n'aurait plus un instant de paix dans sa vie, il serait condamné à fuir sans trêve ou à rester caché. Un Albanais qui tuerait ici un autre Albanais serait lui-même exécuté tôt ou tard, uniforme allemand ou pas. Ainsi l'exigeait le Kanun.

Dans cette situation, alors que le paysan Adnit Baxhaku faisait face avec raideur au commandant Essad bej Demolli aveuglé et vociférant, deux lois du Kanun s'affrontaient en lui : celle de la vendetta et celle de l'hospitalité. Il était certain qu'on ne l'exécuterait pas pour avoir caché ce Juif. Mais il savait aussi que s'il le livrait, ce qu'il ne pouvait empêcher, il serait socialement un homme mort. Car il aurait enfreint la *besa*, la parole d'honneur qui oblige à donner à tout hôte, et plus généralement à toute personne cherchant une protection, « ton pain, ton sel, ta maison, ton cœur ». Quiconque livrait un hôte au lieu de le protéger agissait contre l'honneur, couvrait de honte non seulement lui-même mais son clan, et était exclu de la communauté. Cela reviendrait à sa mort et à celle de sa famille.

Il déclara donc : Je vais le chercher. Rentra dans la maison, où son fils était assis avec le jeune Juif, main dans la main, ils avaient le même âge, autour de dix-sept ans. Et il dit à son fils : Tu vas aller avec eux. Et tu ne diras rien. Le fils, qui s'appelait Agan, comprit, se leva, hocha la tête. Le père le serra contre lui, l'embrassa sur la bouche, l'emmena dehors et dit : Le voici.

Ainsi, il avait protégé son hôte, comme l'exigeait le Kanun.

Ainsi, Egon Lenz, le jeune Juif allemand de Prague, fut sauvé.

Le bilan de la division Skanderbeg en Albanie fut plus que modeste, raconta le professeur Wehrschütz. On ramena péniblement deux familles juives et deux jeunes hommes (l'un d'eux était Agan Baxhaku) dans un camp à Skopje, d'où les Allemands les envoyèrent au camp de concentration de Bergen-Belsen. Ce furent les seuls Juifs qu'on trouva. Les Albanais firent passer la loi traditionnelle de l'hospitalité avant les exigences de l'occupant. Au village de Dobësitë, quelques membres de la division incendièrent toutes les maisons et tuèrent 230 habitants dont 95 enfants, sur l'ordre de Demolli hors de lui. À cause de trois Juifs censés être cachés dans ce village. Une centaine de soldats albanais désertèrent à la lueur infernale des maisons en feu et rejoignirent les rangs des partisans. Deux officiers allemands qui encadraient le contingent furent poussés dans les flammes par des Albanais, ces derniers périrent aussi dans le brasier mais leur honneur, lui, ne mourut pas.

La division affronta plusieurs fois des troupes de partisans de Tito, sans remporter de succès militaire mais en perdant beaucoup d'hommes, là encore principalement des déserteurs.

Comme un nombre croissant de soldats de la division Skanderbeg prenaient la clé des champs, le commandement militaire allemand décida en septembre 1944 de mettre un terme à son existence, qui n'avait guère duré que six mois. Et le Viennois Hermann Neubacher ordonna qu'on forme avec les restes de cette division un groupe de combat appelé « Prince Eugène ». Celui-ci fut transféré à Skopje, pour aider à couvrir la retraite des unités allemandes.

Bien entendu, l'échec de la division SS Skanderbeg exigeait un coupable. Essad bej Demolli n'avait pu empêcher les désertions massives, il avait commandé la division comme un poulailler et s'était couvert de ridicule, en portant atteinte au prestige de la Waffen-SS, ce qui constituait un crime de haute trahison. Il fut traduit en cour martiale et condamné à mort. Comme il était officier, on lui accorda d'être fusillé et non pendu. Lorsqu'on le traîna au lieu de l'exécution – car il fallut le traîner –, il cria comme un possédé : Trahison ! Hitler doit être un Juif ! Un Juif ! Si c'est ici en son nom...

On enfonça un bâillon dans sa bouche et on lui banda les yeux.

Le sous-lieutenant Krass donna l'ordre de tirer. Plus tard, il déclara : Nous aurions dû pendre cet idiot.

Et Hermann Neubacher, en archivant le dossier Skanderbeg, pensa non sans déception : Karl May se trompait.

En 1944, les habitants du village de Sose apprirent que la Wehrmacht avait battu en retraite et que l'Albanie était libre.

Egon Lenz resta dans la maison des Baxhaku. Il ne savait pas où aller. Lors de sa fuite, il avait projeté de gagner un port albanais et de monter à bord d'un bateau quelconque pour traverser la mer, mais ce n'était plus d'actualité. Pourquoi fuir de l'autre côté de la mer, s'il n'était plus pourchassé ? Et que ferait-il en Palestine ? Il n'était pas Juif, il ne voyait pas dans ce pays sa future patrie. C'étaient les persécutions antisémites qui avaient fait des Juifs de lui et de sa famille. Devrait-il retourner à Prague ? Il ignorait si la guerre était vraiment finie et si la Tchécoslovaquie aussi avait été libérée. Mais même si c'était le cas, il n'imaginait que trop bien le sort qui attendait les Tchèques germanophones après l'occupation allemande. Il résolut d'écrire à la Croix-Rouge et de demander s'il serait possible de découvrir si ses parents avaient survécu. (L'adresse ? Il supposait qu'il devait y avoir des antennes de la Croix-Rouge dans toutes les capitales des pays libérés. Il écrivit en janvier 1945, quand la poste albanaise reprit ses activités, en indiquant simplement : « À la Croix-Rouge à Prague ».) De toute façon, il se sentait tenu avant tout de ne pas quitter ses sauveurs. Le père Baxhaku avait sacrifié son fils pour le sauver lui, son hôte, comme l'exigeait la *besa*. Dans les mois qui suivirent, il ne put jamais avoir l'impression qu'Adnit Baxhaku et sa femme Fisnike le considéraient comme un fils. Jamais, pas une seule fois, l'un d'eux ne lui avait dit « mon fils ». Et Donika, leur fille, une adolescente de quinze ans au caractère sérieux, ne l'avait jamais appelé « frère ». Ils l'appelaient Edon, un prénom albanais courant qui ressemblait à Egon. Et Edon/Egon comprenait qu'on ne pouvait pas remplacer comme ça un fils pour ses parents, un frère pour sa sœur. Il pouvait certes assumer ses tâches dans la famille, faire son travail, il pouvait protéger la jeune fille comme son frère l'aurait fait, mais il était et restait leur hôte. Un hôte qui ne pouvait s'en aller tant qu'il leur serait redevable et qu'ils auraient besoin de lui. En quelques mois, il maîtrisa très bien l'albanais, et il était ému de lire parfois dans le regard des parents qu'ils se prenaient d'affection pour lui. Leur hôte. Et son albanais était devenu si bon qu'il comprenait ce que signifiait le prénom Edon, à savoir : celui qui aime. Durant les conversations à table, surtout, Edon apprit beaucoup de choses sur l'histoire et la culture albanaise. Les Baxhaku étaient analphabètes. Adnit Baxhaku aimait répéter ce qu'on lui avait raconté. La transmission orale était sa bibliothèque. Edon apprit que la femme de Skanderbeg s'appelait elle aussi Donika, mais Adnit Baxhaku déclara qu'il n'y avait certes pas songé en donnant ce prénom à sa fille, c'était simplement un prénom en vogue à l'époque en Albanie.

Egon ne savait pas où aller. Sa place était ici, au moins pour le moment. Il ne pensait plus aux toits dorés de Prague. À présent, or se disait *ari*, c'est ainsi que brillaient les feuillages des forêts au soleil de l'Albanie, les forsythias, le genêt, les molènes, le colza, les herbes, *ari*, un mot albanais, qui au début le mettait mal à l'aise car il lui rappelait *aryen*. Jusqu'au jour où les yeux, le rire, toute la personne de Donika lui parurent *ari*. Et Edon, celui qui aime, tomba amoureux de Donika.

Donika voulait apprendre à lire et à écrire, et connaître la langue d'Edon. Il lui enseigna les lettres, celles de l'alphabet allemand, car il ne maîtrisait pas encore lui-même l'alphabet albanais, il ne connaissait même pas les différences entre les deux. Chaque soir, il l'entraînait à répéter ses premiers mots allemands, puis des phrases, chaque soir après le travail aux champs et avant les corvées du ménage. Elle apprit à lire et à écrire en allemand. Plus tard, elle raconta qu'elle avait toujours associé l'allemand à la tombée du soir, et il en fut ainsi jusqu'à ce que son fils, bien des années plus tard, commence à prononcer en plein jour ses premiers mots allemands.

Son fils. C'était plus tard, déjà à Tirana. Le bonheur d'Edon et de Donika commença par un malheur. Le père voulut colmater une fente dans le toit et se brisa la nuque en tombant. Trois mois plus tard, la mère tomba malade, son ventre se mit à gonfler, s'arrondit à vue d'œil, comme si elle était enceinte. Mais c'était impossible. À son âge, et de toute façon : elle aurait été enceinte d'un mort. Les femmes du village restèrent impuissantes avec leurs herbes et leurs onguents. Quand enfin un médecin vint la voir, elle ne quittait plus son lit, mâchait du chanvre en fixant le plafond, parfois elle murmurait des mots incompréhensibles. Le médecin dit qu'elle avait un ulcère. C'était comme un animal dans le ventre de la mère, il la dévorait de l'intérieur et ne cessait de grossir. Le médecin avait étudié pendant des années à Paris, il semblait à Donika que lui seul pourrait sauver la malade. Pouvez-vous faire sortir cet animal, docteur ? demanda-t-elle. Non, dit-il, vous devez dire adieu à votre mère.

Quand la mère, avec ce qui lui restait de force, repoussa la cuiller avec laquelle Donika voulait lui faire avaler un peu de soupe, il fut évident que...

Si tristes que fussent ces événements, ils se produisirent au bon moment. On était en 1950. Edon et Donika décidèrent de s'installer en ville. Les circonstances pouvaient encore favoriser plus ou moins leur destinée. La collectivisation de l'agriculture venait de commencer dans la République populaire d'Albanie, mais elle n'était pas encore parvenue à Sose.

Ils purent donc vendre leurs biens dans un cadre privé, la maison, le bétail, le champ. Ils eurent ainsi un petit capital de départ pour la ville. C'était toujours ça. Peu après, ils n'auraient même pas été autorisés à quitter la campagne pour la ville. Dans le cas d'Edon et Donika, il s'avéra même qu'ils étaient les bienvenus. Quatre-vingts pour cent des Albanais étaient analphabètes, et la jeune république populaire investissait massivement dans l'éducation, la construction d'écoles, la création d'une université. Or Edon Lenz voulait ouvrir une école. Des écoles surgissaient de toutes parts : primaires, secondaires, techniques... si bien que les autorités donnèrent leur aval à son projet d'un établissement d'enseignement de l'allemand qui s'appellerait *Instituti Lenz*. À vrai dire, le ministère de l'Education nationale exigea d'abord qu'on traduise en albanais ce nom allemand, ce qui donnait *Instituti Pranverë*, « Institut Printemps ». Printemps ! Voilà qui plaisait aux bureaucrates du jeune État en construction, mais Edon Lenz objecta qu'un Institut consacré à la langue allemande ne pouvait avoir qu'un nom allemand. (Il semblait étrange que cela soit si important à ses yeux. Il pensait à ses parents, son nom était tout ce qui lui restait de sa famille.) Finalement, on l'autorisa aussi à garder ce nom. Officiellement, l'école dépendait de l'État et Edon Lenz avait été engagé comme directeur. Mais pour lui, c'était son projet de vie. Il avait mis au point une nouvelle méthode d'apprentissage des langues, en se fondant sur ses expériences : il avait appris l'albanais sans dictionnaire, sans grammaire, et il avait enseigné l'allemand à Donika de la même façon, il lui semblait que c'était tout simplement la façon dont les bébés apprenaient leur langue maternelle, il l'appelait « la méthode naturelle » et affirmait que tout le monde pouvait apprendre ainsi une langue étrangère comme une langue maternelle, tout naturellement, avec sensibilité et sans accent. L'Institut Lenz prit vite son essor, la nomenklatura y envoya ses enfants, ainsi que de futurs diplomates ou fonctionnaires chargés des relations commerciales avec les deux Allemagne ou de l'approvisionnement en devises, sans compter un certain nombre de collaborateurs de la Sigurimi.

Tout allait bien pour Edon et Donika. La politique rendait Edon nerveux, mais lui qui avait été membre à Prague de la *Mezinárodní unie socialistické mládeže* au grand déplaisir de son père, il espérait encore en la République populaire et son offensive en faveur de l'éducation. L'avenir. Ce n'est que plus tard, peu avant sa mort en 2007, qu'il dit : Le temps ne vient pas. Le temps passe. Nous n'avons rien à attendre sinon, dans le meilleur des cas, de pouvoir regarder en arrière d'aussi loin que possible.

Mais il n'en était pas encore là. En mars, Donika mit un enfant au monde, encore un témoignage d'avenir plein de vigueur. Un fils. Edon et Donika décidèrent de lui donner un prénom allemand et un prénom albanais. Je veux qu'il s'appelle Adnit, dit Donika, comme mon père. Ce fut bientôt convenu. Pour le prénom allemand, Edon réfléchit longtemps. L'enfant était né après la victoire contre les nazis et devait grandir dans la paix, et son prénom devait faire référence à la culture et la civilisation allemande. Siegfried, dit-il enfin. Mon fils s'appellera Siegfried.

Voilà, dit le vieux Siegfried Adnit Lenz à Karl Auer, maintenant vous connaissez mon histoire.

C'est l'histoire de votre père, dit Auer.

L'histoire d'un être humain ne commence pas à sa naissance, déclara M. Lenz, personne n'écrit les premières lignes de sa vie sur une feuille vierge.

Comprends-tu, maintenant, ce que signifie le Kanun ? demanda Baia.

Karl Auer ne se sentait pas bien. Ému, bien sûr, mais…

À l'entrée de l'Institut, il avait vu un livre dans le présentoir à gauche de la porte : Siegfried Lenz, *La Leçon d'allemand*.

Il interrogea M. Lenz.

Le vieil homme sourit. Un de mes anciens élèves qui travaille aujourd'hui en Allemagne a découvert ce livre dans la librairie d'une gare et me l'a envoyé. Il trouvait ça amusant et m'écrivait – dans un excellent allemand, d'ailleurs – que l'exposer dans le présentoir serait peut-être bon pour mon prestige. On croirait que les Allemands avaient consacré un livre à mon Institut.

Karl Auer le regarda, cet homme aux cheveux blancs et aux yeux larmoyants, et M. Lenz ajouta : J'ai lu ce livre et si je l'ai mis dans ce présentoir, c'est aussi pour une tout autre raison. Ceux qui s'y intéresseront comprendront : il nous invite à assumer ici aussi notre propre histoire.

Il n'est quand même pas possible que tous les vestiges de cette histoire aient été réduits en cendres ? s'exclama le commissaire Starek. Il n'avait trouvé aucune indication sur l'éventuelle localisation de l'étendard, rien même ne prouvait qu'il existât encore.

Réduit en cendres ? demanda Mme Bessa. Comme flammes qui s'éteignent ? Quoi d'autre est histoire ?

25

Le *tellak* prit un gant en sisal grossièrement tressé, le brandit devant Karl Auer et déclara joyeusement : *Qualité biologique**. Auer ne comprit pas ce qu'il voulait dire. Un produit bio ? Je plaisante, *monsieur**, dit le *tellak* en riant. Ce colosse au poitrail et au dos couverts de poils noirs considérait-il le pâle Karl Auer comme quelqu'un qui tenait à la qualité bio même pour des gants de massage ? Était-ce ça, la plaisanterie ? Il enfila les gants, pria Auer de s'allonger à plat ventre sur la plaque de marbre, *Oui, exactement comme ça, monsieur**, le marbre était agréablement tiède, puis le masseur entreprit de lui frotter énergiquement le dos, les épaules, les bras. Par endroits, il appuyait avec force, enfonçait presque le gant dans les parties molles, les muscles et les tendons, comme s'il voulait démonter Karl Auer pour mieux le remonter ensuite.

Il avait atterri à Bruxelles dans l'après-midi, fatigué et même totalement apathique, aussi avait-il décidé de ne pas se rendre à l'arrêt de bus mais de prendre un taxi pour se faire conduire chez lui. Une fois arrivé, cependant, il lui manqua justement cette sensation d'être chez lui. Cet austère appartement de célibataire. Il l'avait loué meublé, à l'époque, et depuis il n'avait même pas accroché un tableau. Ce qu'on pouvait appeler sa marque personnelle se réduisait dans cet appartement aux cendriers pleins traînant partout et au flacon de Knize Ten Toilet Water sur l'étagère de la salle de bains. Qualifier cet endroit exigu de salle de bains était d'ailleurs excessif, ce n'était pas une salle, au mieux un cabinet de toilette.

Il s'affala sur le canapé. Il s'était habitué depuis longtemps au motif grotesque du revêtement, il n'y faisait même plus attention. Un tissu rouge pâle avec des séries de cercles noirs contenant chacun un point bleu. Quand il avait emménagé, ce tissu lui avait fait penser à des yeux innombrables, mais il avait bientôt cessé de les voir. Ce jour-là, toutefois, il fut un instant interloqué en le voyant, puis il haussa intérieurement les épaules et fuma une cigarette. Après quoi, il se déshabilla pour prendre une douche.

Nu devant la cabine de douche, il mania à bout de bras le mitigeur car il ne voulait pas recevoir le déluge glacé qui s'abattait avant que l'eau ne devienne chaude. Rien ne vint. Pas une goutte. Il eut beau lever et baisser le levier, il n'y avait pas d'eau. Il alla dans la cuisine, tourna le robinet, pas d'eau. Il alla aux toilettes, tira la chasse. Évidemment, il restait de l'eau dans le réservoir, mais bientôt plus rien ne coula.

Qu'est-ce qui se passait? Karl Auer n'était pas du genre à résoudre rapidement les problèmes. Il s'assit sur le canapé, fuma une cigarette, se dit qu'il réfléchissait. Mais réfléchir ne servait à rien en l'occurrence. Il s'habilla et alla sonner chez son voisin.

Je n'ai plus d'eau, dit-il, je voulais vous demander, excusez-moi de vous déranger, si vous aussi...

M. Bataille, professeur de philosophie à l'*Université libre de Bruxelles**, sourit aimablement et demanda : *Avez-vous besoin d'eau ?** Puis il se détourna, disparut un instant et revint avec une bouteille d'eau minérale.

Le malentendu fut bientôt dissipé. Il y avait eu une rupture de canalisation le vendredi, la colonne montante avait éclaté, si bien qu'il avait fallu fermer l'arrivée d'eau de tout l'immeuble. M. Bataille avait supposé que M. Auer était au courant, car cela faisait déjà deux jours qu'ils n'avaient plus d'eau, du reste il y avait une affiche à ce sujet dans le hall, et il avait donc cru que son voisin avait simplement besoin d'un peu d'eau potable pour se faire du thé ou du café.

Nous sommes dimanche, dit Karl Auer, c'est donc le week-end, mais on réparera certainement tout demain. Le professeur éclata de rire. En tant que spécialiste de Wittgenstein, il était inébranlable face à tout ce qui avait lieu. Demain ? On n'a jamais vu ici une réparation du jour au lendemain. Nous sommes à Bruxelles, *monsieur**, le bon Dieu lui-même ne sait pas quand viendra un artisan.

Karl Auer songea à s'installer à l'hôtel en attendant que la canalisation soit réparée. *Dream Hotel.* Il se rappela aussitôt qu'il n'y avait pas de *Dream Hotel* ici. Non, ce n'était pas une bonne idée, il se sentirait encore moins chez lui. Mais il avait besoin d'une douche, d'un bain. Il sortit de l'immeuble, le quai n'était pas loin, il traversa le pont menant à l'autre rive du canal de Charleroi, pour se rendre à la *rue de l'Avenir**/ Toekomststraat, pour la première fois le nom de cette rue le frappa : il s'avançait vers l'avenir, le quartier mal famé de

Molenbeek, où vivaient surtout des immigrés musulmans et qu'on considérait généralement comme un repaire de terroristes et de combattants de l'État islamique. Les instigateurs des attentats à la bombe de la station de métro Maelbeek et de l'aéroport de Zaventem avaient habité ici, de même que l'auteur de l'attentat manqué à la gare de Bruxelles-Central. Toutefois, Karl Auer estimait que l'hystérie régnant à propos de Molenbeek était très exagérée, il aimait bien ce quartier. Le marché dominical autour de l'église Saint-Jean-Baptiste, dont le clocher ressemblait à un minaret, était un bazar aussi joyeux que bariolé, où flottaient les parfums légendaires de l'Arabie. Il lui paraissait plus beau qu'aucun autre marché de sa connaissance. Et quand il voulait aller dans un café et fumer une cigarette en buvant sa tasse, malgré l'interdiction de fumer généralisée, il se rendait à Molenbeek. On y fumait la chicha, et personne ne disait rien quand il allumait une cigarette. Il ne savait pas s'il existait une dispense pour les cafés à chicha, ou si les gens se fichaient simplement de l'interdiction. Cette dernière hypothèse lui semblait probable. D'ailleurs, la police ne se montrait pas dans le quartier. Tout ce qu'il vivait à Molenbeek échappait à la loi. Et ici, il l'avait remarqué en se promenant, en allant au café ou en faisant des courses au marché, il y avait une foule de hammams. Pas des jacuzzis à la dernière mode mais de simples établissements de bain, que les gens du quartier fréquentaient quotidiennement. Pratiques, fonctionnels, sans décor oriental à la Walt Disney. Il entra dans le premier qui se présenta : *Mésopotamie. Hammam traditionnel**. Le pays des deux fleuves lui parut un nom approprié pour un tel établissement, et le côté traditionnel lui plaisait aussi. Il paya, on lui donna une serviette de bain et un gobelet en laiton.

Quand il pénétra dans l'étuve, après avoir drapé la serviette autour de ses hanches, il vit cinq hommes assis devant des seaux où ils puisaient de l'eau avec leurs gobelets pour la verser sur leur tête et leur corps. Ils parlaient arabe, mais dès qu'ils l'aperçurent, ils passèrent aussitôt au français. Il en fut touché. C'était une marque de politesse, de respect. Ils ne voulaient pas l'exclure.

Le *tellak* s'occupait maintenant de ses reins. Auer haletait doucement, il réprima un gémissement, il aimait Baia Muniq mais en même temps – il gémit plus fort – il n'entrevoyait aucune perspective, il avait l'impression – ça faisait mal, à présent, et il entendait des rires derrière lui – qu'ils ne se rapprochaient pas l'un de l'autre, le désir était là, mais... comment? Que voulait le *tellak*, maintenant? Il ne comprenait pas. Il ne connaissait pas les rituels du hammam. Ah, bon, il fallait qu'il se retourne – oui, le désir, et même un désir avide, de son côté à lui, mais... mais quoi? Il revit Baia dans sa petite robe noire, et l'instant où elle l'avait enlevée, au Dream Hotel, et l'avait jetée sur l'abat-jour du lampadaire, elle avait été brièvement nue en pleine lumière puis aussitôt dans la pénombre... il s'arc-bouta, poussa un cri de douleur. *C'est le foie, monsieur**, le *tellak* passa rapidement les mains sur le ventre d'Auer, comme pour effacer la prise brutale. *Ne pensez à rien, monsieur**, dit-il, concentrez-vous entièrement sur le nettoyage – et Auer pensa au matin où Baia Muniq, peu avant son départ, l'avait emmené à la *House of Leaves* de Tirana, il faut que tu voies ça avant de partir, avait-elle dit, je dois te montrer quelque chose, et il avait demandé: House of Leaves? C'est une serre, un jardin botanique? Non, c'est le musée de la Police secrète, l'ancien quartier général de la Sûreté d'État. Et pourquoi cette bâtisse s'appelle-t-elle la House of Leaves? Le peuple lui avait donné ce nom car elle était cachée par une multitude d'arbres, de plantes grimpantes, de lierre. On la voit à peine à travers les feuilles. À l'intérieur, on procédait aux interrogatoires et aux tortures... un jet d'eau! Auer se mit à éternuer et s'assit. Restez couché, *monsieur**, dit le masseur avant de frotter et malaxer les jambes d'Auer.

À l'origine, cet endroit était une maternité, avait raconté Baia. Quand les Allemands ont occupé l'Albanie, ils ont installé ici le quartier général de la Gestapo. C'est cynique, non ? Au début, les gens venaient au monde en ces lieux, et ensuite on les assassinait. Après le départ des Allemands, la Sûreté d'État albanaise, la Sigurimi, leur a succédé. Ils avaient déjà ici l'infrastructure dont ils avaient besoin, mais...

Les hommes parlaient d'un mariage. L'un d'eux, manifestement le père de la future épouse, raconta qu'il n'avait pas voulu faire d'emprunt pour organiser la fête, de toute façon aucune banque ne lui en aurait accordé, mais il avait reçu l'aide de... (Auer ne comprit pas le nom. Süleyman ?) Et le fiancé ? Qui est le fiancé ? C'est un brave garçon. Nos familles sont amies depuis toujours. Nous avons confiance.

Il voulait un enfant. Baia était-elle la femme devant qui il pensait et sentait : Oui ! Avec elle !

Oui, il le pensait. Mais. Que signifiait ce mais ? Il la désirait, il l'admirait, mais... pas de mais. Les mains de Baia. Qui si tendrement... il gémit, cette fois il avait eu mal, le *tellak* dit en riant : *Vous êtes très tendu, monsieur**, détendez-vous, calmez-vous ! Pourquoi ne pouvait-il pas dire tout simplement : Oui ? Sa nostalgie ! Maintenant déjà, quelques heures après leur séparation, mais... L'organisation de la vie, il fallait aussi y penser : voudrait-elle s'installer avec lui à Bruxelles ? Que ferait-elle ici, y aurait-il un travail pour elle ? Il n'avait certes pas envie de vivre en Albanie, que pourrait-il y faire, en dehors d'être amoureux ? Combien de temps ? Mais même si tous ces problèmes trouvaient finalement des solutions, car l'amour était plus grand qu'eux – l'était-il réellement ? Comment pourrait-il être plus grand, ne devait-il pas être inconditionnel ? Mais. Quoi mais ? L'intimité était-elle vraiment possible, alors qu'il ne la comprenait toujours pas, elle et ses pensées ou ses arrière-pensées, ses intentions, ses allusions. Derrière les mots qu'elle prononçait, il peinait souvent à comprendre ce qu'elle pensait. Il ne parvenait pas à écouter en elle. En serait-il jamais capable. Écouter en elle.

La House of Leaves montrait tous les appareils, équipements et instruments – il y en avait des dizaines, des centaines voire des milliers exposés ici – qui avaient permis d'espionner et de surveiller les gens dans la République populaire d'Albanie, on voyait les salles d'interrogatoire, des panneaux explicatifs présentaient les méthodes de torture, Auer ne comprenait pas pourquoi Baia voulait l'entraîner si vite, avance, viens donc, alors qu'il se penchait sur les objets exposés. C'était dingue : tout cet outillage technique, ces micros, ces bandes magnétiques, ces téléphones avec leurs dispositifs d'écoute et d'enregistrement, ces émetteurs, ces caméras et ainsi de suite, tous étaient fabriqués par des sociétés allemandes, c'étaient des produits de qualité à l'allemande. Venus d'Allemagne de l'Est ? Non. La République fédérale avait fourni jusqu'au bout à l'Albanie stalinienne des engins qui étaient alors le dernier cri de la technique. D'emblée, il vit les logos de Telefunken, Siemens, Bosch, Uher. Et là : JVC. Il y avait aussi des appareils japonais. Les anciennes puissances fascistes de l'Axe étaient devenues d'innocents partenaires commerciaux du régime de terreur de l'Albanie communiste, pensa-t-il non sans surprise.

Comment l'Albanie avait-elle payé tous ces équipements ? Un des panneaux d'information l'expliquait : avec ses richesses minières, avec du cuivre et du chrome. On employait dans les mines des prisonniers politiques, des opposants au régime et…

Qu'y a-t-il ? Viens donc, je veux te montrer quelque chose, dit Baia.

Ils montèrent l'escalier menant à l'étage. N'est-il pas effroyable, reprit-elle, de voir combien le régime était bien équipé pour écouter et enregistrer ce que les gens pensaient, les staliniens avaient continuellement des écouteurs aux oreilles, ils voulaient pénétrer dans toutes les têtes. Ces grosses machines, ces bobines peu pratiques, ces écoutes et ces micros paraissent presque ridicules maintenant tellement ils sont démodés, mais à l'époque c'était ce qu'on faisait de mieux, avant qu'Internet et Facebook ne s'imposent. Le régime voulait savoir ce que nous mangions et ce que nous disions en mangeant. Ils ont dû mettre sur écoute des centaines de milliers d'appartements, afin d'apprendre une fraction de ce qu'aujourd'hui quatre-vingts pour cent des Albanais exposent de leur plein gré sur la toile. Viens, par ici! Tu imagines, si les staliniens avaient tenu encore quelques années, ils seraient aussi intouchables que les Chinois, avec les moyens dont on dispose à présent. Oui, ici! Viens! C'est ça que je voulais te montrer!

Soudain, ils se retrouvèrent dans un salon. C'était l'impression que donnait cette pièce un peu vieillotte, respirant une modeste aisance, avec plus de bibelots que de livres sur les étagères, des napperons de dentelle sur la table. En dehors d'un vieux téléphone noir en bakélite, comme il en avait vu dans son enfance chez sa grand-mère, il n'y avait aucun appareil, un effort de confort remplaçait les instruments de torture. Il regarda Baia d'un air interrogateur. Il aurait pu aussi lire le panneau explicatif à l'entrée de la salle.

Maintenant, le *tellak* le savonnait, son corps était couvert d'une mousse parfumée. *Ne pensez à rien*,* savourez ce moment de propreté.

On voit ici le salon typique d'une famille d'Albanais moyens, dit Baia. On peut essayer de découvrir tous les endroits où des micros étaient dissimulés. Mais regarde ces meubles, ce décor, je crois que c'était le dernier cri en Occident dans les années soixante ou soixante-dix, regarde le tissu du canapé, la couleur! Ce motif avec des cercles ornés d'un point central, comme des yeux! C'est arrivé chez nous avec retard, à l'époque mon père pensait que nous aussi nous accédions au confort. C'est fou mais, vois-tu, notre salon ressemblait beaucoup à celui-ci. Bon, nous n'avions pas le téléphone, tu peux faire une croix dessus. Mais autrement... Ici, à cette table, j'ai commencé à dessiner des cercles, puis des lettres. Ensuite, nous avons mangé dans cette pièce. Sur cette chaise, dans mon enfance, j'ai lu...

Le Kanun !

Oui, et aussi bien d'autres livres, sous ce lampadaire, parfois la lumière vacillait, il y avait des variations, les pages s'illuminaient brusquement puis sombraient dans la grisaille.

Je voulais que tu voies ça, dit-elle. Regarde ce poêle si petit et insignifiant, en fait on pouvait tout y brûler, combien de fois suis-je restée assise à lire dans ce fauteuil à côté du poêle, en hiver. J'entendais le tic-tac de cette pendule. Que penses-tu, quand tu vois ça ? Dis-moi ce que tu penses ? Rien ? Vois-tu, je voulais te montrer cette pièce, ce cadre tellement innocent qu'on n'y pense pas à mal. Tu as là toute mon enfance et ma jeunesse.

Autrefois, il était arrivé deux ou trois fois à Karl Auer – il réfléchit rapidement, oui : trois fois – d'être invité par une amie à venir chez elle car elle voulait – ou devait – le présenter à ses parents. Il avait entrevu alors comment la famille vivait, dans quel environnement la jeune fille avait grandi. À chaque fois, il avait été intimidé par l'opulence et l'arrogance bourgeoise de ces grandes familles de Vienne, leurs demeures spacieuses, les portes à deux battants séparant les pièces, la multitude étincelante de meubles de style et d'étagères remplies de livres et de cristaux. Passer de la maison de Mamie à ces appartements, c'était faire un voyage sur une autre planète, et les pères – un médecin, un chef d'entreprise, le président d'un syndicat – avaient tôt fait de faire oublier à leur fille cet étudiant bizarre et sans le sou, après la visite de présentation. De fait, il n'était qu'un fils de la petite bourgeoisie, qui avait bénéficié d'une bonne éducation mais restait un petit-bourgeois, et voilà qu'on l'invitait dans un salon petit-bourgeois, et cela dans une maison vouée aux écoutes, aux interrogatoires et aux tortures. En toute innocence. Baia avait voulu lui expliquer quelque chose, lui permettre d'y voir plus clair, mais il ne la comprenait pas.

Encore un jet d'eau, qui rinça toute la mousse de savon. Le *tellak* s'inclina légèrement, le remercia et lui indiqua la douche.

Ensuite, Karl Auer s'assit sur le carrelage chaud, s'adossa au mur en étendant ses jambes, respira profondément et entendit l'un des hommes dire : *Oui, elle l'aime vraiment**. Bien sûr, c'est une fille obéissante, mais j'ai l'impression qu'elle l'aime vraiment.

Quand Baia le conduisit à l'aéroport, il pleuvait. Elle portait un trench boutonné jusqu'au cou, dont elle avait remonté le col. Dans la salle d'embarquement, ils s'embrassèrent, Baia enleva le chapeau de Karl et passa la main dans ses cheveux.

Ce chapeau... dit-elle.

Qu'est-ce qu'il a, mon chapeau ?

Rien. Allez ! Tu dois rejoindre la porte d'embarquement.

Lors du contrôle de sécurité, le scanner sonna de nouveau, il dut se soumettre à une fouille. Levez les mains ! Il avait l'impression que Baia était toujours là, qu'elle le regardait de loin et le voyait ainsi, avec les mains levées. Il se sentait ridicule, affreusement ridicule.

En rentrant du hammam, Karl Auer se déshabilla et resta debout devant le miroir de l'armoire. Il était donc là, après ce week-end déconcertant. La couronne des vainqueurs ornait-elle son front ? Était-il un homme séduisant ? Pouvait-il se voir avec les yeux d'une femme ? Il n'était guère musclé mais n'avait pas non plus de bourrelets de graisse, ou presque. Le sang luisait à travers sa peau bien irriguée et soigneusement massée, *comme s'il bondissait prestement hors de la chambre d'une dame*... Il soupira, regarda dans le miroir le corps étranger qui était le sien,

Mais moi, qui ne suis point fait pour des bouffonneries,

Ni pour briguer les suffrages de miroirs amoureux ;

Etc., ta ta ta ta, à quoi pensait-il donc,

Dépossédé par la nature frauduleusement de la culture,

ou dépossédé de la nature par la culture, oh, merde, pensa-t-il, mit son pyjama et sa robe de chambre, c'était étrange de

273

dire « une robe de chambre », il le disait lui-même alors qu'il n'était presque jamais dans sa chambre quand il la portait. Il en allait de même chez sa grand-mère. Lorsqu'il avait fait sa toilette et était « prêt pour le dodo », il avait encore le droit de revêtir la robe de chambre de son grand-père, il ne l'avait jamais connu mais se glissait pour ainsi dire dans sa peau, un lourd velours marron, un col noir, ainsi vêtu de la défroque grand-paternelle il pouvait s'asseoir à la table de la cuisine pour lire encore, jusqu'à ce qu'il soit définitivement l'heure de se coucher. Mamie encourageait fortement la lecture, l'éducation était la richesse qu'on pouvait acquérir et accroître même sans avoir une opulence bourgeoise, elle était la thésaurisation, l'accumulation originelle du capital de l'avenir. Mamie était membre de la Communauté du livre Donauland, il fallait commander au moins un livre par trimestre, mais ils étaient moins chers qu'en librairie et les catalogues aux vives couleurs que le facteur apportait quatre fois par an étaient si séduisants que Mamie commandait souvent un deuxième voire un troisième livre. Quand Karl était petit, les versions pour enfants de *Robinson Crusoé* et des *Voyages de Gulliver,* Erich Kästner, pendant un moment Karl May fut incontournable, mais pour Mamie l'essentiel était qu'il lise, les classiques viendraient ensuite. Dès qu'un « classique » figurait au catalogue, Mamie le commandait, et Karl le lisait assis à la table de la cuisine, glissé dans la peau de Papy. Et étrangement, il ne s'ennuyait pas, au contraire : pour lui, c'était le monde. Il faut dire qu'il n'en avait pas d'autre, en dehors de l'internat pendant l'année et de la solitude chez Mamie pendant les vacances. Il apprenait des poèmes par cœur, ou plutôt il les retenait après les avoir lus plusieurs fois, quand ils l'émouvaient, en toute innocence, et ils mêlaient leurs flots, leurs envols, leurs exaltations, des éditions spéciales de la Communauté du livre – car tel était son nom : communauté –, c'était le rythme, les mots évocateurs, qui unissaient tout en une communauté, un chant universel, il ne connaissait pas encore les cuistreries de la critique. *Pourquoi en cette journée d'été tremble l'herbe tremblante, nous creusons une tombe dans les airs, alors croît aussi ce qui sauve, jouez maintenant qu'on y danse, la cuisse se lève, la jambe branle, ce sont d'affreuses gesticulations, la paix règne-t-elle sur tous les sommets? C'est ainsi, dit l'amour.*

Mais ce qu'il préférait, c'était apprendre ou retenir les grands monologues du théâtre classique. Ce qu'ils disaient devint pour lui l'exemple même de ce qu'il était bon et juste de dire. Pendant les vacances d'été, il jouait au football avec les autres garçons du village, ils jouaient au football et au « débarbouillage ». Le « débarbouillage » ne l'intéressait pas, il n'aimait pas ça, le jeu consistait à prendre un enfant pour victime, à le repousser puis à le poursuivre, et après l'avoir rattrapé (ce qui était inéluctable dans le village) à le rouer de coups, on appelait ça « débarbouiller ». En revanche, il jouait au football. Mais même là, il ne fut pas longtemps bienvenu, car « il faisait des manières » en parlant. Tu ne peux pas parler comme tout le monde? disait Rainer, un porte-parole de l'équipe de foot. Pour qui tu te prends?

Pour eux, un but était un terme de football. Parler d'un but dans la vie leur paraissait idiot. Et un idiot était incapable de marquer des buts. Ils l'imitaient en ricanant, pas vraiment bien car aucun n'était mûr pour le music-hall, mais quand même, ce n'était pas si mal quand ils se moquaient de lui en le traitant de *Cher monsieur, Cher mon pieu, Cher monstrueux.* Quand il disait « à cet effet », ils glapissaient « à cette fesse », mais en fait la qualité du calembour leur importait peu, il n'était pas question de faire de l'esprit mais d'un persiflage qui aboutissait finalement à un meurtre social, au « débarbouillage ». Ai-je un champ de blé dans ma main? Non, en fait de main il ne recevait qu'une bonne claque. *Ça te clouera ton bec, Auer, ahaha!* C'est ainsi que Karl quitta la communauté du football, il ne cessait de s'enfuir dans la forêt, il s'asseyait dans une clairière et tentait de tirer un projet de vie quelconque de sa mélancolie, mais elle n'était faite que de silence. C'était justement ce qui changeait, quand il lisait. Et Mamie l'exhortait à lire. Il était assis à la table de la cuisine, éclairé par la lampe tandis que dehors le monde était plongé dans l'obscurité, et il lisait glissé dans la peau de Papy.

L'ambiance était moins mélancolique, et même franchement joyeuse, quand le cousin Franz était casé pour trois semaines chez Mamie car les vacances d'été n'étaient pas finies mais ses parents devaient retourner travailler. Les aventures que Karl vivait dans sa tête, il les partageait alors, assis avec son cousin sur une couverture dans le jardin de sa grand-mère, ils étaient au pays des Skipétars, sur les rives du Rio de la Plata ou du Mississippi, ou à Londres, cette ville lointaine où les hommes portaient des chapeaux melon. Ce fut aussi Franz Starek qui, en toute innocence, mit au jour le traumatisme qu'était son père pour Mamie : la photo de l'homme en uniforme au-dessus du téléphone. Les enfants n'y avaient jamais prêté grande attention. Mais le dernier été avant le bac, Franz demanda qui était sur cette photo et pourquoi il portait un uniforme allemand. Car il savait au moins que c'était un uniforme allemand. Mamie ne dit pas grand-chose. C'était son père. Elle haïssait cet uniforme, mais elle n'avait pas d'autre photo de lui. Si elle en avait eu une autre, elle n'aurait pas accroché celle-là. Mais elle voulait une photo de son père, ici même, malgré sa haine pour cet uniforme. Était-il mort à la guerre ? Mamie n'employa pas les mots « guerre » ni « mort », elle dit « tué », ce qui étonna et effraya Karl, « tué » paraissait tellement plus brutal que « mort ». Il a été tué en octobre 1944, déclara-t-elle, à Lublin, une ville de Pologne. Karl Auer avait oublié comment ils avaient découvert toute l'histoire, Mamie avait-elle fini par la raconter ou l'avaient-ils apprise plus tard par quelqu'un d'autre ? C'était comme si un voile couvrait ces événements, on voyait bien les contours de ce qu'il y avait dessous mais on ne voyait pas vraiment ce que c'était. Comment avaient-ils appris ceci : une femme s'était... disons : offerte à lui. Une Juive polonaise. Il pensa probablement qu'elle croyait pouvoir ainsi sauver sa vie en… comment dire ? Et aussi en lui montrant une maison où des Juifs se cachaient. Il la suivit là-bas, mais aucun Juif n'était caché dans cette maison. Deux combattants de la résistance polonaise lui tirèrent dessus dès qu'il entra. Il ne s'était jamais battu. Il était tombé dans un piège.

Il avait cru avoir le droit de vie et de mort, après quoi il était mort. Était-ce Mamie qui avait dit ça ?

C'était un criminel qui avait été puni avant d'avoir pu commettre son crime, dont il se réjouissait à l'avance. On ne pouvait dire autrement les choses. Il s'y était préparé avec volupté, à ce plaisir d'appartenir à une race supérieure, à une nation destinée à régner sur les autres. Et sur sa Juive. Pour lui, il n'y avait pas d'État de droit, pas même celui institué par les nazis. Il se rendait coupable de « souillure raciale », mais il considérait que cela faisait partie de ses prérogatives de seigneur. Et il était mort sans rien comprendre. Alors qu'il venait d'entendre le martèlement autoritaire de ses bottes sur les pavés entre les humbles maisons de ce quartier misérable, il avait eu à peine le temps avant de mourir de voir jaillir l'éclair de la gueule des pistolets. Deux combattants de la résistance. Comment le savait-on ? Dans le corps du père de Mamie, on retrouva les balles de deux armes de calibres différents. Ce qui voulait dire que deux hommes avaient tiré. Dans la nuit, ils traînèrent le cadavre jusqu'à la grand-place de Lublin, devant l'Hôtel Europa. Les occupants allemands l'avaient rebaptisé « Deutsches Haus », mais pour les Polonais il restait l'Europa.

Le lendemain, on regroupa quarante et un Polonais choisis au hasard et on les exécuta sur la place. Un pour chaque année de la vie du père de Mamie. Leur sang devait laver le sang du Sturmbannführer Weisgram (tels étaient le grade et le nom de son père) sur les pavés de la grand-place de Lublin.

D'où tenait-on ces détails ? Les Allemands avaient établi des dossiers où tout était consigné, ils avaient été envoyés à Berlin et archivés. Deux fois archivés : en Pologne et en Allemagne. Et le cousin Franz trouvait si passionnante l'histoire de ce meurtre qu'il avait commencé à faire des recherches, il avait déniché tous les documents disponibles, suivi le moindre indice. C'est alors, pour la première fois, que se révéla sa vocation de policier.

Karl Auer avait été si naïf! Pendant des années, jour après jour, il avait vu la photo de son arrière-grand-père sur la petite table du téléphone dans le vestibule, et il n'avait jamais posé de question, ou peut-être si, une fois, mais il avait compris devant la réaction de sa grand-mère qu'il valait mieux ne pas l'interroger. Elle avait voulu regarder son père dans les yeux, d'où cette photo à hauteur de ses yeux, au-dessus du téléphone. Mais elle n'avait jamais pu le comprendre, jamais voulu lui pardonner, à ce père qui écrivait des lettres que Karl avait découvertes après la mort de sa grand-mère, des lettres où il l'appelait sa « princesse ». Elle avait quatorze ans, à l'époque. Qu'avait-elle compris? Puis la nouvelle de sa « mort héroïque ». Sa lubricité l'avait fait tomber dans le piège tendu par des résistants. Une mort héroïque…

Le cousin Franz finit même par dénicher dans les archives de la résistance polonaise les noms des deux hommes censés avoir tué Uropa Weisgram. Deux héros de la résistance. À l'époque, ces noms ne disaient évidemment rien à Karl Auer. Il trouva simplement super que Franz ait mis la main dessus. Puis il les oublia. Et si aujourd'hui quelqu'un lui rappelait ces noms, les prononçait devant lui? Serait-il frappé par quelque chose? À savoir que le Premier ministre polonais avait le même nom de famille que le premier des deux résistants, et que lui-même, Auer, travaillait à deux pas d'un collègue qui s'appelait comme le second? Se demanderait-il s'ils étaient de la même famille que ces deux hommes, peut-être même leurs descendants directs, leurs petits-fils?

Encore une fois, Karl Auer avait depuis longtemps oublié ces noms, mais aujourd'hui il n'accorderait aucune importance à leur similitude, cette idée lui paraîtrait insensée, il penserait : Ce sont sans doute des noms polonais très répandus...

Assis sur le canapé aux cent yeux, vêtu de sa robe de chambre, il fumait, les yeux fixés sur la porte de la terrasse, il regardait la nuit tomber.

26

Adam Prawdower avait passé comme prévu un week-end aussi plaisant qu'harmonieux. S'il n'y avait pas eu ce coup de téléphone. Seulement le dimanche en fin d'après-midi, cela dit. Auparavant, il avait eu du *quality time* avec sa famille, comme il disait. Il lui semblait avoir été héroïque en se pliant aux besoins et aux attentes de sa femme et de son fils. Lire des journaux polonais en ligne ? Pas question. Car sa femme voulait constamment quelque chose, et c'était très bien, il était ému de voir le petit Romek se cramponner à ses genoux en disant *ata* – son premier mot, quand on écoutait bien : *Papa!*

Tu as entendu, il a dit papa, c'est son premier mot.

Il n'a pas dit *papa* mais *ata* !

Bon, il ne sait pas encore prononcer les P, mais il voulait...

Il a dit *ata,* ou peut-être était-ce *atak* !

Pourquoi veux-tu qu'il me dise *atak* ?

À qui d'autre veux-tu qu'il le dise ? C'est ton fils ! Du reste, son premier était *ormi* !

Pourquoi aurait-il dit *ormi* ? Qu'est-ce que ça signifie ? Qui raconte cette histoire ? Aucun enfant ne commence par dire *ormi.*

C'est la nounou qui me l'a raconté. Il voulait sans doute dire : *dormir**.

Mais il n'a jamais sommeil !

Elle a dû lui répéter très souvent qu'il devait dormir. Quand il la voit, il lui dit : *ormi.* Exactement comme il dit *maman* quand il me voit.

Il te dit *maman*?

Oui, je lui dis toujours : je suis ta maman ! Maman ! Mais quand te voit-il ? Que lui dis-tu ? Alors, il te dit : Attaque !

Adam était impressionné par l'obstination infatigable avec laquelle Romek essayait partout de se hisser sur ses jambes, pas seulement en s'agrippant aux genoux de son père, il s'appuyait à une chaise, à la table basse près du canapé, il se redressait, tentait de faire deux ou trois pas, retombait lourdement, rampait jusqu'à la chaise suivante, se mettait debout et poussait la chaise comme un déambulateur à travers la pièce. Adam se reconnaissait dans cet acharnement, même s'il n'aurait pas appelé ça de l'acharnement mais… quoi donc ? Même s'il ne se l'avouait pas : l'accomplissement d'un devoir. Le petit Romek avait maintenant pour mission d'apprendre à marcher, et le fanatisme qu'il mettait dans ses efforts pour se dresser était pour Adam l'accomplissement d'un devoir. Il était incapable de penser autrement.

Tel était Adam le père. Son père.

Il pleuvait sans interruption. Il était évidemment pénible de ne pouvoir sortir, mais ils vivaient depuis assez longtemps à Bruxelles pour supporter stoïquement la pluie. Ils disposaient d'un grand canapé confortable, sur lequel ils passaient des heures entières, ils observaient les efforts de leur fils pour marcher, ils l'applaudissaient, le consolaient, le prenaient dans leurs bras pour le câliner jusqu'à ce qu'il se libère en trépignant, ils le laissaient se promener à quatre pattes et lisaient ou parlaient.

Ou parlaient. Adam s'était attendu, non sans appréhension, à ce que Dorota se lance dans des débats de fond, une critique de leur mariage, des reproches l'obligeant à s'améliorer, mais rien de tel, ils bavardaient et discutaient sans contrainte, ils ne disaient rien d'essentiel et pour l'heure c'était justement là l'essentiel.

Si seulement le temps n'avait pas passé avec cette lenteur insupportable.

Quand s'occuper de Romek commença à plonger Adam dans un ennui presque accablant, et qu'il n'eut pas envie non plus d'entendre parler du roman que Dorota lisait et dont elle devait absolument lui lire des phrases à voix haute – oui, elle le « devait! » –, un best-seller italien sur une amitié entre femmes, pour autant qu'il ait compris, quand donc il en eut assez de tout cela, il proposa de faire la cuisine.

La pluie l'empêchait malheureusement de faire un barbecue. Il aimait préparer des grillades, le calme attentif qu'exigeaient les nombreuses petites opérations nécessaires pour obtenir des braises parfaites – ce goût était étrange chez cet homme traumatisé par le feu, cet homme brûlé littéralement par la vie. Mais peut-être est-ce parce qu'il s'agissait de contrôler le feu, aucune flamme ne devait jaillir, rien ne devait brûler, justement, ce feu ne devait rien brûler mais nourrir le plaisir de vivre.

Mais cette fois il devait cuire les saucisses et les côtelettes dans une poêle sur la cuisinière. Et c'est alors que c'est arrivé : le dimanche, en fin d'après-midi, alors qu'il s'était déjà retiré dans la cuisine pour préparer le dîner.

Déjà? Tu veux vraiment manger si tôt?

Oui, c'est plus sain!

Quand son mobile se mit à sonner, il vit qu'il s'agissait d'un numéro polonais, non, ce n'était pas le moment, pas pendant ce week-end, la sonnerie n'en finissait plus, il prit la communication. C'était Paulina, cette militante du parti libéral, ancienne conseillère municipale de Varsovie, avec qui Adam était ami depuis l'immolation par le feu de Piotr, c'était elle qui avait diffusé sur Twitter le tract de Piotr, et elle était aussi allée voir Adam à l'hôpital. Lors des dernières élections, elle n'avait pas été investie par son parti, elle n'exerçait donc plus aucun mandat, elle profitait de sa retraite, ou plutôt : elle aurait aimé en profiter.

Vous vivez sur la lune, sur la face d'où on ne voit pas la terre? Qu'est-ce qui vous arrive?

Paulina était hors d'elle, elle parlait très fort – pour employer un terme modéré. La semaine dernière, le gouvernement polonais a fait passer à la hussarde la loi modifiant les règles d'attribution des sièges à la Cour suprême, c'est la fin de l'indépendance des juges, nous avons une réforme de la justice qui... allô! Tu es encore là? Oui? Oui! Donc, le gouvernement met fin à la séparation des pouvoirs, tu m'entends? Oui? Il détruit l'État de droit, la démocratie, et... pourquoi ne dis-tu rien? Tu es encore là? Et que faites-vous, que fait la Commission, est-ce qu'on entend quoi que ce soit de ce côté-là? Dis-moi, Adam, Bruxelles est-il vraiment si loin de Varsovie? Comment? La Commission est la garante des traités, hein? Tu parles d'une garantie, quand un État membre peut enfreindre le droit à sa guise sans provoquer la moindre réaction! *Cholera jasna!* Pardon! Mais ça suffit. Pas plus tard qu'aujourd'hui! Tu es encore là? Oui? Pourquoi ne dis-tu rien? Aujourd'hui, donc, tu connais la dernière? La présidente de la Commission a annoncé qu'elle publierait un message sur le net. Et nous attendions, nous voulions savoir ce qu'elle allait dire, quelles annonces elle allait faire – la réaction de la Commission, des sanctions, enfin, ce qu'elle allait dire. Et voilà qu'est arrivé son message vidéo: elle nous apprend en personne comment se laver correctement les mains!

Qu'est-ce que tu racontes?

Regarde toi-même, c'est sur YouTube. La présidente se lave les mains. À quoi cela te fait-il penser? La populace polonaise exige qu'on crucifie les juges, et elle...

Attends! Attends! Je veux voir ça. Je te rappelle!

Elle se frotta plusieurs fois le dos des mains, passa aux paumes, s'attarda sur les interstices entre les doigts, rajouta du savon, puis se tordit les mains avec brio, indiqua encore comment utiliser et jeter correctement la serviette en papier.

À la fin du clip, la présidente, dont la coiffure évoquait un casque doré, présenta à la caméra en gros plan ses mains parfaitement propres, se figea...

Dorota entra en trombe dans la cuisine. Que se passe-t-il ? Elle enleva précipitamment la poêle de la cuisinière, ouvrit la fenêtre, alluma la hotte. Qu'est-ce qui te prend ? Tu ne vois pas que tout est en train de brûler ? Qu'est-ce que tu regardes sur ton mobile ?

La présidente, dit-il, manipulé...

Comment ?

Il avait voulu dire ironiquement : *mani pulite,* mais après tout il s'en fichait, il haussa les épaules. Et il entendit le petit Romek se mettre à crier, il hurlait désespérément.

TROISIÈME PARTIE

Coups du sort

Un rayon du soleil couchant entra obliquement par la fenêtre et illumina comme un coup de projecteur précisément le casque. Le métal blanc de la calotte, le bandeau en laiton et les rosettes dorées se mirent à étinceler, tandis que la table sur laquelle il était posé et l'armoire de bureau à l'arrière-plan se contentèrent de luire d'un éclat rougeâtre, en fournissant ainsi la cadre et le fond sur lequel se détachait le casque resplendissant. On aurait dit une mise en scène. L'homme au casque d'or venait de le poser là et de s'en aller. C'était l'impression qu'on avait, et en un sens ce n'était pas faux.

De toute façon, les deux personnes se trouvant dans cette pièce n'y prêtaient aucune attention, au contraire elles évitaient de regarder cet objet d'art, ainsi qu'il faut bien l'appeler, comme s'il était obscène ou du moins gênant. Puis le rayon fut occulté, le casque cessa d'un coup de briller, se fondit dans la grisaille du crépuscule, car Mercedes s'était avancée pour ouvrir la fenêtre, se pencher au-dehors, et il sembla brièvement à Ismail Lani qu'elle allait se jeter dans le vide. Il était coutumier de ce genre de fantasmes : les femmes vouant leur existence entière à un homme, comme Mercedes l'avait fait pour le ZK, passaient un jour aux actes et concrétisaient à la lettre leur renoncement à leur propre vie. Elles sautaient par la fenêtre, se tranchaient les veines, allaient chercher dans la forêt des plantes toxiques ou des champignons vénéneux, dont les femmes dans ce pays se transmettaient depuis des générations la connaissance et l'usage.

Pourquoi ? Il ne se posait plus cette question, car il ne lui avait jamais trouvé de réponse. Il ne comprenait pas ces femmes. Elles le faisaient. Comme sa mère. D'un coup, le projet de vie de cette femme avait été remis en question comme la carrière et l'importance de son mari, le père d'Ismail, et le monde où elle vivait – à quoi pensait-elle, lorsqu'elle eut bu le poison et attendit que son cœur cesse de battre ? À l'époque, Ismail Lani avait quatre ans. Il vit le dos de Mercedes, il la vit se pencher. La rejoignant près de la fenêtre, il la tira doucement en arrière.

Quand on ferme les yeux, dit-il, on a l'impression d'un cœur qui s'emballe. Tu ne trouves pas ? Tu entends ?

Mercedes comprit tout de suite ce qu'il voulait dire. Les bruits montant de la cour, sur un rythme précipité, frénétique, puis soudain lent, très lent, comme sur le point de s'interrompre, après quoi les coups reprenaient avec force, parfaitement en cadence, soudain un coup sourd, un bref silence, et de nouveau une succession rapide de coups déchaînés.

Peu après être devenu le chef du gouvernement, le ZK avait fait installer un terrain de basket privé dans une cour derrière le palais. Il y jouait maintenant, seul, il faisait rebondir le ballon en cadence sur le terrain, le traversait en dribblant, esquivait des adversaires invisibles, il dansait avec le ballon, inscrivait des paniers, poursuivait le ballon s'éloignant en bondissant, lui redonnait de la vitesse. Il feinta encore d'autres joueurs imaginaires, le ballon sauta entre ses jambes derrière son dos puis rebondit soudain en avant, remonta sur son bras jusqu'à son épaule, qu'il agita brièvement, le ballon atterrit sur sa tête, où il resta suspendu, on n'entendait plus un bruit, puis le ballon se mit à sautiller presque tendrement sur son front…

Il réfléchit, dit Mercedes.

Son ton était à la fois admiratif et préoccupé.

Ismail ne comprenait plus entièrement ni son admiration ni son inquiétude. Ils avaient certes un problème, mais il ne le trouvait pas si dramatique que ça. En voyant comme le Chef dramatisait cette situation, il se sentait confirmé dans son impression de l'avoir tout bonnement surestimé. Autrefois, il l'avait admiré et aimé avec presque autant de fanatisme que Mercedes, il avait placé tous ses espoirs en lui, s'était entièrement soumis à lui dans le travail. C'est à cette époque qu'il avait découvert le petit Fate Vasa et l'avait fait entrer dans la famille. Ils se considéraient comme une famille, avec au centre le Chef, que tous devaient admirer et pour lequel il fallait organiser l'admiration générale. Ils étaient tellement convaincus que cette entreprise allait, non, devait réussir. Le Chef était différent. C'était justement ce qu'exigeait cette époque nouvelle : des gens différents, pouvant se porter garants d'un avenir différent, le promettre, le représenter. La politique ? En ce temps-là, personne ne savait exactement ce que c'était, mais tout semblait possible. Dans une dictature, la politique se réduit à la violence, à l'arbitraire et à la folie. Le père d'Ismail avait été victime de l'illusion qu'il était encore question de politique, d'une action rationnelle au service des citoyens, de compromis entre des intérêts divergents, en somme de l'amélioration des conditions de vie du plus grand nombre de gens possible. Et que la politique consistait aussi et surtout à reconnaître les signes des temps. Il avait cru qu'il pourrait dans sa position promouvoir quelques réformes et un peu plus d'ouverture. Les signes des temps. Il fut la dernière victime éminente de l'ancien régime. Et sa femme, la mère d'Ismail, se sacrifia aussitôt avec lui. En laissant derrière elle un fils de quatre ans. Cela faisait combien d'années ? Encore un peu de temps, et ils auraient été pour les uns des héros de la résistance, pour les autres des garants de la continuité. Voilà ce qui arrivait quand on était à un tournant de l'histoire. C'était trop tard, mais cela faisait réfléchir Ismail Lani. Lorsqu'il était étudiant, il avait idolâtré le Chef autant que

Mercedes, qui avait été nommée ensuite sa directrice de cabinet tandis qu'il devenait son porte-parole. La mère d'Ismail avait éprouvé les mêmes sentiments, en son temps, pour son père et le chef de celui-ci. Quelle différence y avait-il entre deux loyautés ? Sa tante Xhulieta lui avait raconté l'histoire suivante : Quand son père était devenu membre du Comité central, le « premier camarade », l'homme dont les statues et les monuments se dressaient de son vivant dans toutes les villes du pays, où on le voyait le bras tendu, comme pour montrer la direction de l'avenir, cet homme donc avait ôté son chapeau devant la mère d'Ismail et lui avait baisé la main. D'après Xhulieta, sa mère l'avait trouvé si adroit et charmant, « à la viennoise ». Elle l'avait regardé dans les yeux et avait tout compris.

Comment ça, « tout compris » ?

C'est ce qu'elle avait dit, répondit sa tante. Devant son sourire espiègle, son regard après le baisemain, elle avait tout compris : c'était un homme à part, auquel elle allait tout sacrifier. Elle l'avait dit textuellement. Et il avait ôté son chapeau devant elle ! Le premier camarade portait presque toujours un chapeau, mais quand l'avait-on jamais vu se découvrir devant quelqu'un ? Cependant, le jour où elle s'était rendu compte que ce « chef bien-aimé » et « premier camarade », auquel son mari et elle avaient voué leur vie, n'était plus qu'un malade en proie à des idées délirantes, sa vie avait été détruite.

Avec les matériaux prévus pour des immeubles d'habitation, il a fait construire des bunkers. Des milliers d'absurdes petits bunkers, qui ne pouvaient sauver rien ni personne, ton père a disparu, et ta mère n'était plus autorisée à voir l'homme qui autrefois avait ôté son chapeau devant elle. De ce point de vue, la décision qu'elle a prise était simplement cohérente, et tu peux t'estimer heureux qu'elle ne t'ait pas entraîné dans la mort. Après tout, toi aussi tu étais voué à cet homme. On te mettait tes habits du dimanche et on te juchait sur la table, quand il venait chez vous – à l'époque il y avait chez vous des réceptions en son honneur, vous habitiez à Blloku, presque en face de sa résidence, quel privilège, quel signal adressé aux autres! Et tu devais réciter un compliment...

Non!

Si. Rien de compliqué, le texte était toujours très bref, car tu étais encore tout petit. *Les montagnes voleront / avec Enver nous vaincrons.*

Non!

Si. Ensuite, le silence régnait dans la pièce. Le premier camarade souriait puis, après quelques secondes qui semblaient interminables, il applaudissait. Tout le monde alors t'acclamait, ta mère te donnait un baiser et te reposait par terre, et un jour il t'a caressé la tête. C'était sa seule bénédiction qu'on pouvait recevoir dans un État athée.

Non!

Si. Tu étais un petit singe savant. Tu étais mignon alors, mignon et complaisant, et ensuite tu pouvais aller dormir. Un petit singe savant, c'est comme ça qu'on t'appelait! Mais pas en public.

C'est insensé. D'ailleurs, qu'est-ce que ça veut dire: Les montagnes voleront?

Que le premier camarade peut rendre l'impossible possible, faire des miracles, est-ce que je sais. Ce n'est quand même pas difficile à comprendre.

Ismail était troublé que ces pensées lui viennent en cet instant. Comment fonctionnaient les associations d'idées? C'était tellement primitif. Si gênant, si torturant. Ces anecdotes sur sa mère, son dévouement fanatique pour un dictateur meurtrier... Lui-même ne gardait d'elle aucun souvenir concret, évidemment, mais il éprouvait jusqu'à ce jour une haine ancienne, profonde et inavouée quand il pensait à elle. Car il lui semblait qu'elle ne s'était pas contentée de mettre fin à ses jours, mais qu'elle s'était en fait échappée en douce de la vie de son fils. Après avoir fait de lui un *petit singe savant*.

Il ne se rappelait pas non plus cet épisode, bien sûr. Vraiment pas. Mais depuis que tante Xhulieta le lui avait raconté, il était toujours rempli de honte quand il y repensait et songeait que certains témoins de ces soirées dans le Blloku étaient toujours vivants et racontaient cette histoire, chaque fois qu'ils voyaient le porte-parole du Premier ministre à la télé ou dans un journal. *Mais c'est le petit singe savant! Comment ça? Tu ne connais pas cette histoire? Écoute! J'ai entendu dire que cet Ismail Lani, quand il était enfant, récitait des compliments…* et ainsi de suite. Et il passait souvent à la télé, si bien que chaque jour des gens devaient reprendre ce commérage, pouvait-il encore marcher dans la rue sans comprendre au sourire des passants qu'ils pensaient en le voyant: *Voilà le petit singe savant!*

Et c'était justement maintenant que le Chef exigeait une solidarité inconditionnelle, une confiance aveugle en ses décisions. Mais il préférait réfléchir en bas, dans cette cour, avec son ballon, plutôt que de discuter de la situation avec son équipe et ses plus proches collaborateurs. C'était fou. Et lui, le bon, le fidèle Ismail Lani, il devrait ensuite aller réciter devant les médias son petit compliment sur la sagesse du Chef.

Mais où donc était Fate?

À l'époque où sa tante lui avait raconté l'histoire du sage savant, il ne connaissait pas encore Fate Vasa. En repensant maintenant à cette histoire, il songea que Fate aurait certainement compris sur-le-champ: Les montagnes voleront. Fate était ainsi, toujours à essayer d'oublier son engagement politique à coups de symboles et de métaphores. En fait, c'était ridicule. La moindre agence de publicité serait plus utile que ce nain difforme. Dès le début, Ismail avait su que cette idée du casque était absurde, mais il ne pouvait rien dire tant le Chef était une fois de plus enthousiasmé par son cher Fate. La vérité, c'était que le Chef ferait mieux de le ficher à la porte! On ne pouvait pas gouverner, quand on prenait comme conseiller un tel dingue. On le voyait bien maintenant.

Mais où donc est Fate? Mercedes haussa les épaules.

Avec le recul, Ismail pensait qu'il avait remis en question pour la première fois sa loyauté indéfectible envers le Chef lorsque Fate lui avait suggéré de se coiffer du casque de Skanderbeg et que le ZK avait accueilli avec enthousiasme cette idée absurde. Et maintenant? Il se retourna. Le casque était là. Et le Chef aurait préféré qu'il se volatilise.

L'idée de Fate était une folie, c'était évident. Cela dit, le problème n'était pas si terrible que ça. S'il prenait de telles proportions, c'était parce que le Chef dramatisait d'une manière presque hystérique: Pourquoi l'opposition avait-elle soudain droit à des lancers francs, alors qu'il n'avait commis aucune faute?

Je crois qu'il est à côté, dans la salle de conférence, dit Mercedes.

Qui?

Eh bien, Fate. Il est parti en disant qu'il devait réfléchir. Nous devons prendre une décision aujourd'hui. Je suis curieuse de savoir ce qu'il va dire.

Qui? Le Chef?

Non, Fate. C'est de lui que tu parlais.

Que veux-tu qu'il dise? Quelque chose du genre: *Les montagnes voleront!*

Mercedes regarda Ismail d'un air interloqué. Puis elle sourit avec ravissement et lança: C'est génial! Merveilleux!

Ismail fut pris de court. Pourquoi? Comment comprends-tu ça?

Il va y avoir un miracle! Les montagnes vont voler. C'est ça le message! Qu'est-ce qu'a dit le Chef, avant de descendre dans la cour? Que nous avions besoin d'un miracle. Oui, tu as raison, voilà sur quoi nous devons axer notre communication: pendant que l'opposition se perd en discussions mesquines sur un casque datant du Moyen Âge, le ZK fait des miracles!

Est-ce que je peux y croire? pensa Ismail. Il se demanda comment il pourrait sauver son âme. Il lui semblait que dans ces mots... Il s'arrêta court et se demanda avec étonnement: l'âme serait-elle un synonyme de l'estime de soi?

Dans la salle voisine, Fate regardait lui aussi par la fenêtre le ZK dribbler avec lui-même dans la cour. La scène dans le bureau du Premier ministre avait été sinistre, une farce tragique. Le ZK s'était coiffé du casque, qui lui allait à la perfection, puis s'était avancé vers le miroir d'un pas raide, comme s'il devait maintenir le casque en équilibre sur sa tête, et avait pris la pose devant son reflet. Tous savaient dans la salle que ce miroir occupait la place où était accroché naguère le portrait de Skanderbeg, qui s'y trouvait depuis qu'en 1930 le roi Zog avait fait construire ce bâtiment officiel, après quoi cette grande machine avait survécu à tous les conflits, les occupations, les combats de libération, les changements de régime et les guerres civiles, et n'avait pas bougé jusqu'au jour où le ZK l'avait fait enlever et mettre au dépôt puis avait ordonné que le vieux crochet mural porte désormais un immense miroir. Tout cela pour donner cette scène: le Premier ministre coiffé du casque de Skanderbeg se regardait dans un miroir à l'endroit même où tous ses prédécesseurs avaient vu un tableau de Skanderbeg avec son casque.

C'était le moment, ou plus exactement ç'aurait été la répétition générale du moment que Fate Vasa avait imaginé: le Premier ministre se coiffe du casque de Skanderbeg et incarne ainsi l'unité de tous les Albanais. Et de cette façon, non seulement il s'impose politiquement dans son pays et affaiblit l'opposition, mais il acquiert aussi et surtout une force et un poids nouveaux face à l'Union européenne. L'UE avait-elle un symbole de son unité? Non. Mais les Albanais en avait un, ce casque. Et ce symbole les rend plus grands, cette unité les rend plus forts, elle devient un facteur politique dans le jeu des contradictions de l'Union. L'Albanie est trop petite pour l'UE, trop insignifiante, c'est un marché sans intérêt? Une Albanie unifiée s'étend loin dans les territoires d'États déjà membres ou encore candidats de l'UE. Et si la France et la Hollande, qui elle-même n'est pas vraiment gigantesque, minimisaient cette unité et considéraient toujours l'Albanie comme un détail sans importance : la superficie d'un pays n'est pas tout, il y a aussi le sous-sol. Et dans le sous-sol de l'Albanie dorment du cuivre, du chrome, des terres rares, du pétrole, et ce sous-sol rend l'Albanie plus importante que toute l'étendue de la France et pèse certainement plus lourd que les tomates des serres hollandaises. Avec ce casque, nous n'implorons plus qu'on nous laisse entrer dans l'Union européenne, nous réfléchissons en toute objectivité à laisser entrer éventuellement l'UE dans une Albanie unifiée. Peut-être songeons-nous à vendre les droits d'exploitation de notre cuivre aux Chinois, et l'UE pourra acheter ensuite le cuivre à la Chine – est-ce ce genre de grandeur qui en impose à l'UE?

Telle était l'idée, et Fate ne comprenait pas pourquoi le ZK avait soudain paniqué et était parti jouer au ballon dans la cour comme un enfant mal luné. Tu es donc pour la fuite en avant, avait-il dit avant d'aller dans la cour. Fate trouvait que « fuite en avant » était une formule stupide. Pourquoi serait-ce une fuite, si l'on était cohérent?

Dans le hall du palais, on entendait comme des coups réguliers accompagnés de halètements de plus en plus bruyants. Mais on ne voyait personne, la réception semblait déserte. Diellza, la femme de ménage toujours joyeuse, qui avait été nommée sur ordre du ZK « directrice de la maintenance », sourit d'un air amusé en entrant pour laver le sol. Elle savait d'où venaient ces bruits et ce qu'ils signifiaient. Son visage rond était radieux et ses lèvres charnues répétèrent tout bas : *një dy një dy dhe hop dhe hop,* tandis qu'elle plongeait au même rythme la serpillière dans le seau d'eau et lavait le sol en cadence, *një dy një dy.* Une deux une deux et hop et hop, et un coup de serpillière! Le sol devait briller, c'était une rapide, elle jucha la serpillière et le seau sur son chariot, jeta un dernier regard vers la réception, il n'y avait toujours personne en vue, on entendait juste les coups et les halètements, et Diellza lança à voix haute, en guise d'au revoir : *një dy një dy,* éclata de rire et poussa le chariot dans l'ascenseur. À cet instant, Gulivër, le réceptionniste, apparut derrière le comptoir, auquel il s'appuya en respirant profondément. Il avait profité de ce moment tranquille, sans visite ni rendez-vous à l'horizon, pour faire des pompes à l'abri du comptoir. Il avait déjà fait de tels progrès en musculation qu'il était maintenant capable, après avoir presque touché le sol avec sa poitrine, de taper dans ses mains au moment de tendre les bras. Il avait fait deux séries de douze pompes. Ce n'était pas encore assez. Cet homme pâle comme un linge avait maintenant le visage écarlate. Mais son pouls au repos revint bientôt à 75. Comme on n'annonçait toujours aucun visiteur, il quitta son poste pour se préparer un café. Le réchaud électrique à deux plaques se trouvait derrière le frigo, dans la niche à côté des toilettes. Les plaques de cuisson étaient pas mal rouillées, mais elles marchaient, pourquoi le métal rouillé ne pourrait-il pas devenir brûlant? Le problème, autrefois, ce n'était pas ce coin cuisine aussi primitif que délabré, mais le manque de grains de café. Mais depuis qu'il était à la tête du gouvernement, Zoti Kryeministër avait mis un terme à cette situation. Ils avaient assez de café, et même des spécialités que le ZK ramenait de ses voyages à l'étranger. Il pensait toujours à son équipe, comme il disait, et traitait tous ses collaborateurs d'égal à égal, d'un coup Gulivër le réceptionniste n'avait plus été un obscur subalterne mais le membre d'une équipe, et on ne manquait plus de café. Il y avait l'allemand Münchhausen, l'autrichien Aida, l'italien Illy – comme Zoti Kryeministër, Gulivër avait un faible pour le Münchhausen. Du reste, il ne prétendait pas être devenu un spécialiste en torréfaction, il se contentait d'apprécier ses pauses-café, en constatant avec gratitude que la pénurie de grains avait cessé, que le Münchhausen était particulièrement fort sans être amer pour autant, et il en restait encore au fond de la boîte, Gulivër remplit son moulin, qu'il coinça entre ses jambes avant de tourner la manivelle avec une vigueur qui n'excluait pas la patience, car les grains devaient être broyés très fin. Par la fenêtre du coin cuisine, il voyait Zoti Kryeministër faire rebondir inlassablement son ballon sur le terrain de basket de la cour, dribbler, danser avec le ballon. Gulivër l'aimait, ce géant qui était capable de converser familièrement avec les gens comme lui. Et c'était aussi ce qui expliquait son programme de musculation, ses pompes derrière le comptoir de la réception : Gulivër ne voulait plus être réceptionniste mais agent de sécurité, il s'était inscrit pour passer un test de recrutement, il connaissait les conditions requises et, même s'il était encore loin de pouvoir les satisfaire, il se consacrait avec ardeur à la musculation derrière son comptoir. Il admirait les agents de sécurité, avec leurs chemises noires, les câbles de leurs oreillettes disparaissant sous leur chemise, le mot « Security » inscrit sur leur dos. De plus, ils étaient mieux payés que les réceptionnistes, dont la grille des salaires remontait encore à l'époque où ces postes étaient occupés par des invalides. Mais ce n'était pas l'argent qui comptait pour lui. S'il voulait devenir agent de sécurité, c'était qu'il se sentait prêt à se faire tuer pour sauver la vie de cet homme, de ce Premier ministre.

Par la fenêtre du coin cuisine, il voyait le Premier ministre lancer élégamment le ballon, qui s'engouffrait dans le filet, retombait sur le sol où il le reprenait aussitôt en main, le faisait rebondir trois ou quatre fois avant de l'envoyer de nouveau avec aisance dans le filet. Le réceptionniste s'arrêta un instant, oui, le café était bien moulu, il versa deux cuillers pleines dans le *cecve*, rajouta un peu de sucre et deux graines de cardamome extraites de leur capsule, attendit que le café devienne mousseux pour retirer à cet instant précis le *cecve* de la plaque de cuisson. Alors que la mousse commençait à monter, il vit, ou plutôt il entendit puis vit le ZK pousser un cri, jeter violemment le ballon et crier, manifestement en proie à une fureur incroyable, il criait en serrant les poings, la tête renversée en arrière, tandis que le ballon rebondissait au hasard, et Gulivër regarda la scène en ouvrant de grands yeux, pendant que la mousse débordant sur la plaque brûlait en grésillant.

Que s'était-il passé ? Le problème, si c'en était un, était lié à la visite que Fate Vasa avait faite au préfet de police Endrit Cufaj. Fate avait appris alors que le casque pour lequel on demandait une rançon n'avait pas été volé à Vienne, et il avait compris aussitôt qu'il devait s'agir de la copie fabriquée pour le ZK, qu'on avait volée au ferronnier. D'après les informations fournies par la *Direzione investigativa antimafia*, elle se trouvait à Bari, et Endrit Cufaj avait déclaré que ses collègues italiens avaient proposé de « s'occuper » de cette affaire pour renvoyer le casque à Tirana. Fate Vasa avait donc demandé à Endrit Cufaj de donner le feu vert à cette opération.

Fate avait négligé un détail : le préfet Cufaj comprenait certes que le cabinet du Premier ministre soit très désireux de savoir qui avait volé le casque à Vienne, car les médias européens mettaient ce vol sur le dos des Albanais, ce qui nuisait évidemment à la position de l'Albanie concernant d'éventuelles négociations avec l'Union européenne. En revanche, Endrit Cufaj ne comprenait pas en quoi une copie du casque volé pouvait intéresser Fate Vasa, et donc le Premier ministre. Cela paraissait illogique. Cependant, le nez d'Endrit Cufaj avait beau être ravagé par l'abus d'alcool, cet énorme pif rouge comme un signal d'alarme avait un flair infaillible pour les proies faciles et les situations avantageuses. Si jamais il découvrait ce qu'avaient en main Fate Vasa et son patron lunatique, ce serait un jour faste pour lui.

Il n'eut pas à réfléchir longtemps. À la fin de leur entretien, Fate Vasa lui avait écrit le nom d'un homme dont le Chef voulait savoir où il était. Endrit Cufaj fit aussitôt le rapprochement : cet homme devait avoir un rapport avec cette affaire. Il découvrit évidemment très vite qu'il s'agissait d'un ferronnier qui était lié pour une raison ou pour une autre avec le vol du casque et se trouvait donc en détention provisoire. Avant d'en informer le cabinet du Premier ministre, il procéda lui-même à un interrogatoire. Après quoi, tout s'éclaircit. De retour dans son bureau, il se fit apporter un sandwich au foie et un grand verre de raki. Il dévora joyeusement son sandwich, comme s'il écrasait Fate Vasa entre ses dents, et but son raki comme si c'était le KZ qui se faisait ainsi vider.

Il avait la singulière habitude de s'essuyer la bouche avec le dessous de sa cravate, après avoir mangé. Non seulement parce qu'avoir des serviettes sur son bureau aurait créé une mauvaise impression, même si elle n'aurait pas été entièrement fausse, mais surtout pour protester en silence contre une des nombreuses « réformes » du gouvernement qu'il jugeait quant à lui absurdes, à savoir l'obligation pour les hommes dans sa position de porter la cravate au bureau. Comme disait sa femme, tes cravates sont comme les caleçons chez les autres.

Il sourit. S'essuya la bouche. À présent, il n'avait qu'à attendre que ses collègues italiens lui remettent le casque.

Ce qu'il fit ensuite était un chef-d'œuvre de correction perfide. Après avoir fait savoir officiellement qu'on avait récupéré le casque, il donna une conférence de presse où il annonça que *la copie du casque de Skanderbeg exécutée à la demande du Premier ministre*, grâce au travail de la police albanaise et à ses bonnes relations avec la direction antimafia italienne et blablabla, et la mafia blablabla, et il se réjouissait de *pouvoir maintenant restituer cette copie du casque de Skanderbeg à son commanditaire, monsieur le Premier ministre* – il précisa avec délectation : *et de lui permettre de remplir son office,* sans faire mystère que *ce casque, comme l'enquête l'a révélé, a été fabriqué sur mesure pour le Premier ministre...* après quoi il ajouta avec un sourire doucereux : *Cette perte si douloureuse pour lui, le travail exemplaire de la police a pu* et blablabla.

C'était absolument inutile. Mais tous les faits étaient exacts. Et le préfet de police avait joué les innocents : pourquoi aurait-il dû éviter d'annoncer un succès ?

Comme il l'avait prévu, cette histoire fit l'effet d'une bombe. Il avait pris soin d'informer préalablement à titre confidentiel quelques membres de l'opposition, de façon qu'ils puissent réagir immédiatement après la conférence de presse par une action concertée visant à provoquer par tous les moyens une agitation artificielle.

Le soir même de la conférence de presse, les actualités télévisées virent se succéder des moqueries à peine voilées à l'adresse du Premier ministre, ponctuées de commentaires d'une objectivité ironique et de déclarations de représentants de l'opposition prétendant défendre l'État : ils s'interrogeaient sur l'équilibre mental du Premier ministre, qui voulait se déguiser en mythe médiéval, ils considéraient que la dignité de sa fonction était mise à mal par ce chef de gouvernement paraissant confondre la représentation politique avec un carnaval ou un goûter d'enfants, ils l'accusaient d'être mégalomane, puisqu'il s'identifiait apparemment au plus grand héros national de l'Albanie, ou de perdre le sens des réalités, s'il croyait pouvoir gouverner la République en devenant la caricature d'un ancien prince albanais. Le chef de l'opposition déclara à la télévision d'État qu'il essayait d'imaginer le Premier ministre en train d'errer dans son palais avec le casque de Skanderbeg, et il ajouta après une pause oratoire, d'un air aussi inquiet que résolu : Nous devons mettre un terme à cette errance dans l'histoire de l'Albanie.

Quelques minutes après la fin des actualités, le ZK appela son porte-parole. Ismail s'abstint d'observer qu'il avait vu venir la catastrophe. Il ne dit pas non plus : Tu peux dire merci à Fate, avec ses idées démentes. Il activa le haut-parleur de son smartphone, le posa à côté de sa chope de bière, écouta en se limant les ongles les théories complotistes que le Chef exposait avec une fureur véhémente, évita également de déclarer qu'il était difficile de parler de complot, puisque cette histoire reposait sur des faits bien réels. Des interprétations ne constituaient pas un complot, mais il ne le dit pas.

Quand il put parler, il déconseilla au Chef de réagir sur-le-champ. Mieux vaudrait peser avec soin toute explication, anticiper et déjouer les possibles traquenards. Il fallait rendre plausible ce qui paraissait absurde dans cette histoire, l'annuler en présentant une version qui puisse être comprise par le public et entraîner l'adhésion de la majorité. On ne pouvait y parvenir par la précipitation ni par la spontanéité. Du reste, il ne croyait pas qu'une réaction officielle, même préparée dans le moindre détail, fût nécessaire. Ce que l'opposition disait était une chose, mais que dirait le peuple ? Il ne verrait sans doute dans cette histoire de casque qu'une nouvelle lubie de son Premier ministre, dont les comportements originaux étaient notoires.

Ils hausseront les épaules, dit-il, ils demanderont où est la nouveauté, il a toujours été comme ça, nous y sommes habitués, et nous l'avons élu. L'opposition cherche à le déconsidérer à la moindre occasion, mais le peuple a décidé.

Le calme revint à l'autre bout de la ligne, puis le chef dit : OK, à demain.

Ismail repoussa le smartphone, avala une gorgée de bière et se demanda s'il croyait encore lui-même à ce qu'il disait. La question était mal posée. Du point de vue de la realpolitik et du pragmatisme, il avait raison. La vraie question, c'était : croyait-il encore en l'homme pour qui il travaillait ?

Le lendemain, cependant, un torrent de boue se déversa sur les réseaux sociaux, et il prit de telles proportions que les correspondants des médias étrangers finirent par en parler. Les commentaires ironiques, moqueurs, cyniques se multipliaient, y compris des posts aussi agressifs que méprisants sur « l'autiste censé être Premier ministre », qui récoltaient des foules de *like* et étaient massivement partagés. Pire encore : les allégations et les accusations ne visaient pas que le Premier ministre mais aussi sa « famille », c'est-à-dire ses collaborateurs, ses conseillers, ses ministres, qu'on soupçonnait de rendre un culte à la réincarnation autoproclamée de Skanderbeg en célébrant des rites étranges dans le palais du gouvernement. Du coup, les députés et les fonctionnaires de son parti devinrent nerveux, car ils craignaient pour leur poste si sa cote de popularité s'effondrait et s'il était menacé de destitution. C'est ainsi que le Chef fut pris en tenaille entre le public virtuel d'Internet et la dynamique réelle de son parti.

Après la conférence de presse du préfet de police, des journalistes demandèrent quand le casque qu'on venait de récupérer serait remis au Premier ministre. Endrit Cufaj répondit qu'il ne pouvait pas leur donner d'informations à ce sujet.

Il ne pouvait vraiment pas les renseigner, même s'il en brûlait d'envie. Un show médiatique où il aurait remis lui-même le casque au Premier ministre, ç'aurait été le couronnement de ses efforts – à l'idée du « couronnement », il ne pouvait s'empêcher de sourire. Mais en fait le casque n'était plus en possession de la police. L'Albanie était un État de droit, il devait le reconnaître dans le cas présent. Le ferronnier était le propriétaire officiel du casque. Il avait exécuté la commande, et tant que l'objet ne serait pas payé, il lui appartiendrait. Bien sûr, le ferronnier n'était pas du genre à proclamer avec force en sortant de sa prison : Je connais mes droits. Mais c'était un homme plein de bon sens, qui avait de plus un sens aigu de la justice. Et il trouvait tout simplement juste qu'on lui restitue son bien. Il le dit, et personne ne put s'y opposer.

Endrit Cufaj put se targuer publiquement d'avoir réussi à récupérer le casque, mais il ne put le montrer ni même en distribuer une photo dans le dossier de presse, et il lui fut également impossible de dire quand le casque serait remis au chef du gouvernement ou même si cette remise aurait lieu. Comme il restait évasif sur ce point, les médias firent le siège du palais du Premier ministre et attendirent de pouvoir immortaliser le moment où une délégation de la police apporterait le casque, du moins ils le supposaient. Le Premier ministre le recevrait-il en main propre? Ou resterait-il invisible, en chargeant un membre de son cabinet d'en prendre possession? Les hypothèses allaient bon train, cameramen et photographes défendaient les positions d'où l'on verrait le mieux les policiers arriver et remettre le casque dans le hall, ils harcelaient le réceptionniste en lui demandant s'il savait quand le casque était attendu et si le Premier ministre en personne… Le réceptionniste se carra derrière son comptoir comme pour servir de bouclier au Chef, déclara qu'il n'avait aucune information à ce sujet et appela ses collègues de la Sécurité, qui se joignirent à lui pour inviter fermement la meute à sortir du bâtiment et attendre dehors de nouvelles informations.

Avec tout ce remue-ménage, les journalistes n'accordèrent aucune attention à un homme qui passait devant eux, ne le remarquèrent même pas quand il se dirigea vers la réception, pauvrement vêtu d'un costume démodé bleu Mao et chargé d'un sac en plastique des supermarchés SPAR.

Hekuran Tahiraj.

Son nom figurait sur la liste. C'était le seul visiteur prévu cet après-midi.

Vous? s'étonna le réceptionniste, qui regarda le sac de l'homme en haussant tellement les sourcils qu'on aurait dit deux boucles auxquelles était fixé un masque. Vous… vous êtes attendu.

Le ferronnier hocha la tête, se fit indiquer le chemin.

Vingt minutes plus tard, il sortit du bâtiment les mains vides, sans que personne le remarque.

Mercedes, dit le Chef, appelle la réception. Gulivër doit les renvoyer tous chez eux. Qu'il leur dise que je vais donner une conférence de presse, la date leur sera communiquée demain.

Ce n'est pas possible, dit Ismail Lani. Tu ne peux pas charger le réceptionniste de leur faire cette annonce.

Il descendit dans le hall, fit face aux journalistes impatients, répondit évasivement à deux ou trois questions.

Était-il vrai que le Premier ministre ait fait fabriquer une copie sur mesure du casque de Skanderbeg ?

À ce qu'il savait, il existait plusieurs copies, même l'original volé à Vienne n'était sans doute qu'une copie. Concernant cette affaire, le gouvernement était en contact avec la police autrichienne et Europol.

Le Premier ministre avait-il l'intention d'utiliser le casque de Skanderbeg pour une sorte de couronnement ?

Merci pour cette question, car vous parlez d'un couronnement. Pas plus tard qu'il y a deux semaines, M. le Premier ministre a expliqué lors de la séance de questions du parlement que l'application conséquente de la réforme de la réforme de la justice et le début des négociations d'adhésion avec l'Union européenne qui s'ensuivrait seraient le couronnement de son travail.

Était-il exact, comme on l'avait dit, que le Premier ministre se… promenait à travers ses bureaux avec le casque sur la tête ?

Je n'ai encore jamais vu le Premier ministre avec un couvre-chef, en dehors peut-être d'une casquette de base-ball pendant ses vacances.

Ismail agita les bras, demanda le silence et annonça que le Premier ministre allait donner une conférence de presse, où il répondrait à toutes les questions au sujet du casque de Skanderbeg.

Les journalistes rangèrent leur équipement et partirent peu à peu, c'est alors qu'Ismail aperçut… comment s'appelait-elle, déjà? Elle fourra un micro dans son sac en bandoulière, le regarda. Comment s'appelait-elle? Il l'avait connue à l'université, elle était la plus jeune participante de ces réunions où des étudiants pleins d'enthousiasme discutaient de leur soutien à l'actuel Premier ministre, de la façon dont ils pourraient s'engager pour lui.

Leurs regards se croisèrent, et il sembla à Ismail qu'elle souriait d'un air moqueur. Puis elle arrondit les lèvres, cela n'avait rien à voir avec une moue boudeuse et encore moins avec l'invite d'un baiser, c'était la grimace dégoûtée de quelqu'un qui n'aimait pas le plat qu'on venait de lui servir.

Elle avait toujours ses cheveux très drus et courts, ses pommettes saillantes, son corps mince et musclé, et Ismail se souvint qu'à l'université déjà, cela faisait tant d'années, devant cette fille aux allures de garçon, il avait pensé qu'elle ressemblait à une *burrnesha,* une « vierge jurée », comme il en existait encore dans le nord de l'Albanie. Il n'en avait encore jamais vu, il n'y en avait pas dans la capitale, mais il avait tout de suite pensé à l'époque : c'en est une, ou elles doivent ressembler à ça. Une vierge qui se proclamait homme, soit parce qu'il n'y avait plus d'hommes dans sa famille soit parce qu'elle voulait se soustraire à un mariage arrangé. Elle prêtait serment devant les anciens du village ou de la tribu, en s'engageant à rester chaste, après quoi elle était considérée comme un homme et traitée comme tel. Ces femmes pouvaient s'habiller en homme, porter des armes, consommer de l'alcool et du tabac.

Oui, Ismail se souvenait très bien comme elle fumait et buvait avec excès. Mais quel était son nom?

Outre tous les privilèges des hommes, les vierges jurées avaient aussi le droit de siéger dans le conseil de la tribu. D'un coup, Ismail se rappela son nom : Ylbere. Elle avait bel et bien été élue au comité représentatif des étudiants. Du reste, Ismail n'avait pas été le seul à qui Ylbere faisait penser à une vierge jurée. Le président de l'association des étudiants sociaux-démocrates l'avait accueillie en ces termes : *A je burrneshë?* Es-tu aussi forte qu'un homme?

Je suis plus forte qu'un homme, avait-elle répondu avant de lui tourner le dos.

Ismail s'avança vers elle. Salut, Ylbere, dit-il. Puis il éleva la voix, comme si ses paroles devaient franchir une haute muraille qui les séparait : Ça fait une éternité que je ne t'ai vue. Tu vas bien?

Pourquoi parlait-il si fort? Il en souffrait lui-même, on aurait dit une femme à la voix éraillée. Il se racla la gorge. Sur le micro d'Ylbere, il avait aperçu le logo bleu de RTSH24, la chaîne d'informations de la radio d'État.

Tu travailles pour…

Mais avant qu'il ait pu terminer sa phrase, elle hocha la tête et lança : Tu la connais rudement bien, maintenant.

Quoi donc?

La politique telle que nous la détestions dans le temps. Répondre à des questions sans rien dire.

Elle lui faisait peur, en tout cas elle le rendait passablement nerveux. Il la regarda en silence et s'étonna. Pourquoi? Parce qu'il devait s'avouer que sa nervosité venait en grande partie du fait qu'elle l'attirait extrêmement, d'une façon singulière : Il aurait voulu être son partenaire, son confident, son complice dans le mépris pour ce qu'il venait lui-même d'incarner, il voulait sauter par-dessus le mur et médire avec elle de l'homme qu'il paraissait être.

On ne pouvait pas dire qu'Ismail était gros, tout au plus un peu enveloppé, d'une minceur bâclée, en quelque sorte. Mais face à cette femme au corps ferme et robuste, il rentra malgré lui son ventre : Nous devrions nous parler!

Sa voix était maintenant si rauque qu'on aurait cru que le mur entre eux l'avait écorchée.

Elle hocha la tête. Appelle-moi, dit-elle avant de s'en aller.

Il la regarda s'éloigner. L'appeler! Oui, mais comment? Il savait où elle travaillait, il la retrouverait.

Il retourna dans le bureau du ZK, annonça : Ils sont partis.

C'est alors qu'il y avait eu cette scène incroyable avec le casque. Debout devant le miroir, le ZK avait ajusté le casque sur sa tête – et il s'était plu. Telle fut l'impression d'Ismail : l'espace d'un instant, le Chef avait aimé son reflet coiffé du casque, ses yeux brillants, ses lèvres où dansait un sourire. Qu'est-ce qui lui plaisait ? L'image du combattant qui le regardait de l'autre côté du miroir ? Le couronnement symbolique ? Le poids de l'histoire qu'il sentait sur sa tête ?

Mais ce ne fut qu'un instant, après quoi il enleva brusquement le casque et le jeta sur la table, le repoussa quasiment comme un enfant qu'on a dégoûté de son jouet.

Un homme politique est toujours critiqué, dit-il. Il faut supporter les critiques, ça fait partie du jeu, puis on donne la bonne réponse et c'est le critique qui se retrouve idiot.

Après ces mots prononcés d'un ton encore relativement calme, il éleva soudain la voix : Mais un homme politique qu'on ridiculise et dont on se moque, un homme politique qui devient la risée du public (il criait, maintenant) perd le respect de tous, y compris de ses fidèles électeurs.

Il tendit son bras droit et se mit à taper sur la table.

Un homme dont on se moque est toujours le dindon de la farce. On se moquera de moi systématiquement, quoi que je dise, les gens riront en disant : ce guignol qui veut jouer les Skanderbeg! (Il tapait de plus belle sur la table.) Que disent les gens ? Qu'est-ce qu'ils racontent ? Qu'est-ce qu'ils twittent ? Que je veux ramener l'Albanie au Moyen Âge ? Que je suis cinglé et que je me prends pour un grand seigneur ? Non, je ne veux pas le savoir. Que je veux être comme Skanderbeg un prince de la lignée des Kastrioti ? Aujourd'hui, Kastrioti, c'est le nom des stations-service albanaises, haha. Il hurla : HAHA ! et continua de marteler la table du plat de la main – il faisait rebondir un ballon imaginaire, tout son corps lui criait : Tu as besoin de ton ballon, va vite le chercher !

Il s'arrêta net, prit le ballon sur le buffet et courut dans la cour. Fate sortit à son tour. Ismail et Mercedes restèrent seuls, et c'est ainsi qu'ils finirent par regarder par la fenêtre ouverte le Chef jouer au basket, avec le casque dans leur dos. L'espace d'un instant, Mercedes eut l'impression que le casque faisait tic-tac comme une bombe. Non, c'était le bruit du ballon.

Que vas-tu lui conseiller ? demanda-t-elle.

Ismail Lani haussa les épaules. Il ne savait même pas si donner un conseil l'intéressait encore. Qu'est-ce que signifiait l'intérêt ? Le plaisir, la compétence. Et surtout un sentiment : le sentiment que tout ça avait un sens.

Il avait conscience d'avoir fait sa part de sottises dans sa vie, d'avoir livré des combats totalement absurdes, uniquement à cause du ressentiment stupide que lui inspirait sa haine envers les « heureux du monde », pour qui les opportunités s'offraient sur un plateau d'argent, ils obtenaient tout sans avoir à lutter, ils n'avaient même pas besoin de profiter de leurs chances, car elles leur profitaient sans qu'ils aient rien à faire. Oui, il avait haï ces gens qui dansaient en buvant du champagne sur les tombes des générations de dupes, qui escaladaient des montagnes de cadavres pour parvenir au sommet de la société, forts de l'appui et de l'assurance d'un réseau dont l'orphelin qu'il était avait toujours été privé : la famille. Son engagement politique s'était longtemps nourri de cette énergie, de cette haine violente qu'il vouait aux familles. C'était d'une folle témérité, dans un pays où les familles tenaient lieu de tout ce dont il rêvait au nom de la politique : une société équitable, des opportunités de carrière, l'État de droit, une justice indépendante. Quand le Chef avait sauté sur la scène politique et commencé à dribbler, Ismail avait pensé que c'était une occasion inespérée pour quelqu'un comme lui.

L'énergie brûlante de son ressentiment l'avait mené loin. Certains journalistes l'appelaient « la voix du palais », mais était-ce là vraiment le but qu'il avait voulu atteindre ? Parer de couleurs flatteuses ce qui avait été décidé derrière son dos, même des accords crapuleux et de louches compromis ? N'être plus un attaquant mais un défenseur ? Ne plus remettre en question, mais évacuer les questions, embobiner ceux qui les posaient voire les réduire au silence ? Mais il n'était pas seulement un beau parleur, le baratineur en chef du gouvernement. Son agressivité prenait souvent le dessus. Lors de l'affaire Manaj, par exemple. Ç'avait vraiment été son affaire, car c'était lui qui avait provoqué la chute d'Etrit Manaj. Ce dernier était le spécialiste de la politique intérieure à la télévision d'État. D'après Ismail, le journaliste surestimait fortement son importance et son influence, mais c'était quand même une pierre dans le jardin du Premier ministre. Ismail était certain qu'il était rémunéré par l'opposition, et plus particulièrement par le parti démocrate, qu'Ismail appelait toujours « les soi-disant démocrates » – en interne, il qualifiait Manaj de « cochon vénal mangeant dans l'auge des soi-disant démocrates ». Lors d'une conférence de presse, Etrit Manaj ne cessa d'attaquer le ZK sur un point sensible, sans jamais se contenter de formules creuses ni se laisser amadouer par de belles phrases. Le fameux point sensible, pensait Ismail, n'existait que dans les discours de cochons comme Etrit Manaj, qui semblaient le transformer en fait à force d'en parler et de remuer leur couteau dans la plaie, de façon à pouvoir dire : Vous avez vu le pus qui sort ?

Au bout d'un moment, Ismail n'eut plus envie d'être le brave défenseur, la voix du palais, mais un attaquant féroce, un juge amoureux du couperet.

L'agressivité délibérée avec laquelle Ismail mit à mal l'honneur d'Etrit Manaj, en le confrontant à une multitude de « preuves » de sa corruption, tantôt inventées tantôt fondées sur des rumeurs, agita l'opinion publique. Et elle se révéla efficace, car ce gouvernement était entré en fonction en promettant de combattre la corruption sous toutes ses formes et dans tous les domaines, c'était ce qu'on attendait de lui. Et qu'un homme qui travaillait déjà à la radio d'État sous le gouvernement précédent et qui devait son poste à quelqu'un pour lequel maintenant... ça suffisait. L'affaire paraissait claire à tous ceux qui se sentaient désavantagés, qui avaient des espérances mais peu d'opportunités. L'émotion fut à son comble pour un public en mal de boucs émissaires. Ismail Lani avait eu un coup de génie, et il veilla à ce qu'Etrit Manaj soit renvoyé. Bien entendu, ce fut au Chef de s'en charger. Comme il hésitait, Ismail lui dit : À quoi bon être le chef de l'État, si tu ne fais pas le ménage dans la télévision d'État ?

Quelqu'un écrivit à l'époque dans un tabloïd : « Le Premier ministre est peut-être le conducteur du train, mais s'il avance, c'est que le chauffeur Ismail Lani fournit le charbon. »

Ismail trouva cette remarque stupide. Et il demanda : Et que fait Fate, dans ce train ?

Fate avait souri et répondu d'un ton allègre : C'est moi qui établis l'horaire.

Quelle prétention ! On ne peut pas dire que cet instant soit à l'origine de sa brouille avec Fate Vasa. Il y eut bien d'autres instants, comme autant de coups d'épingle qui altérèrent sa relation avec Fate. Parler de brouille serait exagéré. Mais il en était venu à regretter d'avoir fait monter à bord du train cet homme singulier, qu'il avait trouvé original sur le moment et même génial. Cette histoire de casque était un parfait exemple des problèmes inutiles qu'ils se mettaient sur les bras à cause de cet *alien* – « Tu ne trouves pas que Fate a l'air d'un alien ? » avait dit Ismail à Mercedes.

Il avait déjà honte de ce mot : alien. Même s'il s'entendait mal avec lui, on ne parlait pas de quelqu'un avec un tel mépris. Mercedes n'avait pas répondu. Ces derniers temps, il arrivait de plus en plus souvent à Ismail d'avoir honte de ce qu'il disait ou faisait spontanément, en se rappelant toutes les sottises ou les méchancetés qu'il avait déjà commises sans réfléchir, avec une agressivité opiniâtre. Il avait longtemps cru que cela faisait partie du métier, que c'était la preuve qu'il brûlait de s'engager, mais maintenant seule la honte le brûlait. Après la mort de sa mère et ce qu'il avait vécu dans un pensionnat d'État, avant que sa tante Xhulieta ne l'en retire, il pensait qu'il avait pour ainsi dire un droit à l'agressivité, il s'était comporté comme un agent de recouvrement venant sonner chez le destin pour procéder à une saisie. Le monde était son débiteur. Il lui devait tout. Il ne se souvenait plus de l'époque où ses parents vivaient encore, mais il supposait qu'il devait être heureux puisqu'il ne se rappelait pas avoir été malheureux. Même s'il avait été un petit singe savant, sa mère l'embrassait, le cajolait, sa tante le lui avait aussi raconté. Le problème, c'était qu'il avait été chassé du paradis avant de s'être rendu compte qu'il était nu. Ce n'est que plus tard, dehors, qu'il avait dû apprendre à avoir honte.

Il bottait métaphoriquement le cul à ses concurrents ou ses adversaires politiques, tandis qu'il mettait la main au derrière de jolis garçons s'engageant bénévolement pour le parti. À cette pensée, il était rouge de honte. Il ne fallait pas qu'il y pense, autrement les images pénibles tourneraient en boucle dans son esprit.

Après avoir été renvoyé de la télévision d'État, Etrit Manaj gagnait sa vie comme blogueur indépendant. Quelques mois plus tard, Ismail le croisa par hasard sur le Bulevard Dëshmorët e Kombit. Il voulut d'abord détourner les yeux et passer son chemin, mais Etrit le salua et s'arrêta devant lui. Ismail était embarrassé, il ne pouvait pas s'en aller comme ça, il restait là sans savoir que répondre, après qu'Etrit lui eut demandé comment il allait. Etrit souriait. Son sourire était-il ironique? Cynique? Méprisant?

Devait-il répondre simplement qu'il allait bien? Ne serait-ce pas du pur cynisme de dire à cet homme, dont il avait sans doute ruiné la vie, que lui-même allait bien? Très bien, merci.

Mais il ne pouvait non plus répondre: Très mal. Il ne pouvait quand même pas dire à cet homme qui allait mal à cause de lui, que lui-même n'en menait pas large.

Encore que. Il sentit soudain qu'il ne ferait que dire la vérité: il allait mal. C'était inévitable, car il avait honte. Il était nu. Nu comme cette vérité évidente: il était mauvais. Pensait-il.

Il ne se rappelait plus lequel des deux avait fait cette proposition: s'ils allaient à l'hôtel Rogner, de l'autre côté du boulevard, pour parler un peu? Ils s'assirent en terrasse, étudièrent longuement la carte des boissons. Comme un dernier répit. Désireux de se montrer généreux, Ismail commanda une bouteille de Grüner Veltliner autrichien.

Quand ils eurent vidé la bouteille, Ismail n'avait plus aucun doute: Etrit Manaj était un homme consciencieux et réfléchi, tout à fait conforme à l'idéal occidental du journaliste sérieux, dénué de toute méchanceté, à moins qu'on considère comme une méchanceté le désir d'approfondir et de s'informer avec précision. Et il n'était nullement corrompu. Quand il travaillait à la radio d'État, il avait enquêté sur des sujets que le rédacteur en chef préférait éviter. Tout ce qu'il y avait gagné, c'était des ennuis. Et il n'aurait jamais perdu sa place s'il avait eu réellement un réseau politique, une famille.

Ismail parla à tort et à travers, il voulait vraiment que cet homme à qui il avait fait tant de mal le comprenne. À quoi bon? Tout en parlant, il se rendait compte combien c'était absurde, il avait honte et cherchait des mots dont il n'ait pas à avoir honte. Mais il n'y en avait pas. Et il lui sembla que rien n'était plus grotesque et inconvenant que ce petit mot: Pardon!

Comme s'il avait lu dans ses pensées, Etrit Manaj déclara : Je trouve très généreux de ta part d'avoir parlé avec moi et de m'avoir écouté. Mais moi, je ne suis pas assez généreux pour te pardonner.

Après l'avoir remercié pour le vin, il s'en alla. Un homme entre deux âges, au regard sérieux, qui se tenait très droit et dont le fond de pantalon était élimé, comme le remarqua Ismail en le suivant des yeux.

La honte. Ismail se demanda s'il n'y avait pas quelque chose de maladif à se rappeler continuellement des moments de sa vie dont il avait honte.

Debout à côté de Mercedes devant la fenêtre du bureau du Chef, il entendait les coups déchaînés dans la cour, le cœur battant la chamade. Le ballon. Cette réunion de crise, quelque temps plus tôt, pendant laquelle le Chef avait lancé le ballon à ses collaborateurs. Ils étaient tous restés là, tétanisés. Ces humiliations. Cela aussi, c'était la famille. Quand on faisait partie du petit cercle que le Chef n'humiliait pas en public. Et lorsque le ballon était passé par la fenêtre, c'était Ismail qui s'était précipité pour aller le chercher. Quelle honte! Et personne ne pouvait comprendre qu'il ne faisait que dissimuler derrière cette servilité et cette complaisance son éloignement croissant vis-à-vis du Chef. Mais pourquoi avait-il cru nécessaire de le dissimuler? Encore. C'était la réponse. Il avait pensé : Encore!

Pourquoi? Parce qu'il ne savait pas – pas encore! – comment et où et quoi et toutes ces questions qui s'imposaient et qu'il n'était même pas capable de formuler clairement – pas encore! Devait-il rompre ouvertement avec le Chef, se contenter de demander un bref congé pour pouvoir réfléchir, se faire porter malade ou s'en aller sans rien dire? Partir, tout simplement. Prendre le large, plonger dans cet immense trou noir où le passé, la honte et l'angoisse seraient engloutis et disparaîtraient. Peut-être.

Soudain, le Chef poussa un cri de rage. Mercedes et Ismail le virent frapper violemment le ballon, serrer les poings en hurlant.

Mercedes prit peur. Ismail la regarda, avec ses yeux marron écarquillés, sa bouche ouverte et ses « seins tremblotants » (il ne rajouta ce détail que plus tard dans son souvenir, ce n'était pas très original mais il n'était pas poète, comme Fate, mais porte-parole), il se détourna et se dirigea vers la table où était posé le casque.

Mercedes se pencha par la fenêtre pour voir ce que le Chef faisait maintenant. Ismail l'appela : Hé ! Il prit le casque et s'en coiffa, le casque descendait jusqu'à ses sourcils – ce que le Chef avait une grosse tête !

Hé !

Mercedes se retourna et regarda Ismail. Le casque était de travers sur sa tête, il avait glissé jusque sur son œil droit. Ismail cligna son œil gauche, c'était drôle et ce n'était pas drôle. Mercedes dit : Il ne te va pas.

Elle lui tourna le dos, se pencha de nouveau à la fenêtre.

Saute ! pensa Ismail Lani. Et il s'en alla.

Il passa devant la statue de Skanderbeg sur la place, rejoignit le café Opera, s'assit à une table en terrasse. Il aimait ce café et la vue qu'il offrait. Ces dernières années, Ismail avait beaucoup voyagé grâce aux visites officielles du Chef et il avait tendance à voir partout ce qui était typique. Le typiquement parisien à Paris, le typiquement britannique à Londres, le typiquement romain à Rome, et la place Skanderbeg était pour lui le théâtre où l'on pouvait découvrir le typiquement albanais. Les gens traversaient la place à un rythme particulier, affairé mais sans précipitation, ce n'était ni une course ni une flânerie, ils avaient manifestement un but, qu'ils voulaient atteindre sans s'affoler pour autant. L'esplanade était si vaste que les ministères et les bâtiments du gouvernement au bout de la place ne pouvaient l'ombrager. Plus loin, la tour de l'Horloge, l'emblème de Tirana, qui retardait constamment pendant les dernières années de la dictature mais avait été modernisée depuis pour pouvoir être en harmonie avec les temps nouveaux. L'imposante statue de Skanderbeg, avec son socle auquel des touristes s'adossaient pour s'asseoir et boire de l'eau. L'ombre que dispensait Skanderbeg était très appréciée. Ismail se commanda une bière et décida de réfléchir. Il est étrange, pensa-t-il, qu'on reste longtemps incapable de penser à quoi que ce soit, quand on s'exhorte soi-même à réfléchir. Il pensait cette phrase : Je dois réfléchir. Après quoi, rien. Il se contentait de regarder la place. Il se força à composer des phrases, comme s'il faisait une déclaration. Je vous informe que je démissionne de mes fonctions. Pourquoi, Zoti Ismail ? Oui, pourquoi ? Je ne peux plus m'identifier au spectacle de marionnettes que nous donne Zoti Kryeministër. Un spectacle de marionnettes, Zoti Ismail ? Pourriez-vous nous expliquer ?

D'où lui venait cette formule ? À l'origine, l'Autriche-Hongrie a aménagé la place Skanderbeg comme un espace public au cœur de la ville. Le mess des officiers construit par les Autrichiens existe encore, en bordure de la place, et fait office aujourd'hui de théâtre de marionnettes. Après avoir autrefois abrité le Parlement. Si l'on imagine un axe entre les deux, l'actuel théâtre de marionnettes reflète pour ainsi dire le palais du Premier ministre, lequel date de l'époque fasciste. Oui, la place Skanderbeg explique tout.

La bière lui faisait du bien. Ismail décida d'en commander une autre et ne céda pas à l'agressivité en attendant pendant plusieurs minutes que le serveur daigne se montrer. Puis il réussit à commander, et à sa troisième bière il devint sentimental. Le « projet pour la place Skanderbeg » marquait le début de son engagement pour le ZK. Une fois élu maire de Tirana, celui-ci avait promis de transformer la place en « grande place européenne ». À l'époque, Ismail était encore étudiant, et il avait été enthousiasmé par le discours où le Chef expliquait son projet :

Sur cette place, au centre de la ville, on trouve encore aujourd'hui ce qu'il y avait au tout début : la mosquée, le cœur de ce village ottoman, voilà cent ans. Aujourd'hui, la place et le boulevard à partir d'elle constituent le cœur de la ville. Encadrée par les bâtiments de l'époque italo-fasciste et par le Palais de la Culture, qui est le symbole de notre histoire d'amour politique avec l'Union soviétique. Non loin de là se trouve l'hôtel Tirana, le symbole de notre histoire d'amour politique avec la Chine, puis le Musée national, un symbole de notre narcissisme et de notre isolationnisme. Et il y a aussi les emplacements restés vides des statues déboulonnées, qui nous rappellent le vide où nous avons toujours été enfermés dans une zone de conflit entre le passé et l'avenir. C'est dans ce vide que nous allons bâtir la place de l'avenir, une « grande place européenne ».

Un discours magnifique, trouvait Ismail, qui non seulement répondait aux aspirations des jeunes de l'époque, mais annonçait la construction d'une place européenne sans attendre, ici et maintenant. Que la ville ait fait financer ce projet par les Émirats arabes unis – eh bien, c'était encore un exemple de la roublardise albanaise. On se contenta de faire savoir que les travaux seraient évidemment réalisés par des architectes bruxellois. Après quoi, la place reçut le *European Prize for Urban Public Space*. Un prix européen, qui eut pour conséquence que des milliers de gens agitèrent des drapeaux bleus sur la place Skanderbeg et qu'un *flash mob* d'une centaine de musiciens joua l'hymne européen. Tout paraissait soudain si facile, on serait bientôt exaucé. Il semblait inutile de courir, il fallait simplement s'activer, continuer son chemin sans perdre de vue son but.

Le chemin menant à l'Europe. C'était... Je répète ma question, Zoti Ismail! S'il vous plaît, Zoti Ismail! Êtes-vous vraiment décidé à démissionner?

Il était difficile de revenir sur sa loyauté envers le Chef. Car il existait une bonne raison de ne pas le faire, et même si c'était la seule désormais, elle pesait lourd dans la balance: le ZK avait promis dès le début et s'était indéniablement efforcé d'amener l'UE à entamer des négociations d'adhésion avec l'Albanie. Il était l'unique chef de parti à s'engager dans ce projet de façon crédible et cohérente. Or l'adhésion à l'UE était pour Ismail le projet politique majeur, tout ce qu'il fallait réformer et développer dans ce pays ne pourrait être obtenu peu à peu qu'en poursuivant ce but. Il en était fermement convaincu. Comme le Chef l'avait dit voilà déjà plusieurs années, dans un grand discours au Palais des sports de Tirana : *Quand nous nous sommes qualifiés pour les championnats d'Europe de basket, tout le monde avait bien compris que pour participer, il fallait accepter les règles internationales. A-t-il fallu l'expliquer aux gens ? Eh bien, naturellement, on peut jouer en appliquant ses propres règles, mais dans ce cas on joue seul. C'est ce que vous voulez ?*

Non. Bien sûr que non. Des milliers de gosiers crièrent : Non !

Ensuite, ils avaient bu de la bière et du raki avec le Chef épuisé et exultant, dans un vestiaire quelconque du Palais des sports. La bière était tiède mais le raki faisait du bien, et Fate avait déclaré au milieu de l'euphorie générale : C'est un moment historique ! Pour la première fois dans l'histoire des discours politiques, les masses ont crié « Non ! », encore et encore « Non ! » pour marquer leur approbation à celui qui dirige leur pays.

À l'époque, Ismail était encore d'avis que Fate avait quelque chose d'original, de rafraîchissant. Il n'avait pas encore compris combien il était cynique.

En tout cas, la loyauté inébranlable d'Ismail au service de cette cause expliquait aussi qu'il ait suivi quelque temps plus tôt Baia Muniq à travers la moitié de la ville, quand il l'avait aperçue par hasard avec un fonctionnaire européen. Ne serait-il pas important pour le Chef, dans le cadre de ses efforts pour promouvoir une politique européenne, d'être au courant des relations que pouvaient avoir des membres du parti avec des fonctionnaires européens? Oui, sans doute, peut-être, mais il était gênant de se comporter du même coup comme une caricature de mouchard de la Sigurimi. Que voulait-il vraiment voir, que s'attendait-il à voir en faisant le guet devant le Dream Hotel où le couple avait disparu? Il s'était abaissé à monter derrière eux et... assez! Ne venait-il pas de s'étonner qu'on ne puisse penser absolument à rien quand on se proposait de réfléchir? Il valait donc mieux arrêter de penser et – il commanda encore une bière et observa, avec le cœur battant d'un homme qui a peine lui-même à se supporter, les gens s'avancer sur la place Skanderbeg d'un air à la fois indolent et décidé... où allaient-ils?

En fait, c'est justement durant cette période qu'augmentèrent les chances pour que l'Union européenne entame des négociations d'adhésion avec l'Albanie.

Bruxelles, la Commission européenne, réunion de la direction « Western Balkans ». Nathalie Bonheur annonça une bonne nouvelle: le président français avait retiré son veto aux négociations d'adhésion avec les États balkaniques occidentaux.

Karl Auer aurait voulu faire l'impasse sur cette réunion, car la rupture de canalisation dans son immeuble n'était évidemment toujours pas réparée et il ne pouvait pas non plus aller dans un hammam avant 9 heures du matin pour se laver. Toutefois, il avait mauvaise conscience et craignait d'être mal jugé, après avoir déjà pris un congé le vendredi précédent pour passer un long week-end à Tirana avec Baia. Si maintenant il ne se montrait pas au bureau le lundi... non, c'était hors de question. Il aspergea d'eau minérale ses aisselles et son visage, frotta ses parties intimes avec un gant trempé dans de l'eau minérale, son sexe qui voilà quelques jours s'était activé avec un tel bonheur, et il pensa: S'ils savaient ça au bureau! Les fonctionnaires européens se lavent à l'eau minérale! Puis il se parfuma généreusement avec du Knize Ten, s'habilla, se rendit au bureau et arriva bien à l'heure à la réunion.

Le président français avait donc retiré son veto. Cette décision faisait sensation, car c'était la première fois dans l'histoire de l'Union qu'un chef d'État revenait sur son veto aussi rapidement. Cela dit, cet événement sensationnel n'avait surpris aucun observateur politique. En effet, il était évident que le président français, en mettant son veto, avait pensé à la mafia albanaise et non au cuivre albanais et aux autres richesses minières du pays, pas plus qu'à l'importance stratégique du port méditerranéen de Durrës. Mais après le veto français, le gouvernement albanais avait ouvert aussitôt des négociations avec la République populaire de Chine, laquelle était très intéressée par l'obtention des droits d'exploitation du cuivre ainsi que par l'achat du port. Du coup, la France et les Pays-Bas, qui s'étaient également opposés par un veto à des négociations d'adhésion, furent soumis à des pressions importantes au sein de l'Union. Bien entendu, tous les États membres n'intervinrent pas. La Pologne, par exemple, attendit prudemment la suite des événements. Adam n'en était pas étonné. Comme il le dit, on ne pouvait gagner aucune élection en Pologne avec le problème de l'accès éventuel de l'UE au cuivre albanais, mais avec un combat défensif contre un pays à majorité musulmane, c'était une autre affaire. Pour les Polonais, les seules richesses du sol, c'était les récoltes des braves paysans polonais sur la terre polonaise, sous un ciel aussi bleu que le manteau de la Sainte Vierge. De leur côté, les Hongrois et les Bulgares ne voyaient pas pourquoi les ressources minières d'un candidat à l'adhésion devraient passer devant la raison d'État des pays membres. Karl Auer déclara qu'au cours actuel, le cuivre avait moins la cote que le racisme, mais comme il s'exprimait en allemand, personne ne comprit. En voyant son collègue autrichien se mettre à glousser, Adam Prawdower fut interloqué. Imperturbable, Nathalie Bonheur leur apprit que l'Allemagne, en revanche, avait si bien fait monter la pression que le président français et le Premier ministre néerlandais avaient dû faire machine arrière. On voit que ce sont des États qui comprennent vite, observa Nathalie avec un sourire. La seule compréhension qui compte, de nos jours, c'est celle de l'intérêt économique.

What else, dit David Charlton. À ses yeux, l'intérêt économique était ou aurait dû être le fondement rationnel de toute décision politique. Le Brexit montrait clairement à quels bouleversements on s'exposait en oubliant cette règle d'or. Lui-même avait pesé le pour et le contre, après quoi il avait renoncé sans aucun état d'âme à sa nationalité anglaise pour devenir Irlandais, grâce à un arrière-grand-père irlandais, et rester ainsi un citoyen de l'Union européenne.

C'est peut-être à cause de cette décision qu'il interrompit Nathalie en toussotant et fit une proposition qui donna l'impression que ce réaliste était devenu un rêveur, même si en fait elle montrait simplement combien parfois le pragmatisme et l'imagination peuvent se recouper. On va donc ouvrir des négociations d'adhésion avec les États balkaniques occidentaux, *I presume,* déclara-t-il. Pays par pays. Mais en réalité, tous les Kosovars ou presque peuvent devenir Albanais du jour au lendemain, car en fait ce sont des Albanais. Les Albanais qui ont des ancêtres en Macédoine du Nord, et ils sont nombreux dans ce cas, peuvent demander un passeport nord-macédonien, et inversement, quand ça leur est utile. Dans le sud de l'Albanie, il existe une minorité grecque, dont les membres ont droit d'office à la nationalité grecque, c'est-à-dire qu'ils ont déjà la double nationalité. Depuis des générations, les Serbes, les Bosniaques et les Monténégrins se sont mariés un peu partout, se sont installés dans la ville voisine, qui ne se trouvait pas toujours dans la même province ni même à l'intérieur des frontières des États actuels. Quelle nationalité ont ces gens ? En fait, ils pourraient choisir leur passeport. Une fois que nous avons compris cette situation, qu'est-ce que ça signifie ?

Oui, qu'est-ce que ça signifie? répéta Nathalie avec un geste qui semblait dire: Parle vite, qu'on en finisse. Elle voulait enfin passer au point suivant.

Well, dit David Charlton, je crois qu'il ne serait pas absurde d'envisager la possibilité pour nous de faire entrer non plus chaque pays séparément mais la région entière.

Je ne comprends pas ton idée, dit Nathalie, ça ne changera rien. Nous allons négocier simultanément et en parallèle avec tous les pays, et pour finir...

Karl Auer intervint: Je crois que David veut dire que nous pourrions faire un exemple en progressant vers l'Europe des régions qui...

Nous négocierons avec les gouvernements nationaux, répliqua Nathalie, et pour finir tout le monde aura un passeport européen et il n'y aura plus de frontières entre les pays. C'est la seule solution. De toute façon...

Mais on ne va certainement pas entamer des négociations d'adhésion avec le Kosovo et la Serbie, objecta David, et...

Cette décision relève du Conseil et non de la Commission, dit Nathalie d'un ton impatient. De toute façon...

Mais nous pourrions quand même... (David)

Oui, nous pouvons toutes sortes de choses, mais uniquement dans le cadre de nos prérogatives. Ce que nous ne pouvons pas, c'est changer le système. Ce sont les chefs d'État et de gouvernement qui décident, pas la Commission. Et c'est à un Anglais que je dois le rappeler!

Un Irlandais, je te prie!

Peu importe! Voici maintenant le point important. Le directeur est d'avis, et je pense que tout le monde sera d'accord avec lui, que notre idée d'organiser une conférence réunissant les bailleurs de fonds et les États balkaniques occidentaux, dans l'unique but de leur donner un signal positif en vue de l'adhésion malgré les veto, cette idée n'est plus d'actualité. D'autant que...

Elle regarda à la ronde en souriant. Manifestement, ce qui allait suivre l'amusait beaucoup. D'autant, dit-elle enfin, qu'une telle conférence va avoir lieu dans un cadre informel et sans que notre responsabilité soit engagée. Sur un bateau. Oui, sur un bateau qui va faire une croisière dans l'Adriatique, la mer Ionienne et la Méditerranée.

Elle fit une pause et savoura la perplexité manifeste de ses collègues. Oui, reprit-elle, nous aurons le plaisir de faire une croisière. Le 28 novembre, c'est la fête nationale de l'Albanie. Le jour de l'indépendance. Ce jour-là aura lieu le lancement d'un grand navire de croisière de la compagnie maritime nationale albanaise. Et le Premier ministre albanais a invité les chefs de gouvernement des États balkaniques, les ministres des Affaires étrangères et européennes des États de l'UE et des représentants de la Commission européenne à faire avec lui cette croisière inaugurale. La direction générale a déjà donné son accord. Il y aura des discussions informelles, des échanges de vues, la cuisine de Bledar Kola...

Qu'est-ce que c'est? (Adam)

Qui est-ce! Le cuisinier le plus célèbre d'Albanie! Le soir, des concerts de l'Albanian Philharmonic Orchestra, mais aussi – elle regarda dans ses documents – *muzikë popullore,* apparemment c'est de la musique avec des danses traditionnelles...

Le congrès s'amuse! (Karl Auer)

Et vous ne remarquez rien? demanda Nathalie. La date! Eh bien? Cette croisière avec les élites politiques européennes commencera exactement deux semaines avant la conférence sur les Balkans à Poznań et se terminera quelques jours plus tôt. Du coup, comment sera l'ambiance à Poznań?

Mateusz, je veux dire le Premier ministre polonais, sera-t-il de cette croisière? (Adam)

Dans l'état actuel des choses, oui.

Dans ce cas, il y aura certainement un stand de tir sur le bateau.

Voyons, Adam!

Sérieusement, dit-il, tu fais comme si de rien n'était, mais je trouve que nous devrions en parler.

De quoi ? Que veux-tu dire ?

Je veux dire que nous avons un problème dont nous ne mesurons pas la portée, au lieu de ça nous nous réjouissons quand quelque chose d'agréable arrive en marge du problème. Une croisière… c'est merveilleux ! Et la France et les Pays-Bas ont retiré leur veto aux négociations d'adhésion avec quelques États balkaniques occidentaux… c'est merveilleux ! Je ne sais pas si vous connaissez le poète albanais Fate Vasa, on vient de publier la traduction française d'un de ses recueils, *Le Chant des sirènes*, je l'ai trouvé par hasard dans la librairie Passa Porta. Enfin, je le trouve remarquable et il écrit à peu près, je cite de mémoire : *Ce qui rougeoie ainsi sur les champs et les terres, les rues et les places, ce n'est pas la lumière du nouveau matin mais, dans la clarté du matin, le sang qui ne veut pas que le sol l'absorbe.* Autrement dit, Nathalie, ta pensée ignore aussi bien la politique que l'histoire, c'est fou. Excuse-moi, je veux dire… oui, oui, je t'ai déjà dit que je m'excusais ! Donc, voici ce que je voulais dire : nous ne devons pas nous leurrer, ce que nous voyons n'est pas une aurore. Attends ! Laisse-moi résumer. Le Premier ministre albanais invite à faire une croisière tous ceux qui doivent se réunir deux semaines plus tard à Poznań. La date est-elle un hasard ? D'accord, le prétexte de la fête nationale albanaise à quoi s'ajoute le lancement d'un nouveau bateau qui doit surpasser tout ce qu'a déjà construit la nation maritime qu'est l'Albanie, ça paraît bien innocent, la fête nationale tombe justement ce jour-là et le bateau vient d'être terminé, d'où le lancement. Mais : sous prétexte qu'on lance un bateau le jour de la fête nationale, doit-on vraiment anticiper sur une conférence dont il est prévu de longue date qu'elle aura lieu deux semaines plus tard ? Coïncidence ? À moins qu'il n'y ait un plan derrière ? Dans ce cas, pourquoi ne nous posons-nous pas la question, pourquoi n'en parlons-nous pas ? Pour mémoire : nous avons appris que le Premier ministre albanais est soupçonné d'avoir commandité le vol dans un musée viennois d'un casque censé avoir appartenu à un héros national albanais. Et maintenant, on raconte qu'il a également fait fabriquer une copie sur mesure de ce casque et… attends! Écoute! Oui, ça paraît surréaliste, mais ce n'est pas compliqué, c'est très simple, écoute! Tout cela… Attends! Je t'ai demandé d'écouter! ÉCOUTE! Rien qu'une minute, d'accord? Donc, tout cela donne une image très claire de la situation. Quand l'Albanie s'est heurtée au refus de la France et des Pays-Bas, le gouvernement albanais a sorti de sa poche la carte du pays. En se coiffant du casque de ce héros médiéval, le Premier ministre se présente comme le souverain de tous les Albanais. Demande au Centre de recherche ce que ça signifie d'un point de vue politique! Bon. En outre, le casque lui va parfaitement, donc tous voient que le Premier ministre est la réincarnation du héros, son successeur légitime. Pas étonnant, puisqu'il a fait fabriquer le casque sur mesure. Mais si jamais quelqu'un disait non, non, c'est une contrefaçon, le vrai casque se trouve dans un musée à Vienne, il pourrait répondre: Ce casque-là a disparu. Compris? C'est mon interprétation. Mais derrière cette histoire, il y a encore autre chose. Pourquoi a-t-il besoin de cette croisière, deux semaines avant la conférence sur les Balkans à Poznań? La France et les Pays-Bas ont retiré leur veto aux négociations d'adhésion, cependant le Premier ministre sait évidemment que la Pologne a fait du lobbying contre l'Albanie au Conseil, mais qu'elle fait profil bas pour le moment. Il faut maintenant qu'elle ôte son casque, si j'ose dire, c'est-à-dire qu'elle se montre à visage découvert. À Poznań, lors de la conférence, rien ne l'y obligera puisqu'elle sera le pays hôte, chargé d'animer l'événement. D'ailleurs, dans ce genre de conférences, le communiqué final est toujours prévu et formulé à l'avance par l'ensemble des délégations. Il doit être assez vague pour que les politiciens soient sûrs qu'il ne fera pas de vagues! Nous sommes bien placés pour le savoir. Mais pendant cette croisière informelle, le Premier ministre albanais ne sera pas un invité parmi d'autres en Pologne, il sera l'hôte et se montrera de surcroît dans tout l'éclat de la grandeur nationale. Du coup, il pourra parler haut et fort. Par exemple : Nous, les Albanais, nous faisons une réforme pour garantir l'indépendance de la justice, comme vous l'avez exigé, mais vous regardez sans rien faire la Pologne ligoter la justice indépendante et détruire l'État de droit, pendant que la présidente de la Commission se lave les mains comme…

OK, l'interrompit Nathalie, nous notons que tu t'interroges sur la présidente, c'est très gentil de ta part, mais…

Une pause cigarette! s'écria Adam. Je propose que nous fassions une pause cigarette!

Depuis quand fumes-tu?

Je ne fume pas, mais tout le monde sait que tu fumes. Peut-être seras-tu un peu moins nerveuse et agressive après avoir fait un tour dehors.

Nathalie leva les yeux au ciel et secoua la tête. Elle le regarda sans rien dire. En chien de faïence, pensa Karl Auer.

Après avoir respiré profondément, elle sortit un papier de son porte-documents et le fit circuler : Voici une image du bateau. Impressionnant, non?

SS Skanderbeg? Comment ça SS? Qu'est-ce que ça veut dire? (Adam Prawdower)

Sailing ship? Mais je ne vois pas de voiles. (David Charlton)

Il y a peut-être des Services secrets à bord? (Karl Auer)

Vous êtes inconscients, dit Nathalie.

Cinq minutes plus tard, Nathalie et Karl étaient dans l'escalier de secours et allumaient chacun une cigarette. J'ai trouvé intéressant ce qu'Adam a dit, déclara-t-il, je trouve…

Nathalie jeta dans la cour la cigarette qu'elle avait à peine commencé à fumer. Était-ce une réponse? Karl Auer la regarda. Elle était belle. C'était un fait, indépendamment des préférences qu'un homme pouvait avoir en matière de beauté. Sa frange lui donnait un air effronté, et Karl était certain que ses yeux verts avaient déjà ensorcelé beaucoup d'hommes. Il imagina d'un coup sa bouche riant tout bas contre l'oreille d'un amant. Aussitôt, elle lui devint comme étrangère. Elle se détourna et s'en alla. Qu'est-ce que ça voulait dire? Lui qui travaillait avec elle depuis longtemps déjà, il ne l'avait jamais regardée ainsi: elle lui paraissait soudain très séduisante, énigmatique et totalement étrangère. Il pensa à Baia. Pourquoi fallait-il qu'il soit en proie au désir?

Dans son bureau, Karl commença par lire la maxime du jour de son éphéméride: *La leçon de Christophe Colomb: Le meilleur moyen d'atteindre son but, c'est d'en avoir un autre.* C'était la feuille du vendredi. Il l'arracha. Samedi: *Tout le monde peut être raisonnable, à condition de ne pas avoir d'imagination.* Il l'arracha. Dimanche: *Tous les hommes naissent avec des ailes, mais la plupart ont peur de voler.* Il l'arracha. Lundi, aujourd'hui: *Certains vivent de façon si routinière qu'on a peine à croire qu'ils vivent pour la première fois.* Il regarda un instant la feuille, il eut envie de l'arracher, mais non, ce serait pour demain. Il s'assit à sa table, ouvrit sa messagerie. Il y avait un message de Baia Muniq. Objet: Skanderbeg?

Au même moment, le commissaire Franz Starek à Vienne et l'*assistant director* d'Europol Otto Hagenbeck à La Haye s'entretenaient sur Zoom.

Hagenbeck annonça qu'il avait réussi à réserver une « Junior Suite » sur le *SS Skanderbeg*.

Elle fait soixante mètres carrés et peut accueillir trois personnes, donc c'est idéal pour nous. La suite comprend aussi une terrasse privée de vingt-six mètres carrés. Vue panoramique depuis la cabine des toilettes dans la salle de bains et des toilettes séparées, ce qui me plaît aussi. Et tout ça coûte à peine plus cher que trois cabines *single* à quinze mètres carrés avec vue sur la mer à travers un hublot tout petit. Tu m'as dit que j'avais carte blanche, dit Hagenbeck, j'espère que mon choix te convient.

Bien entendu, Franz Starek savait que les mots « Junior Suite » ne signifiaient pas que la suite était destinée à de jeunes passagers, comme une chambre d'enfants, tandis que les parents dormaient dans une « Senior Suite ». Malgré tout, il trouva ça gênant. Il voyait Max-Otto sur l'écran, et lui-même apparaissait dans un petit carré sur le bord. Sans doute était-ce qu'il venait d'entendre le mot « Junior », mais il se dit soudain que son ami et lui avaient terriblement vieilli pendant ces dernières années. Max-Otto avait encore tous ses cheveux, mais ils avaient blanchi, si bien qu'avec son ombre de barbe et ses yeux creusés (sans doute sous l'effet d'un éclairage peu flatteur) son visage avait l'air d'une vieille photo en noir et blanc. Les rides autour de sa bouche semblaient dessinées à l'encre de Chine. Et lui-même : son début de calvitie, ses joues tombantes et sa bouche – c'était ce qui le déconcertait le plus : ses lèvres autrefois charnues, que son ex-femme qualifiait d'« idéales pour les baisers » au temps de leur splendeur, s'étaient réduites à un trait reliant deux fins réseaux de rides. En outre...

Tu m'as entendu ? Qu'est-ce que tu en dis ?

En outre, il s'était même demandé s'il ne devrait pas se payer des lunettes plus dans le vent... Oui, oui, dit-il précipitamment, bien sûr, ça m'a l'air parfait ! Je veux dire, je n'ai aucune expérience en matière de bateaux de croisière...

(Et il n'était pas sûr, en fait, d'avoir envie de faire l'expérience...)

Mais je pense que tu as bien choisi. En tout cas, oui, ça vaut mieux que des cabines *single* minuscules.

Après un bref silence, Franz Starek reprit : Je suis surpris par le nom de bateau : SS Skanderbeg. À propos, tu as découvert quelque chose sur l'étendard de la division SS Skanderbeg ?

Non. Nous n'avons ni la compétence ni les ressources nécessaires. Il faudrait que des historiens enquêtent. Quant au SS dans le nom du bateau, ça n'a rien à voir avec...

Oui, qu'est-ce que ça signifie ?

On apprend à tout âge, déclara Hagenbeck. Les initiales MS et SS précédant les noms des bateaux signifient respectivement Motor Ship et Steam Ship. En tant que natif de Hambourg, je le sais, mais en fait c'est démodé. J'ai été étonné par le SS du Skanderbeg, car on ne construit plus de bateaux à vapeur, on ne voit plus de chauffeurs pelletant du charbon dans les cales. Mais des bateaux très modernes arborent fièrement les initiales SS, parce qu'ils utilisent une technologie nouvelle, appelée COGES. Il s'agit de stocker l'énergie électrique sur le bateau grâce à des condensateurs, je me suis fait expliquer mais je n'ai évidemment pas compris grand-chose, en tout cas ça améliore nettement l'efficacité énergétique. Il n'y a certes plus de chauffeurs, mais quand même des turbines à vapeur. En tout cas, les initiales SS sont aujourd'hui synonymes de technologie avancée. Et crois-moi, personne ne pensera à une division nazie

Et le casque ? Il n'y avait toujours aucune piste, pas le moindre indice sur la localisation du casque volé au Kunsthistorisches Museum, rien ne permettait de soupçonner l'identité de l'auteur ou des auteurs du vol. La conclusion était claire. Soit un hasard nous aidera à avancer, dit Starek, soit nous devrons clore le dossier et l'affaire ne concernera plus que les assurances.

Peut-être suis-je dingue, dit Max-Otto, mais je suis presque sûr que nous trouverons une piste sur le *SS Skanderbeg*. Il y aura à bord tous ceux pour qui ce casque peut avoir une quelconque importance.

Tu veux dire que nous serons assis sur des transats (il n'ajouta pas : et nous nous ennuierons), et un albatros nous apportera dans son bec l'indice décisif ?

Ris donc, répliqua Max-Otto. C'est un bon entraînement ! Nous allons avoir plus d'une occasion de rire.

Malgré l'amitié qu'il éprouvait pour Max-Otto, Franz Starek n'était pas enchanté à l'idée de passer dix jours sur un bateau de croisière. Le *SS Skanderbeg*... Bien entendu, il ne pouvait s'empêcher de repenser à la division SS albanaise. Il était convaincu, c'était même presque une obsession, qu'il existait un rapport entre le vol du casque de Skanderbeg et l'histoire de la division SS Skanderbeg. Cette dernière avait été mise sur pied par un Viennois. Et le casque dont l'image était brodée sur l'étendard de cette division, comme l'attestaient des sources historiques, se trouvait à Vienne. Il n'y avait même rien d'impossible, pensait-il, à ce que le vol ait été commis par des Viennois, par des néonazis ayant un lien avec Skanderbeg, peut-être parce qu'ils étaient les descendants d'officiers SS qui avaient servi dans cette division en Albanie, à moins qu'il ne s'agît d'Albanais vivant à Vienne et ayant fondé une organisation fasciste clandestine en lien avec des fascistes en Albanie et des nazis en Autriche et en Allemagne. Pour lui, seuls des fous dangereux de ce genre pouvaient avoir commis ce vol. Qui d'autre aurait eu intérêt à voler ce casque qu'il était impossible de montrer en public? Les fascistes étaient capables de tout, il en était convaincu. Il était souvent irrité de voir que les sociaux-démocrates n'avaient plus de réponse face aux dérives autoritaires et antidémocratiques en Autriche et en Europe, au point qu'ils étaient assez naïfs pour entrer en concurrence avec les populistes de droite. Son parti n'était plus qu'une éponge blanchie par la craie après avoir effacé du tableau ce qui avait été autrefois les principes de la social-démocratie. Il n'en restait que des traces. La direction du parti préférait lutter contre les réfugiés que contre les nouvelles droites. Starek était un fidèle membre du parti, mais il n'était pas dupe. Sa fidélité n'allait pas uniquement au parti, c'était une affaire de famille. Son grand-père lui avait raconté comment les chrétiens-sociaux fascistes avaient tiré dans les immeubles pour ouvriers. À l'époque, son grand-père était encore un enfant, cet épisode l'avait marqué. Son père, c'est-à-dire l'arrière-grand-père de Starek, un socialiste convaincu, n'était pas passé comme tant d'autres au national-socialisme. Il n'en avait pas été de même du père de la tante Hilda, dont Franz avait toujours vu la photo au-dessus de la table du téléphone pendant ses vacances chez sa grand-tante, jusqu'au jour où il avait été assez vieux pour faire son enquête sur l'histoire de cet arrière-grand-oncle. Par chance, celui-ci avait été tué tout au début de sa carrière au sein de la race des seigneurs. Starek était absolument certain que cet homme, s'il était revenu, n'aurait pas été accepté dans la famille, il y aurait eu des brouilles et les étés chez la tante Hilda avec le cousin Karl n'auraient jamais eu lieu.

Oui, c'était la seule possibilité, les fascistes étaient à l'origine de l'affaire et l'étendard de la division SS Skanderbeg et le casque de Skanderbeg se trouvaient dans une cave quelconque, un trou à rats, et même probablement à Vienne. Aux yeux de Starek, c'était la seule piste plausible. Seule cette hypothèse permettait de tout concilier.

Une piste? Je ne sais pas si je dirais ça, hasarda Huber. Sauf votre respect, il n'y a aucune indication valable qui aille dans ce sens, pas le moindre indice.

Vous estimez donc que la pensée logique ne constitue pas un indice? lança Starek avec irritation. Où allons-nous, Huber, si nous disons que la logique n'est pas un indice. La logique est donc une lubie, une absurdité, c'est ça? Tout a sa logique interne, Huber, absolument tout. C'est plus qu'un indice, c'est une évidence! Et pour que tout fasse sens et que des rapports s'établissent, il faut que tout obéisse à une logique, comme la cause et l'effet, comme l'histoire et… et comment dirai-je, ce qu'est aujourd'hui notre époque pour les contemporains, oui, comme l'histoire et l'époque contemporaine, comme la vie et la mort ou inversement comme la mort et la vie…

Huber le regarda d'un air ahuri: C'est drôlement philosophique!

J'ai encore un rendez-vous à l'extérieur, dit Starek.

Il se rendit au café-restaurant *Pistauer*.

Bien entendu, il y trouva M. Prochaska. Il était assis à leur table habituelle et Starek fut stupéfait car il était penché sur les mots croisés du *Kronenzeitung*.

Je ne savais pas que vous faisiez des mots croisés.

Ça m'arrive, répliqua Prochaska. Il y a déjà tant de choses énigmatiques, dans notre vie, que les définitions énigmatiques d'un mots-croisés aident parfois à vous distraire de toutes les autres énigmes. Mais regardez-moi celui-ci! Il est absolument passionnant!

Starek s'assit en face de lui, Prochaska poussa le journal vers lui en tapotant du doigt le centre du mots-croisés. C'est vraiment passionnant, dit-il. J'ai pris ce journal pour passer le temps et en le feuilletant je me suis aperçu qu'un autre client avait déjà rempli la grille.

M. Hans apporta une grande bière à Starek sans qu'il eût à la demander. Comme toujours, mon commandant? Merci, Monsieur Hans.

J'allais continuer à feuilleter quand quelque chose a retenu mon attention, continua Prochaska. Regardez la septième définition horizontalement, au centre de la grille.

Auteur de *Crime et Châtiment*, dit Starek.

Et quel est le mot indiqué par le client?

Raskolnikov.

N'est-ce pas du plus haut comique? Dostoïevski et Raskolnikov comptent le même nombre de lettres. C'est pourquoi notre client était sans doute absolument certain d'avoir donné la bonne réponse. Mais du coup, il fallait que tous les autres résultats correspondent. Regardez ici, cinquième ligne verticalement, et là, la troisième verticalement. C'est à mourir de rire! Il était tellement obsédé par son Raskolnikov qu'il a trouvé à chaque fois une solution qui marchait, même si elle était fausse. Il a réussi sauf pour trois définitions. C'est vraiment étonnant. Ici, regardez: auteur autrichien de bestsellers en six lettres. La bonne réponse était: Simmel, mais à cause de Raskolnikov, il fallait à notre client un K et non un S comme première lettre. Et la deuxième devait être un I. Ki… Ki… il a finit par trouver une solution: Kishon! En fait, ce n'est pas un Autrichien, mais il a été traduit par Friedrich Torberg, qui était Autrichien. Très bien! Continuons! Ici, oncle fonctionne aussi, même si la bonne réponse était tante, même nombre de lettres. Et là: Danse sud-américaine. Tango, évidemment. Mais notre client préfère la polka, qui a aussi quatre lettres et fonctionne dans sa logique. Quand on est possédé par Raskolnikov, la polka doit devenir soudain une danse sud-américaine! Merveilleux. Pourquoi pas, s'il le faut? La polka a sans doute été apportée en Argentine par des migrants! Très bien! Continuons! Moyen de transport public en quatre lettres. Tram, évidemment. Mais auto est la seule solution. L'auto, un moyen de transport public? N'y a-t-il pas de quoi hésiter? Non, pas quand il n'est plus possible de remettre en question les prémisses. D'ailleurs, on voit partout des autos sur la voie publique, donc: très bien! Je trouve particulièrement charmante la ligne trois verticalement. Le O de Dostoïevski devient un A avec Raskolnikov. Définition: Renonce à ses biens pour entrer en religion, en cinq lettres. La réponse est évidemment oblat. Mais il faut que la première lettre soit un A. Du coup, la solution devient: amour. N'est-ce pas magnifique?

Prochaska se mit à glousser. Mais voici le plus beau. Vous voyez ces cases entourées en gras? Quand on a terminé le mots-croisés, elles doivent donner un mot-clé. Empereur romain mais germanique, en six lettres. Si l'on remplit correctement la grille, on obtient la bonne solution: Ludwig. Mais notre génie, qui considère Raskolnikov comme l'auteur de *Crime et Châtiment* et qui a trouvé des réponses pour tout le reste, a lui aussi une solution: Konrad. Vous voyez? C'est faux, bien entendu, mais c'est un coup de maître. Pour le O de Konrad, il avait besoin d'un « fleuve qui parle allemand ». En fait, la bonne réponse était Fulda, avec un U comme dans Ludwig. Mais il a mis Donau, qui a le même nombre de lettres. Si l'on part de Fulda, il faut verticalement un « prénom masculin turc » en trois lettres commençant par un A. Ali, évidemment. Mais à cause de Donau, la première lettre du mot recherché devient un U, et Udo apparaît comme une bonne solution. Qu'importe que ce ne soit pas un prénom turc, il existe peut-être des Turcs qui s'appellent Udo. De toute façon, il allait avec le reste et confirmait donc les prémisses. Tout ce qui était faux avait l'air parfaitement logique.

Starek leva les yeux d'un air étonné. Hans s'en aperçut aussitôt et lui apporta une deuxième bière. L'écume. L'histoire aussi n'était qu'une écume.

Fate Vasa éplucha un kilo d'oignons et les hacha menu. Il savait comment couper les oignons sans irriter les yeux. C'était une question de technique : la première condition était bien sûr d'avoir un couteau bien aiguisé, qui coupait sans avoir à appuyer, mais il importait avant tout de ne jamais atteindre la fibre de biais. En outre, il était recommandé de tremper d'abord brièvement les oignons épluchés dans de l'eau froide. C'était la technique qui faisait toute la différence. Il en allait de même pour la communication politique, ça lui paraissait évident. Lorsqu'on abordait un sujet, on devait connaître les techniques élémentaires qui permettaient de couper court à toute réaction désagréable ou indésirable, afin que tout se passe dans la joie, comme lorsqu'on sert une bonne soupe à l'oignon sans avoir la larme à l'œil. Fate réfléchit en touillant sa soupe. En fait, tout était clair. Puisque le ZK ne pouvait ou ne voulait plus se coiffer publiquement du casque, il n'existait qu'une solution pour mettre un terme aux sarcasmes dont on l'accablait. Et elle allait renverser la tendance.

Ismail Lani devait reconnaître que Fate avait très bien conseillé le ZK pour sa conférence de presse. En quelques minutes, il avait mis les rieurs de son côté. Il s'était acquis la sympathie et, pour finir, l'admiration générale.

L'opposition, à commencer par le parti soi-disant démocrate, me reproche donc d'avoir fait fabriquer une copie du casque de Skanderbeg, déclara le ZK. Un faux. *Oh kohë e dashur,* je suis un faussaire ! s'exclama-t-il d'un ton pathétique en se frappant le front. Je rentre en moi-même, et quand j'en ressors, qu'est-ce que je vois ? Un énorme atelier de faussaires démocrates ! N'étaient-ce pas les démocrates qui ont produit une copie du casque de Skanderbeg, puis une copie de l'épée de Skanderbeg et, comme si ça ne suffisait pas, des copies de vingt-cinq boucliers qui auraient paraît-il protégé le héros lors de vingt-cinq batailles, si bien qu'on ne peut même pas les qualifier de copies mais tout bonnement d'inventions ? Et comme ce n'était toujours pas assez pour les démocrates, ils ont même produit une cotte de mailles qu'ils ont attribuée à Skanderbeg, oui, l'atelier de faussaires de l'opposition était très productif. On peut voir toutes ces merveilles dans la jolie petite ville de Shoçe, où l'on prétend qu'il aurait livré une escarmouche, si bien qu'un maire démocrate a fait élever un mémorial Skanderbeg. C'était censé devenir un lieu de pèlerinage pour les nationalistes, *oh kohë e dashur* – il éclata de rire. Connaissez-vous quelqu'un qui ait fait le pèlerinage là-bas ? continua-t-il. *(Premiers rires des journalistes.)* J'en connais un, un seul, et c'est moi-même ! *(Rires.)* Oui, je suis allé là-bas, j'ai regardé ce qu'avait à montrer ce tristement célèbre atelier de faussaires démocrates, et *o Zot i madh* ! Si vous aviez vu ça ! C'était tellement médiocre, tellement primitif ! On aurait dit du carton-pâte ! *(Rires tonitruants.)* Ce n'était vraiment pas digne de cet illustre héros de notre nation. J'ignore qui avait été chargé de fabriquer ces contrefaçons lamentables – peut-être le fils du président du parti démocrate, pour qu'il gagne un peu d'argent de poche, payé avec l'argent du contribuable ? *(Les rires devinrent assourdissants.)* En tout cas, on pourrait le croire ! *(Les rires n'en finis-*

saient plus.) Non, non, *zonja dhe zotërinj,* les démocrates ne peuvent pas me mettre sur le dos un crime qu'ils ont eux-mêmes commis. Mais moi, pour remédier à ce désastre, j'ai fait quelque chose de complètement différent. J'ai chargé le meilleur ferronnier du pays de fabriquer une copie fidèle dans le moindre détail au casque de Skanderbeg, afin qu'un public international puisse l'admirer. Comme vous le savez, le même jour que notre fête nationale aura lieu le lancement du *SS Skanderbeg,* un chef-d'œuvre de la construction navale albanaise, la fierté de l'Albanie moderne. Au cœur de ce navire magnifique, dans l'atrium de *Skanderbeg,* ce casque sera exposé dans une vitrine blindée. Pourquoi blindée ? Eh bien, nous n'avons pas envie qu'il nous arrive la même chose qu'aux Viennois avec leur copie ! *(Rires.)* Les chefs d'État et de gouvernement de l'Europe ainsi que des invités éminents venus du monde entier pourront admirer ce symbole majeur de l'unité albanaise et…

Oui, Ismail devait vraiment le reconnaître : Fate avait fait du beau travail, le Chef avait réussi à inverser la tendance et le lendemain tous les médias présentaient « la fierté de l'Albanie » : le *SS Skanderbeg,* où l'on avait eu l'idée judicieuse d'exposer le casque reproduisant fidèlement l'original. On ne disait plus la copie, les médias ne parlaient même plus de contrefaçon, il n'était plus question que d'un casque reproduisant fidèlement l'original.

En revanche, Ismail constata avec tristesse qu'Ylbere n'était pas venue à la conférence de presse. RTSH24 avait envoyé le responsable culture et non elle, qui s'occupait de la politique intérieure. Était-ce une décision du rédacteur en chef ou Ylbere avait-elle elle-même cédé la place à son collègue ?

Après la conférence de presse, Ismail appela la radio. Non, elle n'était pas là. S'il pouvait avoir son numéro de téléphone ? Non, c'était impossible. S'il pouvait laisser un message pour elle ? Bien sûr. Il demanda qu'elle le rappelle.

C'était comme si leur week-end d'intimité n'avait jamais eu lieu. En fait, il avait été comme effacé dès la soirée du dimanche, après l'appel qu'Adam avait reçu. Ensuite, il avait laissé brûler le dîner et avait disparu dans son bureau d'un air furieux, sans un mot. Dorota avait préparé un gruau d'avoine pour le petit Romek, elle-même avait mangé un sandwich au fromage, Adam ne s'était pas montré. Ne voulait-il plus manger ? Même s'il avait brûlé les steaks, il restait encore du pain et du fromage à la maison, et des œufs, Dorota lui aurait volontiers fait des crêpes, avec de la marmelade d'orange, Adam adorait ça, le matin ou le soir, en dessert ou même en guise de dîner. Mais il ne se montrait pas. Romek enfonça sa petite cuiller dans le gruau et en répandit sur la table, par terre. Ça suffit, pensa Dorota, et elle le mit au lit. Il lutta contre le sommeil mais finit par s'endormir, et Dorota resta étendue près de lui et pleura. Romek était en sueur, elle pleurait. Sans doute devait-elle avoir repoussé les draps, car elle s'aperçut dans la nuit, à moitié endormie, qu'Adam était là et la bordait. Quand elle se réveilla, au matin, Adam était déjà parti et Romek poussait une chaise à travers le salon. Quand Adam revint du bureau le soir, elle comprit : leur week-end d'amoureux n'avait été qu'un rêve, l'homme assis dans son salon n'était pas celui qu'elle aimait mais celui qui lui faisait peur. Cette pensée l'effraya elle-même. Peut-être peur n'était-il pas le mot juste. Il lui donnait du souci, plutôt. Il était assis, en appuyant sa tête sur sa main qui recouvrait ainsi son oreille brûlée. Lorsqu'il rentrait, ne soulevait pas son fils pour l'embrasser, ne voulait rien manger, posait devant lui une bouteille de vodka et regardait dans le vide – que voyait-il dans ce vide ? Manifestement, il se passait quelque chose en lui, et c'est cela qu'il contemplait fixement – lorsqu'il restait ainsi assis sans réaction, alors, oui, elle avait devant elle l'homme qui lui faisait peur.

Le salon était séparé du jardin par des baies vitrées. En été, par les journées brûlantes et sans pluie, on pouvait faire coulisser trois des quatre baies pour relier la pièce au jardin. C'étaient des journées heureuses, où ils étaient à la fois dans la maison et à l'air libre, le parfum des roses, la fumée du gril, le bourdonnement des insectes, les battements d'ailes feutrés et joyeux des papillons, les craquements des glaçons fondant dans le petit bac en plastique rose qui abritait les canettes de bière et les bouteilles de vin, les rires des amis, la musique populaire de Pologne. Qu'est-ce que c'est? Dikanda: Un groupe polonais! Mets-nous autre chose! Paolo Conte. Ouiii! Ce sont des images qui rendront sentimental, plus tard, à la lumière du souvenir. Oui, nous avons eu de belles journées d'insouciance!

Et maintenant. Les baies vitrées étaient fermées, naturellement, la pluie qui avait commencé à l'arrivée d'Adam était devenue plus forte, l'eau martelait les vitres où des éclairs ne cessaient de se refléter, un vent violent arrachait les dernières feuilles des arbres, les feuilles s'élevaient et retombaient en tourbillonnant à travers le jardin, le ciel obscurci de nuages, pas un rayon de lumière en dehors des éclairs.

Adam restait assis à regarder fixement la paroi vitrée comme si c'était un terrarium. Assise sur le canapé, Dorota l'observait. Elle aurait aimé parler avec lui de son avenir, lui demander en fait si elle devrait accepter un poste de juriste dans l'ONG *Alliance pour le climat**, ou si elle devrait tenter de passer le *concours** pour devenir fonctionnaire européenne. Elle pourrait aisément préparer le concours tout en restant à la maison avec Romek. Mais pour l'heure, elle pensait: Peut-être devrais-je simplement retourner en Italie avec Romek, chez mes parents. Et là-bas... quoi? Me voici de retour, mes chers parents. Malheureusement, ma vie n'a pas été une réussite. Et pourriez-vous me prendre pour un petit moment cet enfant, votre petit-fils?

Non. Elle pleurait. Et il ne s'en aperçut pas. Sur la table basse près du canapé, il y avait la corbeille de fruits, avec à côté une assiette et un couteau. Elle saisit le couteau.

Puis le reposa. Non, elle n'avait pas envie d'une pomme.

Adam se demandait comment résoudre ce problème. Dans leur enfance, Mateusz et lui avaient prêté un serment qui les vouait au combat, à la résistance, au refus de transiger sur leurs idéaux, à la solidarité. Ils l'avaient scellé avec leur sang. Il y avait eu cette nuit, dans le dortoir du séminaire, où Mateusz avait déclaré avec froideur : Celui qui violera ce serment devra mourir. Celui qui trahira notre pacte devra mourir. Si tu dis que le ciel est bleu, je serai contraint de te tuer. Lui, c'était lui qui l'avait dit. Adam sentit son sang se glacer, il se rappela qu'il avait eu peur, qu'il avait pensé que jamais il ne serait capable d'être aussi inflexible, je t'aime, s'était-il dit, je t'aime, Mateusz, je ne pourrais jamais te tuer, mais il avait compris que Mateusz était vraiment sérieux et qu'il serait prêt à tuer s'il l'estimait nécessaire. Et c'est ainsi qu'Adam avait gardé le silence, un silence qui était un assentiment, mais qui au fond lui permettait simplement de ne pas avouer ses scrupules. Pourtant, au bout du compte, c'était Adam qui était devenu un soldat, qui s'était battu pour la cause, il l'avait prouvé en se jetant sur le corps en feu de Piotr Szczęsny pour lui sauver la vie, alors que Mateusz s'était contenté de désapprouver cyniquement ce frère de sang. Mateusz nous a trahis, il a trahi nos pères et l'héritage qu'ils nous ont légué, il a trahi notre cause. Dans notre combat contre la loi martiale, nous étions reconnaissants pour la solidarité internationale. Devenu Premier ministre de la Pologne libre, Mateusz en guise de remerciement prône le nationalisme le plus abject. Nous avons lutté pour la légalité, la séparation des pouvoirs, l'État de droit. Mateusz détruit l'État de droit, ignore la législation européenne. Que faire ? Il l'avait dit lui-même, jadis, dans cette nuit glaciale au séminaire.

La pluie se jetait violemment contre la vitre, Adam regardait la tempête comme si ç'avait été une vidéo. Du chiqué, qu'on pouvait arrêter en tournant un bouton. Ça n'avait rien à voir avec lui, il était parfaitement calme, froid et calme, il pensa sans émotion : jusqu'au fond de mon âme.

En fait, Mateusz avait prononcé son propre arrêt de mort, cette nuit-là, pensa Adam. Mais comment l'exécuter? Le soldat en lui examina des possibilités, envisagea des variantes, toutes n'étaient pas encore faisables, mais le soldat était prêt. La variante qu'il préférait était évidemment tout à fait impossible : traîner Mateusz sur la Plac Defilad et l'immoler par le feu. Un pur fantasme. Mais il réfléchit plus concrètement au moyen de l'approcher et de lui tirer une balle. Si l'on prenait au sérieux le pacte qu'ils avaient conclu et si l'on portait un jugement sur la politique que menait aujourd'hui Mateusz, il n'y avait aucun doute : Mateusz devait mourir. Absorbé comme il l'était dans ses pensées, il était étonnant qu'Adam ait entendu ces mots : Ata! Ata!

Adam se retourna, vit son fils se lever, oui, il se redressa en s'appuyant à une chaise, tourna le dos à la chaise et fit un pas, deux pas. Ata! Et Adam vit Romek marcher vers lui. Il avait réussi. Après un dernier pas, il tomba dans les bras d'Adam.

Bien entendu, depuis la naissance de Romek, Adam avait pensé et dit qu'il était maintenant un père. En réalité, il ne le devint qu'à cet instant. Quand son fils cessa de s'accrocher à sa mère, d'être comme un paquet qu'elle tendait à Adam, de se traîner partout à quatre pattes, et se redressa en décidant consciemment de marcher vers lui. Il n'avait pas rampé dans un coin d'où il fallait l'arracher à un danger quelconque, il s'était élancé dans les bras de son père en poussant des cris de joie. La décision autonome de cet enfant qui n'était jusqu'alors qu'un appendice de sa mère : Regarde, je viens à toi, mon père!

Adam souleva Romek dans ses bras, l'embrassa, le serra contre lui et fit quelques pas qu'on pouvait considérer, chez un homme aussi raide, comme une danse.

Depuis qu'Alessandro Crotone avait sauté avec sa Mercedes blindée en la faisant démarrer, grâce à une charge explosive d'une telle puissance qu'on n'avait même pas retrouvé sa Rolex, il n'y avait plus eu de meurtre spectaculaire dans le milieu de la mafia. Ça faisait quand même déjà six ans. Tout changea début octobre, un lundi. À Vienne Franz Starek était d'humeur lugubre en cette journée grise où il bruinait et faisait 12°, à Bruxelles Adam Prawdower ruminait ses sombres pensées par 14° et une forte pluie agrémentée de violentes bourrasques, mais à Brindisi le soleil était radieux, comme le proclamait le présentateur de la radio Antenna Febea avec une allégresse professionnelle en s'écriant entre deux tubes : Profitez de la vie, mes amis ! *Godetevi la vita, amici miei !*

Un azur sans nuages, une température agréable de 25°, la limousine quitta le Paradiso pour rejoindre le centre de Brindisi. Arlind Roshi ouvrit la vitre et dit au chauffeur d'éteindre la climatisation. Et de mettre la radio un peu plus fort ! Antenna passait des tubes des années quatre-vingt qu'aimait Arlind Roshi, le tout ponctué par des : Profitez de la vie !

Arlind Roshi était un homme maigre. Malgré son aisance, il n'avait pas de ventre. Il n'avait pas besoin d'être corpulent pour imposer sa présence et inspirer le respect dès qu'il entrait dans une pièce. C'était sans doute dû à son visage où aucune émotion ne transparaissait, et à ses costumes sur mesure de première qualité, qui venaient de chez Kiton, à Naples, et coûtaient 12 000 euros pièce, on murmurait qu'il en possédait cent. Pas de pochette rouge, pas de cravate rouge, s'était permis d'observer Antonio, le neveu du mythique fondateur de l'atelier de couture Kiton, afin de guider son client vers une esthétique parfaite. Un homme comme le signore Roshi n'est pas un feu rouge ! Du reste, les trois couleurs des feux de circulation sont à proscrire absolument. Le vert convient à des chasseurs allemands, dit-il avec un léger sourire, quant à l'orange, laissons-le aux disciples de Bhagwan, n'est-ce pas, signore.

Arlind Roshi portait donc un costume léger bleu marine, une cravate de soie jaune pâle et une pochette assortie. Ce lundi-là, il était parfait, respecté et inabordable, comme toujours. Il avait l'habitude de déjeuner tous les lundis à la trattoria da Adriano, de recevoir des partenaires d'affaires et des clients et de discuter de l'emploi du temps de la semaine avec les chefs des familles du réseau. La trattoria da Adriano, dans la via Ruggero Flores, un établissement simple et solide, à la cuisine authentique. La cuisinière était la *nonna* du *padrone* Adriano, que Roshi avait tiré du pétrin quand il avait eu des problèmes avec le fisc. Mais plus important encore : le restaurant disposait d'une arrière-salle, où Arlind Roshi pouvait non seulement déjeuner et recevoir discrètement des invités mais aussi fumer ses cigares. Lorsqu'on ouvrait la porte des toilettes au fond du restaurant, on pénétrait dans un petit couloir avec trois portes : Hommes, Femmes et Privé. Le panneau Privé était celui de l'arrière-salle.

Bien entendu, Berat « Cinguettio » Kumbulla savait tout cela. Lui-même avait été admis plusieurs fois aux lundis d'Arlind Roshi. Il n'avait pas besoin de s'informer, d'échafauder des plans. Le lundi à partir de 13 heures, derrière la porte marquée Privé de la trattoria da Adriano, Roshi déjeunait et fumait. Devant la porte, il y avait Myrto, un homme aussi fidèle qu'un chien de berger et doté à peu près des mêmes capacités d'abstraction, à ce qu'on racontait. Il aimait les chemises moulantes, qui mettaient en valeur sa musculature faisant presque craquer le tissu. Il portait un pistolet dans un holster d'épaule et il tirait très vite, mais il ne pourrait pas être assez rapide s'il était pris au dépourvu. Si l'on arrivait après 14 heures, la fumée dans la pièce serait déjà si épaisse que Roshi ne verrait sans doute même pas tout de suite l'arme que tiendrait Kumbulla. Et même s'il la voyait et avait lui-même une arme, l'effet de surprise serait suffisant. Le seul impondérable, c'était que Kumbulla ne pouvait savoir qui serait alors avec Roshi. Ce pourrait être quelqu'un avec qui il n'avait pas de problème, peut-être même un membre de son clan, il ne voulait tuer personne dont il ne souhaitait pas la mort.

Kumbulla était d'un tempérament joyeux. Il aimait bien rire. Il riait même de bon cœur aux plaisanteries qu'on faisait sur son compte. Sur sa petite tête au menton fuyant, dont on disait qu'elle donnait du fil à retordre aux boxeurs car ils auraient besoin d'un microscope pour atteindre son menton. On racontait aussi qu'il avait une tête d'oiseau – gare si tu chantes, petit oiseau! Il avait une voix aiguë, quand il parlait on disait: Qu'est-ce qu'il gazouille, le petit oiseau? Dans la famille, on l'appelait Cinguettio, Gazouillis, et il riait avec les autres, c'était la famille, c'était chaleureux, et lui était un homme doux et accommodant, dévoué à sa famille. Et il était prêt à faire ce qui s'imposait pour la famille.

Cinguettio entra dans la trattoria, le padrone le salua, il le connaissait. Il commanda un verre de vin blanc. Tu manges quelque chose? Non, merci, je prends juste un vin blanc. Il le but lentement, attendit que quelqu'un aille vers le fond ou en vienne. Au bout d'un quart d'heure, Fatos sortit, Cinguettio ne l'avait pas vu aller aux toilettes, donc il était certainement avec Roshi. Il le salua. Cinguettio attendit encore quelques minutes, personne ne se dirigea vers le fond, Roshi devait être seul maintenant. Il posa sur la table un billet de cinq euros pour le vin, s'avança vers la porte des toilettes. Devant la porte marquée Privé, Myrto montait la garde. Salut, Cinguettio, dit-il. Ce fut son dernier mot. Cinguettio laissa tomber son couteau, prit son revolver, enleva le cran de sûreté et ouvrit brutalement la porte.

En sortant du restaurant et en s'éloignant sur sa vespa, Cinguettio était étonné et troublé par quelque chose: Roshi l'avait regardé sans dire un mot, sans esquisser un geste de défense. Son regard était presque moqueur. Il savait qu'il allait mourir et qu'aucun mot, aucun geste ne pourrait rien y changer. Ce regard hantait Cinguettio. Il ne l'avait pas vu s'éteindre, il avait appuyé trois fois sur la détente et n'avait vu que les yeux froids et moqueurs de Roshi.

Le rouge sur le costume de Roshi faisait vraiment un effet affreux. Décidément, le rouge ne lui allait pas.

Cinguettio assista à l'enterrement de Roshi, comme l'exigeait le Kanun. Pendant la durée de la mise en bière et des obsèques, la vendetta était suspendue. Trois jours plus tard, il fut abattu par le fils de Roshi, Blerim, après quoi c'était désormais à Gjergj, le frère de Cinguettio, d'agir.

La *Direzione investigativa antimafia* aurait-elle prévu le meurtre de Roshi, aurait-elle même compté dessus ?

Je ne crois pas, dit Max-Otto Hagenbeck, c'est peu probable. Nous étions tenus informés de chaque étape, et il n'avait jamais été question d'une telle perspective. Depuis qu'on a fait sauter Alessandro Crotone, voilà six ans, tout le monde s'est mis d'accord pour éviter une escalade. La 'Ndrangheta s'est concentrée sur les déchets toxiques en Calabre, mais elle a surtout transféré l'essentiel de ses activités dans le nord de l'Italie, où elle a investi massivement dans la construction et l'immobilier, notamment à Milan. Et la mafia albanaise a repris pour l'essentiel le trafic de drogue, pour lequel elle disposait du meilleur réseau : l'Albanie est le premier producteur de cannabis en Europe, il arrive dans des vedettes rapides ou même des ferries en Italie, d'où il est distribué dans tout le continent. Inversement, la cocaïne sud-américaine arrive dans les ports du Benelux puis est transportée jusqu'en Italie du Sud par la fameuse route de la banane, après quoi elle gagne l'Albanie à partir des ports de Brindisi et de Bari afin d'être livrée dans l'ensemble de l'Europe orientale. Ça fonctionnait comme ça depuis des années, et si jamais la 'Ndrangheta faisait des incursions sur le marché de la drogue, les Albanais l'acceptaient tant qu'il ne s'agissait pas d'affaires trop importantes. On accordait pour ainsi dire un peu d'argent de poche au menu fretin, il ne faut pas oublier que les Albanais d'Italie du Sud sont chrétiens. Encore une fois, ça a marché pendant des années.

Cela dit, ajouta Max-Otto, je m'en veux d'avoir négligé un aspect important, ou du moins d'avoir cru aveuglément mes collègues italiens sur ce point. Il existe en effet une différence essentielle entre l'assassinat de Crotone et celui de Roshi, or nous n'avions pas suffisamment ce fait présent à l'esprit. L'affaire Crotone était le point culminant d'une guerre des gangs, après quoi les deux organisations ont conclu un accord pour éviter de s'anéantir mutuellement. En revanche, l'affaire Roshi est un conflit entre Albanais et tout accord est exclu à cause du Kanun. Personne ne peut y mettre un terme, car la mafia albanaise ne fonctionne pas du tout comme la mafia italienne. Quand un parrain italien impose la paix lors d'une lutte intestine, le calme revient d'un bout à l'autre de la hiérarchie, qui est pyramidale et descend jusqu'au dernier garçon de courses. Et si un ou deux membres de la hiérarchie refusent de baiser l'anneau du parrain, leur espérance de vie se réduit à vingt-quatre heures, et ensuite la paix s'installe pour de bon. Généralement, du coup, il n'y a même pas un ou deux récalcitrants. Mais la mafia albanaise a une organisation horizontale, elle est composée de familles comme cellules de base. Trois ou quatre familles constituent le clan et élisent un chef. Les chefs des différents clans forment un directoire. Il n'existe donc pas un unique parrain qui puisse exercer seul l'autorité. Ou inversement : Arlind Roshi a cru qu'il pouvait exercer seul l'autorité, ce qui a été sa condamnation à mort. Roshi était un chef de clan, c'est très important dans le système de la mafia albanaise. Il était estimé, respecté et même aimé par ceux auxquels il accordait des faveurs. Il se considérait ainsi peut-être comme intouchable, invulnérable. Et Roshi s'est fâché en apprenant qu'un membre d'une des familles de son clan s'était emparé d'une copie d'un casque volé dans un musée, à la suite d'une agression minable dans la rue, et qu'il essayait maintenant d'extorquer une rançon à un célèbre musée de Vienne. Roshi estimait que le vol d'objets d'art n'était pas une activité convenant à son organisation, et les agressions dans la rue encore moins. Donc, voler un faux était absolument exclu. Non seulement ça ne rapportait rien, mais ça risquait de nuire à leur activité principale. L'enquête ne serait pas confiée à la police régionale, à laquelle la mafia graissait la patte, mais à la *polizia di stato* et à Europol, si bien que les investigations échapperaient à tout contrôle, ce qu'il fallait éviter à tout prix. C'est alors qu'il conclut un marché avec la brigade antimafia, comme la mafia le fait à l'occasion : elle sacrifie un personnage sans importance, procure ainsi à la police un succès dont elle a besoin de temps à autre, et elle-même achète de cette manière sa tranquillité dans son activité principale. Roshi a donc livré à la police l'idiot qui croyait se faire un peu d'argent supplémentaire avec ce casque, après quoi les policiers ont pu opérer leur coup de filet et se targuer d'un succès international. Roshi croyait avoir fait comprendre à son clan que ce genre d'activité secondaire n'était pas souhaitable, car elle menaçait le bon déroulement du trafic de drogue.

Un petit mafieux insignifiant, dont nous savons aujourd'hui qu'il n'était qu'un passeur apportant les pots-de-vin aux douaniers du port et qui avait dû entrer en possession du casque par l'intermédiaire de parents à Tirana, se retrouva ainsi en prison. Arriva ce que Roshi n'avait pas prévu, pas plus que nous : le fils imbécile de cet homme a voulu absolument venger la trahison dont avait été victime son père, lequel aurait probablement été libéré quelques mois plus tard. Tu n'as pas ça dans tes dossiers ? Le garçon s'appelle Petit Oiseau ou Gazouillis, mais il n'a pas chanté, il a tiré sur Roshi qu'il considérait comme un maître chanteur. Et maintenant, les choses se gâtent. Il n'y a plus d'accords possibles. Le fils de Roshi a dû tuer Gazouillis, dont le frère a dû alors supprimer le fils de Roshi. Mes collègues italiens m'ont déjà informé que l'oncle de Roshi est allé se cacher quelque part en Albanie pour échapper à la vendetta. Mais nous pouvons nous attendre à apprendre sa mort dans les semaines qui viennent. Ça devient la guerre mafieuse la plus sanglante depuis les années trente. Sa particularité, c'est qu'elle n'oppose pas des organisations concurrentes mais se déroule au sein d'une unique organisation. Ce sont des familles d'un même clan qui se déchirent.

Et qu'allez-vous faire ?

Rien, répondit Max-Otto. Nous pensons que le mieux est de laisser ce conflit se résoudre dans le sang.

Mais l'oncle qui s'est caché, dit Franz, il doit être possible de le retrouver. Pourquoi ne lui proposez-vous pas une nouvelle identité, s'il dépose en tant que témoin et raconte tout ce qu'il sait. De cette façon, il aurait la vie sauve et la *Direzione investigativa antimafia* pourrait neutraliser et mettre sous les verrous le clan entier.

Un Italien accepterait peut-être une telle proposition, mais un Albanais, jamais. Ils sont extrêmement respectueux des lois, enfin, de leurs lois. Il éclata de rire. Elles leur prescrivent de s'entretuer à telle ou telle occasion, mais elles leur interdisent aussi de se trahir mutuellement.

En fin de soirée, le téléphone d'Ismail se mit à sonner, ou plus exactement à jouer *It's raining rain,* la sonnerie qu'il avait installée sur son smartphone privé.

Il ne connaissait pas le numéro de l'appelant, mais finit par prendre la communication.

C'était Ylbere.

Tu m'as laissé un message. Tu voulais que je te rappelle.

Oui.

C'est important ?

Oui. Très important.

…?

Il faut que je te voie.

…?

Tu n'étais pas à la conférence de presse, aujourd'hui. Vous n'aviez envoyé que le type de la culture.

…

Pourquoi n'es-tu pas venue ? Tu voulais m'éviter ?

Non. C'était une décision de la rédaction.

Non? Alors nous pouvons nous rencontrer?

Pourquoi?

Pourquoi, pourquoi, j'ai... (Pour un peu il aurait dit: envie. De toi. Mais cela n'aurait-il pas amené encore d'autres pourquoi? Pourquoi si brusquement, après tant d'années? Et alors qu'elle s'était montrée si froide et réservée, lorsqu'ils s'étaient revus trois jours plus tôt... Et soudain, tu as envie? Sérieusement? Voilà qui exige quand même une explication! Pourquoi? Mais comment le dire autrement? Une sorte d'impulsion qui...)

...?

Il ne savait pas quoi dire, et elle se taisait.

Il entendait tout bas contre son oreille le souffle d'Ylbere. Mais peut-être était-ce une illusion. Peut-être était-ce son propre souffle qu'il entendait, de même qu'il entendait les battements de son cœur marteler ses tempes. Il dit enfin: C'est comme ça, voilà tout, il faut que je te parle... Et avant qu'elle puisse une nouvelle fois demander pourquoi, il lança: Je vais donner demain ma démission. Tu auras devant toi... Il faillit dire: un homme libre, mais dit finalement: quelqu'un de libre.

Il avait franchi la muraille. Mais il y avait encore un obstacle. Elle accepta de le rencontrer, proposa le Radio Bar. Tu connais?

Le Radio Bar se trouvait dans le Blloku, ce quartier qu'habitait la nomenklatura sous le régime communiste. C'est là que le premier camarade avait sa villa, dans la Rruga Ismail Qemali, et que les dignitaires du Parti avaient leurs maisons protégées par des gardes et des soldats. L'accès était interdit au peuple. C'était une zone fermée, comme Wandlitz en Allemagne de l'Est ou les actuelles *gated communities* aux États-Unis.

Après l'effondrement du système stalinien, le Blloku fut conquis par la jeunesse de Tirana. Le quartier déserté par

345

les fonctionnaires communistes accueillit les lieux de plaisir de la ville bouillonnante d'activité, restaurants, bars et cafés s'installèrent dans les villas abandonnées et le Blloku devint le quartier de Tirana qui ne dormait jamais. À l'entrée de cette mer de lumières se dresse le monument du Postbllok, qui rappelle les crimes de la dictature communiste à tous ceux qui veulent les connaître avant d'aller danser, c'est-à-dire personne.

Ismail Lani n'était jamais venu s'amuser en ces lieux.

Avant qu'Ylbere puisse se raviser, il accepta. OK, on se retrouve au Radio Bar.

Tu le connais ? Rruga Ismail Qemali, dit-elle.

Oui, je connais l'adresse.

Pouvait-il franchir cet obstacle ? Évidemment qu'il connaissait l'adresse. Le Radio Bar se trouvait dans la maison de ses parents ! Presque en face de la villa du premier camarade. La maison de son enfance heureuse, dont il ne gardait aucun souvenir. Le bonheur délivré du souvenir, la maison qu'il avait dû quitter, après l'exécution de son père et le suicide de sa mère, pour entrer dans la prison d'un orphelinat d'État où il apprit enfin à retenir des expériences, des moments vécus, des images – en somme, des souvenirs, le contraire du bonheur.

Ylbere se rendait-elle compte qu'elle lui donnait rendez-vous dans la maison de ses parents ? Était-ce intentionnel de sa part ? Cela signifiait-il quelque chose ? Non, c'était absurde. Elle ne pouvait pas le savoir. À moins qu'elle n'ait proposé le Radio Bar parce qu'il était considéré par TripAdvisor comme *the most gay-friendly bar in Tirana*. Était-ce un message ? Non, voyons, il était d'humeur à voir partout des messages, des signes du destin, mais il devait s'avouer qu'il n'y avait rien à interpréter en l'occurrence. La rédaction de la radio albanaise ne se trouvait qu'à une minute de marche du Radio Bar. Le bar lui-même abritait au premier étage un studio d'enregistrement de RTSH. C'était l'endroit le plus branché de Tirana, mais aussi tout simplement la cantine des journalistes de la radio.

Il se mit en route. Il lui était pénible d'aller dans cette maison. Il avait rarement franchi le seuil du bar, n'avait jamais accompagné ses amis quand ils voulaient s'y rendre. Il n'y était allé que seul, à de rares occasions où il se trouvait dans un certain état d'esprit, toujours l'après-midi, quand il n'y avait guère d'animation, afin de boire une bière sans être dérangé par les fêtards tandis qu'il regardait, tout simplement, pour voir s'il ne reconnaissait rien. N'y avait-il pas en ces lieux des meubles qui avaient appartenu à ses parents et qu'il avait vus dans son enfance ? C'était possible, car le Radio Bar était rempli de vieux meubles de l'époque communiste, chaises, canapés, armoires, tous dataient du temps où ses parents vivaient ici. Le téléphone en bakélite. Son père avait-il pressé l'écouteur contre son oreille quand le premier camarade appelait ? Et sa mère, subjuguée par les propos galants de ce grand homme qui avait ôté son chapeau devant elle et lui avait baisé la main ? La machine à écrire Triumph, venait-elle du bureau de son père ? Quels documents avait-il tapés dessus, avec la mention *confidentiel* ? À présent, ce n'était plus qu'un objet rétro à la mode, une décoration sans vie pour Ismail, qui ne pouvait célébrer ici la joie du passé retrouvé.

Il arriva avant elle.

À côté de l'entrée se trouvait un bureau démodé, sur lequel trônait la machine à écrire. Pour la première fois, il remarqua qu'une feuille y était glissée et qu'on y avait tapé quelques lignes. Il se pencha dessus – s'agissait-il d'un vieux document, peut-être tapé par son père ? Un serveur qui passait par là s'arrêta et lui demanda joyeusement : Vous avez déjà tapé avec une machine de ce genre ? Vous pouvez essayer, si vous voulez.

Oui, merci.

Attention, il faut taper fort sur les touches ! Ce n'est pas un ordinateur.

Le serveur éclata de rire.

Et quand vous arrivez au bout d'une ligne, avec ce levier vous…

Oui, oui.

Amusez-vous bien! Nous sommes contents quand nos clients nous écrivent des messages.

Ismail lut le dernier message tapé par un client:
Les vieux meubles et les murs peints de couleurs vives me rappellent les jours heureux de la maternelle.

Ismail sursauta. Une main sur son dos. C'était Ylbere.

Tu voulais écrire quelque chose? Je te dérange?

Non, non. Merci d'être venue.

Ils trouvèrent une table libre. Ylbere commanda une bière, Ismail voulait l'imiter mais demanda ensuite: Qu'est-ce que boit ce jeune couple, à la table voisine? Ça m'a l'air très séduisant.

Ce cocktail? C'est le *haut les cœurs**.

Comment?

*Haut les cœurs**. Cognac, prosecco, citron vert, fruits rouges et menthe. Très stimulant.

Super, ça promet. Je le prends! Tu ne veux pas aussi un cocktail? Allez, on va boire des cocktails!

Non, je veux une bière, dit Ylbere.

C'est un jour exceptionnel, dit Ismail. Pour fêter l'occasion, tu pourrais…

Je peux très bien fêter l'occasion avec une bière.

Le serveur s'éloigna en souriant. Un silence. Oui, dit Ismail. Le couple d'amoureux de la table voisine se mit à s'embrasser. Enfin, je te remercie d'être venue, reprit Ismail. Elle le regarda. Il eut l'impression qu'il y avait de la curiosité dans son regard. Mais puisqu'elle avait accepté de le voir, pourquoi se taisait-elle? Il s'était attendu à ce qu'elle lui demande pourquoi il voulait démissionner. Mais elle se taisait. Au moins, elle souriait maintenant. Mais pourquoi se retranchait-elle derrière cette muraille, ce mur de verre? Son sourire… Ironique? Mais il devait surinterpréter, ce n'était sans doute qu'une expression d'attente aimable. Il ne savait pas ce qui lui prenait. Il avait envie d'embrasser cette bouche.

Tu es allée chez le coiffeur? demanda-t-il enfin quand les boissons arrivèrent.

Elle but une grande gorgée de bière tandis qu'il tournait son verre pour voir quel côté était le plus pratique pour porter ce cocktail à ses lèvres.

Non, dit-elle.

Non quoi?

Le coiffeur.

Il y a trois jours, tu avais les cheveux courts, mais j'ai l'impression qu'ils sont encore plus courts aujourd'hui.

J'ai une tondeuse que je peux me passer moi-même dans les cheveux et…

Mais pourquoi? Ils étaient très courts.

Oui. Mais je ne veux pas qu'ils deviennent plus longs, donc j'utilise régulièrement la tondeuse.

Ylbere portait un pantalon en lin et une veste pareille à celles que portaient des paysans albanais sur de vieilles photos qu'il avait vues. Elle était en parfaite harmonie avec l'atmosphère rétro de ce bar, alors qu'il se sentait comme un corps étranger, ce qui n'était même pas vrai car il aurait dû sentir son corps, dans ce cas, or il avait l'impression de ne plus en avoir, de n'être plus qu'une paire d'yeux oppressants que tiraillait une âme accablée.

Soudain, le visage d'Ylbere s'illumina, elle leva la tête en riant, agita la main. Ismail la regarda, se retourna et vit qu'une femme venait d'entrer. La femme regarda à la ronde, aperçut Ylbere et agita à son tour la main en riant. Elle avait une crinière de lionne – cette image n'était guère originale, mais Ismail n'était pas un poète mais un porte-parole, au moins pour une journée encore, et en fait l'image faisait mouche. L'inconnue portait un pull noir avec une broche en strass étincelante. Comme elle s'approchait, il vit que la broche représentait un escargot. Elle portait sous le bras un énorme carton à dessin, qu'elle posa pour embrasser Ylbere.

Comme Ylbere avait l'air joyeuse et excitée, d'un coup !

Voici Admira Pickim, dit-elle. Admira est graphiste et affichiste. Tu apportes un nouveau poster ?

C'est une série, répondit Admira. Je vais les accrocher tout de suite, Redi m'a déjà libéré ce mur. C'est ta bière ?

Elle but une gorgée à la bouteille d'Ylbere et reprit son carton à dessin.

À tout de suite. Je suis impatiente de savoir ce que tu en penseras.

Ismail se rassit mais Ylbere resta debout, sa bière à la main, et regarda Admira accrocher ses affiches. Il avait son dos et son derrière devant les yeux, il respira profondément, se leva à son tour. Avec ce cocktail qu'il fallait remuer pour pouvoir le boire, il se sentait ridicule, il n'était pas à sa place dans ce bar, dans ce monde. Mais une surprise de taille l'attendait.

Admira fixa d'abord de travers sur le mur une longue banderole :

Les couvre-chefs albanais
Symbole, identité et réalité

En dessous, elle colla une série d'affiches, des agrandissements de vieilles photos, qui attirèrent l'attention de l'assistance. Un nombre croissant de clients se levèrent pour s'approcher et regarder de plus près ce qui se passait, ce que ça signifiait.

Première photo : Enver Hoxha portant une copie de la *titovka*, le calot orné d'une étoile rouge que portaient les partisans de Tito. « *Années 40. La Yougoslavie est la principale alliée de l'Albanie.* »

Deuxième photo : Enver Hoxha portant une copie de la casquette d'uniforme de Staline. « *Années 50. Après la rupture avec la Yougoslavie, l'Union soviétique est la protectrice de l'Albanie.* »

Troisième photo : Enver Hoxha coiffé d'un feutre noir au bord large. « *Seconde moitié des années 50. Après la mort de Staline, le chapeau en vogue au Kremlin.* »

Quatrième photo : Enver Hoxha porte la copie d'une casquette chinoise emblématique de Mao Zedong : « *Années 60. Après la rupture avec l'Union soviétique. La Chine est la protectrice de l'Albanie.* »

Cinquième photo : Enver Hoxha porte une copie du chapeau classique français en feutre de poil de lapin qu'il portait dans les années 30, pendant ses années d'études à Paris et Bruxelles. (En haut à gauche, une petite photo d'Enver Hoxha au temps où il était étudiant à Bruxelles. Avec le même chapeau.) « *Fin des années 70. Après la rupture avec la Chine. L'Albanie, sans protectrice, est nostalgique.* »

Sixième photo : Enver Hoxha arbore une copie d'un chapeau en toile de Gucci. « *Années 80. L'Albanie se protège toute seule : on construit 750 000 bunkers en forme de chapeau en toile.* » (En bas à droite, deux photos montrent un bunker et un chapeau Gucci.)

Septième photo : *Aujourd'hui*. Un photomontage montre le ZK, l'air hésitant, debout devant une table sur laquelle se trouvent un chapeau français, une casquette chinoise, une toque de fourrure russe et le casque de Skanderbeg. La main du ZK est en suspens au-dessus du casque. « *L'Albanie cherche de nouveau des alliés.* »

Les jeunes clients riaient. Soudain, un homme muni d'un micro demanda à interviewer Admira.

Ylbere était si allègre, maintenant. Admira lui fit un signe : Je viendrai ensuite à votre table ! Ils se rassirent. Ylbere voulait une autre bière, Ismail en commanda une aussi pour lui.

Pourquoi fais-tu cette tête ?

Je fais la tête, moi ? Je trouve super ce que ton amie a fait, vraiment. Mais je ne me sens pas bien.

C'est cet endroit. Tu ne peux pas le savoir, mais c'est ici que je…

Mais si. Tu l'as déjà raconté à l'époque, dans notre groupe d'étudiants. Et ensuite, l'orphelinat. Puis une tante est arrivée…

Tante Xhulieta, oui.

C'était la sœur de ton père ou de ta mère ?

De mon père.

Et elle travaillait aussi pour le Parti ?

Oui.

Et tu ne t'es jamais demandé comment elle avait pu te sortir de l'orphelinat ? C'est ce que tu as raconté, non ? Qu'elle t'avait sorti de là.

Oui.

Je ne te crois pas, dit Ylbere. Si ton père avait été exécuté après un procès politique, sa sœur se serait retrouvée pour le moins dans un camp de travail, où elle aurait eu du mal à survivre. À l'époque, on inculpait tous les membres de la famille.

Ismail la regarda avec stupeur.

À moins qu'elle soit allée dans les montagnes et ait pris les armes ?

Admira les rejoignit à leur table. Ces rires, ces embrassades, et encore des rires. Tu as une broche super, dit Ylbere, elle me plaît.

Oui, dit Admira, je l'ai trouvée au marché aux puces, dans la Rruga 5 Maji, elle m'a tout de suite fait penser au poème de Fate Vasa…

Quel poème?

Tu le connais sûrement. C'est à peu près ça: *Tu as besoin de patience mon amie / tu dois savoir attendre / qu'un escargot devienne un fossile et alors / il ne finit pas sur le tas d'ordures de l'histoire / non / il entre au Musée archéologique / pour que l'admirent inconscients / aujourd'hui les escargots.*

Oui, je le connais. Fate Vasa est fantastique.

Ismail jeta deux billets sur la table et s'en alla.

Il s'arrêta à l'entrée du bar, devant la machine à écrire. La phrase sur les « jours heureux de la maternelle » était toujours la dernière qu'on ait écrite. Il s'assit, tapa sur les touches. Oui, il fallait vraiment taper fort, très fort. S'il s'était écouté, il aurait tapé avec son poing. Je connais l'histoire qui s'est passée avant. Cette école maternelle est…

Il voulait écrire: Ende [fin], mais il se trompa et écrivit: Eden.

Karl Auer ouvrit le mail annonçant « Objet: Skanderbeg », un message de Baia Muniq.

Elle n'avait écrit qu'une phrase: « Tu montes à bord? »

QUATRIÈME PARTIE

Quand l'inconscient devient conscient

Tout est une question de perspective.

Suivant l'endroit où l'on se trouve, l'angle d'où l'on regarde, suivant ce qu'on veut ou doit voir et quels intérêts on poursuit, l'image sera différente. C'est un truisme, mais c'était le fonds de commerce de Gino Trashi. Il était photoreporter pour le journal *Shqip*, l'homme des missions spéciales, un maître de la manipulation de l'image, sans aucun recours au numérique, il ne travaillait qu'avec son regard, qui trouvait toujours le bon angle pour que les politiciens et les célébrités qu'il devait photographier apparaissent conformément au souhait de son commanditaire, héroïques ou ridicules, sympathiques ou répugnants, pleins d'habileté politique ou manifestement incompétents.

Ismail Lani, qui avait tenté en vain de l'exclure des conférences de presse du ZK, dit de Gino Trashi : On devrait lui interdire d'appeler objectif le truc sur le devant de son appareil photo.

Gino n'en fut pas irrité ni vexé, au contraire, il s'amusa de ce bon mot. Il avait une nature allègre, un peu comme un anarchiste. À la façon d'un enfant incapable de penser aux conséquences, il se réjouissait quand il réussissait des photos qui montraient des perspectives nouvelles, qu'on n'avait encore jamais vues dans le monde des images, un moment d'étonnement qu'il avait seul su capter. Pour lui, c'était de l'art, en fait il considérait que l'art devait nécessairement permettre une vision nouvelle. Il avait lu un jour un article d'Ismaïl Kadaré, son auteur de prédilection, où ce grand écrivain albanais faisait une distinction entre décrire et raconter. Décrire, d'après Kadaré, prétendait atteindre à l'objectivité, à l'authenticité, à la connaissance, mais n'y parvenait en aucune façon. C'était un acte purement tautologique, qui présentait au lecteur ce qu'il savait et connaissait déjà. Pour prendre un exemple, on pouvait décrire aussi bien une forêt qu'une gomme à effacer avec une extrême précision et un regard objectif, pendant dix ou même quinze pages. Certains auteurs en étaient capables et y voyaient le comble de la hardiesse et de la virtuosité. Au bout du compte, cependant, le lecteur découvrait ce qui n'avait jamais été une énigme pour lui : c'est une forêt, ou c'est une gomme. Et même si l'auteur décrivait quelque chose que le lecteur ne connaissait pas, comme les danses des Indiens Hopis pour faire tomber la pluie ou les lois de la vendetta dans les montagnes du nord de l'Albanie, on pouvait faire le même constat : la description ne faisait que confirmer au lecteur ce qu'il savait déjà, à savoir que ce qu'il lisait lui était totalement étranger. Quel ennui ! La description avait beau recourir à maintes fleurs de rhétorique pour parvenir à une apparence de précision, elle n'était jamais qu'un petit fragment de la surface de la réalité, et cela n'apportait rien, quand bien même il s'agissait de la véritable surface. Seuls des pédants qui avaient peur de la vie pouvaient prendre plaisir à cette prétendue précision – en fait, ils n'y prenaient pas plaisir mais en faisaient l'éloge. En revanche, le conteur ne montrait pas la surface mais donnait à voir l'être même, il ne se contentait pas d'arrêter l'instant, il le laissait s'écouler, de la cause à l'effet. C'était la prétention à décrire qui avait donné naissance à l'indescriptible, alors que nous pouvons tout raconter, y compris ce qui échappe à la description.

Gino Trashi n'était pas un intellectuel, mais il ne cessait de se référer à cet article. Le texte de Kadaré lui avait tout de suite parlé, il avait ouvert les yeux au photographe qu'il était. Trashi avait compris qu'il devait raconter avec son regard. Dans son petit essai, Ismaïl Kadaré se réclamait d'un certain

Gotthold Ephraim Lessing, c'était un auteur allemand que Gino Trashi ne connaissait pas. Curieux, il fit des recherches sur Google, et le « Lessing » qui apparut aussitôt était… un photographe!

Un nommé Erich Lessing. Il s'agissait d'un géant de la photographie, qui avait été membre de l'agence Magnum et avait travaillé pour des magazines comme *Life* ou *Paris Match*. Trashi médita sans relâche les photos de Lessing qu'il trouvait sur Internet, elles lui apparaissaient comme une application exemplaire de la thèse littéraire de Kadaré à la photographie. Et le fait qu'il s'agît d'une autre Lessing que celui que citait Kadaré était pour lui comme un hasard providentiel. Trashi avait trouvé sa vocation. Dans le bureau qu'il occupait dans la rédaction de *Shqip*, on voyait une reproduction agrandie aux dimensions d'un poster de la photo de Lessing appelée « Les quatre grands ». C'est comme ça qu'on devait photographier. C'est comme ça qu'il voulait photographier. Quatre hommes sur quatre chaises. Ils lèvent les yeux – sur quoi? Chacun se tourne vers son Dieu là-haut. Chacun au nom de son Dieu, ils se sont partagé le monde. Cette photo raconte ce qui arrive à des vieillards qui possèdent ce pouvoir mais prétendent le tenir d'un pouvoir supérieur, leurs yeux levés, leur regard triomphant, joyeux, étonné ou gêné, chacun à sa manière, ce n'est pas un instant, c'est de l'histoire. Sur les photos de presse officielles de cette journée, les quatre hommes ont tous le même regard sérieux d'homme d'État face aux objectifs de centaines d'appareils photo, qui tous ont capté la même image: ce sont les quatre puissants chefs d'État, tels que nous les connaissons! Et alors?

Des objectifs! C'était ridicule. Seule la photo de Lessing racontait autre chose que ce qu'on connaissait déjà.

Cependant, Trashi était sans cesse accusé d'être corrompu, d'être un tueur, qui maniait son appareil photo comme une arme, au service de puissants intérêts politiques et économiques. Ce qu'il pensait de ces reproches, il le dit un jour clairement, en souriant avec une décontraction provocante, devant une douzaine de journalistes, peu avant le début d'une conférence de presse du ZK. Le porte-parole du gouvernement, Ismail Lani, l'avait attrapé fermement par le bras en disant : Il vaut mieux que tu t'en ailles.

Pourquoi ? J'ai mon accréditation. Je suis ici pour *Shqip*.

Tout ce que tu veux, c'est faire encore une photo assassine du Chef. On en a marre. Avec ton appareil photo, tu n'es qu'un tueur à gages. Je dois te prier…

Tu n'as pas à me prier de quoi que ce soit ! Écoutez tous, cria Trashi pour attirer l'attention de ses collègues. Le porte-parole du gouvernement veut m'expulser sous prétexte que je ne serais pas objectif.

Trashi était nettement plus grand que la moyenne, et ses cheveux frisés et hérissés le faisaient paraître encore plus grand. Il toisa Lani, détacha sa main de son bras et dit d'un ton très calme, sans cesser de sourire : Ton travail consiste à enjoliver tout ce que ton patron fait et dit. Et même quand ce sont des insanités, tu as pour mission de raconter que c'est génial. Et quand on rend publics des documents tendant à prouver que ton patron est corrompu, tu dois aller expliquer que c'est une machination, ces documents sont falsifiés, des chats sortis de leur contexte, une campagne sordide de l'opposition qui ne vise qu'à calomnier le Chef, etc. Es-tu toi-même convaincu de ce que tu dis ? As-tu vérifié les faits ? Non. Le Chef te dit : Va démentir ces accusations. Et tu le fais. Et tu voudrais m'expliquer ce qu'est l'objectivité ? Oui, moi aussi je travaille pour quelqu'un. Et mes employeurs savent ce qu'ils veulent, bien sûr. Mais maintenant, je vais t'expliquer la différence !

Une bonne douzaine de journalistes s'étaient rassemblés autour d'Ismail Lani et Gino Trashi. Le photographe dit en souriant : Tes belles paroles tombent par terre dès qu'elles sortent de ta bouche. Mais ce que je photographie, c'est une image qui reste. Pour être tout à fait clair : tes discours prétendent être la réalité alors que mes photos témoignent de la réalité. Si la perspective que je découvre est possible, c'est qu'elle est réelle. Objective.

Il effleura le bras de Lani : Compris ?

Il avait les rieurs de son côté, même ceux parmi ses collègues qui en fait ne l'appréciaient pas, à cause de son cynisme ou de son succès, en tout cas il avait déjà publié des clichés dans le magazine allemand *Zeit* et surtout dans *Paris Match* – *le choc des photos**, c'est pour ça qu'on l'aimait à Paris.

Compris ? avait dit le rédacteur en chef. C'est clair ?

Bien entendu, Gino Trashi trouvait sa tâche parfaitement claire. Mais il ne la comprenait pas vraiment. *Shqip* n'était pas seulement le journal le plus important d'Albanie, son audience dépassait les frontières, il était lu également au Kosovo, en Macédoine du Nord, au Monténégro et même en Grèce. Depuis quelque temps, cependant, la ligne de la rédaction consistait à promouvoir les nationalistes, dépeindre le terne chef de l'opposition comme une personnalité rayonnante et critiquer systématiquement le Premier ministre. Trashi ne comprenait pas cette position. Certes, il avait conscience de ne pas être un intellectuel et de manquer peut-être de culture politique, mais quelque chose l'étonnait : en fait, le Premier ministre socialiste menait une politique qui servait les intérêts du journal, ouverte sur le monde, favorable aux pays voisins qu'il ne cessait de défendre, tournée vers l'Europe, et justement il voulait encore ce jour même faire une annonce à ce sujet. Qu'étaient, en comparaison, les manifestations en costume folklorique des conservateurs, dont tout Tirana se moquait, et leurs efforts évidents pour provoquer artificiellement des troubles dans le pays ?

Les conservateurs défendent l'idée d'un salaire minimum, dit le rédacteur en chef, alors que les socialistes représentent les intérêts des grands trusts européens. Voilà ce qui intéresse nos lecteurs. C'est ce qui guide notre orientation. Compris ?

Est-ce pour ça que nous publions tant d'annonces des…
File! Tu vas être en retard au meeting!

Il prit un taxi.
Place Skanderbeg!
Vous allez au meeting? Je peux rouler jusqu'à la Rruga
Çamëria, pas plus loin. Mais ensuite, vous devrez faire
quelques pas pour arriver à la place.
Oui, bien sûr. Rruga Çamëria.
J'ai entendu à la radio que ce meeting est organisé par les
socialistes, dit le chauffeur. À cause de l'Europe, ou quelque
chose comme ça.
Trashi ne dit rien, il regarda la bouche du chauffeur dans
le rétroviseur. Cet homme avait de belles lèvres charnues
mais de vilaines dents. Une ombre de moustache au-dessus
de sa lèvre supérieure. Le photographe avait travaillé une
fois pour un éditeur de calendriers, il devait réaliser une
photo pour le mois de novembre. Il avait photographié des
tombes entourées de fleurs en plastique, sous des nuages
noirs annonçant un orage. Pourquoi y pensait-il maintenant? Il s'aperçut que le chauffeur l'observait lui aussi dans
le rétroviseur.
Vous êtes socialiste?
Non, journaliste.
C'est contradictoire?
Trashi éclata de rire. Non, je croyais que vous me deman-
diez si j'étais au parti. Je voulais dire que j'allais au meeting
parce que je suis journaliste.
Pour qui écrivez-vous?
Je n'écris pas, je suis photographe.
J'aurais dû m'en douter, vu votre sac. Il est trop grand pour
un stylo.

J'imagine que vous ne voulez pas arriver en retard! Le
chauffeur commença à faire du slalom, se faufila sur la voie la

plus rapide puis tourna abruptement. Comme ça, nous éviterons le bouchon. C'est un peu plus long, mais plus rapide.

Ça me plaît, dit Trashi. Plus long mais plus rapide.

Comme notre entrée dans l'UE, renchérit le chauffeur.

Cette remarque amusa aussi Trashi, mais il n'était pas sûr de comprendre, en tout cas il aimait bien son côté déconcertant.

Que voulez-vous dire?

Regardez comme le Premier ministre ne cesse de se défiler, il dit qu'on doit encore passer par ici, puis par là, il n'arrête pas de faire des détours en expliquant que c'est le chemin le plus court. Bien sûr, c'est plus long, mais comme ça, nous deviendrons plus vite membres de l'UE, vous comprenez? Mais moi, si je devais emprunter des voies détournées et des raccourcis aussi souvent que lui, je pourrais renoncer à mon métier.

Vous croyez qu'il se trompe de route?

Voyons, est-ce qu'on s'est rapproché du but? Pas à ma connaissance. Tout ce qu'on sait, c'est qu'il n'arrête pas de prendre des virages.

Que pensez-vous de lui?

Sincèrement? Eh bien, ça dépend du point de vue!

Le chauffeur regarda dans son rétroviseur, en essayant de jauger son client. Trashi vit ses yeux dans la glace et attendit en souriant qu'il continue.

Il est corrompu, évidemment.

Qu'est-ce qui vous fait croire ça?

Ils sont tous corrompus, déclara le chauffeur. Mais il est malin, et il est fou, je veux dire, il a parfois de ces idées… (Il secoua la tête.) Que voulez-vous que je dise? Il est peut-être fou, mais les autres se contentent d'aligner des phrases creuses. Il est différent. Et il fait quelque chose. Je veux dire, il fait quelque chose pour nous, pour le peuple. Et il finira par trouver vraiment le chemin, qui sait…

Il freina brutalement, klaxonna avec fureur.

Vous avez vu ? Quel imbécile ! Mais donc, il trouvera peut-être le chemin qui mène à l'Union européenne. C'est pour ça que je dis toujours : puisqu'ils sont tous corrompus, je préfère celui qui fait quand même quelque chose pour nous.

Il donna de nouveau un coup de volant, changea de vitesse, accéléra.

Vous savez, reprit-il, j'écrase toujours des oignons de façon à extraire un peu de jus, puis je les mets dans un pot de saindoux et une ou deux fois par semaine je m'enduis les cheveux avec le saindoux, je laisse agir pendant deux heures et je rince. C'est bon pour faire pousser les cheveux.

Trashi s'aperçut que les cheveux du chauffeur étaient très clairsemés, derrière sa tête il n'avait plus guère qu'un léger duvet, à travers lequel luisait sa peau rougeâtre. Le chauffeur vit son regard dans le rétroviseur et dit : Les oignons et la graisse, mon père le faisait déjà, il tenait la recette de son père. Je sais ce que vous allez me dire : ça ne sert manifestement à rien, la recette ne marche pas. Mais qu'est-ce que ça veut dire : manifestement ? Il me reste très peu de cheveux, c'est pour ça que je le fais. Et on peut dire aussi bien : ça marche quand même, manifestement, sans quoi je n'aurais plus de cheveux du tout. Voyez-vous, c'est la même chose avec la politique. Nous ne songeons qu'à ce qui manque, nous rions souvent de notre situation, mais nous ne savons pas comment ce serait si le Kryeministër ne faisait pas tout ce qu'il fait pour nous.

Il klaxonna, les piétons qui marchaient au milieu de la chaussée s'écartèrent, il passa lentement devant le siège du parti socialiste dans la Rruga Çamëria, des centaines de gens affluaient vers la place Skanderbeg, il s'arrêta. Nous y sommes.

Ismail Lani habitait dans la Rruga Demir Progri, une petite villa cachée derrière un mur de deux mètres de haut. Si jamais il y avait un numéro de rue, il n'était pas indiqué. Sur le portail du mur était peinte une chaussure, ou plutôt une forme pour chaussure, d'une couleur jaune ou dorée, qui était sale et s'écaillait. Il recevait son courrier à l'adresse : *Rruga Demir Progri, Vila e këpucarit* – maison du cordonnier. Certains ajoutaient dessous : *Pranë mullirit të vjetër* – près du vieux moulin. Ce moulin n'existait déjà plus quand Ismail Lani s'était installé ici, six ans plus tôt. Derrière la maison, on pouvait voir qu'un bief avait coulé autrefois, mais il s'était asséché ou on avait détourné son cours.

Depuis la rue, on n'apercevait que le feuillage d'un imposant noyer derrière le mur. Ce qu'on ne voyait pas, c'était la maison elle-même, la beauté sauvage du jardin avec ses buissons et ses plantes vivaces, la vigne recouvrant la pergola devant la maison, d'où pendaient de gros raisins rouge foncé, et les espaliers qu'escaladaient des kiwis chargés de dizaines de fruits.

La villa avait été construite au début des années trente du siècle précédent, c'est-à-dire encore au temps de la monarchie, par Skendër Noli, un cordonnier qui avait créé une manufacture produisant des bottes pour l'armée albanaise, pour autant qu'il existât sous le règne de Zog Ier une armée digne de ce nom. En tout cas, il existait un service d'intendance militaire, qui revendait les bottes fournies par Noli et équipait à la place les soldats de pantoufles de feutre à bon marché ou d'épais bas de laine auxquels on avait cousu des semelles en cuir de qualité inférieure. Avant qu'une telle corruption ait pu déclencher un scandale, l'Albanie fut occupée par Mussolini, à présent la manufacture produisait des bottes pour les soldats italiens et des chaussures vernies pour les fonctionnaires de l'administration. Enfin, pendant l'occupation allemande, la manufacture fut chargée de fournir en bottes la division SS Skanderbeg, sous le contrôle d'un officier allemand, Ernst-Wilhelm Hanke. Cependant, le cuir était devenu rare, sans compter que les effectifs de la division diminuaient à vue d'œil. Ernst-Wilhelm Hanke retourna en Allemagne avec un plein wagon de tapis obtenus en échange des derniers stocks

de cuir, et la manufacture cessa ses activités. M. Skendër Noli
dut ruminer sa dépression dans cette maison, trompé et battu
par la politique, dans l'attente de temps meilleurs. Cependant
ils n'arrivèrent jamais pour lui. En 1947, la manufacture et
la villa furent confisquées par les communistes. Le capita-
liste Skendër Noli fut condamné aux travaux forcés dans une
mine de cuivre, où il mourut quelques semaines plus tard
dans des conditions grotesques : il portait d'excellentes chaussures, solides et munies d'une trépointe cousue, que le gardien
supervisant le travail lui enviait. Le gardien lui ordonna de se
diriger vers le portail et le tua d'une balle sous prétexte qu'il
« tentait de s'enfuir ». Toutefois, ces chaussures ne portèrent
pas chance au gardien. Elles étaient trop petites pour lui, et au
bout de quelques jours il eut d'énormes ampoules aux talons
et aux gros orteils. Il dut marcher pieds nus dans la poussière et sur les résidus accumulés de la mine. Les ampoules
s'infectèrent, devinrent purulentes, et il mourut bientôt de
septicémie. Ironie du sort, une inscription en grosses lettres
proclamait au-dessus de l'entrée de la manufacture de Noli : *Ju
mund zotëria njihet prej këpucëre.* (On reconnaît un monsieur
à ses chaussures.)

Comment Ismail savait-il tout ça ? C'est qu'il y avait un
conflit juridique, qu'il avait contribué à déclencher, pour
déterminer le propriétaire légitime de la villa. Il avait fait une
offre d'achat à l'homme à qui il louait la maison. Il s'était avéré
alors qu'elle avait été attribuée à l'époque du communisme au
grand-père de cet homme, un fonctionnaire du Parti, après
avoir été confisquée au propriétaire précédent. Des membres
de la famille Noli devaient avoir survécu, car une famille du
même nom vivant à Brindisi réclama la restitution de la *Vila
e këpucarit* et la reconnaissance de leur propriété.

En faisant son offre d'achat, Ismail Lani avait donc constaté
qu'un procès était en cours pour établir à qui appartenait officiellement et légalement la villa. La famille Noli avait produit
une foule de récits attestant l'importance de cette maison

pour l'histoire familiale et prouvant qu'elle n'avait pas été vendue mais confisquée. L'actuel propriétaire, qui en avait la jouissance depuis des années, ne pouvait leur opposer que le fait que sa famille possédait la maison depuis un demi-siècle et pouvait donc bénéficier de la « prescription acquisitive », alors que la famille Noli, en fuyant la République en son temps, avait renoncé à tout droit de propriété et de jouissance.

Au début, cette histoire avait intéressé et même passionné Ismail Lani, même s'il était agaçant que son offre d'achat soit ainsi bloquée. Mais bientôt, il n'éprouva plus que de l'ennui face aux innombrables ajournements, prorogations et recours. Puis le juge chargé de l'affaire fut destitué pour corruption dans le cadre de la réforme de la justice. Un nouveau juge dut reprendre le dossier, mais ça n'intéressait plus Ismail, d'autant qu'il avait compris que, quelle que fût l'issue du procès, ce ne serait pas à lui qu'on vendrait la villa mais à l'un des promoteurs immobiliers qui se bousculaient pour saisir cette occasion. La villa ne comptait pas à leurs yeux, ils voulaient le terrain, pour lequel ils paieraient dix fois la valeur de la maison. Ils démolissaient toutes les petites maisons pour construire des tours, des immeubles d'appartements ou de bureaux. C'est ainsi que des immeubles s'élevaient partout autour de la villa, en plongeant peu à peu son jardin dans une ombre éternelle. Bientôt, les raisins n'auraient plus assez de soleil pour mûrir, jusqu'au jour où de cette ombre surgirait à son tour un building aussi haut que possible, qui se fraierait un chemin vers la lumière. Des ouvriers juchés sur des échafaudages pouvaient voir maintenant le jardin invisible aux passants, ils avaient sous les yeux une maison qui non seulement semblait rapetisser dans cet environnement mais commençait déjà à se délabrer, car Ismail dans ces conditions ne voulait évidemment pas faire des frais de rénovation et d'entretien.

Assis sous le noyer, il but un dernier café avant d'aller au meeting. Il regarda autour de lui, vit cette maison et ce jardin à la beauté sauvage, qui avaient l'audace d'être à taille humaine. Ils semblaient dire : Ne croyez pas les tours avides et les imposteurs, avec leurs promesses de bonheur et de perspectives splendides.

Au début de son engagement politique, il avait eu une idée, dont il avait appris avec le temps qu'elle resterait sans doute à jamais une simple idée. Intraduisible dans presque toutes les langues et les cultures.

Pour se préparer à son travail de porte-parole du gouvernement et pouvoir concrètement donner des informations à des journalistes étrangers, il avait suivi des cours de langue. Il voulait perfectionner son italien et son anglais, mais il lui semblait aussi particulièrement important d'apprendre l'allemand. L'Allemagne était le pays dont rêvaient beaucoup d'Albanais, et il s'aperçut plus tard que l'Albanie était un pays dont rêvaient les industriels allemands, à cause de ses gisements de cuivre et de chrome. En outre, dans la perspective de négociations d'adhésion avec l'UE, l'Allemagne et l'Autriche étaient deux appuis précieux. Il prit des cours à l'Institut Lenz. C'est là qu'il se rendit compte que c'était sans espoir. Lors d'un cours de conversation, le professeur Lenz employa un jour l'expression : « une vie pleinement humaine ». Comment traduire ces mots ? *Si thuhet* – comment dit-on ? Que donnaient les mots « pleinement humain » en albanais ? La traduction était : *sipas popullit,* soit littéralement : « conforme au peuple ». Ismail avait continué avec zèle son apprentissage chez Lenz, et il avait compris : alors que les mots « pleinement humain » exprimaient sa nostalgie, « sipas popullit » disait quelque chose de bien différent, qui correspondait à l'exigence politique de la moitié de l'Europe et qu'on pouvait traduire, alors que ce n'était pas forcément le cas pour « pleinement humain ».

Ismail vida sa tasse, regarda dans le vide. Dans ce vide, il n'y avait plus que des ruines et des sottises, une jachère de l'histoire, le délabrement, la laideur, comme les traces d'une gomme trop dure sur une feuille de papier fin qui était maintenant usée, déchirée, abîmée, froissée.

Il se leva en soupirant. Il devait appeler un taxi pour se rendre au meeting.

Rruga Çamëria, au siège du parti socialiste, s'il vous plaît.

Le chauffeur du taxi hocha la tête et démarra sans dire un mot.

Un taciturne? Cela ne faisait pas l'affaire d'Ismail Lani. Si c'était le cas, ce trajet en taxi était de l'argent jeté par les fenêtres!

Habituellement, Ismail marchait. De sa maison jusqu'au centre, à la place Skanderbeg, au siège du parti ou un peu plus loin au palais du Premier ministre, il mettait entre trente et trente-cinq minutes, une distance idéale pour mettre de l'ordre dans ses pensées en allant au travail, se préparer psychologiquement à la journée ou au contraire l'oublier sur le chemin du retour. Mais certains jours, comme celui-ci, lorsqu'il y avait un meeting du parti, une assemblée générale ou une réunion électorale, il prenait un taxi, pas parce qu'il avait la paresse de marcher mais parce qu'il voulait entendre la voix du peuple, se faire une idée de l'ambiance avant de se fondre dans la foule à l'enthousiasme planifié qui acclamait le Chef. Un chauffeur de taxi est un échantillon représentatif de voix innombrables, Ismail en était convaincu. Il soupçonnait plus d'un sondeur de se contenter comme lui de prendre un taxi et d'interpréter un certain intervalle de fluctuation en fonction de la somme payée par son client. Ismail se rappelait très bien plusieurs trajets en taxi, quelques semaines avant les élections législatives où le Chef avait été pour la première fois tête de liste du parti. L'euphorie des chauffeurs, les espoirs qu'ils plaçaient dans le Chef, il était si évident qu'ils allaient gagner les élections, malgré les tentatives des démocrates pour acheter des voix. Tout le monde était au courant, les chauffeurs de taxi en riaient, ils disaient: C'est tellement idiot, tellement ridicule, les démocrates achètent des voix précisément dans le Nord, où de toute façon les montagnards conservateurs leur sont acquis! Les chauffeurs s'esclaffaient: S'ils doivent acheter des voix même dans le Nord, ça veut dire qu'ils ont perdu! Et c'était ce qui était arrivé, et le Chef avait eu la bonne réaction en proclamant: Oui, nous avons la preuve que les démocrates ont acheté des voix, mais pourquoi devrais-je contester des élections que j'ai gagnées?

Le vent était-il en train de tourner? Pourquoi ce chauffeur ne disait-il rien? Il avait pourtant dû comprendre qu'Ismail se rendait au meeting du parti socialiste, quand il lui avait donné l'adresse. Normalement, dans ces cas-là, les chauffeurs se mettaient aussitôt à parler politique: Haha, nous allons au meeting, je vais vous dire ce que je pense des socialistes! Le Premier ministre doit aussi prendre la parole? Oui? Je l'ai vu récemment à la télé, et je me suis dit que...

Mais il ne disait rien. Il roulait en silence.

Je vais au meeting, finit par dire Ismail Lani. Vous en avez entendu parler, non? Je voudrais voir de plus près à quoi ressemble le Zoti Kryeministër. Comment vous le trouvez? On dit qu'il va annoncer du nouveau sur l'Europe, enfin, sur notre adhésion à l'Union européenne, je veux dire que nous allons bientôt devenir membres, c'est ce que nous espérons, n'est-ce pas?

Pas moi.

Pas vous? Je vous ai bien compris? Vous ne voulez pas que nous...

Non. Je ne suis pas fou, moi.

Bien entendu, je n'en doute pas, approuva en hâte Ismail Lani. Ce serait évidemment...

Il chercha un mot, une amorce, qui amènerait enfin le chauffeur à parler. Un mot qui soit à la fois approbateur et provocant, tout en laissant ouvertes toutes les possibilités, c'était son travail de porte-parole, trouver des mots qui enjolivaient la situation mais montraient une compréhension pour les critiques, ou encore paraître approuver la critique avant de la désamorcer avec de belles paroles. Il déclara donc : Ce serait un défi...

Le chauffeur lui lança un regard furieux. Ismail Lani vit qu'il étudiait son passager dans le rétroviseur.

Un défi, répéta Ismail Lani, peut-être trop grand, dangereux... n'êtes-vous pas de cet avis... c'est dangereux, bien sûr... il y a des problèmes... est-ce aussi votre avis ?

Le chauffeur était coiffé d'une casquette de base-ball américaine, il la repoussa en arrière et essuya son front en sueur. À moins qu'il n'ait voulu effacer ainsi ses pensées ? Puis il baissa de nouveau sur son front la visière de la casquette.

Dangereux, dit-il, si ce n'était que ça... Voilà longtemps que nous sommes pris au piège.

Ça y est, pensa Ismail, il commence à parler.

Vous dites que vous voulez voir notre Premier ministre, continua le chauffeur. Notre Premier ministre ? Le chef du gouvernement ? Croyez-moi, nous n'avons pas de chef du gouvernement. Nous avons un lieutenant de Bruxelles.

Oui, naturellement, dit Ismail, et...

Non, ce n'est pas naturel, vraiment pas. Si nous avions un chef du gouvernement, il gouvernerait au lieu d'exécuter les ordres de Bruxelles. La réforme de la justice, par exemple. Vous savez, la réforme de la justice !?

Oui, oui, où est le problème ?

Le problème ? Où est le problème ? C'est que nous ne sommes plus un État souverain, vous comprenez, si une puissance nous dicte ses lois de l'extérieur, nous force à renvoyer des juges, nous dit ce qui est bien ou mal, ce qui est juste ou injuste, voilà le problème, monsieur.

Mais vous ne voulez donc pas qu'on en finisse avec la corruption ?

De nouveau, un regard furibond dans le rétroviseur. Ismail était-il allé trop loin ?

Bien sûr, qu'on en finisse avec la corruption, mais pourquoi les gens de Bruxelles devraient-ils nous dire ce qu'est la corruption? Pourquoi ne pourrions-nous pas décider nous-mêmes quelle justice nous désirons? En Amérique, les shérifs sont élus. En Chine, les juges sont nommés par le peuple. Chez nous, la justice était rendue par les *bajraktarë*, depuis plus de cinq siècles. Je ne suis même pas sûr qu'il y ait eu une maison à Bruxelles à cette époque. Peut-être un paysan qui a pissé sur son champ, il paraît qu'ils lui ont érigé une statue. Mais à présent, c'est la loi de Bruxelles qui doit l'emporter chez nous. Je vais vous dire quelque chose. Mon beau-frère avait un problème. Un problème à trente mille leks à peu près, vous comprenez? Donc, avec trente mille leks, son affaire aurait été réglée. Mais soudain, voilà que le juge s'en va, on l'a renvoyé. Soi-disant qu'il avait une maison et une voiture qu'il n'aurait pas pu se permettre avec son salaire. Donc, il allait de soi qu'il était corrompu. Et Bruxelles a dit: il doit s'en aller! Une grosse voiture, je vous le demande! Est-ce que vous n'essaieriez pas aussi de profiter au mieux de votre situation, suivant vos possibilités? Une famille de douze personnes, ce n'est pas une responsabilité? Il n'a pas besoin d'une maison? Pour un salaire de cent mille leks, il doit faire régner le droit, mais lui n'a pas droit à une maison pour sa famille? En tout cas, on en est longtemps resté là. Puis un nouveau juge est arrivé, qui avait été formé comme le veulent les gens de Bruxelles. Il avait suivi une formation accélérée à Durrës. Savez-vous comment on appelle ces nouveaux juges? Non? Les juges de plage. Ils ne font pas respecter la paix mais la plage. Vous comprenez? Parce qu'ils ont été formés sur la plage de Durrës... bon, en tout cas mon beau-frère n'avait plus rien à payer, maintenant, mais la décision du nouveau juge a été annulée pour vice de forme, vous savez ce que c'est? Il n'y avait pas de vice de forme, dans le temps! Qu'est-ce que c'est que ça? J'imagine que ça veut dire que la forme est mauvaise. Mais d'où vient-elle, cette forme? De Bruxelles.

Donc, les gens de Bruxelles font du mauvais boulot. Ça ne les empêche pas de nous régenter. Non, monsieur, ce n'est pas bien, nous ne sommes plus un État souverain. Nous sommes une colonie. Ceux qui veulent dominer le monde n'ont pas intérêt à ce que nous décidions nous-mêmes comment nous voulons vivre et à ce que nous faisions nous-mêmes nos lois. Je ne suis pas professeur, monsieur, mais je ne suis pas idiot. J'ai mes informations.

L'Union européenne veut dominer le monde?

Arrêtez avec votre Union européenne! Elle est tenue en laisse, elle aussi. Je parle de la domination du monde! Pour ça, il faut d'abord unifier chaque continent pour le soumettre. Les États-Unis avec le Canada et le Mexique, l'Union des nations sud-américaines, l'Union des États africains... Vous saviez ça? Oui, maintenant il y a aussi une Union des État africains, en plus de l'Union européenne, etc. À quoi ça aboutit, tout ça, hein? Je ne suis pas idiot. Pourquoi croyez-vous que Soros ait invité notre Premier ministre à son dernier mariage? Pourquoi? Parce que Soros espère que notre Premier ministre lui offre sa photo comme cadeau de mariage? Sérieusement? Non, je vais vous dire quelque chose. Soros et Bill Gates ont besoin d'avoir partout des sous-fifres, la Commission européenne, par exemple. Mais comme nous ne faisons pas partie de l'UE, il leur faut chez nous quelqu'un comme le Premier ministre, qu'on peut flatter et acheter et qui applique les directives de la Commission européenne bien que nous ne soyons pas membres de l'UE, de cette manière il prépare le terrain pour que nous ne soyons plus que des esclaves et...

Bill Gates aussi?

Bien sûr. Ce sont les élites mondiales. Vous vivez sur quelle planète? Vous ne lisez pas *BadDreamNews*? C'est sur le Net. Ils révèlent tout ça au grand jour. Heureusement qu'il y a encore des gens pour le faire. Mais je suis pessimiste, le peuple dort. Et quand il se réveillera, il n'y aura plus de vie qui nous corresponde.

Ismail regrettait d'avoir réussi à faire parler le chauffeur. Cet homme était un électeur. Quand on menait une politique contraire à ce genre de personnes, on était puni aux élections, mais il serait funeste de mener une politique capable de satisfaire de tels électeurs. Ismail avait mal à la tête et au ventre. Il était maintenant impatient d'arriver, mais ils étaient bloqués dans un bouchon. Non, il n'avait même plus envie d'arriver. Il voulait simplement sortir de cette voiture.

Bill Gates vient de divorcer, dit le chauffeur. De toute façon, je m'étonne que ce mariage ait tenu si longtemps. Mais maintenant, c'est officiel. Tout le monde a compris !

Compris quoi ?

Eh bien, que Bill Gates est contre les familles. Il veut les détruire.

Pourquoi ?

Pourquoi, pourquoi… Parce qu'elles sont les cellules de base de l'État. Et il ne veut plus d'États, surtout pas un État comme le nôtre qui est fondé sur la famille. Il faut que vous lisiez *BadDream*. Il veut un monde sans familles, sans États, sans frontières, qui obéisse à sa loi.

Mais vous ne m'avez pas dit que Soros s'est marié ? Lui aussi, il veut dominer le monde, mais il veut quand même une famille ?

Ces vieux millionnaires passent leur temps à épouser des filles qui ont trente ou quarante ans de moins qu'eux. Ça n'a rien à voir avec la famille. Ce n'est qu'une démonstration de force.

La voiture réussit à avancer d'une dizaine de mètres, puis s'immobilisa de nouveau.

Mon espoir, ce sont les Français, dit le chauffeur. Ils ont déjà rejeté la Constitution européenne, ils ont opposé leur veto à notre adhésion, c'est encore une nation. Et les Anglais. Ils sont sortis. Pas étonnant, ils ont vu de quoi Soros était capable.

Ismail Lani lança deux mille leks sur le siège à côté du chauffeur et descendit de voiture. Sa première impulsion fut de rentrer chez lui, mais il vit qu'il était devant un bar : le Havanna. Il décida de boire d'abord quelque chose pour se remettre. Il s'assit à une table en terrasse, prit le menu, lut la liste des cocktails. Un serveur approcha.
Qu'est-ce que c'est, un Albania Libre ?
Coca et raki, répondit le serveur.
Le monde est fou, pensa Ismail.

Ismail Lani arriva en sueur à la place Skanderbeg, la chaleur était insupportable, ce n'était pas normal en cette saison. Des milliers de personnes attendaient déjà derrière la statue de Skanderbeg. Pourquoi derrière ? Elle se dressait sur un socle constitué d'énormes blocs de pierre venant des Alpes du nord de l'Albanie, de la région de Croïa, où se trouvait le château ancestral des Kastrioti. À l'avant et sur les côtés du socle, les blocs étaient parfaitement ajustés, mais à l'arrière ils s'étageaient comme des marches. Un orateur pouvait se hisser relativement facilement sur la première rangée de blocs, s'il était assez adroit il pouvait même se jucher sur la deuxième, et se retrouvait ainsi dans une position élevée et visible même de loin pour le public. Elevé aussi au sens symbolique du terme, car il s'identifiait alors à ce monument emblématique et l'effet était nettement plus spectaculaire que s'il avait parlé sur une simple tribune.
Malgré la cohue, Ismail repéra tout de suite Gino Trashi, qui dépassait d'une tête tous les hommes de la foule. Sa tête était ballottée çà et là par les vagues de la foule, Ismail la vit surgir sur le côté de la statue, puis se déplacer au milieu de la marée humaine, se frayer un chemin presque jusqu'au pied

du monument, avant de repartir en arrière pour avoir un peu de recul. Trashi garda pendant tout ce temps un cadre formé avec ses pouces et ses index devant les yeux : il testait des cadrages.

Ismail aperçut aussi Ylbere, qui se tenait devant le socle, légèrement sur le côté, et brandissait un micro afin d'enregistrer déjà la rumeur de la foule, les bavardages, les chants, les cris isolés appelant le Premier ministre. Il vit des hommes braquant sur la scène des caméras de télévision, il vit çà et là des gens agiter des drapeaux – l'étendard rouge sang avec l'aigle à deux têtes.

Il regarda sa montre. On avait déjà vingt minutes de retard sur l'heure prévue pour commencer. Puis il leva de nouveau les yeux. Où était passée Ylbere ? Où était-elle ?

Là-bas !

Il s'efforça de ne plus la perdre des yeux, il fallait qu'il lui parle après le meeting.

À cet instant, la foule se mit à murmurer.

Ce meeting était une idée de Fate Vasa. Il était clair pour lui que l'histoire avec le casque de Skanderbeg devait continuer. Ils étaient allés trop loin pour reculer. Ils avaient échappé au piège des accusations faisant du Premier ministre le commanditaire d'un vol ou un faussaire. À présent, il devait passer à l'offensive. Même s'il ne pouvait plus se coiffer du casque, s'en couronner littéralement, il fallait donner l'impression que le casque plane en permanence au-dessus de sa tête dès qu'on prononcerait son nom ou que son visage apparaîtrait dans les médias. Il fallait faire en sorte qu'on pense à lui en pensant au casque, et inversement. Le casque devait devenir sa marque de fabrique, il fallait qu'on associe au Premier ministre l'importance symbolique du casque.

Il fallait, il fallait, il fallait… Mais le Chef faisait des manières, refusait, se montrait sceptique. Il avait l'impression d'avoir échappé de justesse à des ennuis et il ne voulait plus être mêlé à cette histoire de casque.

… c'était ce qu'il disait, mais des signaux d'alarme retentissaient dans la tête de Fate, des avertisseurs, des klaxons, il pressa ses mains contre ses oreilles, ferma les yeux avec tant de force qu'il en avait mal…

Tu ne veux pas l'entendre, mais… venait de dire le Chef. Fate ouvrit d'un coup les yeux, enleva ses mains de ses oreilles, écarta les bras et déclama : Victorieuse est l'épée qui passe de main en main ! Quand un guerrier s'effondre, la main du suivant prend l'épée, mais le prince ne s'effondre jamais, l'idée ne meurt jamais.

Le Chef avait regardé Fate avec stupeur, tandis qu'Ismail secouait la tête, sans chercher à cacher son mépris, et déclarait : Je crois que Fate a l'idée révolutionnaire que le Chef devrait déléguer. Mais déléguer quoi ?

Les grands yeux noirs de Fate dans sa tête énorme, ses petits doigts s'agitant avec prestesse dans l'air, on aurait dit un gnome exécutant un tour de magie. Qu'est-ce qui allait apparaître soudain sous ses doigts ?

Nous voulons faire du casque sa marque de fabrique… (Fate pointa son doigt sur le Chef.) L'importance symbolique du casque renforcera sa stature politique…

C'est toi qui le dis !

Et il est clair dans ce contexte, continua Fate sans se troubler, qu'il ne doit pas imposer lui-même cette marque de fabrique, il doit juste être en harmonie avec elle. Ce sont les autres qui doivent l'imposer, les ministres du gouvernement, les élus de notre parti, les médias qui travaillent pour nous. Nous allons les envoyer sur le terrain, les uns après les autres, et chacun te coiffera symboliquement du casque ! Quant à toi, dit-il au Chef, tu n'as rien à faire, c'est à l'équipe de jouer. Mais tu dois donner l'impression d'avoir ce casque sur la tête.

Ce discours avait excité la curiosité du Chef. Il lui semblait qu'il pourrait y gagner quelque chose. Bientôt, on échafauda un plan, qu'on discuta en détail. Un meeting devait ouvrir la campagne « Zoti Kryeministër Skanderbeg ». Un ministre et une ministre donneraient le signal du départ. Fate écrivit leurs discours, qui exaltaient comme il convenait le ZK mais se terminaient sur une révélation politique spectaculaire. Un vrai coup de maître.

Il s'agissait d'annoncer : « La politique européenne prend un nouveau départ ! »

Entre-temps, la ministre d'État Elena Kapo s'était hissée sur le degré inférieur du socle en grimpant une petite échelle. Elle écarta les bras et cria : Citoyens ! Mes frères et mes sœurs !

Les murmures continuèrent.

Qui est-ce ? Tu peux voir qui c'est ? C'est Elena. La ministre. Qu'a-t-elle dit ? C'est Elena ? Oui, Elena Kapo. Pourquoi parle-t-elle ? Je croyais… N'avait-on pas annoncé qu'il ferait un discours ? Le Premier ministre ? Oui, le Premier ministre. Je ne l'entends pas. Maintenant ! Oui, maintenant !

Quelqu'un lui avait tendu un micro. Mes frères et mes sœurs ! La voix résonna d'un bout à l'autre de la place. Ce n'était pas seulement l'effet du micro. Personne n'aurait cru possible que cette femme fine et élégante dans son tailleur de chez Dior, qui ressemblait à une femme d'industriel, une diplomate ou une richissime héritière, à tout ce qu'on voulait en somme sauf à une oratrice, personne n'aurait imaginé qu'elle puisse hurler ainsi, crier, s'égosiller, sautiller en tous sens dans ses chaussures à talons hauts, surtout sur ce socle en pierre mal équarri, en tenant son micro de la main gauche et en levant continuellement son bras droit pour inviter la foule survoltée à manifester bruyamment son approbation, elle posait des questions rhétoriques, ou plutôt elle les criait d'une voix stridente, faisait un geste et la foule hurlait en chœur la réponse.

Bien entendu, Gino Trashi l'avait déjà vue à l'œuvre, lors de conférences de presse, de réceptions et d'interviews où il était chargé de prendre des photos. Pour lui, il avait toujours été clair que cette ministre était une femme aussi froide qu'impitoyable, une cynique d'une extrême politesse et dotée d'un charme infernal. Une telle créature était certes propre à ensorceler les hommes, mais quant à galvaniser les masses? Il fut épaté par sa prestation. En même temps, elle le dégoûtait. Portait-elle vraiment en elle ce qu'elle exprimait maintenant, ou se contentait-elle de mettre sa motivation sans faille au service du parti?

Ismail Lani n'était pas surpris, il connaissait le plan. Tout au plus s'étonnait-il qu'Elena s'en sorte si bien. Il vit la haute silhouette de Gino Trashi se frayer un chemin dans la foule pour se rapprocher de la statue, avant de reculer de nouveau. Il brandissait son appareil, mais Ismail n'avait pas l'impression qu'il prenait des photos, il tâtonnait encore.

La ministre avait énuméré tout ce que le ZK avait fait à cette heure pour les Albanais, en demandant et en obtenant à chaque fois l'approbation enthousiaste de la foule, l'excitation montait, elle fit appel à la fierté de l'Albanie, à sa confiance inébranlable en ses propres forces, à l'hospitalité sans pareille des Albanais, qui avaient prouvé au cours de l'histoire qu'ils n'avaient aucune arrogance face aux étrangers, aux autres peuples et aux autres cultures, l'ouverture au monde était une qualité albanaise, mais il ne fallait pas prendre cette ouverture pour une porte ouverte à tous ceux qui voulaient venir opprimer les Albanais, détruire leur culture, briser leur confiance en eux-mêmes.

Et blablabla, pensa Ismail. Mais ce discours marchait, et il préparait le terrain pour la nouvelle ligne que devait annoncer ensuite le ministre Sokol Broja. On arrivait maintenant au moment décisif, dans le scénario écrit par Fate :

Nous sommes ici au pied de la statue de notre héros national Skanderbeg. Ce n'est pas un hasard!

Elena semblait presque hystérique, à présent. Elle cria :

Et qui est le nouveau Skanderbeg? Je vous demande : Qui est le nouveau Skanderbeg? Est-ce notre Premier ministre?

Elle tendit son bras droit vers la foule, qui répondit : Oui!

Je ne vous entends pas! Plus fort! Qui est le nouveau Skanderbeg?

La multitude répéta le nom du Premier ministre.

Une nouvelle fois, Elena brailla : Qui est le nouveau Skanderbeg?

Je ne vous entends pas! Qui est le nouveau Skanderbeg?

Elle cria le prénom du ZK en étirant chaque syllabe, et la foule hurla son nom.

Elle les regarda en souriant. Avec un geste large, comme si elle maniait une faux, elle tendit son micro vers cette marée humaine et demanda encore : Qui est le nouveau Skanderbeg?

C'est ainsi que la mort sourit, pensa Ismail. Où était Trashi? Ismail ne le voyait plus dans la foule, Ylbere aussi avait disparu.

Elena descendit l'échelle avec une élégance souveraine, comme si c'était un escalier, elle accepta la main qu'un agent de sécurité lui tendait pour l'aider, telle une dame consentant gracieusement à suivre un seigneur l'invitant à danser. C'était maintenant au tour du ministre des Affaires étrangères d'intervenir. Sokol se hissa avec aisance sur le degré supérieur, juste sous le cheval de Skanderbeg. Il occupait ainsi littéralement une position élevée, mais Ismail ne le trouva pas impressionnant ni charismatique, il paraissait tout petit au pied de l'immense statue, il est vrai qu'il n'était pas le héros lui-même mais seulement son héraut. Suivant le scénario de Fate, il devait maintenant annoncer les principales nouvelles à la foule galvanisée et recueillir son approbation enthousiaste.

Ce qu'Ismail ne pouvait encore savoir, évidemment : ça allait marcher. Le lendemain, tous les grands journaux européens évoquèrent les annonces du ministre des Affaires étrangères, et le surlendemain même le *New York Times* en parla. Durant les trois jours qui suivirent, le cabinet du Premier ministre reçut plus de soixante-dix demandes pour des interviews avec le Chef.

Skanderbeg avait uni les Albanais, cria le ministre. Et que fait le nouveau Skanderbeg, Kryeministri ynë ?

Il le dit enfin, au milieu des acclamations de plus en plus déchaînées de la foule qui donnait elle-même l'impression à Ismail d'avoir encore grossi. Debout sur un banc de béton, il contempla la place noire de monde et dut s'avouer que Fate Vasa, dont la tête énorme avait imaginé ce spectacle, avait bel et bien du génie, c'était répugnant, c'était politiquement risqué, c'était cynique, c'était efficace.

Zoti Kryeministër, déclara le ministre, a proposé, et il a entamé déjà des négociations à cet effet, que l'Albanie et le Kosovo, qui sont peuplés en majorité d'Albanais, élisent un président commun. Le but est simple : Tous les Albanais – une seule voix ! C'est son idée, son combat. Enfin, un Albanais porte de nouveau le casque de Skanderbeg !

Nous ne voulons pas d'un État commun ! Mais nous disons que les frontières doivent disparaître. Il ne faut pas que des frontières séparent des familles ! C'est pourquoi nous allons encore plus loin : Zoti Kryeministër travaille à une Union des États balkaniques. L'Union européenne hésite ? Elle nous fait attendre ? Nous allons créer notre propre espace de Schengen. Un Schengen balkanique. Nous ne voulons pas simplement ouvrir les frontières, nous voulons un espace économique commun, la libre circulation des personnes, des biens, des services et des capitaux. L'UE a de gros problèmes, elle ne pense qu'à elle, mais nous, pendant ce temps, nous allons de l'avant : tel est le projet de Kryeministri ynë. Nos frères et nos sœurs du Monténégro, du Kosovo, de la Bosnie-Herzégovine, de la Macédoine, tous sous le même toit, sur des fondations solides, communes à tous, voilà le projet de notre Premier ministre.

Il y eut un tonnerre d'applaudissements.

L'UE n'est pas certaine de nous laisser entrer ? Bientôt, il se pourrait que nous nous demandions si nous avons envie qu'elle entre dans notre Union !

Les applaudissements redoublèrent.

Le ministre des Affaires étrangères fut lui-même impressionné par le succès qu'il remportait dans le rôle que lui avait attribué le scénario de Fate. Il semblait gonfler dans son costume gris à force de se rengorger, il desserra sa cravate et cria :

Enfin, un grand Albanais porte de nouveau le casque de Skanderbeg ! Notre Premier ministre ! Il porte le casque de Skanderbeg !

C'était la version officielle, dont on donnait ici la répétition générale. Ismail constata non sans surprise que ça avait l'air de marcher. Les gens massés sur cette place voyaient en eux-mêmes leur Chef couronné. Le casque fictif fonctionnait alors que le vrai casque aurait été ridicule.

Tout va pour le mieux, aurait dit Fate. Était-il ici ? Il aurait dû venir contrôler son travail, mais Ismail ne le vit nulle part. Et Ylbere, où était Ylbere ? Elle n'était plus dans la masse mouvante des assistants. Et Trashi ?

Gino Trashi était en route pour la rédaction. Ses photos devaient paraître dans *Shqip* le lendemain.

Ça a marché à la perfection, pensa Fate. Maintenant, on pouvait construire sur cette base. Il fallait que tous dans le

Parti comprennent qu'on devait désormais s'en tenir à cette version officielle : le ZK était le nouveau Skanderbeg, le casque était sa marque de fabrique, sa couronne idéale. Naturellement, il convenait que tout soit coordonné et contrôlé, de préférence par une équipe au siège du parti, des pros en relations publiques, capables d'imposer cette image du ZK dans les médias avec tous les moyens de communication modernes. Ce mollasson d'Ismail n'était plus à la hauteur, Fate en était convaincu. Ces derniers temps, on n'aurait pu dire si son regard était triste, dégoûté ou simplement apathique. On avait besoin d'une équipe jeune et persuasive pour le *message control,* Fate voulait en parler au Chef.

Mais le lendemain, quand il acheta le journal *Shqip,* il entra en fureur. À cause d'eux, son projet était littéralement dans la merde – pardon ! Les deux photos de Gino Trashi étaient tellement perfides qu'il n'était même pas besoin de lire l'article. Les deux ministres avaient parlé à l'arrière de la statue, et Trashi les avait photographiés de façon que leur tête soit juste sous l'énorme postérieur du cheval de Skanderbeg. C'était une question de perspective : on avait l'impression que les orateurs avaient posé sur leur tête le derrière du cheval. Sous la photo, en caractères gras :

« Le cul du cheval de Skanderbeg est-il le casque du héros pour les socialistes ? »

Des sirènes commencèrent à se déchaîner. Fate pressa ses mains sur ses oreilles, mais le vacarme ne cessait pas.

C'était le téléphone.

Le bon côté de ton idée, dit le Chef, c'est que je n'ai pas eu à prendre moi-même la pose.

Le casque était devenu une fiction, mais dans la réalité il avait disparu. Le commissaire Starek travaillait à cette affaire en se conformant à la routine, c'est-à-dire qu'il attendait un hasard. Entre-temps, il pestait contre la paperasse. Pour l'heure, il corrigeait des épreuves. Il regarda fixement la photo du casque, lut les données policières (« Volé au Kunsthistorisches Museum le… », « Récompense prévue : aucune », « Indications utiles sur… », etc.)

Il se demanda qui, dans le service « biens culturels » de l'office fédéral de la police criminelle, avait eu l'idée insensée d'établir un catalogue présentant cent œuvres d'art volées en Autriche. En fait, un catalogue de l'échec et de l'impuissance. Ou était-ce le ministère ? Voire le ministre de l'Intérieur en personne ? Il était connu pour son amour des brochures sur papier glacé. Mais pourquoi ferait-il une chose pareille ? Il ne voulait afficher que les succès et les performances. Non, c'était sûrement l'idée d'un frimeur quelconque de la criminelle qui voulait débiner le service des vols d'œuvres d'art sous prétexte qu'il faisait baisser chaque année le taux de réussite de la police.

Un catalogue si élégant et professionnel qu'il aurait fait honneur à n'importe quelle grande salle de ventes. Starek imaginait sans peine qu'un receleur aurait eu l'eau à la bouche en feuilletant ce catalogue d'œuvres d'art et de biens culturels volés. Une double page était consacrée au casque de Skanderbeg, vu sous trois angles différents. Qu'était-il censé vérifier ? Si les dimensions indiquées étaient exactes ? Elles devaient l'être. Le nom de Skanderbeg était écrit correctement. Il trouvait insupportable de devoir lire les épreuves de ce catalogue.

C'est alors que Huber entra dans le bureau. Son visage rose était radieux. Il avait réussi à progresser un peu dans l'enquête, et il espérait avoir droit aux éloges et à la reconnaissance de son supérieur.

Fritz Huber avait le grade de lieutenant, dont l'abréviation officielle était Lt. Il ignorait que le commissaire l'appelait derrière son dos Liqueur de Tomates, mais il savait que Starek le méprisait. Du moins, il ne savait comment interpréter autrement son attitude condescendante à son égard.

C'était un homme sensible, il ne pouvait nier qu'il en souffrait parfois, mais il se disait ensuite que ce n'était qu'une posture de chef, qui ne le visait pas personnellement. Starek était âgé et ne progresserait plus dans sa carrière. Il semblait désabusé et Huber avait entendu dire que sa vie privée était malheureuse. Cependant, il pouvait se targuer de plusieurs succès éclatants, comme dans l'affaire du tableau de Rubens, où le hasard n'avait pas tout fait – l'enquête de Starek était restée légendaire. Oui, le commissaire avait beau le mépriser, ou plutôt ne pas avoir encore estimé ses capacités à leur juste valeur, Huber mettait bout à bout les informations qu'il avait rassemblées sur lui, comme un profileur, et il se montrait plein de compréhension. En outre, il avait l'esprit de corps et voulait donc éviter tout conflit. Surtout, il espérait depuis peu que leurs rapports pourraient s'améliorer : depuis qu'ils avaient bu ensemble du schnaps, à sa grande surprise, le jour où ils étaient allés au Kunsthistorisches Museum. Il se demandait certes comment Starek avait pu savoir qu'il avait une bouteille d'eau-de-vie de prunes dans son bureau, mais il avait été ému qu'ils soient restés ainsi à se regarder en buvant leur schnaps. Et que le visage furibond de Starek ait pris une expression plus détendue.

Je l'ai trouvé ! s'exclama-t-il.

Starek leva les yeux, demanda : Quoi ?

L'étendard.

Quel étendard ?

Eh bien, celui de la division SS Skanderbeg.

Starek regarda Huber en hochant la tête. Où est-il ? Qui est le propriétaire ?

Il se trouve à Moscou, répondit Huber. Au Musée central des forces armées russes, anciennement musée de l'Armée rouge et de la Flotte. Il fait partie des deux cents étendards allemands de la Wehrmacht, de la Waffen-SS, de la Hitlerjugend et autres organisations nazies qui furent choisis en juin 1945 pour figurer au défilé de la victoire sur la place Rouge, lors duquel ils furent littéralement foulés aux pieds. La plupart sont exposés aujourd'hui dans la salle des étendards du Musée central, du moins les plus importants, notamment celui de la division Leibstandarte SS Adolf Hitler. L'étendard de la division SS Skanderberg n'est pas exposé, mais il a un numéro d'inventaire. Ici...

Huber tendit une feuille à Starek, un mail imprimé.

À l'endroit où les étendards allemands avaient été foulés aux pieds, on a désinfecté ostensiblement la place Rouge après le défilé! L'histoire est connue, il y a beaucoup de documents à ce sujet, y compris des photos bien sûr. Qu'en penses-tu? Quelle suite devons-nous donner à cette découverte?

Aucune, dit Starek en haussant les épaules. Je ne crois pas qu'un fasciste albanais qui aurait volé le casque à Vienne irait maintenant voler cet étendard dans un musée à Moscou. Je ne crois pas non plus que des agents russes aient été chercher ce casque à Vienne pour l'enfermer dans les réserves du Musée central à côté de l'étendard. Non, il n'existe manifestement aucun rapport entre le casque et l'étendard.

Il se carra dans son fauteuil. Nous avons avancé en faisant du surplace, déclara-t-il.

Après un instant d'hésitation, il ajouta: Bon travail, Fritz!

Dorota se demandait si les années qu'Adam avait passées au séminaire, dans la clandestinité pour ainsi dire, ne lui avaient pas infligé des dommages psychiques ou caractériels qui n'apparaissaient que maintenant au grand jour, l'âge venant. Elle avait honte de ces pensées, mais il fallait bien qu'elle essaie de s'expliquer son comportement depuis quelque temps. Il avait toujours eu des côtés bizarres, rien de dramatique, pensait-elle, de petites lubies comme tout être humain en a plus ou moins. Bien plus, pendant longtemps ces bizarreries avaient conféré pour elle un charme particulier à cet homme robuste. Il devenait si aisément sentimental, ou rêveur, après quoi il était de nouveau obsédé par son travail, ses idées – il s'engageait à fond, disait-elle. Il pouvait se montrer si merveilleusement tendre – quand était-ce arrivé pour la dernière fois ? – puis d'un coup il s'éloignait, il était couché près d'elle et pourtant à mille lieues d'elle, et elle se disait que le bonheur pouvait aussi prendre la forme d'une transe, et elle se réjouissait qu'il soit ainsi emporté par sa propre capacité à être heureux. Aujourd'hui, elle trouvait étrange de s'être sentie confirmée dans son amour alors qu'il ne s'apercevait même plus de sa présence car il était ailleurs, le regard perdu.

Son âme est brisée, pensait-elle, et c'était sans doute lié à ses années de séminaire en Pologne, auxquelles il se référait sans cesse quand il commentait la politique intérieure polonaise avec une ardeur maladive. Oui, à présent elle trouvait ça maladif. Manifestement, une enfance comme celle d'Adam à la fois vous coupait des réalités et vous faisait souffrir de la réalité. Ces adolescents en pleine puberté vivaient enfermés dans une institution où rien ne leur parvenait du monde extérieur, ils n'avaient aucune expérience de ce qui se passait dehors. Ils se créaient alors un monde imaginaire et découvraient, en sortant, que la réalité n'avait aucun rapport avec leurs rêves et qu'ils ne pourraient faire en sorte qu'elle s'y conforme, même avec des efforts acharnés. C'est alors que naissait la souffrance. Une souffrance qui imprégnait ce monde qui en même temps ne leur était nullement familier. Et si jamais ils donnaient l'impression d'y être à l'aise et même, pour un temps, d'y faire carrière, c'est juste qu'ils avaient appris au séminaire à s'adonner au mimétisme pour survivre, mais au bout d'un moment ça ne marchait plus dans le monde, car ils cherchaient une authenticité, et donc la possibilité de vivre enfin sans mimétisme, ce qui était un nouveau malentendu grotesque. On ne pouvait pas retirer son masque, pensait Dorota, sans se retrouver avec un autre masque. Quel était donc notre vrai visage ? Le visage terrible, le visage nu, ou même ce néant qu'on découvrait en soulevant le masque ?

Le choc de cette matinée. Tout avait commencé par une demande pressante de Dorota. Elle avait craint qu'elle ne débouche sur une dispute, mais Adam s'était contenté de hocher la tête en silence. Je te prie instamment, avait dit Dorota, de ne pas ouvrir la porte de la terrasse le matin pour que le chien aille dans le jardin. Hier, Romek a marché dans des crottes de chien en marchant au jardin, et il est tombé dedans. Ce n'est pas possible! Il faut que tu sortes le chien dans la rue, même si tu n'as pas beaucoup de temps. Puisque tu as acheté ce chien, tu dois t'occuper de lui. Emmène-le au parc ou du côté des arbres de la rue Charles-Degroux, ça m'est égal, mais PLUS JAMAIS dans notre jardin!

Adam fut effrayé, il n'y avait pas pensé, c'était simplement pratique pour lui, mais évidemment, maintenant que Romek savait marcher et que les journées étaient de nouveau étonnamment sèches, si chaudes et si sèches après cette longue période de pluie, de sorte que les crottes de chien n'étaient plus emportées par la pluie, il ne se rappelait pas avoir jamais vu une fin d'automne aussi chaude, c'était évident, il ne discuta pas, se contenta de hocher la tête. Il appela le chien – la chienne, en fait, Maladusza, cette maudite Maladusza, pensa Dorota, mais ils en parlaient toujours au masculin, je vais aller avec *lui* au parc, déclara Adam.

Que se passa-t-il ensuite? Mystère. Dire que Dorota s'était inquiétée serait exagéré. Environ un quart d'heure plus tard, Adam revint à la maison. Il semblait distrait, dit simplement *to ja* quand Dorota, qui était dans la chambre de Romek, l'entendit et cria: Adam? Elle sortit avec Romek, vit Adam fourrer quelque chose dans sa serviette, et il partit avec sa vieille casquette hideuse enfoncée jusqu'aux yeux, elle détestait cette casquette polonaise, qui lui donnait l'air d'un ouvrier dépressif des chantiers navals, il lui fit juste un signe de tête et sortit.

Combien de temps s'était écoulé, dix minutes? Une demi-heure? Soudain, Dorota se rendit compte que le chien n'était pas là, maudite Maladusza, où était le chien ? Il n'était pas dans la maison, il n'était pas au jardin, ç'aurait encore mieux valu. Toutou ? dit Romek. Toutou ? Il n'était pas là. Et Adam était parti, elle ne pouvait pas l'interroger, elle l'appela mais il ne décrocha pas, il n'avait sans doute pas entendu le téléphone tandis qu'il traversait le parc du Cinquantenaire d'un pas lourd et pressé, absorbé dans ses pensées.

Dorota s'assit en pleurant sur le canapé, pendant que le petit Romek marchait joyeusement à travers la pièce, arrachait des livres de la bibliothèque et en jetait deux dans la cheminée, prenait une bûche pour l'apporter à Dorota : Là, ça !

C'était sans importance, elle s'en fichait, elle regarda en pleurant Romek attraper la salière, qui était restée sur la table du petit déjeuner à côté du journal du matin, avec son supplément *La Vie*, et commencer à saler *La Vie*.

À cet instant, elle entendit frapper à la porte, en fait quelqu'un la grattait et la heurtait frénétiquement en gémissant, elle ouvrit et le chien était là, Maladusza.

Il/elle avait trouvé tout seul/toute seule la porte.

Elle appela Adam au bureau, une voix de femme lui répondit qu'il était en réunion. Mais elle pouvait maintenant imaginer ce qui s'était passé. Il avait laissé le chien courir en liberté dans le parc, tandis qu'il s'asseyait sur un banc et ruminait ses pensées. Il avait eu alors une idée qui l'avait tellement absorbé qu'il en avait oublié le chien. Après quoi, il était retourné à la maison puis était parti travailler, perdu dans ses pensées.

C'est bien ce qu'expliqua Adam à Dorota ce soir-là, mais il n'avait pas envie de s'attarder sur cette histoire, dans son impatience de lui parler de l'idée qui lui était venue.

Toutefois, ce n'est pas l'idée insensée d'Adam que Dorota retint de cette journée, elle n'oublia jamais ce moment où Adam avait été absent, dans tous les sens du terme, et où son chien avait gratté à la porte.

Bien entendu, Adam savait que la pensée qu'il devait tuer Mateusz était totalement absurde, même si le serment qu'ils avaient prêté, encore à moitié enfants, impliquait cette promesse : celui qui trahirait leur cause commune devrait mourir. Et même si c'était Mateusz lui-même qui l'avait déclaré explicitement : *Si tu dis que le ciel est bleu, je devrai te tuer !* Cette nuit glaciale au séminaire. Mais les détails même de cette scène révélaient combien la mémoire était peu fiable : cette nuit n'avait peut-être pas été glaciale mais tiède, et seuls les mots de Mateusz avaient été d'une telle froideur que le souvenir d'Adam avait transposé la scène dans une autre saison. Et quand on parlait de date : il s'agissait de toute façon d'une autre époque. Sans aucun rapport avec la période actuelle. Dans leur enfance, ils avaient eu des rêves héroïques, et même si devenir frères de sang était un événement plus sérieux, qui devait vraiment marquer leur existence, comparé aux jeux où les enfants et adolescents des pays libres se rêvaient en héros ou en aventuriers, eux-mêmes n'étaient malgré tout que des enfants. Même si la lutte armée que menaient leurs pères donnait à leurs rêveries un poids que ne pouvaient avoir les jeux des enfants dans le monde libre de l'Occident, cela ne changeait rien finalement au fait que c'était des rêveries, là-bas comme ici, des rêveries qui n'avaient pas à se mesurer à la réalité. En tout cas, tuer ne se présentait alors que sous une forme analogique, même si ce concept n'existait pas alors, c'est-à-dire qu'il impliquait un acte réel et du sang réel, au contraire des fantômes qu'on massacre aujourd'hui sur des écrans – en somme, tuer était alors un concept lié à une réalité, de sorte qu'il n'était pas vraiment concevable pour des enfants.

Et le *ciel bleu* n'était-il pas une métaphore, aussi nébuleux qu'un conte bleu et aussi cruel que le feu du ciel, mais rien qu'une métaphore, une poésie de la résistance à hauteur d'enfant ? Comment pouvait-on en déduire la nécessité d'un meurtre ?

Le chien gambadait dans le parc du Cinquantenaire, reniflait çà et là des arbres avec excitation. Il traversa au galop le parc dans les deux sens, heureux de pouvoir se dépenser. C'est alors qu'un bouledogue se mit à lui aboyer après. Son maître, en homme en cuir et en surpoids, à la nuque de taureau couverte de tatouages, tira sur la laisse d'un air impérieux tout en regardant à la ronde à qui appartenait ce chien qui s'ébattait en liberté. Assis sur un banc, immobile, Adam regarda Maladusza reculer en sautillant puis s'enfuir la queue entre les jambes. Le brachet polonais était pourtant un chien de chasse, et le vendeur avait affirmé qu'il était aussi un excellent gardien. Mais ce n'est pas un combattant, pensa Adam. Peut-être était-il trop jeune? Il aurait dû cependant montrer ce dont il était capable à ce ridicule bouledogue, qui avait l'air d'avoir le museau écrasé par des dizaines de coups de poing... Adam sortit son smartphone de sa poche pour voir l'heure. À cet instant, il eut un message sur WhatsApp. De Paulina, à Varsovie :

Aujourd'hui, un an de plus a passé depuis la mort de Piotr. Et le temps semble s'être arrêté! Comment vas-tu?

Adam lut et relut ce message, non, il le regarda un moment, et même s'il paraissait pétrifié il sentait quelque chose en lui se mettre en mouvement.

Moi, l'homme ordinaire, l'homme gris, avait écrit Piotr dans son manifeste, *j'accuse...* Moi, l'homme ordinaire, l'homme gris, pensa Adam, c'est aussi moi, quoi de plus gris que la zone grise de la terreur d'où je viens, sorti de la clandestinité où j'étais invisible pour devenir un fonctionnaire. *Entendez mon cri!* Et Adam l'entendit, silencieux. *Le cri d'un homme moyen...* est-ce vraiment la moyenne?... *qui aime plus que tout sa liberté et celle des autres, je proteste...* Moi?

C'est alors qu'Adam eut une pensée qui lui sembla étrange: La mort ne change rien. Il pensa à Mateusz. Les idées devaient mourir, et non seulement un homme qui les représentait. Et à Piotr : les idées devaient vivre, dans tous les humains gris et ordinaires, et elles ne naissaient pas à la vie parce qu'un homme solitaire était mort pour elles.

Il comprit que… Un nouveau message de Paulina :

J'ai appelé à un rassemblement en mémoire de Piotr sur la Plac Defilad à 16 h 35. À l'endroit où il s'est immolé, à l'heure où il a allumé le feu. Que t'arrive-t-il ? Pourquoi ne réponds-tu pas ?

Il comprit que… non, sa pensée n'était pas si claire, ce n'était qu'une idée en germe, mais il sentait qu'elle grandissait en lui. Il écrivit à Paulina :

As-tu encore le tract que Piotr a distribué avant de s'immoler ?

Paulina répondit rapidement :

Je l'ai posté sur Twitter à l'époque, sa protestation contre la façon dont le gouvernement enfreignait la constitution, détruisait la justice indépendante etc., l'intégralité du tract !

Je sais, mais je voulais dire : As-tu encore l'original ?

Je crois que je dois l'avoir quelque part. Pourquoi ?

Cherche-le, s'il te plaît. Il faut que tu le trouves, j'en ai besoin.

Pourquoi ?

Une idée, elle marchera peut-être ? Pour ça, il me faut le tract.

Adam se leva d'un bond et rentra chez lui au pas de course. Il était tard, il devait aller au bureau, sa serviette était à la maison. Il ne fallait pas que Mateusz meure physiquement, mais qu'il meure politiquement. De cette façon, le pacte serait respecté. Pour y parvenir, il était nécessaire que Piotr ressuscite. Comment ? Grâce au tract. Adam avait l'impression d'entrevoir à travers une paroi en verre dépoli une solution.

Chez lui, il attrapa sa serviette, y fourra en hâte ses notes et se dépêcha d'aller au bureau.

Il arriva juste à l'heure à la « réunion à propos du SS Skanderbeg », où l'on devait évoquer la participation de représentants de la Commission européenne à la croisière inaugurale de ce bateau albanais.

Adam était assis dans sa pose habituelle, un bras appuyé sur la table, une main contre son oreille mutilée, l'air absent mais les yeux grands ouverts, comme s'il s'intéressait et participait malgré tout à la réunion. Il réfléchissait, si bien qu'une bonne partie des échanges lui échappaient.

Le directeur Antoine Bigot trouvait insupportable de devoir s'occuper de cette histoire. En fait, il n'y avait que des mauvais coups à attendre de ces gens des Balkans! En tant qu'Européen, il trouvait abusif de devoir participer à une démonstration de fierté nationale et peut-être même de se retrouver sur une photo, à sourire aux côtés de mafieux caractériels prétendant jouer les chefs d'État.

Karl Auer estimait depuis longtemps que Bigot n'était pas l'homme de la situation. Il s'intéressait davantage à sa propre importance qu'à celle de sa tâche. Karl Auer n'avait pas oublié la façon dont Bigot avait voulu rejeter sottement sur Adam une erreur qu'il avait manifestement commise. Adam lui avait tenu tête, et on avait vu alors clairement combien ce Bigot n'était pas à la hauteur. Pourquoi fallait-il que tout ce qui était grand soit toujours gâté par des mesquineries? pensa Auer.

C'était injuste, évidemment, mais ici même, dans cette bureaucratie, on se conformait à la loi qui voulait qu'une impression fausse s'intègre dans le panorama d'ensemble, autrement elle n'aurait pas été possible.

Mais j'ai les mains liées, dit Bigot, avant d'ajouter avec un talent certain pour ruiner une métaphore: c'est pourquoi je vous laisse les mains libres.

Auer sourit, car il venait d'un pays où un chancelier pouvait dire sans être couvert de quolibets, à propos d'une proposition d'un syndicat: Ce ne sont que des serpents de mer remis au goût du jour.

Car nous aurons beau tourner cette affaire en tous sens, continua Bigot, elle revient à organiser une conférence informelle sur les Balkans juste avant celle qui aura lieu officiellement à Poznań. Bien entendu, c'est un coup bas, mais les chefs d'État des six pays des Balkans occidentaux ont déjà accepté l'invitation, de même que quelques chefs de gouvernement des États de l'UE ou du moins leurs ministres compétents. Et aussi notre commissaire, naturellement. Il veut que nous nous tenions prêts, au cas où il ait besoin d'une expertise technique. En conséquence...

Adam dressa l'oreille. Il voyait soudain s'offrir à lui une scène où son idée...

En conséquence, dit Ambroise Bigot, je propose...

Ce serait parfait, pensa Adam, si je pouvais m'embarquer sur ce bateau et...

Bigot annonçait déjà : Adam Prawdower, en tant que *Adviser Western Balkans Strategy* devra évidemment être à bord, et je suggère que se joignent à lui David Charlton, pour le Kosovo et la Macédoine du Nord, et Karl Auer, membre de la direction D4 Albanie et Bosnie-Herzégovine.

Une paroi de verre dépoli ? À présent, Adam voyait clairement comment son attaque devait se dérouler.

Si vous en êtes d'accord, dit Bigot, je vais régler ainsi cette affaire et réserver vos places à bord. Bien entendu, vous savez quelle position nous devons assumer vis-à-vis des États balkaniques : nous devons nourrir l'espoir, et donc tenir un discours positif, mais sans fixer de calendrier. C'est un point important : pas de calendrier. Autrement, nous nous mettrons à dos la Pologne et la Hongrie, et sans doute aussi l'Autriche, car les populistes là-bas se présentent comme les défenseurs de l'Occident contre l'islam ou contre la mafia, au choix, et n'oublions pas le Luxembourg, qui n'a pas besoin de richesses minières, vu sa politique de paradis fiscal, et...

Oui, on a compris, pensa Auer. La maxime du jour de son éphéméride était : *Écoute avec ton cœur, tu entendras ce qui est vrai et juste.* Il ne prenait pas cette maxime spécialement au sérieux, mais elle lui vint soudain à l'esprit. Baia avait dit qu'elle serait à bord du SS Skanderbeg avec une délégation de parlementaires. À présent, il pouvait répondre : Moi aussi, je serai à bord.

Nous avons distribué des coupe-papier lors des élections, comme symbole de notre combat pour la défense du secret de la correspondance. Nos lettres ne devaient être ouvertes par personne d'autre que leur destinataire.

Assis à son bureau, Adam s'abandonna à la rêverie.

L'ambiance de renouveau de ce mois d'avril 1989. Lors de la « table ronde » entre le gouvernement et Solidarność, il fut convenu d'organiser des élections libres. Et à la fin du mois, le *MS Józef Piłsudski* rejoignit les chantiers navals de Gdańsk pour y être démantelé.

Adam joua avec le coupe-papier, le fit passer de sa main droite à sa main gauche, effleura l'acier rigide, Excalibur en miniature.

Le *MS Józef Piłsudski,* joyau de la flotte de la République populaire de Pologne, réduit à un tas de ferraille exactement cinquante ans plus tard – quel symbole !

Le navire entra dans une cale sèche où il fut entouré d'échafaudages. On commença par pomper tous les liquides – fioul, huile, produits chimiques de prévention des incendies. Puis on démonta le système de propulsion et toutes les pièces d'équipement, batteries, générateurs, plusieurs kilomètres de câbles en cuivre, afficheurs électroniques des ponts. Adam eut l'impression de voir des hommes combattre un monstre, ils grimpaient sur ses flancs comme des fourmis, avec des armes crépitantes d'où jaillissaient des étincelles. C'est alors qu'Adam entendit avec stupeur le contremaître déclarer : Maintenant, on va enlever la peau !

Adam n'avait pas encore quinze ans. Il représentait la Jeune Solidarność, l'organisation pour la jeunesse que venait de fonder le syndicat. Pourquoi lui? Au nom du père.

La peau?

C'est comme ça que nous appelons l'acier que nous devons détacher pour arriver au squelette du bateau.

Les ouvriers découpèrent au chalumeau la peau d'acier du bateau, de façon à obtenir des plaques que des grues déposaient ensuite sur des tapis roulants, qui les conduisaient dans un hangar où elles seraient recyclées.

C'est alors qu'un groupe d'ouvriers eurent une idée. Ils décidèrent de découper dans l'acier de la proue de petites épées symboliques, qui exprimeraient leur volonté de se battre aussi pour le secret de la correspondance car elles serviraient de coupe-papier – nous voulons être les seuls à ouvrir nos lettres, fini la censure et les services secrets.

Au début, on scia grossièrement les pièces d'après un modèle, puis elles furent fraisées, râpées, limées et polies. Le manche et la lampe furent découpés d'un seul tenant, le manche était ovale, la lampe plate. Puis les coupe-papier passèrent à la presse, où leurs collègues gravèrent dans le manche *Solidarność 1989.*

Adam se souvenait qu'il y avait eu soudain des cris, des hommes étaient arrivés en hurlant. Avec leurs enfantillages, ils retardaient le démantèlement du *Piłsudski,* les plaques à recycler s'accumulaient…

Combien avait-on fabriqué de ces coupe-papier? Adam l'ignorait. Certains furent distribués à Gdańsk au début de la campagne électorale. Il en avait un, qui était posé en permanence sur son bureau. Même s'il ne le voyait pas pendant des jours voire des semaines, car des papiers s'empilaient dessus. Voilà longtemps qu'il n'avait plus reçu une vraie lettre, qu'il fallait décacheter.

À cet instant, un message de Paulina arriva sur son smartphone:

Le rassemblement en souvenir de Piotr vient d'être dispersé par la police.

Peu après :

La police dit : C'est un chantier, ici. Nous gênons les travaux !

Ensuite : une brève vidéo, filmée avec le smartphone, passablement floue, on voyait qu'on poussait Paulina, une main se levait devant l'objectif, quelqu'un voulait-il l'empêcher de filmer ? Ou même lui arracher son téléphone ? La vidéo s'interrompait abruptement.

Le projet d'Adam mûrissait dans sa tête.

Pourquoi ne réponds-tu pas ? Il ne vit pas ce message.

Renversé dans son fauteuil, il réfléchissait.

CINQUIÈME PARTIE

La digression est le chemin le plus court
entre deux points de fuite

I

Peut-on être pour son père deux enfants en un, à la fois fille et fils ? Un être humain complet. Après la naissance d'Yl-bere, Siegfried Lenz aurait désiré avoir un fils, mais sa femme mourut alors qu'Ylbere n'avait pas encore deux ans, soudainement, sans prévenir. Une rupture d'anévrisme. Pendant des jours et des semaines, le polyglotte qu'était Lenz ne put retenir ce mot : anévrisme. Il n'en avait jamais entendu parler, cette chose n'existait pas dans son monde et elle n'aurait pas dû exister, c'était insensé, le cerveau inondé de sang, le fluide vital provoque la mort, une pensée, quelle a été sa dernière pensée, d'un coup emportée et noyée dans le sang, paralysie faciale, elle haletait, elle ne le reconnaissait plus et il ne la reconnaissait plus, le coma et c'était fini. Et il était seul avec sa fille. Il ne s'était jamais remarié, il s'était occupé de sa fille et de son Institut. Il ne se voyait plus comme un homme désirant une femme ou se languissant de sa présence, tout ce qu'il voulait désormais c'était être un bon professeur et être un père et une mère pour sa fille. En fait, il n'était qu'un succédané. À cette époque, il y avait tant de succédanés, ersatz de beurre ou de café, farine complétée avec de la sciure moulue, mère de substitution. Il ne l'avait pas voulu, il ne pouvait se reprocher ni de l'avoir prévu ni d'avoir agi en toute inconscience, mais il s'aperçut que sa fille était elle-même devenue son succédané de fils. Elle avait les yeux en amande de sa mère, mais son regard sur le monde était tout différent. Elle voyait un monde d'hommes, et c'est dans ce monde qu'elle

397

voulait s'affirmer. Lenz le comprit très tôt, et il n'en fut pas étonné. Elle n'avait pas de mère, aucun modèle féminin auquel se référer. C'était une jolie fille avec un visage aussi charmant qu'original, un sourire séduisant, des cheveux noirs et brillants, qu'elle ne laissait malheureusement pas pousser et portait toujours courts. Par instants, il voyait en elle un vrai gars, c'est le terme qu'il employait en lui-même : un gars qui cassait le nez du fils du voisin en lui donnant un coup de poing, qui fumait à douze ans et demandait une arme pour son anniversaire. Quelle sorte d'arme ? Pour quoi faire ? Je suis trop vieille pour avoir un sabre en bois, dit-elle. Bien entendu, Lenz n'essaya pas de la convaincre de demander une poupée, dans son amour désemparé il la prenait telle qu'elle était, mais il n'était pas question qu'il lui offre une arme. Comment ça, une arme ? Elle économisa donc son argent de poche et s'acheta un poignard. À treize ans.

Mais elle perdit bientôt son assurance. Dans son école, les filles étaient aimées et courtisées. On inscrivait leurs noms dans l'écorce des arbres ou on les barbouillait la nuit sur les murs, pour montrer son courage. Pas leurs vrais noms, mais des diminutifs amoureux ou des noms de guerre, autrement on aurait pu faire pression sur elles pour qu'elles trahissent leurs adorateurs, les auteurs de ces forfaits. Les interrogatoires se multipliaient, la direction de l'école et même pour finir la Sigurimi se répandirent en menaces, ils étaient tous en proie à une excitation incroyable, l'éveil de la sexualité devenait une forme de résistance au pouvoir. Pour les garçons, il s'agissait de prouver son audace – elle, elle se bagarrait avec eux. Elle n'avait ni diminutif ni nom de guerre, elle se demandait pourquoi personne ne l'adorait. C'était le mot qu'on employait : adorer, il fallait avoir un *adhurues,* un adorateur. Elle écrivit au charbon sur le mur près du portail de l'école : J'aime Lana.

Il y avait une Lana dans sa classe, elle ne comprenait pas pourquoi mais elle avait rêvé qu'elle l'embrassait, avec tant de force qu'elle s'était réveillée pleine d'excitation. Et elle n'avait pas respecté la règle, elle n'avait pas employé de nom de guerre. J'aime Lana. Les interrogatoires ne donnèrent rien, l'école comptait huit Lana dans ses rangs et toutes se montrèrent aussi sincères que convaincantes en assurant qu'elles ne savaient rien.

Ylbere s'adapta à un monde où il n'y avait pas d'adorateurs pour elle.

Jusqu'à la fin du collège. Lenz ne devait jamais oublier ce jour : après son dernier cours d'allemand, il était remonté dans l'appartement et avait découvert sa fille dans la chambre des parents, qu'on appelait toujours ainsi, devant le miroir, vêtue d'une robe de sa mère. Il ne s'était jamais débarrassé des vêtements de sa défunte femme, n'avait jamais... comment fallait-il dire : fait le tri dans son armoire ? Il s'en était toujours senti incapable et n'avait jamais plus ouvert l'armoire de sa femme.

Ylbere ne s'aperçut pas que son père était sur le seuil, elle virevoltait devant le miroir dans la robe de sa mère, et Lenz était effrayé, déconcerté, tétanisé, même s'il devait s'avouer aussi qu'il la trouvait belle, sa fille vêtue de la robe d'été bleue et jaune de sa femme. Il eut même soudain l'impression, et presque la certitude, qu'elle regardait cette scène, que la morte, la mère d'Ylbere, se voyait elle-même, elle était le miroir devant lequel se tenait Ylbere.

Lenz recula pour qu'elle ne remarque pas sa présence, il vit sa fille enlever la robe, qui glissa par terre, elle écarta le tissu, s'avança vers l'armoire et...

Lenz était un faible. Ou peut-être pas, mais en tout cas il était faible comme père. Il vit Ylbere sortir de l'armoire la robe de mariage de sa mère, et il ne réagit pas. Il pensa : Non ! Mais il ne réagit pas. Ylbere leva devant elle le cintre portant la robe pour mieux l'observer, elle la pressa contre elle devant le miroir avant enfin de l'enfiler. Elle avait l'air presque solennel, du moins ce fut l'impression de son père, ou il s'efforça d'avoir cette impression – et lorsqu'elle se tourna à gauche et à droite devant le miroir, habillée en mariée, Lenz battit en retraite, car il ne savait s'il devait intervenir, il lui semblait qu'il aurait dû mais il ne savait comment, quels mots prononcer. Il ne voulait pas de pathos ni de kitsch, il se dit que si sa fille essayait sa robe de mariage, le repos éternel de sa femme n'en serait pas troublé, au contraire même, peut-être, pour la première fois il avait l'impression que sa femme était là, qu'elle regardait. Rien que pour ça, il était reconnaissant envers sa fille, même si ce qu'il voyait lui serrait la gorge.

Par la fenêtre du salon, il vit ensuite sa fille sortir de la maison, en robe de mariée, dans ce tonnerre qui n'était pas le tonnerre, ce fracas, ces détonations, ces éclairs, mais elle revint très vite.

Elle avait voulu plaire à un jeune homme, lequel la renvoya à la maison en brandissant une kalachnikov. Il tira en l'air et cria : Rentre chez toi, ce n'est pas le moment de penser à l'amour !

On était en mars 1997. La ville retentissait de tirs de mitraillettes, Ylbere partit en courant, elle regrettait de ne pas avoir son arme sur elle, son poignard, elle remonta sa robe pour ne pas tomber en marchant sur l'ourlet, qu'est-ce qui se passait, une révolution, et elle était là comme une petite femme, un homme la renversa par terre et la traîna sous un porche, c'est alors qu'il y eut une explosion à l'endroit précis où elle s'était immobilisée l'instant d'avant en regardant à la ronde, elle se remit à courir, sa robe se déchira, et Lenz, qui ne quittait pas la fenêtre, la vit rentrer dans la maison, il s'avança vers la porte de leur appartement, elle monta l'escalier en haletant, et il la serra dans ses bras, ils restèrent longtemps ainsi serrés l'un contre l'autre.

Tu m'en veux ?

Pourquoi ?

Les manches ballon de la robe de mariée frémissaient, ce qu'elle voulait dire était clair, et il était le père des mots improncés.

Depuis lors, Ylbere n'avait plus jamais mis de robe, uniquement des pantalons et des chaussures d'homme, mais quand elle riait, si elle riait vraiment de bon cœur, il croyait entendre sa femme, il voyait les yeux de sa femme, il disait Ylbere, pensait Ylbere, et il avait en elle une fille et un fils.

À cause des troubles dans la ville, les cours d'allemand de l'Institut Lenz s'interrompirent pour plusieurs semaines. Les élèves disaient tous qu'il était trop dangereux de marcher dans la rue. Les émeutiers avaient pris d'assaut des casernes de soldats et des postes de police, où ils avaient fait provision d'armes et de munitions, il y avait des fusillades dans les rues, dans leur colère les gens s'en prenaient à tous les établissements publics, bibliothèques, théâtres, archives, écoles, hôtels, ils pillaient les supermarchés mais aussi de petites épiceries, ils tiraient sur les serrures des rideaux de fer, fracassaient les vitrines. On incendiait des voitures, chaque jour Lenz voyait de sa fenêtre de la fumée au-dessus des maisons, les flammes brillaient dans la nuit. Et le fracas continuel des détonations. Il avait peur. Il se rappelait que son père, devenu un vieillard aux yeux secs à force d'avoir pleuré, avait fini par pouvoir raconter comment des hommes armés avaient franchi la frontière du Kosovo, en 1943, et étaient entrés dans le village de Sose où lui, le fugitif, s'était caché, la peur, la terreur, quand les soldats tiraient en l'air au petit bonheur. À l'époque, son père avait à peu près l'âge qu'avait aujourd'hui sa fille.

Brave comme un homme, Ylbere ne cessait de sortir en ville pour acheter ce dont ils avaient besoin pour vivre. Des denrées de première nécessité, des médicaments pour son père, du papier toilette. Lenz ne savait pas comment elle s'y prenait, qui étaient ses fournisseurs, par quel moyen elle se débrouillait. Elle portait son poignard à la ceinture.

Aujourd'hui, Lenz ne pouvait s'empêcher de repenser à ces jours et ces semaines, à l'intrépidité d'Ylbere et surtout à son don de saisir les occasions au vol, là où d'autres ne les auraient même pas vues.

Les bus ne circulaient plus. Elle se rendit à pied chez Amira, une camarade de classe dont le père possédait une vieille et robuste Mercedes. Elle savait que la voiture était dans un garage, de sorte qu'il était peu probable que des vandales y aient mis le feu. Comme elle n'avait pas servi depuis des semaines, avec un peu de chance son réservoir était plein. Elle raconta qu'il y avait dans le port de Durrës un hangar où était entreposée une grosse quantité de bananes ne pouvant être livrée, puisque les marchés et les magasins de Tirana avaient été pillés, incendiés, détruits et fermés. Les bananes allaient finir par pourrir et bientôt il serait impossible de les écouler. Rien ne les empêchait de venir remplir leur coffre et…

Comment le sais-tu ? demanda le père d'Amira, qui semblait partagé entre le doute et la cupidité.

Mon oncle est docker à Durrës, répondit-elle.

Elle rit en racontant la scène à son père.

Mais quel oncle, je n'ai pas de frère, ta mère n'en avait pas non plus, tu n'as pas d'oncle à Durrës, dit son père.

Elle rit encore plus fort, au bord de l'hystérie. J'ai un oncle à Durrës, Papa, je l'ai inventé ! Tu ne comprends pas ? Inventé ! Il fallait que je me débrouille pour aller à Durrës !

Papa ! Réfléchis ! Il arrive sans arrêt des conteneurs de bananes à Durrës. Ils étaient déjà en route avant que commencent les émeutes ici. Une fois au port, on ne peut pas les livrer. On doit donc les entreposer quelque part, c'est logique. Et il faut aller les chercher avant qu'elles n'aient pourri, non ?

Un plein coffre de bananes, dit Ylbere. De quoi vivre pendant une semaine pour nos deux familles, on peut aussi en vendre une partie, vous savez ce que coûte une banane aujourd'hui à Tirana?

On y va, dit le père d'Amira. Il dit à sa fille: Tu restes ici, c'est trop dangereux. Et il partit en voiture, avec à côté de lui Ylbere armée de son poignard.

Quand ils furent à Durrës, M. Arian, le père d'Amira, demanda: Alors, où est ton oncle?

Oui, où était-il? Manifestement, des centaines de gens avaient eu la même idée que cette enfant, cette idée enfantine à réaliser, sauf qu'il n'était pas aussi facile de prendre d'assaut les entrepôts du port qu'un magasin de la ville. La foule arpentait le quai, tournait autour des hangars, chacun était comme une touche de couleur, un petit caillou dans un kaléidoscope gigantesque, dont les motifs changeaient sans cesse mais en offrant toujours la même vue d'ensemble: les éléments s'écoulaient, avançaient par saccades ou en sautillant, s'ordonnaient différemment en apparence puis se séparaient pour former un nouveau motif. Du moins, c'est ce qu'on aurait vu du ciel. Quand on était au beau milieu, c'était une cohue, mais non, ce terme sembla encore trop abstrait à Ylbere quand M. Arian s'exclama: Quelle cohue! Comment retrouver ton oncle?

Elle ne vit pas la forêt, elle vit les arbres et déclara: Il y a tant de gens!

Elle était désemparée, mais elle ne le montra pas. Elle dit: Continuez de rouler, jusqu'à ce portail là-bas.

Ils se frayèrent un chemin dans la foule en roulant au pas, en klaxonnant, des gens tapaient du poing sur la voiture, ce qui rendait M. Arian passablement nerveux. Sa belle Mercedes!

Ils s'arrêtèrent devant un portail imposant, peint en gris, devant lequel deux hommes armés de kalachnikovs tenaient tant bien que mal à distance la multitude. Ylbere descendit de voiture, se dirigea vers l'un des deux hommes en gardant une main sur son poignard, pour qu'il le voie, et elle dit: Unë ju përshëndes, je te salue respectueusement, mon oncle! Nous venons chercher les bananes pour la famille.

Ça aurait pu mal tourner, elle vit le regard méfiant et effrayé de M. Arian, l'expression dubitative du compagnon de l'homme auquel elle s'était adressée. Elle n'était qu'une enfant, elle avait tout juste quatorze ans, les familles étaient grandes, l'homme ne voulait pas montrer à son compagnon qu'il ne reconnaissait pas sa nièce, la famille était sacrée. Peu après, le coffre de la Mercedes était rempli de caisses de bananes et les kalachnikovs protégeaient leur départ.

Ce n'est qu'après coup, sur le chemin du retour, qu'Ylbere eut peur, elle n'arrivait pas à empêcher ses jambes de trembler, elle mit l'autoradio plus fort – je peux ? – et fit mine de s'agiter en cadence.

Mais ensuite, dans le garage de M. Arian, ils déchargèrent les caisses et Ylbere demanda au père de son amie d'apporter chez elle la moitié des bananes. Le visage dur, il dit que c'était trop dangereux : Prends tout ce que tu peux porter. Il remplit de bananes le sac à dos d'Ylbere, ce n'était qu'une petite partie du chargement, elle dit : C'est trop peu, il dit : Allons, rentre chez toi ! Et ne te fais pas chiper ton sac à dos !

Elle essaya de caser plus de bananes dans son sac et s'aperçut soudain qu'il y avait dans les caisses, sous les bananes, des sachets transparents remplis d'une poudre blanche.

Qu'est-ce que c'est ?

Fiche-moi le camp, cria M. Arian, va-t'en enfin, rapporte tes bananes chez toi !

Soudain, Amira apparut, la camarade de classe d'Ylbere, et son père lui cria : Va voir ta mère ! et il lança à Ylbere : Toi, rentre chez toi, et vite !

Ylbere était naïve, elle ne comprit pas et s'en alla. Elle ne raconta pas cette scène à son père, puisqu'elle ne l'avait pas comprise, elle se contenta de lui dire comment elle s'était retrouvée avec son sac à dos plein de bananes, une histoire qui lui paraissait très drôle rétrospectivement. Et voilà que des années plus tard, le vieux Lenz se remémorait cette histoire, avec amour et aussi avec fierté, assis dans la « Stufa e gjyshes », au Nouveau Bazar, en attendant sa grande fille avec qui il avait rendez-vous pour le déjeuner.

Il n'avait pas peur pour elle, et pourtant il se faisait du souci. Il voulait lui parler, après qu'elle lui avait annoncé au téléphone qu'elle voulait se mettre en congé de la radio pour se rendre dans le Nord, dans le Rreth Tropoja – Siegfried Lenz ne disait pas Rreth mais employait le vieux mot pour district : *bajrak*, comme le faisaient ses parents. Bajrak, ce terme faisait sourire Ylbere, il remontait à l'époque ottomane et s'était maintenu dans les montagnes jusque dans la seconde moitié du vingtième siècle. Elle ne corrigeait pas le vieillard, ce n'était pas grave, c'était comme une tache de naissance évoquant l'histoire d'avant sa propre naissance, que son père ne pouvait lui raconter. En même temps, c'était justement ce qui l'intéressait maintenant : l'histoire d'avant sa naissance.

Ils commandèrent une assiette de hors-d'œuvre que Siegfried Lenz accompagna d'un lait caillé et Ylbere d'un verre de raki. Et ensuite… dit-elle.

Les hors-d'œuvre suffisent toujours à nous rassasier, dit Lenz.

Je suis rassasiée avant même les hors-d'œuvre, je n'ai jamais faim, je suis tellement rassasiée que j'ai envie de vomir, je dois tellement en avaler que mon estomac se révolte, écoute, Babai, je veux calmer mon estomac avec un délice, il faut que nous nous régalions, non ? Prenons donc un *tavë elbasani*, ça s'impose, nous adorons ça tous les deux. Et de la bière. Tu ne peux pas me tromper avec ton lait caillé. Je sais ce que tu bois. Détends-toi ! Donc, un *tavë elbasani* et deux bières, s'il vous plaît.

Les hors-d'œuvre. Histoire de se mettre en bouche avant de passer aux choses sérieuses. Lenz la regarda piquer avec autorité les poivrons et les aubergines grillés, les légumes marinés, déchirer son pain pita, et il pensa qu'elle était perdue pour lui. Il aurait aimé prendre sa main sans rien dire, mais il se contenta de tripoter et de chiffonner sa serviette. Il savait qu'il fallait qu'il dise quelque chose. Pas maintenant. Tout de suite.

Pourquoi, dit-il enfin, pourquoi veux-tu aller dans le Bajrak Tropoja et...

Oui, et m'approcher de la frontière du Kosovo, jusqu'à Sose. Le village a été en partie détruit pendant la guerre, mais il existe encore, des gens vivent là-bas. Je veux voir ça.

Mais pourquoi? Pour passer des vacances? Ce n'est pas une villégiature.

Babai, nous venons de là-bas.

Mais non. Tu es née à Tirana et tu n'es jamais allée ailleurs, tout au plus sur la côte pour des vacances, un été tu es allée à Ksamil, tu m'as parlé de plages où même les morceaux de bois flottant reculent avec épouvante devant les déchets plastiques, tu te réjouissais d'être de retour à Tirana, tu te rappelles?

Et toi, tu te rappelles que nous sommes originaires des montagnes? C'est tout simple. Je veux voir Sose, le village d'où venaient mes grands-parents. Je veux savoir si la maison est encore debout, si nous avons encore de la famille là-bas, je veux respirer l'air des montagnes et voir ce que ça me fait.

Il n'y a plus de maison ni de famille, tes grands-parents ne sont jamais retournés là-bas après s'être installés à Tirana, ils ont eu de la chance d'avoir survécu et d'avoir pu quitter le village, et ta mère et moi, nous n'y sommes jamais allés. À qui aurions-nous rendu visite? Notre histoire n'est pas là-bas.

Babai! Notre histoire, c'est que grand-père n'a survécu que parce que dans ces montagnes le Kanun était encore en vigueur et qu'un hôte devait être protégé en toutes circonstances. C'est pourquoi le frère de grand-mère a été envoyé à la mort pour sauver la vie du fugitif caché dans la maison. Mais voici où je veux en venir...

Nous ne savons pas s'il est mort. Il a été emmené par une brigade SS et...

Non! Tais-toi!

Mais…

Tais-toi donc, s'il te plaît! Écoute-moi! Si tu crois vraiment possible qu'il ait survécu, pourquoi ne t'es-tu jamais demandé ce qu'il était devenu, pourquoi les grands-parents n'ont-ils jamais fait des recherches, pourquoi n'as-tu jamais posé cette question? Je ne suis pas historienne, mais en tant que journaliste j'ai appris à enquêter. Les quelques Juifs ou supposés Juifs emmenés par la division SS Skanderbeg ont été déportés au camp de concentration de Bergen-Belsen. C'est un fait avéré. Quel long voyage vers la mort! Ensuite, il n'y a que deux possibilités. Soit quelqu'un mourait pendant le trajet, et son nom ne figure alors sur aucune liste. Soit il arrivait au camp, où il était assassiné, et dans ce cas on peut trouver son nom sur une liste ou un acte de décès. Les nazis se montraient incroyablement rigoureux à cet égard. Quand des troupes anglaises et canadiennes ont approché du camp, les nazis ont rapidement tenté de brûler dossiers et documents, mais on a pu en sauver quelques-uns ou reconstituer les faits avec l'aide des survivants. Il existe un mémorial avec une banque de données. Des parents peuvent se renseigner sur les victimes. Quel était le nom de jeune fille de grand-mère?

Tu le sais bien, Baxhaku.

Et comment s'appelait son frère?

Agan.

Exactement. Agan Baxhaku est donc?

Que veux-tu dire?

Ce que je veux dire? Qu'est-ce qu'il est? Mon grand-oncle. Je suis un parent, j'ai obtenu des renseignements.

Son père remarqua qu'elle disait un parent et non une parente, mais il ne l'entendit qu'en arrière-fond, comme si quelque chose au loin se brisait doucement.

On leur apporta le *tavë elbasani*. Il regarda la marmite fumante, dit: Je ne peux pas avaler une bouchée de plus.

Écoute, nous sommes le 28 novembre.

Comment? Et alors? C'est la fête nationale.

Non, Babai, ce n'est pas un jour de fête. C'est un jour de mort. Le 28 novembre de cette année 1944, après avoir été emmené par la division SS Skanderbeg, Agan Baxhaku, le frère de ta mère, ton oncle, mon grand-oncle, est mort au camp de Bergen-Belsen, d'un arrêt cardiaque, d'après l'acte de décès.

Elle regarda son père. Il chiffonna sa serviette, la lâcha, tendit le bras par-dessus la table pour prendre la main de sa fille, en effleurant au passage la marmite brûlante. Il poussa un cri de douleur, qu'il étouffa aussitôt – Ce n'est rien, dit-il en hâte, tout va bien, ce n'est rien.

Elle prit sa main et attira son bras vers elle, pressa sa chope de bière glacée à l'endroit où il s'était brûlé.

Un arrêt cardiaque?

Eh bien, toutes les morts étaient attribuées à un arrêt cardiaque. Nous ne savons donc pas comment il est mort en réalité. A-t-il été torturé et assassiné, est-il mort d'épuisement à force de travailler comme un esclave, a-t-il succombé à la faim, au froid, à la maladie, nous l'ignorons. Et ta mère a épousé plus tard le Juif caché et sauvé qui était en fait son frère de substitution. Mais voici où je voulais en venir : Pourquoi ne t'es-tu jamais demandé s'il existait encore des membres de la famille Baxhaku? On avait de grandes familles, dans les montagnes, ce n'était pas le genre un père, une mère, un enfant. Que sont-ils devenus? La *kulla,* leur maison, est-elle encore debout?

2

Il arrive que deux êtres se retrouvent alors qu'ils se connaissaient depuis un certain temps mais que rien n'indiquait qu'ils étaient faits l'un pour l'autre. C'est peut-être le plus grand des bonheurs, quand ce n'est pas Amor mais Fortuna, la déesse du hasard et de la destinée, qui tire ses flèches dans le cœur de personnes qui pendant longtemps n'avaient éprouvé l'une pour l'autre ni désir ni nostalgie mais qui, dans des circonstances inattendues, ont soudain le sentiment qu'il existe entre elles un lien qu'il faut préserver. En y réfléchissant, Ylbere en vint même à se persuader qu'Amor n'existait pas, que seule Fortuna était réelle, elle qui gouvernait les destinées humaines, dans le bonheur comme dans le désastre. Son histoire familiale en était la preuve. Il n'y avait pas de dieu, pas d'unique seigneur, nulle part, rien que le hasard et les coups du sort. Si nous qualifions d'impénétrables les desseins de Dieu, c'est simplement que nous ne sommes pas capables d'accepter le fait que nous ne connaissions aucun dieu baissant les yeux sur nous comme la preuve qu'il n'existe pas. Ylbere en était convaincue. Elle était une enfant du seul État à avoir inscrit dans sa Constitution non pas la liberté religieuse, mais la libération par l'athéisme. Cependant, si jamais elle croyait malgré tout en une puissance métaphysique, c'était en Fortuna, une déesse. Et pourtant, elle n'aurait jamais cru possible d'aimer un jour Ismail Lani.

Il restait encore trois jours avant qu'Ylbere parte pour les montagnes du Nord. Elle avait monté le reportage sur le meeting des socialistes sur la place Skanderbeg en deux formats, d'abord une version d'une minute vingt pour les actualités du soir, puis une version de huit minutes pour le magazine d'informations du lendemain. En outre, elle avait réalisé une interview avec Luigi Soriano, l'ambassadeur de l'Union européenne en Albanie. Que pensait-il, ou que pensait l'UE, de l'idée du Premier ministre voulant que l'Albanie et le Kosovo élisent un président commun ? Ce sujet passa cinq fois sur les ondes, c'était le plus gros succès d'Ylbere depuis longtemps. Le rédacteur en chef du service informations fut enthousiasmé par le rire tonitruant de Soriano après la question d'Ylbere, un rire qui dura près de quinze secondes, ce qui est très long, presque interminable, pour une émission d'actualité à la radio. En faisant le montage, Ylbere s'était longuement demandé si ça pouvait marcher, s'il était tout simplement possible à la radio d'État de se permettre cette insolence anarchiste, et elle avait décidé de tenter le coup. Ensuite, le rire avait cessé abruptement, et Soriano avait dit : Quelle absurdité ! Pas un mot de plus. Après un silence de quatre secondes, qui là encore paraissait durer une éternité, il ajouta : Mais comme symbole, ou comme politique du symbole, c'est génial.

Ylbere conclut cette interview en ces termes : Le représentant de l'UE en Albanie a donc compris ce que nous savons depuis des générations : les Balkans sont divisés. Du point de vue de la realpolitik, mieux vaut en rire, mais quand il est question d'une absurde politique du symbole, c'est magistral.

Fate Vase appela la station depuis le bureau du Premier ministre et se plaignit de cette interview, en rappelant que les impôts étaient pour la radio d'État… et que le financement pouvait à tout moment… Le rédacteur en chef ne l'entendit même pas, car il avait posé le téléphone. Quant à Ylbere, elle n'en sut rien, elle avait déjà commencé son congé sans solde et faisait ses préparatifs pour le voyage. Elle acheta des sous-vêtements fonctionnels, un blouson avec polaire, de robustes chaussures de montagne, tout ce qu'une enfant des villes comme elle n'avait pas mais qui lui semblait nécessaire pour son périple montagnard. Elle se procura une carte routière du nord de l'Albanie et une carte de randonnée pour la région de Kukësi, où se trouvait le district de Tropoja, puis d'autres achats lui semblèrent s'imposer : un thermos, une trousse à pharmacie. Et des cigarettes ! Elle avait lu que dans le Nord, lorsqu'on voulait nouer conversation avec quelqu'un, il fallait lui offrir une cigarette pour rompre la glace, que l'on soit fumeur ou non.

Après avoir étalé sur son lit tout ce qu'elle voulait emporter, elle constata que son sac à dos était trop petit. Elle dut en acheter un plus grand, et en profita pour acquérir une lampe frontale, au cas où elle serait surprise par la nuit dans les montagnes. Sur le conseil du vendeur, elle prit de surcroît un sac imperméable pour son linge, afin qu'il reste sec même si le sac à dos était trempé par une pluie violente. Cette précaution lui parut raisonnable.

Le soir, elle retourna au Radio Bar, pour la dernière fois avant longtemps, pensait-elle.

Au comptoir, elle vit deux hommes qui attisèrent aussitôt sa curiosité. Ce n'était vraiment pas son intention, ni ce qu'elle attendait de cette soirée : se remettre à penser au travail. Que lui importait la politique intérieure, alors qu'elle venait de prendre un congé pour raisons personnelles ? Elle reconnut les visages de ces hommes, remarqua leurs mouvements de tête, leur langage corporel, devint soupçonneuse – la journaliste en elle travaillait de nouveau.

Derrière le comptoir, Redi Paranati, le barman et propriétaire de l'établissement, préparait un cocktail. Ylbere s'immobilisa dans le dos des deux hommes et fit signe à Redi d'approcher. Il lui lança un regard interrogateur, elle lui fit signe de nouveau : Viens !

Après avoir servi le cocktail, il rejoignit Ylbere : Salut ! Qu'est-ce qu'il y a ?

Redi Paranati avait sans cesse de nouvelles idées pour animer son bar, créer de l'ambiance et fidéliser la clientèle. Par exemple, il invitait ses clients à apporter leurs vieux vinyles pour les écouter sur place, ou il donnait leur chance à de jeunes musiciens se produisant chez lui pour la première fois, ou alors il organisait des soirées où des poètes récitaient leurs œuvres sur un fond de musique de jazz – un des premiers à le faire avait été Fate Vasa, après la parution de son recueil *Sirènes*. Récemment, Redi avait lancé l'opération « barman/barmaid for one night », pour les clients qui voulaient voir l'espace d'une soirée comment c'était de l'autre côté du comptoir. Ylbere avait trouvé l'idée amusante et avait travaillé un soir comme barmaid, ça ne faisait même pas trois semaines. Elle avait fait alors une constatation intéressante, presque une découverte : quand les gens bavardaient au bar, ils tournaient leur visage l'un vers l'autre. Ça paraissait logique. On se regarde, lorsqu'on parle ensemble. Mais – et ce mais était d'importance : quand ils voulaient se faire des confidences, parler comme des conspirateurs, leur attitude corporelle changeait instantanément. Ce n'était pas conscient, ils le faisaient d'instinct. Si l'on était tourné vers quelqu'un, ce qu'on lui disait pouvait être entendu non seulement de cette personne mais de ceux qui étaient juste derrière. Quand deux clients voulaient parler au bar sans être entendus de leurs voisins, ils ne se faisaient plus face mais rapprochaient leurs têtes en se tournant vers le comptoir, afin d'être inaudibles pour ceux qui étaient dans leur dos. Ce qu'ils oubliaient, c'était qu'il n'y avait certes pas de clients de l'autre côté du comptoir, mais que le barman était là. Ce qu'aucun autre client ne devait et ne pouvait entendre, il l'entendait. Quand il remarquait leur manège, il se tournait face aux comploteurs en baissant la tête pour astiquer des verres, l'air innocent et l'oreille aux aguets.

Je peux jouer les barmaids une heure ou deux ?

Bien sûr, si tu en as envie. Mais pourquoi faire des mystères, tu pouvais me demander tout de suite...

Je ne voulais pas que ces deux hommes me voient te le demander. Il faut que j'aie vraiment l'air d'une barmaid qui vient tout naturellement derrière le comptoir.

Toi, tu as une idée derrière la tête !

Elle ne dit rien, se contenta de regarder les deux hommes, Redi aussi devait les avoir reconnus, au moins l'un d'eux qu'on voyait parfois à la télé pendant les informations.

Il sourit, rejoignit le comptoir avec elle et annonça : Voilà la relève !

Pour commencer, Ylbere devait s'assurer qu'elle n'avait pas été reconnue. Car elle avait déjà rencontré l'un des deux hommes, le chef de cabinet du chef de l'opposition, lors de conférences de presse, même si elle était alors au milieu de la meute des journalistes. L'autre était un homme d'affaires connu, qui avait fait fortune avec « l'exportation de produits agricoles » et fondé la AFEX Shpk (« Albanian Farmer Export Association Ltd »). On l'accusait de trafic de drogue, mais on n'avait jamais rien pu prouver. Peut-être bénéficiait-il simplement d'appuis politiques en haut lieu. Ylbere était au courant. La dernière procédure contre lui s'était soldée par un non-lieu, après qu'on eut renvoyé le juge d'instruction, mais vu la vague de renvois de juges corrompus qui avait accompagné la réforme de la justice exigée par l'UE, on pouvait difficilement affirmer que des pressions politiques particulières aient joué en sa faveur. Une connaissance d'Ylbere, membre de l'ONG « MJAFT ! » (« Assez ! »), avait enquêté sur cette affaire mais abandonné ses recherches dès que sa femme avait été enceinte. Il devait avoir de bonnes raisons pour cela.

Vous voulez autre chose ?

Ils levèrent les yeux, non, ils ne voulaient rien. Ylbere n'avait pas été reconnue. Elle s'empressa de demander aux autres clients ce qu'ils désiraient, puis elle essuya le comptoir de façon à se retrouver devant les deux hommes. Elle se mit à astiquer des verres, en détournant le visage mais en tendant l'oreille. Manifestement, ces deux hommes voulaient éviter que les clients voisins saisissent quelques mots au vol, si bien qu'ils parlaient du côté du comptoir, à voix basse mais dans la direction d'Ylbere.

Non, dit l'homme d'affaires. Il tendit les bras et tira sur les poignets de sa chemise pour qu'ils dépassent un peu des manches de sa veste. Ylbere le vit faire du coin de l'œil. L'espace d'un instant, il lui sembla presque qu'il allait l'attraper par le bras, mais ça ne dura pas, il s'accouda de nouveau sur le comptoir. Non, répéta-t-il, c'est absolument exclu. Le préfet de police ne peut pas faire ça.

Mais Endrit nous doit sa place, il est loyal, il le ferait certainement.

Impossible. Il ne peut pas présenter le casque volé en faisant l'éloge de la police qui l'a retrouvé, sans avoir aussi un voleur dans sa manche. S'il montre le casque, il doit aussi montrer un voleur.

Bien sûr, nous en avons déjà discuté au club. Mais il existe une solution très simple. Endrit connaît évidemment des bandits qui ont eu plusieurs condamnations. Nous n'avons qu'à en liquider un. Endrit annoncera qu'il a ouvert le feu lors de son arrestation et qu'un policier l'a tué. De cette façon nous aurons un voleur, malheureusement il sera mort.

N'y pense plus. Crois-moi, ça ne tient pas debout. Aucun voleur déjà condamné à Tirana ne peut aller s'attaquer à un objet d'art dans un musée de Vienne. Tu appelles ça une solution, mais c'est tellement invraisemblable que si jamais des journalistes ou Europol se mettent à enquêter, non seulement rien ne sera résolu mais nous serons en danger. Je ne peux pas t'aider dans cette affaire. Mais… attends, tu veux autre chose?

Oui, bien sûr.

Encore deux Whisky Sour, *djalë*, s'il te plaît. Du Whistle Pig!

Ylbere feignit d'abord de n'avoir pas entendu. L'homme répéta plus fort sa commande.

Ylbere savait comment préparer un Whisky Sour, mais elle était troublée par ce « Whistle Pig », si elle avait bien compris.

Qu'est-ce que ce type avait voulu dire ? La marque du whisky ! Whistle Pig Straight Rye. Évidemment, ça allait de soi. Elle inspecta en hâte les bouteilles alignées sur les étagères sur le côté du bar, d'ici elle ne pouvait entendre la conversation des deux hommes, mais ils ne parlaient plus, ils la regardaient chercher la bouteille. L'un d'eux finit par crier : Là-bas ! Non, un peu plus à droite, oui, encore plus loin, non, plus haut, oui, encore plus haut, c'est ça, la bouteille avec 15 écrit en gros, voilà, ça veut dire quinze ans d'âge, *djalë*.

Ils regardèrent encore Ylbere préparer les cocktails avant de reprendre leur conversation.

Cheers, Miku im ! Donc, qu'est-ce que je disais… Oui, ce plan est absurde, ça ne résout rien. En outre, je ne veux plus garder le casque chez moi. Je vous ai aidés à mettre la main dessus, mais…
Oui, tu as droit à notre gratitude éternelle, mais qui aurait pu savoir que…
D'accord, mais c'est comme ça, ce truc ne vous sert plus à rien et nous devons nous en débarrasser. Je n'en veux plus.

Ils burent leurs verres.
Et je te le dis tout de suite, pas question que j'organise la restitution du casque à Vienne. En le déposant à la porte du musée, peut-être, enveloppé dans des langes.

L'autre éclata de rire. Puis il s'arrêta court et lança : Dis donc, ce serait…
Non. Laisse tomber. C'est exclu !

Ils se remirent à boire en regardant dans le vide. Des clients appelèrent Ylbere pour commander. Par chance, ce n'étaient que deux bières, elle n'en eut pas pour longtemps. Elle revint vers les deux hommes avec un nouveau panier rempli de verres fumant sortant du lave-vaisselle. Elle les installa posément devant elle et entreprit de les astiquer.

Mais si tu ne veux pas le faire avec Endrit, que proposes-tu ? D'une manière ou d'une autre, nous devons…

Écoute ! C'est quand même clair ! On ne résout pas un problème en détournant des soupçons de telle façon qu'on redevient soi-même suspect pour un autre motif. La bonne solution, c'est de s'arranger pour que les soupçons retombent sur quelqu'un d'autre.

Oui. Et alors ?

Toi qui fais de la politique, tu es incapable de penser en politicien, c'est incroyable ! C'est ce qui vous joue des tours. Je vais donc m'expliquer posément : vous avez un problème avec ce casque. Vous vouliez le retirer de la circulation, pour une raison ou pour une autre. Pour qu'il ne tombe pas aux mains du Kryeministër, qu'est-ce que j'en sais. C'était une décision précipitée, irréfléchie, mais en tout cas : nous sommes maintenant assis sur ce truc qui nous met le feu aux fesses. Et si nous le jetions à la mer ? Non, ça ne résoudrait rien. Il y aura toujours quelqu'un qui se croira obligé de rouvrir l'enquête, de tout déterrer. Nous n'aurons jamais la paix, et nous serons toujours impliqués dans cette affaire, vous et moi. Je ne veux pas de ça. Donc…

Donc ?

Nous devons refiler au Kryeministër le casque, et avec lui le problème.

Tu ne parles pas sérieusement !

Pour un peu, Ylbere se serait trahie. Alors qu'elle lançait ouvertement aux deux conspirateurs un regard brûlant de curiosité, ses yeux rencontrèrent ceux de l'homme d'affaires, qui la regarda avec étonnement, en tirant de nouveau sur sa manche gauche pour faire sortir le poignet de sa chemise.

Vous désirez autre chose ? demanda-t-elle en hâte. Les deux hommes lui dirent que non, et elle se recula un peu, mais pas suffisamment pour ne plus comprendre ce qu'il disait :

N'a-t-il pas raconté qu'il voulait présenter à l'opinion mondiale sa copie du casque – il dessine des guillemets dans l'air – absolument fidèle à l'original lors de la croisière inaugurale du *Skanderbeg* ? N'est-ce pas ce qu'il a annoncé ?

Oui.

Et ? Pourquoi es-tu si lent de la comprenette ? Tu me fais penser à cet idiot d'Endrit. C'est pourtant la meilleure solution : nous apportons la veille le casque viennois sur le bateau, nous le changeons contre celui qu'a fait fabriquer le Kryeministër, que rien ne nous empêche ensuite de jeter à la mer ! Et quand arrivera le grand jour et qu'on dévoilera la vitrine devant les élites politiques de toute l'Europe, qu'est-ce qu'on verra : le casque original volé à Vienne. Et qui l'aura présenté ? Le Kryeministër. Et qu'est-ce qu'il aura alors, que vous n'aurez plus ? Le problème !

À ce moment, Ismail entra dans le bar. Il vit Ylbere derrière le comptoir, agita la main. Elle ne l'avait pas vu ou elle détournait les yeux ?

Et tu pourras, je veux dire…

J'ai des hommes capables de s'en charger, si tu…

Salut, Ylbere !

Elle fit précipitamment le tour du comptoir, s'élança vers Ismail, l'entraîna. Redi était là, elle lui lança : Tu peux retourner au bar à ma place ! Elle continua d'entraîner Ismail vers l'arrière de l'établissement, jusqu'à la terrasse couverte où l'on pouvait fumer. Elle le poussa sur une chaise, s'appuya sur la table, se pencha sur lui et déclara d'un ton coupant : Je te prie de ne pas crier mon nom, tu comprends ? Ne crie pas mon nom à la cantonade ! Il y a des gens qui… je ne veux pas qu'ils connaissent mon nom.

Elle s'assit à côté de lui, respira profondément, le regarda… et éclata de rire. Comparé à la sécheresse et au sang-froid qu'Ismail lui avait toujours connus, ce rire paraissait presque hystérique. Elle renversa sa tête en arrière, essaya de reprendre son souffle. Évidemment, Ismail voulait savoir, lui demander… Elle lança : Attends. Rien qu'un instant.

Combien de temps restèrent-ils ainsi ? Une éternité. Aussi interminable qu'une minute de silence à la radio. Ylbere sortit un paquet de cigarettes de la poche de son blouson, se mit à fumer. Puis elle se leva, monta les marches menant à la salle du bar, jeta un coup d'œil et revint en disant : Ils sont partis.

Cet instant fit d'eux des complices. Ylbere le comprit aussitôt, et Ismail s'en rendit compte quand elle lui raconta ce qu'elle venait d'entendre.

Et maintenant ? Il était inutile de porter plainte, ils n'avaient aucune preuve. Même savoir désormais qui était en possession du casque volé ne leur servait à rien, car ils ignoraient où le casque se trouvait. Il était exclu que le préfet de police Endrit Cufaj tente d'obtenir un mandat de perquisition. Outre que le louche fondateur de l'AFEX ne l'avait certainement pas accroché à une patère dans sa villa, rien ne disait que le casque se trouvât dans une de ses propriétés en Albanie, il pouvait fort bien être caché en Italie.

Nous ne pouvons rien faire pour le moment, dit Ismail.

Il y a quelque chose que nous devons faire, répliqua Ylbere. Informer le Premier ministre, le mettre en garde. Il faut que tu le préviennes dès demain !

Je ne travaille plus pour lui, dit Ismail.

Comment ?

J'ai déjà essayé de te le dire. Ça ne marche plus. Nous avons résilié mon contrat à l'amiable. Pourquoi ? C'est une longue histoire, ça couvait depuis un certain temps. Tu veux vraiment l'entendre?

Tu as deux minutes vingt pour enregistrer ton intervention. Après ça, je veux avoir compris ton histoire.

OK. Tu connais Fate. Il veut changer de fond en comble le système de communication du cabinet du Premier ministre. Le moderniser, comme il dit. Le Chef lui fait confiance et lui a donné carte blanche. Fate met sur pied ce qu'il appelle un Media & Message Group, rien que des jeunes qui ont grandi avec les réseaux sociaux.

Excuse-moi, mais c'est absurde. Le Chef a un comportement tellement original, pour ne pas dire génial, qu'il attirera nettement plus l'attention tout seul qu'avec le concours d'un groupe de geeks qui...

Oui, c'est aussi mon opinion, mais ils ont peut-être raison. Le Chef décide quelque chose, que j'annonce et explique en tant que porte-parole du gouvernement – ils trouvent ça *vintage*. Mais en fait, l'essentiel est ailleurs. C'est une question de contrôle. Tout ce qui sort dans les médias doit être sous contrôle. Il existe beaucoup de moyens pour ça, mais un communicant classique comme moi ne peut pas le faire. Tu te souviens du reportage sur le meeting de la place Skanderbeg? Non seulement je ne l'ai pas vu venir, mais je n'aurais pas pu l'empêcher. C'est pourtant là l'essentiel : contrôler l'information.

Il regarda sa montre et observa d'un ton ironique : Il me reste vingt-cinq secondes. Donc : l'absurde, dans toute cette histoire, c'est que Fate tient absolument à reprendre le contrôle alors que c'est à cause de lui que nous l'avons perdu. C'est quand même lui qui a eu cette idée avec le casque, une pure folie, et sans lui nous ne serions pas dans cette impasse. OK. Coupez! Tout est clair?

Ylbere le regarda pensivement puis déclara : Oui, c'est de la folie. Mais on n'y peut rien. Tu as certainement encore accès au Kryeministër. Va le voir demain matin et raconte-lui ce que nous savons maintenant, il faut le prévenir.

Et que pourra-t-il faire? Il n'a pas plus de recours que nous, aucune preuve, rien.

Il faudra qu'il en parle avec ses conseillers. Ce n'est plus ton travail. En tant que chef du gouvernement, j'imagine qu'il peut charger le préfet de police de protéger le casque, je veux dire celui qu'il a fait fabriquer. Si quelqu'un monte à bord pour procéder à un échange, on l'arrêtera.

Mais même dans ce cas, il y aura deux casques sur le bateau. Si le Chef ou l'un de ses nouveaux porte-parole explique qu'un homme en combinaison de plongeur est monté à bord à la faveur de la nuit pour apporter le véritable casque volé, ça paraîtra tellement fou que personne ne le croira.

Écoute, c'est à eux d'en discuter. N'as-tu pas dit que c'étaient des spécialistes du *message control*? L'important pour l'instant, et nous ne pouvons pas faire plus, c'est que le Krye-ministër apprenne ce qui se trame. Tu iras donc demain au palais du Premier ministre.

Oui. Et comment vais-je lui expliquer d'où je sors cette histoire?

Dis-lui que tu as des informateurs. Ça te donnera tout de suite de l'importance. Et maintenant, je vais nous chercher à boire. Que dirais-tu d'un whisky?

Je ne m'y connais pas en whisky. Je préférerais une bière.

Dommage, le Whistle Pig doit être excellent. Très excitant.

Elle sourit.

Mais tu as raison: je vais nous chercher deux bières.

Les complices. Assis côte à côte, appuyé l'un contre l'autre, ils burent leur bière et fumèrent.

Appelle-moi quand tu auras vu le Premier ministre, d'accord?

Non, ce n'est pas un truc pour le téléphone. Retrouvons-nous quelque part!

OK, où ça?

Au café Opera. Je t'enverrai un texto quand j'aurai fini de parler au ZK et que je serai en chemin.

Je serai prête.

Ismail effleura le bras d'Ylbere en disant : Ce n'est pas un peu trop patriotique ?
Quoi ?
Eh bien, ton blouson rouge et noir.
Elle lui donna une petite bourrade.

3

Le lendemain à dix heures, Ismail arriva au palais du Premier ministre. Dans le hall était posté un agent de sécurité, un de ceux qu'Ismail appelait « les câblés ». Il voulut passer sans s'arrêter, mais le câblé s'interposa.
Que désirez-vous, monsieur ?

Ismail n'avait encore jamais vu cet homme et lui-même ne semblait pas connaître Ismail. C'était surprenant. N'avait-il lu aucun journal depuis des années ? Était-il analphabète ? Comment était-il possible qu'il ne reconnaisse pas Ismail, qui était encore quelques jours plus tôt le porte-parole du gouvernement ? Ismail vit que le câblé était tatoué au cou, à l'endroit où le câble de l'écouteur disparaissait sous le col de sa chemise : quatre caractères chinois.
Ismail désigna du doigt le même endroit sur son propre cou et demanda : Excusez-moi, que signifient ces caractères ?
Ismail n'avait aucune envie de jouer à ce petit jeu : que voulait-il, il voulait parler au Premier ministre, avait-il rendez-vous, non, il n'avait pas rendez-vous, mais c'était important, malheureusement sans rendez-vous il est impossible de parler au Premier ministre, il le savait mais il s'agissait d'un cas exceptionnel, mais tous les cas étaient exceptionnels et il n'était pas possible de faire une exception, il devait demander un rendez-vous, mais il n'avait pas le temps, il s'agissait d'une affaire si urgente que... Bon, Ismail savait

qu'il était inutile de discuter. Mais il savait aussi qu'en l'occurrence il était plus important pour la sécurité du chef de l'État que ce vigile tatoué.

Ho Chi Peng Xi Ping Zedong, dit-il, ça n'avait aucun sens, pour la première fois depuis ses années d'étudiant il prenait plaisir à braver l'autorité. Le câblé le regarda d'un air perplexe et dit : Comment ?

Je croyais que vous compreniez le chinois, dit Ismail en montrant son cou. Profitant du désarroi de l'homme, il le dépassa, se dirigea rapidement vers la réception, même si elle semblait déserte.

Halte ! cria l'homme, mais Ismail était déjà devant le comptoir, il se pencha par-dessus et lança : Salut, Gulivër !

Gulivër, le réceptionniste, se releva.

Monsieur Ismail !

Do të jetosh gjatë, mon ami. Où en es-tu dans tes exercices ?

J'ai déjà fait quatre séances de pompes sur douze, Zoti Ismail.

Bravo, tu fais des progrès. Tu pourras certainement remplacer bientôt ce type.

Comme c'est gentil de me donner de l'espoir, Zoti Ismail.

Ismail sentit la main de l'agent de sécurité sur son bras et lança en hâte : Gulivër, s'il te plaît, appelle Mercedes, il faut que je parle au Chef, c'est très important et très urgent.

Puis il se retourna, dégagea son bras et cria à l'homme avec tant de force qu'il postillonna : Ching Peng Po !!!

Oui, tout de suite, dit Gulivër, puis : Vous connaissez le chemin, Zoti Ismail.

L'agent de sécurité recula, il valait mieux car Ismail aurait eu envie de lui arracher son câble, mais non, il ne l'aurait pas fait, évidemment, il se contenta d'être amusé par cette pensée et sourit.

Réunion du ZK avec Ismail Lani. Présents : Mercedes, Fate Vasa et le nouveau directeur de la communication Valon Bajrami.

Ismail fit son rapport. Quand il eut terminé, le silence régna.

Puis Fate Vasa demanda : Comment l'as-tu appris ?

J'ai des informateurs.

Le ZK : Et on peut leur faire confiance ?

À cent pour cent. Je ne parle pas de rumeurs mais d'un plan bien réel.

Qui sont tes informateurs ?

Ils sont fiables à cent pour cent.

Qui ?

Ismail se leva. C'est tout ce que je pouvais vous dire. Et vous feriez mieux de le prendre au sérieux. Puis il s'en alla. Il envoya un texto à Ylbere, traversa d'un pas indolent la place Skanderbeg en direction du café Opera, il faisait très chaud, ce n'était pas normal pour la saison, la chaleur le brûlait, un vent se leva et lui envoya une bouffée brûlante en plein visage, il avait l'impression d'avoir de la fièvre, des jeunes arrivèrent sur des skateboards, passèrent à sa droite et à sa gauche, il les enviait, même s'il n'aurait su dire pourquoi, un groupe de touristes chinois lui demandèrent de les prendre en photo devant la statue de Skanderbeg, mais oui, bien sûr, mais dès qu'il eut pris la photo, un autre Chinois lui sauta dessus, s'il vous plaît, encore une photo avec mon smartphone, après quoi ils voulurent tous une photo du groupe avec leur smartphone, il changea sept ou huit fois de smartphone et à chaque fois le groupe se reformait, c'étaient des photos étranges, des gens aux visages cachés derrière des masques au pied de cet homme coiffé d'un casque, *you are welcome,* il continua son chemin, à cet instant il vit devant lui un rat mort. Pourquoi l'avait-il vu ? Parce qu'il marchait les yeux baissés. Parce qu'il était voûté. Il se redressa. Il n'avait plus que quelques pas à faire avant le café Opera.

Deux jours plus tard, Valon Bajrami, ce nouveau venu, et Fate, et pour finir le ZK en personne tentèrent de joindre Ismail. Il restait encore quelques points à éclaircir. Mais son téléphone semblait éteint.

Ismail avait disparu. C'était impossible. Où était-il? Il avait disparu.

4

Quand cela recommença, Dorota crut en une hallucination. Ces grattements à la porte, ces coups ou plutôt ces chocs, comme si quelqu'un se jetait encore et encore contre le battant. Il n'était quand même pas possible qu'elle regrette le chien et que ses sens lui jouent maintenant un tour sous l'effet d'une sentimentalité inavouée? C'est bien elle qui avait obligé Adam à amener la maudite Maladusza dans un refuge. Tu joues avec la vie, avait-elle dit à Adam, c'est irresponsable. Tu achètes un animal sur un coup de tête, tu ris parce que le chiot est trop mignon, après quoi tu ne t'en occupes plus, tu me refiles le sale boulot quand le chien pisse dans la maison, alors qu'il est enfin propre tu le laisses faire ses crottes au jardin, puis tu l'oublies dans un parc. C'est un être vivant, tu comprends, conduis-le chez des gens qui ont du respect pour la vie.

Adam s'était allongé sur le tapis, viens, Maladusza, viens ici, viens me voir. Dorota dut s'avouer qu'elle était touchée par le regard triste de son mari, il détournait les yeux, viens. Et le chien sauta sur Adam, qui se mit sur le dos et serra l'animal contre sa poitrine en se tournant à droite et à gauche. Le chien se débattit en agitant les pattes, comme s'il voulait nager. Adam le souleva à bout de bras puis le serra de nouveau contre lui, et Maladusza se mit à lécher son oreille brûlée. Non, dit Adam en lui donnant une tape, le chien s'enfuit en courant puis revint vers lui avec excitation, Adam s'était relevé et le souleva de nouveau en disant: Ok.

Son regard sombre.

Il conduisit Maladusza au *Refuge de Veeweyde**. Le refuge *Sans collier** aurait été plus près, mais personne n'avait décroché là-bas quand il avait appelé pour demander si l'on pouvait venir leur confier un chien. Donc, *Veeweyde*.

L'animal est-il malade? Non. Suivi par un vétérinaire, vacciné? Oui. Traumatisé? Comment ça, traumatisé? Non, je ne sais pas. Je veux dire, a-t-il été battu? Non. Est-il sous-alimenté? Non. Est-il agressif? Non. Vous l'avez reçu en cadeau, mais vous n'avez pas assez de place pour le garder? Oui, exactement, c'est pour ça.

Adam mit sa veste, sa casquette – tu n'en as pas besoin, dit Dorota. Non? Non, regarde comme il fait chaud aujourd'hui! Puis il poussa le chien à l'intérieur de la voiture et roula jusqu'au refuge. Il revint ensuite à la maison, prit sa serviette, embrassa Dorota – en signe de réconciliation ou plutôt, dans son cas, de soumission. Il se rendit au bureau à pied. Du respect pour la vie, pensa-t-il en traversant d'un pas pressé le parc du Cinquantenaire, ces mots de Dorota l'avaient frappé, c'est absurde, pensa-t-il, mais aucune autre pensée ne lui vint, il se contenta de scander en marchant: ab-surde! ab-surde! Puis: il-le-faut! il-le-faut!

Pendant trois jours, le petit Romek avait cherché le chien, il l'appelait sans trêve, demandait où il était en pleurant et en reniflant. Dorota souffrait de le voir ainsi, il lui semblait que ces jours blessaient encore sa propre âme meurtrie. Son congé maternité se terminait dans moins de deux mois et elle n'avait toujours pas décidé vers quel avenir professionnel elle pouvait et voulait se tourner. Quant à son mariage, il ne la rendait pas heureuse, mais pas non plus assez malheureuse. Le petit garçon était malheureux, mais peut-être serait-il plus aisé de le consoler. Cagnolino, disait-il, ou du moins c'est ainsi qu'elle interprétait ses gémissements. Elle avait commencé à l'empê-cher d'aller sur le pot, mais il refusait ou ne comprenait pas encore. Et ses exercices de yoga... il fallait qu'elle s'y remette. Elle déroula le tapis, se coucha dessus mais ne fit aucun exercice, se contenta de rester sur le dos et de fixer le plafond, tant que Romek la laissa tranquille. Elle téléphona à une amie, enfin, si l'on pouvait dire, c'était la mère d'un petit garçon du même âge. Quand on avait un petit enfant, on se liait soudain avec des gens qu'autrement on n'aurait jamais considérés comme des amis. Quand je me regarde dans le miroir, dit Dorota, je ne me reconnais plus. C'est que tu as besoin d'un nouveau miroir, dit l'amie.

Dorota trouva son allégresse déprimante.

Cagnolino. Il fallait que son enfant soit heureux. Peut-être serait-il quand même bon que Romek grandisse avec un animal, pensa-t-elle. Un chat, pensa-t-elle. Un chat pourrait être la solution. Les chats sont moins compliqués que les chiens, plus autonomes, plus propres, il n'y a pas besoin de les sortir, ils font leurs besoins dans leur litière. Et pour des enfants, peut-être sont-ils plus câlins, et avec un chat Romek oublierait vite le chien.

Quand la femme de ménage arriva, elle lui confia Romek, chercha sur Google des animaleries, consulta les avis et se rendit finalement à la *Boutique Chien-Chat**, dans la rue Rollebeek, ce n'était pas loin, elle serait bientôt de retour.

Elle ne voulut pas du chat noir, ni du chat blanc à la fourrure particulièrement épaisse, elle prit le chat couleur de miel avec une oreille noire, les autres chats se roulaient en tous sens dans une caisse, mais celui-ci la regardait. C'était magique, mais elle ne voulut pas y songer tout de suite, elle suivit les conseils, acheta une maison de toilette et ce qui allait avec, plus de la nourriture et une caisse de transport, puis elle rentra à la maison.

Elle sortit le chat de la caisse et l'installa sur le tapis au milieu du salon. Le chat regarda à la ronde, s'étira puis resta immobile. Romek était stupéfait et ne bougeait pas. Dorota se demandait si... c'est alors que le chat se dirigea vers Romek, se coucha sur le dos. Et Romek le toucha, le caressa, un peu maladroitement, mais il caressa le ventre du chat, lequel se mit à ronronner, pour la plus grande joie du petit garçon.

Oui, pensa Dorota. Puis : Que va dire Adam ?

Adam approuvait tout ce qui contribuait à la paix familiale, surtout si la famille était ainsi tellement occupée qu'il pouvait rester dans son bureau à rêver et ruminer à loisir. Du reste, il était très détendu ce jour-là, presque allègre. La Commission s'était enfin décidée à engager une procédure contre la Pologne et à lui imposer des sanctions. Que le gouvernement polonais viole constamment et systématiquement le droit européen n'était tout simplement plus acceptable. Outre le problème fondamental du scandale de la justice polonaise, une multitude de petits événements symptomatiques avaient fini par venir à bout des derniers scrupules des fonctionnaires de la Commission en charge du dossier. Au sein de l'institution, les Européens perdaient patience. Devant les manifestants rassemblés en hommage à Piotr Szczęsny qui se faisaient disperser par la police à coups de matraque, alors qu'ils n'avaient que des bougies à la main. Devant le projet prévoyant de construire, à côté du Centre international de rencontre pour la jeunesse et de recherche sur l'Holocauste, un nouveau musée à l'architecture pompeuse, consacré exclusivement aux victimes polonaises. Devant l'envoi par le gouvernement polonais au ministère allemand des Affaires étrangères du kit « camp de concentration d'Auschwitz en LEGO », de l'artiste polonais Zbigniew Libera, « comme une invite à reconstruire le camp en Allemagne, car il appartenait aux Allemands et non aux Polonais », si bien qu'il pourrait ainsi disparaître du sol polonais. À quoi s'ajoutaient des atteintes inquiétantes à la liberté de la presse et des médias : le gouvernement polonais avait apparemment fait pression sur les propriétaires de la *Gazeta Wyborcza,* afin que le rédacteur en chef soit renvoyé et remplacé par un autre plus docile. Ce dernier point semblait grotesque à Adam, qui estimait que la *Gazeta* était devenue depuis longtemps beaucoup trop complaisante. Il pensait à la protestation de Piotr. À l'époque déjà, le journal avait été assez lâche pour la critiquer. Piotr aurait-il imaginé combien les choses empireraient encore ? Oui, il l'avait prévu.

À présent, c'était tellement évident que la Commission devait réagir. Les choses étaient en train de bouger, Paulina avait envoyé à Adam par la poste l'original du tract que Piotr avait distribué avant de s'immoler par le feu sur la Plac Defilad. Le tract était arrivé ce jour-là. Il était devant lui sur son bureau, et maintenant Adam savait exactement ce qu'il devait faire pour respecter son pacte. Les préparatifs furent bientôt terminés, et il ne lui resta plus qu'à attendre le jour qu'il avait choisi : le 28 novembre.

Pendant une pause-café, il avait rencontré Karl Auer, ce collègue qui vous récitait toujours des maximes. Adam avait oublié à quel sujet, mais Auer avait déclamé : « Attendre signifie ne rien savoir. Celui qui sait choisit son heure ! » C'était probablement la maxime du jour de son éphéméride, tout le monde se moquait de cette manie d'Auer, à l'étage, mais Adam se dit : Bon Dieu, cette fois il a raison.

Dans l'après-midi, deux ou trois heures avant qu'Adam rentre de si bonne humeur, Dorota entendit de nouveau des bruits à la porte. Des grattements, des coups, des chocs violents. Ce n'est pas possible, pensa-t-elle, elle ferma les yeux, respira profondément. Je délire, pensa-t-elle, je deviens folle, à force de rester seule à la maison avec le petit et maintenant en plus avec le chat. Bien sûr, le chat était peu exigeant, mais même un chat peu exigeant avait besoin d'être nourri, et aller chercher de la nourriture pour lui, car celle qu'elle avait achetée était finie, avait été un vrai stress, Romek avait refusé de s'asseoir dans la poussette mais ne voulait pas non plus marcher, si bien qu'elle avait dû le porter. Au supermarché, quand elle trouva enfin le rayon des aliments pour chats,

Romek fit s'écrouler une pyramide de paquets d'allume-feu pour barbecue pendant qu'elle lisait sur les boîtes la liste des ingrédients en se demandant ce qu'étaient l'arginine et la méthionine, sans compter les E 620 et E 650, elle avait l'impression d'acheter un vrai poison, en regardant ces boîtes contenant soi-disant de la morue ou du sauté d'agneau. Alors qu'elle étudiait les Kitty's-fit&fun-Sticks, Romek se mit à beugler comme un veau. Pourquoi les chats avaient-ils droit à de l'agneau et non de la souris, elle aurait trouvé ça plus logique et aurait eu davantage confiance. Comme Romek se roulait par terre en hurlant, elle jeta au hasard quelques boîtes dans son caddie, releva Romek et lui acheta une sucette bourrée de E quelque chose afin qu'il se calme. C'est ainsi qu'elle était rentrée épuisée à la maison, et maintenant elle entendait ces coups contre la porte. Comme ça n'arrêtait pas, elle finit par aller ouvrir et Maladusza était là, la maudite Maladusza, qui lui fit la fête en glapissant, en geignant, presque en chantant, puis s'élança dans la maison.

Le chien était de retour, et maintenant il y avait aussi le chat. D'un pas lent, avec le sentiment que plus rien ne dépendait d'elle, avec cette apathie qui passait chez d'autres pour de la confiance en Dieu, elle rentra au salon et vit le chien qui remuait la queue, couché à côté du chat ronronnant, et Romek qui accourait, se jetait sur Maladusza et criait quelque chose comme « canio ». Ils restèrent un instant couchés ensemble, puis Romek se leva et fit quelques pas, suivi par le chien et le chat.

Et le lion se couchera près de l'agneau, songea Dorota, que disait donc le livre d'Isaïe, un petit garçon conduirait ensemble des veaux et des lions, ou à peu près, le retour au paradis, l'enfant qui réconcilie les animaux, le lion et le loup mangeront de l'herbe avec la vache et l'agneau, se rappela soudain Dorota, des fragments des histoires qu'elle avait entendues petite fille, étant à moitié italienne et à moitié polonaise, donc doublement catholique, dans la bouche de grands-pères qui sentaient autant le tabac que les hommes en soutane noire, les conteurs auxquels on racontait soi-même des histoires lors des confessions.

Le paradis? Que dira Adam? Nous sommes de nouveau réunis. Comment Maladusza avait-elle fait pour s'échapper du refuge et retrouver le chemin de la maison?

Les brachets polonais sont des chiens intelligents, dit Adam. On ne peut pas les enfermer.

5

Quand le commissaire Starek laissa la routine du bureau pour reprendre la routine de ses soirées chez lui, il trouva sur la table de la cuisine un gros machin noir emballé sous cellophane et une petite bouteille fermée avec un bouchon. À côté, une carte postale de Skopje sur laquelle Mme Bessa avait écrit: « Beau-frère a rapporté de chez nous friandises, vous devoir goûter. Salutations, Bessa. »

Le machin noir était une charcuterie, du lard très gras. Starek avait toujours un couteau de poche sur lui, le classique « Feitl » que presque tous les petits Autrichiens recevaient en cadeau à dix ou douze ans, de son temps, avec un simple manche en bois verni, vert le plus souvent, parfois aussi rouge ou bleu, et une lame en fer repliée tout bonnement dans une entaille, qu'on pouvait déplier sans bague de sécurité ni ressort à déclic. Starek ne savait pas si ces couteaux pour la jeunesse existaient encore, s'ils pouvaient intéresser les adolescents d'aujourd'hui arrimés à leur tablette, mais il avait gardé précieusement le sien depuis l'époque de ses vacances à la campagne avec son cousin Karl Auer, il ne quittait pas sa poche de pantalon. Un jour, il avait oublié de l'enlever alors qu'il s'apprêtait à prendre l'avion pour Split, d'où il devait rejoindre en ferry les plages de Hvar pour l'été. Il s'était retrouvé à l'aéroport devant les contrôles de sécurité, avec son couteau de poche dans son pantalon. Il aurait pu le remettre aux employés, ce qui serait revenu à le jeter à la poubelle. Il s'y était refusé et il y avait eu une scène avec sa femme, qui avait cédé car elle ne le connaissait que trop bien : elle était partie seule, il avait rapporté son Feitl à la maison et l'avait rejointe en prenant le vol du soir. Ça lui avait coûté au moins aussi cher que d'acheter trois cents Feitl, s'il était encore possible de s'en procurer, mais ce couteau était sacré pour lui.

Il ne sortit donc pas de couteau du tiroir mais coupa avec son Feitl un morceau de cette charcuterie noire, le fourra dans sa bouche, le mâcha d'abord prudemment, non sans méfiance, puis avec délectation : c'était exquis. Il déboucha la bouteille, avala une gorgée, c'était un schnaps brutal, il mangea en hâte un autre morceau de lard. Il était touché que Bessa ait eu cette attention, mais ça ne remplissait pas sa soirée. Il resta assis à fumer une cigarette, ce qui ne changea rien au problème, il essuya la lame de son Feitl puis la replia, remit le couteau dans sa poche et alla faire un tour au *Pistauer*.

Il fut surpris de ne pas y trouver M. Prochaska, qui était pourtant toujours là en fin d'après-midi et en soirée. Oui, dit le patron, il se demandait aussi ce qui se passait, c'était la première fois depuis son opération de la prostate que le professeur n'était pas venu, pourvu qu'il ne lui soit rien arrivé.

Connaissait-il le numéro de téléphone de Prochaska ? Il fallait peut-être le lui demander.

Non, dit le patron : Pourquoi aurais-je le numéro de téléphone de quelqu'un qui est ici tous les jours ?

Le lendemain soir, Starek se sentit trop fatigué pour sortir. Mais le soir suivant, il retourna au *Pistauer,* pour voir si Prochaska était de retour ou du moins s'il y avait des nouvelles.

Il se retrouva devant une porte close, avec une affichette fixée à l'aide de ruban adhésif : « Fermé jusqu'à nouvel ordre pour cause de maladie ».

6

Ismail ne s'était jamais senti attiré par une femme, n'avait jamais aspiré à une présence de ce genre. Mais il avait essayé de temps à autre, il s'était pour ainsi dire prescrit du désir. À un moment, il avait courtisé une fille beaucoup plus jeune que lui, une lycéenne d'à peine dix-sept ans, dont l'épanouissement naïf, l'allégresse insouciante de l'avenir, l'émotivité toujours en éveil étaient censés l'ensorceler. Mais ça n'avait pas marché. Lorsqu'il pensait à elle, il sentait dans son cœur une chaleur rappelant celle d'un fourneau qui tirait mal – on avait beau le rallumer, la flamme s'éteignait toujours. Quand il parlait d'elle, il avait l'air amoureux, c'était une affaire entendue, mais les autres y croyaient plus que lui. Il avait pensé que cette fille et lui avaient un point commun : l'inexpérience, l'innocence. Et qu'en partageant leurs découvertes, ils pourraient parvenir à une complicité. Cependant, contrairement à lui, elle savait ce qu'elle voulait : bien sûr, elle vivrait un jour avec un homme, mais pas tout de suite, et en tout cas pas avec celui-là. Elle voulait faire des expériences, jouer un peu. Mais pour lui, ce n'était pas un jeu, c'était vital. S'il était normal, il devait pouvoir tomber amoureux de cette fille qui était si séduisante que les garçons se retournaient sur son passage, quand ils entraient ensemble dans un café.

Elle ne perdit pas son innocence, mais il se rendit coupable. Il était alors un jeune étudiant qui commençait déjà à s'engager politiquement, et devant la naïveté de sa compagne il s'emportait, devenait cynique et agressif. Elle commençait à se maquiller, faisait des essais en exagérant peut-être un peu. Il se moquait d'elle, même devant les autres, lui disait qu'elle avait l'air d'un guerrier indien peinturluré : à qui donc voulait-elle déclarer la guerre ? Elle répliquait qu'elle avait voulu se faire belle pour lui, mais ça ne le faisait pas réfléchir. La patience qu'elle eut avec lui pendant encore un certain temps était étonnante, un ami dit à Ismail que ce n'était pas de la patience, simplement elle continuait de prendre plaisir à être admirée des autres lycéennes parce qu'elle sortait avec un garçon plus âgé. Malgré tout, elle baissait toujours la tête, quand ils se retrouvaient, et son sourire devenait craintif. De ce point de vue, il lui avait quand même pris son innocence, ou presque. Elle en eut bientôt assez. Après leur séparation, Ismail n'éprouva pas un chagrin d'amour mais une légère blessure narcissique.

Il tenta sa chance avec une femme nettement plus vieille que lui. Il avait remarqué qu'il exerçait un certain attrait sur des femmes qui auraient pu être sa mère. Il ne se demanda pas pourquoi il en était ainsi, s'il leur apparaissait comme un oisillon géant tombé du nid, et pour quelle raison, ce qui déclenchait parfois chez elles un besoin frénétique de le materner. Puisqu'il avait peine à désirer et à séduire, il s'abandonna au désir et à la séduction de ces femmes. Peut-être la passivité lui réussirait-elle mieux que l'initiative.

Ça ne marcha pas. Même s'il crut un moment savoir s'y prendre avec les femmes, leur faire de l'effet, être quasiment un *ladies' man,* en fait il ne se comportait pas comme un homme mais comme un enfant. Il habita pendant quelques semaines avec une femme qui le prit sous son aile avec une tendre autorité. Son mari était mort jeune à la suite d'un accident de travail, son fils avait quitté le foyer familial un an plus tôt. Ismail prenait-il la place de son mari ou de son fils ? Il avait perdu très tôt sa mère, ou plus exactement : elle s'était débinée. Et voilà qu'elle était revenue sous la forme de cette femme, ce qui lui fut d'abord agréable mais réveilla bientôt sa rage et son agressivité. C'était ridicule, pensait-il, primitif et mensonger. C'était l'année où paraissaient les premières traductions de Sigmund Freud en Albanie, ce qui provoquait évidemment force discussions chez les étudiants. Il avait l'impression d'être une caricature de ces débats simplistes sur l'importance de l'enfance pour le développement de la sexualité, il en plaisantait lui-même, mais il se trouva bientôt au séminaire un pédant qui avait déjà lu en français l'étude de Freud sur le mot d'esprit et son rapport avec l'inconscient et qui profita des plaisanteries d'Ismail pour le dépeindre comme un cas absolument exemplaire de ridicule. Personne d'autre n'avait lu cette étude, et le mieux qu'on puisse dire en faveur de cette époque était que les lecteurs pouvaient alors prendre l'avantage sur les autres, même si c'était injuste. Ismail se déchaînait, on aurait dit qu'il rattrapait sa puberté dans le lit de sa mère de substitution. Et ça le dégoûtait, le lit. Il trouvait que la sueur de cette femme avait un goût trop sucré, pas aussi épicé que celui de la sueur masculine. Peut-être était-ce dû aussi à ce mélange de sueur et de parfum – un parfum à bon marché, au nom français prétentieux : *Pomme d'or du paradis* *. Un jour elle ouvrit la fenêtre car il faisait trop chaud dans la chambre, elle se pencha, respira profondément, et il pensa : Saute ! Mais il la rejoignit, l'enlaça par-derrière, l'entraîna doucement en arrière pendant qu'elle frottait son postérieur contre son bas-ventre. C'était une imposture, il devait se l'avouer. Il mit fin également à cet essai.

Il s'en étonnait lui-même, et c'est pourquoi il refusa long-temps de l'admettre : il était impossible qu'il se sente attiré par des hommes, car le temps qu'il avait passé à l'orphelinat, où il n'y avait autour de lui que des garçons et des hommes, lui avait semblé si odieux, répugnant et menaçant que l'idée de pouvoir aimer un homme ou éveiller sa tendresse ne pouvait qu'être une absurdité à ses yeux. Quand les pensionnaires de l'orphelinat étaient arrivés à la puberté et que leurs besoins sexuels étaient devenus obsédants, il n'avait songé qu'à se protéger, après quoi tante Xhulieta était bientôt venue le délivrer. De même qu'il n'avait jamais voulu se battre avec les autres garçons, de même il n'avait aucune envie d'avoir d'autres sortes de contacts avec eux. Toutefois, ce qui contri-buait évidemment à son désarroi, les hommes l'intéressaient davantage, en tout cas les amitiés masculines, car malgré toutes ses répugnances il avait quand même l'impression de comprendre les hommes, il n'avait jamais rien appris d'autre. Mais en même temps, il rêvait à des jeunes hommes, ils se déshabillaient et d'un coup ils étaient des femmes, ou bien il rêvait qu'il était couché dans les bras d'une belle femme, pas une beauté opulente et tout en rondeurs mais une créature athlétique, aux muscles longs et fermes, et il glissait sa main sous sa petite culotte mais découvrait alors qu'elle était un homme, et quel homme! Il avait beau s'emparer d'elle avec frénésie, à côté d'elle, il n'était pas un homme.

Ce n'est qu'avec Ylbere qu'il entrevit qu'il pouvait en fait exister autre chose que la claire distinction entre l'homme et la femme, que le clair désir pour un homme ou une femme, que le clair bonheur d'être l'unique et de trouver dans l'autre son épanouissement, jusqu'au moment de la séparation. Lui, l'ancien porte-parole du gouvernement, l'expert en formules creuses et en belles phrases, capable d'expliquer les revirements les plus sournois du ZK, il ne savait comment l'exprimer mais il avait la forte impression qu'Ylbere et lui se reflétaient en quelque sorte l'un dans l'autre et donc étaient faits l'un pour l'autre.

Il comprit ceci, et même si cette explication était peut-être insuffisante, ou trop banale, elle l'aidait et c'était tout ce dont il avait besoin : il avait peur des hommes, car à l'orphelinat il avait fait l'expérience de ce qu'ils étaient, il avait appris comment ils fonctionnaient et il avait pleuré dans son oreiller, parce qu'il n'était pas ainsi et ne pourrait jamais l'être, et il avait peur des femmes car il n'en avait connu aucune pendant ces années décisives où il devenait adulte, car elles étaient absentes et il ne pouvait rien savoir d'elles, si bien qu'il lui était impossible de comprendre comment elles fonctionnaient et qu'elles lui paraissaient aussi mystérieuses et surnaturelles que des personnages de légendes ou aussi lointaines qu'un sphinx égyptien, ce qui en faisait un programme d'études mais non d'expériences. On évoquait en classe les héroïnes albanaises, des créatures mythiques, blanches comme neige et rouges comme le sang des partisans, qui portaient des messages pour les héros de la résistance contre les fascistes, telles devaient donc être les femmes, et lui n'en avait encore jamais vu depuis la mort de sa mère, en dehors de la femme soldat accompagnant en silence le soldat qui l'avait conduit à l'orphelinat.

La peur l'avait bâillonné, la peur le poussait en avant. Il comprenait maintenant clairement que son engagement politique procédait de son envie de se sentir enfin exister. Se lever, arracher sa chemise et montrer sa poitrine en criant: Tirez-moi dessus! Il est impossible à un corps de s'éprouver avec plus de force, quand il n'est pas désiré. Au début, c'est vraiment ce qui s'est passé, il s'est senti exister, sauf qu'il ne se sentait pas aimé – mais à l'époque, il avait oublié cette nostalgie. Un homme comme lui était destiné à combattre pour une cause plus grande, pour le bien commun, le bien de tous. Il n'avait rien à perdre, mais il voulait conquérir une position éminente dans un État nouveau. Mais le prestige qu'il s'acquit ainsi, ce n'était pas l'amour. Il fit une découverte surprenante. Même quand il approuvait ce qu'il devait annoncer au nom du ZK, il avait l'impression d'être exploité.

Un an plus tôt environ, il y avait eu une scène mémorable au siège du parti. Fate Vasa avait publié un nouveau poème et envoyé à Ismail et à Dieu sait qui encore un lien du journal, où on pouvait le lire. Le poème se terminait par ces vers: « Consumer les espoirs? Rallumez le feu! / J'ai besoin que vous brûliez, ardents / pour forger mes mots », chez un poète albanais, on pouvait encore laisser passer ça, il écrivait ensuite: « Sans mes mots vous ne parlez ma langue que par hasard. »

Ce jour-là, Ismail s'était rendu à une réunion au siège du parti. En voyant Fate, il lui avait asséné sans un mot une claque retentissante. Pas vraiment sans un mot, car après un instant où l'assistance était restée sous le choc tandis que Fate

Vasa vacillait, abasourdi, Ismail avait déclaré : Ce n'est pas un hasard si avec un peu de chance tu comprends ce langage !

Dès cette époque, il commençait à être évident que cette situation ne lui convenait plus, les peurs, la complaisance, l'envie de s'exposer pour se sentir vivant, mais aussi la modeste satisfaction de se trouver dans l'antichambre du pouvoir politique. Au café Opera, après avoir dit à Ylbere comment s'était passé son entretien avec le Premier ministre, il se raconta. Ils burent du vin, encore du vin, qu'ils accompagnèrent ensuite de fromage, avant de commander de nouveau du vin, en racontant il se rendit compte qu'il devenait ivre, s'arrêta net, et Ylbere dit : Tout ça est derrière toi.

Et devant moi, qu'y a-t-il ?

7

À présent, Ismail et Ylbere étaient des complices. Cela change tout aux propos qu'on échange en chuchotant. Ils avaient décidé de prévenir le Premier ministre, peut-être comme un dernier hommage à leurs idéaux politiques. Car tous deux avaient déjà retiré leur appui et leur adhésion au Premier ministre, puisque sa politique… eh bien, quoi ? Pour des idéalistes, le pragmatisme politique ressemble déjà à un lieu de perdition, où la politique finit par devenir un douteux trafic, mais pour des gens qui comprennent d'instinct le pragmatisme politique, c'est la politique spectacle qui ressemble à un mensonge et une imposture, et même quand on admet que la volonté politique, pour réussir, a besoin d'une dose convenable de spectacle et de symbolique, on ne peut qu'être déçu malgré tout en ne voyant au bout du compte qu'un énorme volant qu'une équipe de spécialistes s'acharne à faire tourner, sans avancer ne serait-ce que d'un mètre.

Ils en parlèrent longtemps. Ce qu'elle critiquait, il essayait de l'expliquer à l'aide d'informations puisées dans sa connaissance intime du pouvoir, et elle trouvait « dingue » ce qu'il racontait, car cela n'avait jamais été rendu public. Elle apprit des détails grotesques qu'elle ignorait, par exemple, que le ZK, quand il recevait une visite dans son bureau, surtout s'il s'agissait de représentants de l'UE mais aussi lors de certaines visites officielles, arborait sur sa table un bloc à dessin, comme si les visiteurs l'avaient interrompu en pleine activité créatrice. Les dossiers qu'il devait examiner en tant que chef du gouvernement étaient mis de côté voire stockés provisoirement sur le bureau de Mercedes, dans l'antichambre. Dans le bureau du ZK, les papiers peints attiraient également l'attention. Il les avait lui-même conçus et réalisés lorsqu'il était devenu Premier ministre. Ismail trouvait qu'ils faisaient penser à une chambre d'enfant, avec les innombrables petits dessins multicolores qui composaient leur motif. Il fallait s'approcher tout près du mur pour apprécier vraiment ces dessins, ce que les visiteurs faisaient souvent. Je suis un homme paisible, un nonviolent, avait dit un jour le ZK, mais je vois constamment ici des hommes qui donnent l'impression que je les ai mis au pied du mur!

Ismail raconta l'interview avec la journaliste française ou les séances de basket au beau milieu des réunions. Ylbere riait, lui donnait une bourrade et s'exclamait: Ce n'est pas vrai? De son côté, il apprit certaines réactions à l'extérieur de son petit cercle, y compris au sujet de ses prestations comme porte-parole du gouvernement. Il n'en crut pas ses oreilles quand Ylbere lui raconta qu'elle connaissait des gens, surtout des étudiants, qui employaient les néologismes « lanifier » ou « faire son Lani » dans le sens de « enjoliver la réalité ». Par exemple: Arrête de lanifier, quand quelqu'un essayait de minimiser un problème, ou encore: Ne fais pas ton Lani, c'est-à-dire: Ne me raconte pas des mensonges.

Non!

Si!

Il riait, mais il était blessé. En même temps, ces histoires renforçaient sa détermination à tout envoyer promener, de sorte que son rire était peut-être aussi un rire de soulagement. Ils vont devoir trouver un autre mot, dit-il, car j'ai quitté le navire.

Que vas-tu faire, maintenant, quels sont tes projets ?

Je ne sais pas encore. En plus, je dois faire mes valises, car je déménage.

Pourquoi ?

Ma maison a été vendue à un promoteur immobilier.

Combien de valises as-tu ?

Pas beaucoup, je n'ai jamais voulu posséder grand-chose. Une valise de livres. Deux valises de vêtements et de chaussures. Et une toute petite valise de souvenirs personnels.

Et les meubles ?

La plupart étaient dans la maison avant moi. Le seul meuble que j'aie acheté et qui ait un peu de valeur, c'est le lit.

Il est confortable ?

Oui, c'est un lit français avec un matelas à ressorts.

Il me le faut ! J'ai un mauvais lit, ça fait longtemps que je voulais en acheter un meilleur. Donne-le-moi et tu pourras continuer de dormir dans ton lit.

?

Apporte tes valises et ton lit dans mon appartement. Tu peux habiter là-bas un moment. Je pars en voyage après-demain. Pour une durée indéterminée.

?

Ylbere lui exposa son projet d'aller dans le Nord, à la frontière avec le Kosovo, dans la région d'où était originaire sa grand-mère – le clan de sa grand-mère. Elle lui expliqua aussi pourquoi elle ne s'était fixé aucun délai. C'est alors qu'il arriva quelque chose qui la surprit. Ismail dit : Je viens avec toi.

Puis, comme effrayé de sa propre audace : Je peux venir ?

Elle le regarda et il lança : Tu m'emmènes ? C'est ça que je voulais dire : Tu m'emmènes ?

Ylbere dut s'avouer qu'elle ne pouvait s'étonner – n'y avait-il pas une invitation cachée dans ses propos ? N'était-ce pas ce qu'elle avait espéré en cachette, même si elle ne savait pas pourquoi ? En voyageant seule, elle serait totalement autonome, elle n'aurait à se soucier de rien ni de personne, elle n'aurait pas à s'entendre peut-être non sans peine avec quelqu'un. Serait-il un boulet pour elle ? Ou au contraire un complice – et elle commençait peu à peu à entendre par là : une partie d'elle-même.

Elle se vit de l'extérieur, comme à travers une caméra de surveillance, tandis qu'elle regardait Ismail, hochait la tête et disait avec lenteur : OK.

Le lendemain fut une journée stressante pour Ismail. Il devait apporter son lit et ses valises chez Ylbere, faire disparaître l'ancien lit de la jeune femme – il s'étonna qu'elle ait pu dormir puis se réveiller sans douleurs dans ce vieux lit en fer datant de l'époque de Hoxha, avec ses ressorts métalliques à boudin soutenant un matelas en crin complètement usé. Et il pensa aussi : Si elle avait un amant, elle aurait un autre lit. Une pensée stupide, se dit-il, tandis qu'il dévissait, ou tentait de dévisser, la tête de lit pour la détacher du châssis. Comment les vis d'un lit pouvaient-elles rouiller ? Il alla chercher un marteau, tapa sur l'armature derrière les vis, tapa plus fort dans sa fureur. Pourquoi tabasses-tu ce lit ? s'écria Ylbere qui avait entendu les coups de marteau et était entrée dans la chambre. Enfin, les différentes parties du lit finirent par se détacher. Il appela Fadil, qu'il connaissait depuis sa campagne électorale pour le Chef. Fadil avait fait partie alors des « hommes du peuple » qui disaient une phrase dans le clip de campagne pour la télé. Il était chiffonnier et sa phrase, concoctée bien entendu par Fate Vasa, disait qu'il était nécessaire aussi en politique de se débarrasser des vieilles ferrailles. Il possédait un téléphone mobile et une charrette tirée par un mulet, avec laquelle il vint enlever le vieux lit puis alla chercher celui d'Ismail pour le transporter chez Ylbere.

Ensuite, il fallut se procurer un minimum d'équipement pour voyager dans les montagnes. Bien entendu, Ismail exagéra et acheta un sac de bivouac et une couverture de survie. Ylbere lui dit de les rapporter, nous allons dans les Alpes albanaises, pas sur le mont Everest. Il arriva au magasin *Ujku i malit*, juste avant la fermeture, mais ils refusèrent de lui rendre de l'argent, couvert de sueur il prit trois assortiments de sous-vêtements thermiques, deux douzaines de barres énergétiques et protéinées, ainsi qu'un bon d'achat correspondant au reste de la somme, même s'il savait qu'il ne s'en servirait jamais.

À la maison – il aurait aimé se dire : à la maison, mais en fait ça lui paraissait étrange, il était chez Ylbere –, de retour chez Ylbere, donc, il remplit son sac à dos et le posa dans le couloir à côté de celui d'Ylbere. Les deux sacs restèrent côte à côte, remplis à craquer, intimes et pourtant étrangers.

Il était épuisé, quand il s'effondra enfin sur le lit. Sur son lit, mais pas chez lui. Pas dans son état normal. Sa première nuit avec Ylbere, chez elle. Au matin, elle lui dit qu'elle trouvait merveilleux qu'ils se soient simplement serrés l'un contre l'autre. Qu'elle lui était reconnaissante de n'avoir pas tout de suite…

Ismail était encore hébété de sommeil, il s'étira en bâillant, se blottit contre elle. Puis il dit d'un ton étonné qu'il avait eu un rêve très intense.

De quoi as-tu rêvé ?

J'ai oublié, répondit-il. Depuis les discussions sur Sigmund Freud au temps de l'université, il trouvait que raconter et interpréter les rêves était à peu près aussi intéressant que de lire les lignes de la main. Cependant, il dit ensuite :

Je me rappelle simplement qu'il y avait beaucoup de lumière, une lumière éblouissante, et que j'étais très heureux.

8

Ce matin-là, la ville semblait en effervescence.

Tirana était une ville très dynamique et trépidante, mais il sembla à Ismail qu'il avait dû arriver quelque chose de particulier, car la ville paraissait s'être réveillée encore plus fébrile et nerveuse que de coutume. Il entendait les sirènes de véhicules d'urgence, le vrombissement d'hélicoptères, en regardant par la fenêtre il eut l'impression que les gens marchaient plus vite que d'habitude, certains couraient, que savaient-ils, où se précipitaient-ils ou que fuyaient-ils ? Mais il y avait aussi déjà des gens assis dans les cafés en face de l'appartement d'Ylbere, Ismail les regarda et sentit son cœur battre, ces hommes restaient assis, ne couraient pas, et pourtant ils contribuaient à l'atmosphère générale, il trouva qu'ils avaient l'air tendus, différents, pleins de nervosité, peut-être pétrifiés par la peur ?

Il pressa sa main sur sa poitrine. C'était son cœur. Tout ce trouble, cette excitation, cette peur, c'était son cœur qui battait à tout rompre.

Pour le petit déjeuner, ils mangèrent du yaourt avec des bananes. Il y avait toujours dans la rue un marchand de bananes, il ne vendait rien d'autre, seulement des bananes. Ces vendeurs assis sur le trottoir avec quelques caisses de bananes étaient légion, ils faisaient partie du paysage de la ville, c'était tellement normal que seuls les touristes se demandaient d'où venaient toutes ces bananes étalées sur des couvertures, qui coûtaient moins cher qu'au supermarché. Il l'ignorait, ne pouvait que hausser les épaules, c'était comme ça, il n'avait pas de réponse. Ylbere dit qu'elle achetait toujours des bananes au marchand en bas de chez elle, ça aidait cet homme et elle adorait les bananes. Pour elle, elles avaient le goût du salut.

Du salut ?

Oui. Tant qu'on peut trouver des bananes, tout n'est pas perdu.

Elle éclata de rire. Ismail ne savait pas si c'était une allusion qu'il ne comprenait pas, ou une plaisanterie surréaliste, ou simplement une introduction à une histoire qui allait suivre et tout expliquer, mais non, elle plongea joyeusement sa cuiller dans son yaourt à la banane, sans rien ajouter. Ismail sourit d'un air entendu, il réagissait toujours ainsi quand il ne comprenait pas quelque chose. Cependant il eut aussitôt l'impression de porter un masque, qui l'oppressait, et il ôta le masque de ce sourire.

Il allait partir en voyage avec cette femme. Dans une autre vie. Avec encore une douzaine de bananes qu'elle venait d'acheter au marchand, dans un sac en plastique. Sans doute était-ce tout ce qu'il y avait à savoir ou à comprendre : ils avaient assez de provisions.

Leurs sacs appuyés l'un contre l'autre. Ylbere souleva le sien, le mit sur son dos, et le sac d'Ismail se renversa. On y va, dit-elle.

Elle avait minutieusement planifié son voyage. Lorsqu'elle avait accepté qu'Ismail l'accompagne, elle avait tenu aussitôt à préciser que cela ne changerait rien à ses plans. Il n'était pas question d'un circuit touristique mais d'un voyage dans le temps, en prenant le chemin le plus court, une plongée dans l'histoire d'Ylbere.

Dans les montagnes, ils auraient évidemment besoin d'un 4x4, mais il était inutile d'en louer un directement à Tirana, alors qu'on pouvait aller à Shkodra en bus commodément et rapidement pour 540 malheureux leks, ce qui représentait environ la moitié du trajet. À Shkodra, elle avait réservé une Jeep Compass chez un loueur de voitures.

De Shkodra, nous irons à Koman, où nous passerons la nuit. À 9 heures du matin, un ferry relie Koman à Fierza en trois heures sur le lac du barrage du Drin. De là, nous continuerons jusqu'à Tropoja, où nous arriverons sans problème dans l'après-midi. Nous y passerons la nuit, nous pourrons nous laver et dormir tout notre soûl…

Nous laver ? Que veux-tu dire ? Pourquoi particulièrement là-bas ?

Ce que je veux dire ? Je veux dire que nous nous laverons. Auparavant, nous n'en aurons guère l'occasion. À Shkodra, nous partirons directement pour Koman, après avoir passé la nuit au parking de l'embarcadère du ferry. Ce qui signifie que nous dormirons dans la voiture. Elle est très pratique, mais elle n'a pas de salle de bains. Il n'y a pas grand-chose à Koman, juste un camping, et là-bas aussi nous devrions dormir dans la voiture. Nous nous installerons donc sur le parking de façon à être sûrs d'avoir le ferry le lendemain. De toute façon, de Tropoja, nous serons en deux heures environ à la frontière. Google Maps n'indique pas la durée du trajet jusqu'à Sose. Manifestement, il n'y a pas de route carrossable, nous verrons bien. Mais nous arriverons là-bas en moins de soixante-douze heures.

Quelque chose n'allait pas dans la ville. Le bus pour la gare routière était si bondé qu'ils ne purent monter, surtout avec leurs énormes sacs à dos. Le suivant était lui aussi tellement plein qu'il y avait même des gens agrippés aux portières. Pour ne pas manquer le bus de 10 h 15 pour Shkodra, ils décidèrent de prendre un taxi. Mais il n'y en avait pas un seul en vue. Ils descendirent en courant la rue en direction du centre, ne virent passer aucun taxi.

Si nous manquons le bus de 10 h 15, à quelle heure est le suivant ?

Une heure plus tard.

Mais dans ce cas, ce n'est pas la peine de nous stresser.

Si, dit Ylbere, parce que le bus de 11 h 15 met presque trois heures de plus pour arriver. Je veux prendre l'express, j'ai rendez-vous avec le loueur de voitures, et je veux partir ensuite sans tarder pour Koman. Donc…

À cet instant, un taxi s'arrêta devant eux à un feu rouge. C'était de justesse, mais ils eurent le bus de 10 h 15.

9

Le bus sortit de la ville, Ismail regarda par la fenêtre, regarda les ravages que révélait en s'éloignant sa belle cité de Tirana, couverte de meurtrissures, de plaies et de cicatrices. Des stations-service, d'innombrables stations-service entre des concessionnaires et même des cimetières de voitures, des zones industrielles dont les hangars n'avaient jamais été occupés ou avaient été depuis longtemps abandonnés, des grands ensembles fantômes sur des prairies desséchées, des maisons à moitié construites, des squelettes d'immeubles d'où surgissaient des tiges d'acier, des étendues bétonnées d'usage incertain, des casinos bâtis sur du sable, aux néons clignotant faiblement. Le jardinier va bientôt arriver, pensa-t-il. Chaque fois qu'il prenait cette route pour sortir de la ville, il avait soudain l'impression de voir un mirage – c'était là, un bâtiment bas en bois derrière lequel s'étiraient les immeubles de verre avec le soleil étincelant sur leurs toits et devant, cette vision : des centaines de palmiers dans des bacs en bois, une palmeraie dans le désert. Maintenant en promotion. Et encore d'autres immeubles de béton et de verre, les façades parsemées de traînées noirâtres, le verre sale. Et de nouveau des stations-service.

Ils arrivèrent enfin dans la campagne, en laissant la ville derrière eux. Ismail vit qu'Ylbere appuyait sa tête contre le dossier, les yeux fermés, mais elle dut sentir qu'il la regardait car elle rouvrit les yeux, sourit. Tu es content ?

Oui, répondit-il.

De quoi ?

Une nouvelle fois, il ne savait comment réagir. Et pourtant il voulait ou pensait qu'ils étaient déjà…

445

Tu es content d'aller à Tropoja?

Que pouvait-il dire? Oui, répondit-il.
Pourquoi?

Pourquoi? Parce que nous sommes ensemble et...
Non. Attends. Tu sais ce que je trouve vraiment bizarre?
?
Ta tante, la sœur de ton père.
Il est vraiment étrange que tu ne te sois jamais demandé comment il était possible qu'elle ait survécu et ait pu te tirer de l'orphelinat.
J'étais un enfant.
Mais tu n'en es plus un. Tu me rappelles mon père. Lui aussi ne s'est jamais posé de questions. On a survécu, le reste est mort et enterré. Après quoi, on ne sait même pas où se trouve la tombe.
Tante Xhulieta est morte. Je ne peux plus l'interroger.
Ce n'est pas aux morts qu'il faut poser des questions, c'est à toi-même.
?

Ismail avait le bras sur l'accoudoir. Elle posa sa main sur la sienne. J'ai appris à faire des recherches, dit-elle. Et ce que j'ai découvert en un rien de temps, tu aurais pu le découvrir toi-même depuis longtemps.
?
Ton père était directeur adjoint du Conseil des ministres et ministre de l'Éducation nationale.
Oui. Et alors?
Sur des hommes comme lui, il existe une foule de documents aux Archives nationales. Mais même si tu n'as pas eu l'idée de te faire communiquer ses dossiers, ton père était un personnage si important qu'on peut trouver sa

trace avec Google. Et sur Wikipédia, on met tout de suite dans le mille.

Elle sourit. Avec ironie ? Avec tendresse ?

Le père de ton père, ton grand-père donc…

…que je n'ai pas connu. Je n'ai donc aucun souvenir de lui…

…s'est battu au côté des partisans, c'était un compagnon d'armes d'Enver.

Oui, c'est ce qu'on raconte.

C'est-à-dire qu'il faisait partie de l'aristocratie du Parti. C'est pourquoi ton père a pu monter aussi haut. Et d'où était originaire le partisan Spiro Lani, ton grand-père ?

D'où il était originaire ? De Tirana, nous avons toujours été à Tirana.

Non, mon cher. Il est né à Tropoja. Tu es content ?

?

Après-demain, nous passerons la nuit à Tropoja. Peut-être pourrais-tu en profiter pour poser quelques questions ?

Derrière la fenêtre du bus, le désert défilait.

Bon. Et maintenant, venons-en à ta tante Xhulieta. Quand est-elle venue te tirer de l'orphelinat ?

En mai 1985.

Donc, quelques semaines après la mort d'Enver Hoxha. Et où était-elle, entre l'arrestation de ton père et la mort d'Enver ?

Où ?

C'est incroyable. Tu ne te l'es jamais demandé ? Tu es vraiment comme mon père. C'est pourtant évident : elle a dû se cacher. Dans l'article qui lui est consacré sur Wikipédia, il manque les années entre ses dernières fonctions officielles au

BGSH, l'Union des femmes d'Albanie, et sa mort. Et à mon avis, il n'existait qu'un seul endroit où elle avait une chance de s'en tirer : Tropoja, le fief de son clan, les montagnes, quelque part dans le Qark Kukës.

Elle n'en a jamais parlé, dit Ismail. Puis il resta long-temps silencieux. Réfléchissait-il ? Il pensait qu'il réfléchissait. Il avait l'impression d'être devant un mur et il pensa qu'il devait l'escalader pour arriver de l'autre côté. Mais ce n'était pas parce qu'il y pensait qu'il l'escaladait.

Il prit la main d'Ylbere, comme si elle pouvait lui faire la courte échelle. Non. Il la lâcha, regarda par la fenêtre. Près de la route, le lit asséché d'une rivière, un éboulis blanc brillant au soleil. Une écume de pierre dans la lumière brûlante. Une beauté dont personne ne profitait.

Puis-je essayer de t'égayer un peu ? dit enfin Ylbere. Je voulais aussi te raconter ceci, et c'est vraiment drôle. Tant qu'ils ont eu la faveur du dictateur, tes parents ont habité dans le Blloku la villa qui est aujourd'hui le Radio Bar, pas vrai ? J'ai été très touchée par la façon dont tu en as parlé, en racontant que tu n'avais aucun souvenir de cette époque mais que tu essayais toujours, quand tu venais au Radio Bar, de reconnaître quelque chose ou de voir quelque chose qui déclenche en toi un souvenir. Des restes de cette période sont certainement ensevelis au moins dans ton inconscient, mais il est vrai que tu n'es pas doué pour ouvrir les tombes. Peu importe, écoute ce que je vais t'apprendre sur le Blloku ! Rares sont ceux qui le savent aujourd'hui, ou ils s'efforcent de l'ou-blier : la nouvelle Tirana a été planifiée et construite au temps où l'Albanie était occupée par l'Italie fasciste. L'ancienne Tirana était un village aux ruelles tortueuses, aux cabanes et aux petites maisons bâties à l'aventure, certaines s'élevaient même en travers des ruelles, d'où la multiplication des culs-de-sac. Mais la nouvelle Tirana devait devenir une métropole, la capitale de cette province récemment annexée à l'Empire italien. On laissa de côté l'ancienne Tirana pour créer de toutes pièces la nouvelle Tirana. Mussolini en personne s'intéressa au plan de la future cité. Écoute! C'était l'époque des débuts de l'aviation. Et l'avion ouvrait aussi de nouvelles perspectives à l'architecture. Mussolini imagina de donner à Tirana la forme d'un faisceau de licteur qu'on pourrait voir du ciel. C'était le symbole du pouvoir fasciste : un faisceau avec une hache.

Songe que si tu survoles Tirana et que tu regardes en bas, qu'est-ce que tu vois? Le boulevard qui a toujours été démesuré, à l'époque on l'appelait Viale dell'Impero, avec ses rangées d'arbres, il représente le manche de là hache attachée aux verges du faisceau. Le côté émoussé de la hache est représenté par les trois bâtiments se dressant à l'extrémité sud du boulevard, la Casa del Fascio, aujourd'hui Université polytechnique, le Centre fasciste d'art et de communication, aujourd'hui Université des arts, et le Centre fasciste du sport et de la jeunesse, aujourd'hui Musée archéologique. Tout ce marbre blanc, on voit la hache étinceler. Le stade de football, avec sa forme ovale, représente la lame. Et en bas, au bout du boulevard, c'est le Blloku, qui est séparé de la hache par des espaces verts qui ressemblent à des doigts tendus, vus du ciel. Et donc?

Ismail sourit. Il se doutait de la suite, et il trouvait ça vraiment comique. Ou tragicomique.

Donc la nomenklatura communiste a toujours vécu à côté de la hache fasciste. Vu d'en haut, elle tenait dans sa main le manche du faisceau.

Heureusement que la ville se développe de nouveau de façon anarchique. Je crois qu'on ne reconnaît plus du tout la disposition prévue par Mussolini.

Peut-être que si, quand on le sait. Il faudrait que nous survolions la ville en avion.

10

La nuit dans la voiture fut épouvantable, une torture. Songeant à l'ancien lit d'Ylbere, Ismail se dit qu'elle devait être habituée aux supplices nocturnes, car elle lui parut aussi énergique que joyeuse le lendemain matin. On pouvait certes rabattre plus ou moins les sièges de la Jeep, mais pas de façon à obtenir une surface absolument plate. Il avait beau se tourner et se retourner, il sentait continuellement dans son corps des crispations ou des tiraillements qu'il ne pouvait ignorer. Il réussissait à somnoler par instants, mais dormir était impossible. Au milieu de la nuit, il eut tellement froid qu'il dut mettre le moteur en marche, afin que le chauffage puisse fonctionner. Après quoi l'atmosphère devint si étouffante qu'il ouvrit la fenêtre et s'aperçut qu'il y avait sur le parking un concert de moteurs de voiture. Tout cela laissait Ylbere de marbre. Il mit le chauffage, éteignit le moteur, ouvrit la fenêtre, la ferma, remit le chauffage, essaya d'imaginer que ce siège de voiture était un hamac où il pouvait se blottir, après tout un hamac n'est pas plat non plus, ce qui n'empêche pas qu'on y dorme. Il trouva une position qui soulageait un peu son dos, mais du coup l'appui-tête exerçait une pression insupportable sur son œil, son nez et sa joue. Il mit encore le chauffage puis sortit de la voiture, fit quelques pas. Ylbere semblait ne s'apercevoir de rien. Il fut ému de l'entendre ronfler légèrement. Il avait un flacon de raki dans son sac à dos, comme s'il avait prévu ce genre de situations, il le sortit et but dans l'espoir de perdre conscience.

Au moins, il n'eut pas à se demander, pendant cette deuxième nuit à deux, s'ils devaient se rapprocher encore un peu plus ou s'il pouvait essayer de le faire. Il ne leur était même pas possible de se serrer l'un contre l'autre.

450

Le jour se leva enfin, Ismail resta sur son siège tandis qu'Ylbere allait chercher du café. Ils complétèrent leur petit déjeuner avec des bananes.

À Shkodra, le loueur de voitures avait défini avec un sourire gourmand la couleur de la Jeep comme du « bleu nuit ». Pourquoi Ismail y repensait-il maintenant ? C'était plutôt un bleu insomnie.

Puis ils purent enfin entrer en voiture dans les entrailles du ferry. Ismail alla se chercher encore un double expresso au bar du bateau, s'assit sur le pont, il grelottait, puis il vida son flacon.

La traversée du lac formé par le barrage du Drin fut un émerveillement. Après cette nuit sans sommeil, il lui sembla faire un rêve éveillé, d'une beauté irréelle. Les parois rocheuses s'élevant abruptement à droite et à gauche, en formant une gorge de plus en plus étroite où se glissait la proue du bateau, bordée d'écume blanche, les prairies verdoyantes à l'avant, là où les versants de la gorge se rejoignaient. Ismail regardait en se frottant les mains, qui se réchauffèrent peu à peu.

Ils débarquèrent à Fierza. Puis le trajet en voiture jusqu'à Tropoja. Il dura moins longtemps que prévu. Cette route devait être aménagée prochainement en autoroute avec de l'argent de l'Union européenne, comme l'annonçaient des panneaux avec le logo de l'UE. Ils filèrent quasiment vers Tropoja, à la radio Floriani chantait son tube *Eja*. Ylbere mit le son plus fort, entonna joyeusement le refrain, *nuk du tjera / eja bejb ti eja,* elle exultait : *eja bejb ti eja.*

Ça lui plaisait ? Ce jeune blanc-bec qui jouait les machos ? Puis la voix du DJ annonça avec une allégresse stridente le tube suivant.

Ismail avait mal à la tête. Peux-tu éteindre la radio, s'il te plaît ?

Qu'est-ce que tu dis ?

Sinan Hoxha braillait déjà : *bomba bomba / sexy bomba...*

Peux-tu éteindre la radio. S'il te plaît.

Oui, bien sûr, c'est vraiment insupportable.

Bomba, bomba. Elle baissa le son. Il fallait déjà bifurquer.

Ils roulaient vers Tropoja. Vers la guerre.

II

En entrant dans le village, à peut-être cent cinquante ou deux cents mètres de la place centrale, ils furent arrêtés par un soldat en tenue de camouflage, qui tenait une mitraillette dans sa main droite. Posté au milieu de la rue, il leur fit signe de la main gauche : Stop !

Derrière lui, une jeep militaire verte sans toit, où étaient assis deux hommes en uniforme.

Ylbere stoppa, ouvrit la fenêtre, mais l'homme n'approcha pas, se contentant de leur faire signe d'attendre où ils étaient. À cet instant, ils entendirent une explosion, comme après l'impact d'une bombe, des tirs, le crépitement de mitraillettes. Un hélicoptère passa au-dessus d'eux, si bas qu'Ismail baissa la tête et se recroquevilla sur son siège.

Je n'y crois pas ! lança Ylbere en ouvrant la portière et en sortant d'un bond.

Comment… ? Qu'est-ce que… ?

Le soldat lui fit simplement signe de remonter dans la voiture, en criant quelques mots qu'ils ne comprirent pas. Cependant il ne braqua pas son arme sur eux, il se contenta de lever le bras pour inviter Ylbere à remonter, puis agita la main en un geste qui semblait signifier : Attendez !

Elle se rassit et ils entendirent de nouveau des coups de feu. Un camion militaire vert passa à côté d'eux en pétaradant, chargé d'une bonne douzaine de jeunes soldats hilares.

Ils vont à la mort en riant, dit Ismail. Fais demi-tour, s'il te plaît, il faut qu'on fiche le camp.

Je n'y crois pas, répéta Ylbere, ça ne peut pas être vrai.

Fais demi-tour, dit Ismail, nous nous sommes trompés de film, veux-tu enfin faire demi-tour !

Il y a quelque chose qui cloche, dit Ylbere en sortant une cigarette de la poche de son blouson.

Tu n'as rien trouvé de bizarre dans le camion des soldats ? demanda-t-elle. Et regarde aussi à l'avant de la jeep. Tu ne remarques rien ?

Il y eut des rafales de mitraillettes.

Recroquevillé sur son siège, Ismail se taisait. Ylbere reprit : Ils n'ont pas de plaques minéralogiques. Regarde donc ! La jeep, devant nous, elle n'est pas immatriculée.

Tu es folle, lança Ismail d'une voix singulièrement aiguë, presque stridente. Les balles ne tuent pas quand les soldats ne sont pas immatriculés, c'est ça ?

Quel idiot, répliqua-t-elle. Tu n'es pas au courant ? Pendant la guerre du Kosovo, l'OTAN a envoyé des véhicules dans cette région, près de la frontière, mais sans plaques minéralogiques, car ils n'intervenaient pas officiellement.

Tu sais ça, toi ?

Tout le monde peut le savoir, donc je le sais. Mais c'est de l'histoire ancienne ! Qu'est-ce que ça veut dire maintenant ? Maintenant ? Aujourd'hui !

Elle prit une profonde bouffée de sa cigarette, sortit de la voiture, jeta par terre la cigarette, claqua la portière derrière elle et se dirigea vers le soldat. Elle ne lève même pas les mains, pensa Ismail.

Il la vit parler avec le soldat. Soudain, il y eut une violente explosion et il se baissa. Quand il fut de nouveau à hauteur du pare-brise, il constata qu'Ylbere et le soldat continuaient de bavarder comme si de rien n'était. Puis le soldat brandit sa mitraillette, tira une rafale en l'air et ils éclatèrent de rire en chœur. Les hommes dans la jeep riaient aussi. Le soldat dit quelque chose, elle hocha la tête et retourna à la voiture. Le vent souleva son blouson et Ismail vit brièvement qu'elle portait de nouveau à sa ceinture l'étui en cuir abritant son poignard.

Elle monta dans la voiture, démarra.

Ils tournent un film, dit-elle. Nous pouvons tourner à gauche et rejoindre la place par l'arrière. L'hôtel est à l'autre bout de la place, dans une rue derrière.

Ils tournent un film ?

Oui, *Héroïsme et amour au début de la guerre du Kosovo.* La moitié des villageois participent, ils jouent leurs propres rôles. Il y a même quelques jeunes hommes qui ont quitté depuis longtemps le village pour vivre à Tirana et qui sont revenus afin de porter pendant quelques jours l'uniforme de l'UÇK et de tirer quelques coups de feu. Ils ne sont même pas payés comme figurants, ils le font pour s'amuser et pour frimer. Comme le jeune toqué avec qui je viens de parler. Ils se photographient en uniforme et envoient les selfies sur le Net ou avec WhatsApp à leurs fiancées à Tirana.

Quand il a... tiré en l'air... tout à l'heure... c'étaient donc des cartouches à blanc ?

Exactement. Je crois que nous devons aller par là et... oui, devant nous, tu vois ? *Aste Guesthouse.* C'est ça. L'unique hôtel du village. À présent, c'est sans doute le quartier général de l'UÇK !

Elle éclata de rire. Il ne comprenait pas pourquoi elle était aussi gaie. Lui, il était toujours sous le choc. En même temps, il devait s'avouer qu'il aurait aimé être comme elle.

Ils sortirent leurs sacs à dos du coffre. L'hôtel, ou plutôt le *guesthouse,* consistait en une petite maison en pierre qui semblait poussée sur le côté par une bâtisse neuve, deux fois plus longue et trois fois plus haute, laquelle constituait l'hôtel proprement dit. La maison en pierre était sans doute la demeure familiale de l'hôtelier, elle ne semblait pas inhabitée mais était passablement délabrée. Au-dessus des fenêtres de l'hôtel on voyait ces appareils de climatisation dont on n'avait pas besoin dans les vieilles maisons en pierre. La façade du rez-de-chaussée de l'hôtel imitait celle de la petite demeure, c'était un pastiche à bon marché, utilisant non pas des pierres entières mais de simples parements collés sur le mur. Les étages étaient couverts d'un crépi blanc, si bien qu'on avait l'impression de deux bâtisses superposées.

Ne reste pas planté là! Viens! dit Ylbere.

Dans le hall, des pseudo-soldats étaient assis dans d'énormes fauteuils club en cuir, devant des tables en verre fumé couvertes d'innombrables bouteilles de bière et de cendriers pleins à craquer. Certains somnolaient, d'autres riaient aux éclats quand leur porte-parole disait quelque chose. Le seul homme en civil se glissa en hâte derrière le comptoir de la réception.

J'ai réservé, dit Ylbere en donnant son nom. Elle ajouta: la chambre avec balcon.

Elle est prise, malheureusement, dit le réceptionniste.

Mais ma réservation a été confirmée.

Absolument. Nous nous en sommes occupés et vous avez une chambre. Mais nous n'avons pas pu vous garder la chambre avec balcon, à notre grand regret.

Des rires bruyants retentirent derrière Ylbere et Ismail.

Qui a réquisitionné la chambre? Le commandant en chef Hashim Thaçi? Il est ici? Celui qui joue le héros?

Elle se retourna, cria: Hé, *gjarpër*! Où es-tu, espèce de vipère?

Les hommes continuèrent de hurler de rire. Était-elle visée?

Le réceptionniste sourit d'un air gêné. L'attention dont Ylbere était l'objet mettait Ismail mal à l'aise. Et pourtant lui-même, autrefois, n'avait-il pas éprouvé une révolte instinctive face aux frimeurs, un mépris pour les dégonflés, un cynisme dirigé contre les suiveurs enthousiastes, une haine des escrocs et des corrompus, mais aussi une envie que lui inspiraient ces gens au bonheur soi-disant innocent, ces cœurs simples si simplement contents d'eux-mêmes, en une tempête de sentiments contradictoires qui l'amenait régulièrement à exploser, comme Ylbere maintenant ? Pour se sentir vivre, il fallait taper du pied. Mais cet instinct en lui avait été étouffé sous le poids de la honte, comme un feu sur lequel on jette une couverture. Pourquoi ? Ylbere devait justement lui faire dès la nuit suivante une remarque qui le rendit pensif, alors qu'elle était au-dessus de lui et lui dessous. L'orphelinat était pour toi comme une maison des morts, lui dit-elle, et quand tu en es sorti, tu as voulu te sentir vivre. C'est du moins ce que tu as raconté, non ? Je comprends ça. Tu avais peur que ton âme soit morte, qu'elle ait été brisée, du coup tu l'as jetée au feu, il fallait qu'elle brûle pour que tu sentes sa présence. Et qu'as-tu découvert ? Que ce n'était que l'envers de l'orphelinat. Tu as récolté des cicatrices, et ça continue encore maintenant. Et ainsi tu as compris, ou peut-être n'était-ce qu'une intuition, qu'en fait tu veux être aimé. Tu ne veux pas être le petit singe tout excité par l'attention qu'on lui porte, mais dont les gens sourient ou même se moquent. Non, maintenant tu veux l'amour. C'est lui dont tu veux sentir la présence. À présent, cette nostalgie est tapie derrière ta honte, craintivement, et elle attend…

Et toi ? Tu ne veux pas être aimée ?

Pas par le monde entier, dit Ylbere. Je ne me sens pas mal-aimée sous prétexte que certains ne m'aiment pas.

Mais c'était plus tard. Pour l'instant, un nouvel incident mit un comble au malaise d'Ismail. Le réceptionniste remplit leur fiche. Quand Ismail donna son nom, il remarqua le regard tendu qu'Ylbere fixait sur le réceptionniste. Puis elle répéta son nom, c'était absurde : Lani, dit-elle, en attendant manifestement une réaction. Mais l'homme ne leva même pas les yeux, il continua d'écrire. Il existe bien ici une famille Lani, reprit-elle. C'est un si petit village, vous devez connaître cette famille.

Cette fois, l'homme leva les yeux. Et vous, quel est votre nom ? demanda-t-il. Ah, oui, je l'ai ici, dans la réservation…

Lenz, Ylbere Lenz, lança-t-elle. Avec un z à la fin.

Pourquoi as-tu fait ça ? lui demanda Ismail lorsqu'ils montèrent l'escalier menant à leur chambre. Ça m'a mis mal à l'aise.

Quoi donc ?

Que tu insistes tellement sur mon nom et que tu demandes à cet homme si…

C'est lui qui était mal à l'aise ! répliqua-t-elle. Tu n'as pas remarqué ? Je me demande pourquoi…

Ils entendirent des coups de feu. Des tirs de mitraillettes.

Une petite chambre avec un lit superposé. Mais la douche était correcte. À toi l'honneur, dit Ismail. Plus tard, dit-elle. Je veux aller sur la place, voir ce qui se passe. Ensuite, nous chercherons un endroit où manger quelque chose de chaud. Et ensuite, on se douche et dodo.

Elle alla dans la salle de bains, s'aspergea le visage au lavabo, puis lança : Viens ! Qu'est-ce qu'il y a ? Viens ! Je meurs de curiosité !

En sortant du guesthouse, ils entendirent des coups de feu et des cris. Un homme en uniforme les arrêta dans la ruelle qui menait à la place. Un instant, s'il vous plaît, dit-il. Attendez !

Ils jetèrent un coup d'œil et virent… comment appeler ça ? Un bazar pour armes à feu. On avait déployé sur toute la place des tapis où étaient disposées des armes de toutes sortes. Des dizaines d'hommes défilaient devant ces étalages, prenaient en main pour les essayer des pistolets ou des kalachnikovs, tiraient en l'air pour voir, c'étaient des cris, des vociférations, des marchandages, et la scène était traversée par des rails sur lesquels roulait un chariot où était installé un cameraman. Les clameurs se turent. Encore une fois. Le chariot revint à son point de départ, recommença. De nouveau, les cris, les coups de feu. L'homme qui retenait Ylbere et Ismail communiquait par talkie-walkie, il dit enfin : OK, vous pouvez passer. On fait une pause. Où voulez-vous aller ?

On veut juste regarder.

Vous voyez en face, le *Café Bar Tropoja,* on peut y prendre un café ou une bière, et de là-bas vous verrez tout.

Faleminderit!

Ils traversèrent la place, les hommes qui s'agitaient frénétiquement un instant plus tôt étaient maintenant assis sur les tapis entre les armes, il y avait encore des cris mais surtout des rires. Quelques tables s'alignaient devant le café Tropoja, mais aucune n'était libre. Un homme tagua sur un mur *rrofte Kosova e lire,* vive le Kosovo libre, et en dessous le logo de l'UÇK. Aussitôt, ils se levèrent tous pour regarder et faire des selfies devant le tag. Ismail et Ylbere en profitèrent pour s'asseoir à une table.

Une bière ?

Oui, et un raki.

Ismail s'en occupa.

C'est alors qu'un homme entre deux âges s'assit à leur table, il ne leur demanda rien, se contenta de s'asseoir après un signe de tête. Il leur offrit des cigarettes, ce qui leur permit de nouer la conversation. Les politesses d'usage, d'où venez-vous, où voulez-vous aller, furent vite expédiées. Ylbere revint alors à la charge avec la famille Lani. Pourquoi faisait-elle ça ? Ismail la regarda en secouant la tête. L'homme, qui s'était présenté comme M. Fadil, ne dit rien, but une gorgée de bière et regarda devant lui, comme s'il y avait maintenant sur la place quelque chose de plus intéressant à regarder. Ismail avait toujours beaucoup de sympathie pour ce genre d'homme : un visage évoquant une carte routière ou plutôt une carte au trésor, où les rides se croisant sur le front marquaient l'emplacement où le trésor était enterré, pas un gramme de graisse, de sorte que le pantalon et la chemise élimée des années de famine lui allaient encore, un épais gilet de laine couleur de terre, son regard empreint d'une obscure satisfaction tandis qu'il vidait son verre de raki.

Zoti Fadil, demanda Ismail, participez-vous au film qu'on est en train de tourner ?

Non, il n'était que spectateur, répondit l'homme. Mais il se déclara étonné par le réalisme et la précision historique du film.

C'était exactement comme ça, dit-il. Dans le moindre détail.

Ylbere se leva et entra dans le café pour chercher d'autres bières et d'autres rakis.

J'ai vécu cette époque, continua Zoti Fadil. Au début de la guerre, il y a eu tout de suite ici un bazar pour armes à feu. Il n'y avait pas que des marchands d'armes, mais aussi de simples civils, qui avaient attaqué des casernes et des postes de police et volé des armes lors des émeutes, deux ans plus tôt, ils ont déployé ici des tapis et vendu des kalachnikovs et toutes sortes d'autres armes. J'étais jeune, en ce temps-là, je me suis assis exactement comme maintenant et j'ai regardé, c'était vraiment pareil, les cris, les marchandages, les coups de feu en l'air pour essayer les armes. Évidemment, ce qu'on ne voit pas dans le film, c'est tous les gens qui ont été blessés.

Ils ne se sont quand même pas tiré les uns sur les autres ?

Écoutez, comment vous appelez-vous, déjà ? Ismail ? Eh bien, Zoti Ismail, réfléchissez : quand je tire une balle en l'air, il faut bien qu'elle retombe, non ? Et vu la hauteur d'où elle tombe, elle acquiert une certaine vitesse, et donc une certaine force. Elle peut infliger des blessures très sérieuses. On n'y pense jamais. Un tiers des hommes de Tropoja ont été blessés, parfois grièvement, par les balles qu'on tirait en l'air.

Il sourit, se remit à boire.

Et vous?

Je suis resté assis, à cette place exacte, et j'ai regardé. J'étais très jeune, mais j'étais le seul homme de la maison, où vivaient ma grand-mère, ma mère et mes deux sœurs. Je ne pouvais donc pas aller à la guerre. Je n'avais pas besoin de kalachnikov. Et pour défendre la maison, j'avais mon fusil.

Il s'absorba dans ses pensées. Ylbere revint et posa les boissons sur la table.

M. Fadil reprit alors: C'est incroyable, ces images aujourd'hui, c'est… comme alors. Oui, c'était comme ça. Dans le moindre détail, les jeeps et les camions sans plaques minéralogiques…

Ylbere lança un regard à Ismail.

Et tous ces jeunes hommes qui parlaient à peine albanais, ou mal, tout est vraiment bien reconstitué, c'était réellement comme ça à l'époque.

Quels jeunes hommes? demanda Ismail. Pourquoi parlaient-ils mal albanais?

Vous n'avez pas entendu, tout à l'heure, quand ils ont tourné la scène? Les hommes devaient parler très mal albanais, juste quelques mots, dans un langage rudimentaire. Ils font vraiment du bon travail, c'était exactement comme ça à l'époque.

Mais pourquoi?

Vous n'êtes pas au courant, Zoti Ismail? Quand la guerre a commencé et que les Serbes ont attaqué les Albanais, on a vu arriver très rapidement des Albanais du monde entier pour apporter leur aide, pour se battre dans l'UÇK contre les Serbes. Ils venaient d'Allemagne, d'Italie, de Suisse, d'Angleterre. Même du Canada. Enfin, des Albanais… C'étaient des jeunes gars appartenant à la deuxième ou troisième génération d'immigrés, qui n'avaient presque pas appris l'albanais, là où ils avaient grandi, et qui n'avaient aussi jamais eu une arme dans les mains. Tu imagines, tu prends l'avion à Berlin, Rome ou Zurich, et deux heures plus tard tu te retrouves en pleine guerre. Tout ça parce que tu as des ancêtres dans la zone des combats. Ils ont acheté des armes ici, puis ils sont partis là-bas, tu vois, dans ces montagnes, à même pas six kilomètres du village, elles sont si belles dans le soleil couchant, rouges comme du sang, et c'est là que des vétérans de l'UÇK leur ont donné une formation de base en trois jours, après quoi ils ont franchi la frontière pour combattre, et quelques jours plus tard ils étaient morts. Ici, certains sont devenus riches grâce au commerce des armes, et les enfants des immigrés sont allés mourir avec ces armes. Oui, mon fils, c'est comme ça. C'était comme ça.

12

Est-ce que vous allez faire une visite au cimetière des martyrs de l'UÇK, pendant votre voyage? À Koshare, pas loin d'ici. Vous serez étonnés en voyant les prénoms des morts. Giuseppe, Paulo, William, Philip, Jean-Paul, Alfred, Franz-Josef, Lothar-Matthäus, il y a même un Siegfried, un Siegfried Hoxha…
Il secoua la tête.
Incroyable, pas vrai? Siegfried Hoxha!
Nous ne sommes pas ici pour visiter, dit Ylbere en hâte.
Mais M. Fadil continua son discours – il se parlait plutôt à lui-même, maintenant. Rien que des descendants d'immigrés, dit-il, qui étaient déjà parfaitement intégrés dans les pays où ils étaient nés et avaient grandi. Enterrés dans un pays qu'ils ne connaissaient pas, décorés à titre posthume de « l'Ordre de Skanderbeg » en tant que « martyrs de la patrie ». Le poète Fate Vasa a écrit: « Pleine de richesses minières / des ossements de nos héros / c'est la terre albanaise. »

Sur la place, on rangeait les armes dans des sacs et des valises ou on les roulait dans des couvertures, des voitures arrivaient, le bazar guerrier disparaissait peu à peu dans leurs coffres, à présent des groupes d'hommes s'agglutinaient devant le Café Bar, buvaient, bavardaient d'une voix forte et excitée, certains avaient encore un pistolet à la ceinture, ils le brandissaient en riant et vidaient le chargeur rempli de cartouches à blanc. Le bar était tellement pris d'assaut qu'il fallait attendre très longtemps pour obtenir des boissons. Quand Ylbere eut réussi à se frayer un chemin jusqu'au barman, elle commanda six bouteilles de bière et une bouteille de raki, posa le tout sur la table et servit le raki. M. Fadil fumait sans rien dire. Ylbere ne comprenait pas pourquoi Ismail le laissait à son silence, ne l'interrogeait pas, la langue du bonhomme aurait dû se délier, après tout ce qu'ils avaient bu, il suffirait de le pousser un peu et il parlerait. Elle revint donc à la charge et lui dit qu'il connaissait certainement la famille Lani. À cet instant, il leva soudain les yeux d'un air étonné.

Son attention avait été attirée par un homme, qui devait avoir une trentaine d'années et boitait d'une étrange façon : il faisait un pas avec sa jambe gauche, puis avançait sa jambe droite avec une rotation des hanches. Il sortit ainsi du café, Ismail l'avait aussi tout de suite remarqué, avec son visage sombre, hagard. Ylbere ne le vit pas, car elle tournait le dos au café.

L'homme était allé chercher une des bombes de peinture aérosol qui avaient servi pour l'hommage à l'UÇK tagué sur le mur. Il la tenait devant lui comme une arme, la brandissait des deux mains, comme s'il voulait massacrer l'assistance avec une mitraillette, il voulait qu'on lui cède la place, Ismail ne comprenait pas ce qu'il disait mais les hommes s'écartèrent et il commença à taguer le mur à côté de l'entrée du café.

Lufta është babai, atdheu është nëna dhe unë jam jetim.

Un homme ivre, qui braillait l'instant d'avant, passa son bras autour de l'épaule du jeune homme, le serra contre lui, caressa ses cheveux. Un autre lui tendit un verre de raki, qu'il prit et vida d'un trait avant de s'éloigner lentement avec son boitillement saccadé.

Ylbere se rendit compte qu'il se passait quelque chose derrière elle en voyant Ismail et M. Fadil observer la scène, elle se retourna, vit l'homme taguer les derniers mots et lut :
La guerre est le père, la patrie est la mère et je suis l'orphelin.

13

En haut ou en bas ?
Ça m'est égal.
Alors je prends le lit du haut, dit Ylbere.
Ils n'avaient pas trouvé d'endroit servant des repas chauds, mais ils avaient pu profiter du ravitaillement de l'équipe du film à l'hôtel. De retour dans leur chambre, ils se douchèrent copieusement. Ismail resta allongé sur le lit du bas, nu, prêt à aller dans la salle de bains dès qu'Ylbere aurait terminé, mais elle mit si longtemps qu'il finit par avoir froid, il se demanda s'il ne devrait pas tout simplement la rejoindre sous la douche, ils pourraient se savonner mutuellement, espiègles, amoureux, insouciants – mais comment ce sentiment pourrait-il surgir à l'improviste : l'insouciance. De toute façon d'un point de vue pratique, la cabine de douche était si exiguë que...
C'est alors qu'Ylbere sortit de la salle de bains, drapée dans une serviette, le visage joyeux et rougi par la vapeur, les cheveux drus, humides et ébouriffés.
Lui aussi se doucha très longuement, savoura le ruis-sellement de l'eau brûlante, la caresse de ses mains sur son corps. Soudain, le jet d'eau devint froid. Il n'y avait plus d'eau chaude ! C'était glacial. Il se précipita hors de la cabine, jeta une serviette sur ses épaules. Debout devant le lavabo, le miroir était embué, il l'essuya avec la main, à hauteur de ses yeux.
À présent, il voyait dans la glace un être flou, indistinct, luisant dans la vapeur et les reflets lumineux, comme un fantôme sous ses yeux, une créature immatérielle, surgie d'une autre forme d'existence et qui le regardait.

Ça recommençait. Son cœur battait à tout rompre.

Il passa en hâte la serviette sur le miroir, dans tous les sens, pour effacer cette vision – et c'est lui qui apparut. Ses contours avaient beau être nets maintenant, un homme mou et incertain.

Il n'était pas fou. C'était très clair pour lui : le fait qu'il ait une impression si violente dans une situation aussi banale était un symptôme. Simplement, il ne savait pas de quoi.

Il rentra dans la chambre et vit qu'Ylbere était déjà couchée sur le lit du haut, la couverture remontée jusqu'au menton. Il se demanda si elle était nue sous la couverture ou en pyjama – soudain, il se rendit compte qu'il n'avait pas songé à emporter un pyjama. Il faisait froid dans la chambre, il posa la main sur le radiateur sous la fenêtre, qui n'était pas vraiment chaud mais pas froid non plus, il était difficile de dire si le chauffage fonctionnait. Ismail sortit donc de son sac à dos un sous-vêtement thermique et l'enfila avant de se coucher.

Cette douche était un délice, déclara-t-il, uniquement pour dire quelque chose. Pour briser la glace. Dans son sous-vêtement thermique. C'est alors qu'Ylbere sauta de son lit. Et qui va éteindre la lumière ? demanda-t-elle, en rejoignant en deux pas l'interrupteur près de la porte. Pendant le bref intervalle avant l'obscurité, Ismail vit qu'elle était nue. Puis elle retourna se coucher, elle n'était plus qu'un fantôme gris, était-ce son ventre plat qu'il avait sous les yeux, quand elle se tint un instant devant le lit ? Il n'eut même pas le temps de désirer qu'elle se penche sur lui, au moins ça, qu'elle se penche sur lui et lui donne un baiser, elle avait déjà bondi en haut.

Au moins, se dit-il, avec ce lit superposé, il était inutile de se demander s'il ne pourrait pas aller un peu plus loin, en cette troisième nuit partagée. Il dut s'avouer qu'il se sentait même soulagé, malgré sa nostalgie. Non, il était déprimé par son propre soulagement. Ce n'est pas le sexe l'essentiel, pensa-t-il, sans comprendre lui-même ce que signifiait cette pensée.

Puis il imagina un dialogue : C'était merveilleux, Ylbere, quand nous nous sommes serrés l'un contre l'autre, la nuit d'avant notre départ, tu te rappelles ?

Oui, c'était merveilleux. Oui… Viens près de moi.

Mais le lit n'est pas trop étroit ?

On va devoir se serrer très fort l'un contre l'autre.

C'est alors qu'il entendit sa voix en haut : Je ne te comprends pas ! Tu es encore réveillé ? Bon, je ne te comprends vraiment pas. Nous sommes à Tropoja et ça ne t'intéresse manifestement pas de savoir si quelqu'un a entendu parler de ta tante ici, si elle…

Écoute ! lança-t-il. Tu te souviens de ce que tu m'as dit au Radio Bar ?

À quel propos ?

Je t'ai parlé de mon passé. Et tu m'as dit : Tout ça, c'est derrière toi ! C'était consolant, je l'ai compris comme une invite à en finir avec ce passé, à le laisser tranquille. Je t'ai demandé ensuite : Et devant moi, qu'est-ce qu'il y a ?

Et alors ?

C'est la vraie question. Et je trouve pénible que tu demandes à tout le monde ici s'ils connaissent ma famille, du portier de l'hôtel aux étrangers qu'on rencontre au café. C'est indiscret, c'est présomptueux, tu n'as pas à faire ça. Ma soi-disant famille. C'est derrière moi, et ça ne te regarde pas.

Ismail se sentait brûlant. Il s'extirpa de son sous-vêtement.

Un dernier mot, pour que tout soit clair ! Tu m'as dit que tu avais appris à faire des recherches. Mais moi, j'ai appris autre chose. Tu peux appeler ça aligner des belles phrases. Élaborer une fiction à partir d'éléments de la réalité, et tirer de cette fiction une réalité meilleure. Une meilleure…

Il était nu, maintenant.

Il était nu, quand tante Xhulieta était venue le chercher.

Elle s'avança vers lui et dit : Je suis ta tante Xhulieta.

Il ne l'aurait pas reconnue. Il leva les yeux sur elle, lentement elle resurgit des ténèbres du souvenir. Elle sentait drôle. Il avait entendu dire que les dames élégantes utilisaient un produit qu'on appelait parfum. C'est un autre pensionnaire qui l'avait raconté. Ça vient de Paris, la plus belle ville du monde, avait-il chuchoté sur un ton de conspirateur, comme s'il révélait un secret. Ils ne savaient rien de la vie hors de l'orphelinat. Ceux qui savaient quelque chose ou avaient entendu quelque chose, ou l'avaient appris de quelqu'un qui l'avait entendu, ils le racontaient et le monde extérieur devenait de plus en plus mystérieux dans l'esprit des enfants, rempli de nobles personnages possédant ou faisant des choses qui à la fois enflammaient et dépassaient l'imagination. Était-ce ça, l'odeur de la tante ? Ce fameux parfum ? C'était fort et ça évoquait vaguement… un truc en train de pourrir, pensat-il. La pourriture, il connaissait. Mais il s'efforça d'aimer l'odeur de sa tante, au cas où ce serait bien du parfum. Plus tard, il pourrait raconter aux autres qu'il savait maintenant ce que ça sentait. La nuit, quand ils seraient couchés au dortoir, dans leurs lits de fer grinçants, sur les matelas imprégnés de l'odeur des générations de pensionnaires qui avaient mouillé leurs draps, que l'angoisse avait trempés de sueur, qui s'étaient masturbés.

Ce mois de mai n'était pas chaud, mais c'était quand même le printemps, ils ne mourraient pas de froid, nus dans la cour. Ils devaient retirer leurs vêtements avant de pouvoir sortir dans la boue du dégel, on ne pouvait quand même pas les laver tous les jours. Qu'est-ce qu'ils avaient ? Pas de quoi faire une garde-robe. Encore un mot qu'on chuchotait : dehors, les gens avaient une garde-robe. C'était quoi ? Quelque chose qui ressemblait à ce que portait leur père chéri, Enver Hoxha, sur les photos accrochées partout dans l'orphelinat, et qui était encore plus beau que les tenues des éducateurs.

Les plus jeunes se chamaillaient, se poussaient les uns les autres dans la boue, les plus âgés se masturbaient, faisaient la démonstration de leurs érections. Personne ne s'en souciait.

Ismail était assez vieux pour savoir qu'il était nu. Devant sa tante qui sentait le parfum, il cacha son sexe avec sa main. Des croûtes sanguinolentes et des plaques de crasse parsemaient sa peau, qui était rouge car il était gelé et avait la chair de poule.

Un éducateur lui donna une tape sur la nuque : Va te laver !

C'est ainsi qu'il sortit, comme un animal, pas un petit singe que tout le monde admirait, un animal crasseux, couvert de croûtes.

Il était plein de gratitude pour sa tante. Par la suite, il ne lui demanda pas ce qu'elle avait fait auparavant, ce qui s'était passé depuis la mort de sa mère. Elle-même n'en parlait pas. Jamais. Elle ne racontait rien. Elle était là maintenant, elle l'avait délivré et s'occupait de lui. Ce n'était pas une mère de substitution. Elle n'avait sans doute même pas la prétention de faire ce que fait une mère : serrer son enfant contre elle, lui caresser la tête, le consoler, essayer de le comprendre. Ou le faire rire. Elle ne le chatouillait jamais. Elle ne riait jamais avec lui s'il se montrait empoté, et quand il souffrait elle lui disait en guise de consolation : Ça passera. Elle le répétait sans cesse : Ça passera. Et Ismail vécut avec le sentiment que tout passait. En fait, c'est ainsi qu'il vivait à l'époque : comme s'il était assis, hébété, dans une salle d'attente.

Il ne lui demanda pas comment elle était arrivée dans ce petit appartement de Lapraka, le onzième arrondissement, un quartier ouvrier de Tirana, loin du boulevard central. Il ne se souvenait plus de la villa du Blloku, sa vie à l'orphelinat était passée et il habitait donc maintenant dans cet appartement de la Rruga Mati Logoreci, non loin de l'usine textile où travaillait sa tante. Elle était employée dans la teinturerie, à la cuve, et maniait des produits chimiques dangereux sans masque ni gants. C'était ce travail qui lui valait son odeur, due aux composés chimiques et aux solutions alcalines en usage dans l'usine, cette odeur imprégnait sa peau, ses cheveux, elle n'arrivait pas à s'en débarrasser. C'était ça, le parfum des dames élégantes. Et la garde-robe. Elle rapporta de l'usine du tissu avec lequel elle lui confectionna deux pantalons et deux vestes. Bleus. Elle s'occupait de lui.

Pour Ismail : ça aussi, ça allait passer. La vie dans ce HLM des années cinquante qui tombait déjà en ruine, les persiennes en bois des fenêtres qui pendaient de travers et pourrissaient, la façade sans crépi dont les briques s'effritaient. À côté, le terrain de sport, une cage entourée de hautes grilles, avec des mauvaises herbes poussant déjà entre ses dalles de béton, il était rare que des enfants y jouent, il n'y avait pas d'enfants, rien que des êtres humains de tous âges tentant désespérément de gagner de l'argent, et personne n'était trop jeune pour ça. Devant la cage, les bacs à ordures, dont le couvercle était cassé et dont la puanteur s'élevait jusqu'au ciel, ou du moins jusqu'au troisième étage de l'immeuble où sa tante et lui avaient leur appartement.

Il avait beaucoup de retard à rattraper dans ses études, et tante Xhulieta prit les choses en main. C'était l'amour qu'elle pouvait donner, et le devoir qu'elle voulait accomplir. Il étudiait dans les vieux livres d'école où sa tante avait barré avec vigueur les hommages au défunt dictateur. Il les lisait comme il devait lire beaucoup plus tard un journal traînant dans une salle d'attente. Il se disait que ça passerait, comme ses saignements aux gencives.

Il était très maigre. Ils n'avaient pas beaucoup à manger. Malgré tout, il y avait toujours des oignons, du riz, des bananes. Pour le pain, ils mangeaient des pitas, parfois aussi un *qiqra,* un pain aux pois chiches. Derrière l'immeuble, les femmes cultivaient des légumes, qu'elles faisaient mariner pour l'hiver. Tante Xhulieta l'envoyait arroser en bas, il obéissait en se disant que ce n'était pas là sa vie, pas encore. Mais qu'est-ce que c'était, alors ? Ça devait avoir un sens totalement différent, il ne pouvait pas l'exprimer mais il le sentait, quand il arrosait d'un air apathique les plantes qui poussaient, fleurissaient, après quoi surgissait de la fleur une petite excroissance qui devenait un concombre, lequel grossissait avant d'arriver, encore vert et croquant, dans un bocal où il s'amollissait et jaunissait dans la saumure et le vinaigre, il ne donnait pas un nom à son impression, il n'interprétait rien, il l'éprouvait simplement : que tout aboutissait toujours à autre chose.

Son futur ami puis ennemi Fate Vasa lui avait déclaré un jour : L'esprit créateur perçoit un sens dans ce qui semble insignifiant, une essence de la vie, là où d'autres se contentent de dire : la vie est ainsi.

Ismail avait été impressionné. Plus tard, il comprit que ce genre de phrases, dont Fate était coutumier, n'était que pur charlatanisme.

Parfois, sa tante pouvait échanger quelques métrages de tissu venant de l'usine contre une poule ou simplement une tête de chèvre, qu'elle faisait bouillir. Certains de ses camarades de classe n'en auraient jamais mangé, horrifiés, mais lui mangeait ça sans y penser, comme il mangerait plus tard des noisettes en attendant quelqu'un dans un bar.

En repensant maintenant à cette époque – pourquoi y repensait-il ? elle était derrière lui –, il lui vint à l'esprit un épisode qu'il trouvait caractéristique et qui en même temps le remplissait de honte. Il était assis avec tante Xhulieta à la table de la cuisine. La table de la cuisine ! C'était beaucoup dire ! Ils n'avaient pas d'autre table, la cuisine donnait sur la chambre abritant deux lits et deux armoires sombres. Quoi qu'il en soit, ils étaient assis à la petite table dans la cuisine, et sa tante, qui venait de rentrer du travail, fatiguée mais étonnamment joyeuse, tira de son sac un objet enveloppé dans du papier journal. Elle avait l'air si heureuse, quand elle dit : Regarde, ce que j'ai là, c'est une amie qui me l'a donné, une collègue de travail. Sur le papier journal déplié, Ismail vit une masse blanche un peu plus petite qu'un paquet de cigarette, un des bouts était déchiqueté, manifestement elle provenait d'un morceau plus gros mais on ne pouvait pas couper proprement cette matière, et tante Xhulieta déclara : C'est un savon à la noix de coco, imagine, un savon à la noix de coco, elle m'a dit que si je me lavais les mains avec quoti-diennement, les crevasses et les fissures disparaîtront, c'est miraculeux, tu verras, ce savon rend les mains de nouveau parfaitement lisses. Et sa tante était tellement heureuse, Ismail aurait dû ressentir quelque chose, cela faisait long-temps qu'il ne l'avait pas vue aussi heureuse, quand avait-elle ri pour la dernière fois ? C'était un moment spécial. À cause d'un savon. Il voyait cette chose blanche, et à côté les mains maltraitées, rougies, crevassées, il leva les yeux et vit le visage allègre de sa tante, et sa vue alors s'obscurcit, c'était comme si son âme sombrait dans les ténèbres, et il ne ressentait rien. Aucune empathie, aucune compréhension en la voyant soudain joyeuse dans sa misère, il ne pouvait pas, il attendait tout autre chose.

À présent, il avait honte de s'être contenté de hausser les épaules, pas réellement mais intérieurement, puis d'avoir détourné les yeux jusqu'à ce que ce précieux petit morceau de savon soit de nouveau emballé dans le papier journal. Pour-quoi ne pouvait-il pas se réjouir avec elle, pourquoi ne pouvait-il pas l'aimer, comme il le pensait et était prêt à l'affirmer à tout moment, après coup.

Ces mains crevassées qui auraient fait l'effet d'une râpe, si elles avaient caressé, il les voyait maintenant clairement devant lui, dans leur misère, ces mains qui n'osaient pas caresser.

Quand elle tomba malade, quand les crevasses et les fissures de ses mains gagnèrent aussi ses poumons, elle commença enfin à raconter. Pas beaucoup, mais certains soirs des bribes lui échappaient, elle se montrait rêveuse, sentimentale, puis de nouveau cynique ou même haineuse. Mais il s'agissait toujours de l'époque du Blloku, jamais de ce qui s'était passé ensuite. Qu'avait-elle vécu alors ? Dans les montagnes ? Lorsque Ismail évoquait l'orphelinat, elle lançait d'un ton cassant : Ce n'était quand même pas un camp ! Était-ce un indice ? Elle parlait des jours heureux et disait avec amertume qu'on les avait trompés. Elle parlait d'une tromperie qui avait fait son bonheur. Lui – lui ! – il avait ôté son chapeau devant elle, baisé sa main. Sa main ! Regarde-la, ma main. Et tu étais si mignon, mon petit singe.

Ça passait. Ce n'était pas le genre de sentimentalité qu'ils voulaient cultiver.

Le *Lumi i Tiranës*, la rivière de Tirana, qui limitait l'arrondissement de Lapraka, était d'un bleu intense. Ismail ne savait plus pourquoi il longeait la rivière avec tante Xhulieta. Était-il allé la chercher à la sortie de l'usine ? Pourquoi ? Il avait plu toute la journée et le ciel était gris, terne, on aurait cru que tout son azur s'était écoulé dans les eaux de la rivière.

C'est de cet azur qu'elle devait mourir. De cette teinture bleue qu'elle avait maniée sans protection et dont les eaux usées se déversaient dans la rivière et lui donnaient cette couleur azurée, comme ces tissus qu'elle faisait tremper dans la cuve avant le passage sous la presse.

Il avait été admis à l'Université. Il était euphorique, voyait s'ouvrir une sortie de secours menant à l'air libre. Cette fois, ce fut elle qui resta froide. Elle regarda la rivière et dit : Elle est merveilleusement bleue, ici, tu as vu comme elle est bleue, et c'est un mensonge. Quand ses eaux couleront dans le canal, au centre de la ville, après tout ce qu'on y aura déversé ce sera un égout, et c'est ça la vérité.

Elle éclata de rire. Son rire se transforma en une crise d'étouffement, elle n'arrivait plus à respirer. Elle s'immobilisa, posa sa main sur l'épaule d'Ismail en haletant. Quand elle fut calmée, il dit : J'ai obtenu une bourse.

Elle ne réagit pas, se remit à marcher lentement.

Il allait à pied de la Rruga Mati Logoreci à l'université de Tirana, une heure de marche tout juste. Et encore une heure au retour. Chaque jour. Et il pensait : Ça aussi, ça passera. À la fin, ou plutôt dans le dernier quart du trajet jusqu'à l'université, il passait devant le Blloku, sans émotion, sans souvenir. Le quartier n'était plus interdit, mais presque personne n'y rentrait. Enver avait beau être mort, le régime n'était pas encore tombé, même s'il vivait ses derniers jours.

Pour la première fois, il pensa qu'il devait faire quelque chose. C'est à cette époque qu'il commença à se révolter. D'autres disaient : à faire du grabuge.

Si je ne fais rien pour améliorer le monde, il ne deviendra pas meilleur. Tel fut désormais son credo. Et il commença à se sentir vivre.

Et tante Xhulieta mourut. De la couleur bleue. De son parfum. De ses crevasses.

Ismail n'arrivait pas à dormir. Il restait éveillé et ces images défilaient devant lui. Non, c'était derrière lui. Laisse tomber. Il regarda le ciel – le lit au-dessus de sa tête. Il entendait en haut un léger ronflement.

15

Ses derniers mots. Hll htm htm hllt…

Cela faisait trois jours qu'Ismail n'allait plus à l'université. Dans l'état où était Xhulieta, il ne pouvait plus la laisser seule. Il y avait du bruit de l'autre côté de la fenêtre ouverte, cela rendait encore plus difficile de comprendre ce qu'elle chuchotait, d'une voix qui n'était plus qu'un souffle.

Qu'est-ce que tu as dit, ma tante ?

Elle avait ouvert tout grand les yeux, mais Ismail n'avait pas l'impression qu'elle voyait quelque chose, et en tout cas pas lui, pas le plafond de cette chambre, elle voyait quelque chose de tout différent, un autre lieu.

Qu'est-ce que tu as dit, ma tante ?

Des cris dans la rue. C'était plus que les cris de quelques personnes en bas de l'immeuble, c'était la ville qui hurlait, liberté et fini et ils vont tomber et nous et nous, nous sommes... Comme des bribes qui s'élevaient des chants déchaînés parcourant les rues et qui dans cette chambre étaient comme étouffés par cette vie à bout de souffle.

Ma tante !

Il se pencha sur elle, approcha son oreille de sa bouche, si près qu'il sentit brièvement les lèvres râpeuses de Xhulieta contre son oreille, il se redressa, étala un peu de yaourt sur les lèvres de sa tante, essuya son front en sueur. C'est alors qu'il vit qu'elle essayait de nouveau de parler, les lèvres blanches de yaourt se tordirent... en un sourire ? Un sourire de clown, pensa-t-il, non, il n'avait pas le droit de le penser. Il approcha encore son oreille de la bouche de sa tante. Hj... hlss... Et cette fois il comprit, il comprit la plaisanterie amère et mélancolique qu'elle faisait, si ses lèvres blanches évoquaient un clown, ce n'était pas entièrement à tort.

Elle lui avait raconté cette histoire au dîner, à l'époque où elle avait commencé à parler un peu du passé. Quand Enver Hoxha décréta l'interdiction totale de toute religion, il demanda à l'université de Tirana de justifier cette exigence du socialisme scientifique en prouvant que Dieu n'existait pas. Cette preuve ne devait pas être le fait d'une critique idéologique, mais d'une démonstration scientifique rigoureuse. Les meilleurs scientifiques se mirent au travail. Tante Xhulieta riait en racontant ces choses. Elle se rappelait encore très bien, dit-elle, que les professeurs étaient morts de peur. Si la preuve n'était pas concluante, ils seraient considérés comme des incapables, voire comme des agents du fascisme clérical ou de la fraternité musulmane « kilidj », qui prônait la guerre sainte contre le socialisme impie. Ce qui aurait naturellement pour conséquence qu'ils seraient envoyés en camp voire exécutés. Un professeur de physique expérimentale, qui avait déjà survécu à bien des virages idéologiques, ne craignait pas la mort. Au contraire, il se servit d'elle. C'était Nikolla Tupe, aujourd'hui encore une rue près de l'université porte son nom. Comme tante Xhulieta riait, arrivée à ce point de son récit! L'argumentation du professeur Tupe était la suivante : On sait qu'il est impossible de prouver l'existence de Dieu, mais cela n'exclut pas pour autant qu'il puisse exister. Pour exclure définitivement son existence, il faudrait que la science démontre que l'âme n'existe pas. Car l'âme est définie par toutes les religions comme le Souffle de Dieu, la présence de sa substance dans l'humanité qu'il a créée, en somme la réalité existentielle de cette existence absolue à laquelle on est invité à croire. S'il est évidemment impossible de prouver l'inexistence de quelque chose dans l'immensité de l'univers, en revanche il est possible de prouver scientifiquement l'inexistence de sa substance sur notre terre.

Le professeur Nikolla Tupe conçut une balance précise au nanogramme près, qu'il installa sur une sorte de lit muni d'un système compliqué de capteurs dans un champ électrique, ne me demande pas de détails, en tout cas ça paraissait terriblement scientifique, raconta Xhulieta. Puis il se fit livrer des agonisants qu'il coucha dans ce lit. Commencèrent alors des calculs complexes, il fallait tenir compte de la perte de poids du mourant du fait de l'eau évacuée en suant, ou de la prise de poids consécutive à l'apport de liquide ou de nourriture, on établit ainsi des méthodes statistiques, on dessina des courbes, de façon à obtenir juste avant son décès le poids objectif du mourant y compris son âme. Puis le décès avait lieu. Les religions affirmaient qu'à l'instant de la mort l'âme quittait le corps humain et s'envolait vers Dieu. Ce qui se trouvait dans le corps et le quittait était nécessairement matériel, et avait donc un poids, même l'air était constitué de molécules ayant un poids spécifique. Si donc la balance à haute précision conçue par le professeur Tupe indiquait que les morts n'avaient pas perdu ne serait-ce qu'un centième de nanogramme, cela voudrait dire que rien n'avait quitté le corps, ergo : il n'y avait pas d'âme. La prétendue substance de Dieu n'existait pas, Dieu n'existait pas. CQFD.

Après avoir pesé une bonne centaine de mourants sur sa balance, avec toujours le même résultat, il présenta sa preuve à Enver Hoxha en présence d'un groupe de collègues affreusement nerveux. Quand Enver manifesta son approbation, il y eut un tonnerre d'applaudissements. Après quoi, Enver fit inscrire l'athéisme dans la Constitution albanaise, et l'Albanie devint le premier État athée du monde.

Je connaissais le professeur, poursuivit tante Xhulieta. C'était le roi des roublards, un cynique qui avait survécu à toutes les volte-face démentes du Parti. Il eut même droit à une maison au Blloku, si bien qu'il fut parfois invité chez tes parents. Quand quelqu'un tombait en disgrâce et disparaissait, Nikolla disait que c'était une bonne âme. Il a dû dire la même chose de ton père, après qu'on est venu le chercher : C'était une bonne âme.

Crois-tu en Dieu ? avait demandé Ismail.

Tante Xhulieta haussa les épaules. En tout cas, je ne crois pas que mon âme pour finir s'envolera vers Dieu, dit-elle. Si elle existe, elle tombera, encore et encore, jusqu'au monde souterrain, l'enfer ou le néant… Elle haussa de nouveau les épaules. Elle tombera.

C'est ce qu'elle avait dit alors.

À présent, il comprenait les derniers mots qu'elle chuchotait, tandis qu'il approchait son oreille de sa bouche, et il comprenait qu'elle voulait qu'il les comprenne, chaque mot était un souffle haletant, elle dit :

Hlle h tombe h tombe tombe je hla laisse tomber tomber…

Il comprit. Il sourit. L'embrassa, elle qui était encore tiède, et morte.

16

À son réveil, Ismail était seul dans la chambre. Il était gelé. Il n'eut même pas envie de savoir s'il y avait de nouveau de l'eau chaude. Il s'habilla en hâte, descendit l'escalier, trouva Ylbere à la réception, penchée sur une carte routière avec le jeune homme de l'hôtel.

Le hall était rempli de sacs, de valises et de malles, de caméras et de trépieds, tout l'équipement de l'équipe de tournage qui était sur le départ.

Ismail sortit de l'hôtel, fit quelques pas dans la ruelle, jeta un coup d'œil sur la place. Il n'y avait pas un chat. À cet instant, une vieille Mercedes déboucha de la rue d'en face, fit le tour de la place puis repartit. Ismail vit que le conducteur avait des lunettes de soleil, alors qu'il n'y avait pas de soleil, la matinée était grise.

L'histoire était fixée sur la pellicule, le matériel rangé et voilà.

Il retourna au guesthouse. Ylbere était en train de replier sa carte. En voyant Ismail, elle lui fit signe : le petit déjeuner! Je crois que je connais le chemin, maintenant, dit-elle.

Elle mangea avec appétit du fromage, du yaourt, de la pita, des concombres marinés.

Mange! dit-elle, qui sait quand nous mangerons de nouveau.

Nous trouverons plus facilement de la nourriture qu'un lit, pensa-t-il. Il n'y avait sûrement pas de guesthouse à Sose, le prochain gîte se trouvait probablement à Sylbica, qu'on ne pouvait rejoindre qu'après une marche d'une heure et demie. Il serait plus rapide de retourner en voiture à Tropoja. Il craignait que le résultat ne soit une nouvelle nuit dans la jeep.

Ils prirent la route du col de Morina. Elle était en bon état, mais Ylbere roulait lentement, si lentement qu'Ismail trouvait ça irritant. Elle expliqua : Très bientôt, peu avant la frontière, il devrait y avoir sur notre gauche une route non asphaltée, qu'il est facile de manquer.

Le ciel se dégagea soudain, les nuages se débandaient comme s'ils voulaient fuir.

Ici ! D'après la description, ça devrait être cette route, dit Ylbere en tournant. Ils ne savaient ni l'un ni l'autre si c'était la bonne route, la chaussée de terre et de pierre céda rapidement la place à un chemin caillouteux, bordé à droite et à gauche de talus boisés. Ils avaient l'impression de progresser péniblement dans le lit asséché d'une rivière, était-ce vraiment une route ? Auraient-ils dû faire demi-tour ? Où ? Comment ? Le lit de la rivière, si c'en était un, était beaucoup trop étroit, ils ne pouvaient que le suivre en roulant lentement. Ils cahotaient sur les cailloux en avançant au pas. Après avoir été copieusement secoué et ballotté, Ismail demanda à Ylbere de stopper.

Je descends, dit-il.

Comment ?

Nous avançons quasiment plus lentement que si nous marchions. Je préfère encore continuer à pied, au moins je ne serai pas autant secoué. Et si tu veux aussi marcher un moment, nous nous relaierons.

Au début, il suivit la voiture en boitillant, puis il finit par la dépasser pour échapper aux tourbillons de poussière et aux gaz d'échappement. Il marchait d'un pas tranquille, en avançant même par moments plus vite qu'Ylbere avec la voiture. Il s'arrêtait alors, respirait profondément et reprenait son chemin. La chaleur était torride, il était en sueur, il se demandait s'il avait de la fièvre ou s'il faisait objectivement très chaud. Si c'était le cas, cette chaleur était vraiment inhabituelle pour la saison, surtout dans les montagnes, mais comment pouvait-il savoir ce qui était normal ici ? N'avançait-il pas dans le lit asséché d'une rivière ? Le ciel était bleu, le soleil s'élevait dans l'azur sur leur droite, Ismail progressait pas à pas et se disait : Ça va passer. Ça aussi, ça va passer.

Il vit que derrière le talus de gauche le terrain descendait abruptement jusqu'à une petite vallée encaissée, alors qu'à droite la paroi rocheuse se rapprochait de plus en plus, c'était une chaîne de montagnes creusées et crevassées, comme façonnées à coups de poing par une puissance inimaginable. En fait, la montagne avait l'air de bouger, elle était sur ses talons, il marchait si lentement qu'il n'avait pas l'impression d'avancer, il lui semblait plutôt que les versants se rapprochaient, comme s'ils voulaient le précipiter dans la vallée. Marcher ainsi au pas n'était pas vraiment fatigant, pourtant il haletait, à cause de la chaleur et aussi des cailloux. L'éboulis blanc en plein soleil l'éblouissait, le versant abrupt, rouge sang, s'élevant vers les sommets, le perturbait. Comment se faisait-il que la montagne soit ainsi parsemée d'énormes taches rouges ?

Il s'arrêta.

Ylbere baissa la vitre. Qu'y a-t-il ?

Je comprends maintenant pourquoi on appelle cette région *Bjeshkët e Namuna,* dit-il. *La Montagne maudite.*

Il est question d'un sortilège, pas d'une malédiction, dit Ylbere. Mais va pour « maudite ». Tu es fatigué ? Tu veux remonter en voiture ?

Non.

Qui donc l'a maudite ? Des maîtres lointains. Les Ottomans, les Habsbourg, les nazis et pour finir les communistes. Aucun pouvoir n'a vraiment pu s'imposer ici. La première grande puissance qui va y parvenir, c'est le tourisme, dit-elle en riant. N'est-ce pas magnifique, ici ?

Si.

Ismail finit par retourner dans la voiture. Au bout de vingt minutes, il ne supporta plus les cahots, descendit, continua à pied. Le chemin commença à monter en un long virage à flanc de montagne, d'abord abruptement puis en pente douce jusqu'au prochain lacet. Ylbere accéléra pour vaincre la pente, la voiture tanguait, des cailloux jaillissaient sous les pneus, le véhicule avait l'air de nager au bout de cette rivière asséchée, Ismail vit Ylbere tourner violemment le volant, il crut lire une certaine panique sur son visage à travers le pare-brise, après quelques buissons le gouffre s'ouvrait à deux pas de la voiture, une roue ne pendait-elle pas déjà dans le vide? La jeep retourna sur le sol et s'extirpa du chemin creux pour foncer sur le virage de la route en lacets, continua ainsi encore deux ou trois cents mètres puis s'immobilisa. Ismail courut la rejoindre, en proie à un affolement que plus rien ne justifiait, car la voiture était devant lui, il ne s'était rien passé. Mais il avait déjà imaginé Ylbere en train de tomber, coincée dans cette voiture. Jusqu'au fond de l'abîme.

Quand il s'approcha, Ylbere avait ouvert la portière et fumait, assise derrière le volant. On ne doit plus être loin, dit-elle.

Si c'est la bonne route, dit Ismail.

Même si ce n'est pas la bonne route, elle nous mènera quelque part.

Elle semblait très tranquille, elle fuma, but un peu d'eau, tendit la bouteille à Ismail et déclara: Nous allons bientôt le savoir.

Le chemin ne cessait de monter en de longs virages. À présent, Ismail comprenait pourquoi les versants brillaient d'un éclat rouge sang: ils étaient couverts par endroits de myrtilliers sauvages, dont les feuilles avaient rougi avec l'arrivée de l'automne.

Le soleil brûlant était impitoyable. Ylbere arborait une casquette de base-ball, mais Ismail n'avait évidemment pas songé à emporter un couvre-chef. Il se confectionna un turban avec un maillot, il se sentait ridicule et pensa : Encore quelques pas, et ce sera passé.

Leur assurance s'effritait. Le chemin grimpait de plus en plus, s'enfonçait dans les montagnes de Gjakova, au milieu de gouffres sans aucune trace de vie, sur des versants derrière lesquels c'était déjà la Kosovo. Quelque chose clochait.

Ils arrivèrent à une bifurcation. Au bord du plus étroit des deux chemins, un panneau fixé à un piquet annonçait : *Banja e Princit.*

Le chemin était si étroit, encombré de racines et jonché de grosses pierres qu'il était impraticable en voiture. Ils laissèrent donc la jeep.

Mais le panneau n'indique pas Sose, dit Ismail.

Peu importe, dit Ylbere. Je veux voir ce Banja.

Ça va passer, pensa Ismail. Au bout d'une demi-heure de marche, ils arrivèrent à une chute d'eau tombant dans un bassin naturel entouré de parois rocheuses. L'eau du bassin était aussi bleue qu'une teinture, à la surface des milliers de petites étoiles scintillaient, couronnées d'écume blanche, à l'endroit où la cascade arrivait dans le bassin. Sur les parois longeant la cascade, des pins étrangement tordus voisinaient en tremblant avec cette démonstration de force de la nature.

Ils restèrent bouche bée, en serrant chacun la main de l'autre.

Puis Ylbere se déshabilla.

Pour la première fois, Ismail la vit nue.

La toucha. Dans l'eau froide et bleue du *Banja e Princit.* Et ensuite, quand ils se frictionnèrent mutuellement pour se sécher.

De retour à la voiture, ils se sentaient plus frais mais l'incertitude les gagna bientôt de nouveau : où conduisait la route qu'ils avaient empruntée ? Leurs téléphones ne leur donnaient aucune indication, sinon que Sose ne figurait pas sur Google Maps.

Après avoir progressé péniblement pendant une vingtaine de minutes, ils aperçurent une maison en bois. Devant la maison, un homme était assis sur un banc, il avait des cheveux argentés, des joues creuses, une moustache, un gilet bleu sur une chemise d'un bleu délavé. Ismail fut soulagé : un être humain ! En même temps, il s'étonna, sa première pensée fut : un gilet ! Par cette chaleur ! Ce n'est qu'ensuite qu'il remarqua qu'un fusil était posé sur le banc à côté de l'homme.

L'homme était en train de se rouler une cigarette, il vit la voiture, le couple qui en sortait et s'avançait vers lui, il posa son tabac, se leva et les salua, la main sur le cœur : *A jeni mirë, burra ! Për ku jeni nis ? Ju qoftë rruga e mbarë.* Vous allez bien, les hommes ? Où allez-vous ? Puissiez-vous faire bonne route ! Et il les invita d'un geste à s'asseoir.

Ismail ne put s'empêcher de sourire. Il leur avait dit : *les hommes* !

Le banc de bois s'appuyait au mur de la maison, devant lui une table consistant en une planche clouée sur deux souches d'arbre, et sur le côté deux chaises de camping passablement usées. Si le banc en bois était rongé par les éléments, les chaises de camping témoignaient du délitement d'une époque qui avait promis un bonheur à deux sous.

Ylbere offrit à l'homme une cigarette. Il la remercia, prit son fusil et rentra dans la maison. Il ressortit avec du raki, une cruche d'eau, du yaourt, du fromage et du pain.

L'homme était un berger qui remettait à plus tard d'emmener son troupeau, à cause de la chaleur.

Ils burent et mangèrent. Combien Ismail était reconnaissant pour le raki et le fromage ! Il ne voulait pas en demander davantage, ils n'étaient certes pas dans un restaurant, mais il avait l'air si suppliant, avec son verre de raki à la main, que l'homme non seulement le resservit mais lui montra la bouteille en l'invitant d'un geste à remplir son verre à son gré.

Le yaourt. Nous en avons suffisamment, dit l'homme, qui s'appelait Bardhok. Après avoir vidé trois ou quatre verres de raki, sous l'œil dubitatif d'Ylbere, Ismail éprouva une sensation de chaleur bien différente de la brûlure impitoyable du soleil, cette fois c'était la grâce d'une âme chaleureuse. Il sentit comme un effondrement, dans la carte que dessinait le visage de cet homme, ses rides tissant autour de sa moustache broussailleuse un réseau sous ses yeux creusés par les larmes.

Ismail lui offrit une cigarette et dit : Puis-je vous demander votre âge ?

J'ai soixante et onze ans, répondit Zoti Bardhok. Et je suis le dernier.

Comment ? Que voulez-vous dire ?

Il haussa les épaules. À la fois il voulait et ne voulait pas en parler.

Il remplit de nouveau les verres de raki.

Tous les garçons s'en vont d'ici, déclara-t-il. Ils vont à Shkodra, Tirana ou Durrës. Parfois même en Allemagne ou en Italie. Quand vous voyez des jeunes hommes ici, c'est qu'ils sont revenus d'Allemagne. Avec l'argent qu'ils ont gagné là-bas, ils transforment leur maison en hôtel. Et les Allemands viennent faire des randonnées ici, et ils sont contents que l'hôtelier parle allemand. C'est incroyable comme les Allemands aiment se promener par ici. Ils viennent en groupe. Des bataillons entiers, passez-moi l'expression. Ils viennent du Kosovo et y retournent, mais…

Il servit encore du raki. Voulez-vous du café ? demanda-t-il. Ylbere dit oui. Ismail dit : Non, merci.

Le berger disparut dans la maison. Fais attention, dit Ylbere. Ismail regarda en contrebas du versant la prairie où couraient les moutons.

Zoti Bardhok revint, plaça devant Ylbere un cezve et une tasse.

Vous avez dit que vous étiez le dernier, qu'entendez-vous par là?

Je veux dire que la maison continue de vivre. Ce n'est pas un hôtel. Elle reste une maison de famille, dans l'honneur et la dignité. Mais je ne peux plus rien transmettre!

Depuis cinquante-cinq ans, je mène les moutons dans ces montagnes et je les reconduis dans la vallée à la fin de l'automne. Et il y a trente-cinq ans, j'ai épousé la femme qui m'était destinée. On me l'a ramenée de Shtatë Barinj, près de Tropoja. Elle était forte et honorable, nous nous sommes bien entendus. J'aimerais pouvoir décrire ma vie comme un merveilleux battement de cœur dans la vie d'innombrables générations.

Ismail se resservit du raki, Zoti Bardhok hocha la tête.

Mais cela ne m'a pas été donné. En mille neuf cent quatre-vingt-trois, j'ai eu un fils. En mille neuf cent quatre-vingt-trois! Nous n'avions rien. Nous n'avions pas le droit d'élever des animaux. Nous n'avions pas le droit de posséder des terres, il n'y avait pas d'outils, des tracteurs chinois bons pour la ferraille qui parcouraient nos prairies en cassant le soc de leur charrue sur la pierre, je retrouvais encore des années plus tard des pièces de tracteur et aussi des ossements. Nous n'avions rien. Ce que nous gagnions ne suffisait pas pour acheter trois litres de lait, et nous en avions quinze litres et plus quand nous avions encore nos bêtes. J'ai eu un fils. Il est mort à huit mois. Les habitants du village, le clan, ils sont tous venus présenter leurs condoléances. Ils m'ont demandé, comme c'était l'usage: À quel point souffres-tu?

Il alluma une cigarette, se renversa sur le banc, regarda le ciel d'un azur sans défaut, secoua la tête et continua:

Et qu'est-ce que j'ai dit? Mon fils serait devenu un grand homme, s'il avait vécu. J'en suis fier. C'est ce que j'ai dit. Mais ce qui m'attriste infiniment, c'est que je n'avais même pas la moindre cuillerée de yaourt à mettre sur les lèvres de mon fils avant qu'il meure.

17

Et votre femme?
Elle s'est desséchée, elle n'a plus eu d'enfant.

Quelques années plus tard, nous avons cru être de nouveau libres de mener notre vie comme il convient. On nous a restitué nos terres et j'ai recommencé à mener ici mes moutons. Mais durant l'été 1998, ils sont venus de là-bas, ils ont tué mes moutons, ils m'ont tabassé avec les crosses de leurs fusils, ils m'ont ligoté et forcé à regarder quand ma femme…

J'ai fermé les yeux de toutes mes forces. Ils n'arrêtaient pas de me cogner la tête en hurlant: Ouvre les yeux! Puis ils m'ont laissé, ils ont pensé que j'étais mort.
Le nom de leur chef est gravé dans ma mémoire. Ils l'ont appelé plusieurs fois. Il criait à ses hommes: Ne m'appelez pas par mon nom! Mais je l'avais déjà retenu. Ante Matic.
Il reviendra. Ou j'irai le chercher là-bas. J'ai des parents de l'autre côté de la montagne. Ils me tiennent au courant. Je le trouverai.

Ils restèrent silencieux. Zoti Bardhok demanda enfin: Où voulez-vous aller?
À Sose.
À Sose? Pourquoi?
Ismail fut étonné qu'Ylbere ne veuille pas répondre à cette question. Elle garda le silence, Bardhok attendit un instant puis déclara: Ce n'est pas loin. Une heure et demie à pied. En roulant encore un peu sur cette route, vous verrez un chemin

sur votre gauche, il descend vers le trou. Et là, les dernières maisons avant la frontière, c'est Sose.

Le trou?

La petite vallée, en fait ce n'est qu'une gorge en forme de fer à cheval, elle s'appelle comme ça, *Lugina e vrimës,* mais nous disons toujours simplement *vrimë,* le trou. De là-bas, en montant encore quelques centaines de mètres, on arrive au *Shtegu i dhive,* le col qui mène au Kosovo, qu'on ne peut pas franchir en voiture. C'est par là qu'ils sont venus…

18

Pendant des siècles, ce col a été un lien, comme une veine où coulait le sang de la vie, un chemin menant aux membres de la famille qui faisaient paître leurs troupeaux de l'autre côté. On voyait des moutons, des chèvres et des vaches. Les loups, nous les tuions. Lorsqu'il y avait un conflit, nous avions les *bajraktarë* qui connaissaient nos vieilles lois. La besa était sacrée pour nous, le serment de fidélité envers la communauté, la famille et l'hôte. Nous allions de l'autre côté des montagnes célébrer des fêtes, et nous recevions des familles de là-bas pour fêter des mariages, des naissances. Puis sont arrivées les décennies maudites, ça n'a pas duré si longtemps, le temps d'une vie, si du moins on vivait assez vieux. Et le col n'a plus été un lien mais une menace. Le sang n'a cessé de couler. Pas pour obéir à la loi de la vendetta, mais parce qu'il n'y avait plus de loi. Des hommes en uniforme franchissaient le col, ils tuaient des gens qui ne leur avaient rien fait, la haine leur tenait lieu d'honneur. Et les loups se sont multipliés. Il n'y en avait jamais eu autant par ici. On a même vu arriver des ours bruns. Je n'ai rien contre les sangliers, ils sont de plus en plus nombreux, mais ça me convient. Quand ils approchent, je les abats avec mon fusil. Je fais fumer le lard ici. La viande, je l'envoie en bas, je viens du village de Valguri. Il se trouve en dessous de Sose.

Vous devez sûrement connaître les familles de Sose, dit Ylbere.

Les familles? C'est un petit clan. Tout ce qui reste des Abrashi, un clan autrefois puissant. Arlind Abrashi fait des affaires. Je ne peux rien dire de plus. Il possède la plus grande maison, il fait de la maison de ses parents un vrai château. Son garage est plus vaste que ma maison. Amir Abrashi joue au football à l'étranger. Il envoie de l'argent. Et Albian Abrashi a travaillé pendant des années en Angleterre, en mettant de l'argent de côté. Depuis son retour, il s'occupe de tout au village. Il est très estimé, mais il veut attirer ici des étrangers. Les étrangers nous ont-ils jamais porté chance, cependant?

Connaissez-vous une famille Baxhaku à Sose? demanda Ylbere.

Baxhaku? Non. Ou alors, attendez! Il y avait des Baxhaku ici, autrefois, mais venaient-ils de Sose? Je ne sais pas, ça doit faire très longtemps qu'ils sont partis. Tant de gens sont partis. En tout cas, je ne connais personne de ce nom. Et certainement pas à Sose. Là-bas, il n'y a que les Abrashi et leurs enfants. Et quelques vieux Brahimi, qui n'ont pas de descendants.

19

Au début, tu n'as pas voulu parler de ta famille à Sose, dit Ismail dans la voiture qui descendait au fond du trou en cahotant et en dérapant. Mais ensuite, tu l'as interrogé.

Ylbere ne répondit pas tout de suite, elle conduisait avec concentration, en freinant continuellement, par moments elle retirait son pied de la pédale de frein mais le remettait bien vite, c'est ainsi que la jeep descendit la pente caillouteuse jusqu'à un dernier virage en travers du versant aboutissant à la piste de sable d'une route en construction.

Je voulais d'abord le laisser parler, dit Ylbere.

Puis : Regarde ! Ça doit être ça !

Devant eux, ils virent un petit rouleau compresseur, quatre hommes, quelques enfants. À l'arrière-plan, de vieilles maisons en pierre.

Ils s'arrêtèrent, sortirent de la voiture. L'homme qui conduisait le rouleau compresseur sauta à terre et cria : *Welcome !* Il montra les dents, Ismail, cet homme triste, n'avait jamais vu un aussi grand sourire. L'homme portait un tee-shirt rouge sans manches, un tatouage sur son bras droit proclamait : *You'll Never Walk alone.*

Il serra le poing pour les saluer, et ses biceps en se gonflant firent saillir le mot *Never.*

Nous sommes Albanais, dit Ismail, nous parlons albanais.

Mirë se erdhe ! Nga jeni ?

De Tirana.

Et où allez-vous ?

Ismail regarda Ylbere. C'était à elle de répondre.

Elle resta silencieuse, puis demanda : Est-ce ici le village de Sose ?

Oui, vous êtes ici à Sose. *Mirë se erdhe !*

Les enfants se rassemblèrent derrière l'homme au T-shirt rouge et les regardèrent avec curiosité. Les hommes s'avancèrent vers eux en sautillant, c'était un spectacle sinistre. Ylbere et Ismail les virent avec effarement approcher en… en dansant.

Un unijambiste avec une béquille, la seconde jambe de son pantalon était relevée et cousue. Un homme avec une jambe artificielle, qu'il projetait en avant pour avancer ensuite d'un bond avec sa jambe intacte. Un homme tenant une pelle dans sa main gauche, en s'en servant comme d'une béquille, son bras droit n'était plus qu'un moignon jusqu'au coude, et il marchait difficilement, bien qu'il eût ses deux jambes, manifestement sa jambe gauche était raide. Le quatrième avait l'air, comment dire ? Normal ? Intact ? Il s'avançait d'un pas élastique, en balançant ses deux bras, c'est alors qu'Ismail se rendit compte qu'il n'avait plus de mains. Un dernier les suivait, il émettait des sons étranges, sa mâchoire n'était plus qu'un amas de chair couvert de cicatrices, sa bouche une excroissance avec une entaille en travers, qui s'ouvrait et se fermait comme la gueule d'un reptile.

Quelque chose se passa en Ismail. L'étonnement, la stupeur et plus encore l'horreur face à la scène inconcevable qu'il avait devant les yeux – il ne voulait pas comprendre, il voulait repousser cette vision, il cherchait à se retrouver lui-même, pas à résoudre une série d'énigmes, et même s'il accompagnait Ylbere dans sa quête, il avait cru qu'elle serait elle-même une partenaire pour lui dans son voyage initiatique, et que l'amour serait leur point de convergence, pour employer une formule pathétique, mais ceci, *Ta marrë dregi,* ça n'avait rien à voir avec lui, absolument rien, et il ne pouvait même pas se dire que ça allait passer. Rien ne pouvait passer, dans un trou peuplé de monstres sinistres. Et l'amour? Même lui ne lui semblait plus une promesse, alors qu'Ylbere prenait sa main dans la sienne. Ils restèrent un instant main dans la main face à ce monsieur muscle allègre et tatoué et à tous ces invalides, mais elle lâcha bientôt sa main pour presser le manche de son poignard, qu'elle portait toujours à sa taille.

Il voulait partir. Rien d'autre: partir.

20

My name is Albian. Bon, je m'appelle Albian, qu'est-ce qui vous amène ici?

Ylbere ne dit rien. Ismail la regarda. Elle regarda Albian, la petite troupe d'invalides et d'enfants qui s'était rassemblée devant eux. Ils riaient tous, avec une allégresse déconcertante. C'est alors que le rouleau compresseur se mit tout seul en marche vers une pente sur le côté de la route. Albian se précipita à sa suite, manifestement il avait négligé d'arrêter le moteur ou de tirer le frein à main, il courut et sauta sur la machine comme un héros sauvant le monde dans un film américain, il freina et fit stopper le rouleau compresseur.

Cela faisait des années que le gouvernement promettait de faire construire une route ici, mais rien n'était venu. Le dénommé Albian Abrashi avait alors pris les choses en main, ils construisaient eux-mêmes cette route. Son frère leur avait procuré un rouleau compresseur. Tout le monde participait, dans la mesure de ses capacités et de ses possibilités.

Comment demander pourquoi presque tous les habitants du village étaient amputés? Pouvait-on en parler ouvertement, ou devait-on garder un silence discret – mais c'était tout bonnement impossible.

Les hommes en parlèrent d'eux-mêmes, à toute allure.

Ils sont venus jusqu'ici et même un peu plus loin, en s'enfonçant sur une dizaine de kilomètres en territoire albanais. Ils ont emmené de force les jeunes hommes pouvant porter une arme, nous n'avons plus jamais eu de leurs nouvelles. Ils ont tué des bébés dans leur berceau.

C'étaient les forces de l'ordre serbes. Oui, ils se donnaient le titre de forces de l'ordre. Nous avons fui, nous nous sommes cachés, nous connaissions les montagnes. Était-ce de la lâcheté? Autrement, nous serions morts. À notre retour, nous avons vu du sang, des cadavres. Nous avons creusé des tombes. Une vie nouvelle a commencé. Nos proches et nos familles du Kosovo se sont réfugiés ici pour échapper aux troupes serbes, ils sont venus avec leurs animaux, avec tout ce qu'ils pouvaient. Et il y avait aussi des dizaines de jeunes hommes venant de tous les pays du monde pour s'enrôler dans l'UÇK et défendre les Albanais. Il y avait moins de cent habitants au village, et nous devions nourrir plus de cinq cents personnes. Pour épargner le bétail, nous allions à la chasse. Nous entendions continuellement la rumeur de combats, des échanges

489

de coups de feu. Mais nous connaissions les montagnes. Ce que nous ne savions pas, c'est que les Serbes avaient placé des mines de notre côté pour empêcher l'UÇK de franchir le col. Des mines toutes petites. Pas plus grosses qu'un stylobille ou qu'un poudrier. Ils ne voulaient pas tuer. Oh, non, ils ne voulaient pas tuer. Ils voulaient infliger des blessures. Un combattant mort, ça fait un homme en moins. Un blessé, ça fait trois hommes en moins, car il en faut deux pour le transporter. C'était leur idée. Mais tu parles de combattants! Des enfants ont perdu un bras ou une jambe. Des chasseurs qui devaient rapporter de quoi nourrir les autres ont été défigurés et sont maintenant des mendiants.

Les invalides hochèrent la tête en criant: *Po! Po!... Po tamam!*

Bien entendu, j'ignore ce qu'ont fait les nôtres de l'autre côté, mais ça ne peut quand même pas justifier ce qui s'est passé ici. Pendant un an, nous avons nourri cinq cents personnes. Quand ils sont repartis avec leurs affaires et leurs animaux, ils ont trouvé là-bas leurs maisons incendiées. Et nous, nous étions un village d'invalides. En plus, personne ne touche de pension, car c'étaient tous des enfants et des jeunes, qui ne travaillaient pas encore. Enfin, ils travaillaient, mais pas officiellement. Du coup, ils n'avaient pas droit à une pension, l'État n'avait pas tort.

Albian Abrashi les conduisit à l'école, qu'il faisait reconstruire.

Pourquoi les Serbes ont-ils aussi détruit l'école? demanda Ismail. Non, ce n'étaient pas les Serbes, c'étaient nos propres compatriotes! Je ne comprends pas. Eh bien, c'était juste après la chute du régime. Les gens en voulaient tellement aux communistes qu'ils ont détruit tout ce qui venait d'eux ou avait un rapport avec l'État. C'est pourquoi l'école bâtie par Enver a été incendiée, on a même abattu les arbres fruitiers qu'avaient plantés les coopératives d'État. Et avec les pierres de l'école, on a rebâti l'église, qui était tombée en ruine au temps d'Enver. L'église ? Oui, ils sont chrétiens. Les Ottomans n'ont jamais pu soumettre complètement le trou et les vallées environnantes. Allez donc dans l'église. Regardez l'image avec le Christ en croix au-dessus de l'autel ! À côté de la croix, il y a un soldat romain, et il est coiffé du casque de Skanderbeg ! Avec la tête de chèvre ! Le défenseur de la chrétienté catholique romaine ! Cette image anticipe sur plusieurs siècles et donne une interprétation rétrospective de plusieurs millénaires. Le résultat, c'est un symbole complètement fou de l'esprit de résistance. Mais comment peut survivre un esprit de résistance sans espoir, s'il n'est pas fou ?

Ismail resta devant l'école à fumer, à l'intérieur M. le professeur faisait un exposé, non, pas le professeur, le bienfaiteur, ce saint homme d'Albian, non, Ismail était injuste, l'engagement d'Albian Abrashi était admirable, le Chef à Tirana ne s'en doutait certainement pas. Il observa le ciel étoilé, pareil à un dôme resplendissant. Soudain, il vit une étoile traverser rapidement cette coupole. Il se sentit ému. Était-ce une comète sillonnant l'espace ? Il pensa aussitôt : une étoile filante s'illuminant soudain et traversant en un éclair étincelant le firmament, était-ce une promesse de bonheur, pouvait-il faire un vœu ? C'est alors qu'il comprit : c'étaient des avions, ils reliaient Tirana à Francfort, Vienne, Rome ou Madrid.

Du reste, il n'avait rien à souhaiter qu'il ne puisse lui-même décider. Il voulait rentrer, il voulait partir d'ici. Pour se découvrir soi-même, on devait se découvrir dans son propre monde et non dans un autre. C'était ce qu'il pensait. Un homme pouvait-il se connaître lui-même sur Mars ? Il savait que Fate répondrait à cette question par l'affirmative. Quand l'être humain se heurte à ses limites... Mais il ne voulait pas se heurter à ses limites, mais explorer la part la plus intime de son être. Et elle ne se trouvait certainement pas dans ce trou.

Albian Abrashi leur offrit une chambre d'amis. Il y avait plusieurs matelas sur le sol. Mais si vous voulez dormir séparément, je vais appeler mon frère et…

Non, non, ne vous donnez pas cette peine, dit Ismail, nous nous arrangerons.

Leur quatrième nuit.

L'amour ressemble parfois à une agréable couverture chauffante qui se révèle trop petite. Elle réchauffe, mais on a quand même froid, car elle ne vous couvre pas complètement. On a beau tirer dessus en tous sens, elle n'est pas assez grande. Alors que l'un est en sueur, l'autre a le dos glacé. Au matin, on s'embrasse dans un demi-sommeil, mais ensuite on se lève d'un bond et on se précipite sous la douche pour tout effacer, le froid et la sueur de l'autre.

21

Dorina, la femme d'Albian, leur servit le petit déjeuner. Pain, beurre, yaourt, fromage et miel, rien que des produits maison, souligna-t-elle. Albian raconta ses projets pour transformer ce village fantôme en une commune florissante, d'où il ne serait plus nécessaire de s'échapper en partant au loin. La route était importante, de même que la reconstruction de l'école, car sans école les familles ne resteraient pas ici. Nous avons le meilleur des miels – goûtez-le donc ! Prenez ! Et du fromage de première qualité – que dites-vous de ce fromage ? Hein ? Voulez-vous aussi du fromage de Gjirokastra ? Il projetait de commercialiser ensemble les produits agricoles de la région, il y avait des subventions de l'UE pour cela, il était en train de tout organiser. De toute façon, dès que nous serons membres de l'UE, les opportunités vont se multiplier, déclarat-il, il faut bien s'en rendre compte. Il voulait convertir la maison de ses parents en guesthouse, on prévoyait d'ores et

492

déjà de construire trois hôtels dans les environs. Nous nous trouvons en plein milieu du réseau européen de chemins de randonnée, c'est une chance, messieurs, une chance à saisir. Je compte que les jeunes hommes partis travailler dans les villes ou à l'étranger vont revenir avec leurs familles, car ils trouveront ici du travail et une vie satisfaisante, autonome.

Et le clou, c'est cette idée, continua-t-il en éclatant de son rire immense qui montrait toutes ses dents. J'ai appris ça en Suisse, quand j'ai rendu visite à mon frère qui gagne de l'argent là-bas comme footballeur. Il ne suffit pas d'attendre des randonneurs qui ne passeront qu'une nuit ici, nous avons besoin aussi de visiteurs faisant des séjours plus longs. L'idée, c'est de construire une maison de repos, un hôtel où l'on puisse faire des cures. Ici, nous avons l'air de la montagne gratis, *burra*, mais les clients paieront pour en profiter. Je pourrai vous emmener ensuite, vous montrer l'endroit où les prairies cèdent la place à des reliefs karstiques et à des forêts de hêtres. L'air de la montagne et l'air de la forêt, c'est un mix qui devrait être vendeur !

Il était radieux.

Ismail se sentit un instant ému, comme si un esprit de la montagne avait éveillé en son âme une ardeur romantique, tout ça était tellement beau et proche de la nature – mais cette émotion ne dura pas. Il n'y avait pas d'âme. Pas ici. À moins d'appeler âme l'esprit du lucre. Bien sûr, cet homme avait raison, les randonneurs n'étaient pas des soldats, l'argent n'était pas du plomb, et son idée de devenir hôtelier ne faisait pas de lui un esclave. Deux ans plus tôt, on aurait dû envoyer ici Etrit Uzuni, l'ancien ministre de l'Économie limogé par le ZK. En apprenant les projets d'Albian, il lui aurait tout de suite obtenu quelques millions de subventions, sur lesquelles il aurait prélevé vingt pour cent, et tout le monde aurait été content.

Quelle pensée incorrecte ! Ismail se surprenait lui-même, tout en entendant Albian et Ylbere converser d'un ton aussi assourdi que s'il avait eu du coton dans les oreilles. Le monde meilleur, il ne savait plus à quoi ça devrait ressembler, et il ne savait plus quelle pourrait être sa contribution – que pourrait-il faire ? Il ne voulait plus s'exposer aux moqueries, il ne voulait plus qu'on dise *Ne fais pas ton Lani* quand on s'exaltait en parlant d'un avenir dont en fait les gens ne voulaient pas, car ils ne pouvaient s'imaginer un avenir que semblable à ce qu'ils connaissaient, sauf qu'il serait plus perfectionné du point de vue technique et plus lucratif. Et non seulement il n'entendait plus qu'un bourdonnement de plus en plus indistinct, mais il voyait maintenant les gestes d'Albian, Dorina et Ylbere au ralenti, comme s'ils s'immobilisaient peu à peu, comme si la scène était sur le point de se figer.

Il sentit qu'il devait faire attention. Il ne fallait pas qu'il se laisse tomber.

Ylbere demanda à Albian : Le nom Baxhaku vous dit-il quelque chose ? Savez-vous quelle était leur maison ?

Je connais ce nom, répondit Albian, mais ici, à Sose, il n'y a pas de Baxhaku.

Comment connaissez-vous ce nom ? Vous connaissez des gens qui le portent ?

Là-bas, de l'autre côté de la frontière, au Kosovo, je crois qu'il y a ou qu'il y avait à Gjeravica une famille qui portait ce nom. Ils sont venus ici pour échapper aux Serbes pendant la guerre, ils sont restés presque une année entière, j'avais quinze ans à l'époque, ils avaient un fils de mon âge. Mais ils sont repartis ensuite. On a accueilli tant de réfugiés, ici, nous n'avons pas maintenu le contact avec tous. Leur fils s'appelait Agan. C'était un jeune homme robuste, il s'occupait du bois. Il allait en chercher chaque jour dans la forêt. Il pouvait tout faire, avec le bois. Pas seulement des bûches pour le chauffage, même si c'était essentiel. Il était capable de le sculpter, de faire de la menuiserie, de réparer les toits, les bardeaux, vous voyez.

C'est tout ce que je sais. Je n'ai jamais entendu parler de lui ni de sa famille.

Ma grand-mère était une Baxhaku. Elle vivait ici. Mes grands-parents ont vendu leur maison en 1950 pour s'installer à Tirana. Il suffirait d'aller de maison en maison, en demandant quelle famille n'habite là que depuis 1950.

Je n'en ai aucune idée. En 1950, ma naissance était encore loin. Et en grandissant ici, j'ai toujours connu toutes les familles dans leur maison. Je n'aurais jamais eu l'idée de leur demander : Depuis quand vivez-vous dans cette maison ?

Ylbere ! lança Ismail.

Par exemple, depuis combien de temps votre famille possède-t-elle cette maison ?

Ylbere !

Albian haussa les épaules, se leva. Depuis l'époque de Skanderbeg ? Vous rendez-vous compte à quel point nous sommes enracinés dans cette terre ?

Sa femme desservit la table du petit déjeuner. Albian tapota la table en disant : Peut-être est-ce Agan Baxhaku qui l'a fabriquée pour mes parents. Qu'est-ce que j'en sais ? Mais je ne crois pas, je crois que cette table est plus ancienne.

Il sourit.

Cette maison est votre maison. La maison d'un Albanais appartient à Dieu et à l'hôte.

Ismail avait encore du miel sur ses doigts, il lécha son index, suça son pouce, puis dit enfin : Je ne t'accompagnerai pas quand tu iras de maison en maison, comme l'ange d'un Dieu vengeur.

Ylbere le regarda. Comment ça, un Dieu vengeur ?

Nous avons une autre vie, dit Ismail.

Laquelle ?

Ismail la regarda.

Ils sortirent devant la maison. Le rouge du soleil levant descendait derrière les montagnes, la forêt de hêtres se mit soudain à rougeoyer, les myrtilliers s'enflammèrent, les pierres blanches étincelèrent, et Ismail vit qu'Ylbere trouvait beau ce spectacle.

À cet instant, le smartphone d'Ylbere sonna dans la poche de son pantalon. Il sonna, vibra, mais elle ne réagit pas.

J'ai une autre vie, dit-il, je ne sais pas exactement laquelle, mais je suis sûr d'une chose : elle ne se trouve pas ici.

Où donc ? Sur Mars ?

Si tu veux appeler comme ça Tirana !

Et alors ?

Un long silence. Il cherchait ses mots.

Le téléphone d'Ylbere sonna de nouveau.

Comme si la sonnerie l'avait réveillé, il dit : Je veux rentrer.

Ylbere le regarda longuement, hocha la tête et dit : Prends la voiture.

Tu n'en as plus besoin ? Tu veux donc rester ici ?

Elle haussa les épaules.

Non, dit-il. Tu as loué cette voiture, il faut que tu la rapportes. Je n'ai rien signé. J'irai à pied. Il y a des chemins de randonnée vers Theth, Valbona ou même de nouveau Tropoja, je vais vérifier sur le plan. Il doit bien y avoir des bus qui partent de ces villages. J'imagine.

Ce qu'Ismail ne sentait pas, ne lisait pas sur le visage d'Ylbere, ne comprenait pas : elle était tombée amoureuse de lui. Même si c'était un trop grand mot, et ça l'était probablement, il restait du moins qu'un sentiment avait grandi lentement dans son âme et s'était lié à Ismail. Il n'était pas un vrai homme, elle n'était pas une vraie femme, ils avaient devant eux une grande aventure, elle avait cru qu'ils pourraient découvrir ensemble de nouveaux horizons, et c'est ce qu'ils avaient fait jusqu'à présent.

Son téléphone. Elle refusait de l'entendre, mais il aggravait son sentiment d'une menace.

Elle se détourna, retourna dans la maison, que fait-elle maintenant, pensa Ismail, elle dit: Viens! Il la suivit à l'intérieur, leurs deux sacs à dos étaient appuyés l'un contre l'autre. Elle souleva le sien, celui d'Ismail se renversa. Elle tira d'une poche latérale les clés de son appartement, qu'elle glissa dans la main d'Ismail en disant: Voilà!

Rien que ce mot: Voilà! Et elle sortit, s'enfonça dans cet étrange village de Sose, entre le rude massif karstique et la ravissante forêt de hêtres au bout de la vallée.

Ismail enfila son sac à dos, posa deux mille leks pour la nuit et le petit déjeuner sur la table qui avait peut-être été fabriquée par un fils Baxhaku, mais probablement pas, et s'en alla.

Il pensa qu'il avait un long chemin devant lui.

22

Après le départ d'Ismail, le téléphone d'Ylbere se remit à vibrer. Elle ne voulait pas le savoir. En fait, elle avait envie de le jeter dans la fosse d'aisances, mais sa curiosité s'éveilla: Qui s'obstinait ainsi? Pourquoi? Et s'il y avait un problème avec son vieux père?

Trois appels manqués, trois messages sur WhatsApp.

Où es-tu, bon sang? Je n'arrive pas à te joindre! Décroche, réponds!

C'était le rédacteur en chef du service informations de la radio.

Qu'est-ce que ça pouvait lui faire, où elle était? Elle était en congé sans solde.

Réponds! J'ai besoin de toi!

Pourquoi? Elle ne réagit pas.

Tu ne sais pas ce qui se passe le 28. J'ai besoin de toi. Réponds!

Cette fois, elle envoya un message:

Le 28, c'est l'anniversaire de la mort de mon grand-oncle. Pourquoi as-tu besoin de moi ce jour-là?

Ton grand-oncle ? Toutes mes condoléances. Le 28, c'est la fête nationale et la croisière inaugurale du SS Skanderbeg. L'orgueil de notre flotte nationale, avec à son bord des dignitaires de l'Europe entière.

Et alors ?

Le téléphone se remit à sonner. Manifestement, le rédacteur en chef en avait assez d'écrire, il préférait appeler. Ylbere ne répondit pas. Peu après, un nouveau message sur WhatsApp :

J'envoie trois hommes. Ça fera un reportage sensationnel. Mais j'ai besoin de toi pour les interviews. Tu les connais tous. Ils accepteront de te parler.

Ylbere prit son temps, fuma une cigarette, regarda l'homme sans mains jouer au football avec deux enfants, pendant qu'Albian continuait d'avancer et de reculer avec son rouleau compresseur. Puis elle écrivit :

Un homme politique qui veut parler parle dans n'importe quel micro.

Quelques minutes plus tard, la réponse :

Le Premier ministre polonais a dit aujourd'hui qu'il acceptait cette invitation au nom de l'amitié entre les États, et il a parlé aussi de solidarité. Mais il a ajouté que d'un point de vue politique, il n'avait aucune raison de parler même de la pluie et du beau temps. Qu'est-ce que tu dis de ça ? Quelle question lui poserais-tu maintenant ? Je me souviens de l'interview que tu avais faite avec lui il y a deux ans, pour l'anniversaire de la fondation de Solidarność.

Ce n'était pas l'anniversaire de sa fondation, mais de sa reconnaissance officielle.

OK, ça revient à peu près au même, et tes questions étaient formidables! Solidarność ne serait-il pas un concept qu'on pourrait aussi appliquer dans les Balkans? Qu'est-ce que ça signifierait pour les orthodoxes, les musulmans, les catholiques? L'histoire reste-t-elle vivante? Et il avait répondu: Oui, c'est une source d'inspiration pour nous. Et tu avais dit alors: Les Croates catholiques étaient des fascistes, les Serbes orthodoxes ont tenté d'exterminer les musulmans, dans quelle mesure cette histoire reste-t-elle vivante? Et après tout cela, sur quoi pourrait-on fonder une solidarité?

Le rédacteur en chef enchaîna aussitôt: *C'est ce que j'attends de toi, tu es la seule à pouvoir le faire. Le Commissaire de l'UE pour l'élargissement sera aussi là. Tu es la seule à pouvoir le faire!*

Laisse-moi tranquille!

Je veux que tu sois rentrée le 26. Tu dois le faire. Ensuite, tu auras un congé payé, OK? Mais maintenant, reviens, où que tu sois.

Et dix minutes plus tard: *Réponds!*

Cinq minutes plus tard: *Je te mets dans le programme.*

23

Après avoir parcouru le village, ce qui ne lui prit guère de temps, Ylbere s'assit sur le banc devant la maison d'Albian, alluma une cigarette et cligna des yeux au soleil.

Une route de sable qui s'étendait sur moins de trois cents mètres et n'était pavée qu'en partie, si l'on pouvait qualifier de pavés quelques pierres et de vieux tessons enfoncés dans le sol, après quoi elle cédait la place tout de suite après la dernière maison à un chemin forestier qui s'élevait en pente douce puis devenait plus abrupt. Une poignée de maisons, entre lesquelles des marches permettaient d'atteindre quelques autres maisons situées plus haut. C'étaient de vieilles bâtisses de pierre, dont trois étaient manifestement abandonnées. Juste à l'entrée du village, une maison était entourée par un mur élevé où s'ouvrait un large portail en fer, on n'apercevait derrière qu'un toit neuf d'une rouge brillant, comme s'il était verni, et qui paraissait gigantesque par comparaison avec les autres maisons.

Ylbere se sentait – comment? mal à l'aise avec elle-même. Elle avait cru revenir à ses racines, et voilà qu'elle se sentait plus étrangère que jamais. Aucune créature n'a ses racines dans un endroit lointain. Les arbres s'effondreraient les uns après les autres, ce serait un beau chaos! Elle remarqua que les hommes passant devant elle la saluaient très respectueusement. Parce qu'elle était l'hôte d'Albian, qui était manifestement le grand chef du village? Peut-être même venait-il d'une famille de *bajraktarë,* la fonction n'existait certes plus mais le respect dont elle jouissait autrefois continuait de se perpétuer. À moins qu'elle ne dût ces égards au fait qu'elle était habillée en homme, qu'elle avait une arme et qu'elle fumait? Malgré la pitié qu'ils lui inspiraient, elle trouvait les invalides sinistres, cette danse des prothèses la déprimait, ce désarroi, cette obstination, oui, ils s'obstinaient malgré tout à espérer un avenir meilleur, il n'y avait pas d'alternative à l'espoir. Le départ soudain d'Ismail était comme un coup en pleine poitrine, pourquoi n'avait-elle rien dit, n'avait-elle pas essayé d'en parler avec lui? Peut-être serait-elle rentrée avec lui. S'il avait eu simplement la patience de parcourir le village avec elle en quinze minutes. Ce quart d'heure avait tout changé pour elle. Sa quête était vaine. Si jamais l'énorme maison derrière le mur était l'ancienne demeure des Baxhaku, il ne devait rester presque aucune pierre du bâtiment originel. À moins qu'il ne s'agît d'une des trois maisons abandonnées? Elle ne pouvait le demander à personne. C'était inutile. Elle avait dit à Ismail qu'elle avait appris à faire des recherches. Et le rédacteur en chef venait de lui écrire que personne ne savait mieux qu'elle poser des questions. Mais maintenant, assise seule sur ce banc, elle se disait que n'avoir pas de réponses valait parfois mieux que d'avoir de bonnes questions. Cette pensée était-elle absurde ? Ylbere se sentait désorientée. Elle alluma une autre cigarette. Un invalide passa devant elle, l'unijambiste à la pelle. Il la salua très poliment et elle lui offrit une cigarette. Il accepta, s'assit à côté d'elle, elle trouva agréable qu'il ne dise rien. Côte à côte sur le banc, ils fumèrent, les yeux clos, la chaleur du soleil sur leur visage, leurs épaules s'effleuraient à peine.

24

Ismail décida de passer par le col derrière Sose, en direction du Kosovo. Sur la carte, il vit qu'avant la frontière un chemin traversait les versants et les alpages jusqu'au col de Morina, où il retrouverait des voitures et aussi des bus.

Cinq heures et demie de marche. Comment calculait-on la durée du trajet ? D'après quelqu'un comme lui, qui grimpait avec une lenteur précautionneuse ? Ou d'après des randonneurs expérimentés, qui marchaient évidemment plus vite que lui ? Au bout de même pas deux kilomètres, il devint nerveux. S'il était trop lent, allait-il se retrouver en pleine nuit quelque part sur ces chemins pierreux bordés de gouffres, loin de toute civilisation, peut-être n'y aurait-il même pas une cabane de berger dans les environs, et alors ? La montagne maudite.

Il essaya de marcher plus vite. Le sac à dos. Il avait l'impression de porter une énorme pierre sur son dos. S'il avait pu s'en débarrasser ! Non. Même si ce sac l'encombrait, c'était son assurance-vie. Il contenait tout ce dont il aurait besoin s'il se faisait vraiment surprendre par la nuit. Depuis la lampe frontale jusqu'à la couverture chauffante hydrofuge et toutes les barres protéinées – les barres! Il s'arrêta net, enleva son sac à dos, s'assit sur la souche d'un arbre tombé, sortit une barre énergétique et la mangea. Avait-il davantage d'énergie, maintenant? En tout cas, il avait encore perdu du temps. Il repartit au galop, fut bientôt hors d'haleine. Le sac à dos. Son assurance-vie. Il se demanda ce qu'il pourrait laisser derrière lui car il n'en aurait pas besoin pour une marche de cinq heures. De nouveau, il posa son sac à dos, s'assit sur une pierre et fuma une cigarette. Ça n'arrangeait rien, mais au moins il avait l'impression de réfléchir, de faire le point sur sa situation. Il n'aboutit à aucune conclusion nouvelle. Il reprit son sac à dos, l'enfila, se remit en route. Il arriva à une clairière. La forêt était maintenant derrière lui, il avançait dans un pré s'élevant en pente douce, les buissons rouges, les pierres blanches, l'herbe drue et toujours verte. Là-bas, à gauche d'une maison en bois, des taches de couleurs se balançaient sous le vent léger, une femme étendait du linge sur un fil, elle l'aperçut, agita la main, il agita la sienne. Il se demanda un instant s'il ne devrait pas chercher un refuge chez ces gens, non, ce serait absurde, il était à peine midi. Il agita de nouveau la main et s'éloigna d'un pas lourd.

Une heure plus tard, il vit devant lui une ligne au bout du versant, un horizon qui lui apparut comme la fin du monde. Au-dessus, il n'y avait que le ciel. Devant, les vestiges d'un bâtiment en pierre effondré et des fossés parsemant le versant. Des tranchées? Il les longea rapidement, il sentait ses forces revenir, son énergie, son optimisme. Le but de l'étape se rapprochait. Et là-haut, à droite de cette ligne, il pourrait poursuivre plus commodément son chemin vers le col de Morina, on ne pouvait pas monter plus haut, il n'aurait plus d'ascension devant lui, il aurait fait le plus dur.

Il atteignit cette crête montagneuse, qui était étonnamment étroite, ce n'était vraiment qu'une ligne à l'horizon. Un sentier manifestement très fréquenté la longeait, mais le versant descendait à pic à peine trois mètres en contrebas.

Le précipice devait avoir deux ou trois cents mètres de profondeur.

Sous ses yeux, une mer de pierre. Des sommets, des collines, des pics, des gouffres, des vallées. Un peu plus loin sur sa droite, à un endroit où le précipice était moins abrupt, il vit un sentier descendant en zigzags vers une vallée qui devait déjà se trouver au Kosovo. On ne pouvait pas franchir ce col en voiture, il fallait marcher. C'est par là qu'ils étaient venus, ils avaient donc fait cette ascension exténuante rien que pour enlever des gens ou les abattre sur place ? Encore et encore. Qui étaient-ils ? Les instants isolés d'un éternel retour.

Ismail se pencha, contempla l'abîme. Il n'avait pas l'intention de se jeter dans le vide. Même s'il se sentait en cet instant attiré presque magnétiquement par le gouffre où il perdait son regard, ce gouffre vertigineux, une sensation étrangement forte montait de son bas-ventre à son diaphragme, tordait son estomac, le brûlait, c'était une peur effroyable qui lui semblait pourtant agréable tant qu'il se sentait en sécurité. Il ne jouait pas avec l'idée de sauter, il jouait uniquement à se demander ce que cela ferait de tomber. Aurait-il une dernière pensée, pendant sa chute, une phrase aussi sage que percutante, un bilan de sa vie, avec lequel frapper au battant de la trappe d'où l'on tomberait dans l'au-delà ? À moins qu'on ne perde aussitôt conscience sous l'effet de la panique ? N'y aurait-il aucune illumination avant la nuit éternelle ?

Lors de ces discussions stupides sur Sigmund Freud à l'université, il avait appris pourquoi l'on pouvait rêver qu'on tombait dans le vide, parfois même sur des centaines de mètres, en une chute sans fin, alors qu'il était impossible de rêver qu'on s'écrasait sur le sol. Tout le monde faisait ce rêve de la chute libre, mais personne n'avait jamais pu rêver qu'il atterrissait en se brisant les os, en pressant si fort les organes internes qu'ils éclateraient, en mettant en pièces la colonne vertébrale et tous ses centres vitaux. Pourquoi ? Tout être humain avait fait un jour un saut d'un mètre, du haut d'une balustrade ou d'un arbre. Cette expérience d'un centième ou un millième de secondes, il pouvait la multiplier et la prolonger à l'infini dans ses rêves. C'est ainsi qu'on pouvait rêver qu'on tombait sans fin. Mais il est impossible d'atterrir en rêve, car mourir en s'écrasant au sol après une chute est une expérience qu'on ne peut vivre un instant puis multiplier dans ses rêves.

Il n'avait encore jamais observé un abîme aussi vertigineux. Quelle était la hauteur de l'immeuble le plus élevé de Tirana? La TID Tower? Quatre-vingt-cinq ou quatre-vingt-dix mètres? Dans cette tour, on ne pouvait pas ouvrir une fenêtre pour se pencher et regarder en bas. Et avoir cette sensation. Voir les humains pareils à des fourmis, oui, ça l'aurait amusé, et leur affairement, mais on ne pouvait pas dire qu'ils lui auraient donné envie de sauter pour les rejoindre. Ici, en revanche… il chercha un mot, se pencha encore un peu, pas beaucoup, juste assez pour que le poids de son sac à dos l'entraîne en avant et le fasse tomber la tête la première dans le vide.

Un homme pesant 85 kilos tombe d'une hauteur de 200 mètres en 7,28 secondes. C'est très long. Même si l'on peut retirer un bon quart de seconde, à cause de l'accélération due au poids du sac à dos. C'est une éternité.

Il tombait, tombait, tombait. Il perdit conscience et tomba l'espace de quelques secondes éternelles. Une éternité vertigineuse.

25

Partout, les préparatifs pour le 28 novembre battaient leur plein.

Le rédacteur en chef de RTSH24 organisa les interviews d'Ylbere.

Karl Auer se fit confectionner sur mesure un smoking noir et une veste blanche, comme l'exigeait l'étiquette à la table du capitaine et au restaurant du soir. Pour plus de sûreté, il acquit également un costume bleu nuit pour se rendre au théâtre ou au bar à bord du bateau. Était-ce exagéré ? Il ne voulait surtout pas se fondre dans la masse pendant cette traversée. Quelques jours plus tôt, la maxime du jour de son éphéméride avait proclamé : *Seul le style donne de l'assurance.*

Adam Prawdower alla chercher chez l'imprimeur les tracts qu'il avait commandés. Des fac-similés fidèles du tract de Piotr Szczęsny, avec au verso une liste où Adam démontrait en dix points que les critiques de Piotr s'étaient toutes vérifiées. Depuis la destruction de la justice et des médias indépendants jusqu'à l'antisémitisme d'État. Devant les déclarations de cet homme qui s'était immolé par le feu pour protester d'avoir vu bafouées les valeurs européennes et la solidarité, les chefs d'État européens devraient ressentir un choc qui conduirait à l'isolement politique de Mateusz. Adam ne pouvait imaginer qu'il en aille autrement. Et il projetait de mettre en scène de façon spectaculaire son « attentat », comme il l'appelait en lui-même.

Max-Otto se procura tous les dossiers d'Europol ayant trait au vol du casque à Vienne et les envoya en format ZIP à son ami viennois, le commissaire Franz Starek, pour s'assurer qu'ils en étaient tous deux au même point. Un indice qu'ils avaient négligé devait se cacher quelque part dans ce fatras. En tout cas, il était certain de trouver une piste sur le bateau. Il lui semblait logique que l'énigme du casque se résolve à l'instant où l'on dévoilerait sa « copie conforme ».

Fate Vasa travaillait avec le nouveau Message Control Group au texte du discours que le ZK devait prononcer quand il dévoilerait le casque. Il n'était plus si certain que ce groupe soit une bonne idée. Ces jeunes gens, qui croyaient avoir inventé les techniques de communication, faisaient des objections quand il proposait une formulation. Eux ! Des objections ! À lui !

Le préfet de police Endrit Cufaj sélectionna les hommes qui devaient assurer la protection des hôtes du Premier ministre. Quinze hommes qu'il se chargeait personnellement de former chaque jour, ce qui consistait à leur crier après pendant plusieurs minutes. D'après lui, seul un colosse humilié serait prêt à risquer au besoin sa vie ridicule et humiliée pour sauver celle d'un chef d'État.

Baia Muniq fit la synthèse des travaux de la commission des lois du Parlement, rédigea les questions ouvertes et les propositions qu'elle voulait présenter lors des négociations sur le *SS Skanderbeg*. Et elle écrivit à Karl Auer des mails froids, ironiques, remplis de vagues allusions. Elle ne voulait pas avoir d'ennuis, au cas où leurs messages seraient rendus publics pour une raison quelconque, et Karl savait interpréter. Elle écrivait : *Merci pour votre message. Je me réjouis d'avance de poursuivre cet échange.*

Il pensait à un échange de fluides corporels, et il espérait que c'était ce qu'elle avait voulu dire. Mais oui, c'était certain.

Le Premier ministre polonais téléphona à ses collègues en Hongrie et dans la République tchèque pour se mettre d'accord avec eux, tandis que le ZK préparait avec des représentants du Kosovo, du Monténégro et de la Macédoine du Nord une déclaration avec laquelle ils voulaient faire pression sur les représentants de l'UE. Il y était question des droits d'exploitation du cuivre albanais, auxquels les Chinois s'intéressaient, aussi bien que de la perspective d'un président transnational des Albanais des trois États, qui serait lors des négociations un nouveau partenaire légitimé démocratiquement et dont le poids politique l'emporterait sur celui de chacun des trois chefs d'État de petits pays. On peaufinait ses arguments des deux côtés – à bâbord et à tribord, pour ainsi dire. On se préparait à cette croisière politique en vomissant déjà par-dessus le bastingage, en pêchant et en rejetant les prises dont on ne voulait pas. La realpolitik s'imposait pour affronter une mer où on ne pouvait pas s'attendre à trouver de charmants dauphins mais une foule de requins.

Et il y avait aussi l'homme qui devait monter à bord en cachette, avant le 28 novembre, il se préparait méticuleusement, étudiait le plan du bateau, il devait pouvoir se repérer au cas où, comme s'il était dans son appartement. Il était important de connaître le chemin le plus rapide entre le côté où il émergerait et se hisserait sur le pont, à bâbord, et le hall du paquebot, dont l'entrée se trouvait à tribord, et aussi entre la cale et le lobby, il potassait le plan. Avant tout, il devait absolument être en contact avec l'officier chargé de la sécurité cette nuit-là. On avait payé cet homme, mais était-il fiable? L'officier avait un fils de dix-neuf ans qui s'entraînait régulièrement au *Perfect Fitness Club,* dans la Rruga Pjetër Budi. Le risque, c'était le café se trouvant devant le club, où il y avait souvent du monde. Mais quand le temps était mauvais, les clients ne venaient pas. Ce qui voulait dire: pas de témoins, pas de problèmes avec des idiots qui voudraient jouer les héros. Deux jours avant la mission, il pleuvait, on arrêta poliment le fils à la sortie du club en agitant un pistolet pour l'inviter à monter dans une limousine, qui le conduisit à une usine désaffectée de Lapraka où l'attendait un cagibi. L'homme pensait avoir ainsi la garantie que l'officier de la sécurité s'abstiendrait de changer de camp, de peur de mettre en danger la vie de son fils. Du reste, l'officier pouvait lui être reconnaissant: trois jours sans anabolisants feraient grand bien à son fils.

Et le ZK? Il était assis les jambes écartées, totalement détendu, plein d'une impatience joyeuse. De son côté, il avait pris toutes ses précautions au sujet du casque. Si les informations d'Ismail étaient exactes, quelqu'un allait tomber dans un piège cette nuit-là à bord du *SS Skanderbeg.*

Et en attendant? Dans quelques minutes allait commencer la retransmission du match Albanie-Pologne comptant pour la qualification au championnat d'Europe de basket-ball. En tant que Premier ministre et légende du basket, il avait envoyé un message vidéo à l'équipe nationale. Il attendait en buvant un vin rouge français. Dans un instant, il allait apparaître sur l'écran.

La journée était finie. Pas tout à fait. Le rédacteur en chef envoya encore ce qu'il appelait un message d'encouragement à Ylbere :

Nous allons entrer dans l'histoire.

Elle ne voulait pas répondre. Mais finalement, à minuit, il reçut quand même une réponse : *L'histoire est la pire des erreurs historiques.*

SIXIÈME PARTIE

Code Alpha

I

Leon Kongoli n'aurait jamais cru qu'il y aurait un mouvement de panique dans le port lors du départ solennel du *SS Skanderbeg*. À l'origine, il n'avait pas prévu de se rendre à Durrës pour être là quand sa fille Baia Muniq monterait à bord. Il y aurait une foule de curieux, un important déploiement policier. Le quartier serait bouclé, à cause des chefs d'État invités, et il ne pourrait sans doute même pas l'apercevoir dans cette cohue.

Bien sûr, ç'aurait été différent si j'avais pu te conduire au port, lui avait-il dit. J'aurais pu t'embrasser avant que tu montes sur la passerelle d'embarquement, je t'aurais regardée t'éloigner en agitant la main pour te dire au revoir…

Mais en apprenant que Baia se rendrait au port dans un van avec d'autres représentants du Parlement et serait conduite à bord en évitant la foule, il décida de lui dire plutôt au revoir la veille.

Ils se donnèrent rendez-vous au café Posta, sur le Sheshi Shtraus, la place Franz-Josef-Strauss, dans le quartier de Xhamlliku. C'était son café préféré. Toutefois, s'il y venait chaque jour pour observer rêveusement l'animation de cette place, ce n'était pas l'effet de son amour pour la Bavière mais du hasard qui avait voulu qu'on lui alloue un appartement dans un grand ensemble au coin de la rue, lorsqu'il était revenu à Tirana après son stage munichois et avait fondé une famille. C'était bien avant qu'on donne à la place le nom de Franz Josef Strauss. Cela dit, il vit évidemment une heureuse coïncidence voire un signe du destin dans l'attribution du nom du ministre-président bavarois à cette place en 1984, pour le remercier d'avoir été le premier homme politique occidental à rendre visite au dictateur communiste et même à lui accorder un prêt conséquent. Depuis lors, « 1984 » pour le vieux Kongoli n'était plus lié à George Orwell mais à Franz Josef Strauss.

Il aimait s'asseoir ici, boire un café puis une bière, regarder de l'autre côté de la place les deux rangées de pruniers-cerises dont le feuillage luisant d'un éclat rouge foncé s'accordait si bien maintenant à l'ombre du soir de la vie, où les retraités jouaient sous les arbres aux échecs, aux cartes ou aux boules. Il les avait vus arriver au temps où ils étaient de jeunes ouvriers, quand on avait bâti les grands ensembles de Xhamlliku, ils avaient été pleins d'espoir, ils avaient élevé des enfants, surmonté les déceptions et les pénuries, perdu leurs épouses et leurs proches, vécu la fin de la dictature, qui était un labyrinthe où ils savaient se repérer, les crises qui avaient suivi et les opportunités qui s'étaient offertes non à eux mais à leurs enfants et petits-enfants. C'était au tour de ces derniers de les affronter, quant à eux ils jouaient à l'ombre des pruniers-cerises.

M. Kongoli but une Schneider Weisse d'importation, Baia une Tirana. Il trinqua avec sa fille et lui expliqua pourquoi il n'irait pas au port le lendemain.

C'est OK, Babai. Je comprends ça, nous ne pourrions pas vraiment nous voir et nous dire au revoir.

Je suis fier de toi, Baia. Tu te souviens quand nous avons été au port de Durrës, le jour où le *Vlora* a été pris d'assaut, et...

Babai, tu sais bien que je ne peux pas m'en souvenir, je n'avais même pas deux ans...

Et je t'ai portée sur mes épaules, il y avait des dizaines de milliers de gens, ils voulaient monter sur ce bateau pour quitter l'Albanie, c'était une cohue indescriptible, nous étions morts de peur...

Tu étais mort de peur, moi je ne comprenais rien!

N'importe quel enfant comprend une situation aussi menaçante, et tu as crié en t'agrippant à moi, tu as failli m'arracher une oreille et m'enfoncer un doigt dans l'œil, avec tes petites mains sur ma tête, sur mon visage. Et j'ai crié, moi aussi, naturellement, je voulais sortir avec toi de cette foule en délire. Oui, le *Vlora*...

Il but avec volupté une gorgée de bière.

La ruée sur le *Vlora* était le symbole d'un État en faillite. Et demain, tu seras une invitée d'honneur sur le *SS Skanderbeg*, mon enfant, et lui est le symbole d'un État qui réussit et d'un avenir prometteur. Ce n'est pas un bateau de réfugiés, c'est le bateau où le gouvernement reçoit des hommes d'État de toute l'Europe. Je suis tellement fier de toi.

Mais je ne suis pas une invitée d'honneur, Babai, je fais partie de la piétaille.

Je t'en prie, tu ne vas quand même pas embarquer comme machiniste ou comme hôtesse. Laisse-moi donc ma fierté. Raconte! Qu'allez-vous faire à bord, en quoi consiste exactement ton travail?

Nous devons négocier avec des fonctionnaires de Bruxelles. Il faudra rédiger des procès-verbaux, des rapports, des documents, qu'on enverra ensuite à l'étage supérieur. Je crois qu'on ne parle pas d'étage mais de pont, sur un bateau.

Ma belle enfant, tu seras assise à la table du capitaine et...

Ah, Babai!

Il la regarda, ses yeux étaient humides et il battit des paupières pour tenter de vaincre son émotion. Il détourna les yeux, observa la place. Les joueurs d'échecs sous les pruniers-cerises.

Le lendemain, cependant, il trouva insupportable de rester chez lui. Il avait beau savoir que le baptême et le départ du *SS Skanderbeg* serait retransmis par la télévision nationale, et qu'il pourrait même y assister avec les autres habitués sur l'écran plat du café Posta, il voulait maintenant se rendre sur place, afin de regarder sa fille monter à bord et agiter la main derrière le bastingage, il voulait voir toutes les célébrités et les dignitaires annoncés. Comment avait-il pu envisager de manquer cette fête populaire à cause d'un peu de tumulte ? Lui, le père de Mme Baia Muniq Kongoli, présidente de la commission parlementaire pour la réforme de la justice, qu'on allait photographier sur le tapis rouge menant à la passerelle comme une star de Hollywood, comme une Kate Winslet – pourquoi était-ce ce nom qui lui était venu ? Par association d'idées, pensa-t-il. Il aurait pu dire aussi comme Uschi Glas, qu'il avait admirée pendant son séjour à Munich dans un film de Winnetou puis à la télévision, sur un tapis rouge, quand elle avait reçu un prix de cinéma. Il imaginait des tapis rouges, voilà tout, alors qu'il ne savait même pas s'il y en aurait un à Durrës pour les stars et les éminences.

Il y avait bel et bien un tapis rouge. Mais M. Kongoli manqua le moment où les invités du Premier ministre sortirent de la tente du check-in et s'avancèrent vers la passe-relle en s'arrêtant théâtralement pour se faire photographier ou prononcer quelques phrases devant une multitude de micros.

Il manqua aussi le baptême du navire. Ce fut sœur Prema qui officia, la religieuse ayant succédé à Mère Teresa, la plus célèbre des filles de l'Albanie, dont l'aéroport de Tirana porte le nom. Sœur Prema était certes Allemande, mais comme Fate Vasa, à qui on devait évidemment cette idée, l'avait déclaré au ZK : Pour les Albanais, elle a succédé à Mère Teresa et incarne donc la sainteté de la nation alba-naise, ce qui ne l'empêche pas d'être aussi une référence à l'Allemagne, l'allié le plus puissant de l'Albanie pour ses ambitions européennes, sans compter que cette religieuse d'un ordre catholique envoie un signal fort à tous les États de l'UE qui redoutent l'adhésion d'un pays majoritairement musulman.

Astucieux, très astucieux, avait dit le ZK.

En outre, d'après Fate Vasa les navires devaient toujours être baptisés par une femme. C'était une tradition séculaire. Il était donc exclu que le ZK s'en charge, comme il en avait eu d'abord l'intention. La tradition exigeait que la femme ne soit pas rousse et qu'elle ne porte aucun vêtement vert lors du baptême. Sœur Prema n'était certainement pas rousse, elle avait plutôt les cheveux blancs, pour autant qu'on puisse apercevoir une petite mèche sous son voile, et l'habit de son ordre était bleu et blanc. Toute entorse à cette tradition serait considérée par les vieux loups de mer comme un mauvais présage.

Évitons les mauvais présages, avait dit le ZK.

Sœur Prema accepta l'invitation et prit l'avion à Calcutta, ou Kolkata, comme on disait maintenant, pour se rendre à l'aéroport Mère-Teresa de Tirana. Son secrétariat avait fait savoir qu'elle serait ravie de contribuer, dans l'esprit de Mère Teresa, à la paix dans les Balkans.

Les préparatifs de Fate Vasa avaient beau être aussi astucieux que bien informés, un petit malheur était toujours possible. Pendant deux secondes, on put craindre qu'un incident pouvant passer pour un mauvais présage ait lieu devant les caméras des médias du monde entier, mais personne ne s'en aperçut grâce à la présence d'esprit du préfet de police Endrit Cufaj qui se tenait au côté du ZK, de sœur Prema, du ministre de l'Europe, du maire de Tirana et d'une seconde rangée de personnages indistincts mais certainement non moins importants sur la haute estrade, qui rappelait malheureusement un mirador, d'où on devait lancer une bouteille de champagne en direction de la coque du bateau. Sœur Prema omit de donner de l'élan à la bouteille. Elle dit d'une voix suraiguë, mais dans un excellent albanais, qu'elle devait aux leçons de Mère Teresa (ce qui renforça la conviction du public albanais qu'elle était Albanaise, comme l'avait prévu Fate Vasa) : « Je baptise ce navire *SS Skanderbeg* de Tirana. Puisse-t-il apporter comme sa cargaison dans tous les ports où il accostera l'idéal de la paix et de la charité, puisse-t-il faire monter tous les humains en proie à la détresse et aux tempêtes de cette vallée de larmes à bord de la barque du Pêcheur d'hommes, dans des eaux paisibles et un havre de sécurité... »

Le ZK commençait déjà à s'impatienter, car il avait espéré que cette vieille femme dirait un mot de Skanderbeg et de son importance pour l'Albanie et l'Europe, mais elle concluait déjà en ces termes : « Au nom de Pierre, d'André et de notre Seigneur Jésus-Christ... » Allez, dit le ZK en l'invitant d'un geste à jeter enfin la bouteille. Effrayée, elle se contenta de la lâcher sans aucun élan, elle affaiblit même son impulsion en se penchant en avant, si bien que la bouteille approcha la poupe du navire sans se briser et menaça de pendiller dans le vide, intacte.

Le préfet de police Endrit Cufaj comprit le premier la catastrophe imminente. Ce fou d'armes à feu n'était pas assez ivre pour manquer avec son pistolet de service un magnum de Dom Pérignon pendillant sept ou huit mètres plus loin. La bouteille vola en éclats, la foule massée sur la jetée n'entendit pas le coup de feu ou crut à un pétard, et poussa des acclamations. Le ZK applaudit en lançant un regard approbateur et reconnaissant à Endrit, qui s'abstint de souffler sur le canon de son arme et la fit disparaître sur-le-champ. Il semblait possible à Endrit que cette vieille ingénue, enveloppée dans son drap bleu et blanc, ait pris la fumée pour de l'encens, à en juger par son sourire béat. Il regarda avec répulsion son ombre de moustache et se demanda si la chasteté ne conduirait pas à ce troisième sexe dont tout le monde parlait depuis quelque temps. Mais peu lui importait, il attendit qu'on ouvre le magnum plongé dans un seau à glace derrière eux, afin de trinquer en l'honneur du baptême du navire.

Leon Kongoli avait donc manqué cette scène. Mais il ne vit pas non plus sa fille Baia Muniq monter à bord. Le port de Durrës n'ayant pas de bâtiments où les passagers d'une croisière puissent procéder aux formalités d'embarquement, on avait dressé une tente à cette fin. Bien entendu, les badauds voulaient voir les énormes limousines arriver et les célébrités en descendre. Pour cela, toutefois, il fallait être juste devant les barrières, qui n'étaient que de vulgaires clôtures de chantier, à la hauteur de l'entrée de la tente. Comme ils voulaient aussi voir les VIP sortir de l'autre côté de la tente et s'avancer sur le tapis rouge menant à la passerelle, ils devaient ensuite faire le tour. D'où une bousculade indescriptible derrière les barrières, qui devint de plus en plus menaçante à mesure que la foule affluait.

Les journalistes ne se tenaient pas derrière les clôtures mais devant, cependant un cordon les séparait du tapis rouge, ils tendaient leurs micros à bout de bras aux chefs d'État défilant en souriant, braillaient leurs questions : *Monsieur le Président! Monsieur le Président! S'il vous plaît! Soutenez-vous désormais l'adhésion de l'Albanie à l'UE?* Signor Ministro! L'Italia è un alleato dell'Albania? L'Albania fa parte dell'alleanza mediterranea che sta pianificando? Mi Magyaország álláspontja a balkáni kérdésben? Panie Premierze! Dlaczego 40 milionów polskich katolików boi się miliona albańskich muzułmanów? Czy plotka, że sprzeciwiasz się wejściu Albanii do UE, jest prawdziwa?* Et ainsi de suite, au milieu des cris et de l'agitation, rares étaient ceux qui s'attardaient, « la chancelière allemande par amour du devoir, le ministre autrichien des Affaires étrangères par amour-propre », comme le formula le correspondant d'un magazine allemand. Ils ne voyaient aucune raison de prolonger ce qui n'était qu'une parade et se hâtaient de monter sur le bateau, où ils savaient que les attendaient des journalistes accrédités.

Leon Kongoli manqua tout cela. Il avait sous-estimé l'embouteillage des voitures se rendant au port, puis l'engorgement dû aux contrôles, où l'on ne passait qu'au compte-gouttes malgré la foule, car les agents de sécurité cherchaient des armes. M. Kongoli perdit patience, essaya de se frayer un chemin en criant : Ma fille est une invitée d'honneur sur ce bateau, je dois…

Il n'obtint que d'être refoulé, rappelé à l'ordre et fouillé avec une attention particulière.

Quand il arriva enfin sur la jetée, il ne vit que des têtes, des mains qu'on agitait, une masse ondoyante où une foule de gens tentaient obstinément de conquérir une meilleure place, en avançant davantage ou en trouvant un coin plus favorable, certains tombaient et vociféraient, mais tous étaient en liesse, il aperçut au loin la silhouette imposante du bateau, des gens se pressaient contre le bastingage en agitant les mains, ils semblaient très petits à cette distance, il ne put évidemment pas distinguer sa fille là-haut, peut-être n'était-elle même pas à bord ? Il fallait qu'il se rapproche de l'endroit où les passagers sortaient de la tente pour s'avancer sur le tapis rouge menant à la passerelle, il y en avait encore quelques-uns, il joua des coudes pour essayer de fendre la foule.

Il avait vu autrefois *Titanic* avec Leonardo DiCaprio et Kate Winslet, et cette situation lui rappelait de façon frappante le début du film, pas le passage avec les robots plongeant vers l'épave du paquebot mais la scène de l'embarquement, avec les passagers importants, la foule hystérique les dévorant des yeux, l'agitation, l'excitation générale… D'un coup, il eut l'impression de se retrouver en plein film catastrophe, mais dans la vie réelle. Il s'affola, ça ne pouvait pas bien se passer, quelque chose d'horrible allait arriver, il en était convaincu, cette scène d'euphorie annonçait une tragédie qui ne paraîtrait que plus cruelle en comparaison, c'était écrit dans le scénario et il lui semblait maintenant que c'était la réalité. Il se mit à crier, il voulait hurler à sa fille : Ne monte pas à bord, reste où tu es !

Baia était déjà accoudée au bastingage, elle contemplait la foule où elle ne vit évidemment pas son père, de toute façon elle ne s'attendait pas à sa présence. Et lui ne la vit pas au milieu des passagers qui agitaient les mains et lançaient des rouleaux de papier toilette pour qu'ils se déroulent comme des serpentins.

Dans l'esprit de M. Kongoli, cette scène se mêlait à son souvenir de la panique collective lors de la ruée sur le *Vlora,* à la lutte de ces désespérés qui se bousculaient et se débattaient pour monter à bord du cargo, si bien qu'il avait failli être piétiné avec sa petite Baia. Cette angoisse, cette terreur qui vous poussait à fuir comme un animal craintif. La panique ! Si violente qu'il ne comprit pas qu'il était le seul à l'éprouver.

Plus il criait, plus il se fondait dans la masse des gens qui criaient en agitant les mains, et il fut englouti avec ses hurlements affolés dans la foule exultante.

Le bateau s'éloigna lentement, les passagers continuaient de lancer du haut du bastingage des rouleaux de papier toilette sur la jetée. Étonnée, Baia demanda ce que ça signifiait. On lui dit que c'était une vieille tradition, même si on la respectait de moins en moins : ces serpentins improvisés atterrissant sur le quai étaient censés exprimer une dernière fois le lien des passagers avec la terre ferme à l'instant de la quitter.

Des matelots ne cessaient d'apporter des centaines de rouleaux de papier toilette sur les ponts extérieurs, et des gens qui redeviendraient le lendemain des employés modèles les jetaient en hurlant et se montraient de plus en plus habiles à les déployer comme des serpentins.

Le bateau suivit lentement le remorqueur qui le guidait vers la pleine mer.

Les passagers étaient passés directement de la passerelle au lobby du paquebot, à commencer par les chefs d'État auxquels le commandant et le ZK souhaitèrent la bienvenue. Vinrent ensuite les hauts fonctionnaires, les membres des divers cabinets, les conseillers et les experts, ainsi que les représentants d'importantes institutions européennes telles que la CJCE, l'Europol, l'AEE et bien d'autres sigles encore. Les fonctionnaires de moindre importance furent accueillis par les officiers et envoyés courtoisement à la réception se trouvant à l'avant du lobby, où ils reçurent la carte magnétique de leur cabine et divers prospectus et purent remettre leurs bagages aux employés chargés de les déposer dans leur cabine. Pour les invités d'honneur, tout avait été prévu à l'avance.

Ce lobby sur le pont 4 – trois ponts s'étageaient dessous, dont deux sous le franc-bord – était un atrium s'ouvrant sur quatre ponts supérieurs et couronné par une verrière. Quatre ascenseurs vitrés, deux de chaque côté, conduisaient aux ponts où se trouvaient les cabines, et l'un d'eux était réservé exclusivement aux politiciens, dont les suites se trouvaient sur le pont 8. De magnifiques portes en bois de hêtre du nord de l'Albanie, ornées de marqueteries en prunier-cerise, reliaient le lobby aux principaux espaces communautaires : le restaurant central (il existait sur les ponts 6 et 7 des restaurants spécialisés plus petits et des bars, ainsi qu'un restaurant international sur le pont 8, réservé aux chefs d'État et membres de gouvernement), le théâtre, le grand bar dansant, le fumoir et la piscine se trouvant sur le pont extérieur à l'avant du bateau – il y avait évidemment aussi une piscine réservée aux hôtes de marque du pont 8.

On pouvait contempler le lobby depuis tous les ponts, en se penchant sur des balustrades. Adam s'en était rendu compte en faisant ses préparatifs, et ce point jouait un rôle décisif dans son plan.

Le lobby constituait le principal espace de réunion et aussi un lieu de rendez-vous pour tous ceux qui voulaient, par exemple, se retrouver pour prendre un apéritif étendus sur les transats avant de passer à table. Les transats étaient munis de plaids décorés de motifs traditionnels albanais, aussi moelleux que colorés, mais ils ne seraient guère utiles, si l'on en croyait les prévisions de la météo : ce mois de novembre était le plus chaud jamais enregistré depuis les premières mesures de températures, et ce temps radieux devait durer encore plusieurs jours. Nous avons de la chance avec le temps, avait dit Fate Vasa.

Au milieu du lobby se dressait une armoire de deux mètres de haut et de quatre-vingts centimètres en largeur et en profondeur. Elle était recouverte d'un immense voile rouge, où figurait sur les côtés les plus larges l'aigle albanais. D'après sa forme, qu'on devinait sous le tissu, ce devait être une armoire. De quoi d'autre pouvait-il s'agir ? Un bloc de pierre ? Un cordon rouge fixé à quatre piquets en laiton l'entourait.

En tout cas, ce bloc se révéla passablement gênant quand les 352 passagers se rassemblèrent tous dans le lobby pour boire leur coupe de champagne de bienvenue, bavarder et patienter. On les avait priés lors de l'embarquement de ne pas se rendre tout de suite dans leurs cabines. Il se trouvait toujours quelqu'un pour s'approcher trop près du cordon, manquer rentrer dans la forme voilée, reculer au risque de bousculer d'autres passagers voire de renverser du champagne sur eux faute de faire assez attention à sa coupe.

Qu'est-ce que c'est que ce machin ?
C'est peut-être le casque qu'on doit dévoiler publiquement.
Il ne peut quand même pas être aussi énorme !
Voyons, il doit être dans une vitrine.
Il gêne le passage, on croirait vraiment qu'on veut embêter le monde.

Ce bateau me semble sympathique, dit Max-Otto, il est énorme mais pas mégalo, et je trouve l'esthétique amusante.

Que veux-tu dire? demanda Starek. Quelqu'un le heurta dans le dos et il renversa un peu de champagne sur la cravate de son ami.

Ça ne tache pas, assura Max-Otto en essuyant sa cravate. Mais donc, je veux dire: est-ce que ce n'est pas amusant, ce mélange d'élégance genre Titanic, de folklore albanais et de modernité à la Guggenheim? Le Premier ministre s'en est sûrement occupé en personne.

Il désigna d'un geste le personnel: des hommes en costume albanais, avec un bonnet en feutre blanc, une ample chemise blanche, une écharpe, des bas de laine aux couleurs vives et des opankes, les femmes vêtues d'une coiffe, d'une veste noire rigide et d'un tablier multicolore. Tous servaient du champagne sur de grands plateaux d'argent, sous la direction de quelques majordomes arborant le classique smoking noir.

Ces costumes folkloriques ne sont certainement pas authentiques, il s'agit d'envoyer des signaux, de jouer avec des attentes. C'est comme chez vous, les Autrichiens.

Comment ça?

Tu te rappelles nos vacances à Salzbourg? Ces femmes en dirndl à l'hôtel, qui nous ont souhaité la bienvenue en nous offrant un cocktail? Ça paraissait du pur folklore, mais ensuite nous avons appris que les dirndl étaient l'œuvre d'un styliste moderne, ils n'existaient pas autrefois. Et les femmes qui les portaient avaient un accent thuringien.

Starek sourit. À ta santé! Aucune énigme ne pourra te résister!

À côté du bloc voilé de rouge, Adam Prawdower regardait la verrière du plafond et les balustrades des ponts supérieurs. À cet instant, quelqu'un l'aborda.

Impressionnant, pas vrai ? Vous avez déjà voyagé sur ce genre de bateau ?

Il s'abstint de répondre : J'ai participé au démantèlement d'un bateau encore plus énorme. Il secoua la tête en levant son verre puis se tourna vers un de ces serveurs aux costumes étranges pour échanger son verre contre une coupe pleine.

Il doit y avoir quelque chose de prévu. Savez-vous ce qui nous attend ?

Sorry ?

Do you know what else awaits us ?

Sorry, no idea.

You are welcome.

Baia Muniq ne cessait de se mettre sur la pointe des pieds pour tâcher de voir Karl Auer.

Ses orteils commençaient à fatiguer. En se redressant une nouvelle fois de toute sa hauteur, elle trébucha et tomba dans les bras d'un homme qui la lâcha en s'inclinant, après qu'elle eut retrouvé son équilibre. Un Chinois !

Më falni, dit-elle, sorry, sorry, et le Chinois dit OK ? OK ! Il recula en inclinant très bas la tête puis disparut derrière le bloc mystérieux.

La chèvre est-elle restée à bord, monsieur ?

Que voulez-vous dire ? Quelle chèvre ?

Quelqu'un tapa dans ses mains. Debout devant le comptoir de la réception, le commandant tapota un micro, qui commença par ne pas réagir puis lança un toc-toc retentissant. Oui, bon, mesdames et messieurs, pourrais-je…

Mais le brouhaha des conversations continua, même s'il diminuait. S'il vous plaît, pourrais-je…

Quelle chèvre ?

Voyons, lors de l'embarquement, un orchestre est monté

à bord avec ses tambours et tout le tintouin. La grosse caisse était sur un chariot tiré par une chèvre.

Oui, je l'ai vue.

Ladies and Gentlemen, pourrais-je… toc-toc…

Et alors? La chèvre a quitté le bateau ensuite?
Je n'en sais rien.

Pst, pst. Un peu de silence, s'il vous plaît!

Dans ce cas, elle est encore à bord?
Pst! Je n'en ai aucune idée.
Elle est donc encore…

Pst! Un peu de silence, s'il vous plaît!
Je vous demande un instant d'attention! Merci beaucoup!

Le commandant informa l'honorable assistance qu'il devait malheureusement lui infliger un petit désagrément, mais c'était la loi qui l'exigeait. C'est-à-dire qu'on était obligé de procéder à un exercice de sauvetage au début de toute croisière. Contrairement aux directives sur la sécurité lors d'un voyage aérien, où l'on n'avait pas besoin de participer ni même d'écouter, l'exercice d'évacuation d'un paquebot impliquait un minimum de participation active. Les passagers étaient donc priés de se rendre sur le pont où se trouvait leur cabine, de se mettre en rang sur le pont extérieur…
En quoi?
En rang par cinq, donc veuillez vous mettre en rang par cinq à bâbord ou à tribord, suivant la position de votre cabine. Vous recevrez alors de nouvelles instructions.

Est-ce vraiment nécessaire?

En rang par cinq? Je n'ai pas connu ça depuis mon service militaire!

Ça vous rend nostalgique?

Et où suis-je censé poser mon verre? *Waiter!*

Why can't I use this elevator? The other one has such long lines. Oh, I see. Sorry.

On doit aller là-bas. On ne peut pas monter ici*.

Gdzie mam zostawić szlankę?

Tu n'as qu'à poser ton verre là-dessus!

Comment? Ici?

Ils s'en occuperont.

Un exercice de sauvetage! Tu parles! Quel ennui, c'est aussi inutile que dans les avions.

Sans doute est-ce nécessaire. Ce bateau n'est pas censé être insubmersible, ce n'est pas le *Titanic*.

Vous plaisantez!

Velünk együtt megtehetik. Nincs tiszelet!

Le pauvre Skanderbeg. À présent, il avait sur son casque non seulement une tête de chèvre mais une douzaine de coupes de champagne. Personne ne s'en rendait compte, évidemment, car les coupes étaient posées sur le voile rouge recouvrant la vitrine. Malgré tout, Fate Vasa était irrité. Il y voyait un manque de respect, une manifestation d'inculture, d'arrogance occidentale.

Ce Français blasé, M. le professeur Gustave du Bois-Veretout! Fate savait qu'il faisait partie des conseillers du président français, il l'entendit dire à Baia: Nous – et il semblait clair qu'il entendait par ce « nous » plein d'une vanité satisfaite non seulement l'Élysée ou « nous autres Français » mais toute l'Europe occidentale, tous les pays latins –, nous ne sommes pas particulièrement intéressés par un nouvel élargissement de l'UE à l'est, bien entendu. Voyez-vous, d'un point de vue géopolitique, ce n'est pas une zone d'influence intéressante pour nous. Nous travaillons plutôt à une Union méditerranéenne et...

Fate était aussi irrité par Baia, car elle n'arrêtait pas de se redresser bizarrement, mais il apprécia sa réponse : En somme, vous restez dans la tradition de l'histoire coloniale de la France ?

M. du Bois-Veretout posa négligemment sur Skanderbeg sa coupe de champagne à côté des autres verres. Bien sûr, pensa Fate, il ne pouvait pas savoir qu'un trésor national se cachait sous ce voile rouge. Mais il ne s'était même pas demandé si ce cube géant ne signifiait pas quelque chose, dressé ainsi dans ce lobby, aussi central et mystérieux que la Kaaba à La Mecque. C'était tout le problème, avec les hommes comme cet aristocrate français : ils ne comprenaient pas qu'on pouvait être absolument inculte avec des manières raffinées et qu'ils célébraient une élégance qui ne comblait que leur vanité.

Je le regrette beaucoup, monsieur*, reprit Baia, car voyez-vous tous les Albanais admirent la France, il n'y a rien de plus prestigieux pour nous que d'avoir fait des études en France…

Je sais que votre Enver Hoxha a étudié chez nous. Comme Khomeini et Pol Pot. Et Che Guevara n'est-il pas venu à Paris… ? Peu importe, je préférerais que vos héros de la liberté ne fassent pas d'études en France, où manifestement ils comprennent tout de travers.

Baia Muniq en resta pantoise. Cependant les serveurs aux tenues colorées emportaient déjà discrètement les coupes posées sur la vitrine de Skanderbeg.

Une voix retentit : Veuillez prendre les ascenseurs pour vous rendre sur votre pont.

Même les chefs d'État du sacro-saint pont 8 ne purent se soustraire à l'exercice de sauvetage. En règle générale, les ponts inférieurs restèrent sans nouvelles du pont 8 au cours de la traversée, rien ne filtrait des conversations qui s'y tenaient, aucune rumeur de cercles d'ordinaire bien informés, aucun ragot, aucune histoire scabreuse. Il fallut des circonstances exceptionnelles pour qu'on apprenne dans tout le bateau la situation embarrassante qu'avait provoquée l'exercice sur le pont 8. Le commandant en personne avait supervisé les opérations, mais on ne pouvait le soupçonner d'indiscrétion. Ce fut probablement un agent de sécurité qui raconta l'histoire lors du déjeuner de l'équipage, sur le pont 3, pour la plus grande joie des convives. Après quoi un maître d'hôtel, pour se donner de l'importance, en parla à un haut fonctionnaire du pont 6 avec une réserve ironique qui n'empêchait pas la précision. Le haut fonctionnaire fit quelques allusions à l'affaire pendant le repas et se laissa volontiers convaincre de raconter ce qui était censé rester top secret. C'est ainsi que ce pénible incident, grâce au bouche-à-oreille, devint la fable de la salle à manger et du fumoir, puis du bateau tout entier.

Les élites politiques de l'Europe s'étaient mises en rang par cinq, ce qui faisait un tout autre effet que les photos de groupe lors des sommets internationaux. On aurait dit les élèves bien sages d'un sévère internat.

On distribua les gilets de sauvetage, d'énormes machins orange tellement rembourrés qu'ils avaient l'air d'avoir fait de la gonflette. On les fixait au corps à l'aide de longues sangles. Les participants durent les enfiler, ce qui était compliqué, certains n'écoutèrent pas les explications et se contentèrent de laisser pendre les courroies. Le commandant donna ensuite des instructions sur ce qu'il fallait faire dans telle ou telle situation. En fait, l'essentiel était dans tous les cas de garder son calme.

On les familiarisa ensuite avec la façon de monter dans les canots de sauvetage.

Je vous fais grâce de cet exercice et vais me contenter de vous donner des indications à suivre en cas d'urgence, déclara le commandant. Ne jamais monter seul, sans l'aide d'un membre de l'équipage, et ne jamais sauter. Il est inévitable que le canot se mette à tanguer légèrement. Vous devez prendre garde à respecter cette précaution : il faut anticiper l'instant où la paroi du canot sur laquelle vous allez monter se soulève vers vous. C'est alors que vous devez mettre le pied sur cette paroi, puis dans le canot. Évitez de monter sur la paroi lorsqu'elle s'abaisse, et surtout ne montez jamais directement dans le canot. C'est une grosse distance à franchir et le plus souvent vous ferez une chute, qui mettra en danger non seulement vous-même mais les gens déjà installés dans l'embarcation.

Les grands de ce monde restaient là avec ces ridicules gilets de sauvetage, où ils avaient l'air d'énormes Bibendum orange, et ils commençaient à s'impatienter.

Mais rien ne s'était encore passé. Pour le moment, le commandant leur expliqua le système des codes en vigueur sur le bateau. Du reste, c'est cette partie de l'exercice qui éveilla le plus de curiosité sur tous les ponts, chez les porteurs de gilets orange, et provoqua le plus de questions, dont certaines restèrent sans réponse.

Le système des codes. Il peut arriver, dit le commandant, qu'on emploie un code lors d'annonces sur le bateau. Donc, quand une annonce commence par un nom de code, par exemple code Orange, attention code Orange, ou code Charly, ou Code Alpha, peu importe, chaque fois qu'on indique un code, c'est que l'annonce concerne l'équipage, une partie de ses membres ou certains officiers, où qu'ils se trouvent. Quant à vous, mesdames et messieurs, en tant que passagers, vous ne devez pas en tenir compte, il ne faut pas vous en occuper ni demander ce que ça signifie et comment vous devez réagir. Est-ce clair?

Le ministre hongrois des Affaires étrangères, Janos Csap, demanda alors: Yess, I únderständ, mais que signifient ces codes?

Le commandant expliqua que les officiers et l'équipage communiquaient à l'aide de codes que les passagers ne devaient pas connaître, car il s'agissait uniquement de donner des instructions à l'équipage.

Il ne dit pas qu'il s'agissait surtout de pouvoir faire des annonces sans semer la panique chez les passagers. Lorsqu'ils entendaient : « Code Orange ! Attention, code Orange ! », personne ne s'inquiétait. Si l'on avait annoncé sans détour : « Attention, incendie à bord ! », on n'aurait pas seulement alerté les membres de l'équipage chargés de combattre les petits incendies, qu'ils éteindraient sans grand danger pour le bateau, on aurait déclenché une panique générale, tout cela peut-être pour un fer à repasser oublié. Il en allait de même pour le code Charly, qui indiquait un problème de sécurité. Le système avait pour unique objectif de permettre à l'équipage de réagir sans affoler les passagers.

Je vous remercie de votre attention, dit le commandant.

C'est alors qu'il se passa quelque chose.

Soulagé d'en avoir fini avec cette corvée, à laquelle on ne l'avait pas préparé, le président français se détourna, voulut s'extraire au plus vite du petit bataillon qui s'était formé, et marcha sur les sangles pendant jusqu'au sol du gilet de sauvetage du ministre nord-macédonien des Affaires étrangères, lequel tituba en arrière et perdit l'équilibre, en entraînant dans sa chute le Premier ministre hongrois, qui tenta de se raccrocher à l'épaule du président roumain devant lui, mais celui-ci s'effondra à son tour, si bien que… pour finir, comme on le raconta d'un bout à l'autre du bateau, l'élite politique européenne se retrouva par terre. Avec ces énormes gilets qui leur donnaient l'air de scarabées renversés sur le dos, ils se tortillaient désespérément pour tenter de se relever. D'après la version francophile, le président français était le seul à avoir réussi à rester debout, et il avait aidé la moitié de l'Europe à se relever en lui tendant la main, mais une autre version, plus digne de foi, assurait qu'ils s'étaient tous retrouvés sur le dos, à l'exception de la chancelière allemande, qui s'assit et put ainsi dominer la situation.

2

Le dévoilement solennel du casque de Skanderbeg était prévu à 18h, après quoi il y aurait un dîner de gala.

Mais auparavant, le programme comportait encore un événement qui ne figurait pas dans le *time schedule* que tous les passagers avaient reçu dans leur dossier d'information. Fate avait échafaudé ce plan avec sa nouvelle équipe de communicants et supervisé lui-même les préparatifs nécessaires à sa mise en œuvre. Comme le déclara Fate au ZK : Il y a là-dedans une grandeur, une nouvelle dimension. Ce bon vieux Ismail n'aurait pas pu suivre.

À propos d'Ismail, dit le ZK, tu as des nouvelles de lui ? Comment va-t-il ? Qu'est-ce qu'il fait maintenant ?

Aucune idée. En tout cas, tout est prêt, ce sera un signal fort !

Ils étaient assis au bord de la piscine du pont 8. Un major-dome leur proposa du champagne.

OK, dit le ZK. Il faut surtout que tout se passe bien quand on dévoilera le casque. C'est l'essentiel pour moi.

Ne t'en fais pas. Les deux casques sont à leur place, le film est prêt.

Et tu l'as vérifié ? On voit tout distinctement ? Ces caméras de surveillance sont souvent…

Nous avons d'excellentes caméras. On voit parfaitement la scène.

Bien. Mais nous devons une fière chandelle à Ismail. Si tout se passe comme prévu. En tout cas, c'est lui qui nous a avertis.

Fate sourit. Il leva son verre et lança : Ce sera ton jour de triomphe ! Ça va faire des vagues. Tu vas mettre l'Europe en émoi !

Le ZK regarda pensivement la piscine. À la surface de l'eau, le soleil faisait briller de petits points lumineux qui oscillaient au rythme de vaguelettes presque imperceptibles. Il prit sa coupe sur la table près de lui et vit que le champagne bougeait lui aussi légèrement. Il observa de nouveau la piscine, l'eau constellée d'étincelles avait quelque chose de méditatif. Il but. Il se demanda si l'eau de la piscine, un jour où la mer serait grosse, ne deviendrait pas à son tour agitée, ou si même elle ne ferait pas des vagues en cas de tempête, des vagues énormes. Si jamais le bateau affrontait une forte houle, la puissance immense de la mer ne se ferait-elle pas sentir jusque dans cette piscine luxueuse? Et les remous agitant l'eau de la piscine n'affecteraient-ils pas l'équilibre du bateau?

Qu'est-ce que tu as dit?

J'ai dit que j'allais dans ma cabine, répondit Fate. Je vais terminer ton texte pour Brindisi, OK?

Le ZK but et décida d'arrêter de boire. C'est alors qu'arriva Monsieur… comment s'appelait-il, déjà? Le ZK pressa sa main sur son front. Il faut que je fasse attention, pensa-t-il. Voyons, c'est… M. Sontheimer, Otto Sontheimer, l'ambassadeur d'Allemagne en Albanie. Un homme très cultivé, un grand lecteur. Il était passablement dégingandé et sa chevelure d'un blond grisonnant prouvait qu'il n'hésitait pas à toucher à ses cheveux pour les remettre en place. Le ZK se souvenait que lors d'une réception diplomatique, au milieu des ennuyeuses banalités de rigueur, il avait eu une conversation intéressante avec M. Sontheimer sur Fatos Lubonja, un intellectuel albanais important, qu'on avait surnommé le Soljenitsyne albanais après la parution de son livre sur ses années de camp sous le régime de Hoxha. Mais quelle que fût l'importance de Lubonja en Albanie, il était étonnant que l'ambassadeur l'ait lu. Sontheimer était vraiment un homme intelligent, qui s'intéressait non seulement à la littérature mais à l'art – il avait acheté à titre privé un tableau du ZK.

Il titubait. Son Excellence Otto Sontheimer longeait la piscine en titubant, à moins qu'il n'esquissât des pas de danse?

Et il chantonnait à voix basse, on aurait cru qu'il parlait tout seul ou conversait au téléphone, il avait des écouteurs sans fil dans les oreilles.

Yo ho ho and a bottle of rum. Fifteen men on a dead man's chest, yo ho ho and a bottle of rum!

Il s'arrêta abruptement, écarta les bras pour retrouver son équilibre. *Drink and the devil had done for the rest!*

En voyant le ZK, il le salua de la tête, dit: I am... I feel... so... okay, okay... Puis il se remit à parler seul ou à Dieu sait qui, si jamais il téléphonait: ... Will not reach Treasure Island... victim of Israel Hands?

Il se redressa, s'avança de nouveau d'un pas raide et précautionneux, yo ho ho, disparut.

Le ZK le suivit des yeux avec un étonnement mêlé d'amusement. Il se dit que Son Excellence devait déjà avoir trop bu. Ce n'était vraiment pas normal. Mais qu'est-ce qui était normal, sur ce bateau? Les chroniqueurs de l'avenir se demanderaient eux-mêmes: Comment cette croisière était-elle possible?

L'événement non prévu au programme, ce que Fate appelait « le signal fort de Brindisi », approchait. À 17 heures, ils devaient accoster au port de Brindisi. Puisqu'ils devaient faire escale dans cette ville, Fate avait pensé: pourquoi ne pas en profiter? Avant même le dévoilement du casque, il désirait démontrer aux représentants des États de l'UE rassemblés à bord la grandeur et l'importance de l'Albanie en Europe. L'Italie faisait partie de l'UE, et cette escale était l'occasion rêvée de montrer combien les Albanais étaient déjà nombreux au sein de l'Union.

En dehors du cabinet du ZK, le seul à connaître ce projet était le maire de Brindisi. Il avait le choix entre participer, apporter son concours logistique et avoir droit ensuite à des félicitations, ou assister aux événements comme un idiot et prendre peut-être une mauvaise décision dans son affolement, voire provoquer une intervention de la police.

Il choisit les félicitations. Et les voix des électeurs de la communauté des Arbëresh, les descendants italiens de migrants albanais.

Avec l'aide de clans albanais influents, Fate et son équipe avaient mobilisé dans toute la Calabre. Plus de deux cent mille Arbëresh et immigrés albanais vivaient dans le sud de l'Italie. Il suffirait que dix pour cent d'entre eux viennent au port de Brindisi acclamer le Premier ministre albanais, et Fate tiendrait le « signal fort » qu'il avait en tête.

Le plan de Fate : on accoste à Brindisi, personne ne descend à terre. Le maire de Brindisi monte à bord, il apparaît au bastingage avec le ZK, un bref discours sur l'Albanie partie intégrante de l'Europe. Une foule innombrable et enthousiaste massée sur le quai. Sur les ponts-promenades du *Skanderbeg*, les politiciens et les fonctionnaires les plus influents d'Europe, ainsi que les journalistes accrédités des médias européens, seraient témoins de l'événement.

Ce n'est qu'ensuite, conformément au *time schedule*, encore sous l'impression des acclamations du port, que serait dévoilé solennellement dans le lobby du navire « le casque magnifique et fidèle à l'original du *héros européen* qui a donné son nom au *SS Skanderbeg* », comme le proclamait l'annonce officielle. La croisière continuerait vers le nord de l'Adriatique, arrivée à Porto Montenegro le 29 novembre à 09h30.

3

Adam Prawdower était assis au fumoir, seul. Il se roula une cigarette, la fuma et la jeta dans le cendrier. Renversé dans son fauteuil, il fit un exercice qu'il avait appris au temps de sa jeunesse dans la clandestinité, quand il avait devant lui une mission exigeant une extrême concentration et pouvant se révéler dangereuse. Il chercha avec sa main droite le pouls de son poignet gauche, ouvrit les yeux aussi grand que possible et commença à inspirer et expirer lentement. Inspirer, expirer. Inspirer, expirer. Ne jamais fermer les yeux! Un combattant n'était pas un yogi aspirant à fuir le monde dans on ne savait quel nirvana, au contraire. Les yeux grands ouverts devaient manifester la volonté du combattant d'avoir l'œil à tout, de ne négliger aucun détail du réel, c'était comme passer de l'objectif standard au grand angle. Rouler des yeux, laisser errer le regard de la droite vers la gauche vers la droite, tout en inspirant et expirant profondément. Le pouls au repos devait passer alors de soixante-dix battements par minute en moyenne à moins de soixante, c'était le point où l'esprit devenait froid et clair. Inspirer, expirer, rouler des yeux de droite à gauche, contrôler son pouls. Adam se troubla. Il luttait contre l'envie de fermer les yeux et son pouls ne voulait pas descendre en dessous de quatre-vingts. Il avait l'impression d'avoir le front brûlant. Qu'est-ce qui se passait? Était-ce parce qu'il avait fumé? Impossible. Il ne fumait pas beaucoup, mais quand ça lui arrivait, ça favorisait toujours son calme intérieur et sa concentration.

Il devait s'avouer qu'il était inquiet pour son plan. Il avait prévu de jeter du haut de la balustrade du pont 5 les fac-similés du tract de Piotr Szczęsny dans le lobby du pont 4, à 18 heures précises, quand toute l'Europe serait rassemblée pour assister au dévoilement de cet étrange trésor national. Pour rendre son geste encore plus dramatique, il avait conçu toute une mise en scène: il voulait allumer des cierges magiques sur la balustrade et lancer une bombe fumigène dans le lobby, afin que les gens qui liraient le tract entrevoient symboliquement ce que signifiait l'immolation désespérée de Piotr et que ce léger choc les invite à l'empathie. Après mûre réflexion, il avait renoncé à la bombe fumigène, elle sèmerait certainement la panique, les gens s'enfuiraient en tous sens, les agents de sécurité se précipiteraient pour mener en lieu sûr les chefs d'État, et plus personne ne lirait le tract. Quant aux cierges magiques, on les lui avait confisqués lors du check-in, car il était interdit d'apporter à bord des substances inflammables. Il déclara qu'il en avait besoin pour fêter l'anniversaire d'un collègue, pour le gâteau. L'employé lui dit que la cuisine du bateau lui fournirait tout le nécessaire pour un gâteau d'anniversaire.

Il ne lui restait donc plus que les tracts. Mais ça devrait marcher comme ça, le souvenir de la critique de Piotr d'un côté, et au verso l'énumération des crimes anti-européens du gouvernement polonais, qui dépassaient les pires craintes de cet homme qui s'était immolé par le feu pour protester – ça devrait quand même être suffisamment marquant. Il avait eu des tas d'autres idées, qu'il avait fini par abandonner. Par exemple, vider dans le lobby un sac rempli de briques de Lego, pour rappeler ce scandale qui était passé étrangement inaperçu : le gouvernement polonais avait acheté la prétendue œuvre d'art consistant en une reproduction du camp d'Auschwitz avec des briques de Lego, après quoi il avait envoyé à la chancellerie allemande une boîte de ce Lego Auschwitz. En jetant les briques de Lego, Adam voulait crier : Est-ce cela l'objectif de l'antisémitisme polonais ? Reconstruire Auschwitz ?

Mais il avait renoncé aussi à cette idée. Son geste devait être centré sur le tract de Piotr, c'était l'élément décisif, le choc dont rien ne devait détourner l'attention. Le tract de l'homme qui s'était immolé par le feu pour protester contre une évolution dont le résultat était aujourd'hui une crise globale de l'Union. Et voilà que plus personne ne s'enflammait pour l'Europe ? Que personne ne trouvait des mots brûlants ? On n'adorait même plus la flamme de l'idée européenne ?

D'un autre côté... Il essaya de nouveau. Les yeux grands ouverts, la main sur le pouls, inspirer et expirer profondément. À présent, son pouls en était à quatre-vingt-quinze. Comment était-ce possible ? D'un autre côté, il n'était pas évident de lancer les tracts du haut de la balustrade pour qu'ils descendent en tourbillonnant dans le lobby. À l'instant où l'on dévoilerait ce trésor national, ou ce mémorial ou Dieu sait quoi. Troubler cette cérémonie officielle albanaise serait un scandale qui lui retomberait dessus, ce serait lui le méchant, pas Mateusz, comment n'y avait-il pas songé plus tôt? Parce qu'il n'avait envisagé que cet instant où ils seraient tous rassemblés au même endroit. Y aurait-il une autre occasion aussi favorable? Peut-être deux jours plus tard, au théâtre, quand le ténor vedette albanais Saimir Pirgu chanterait l'opéra *Scanderbeg* de Vivaldi. Mais seraient-ils vraiment au complet? Tel qu'il connaissait Mateusz, qui n'avait même pas daigné se rendre à une soirée en l'honneur d'Olga Tokarczuk, le prix Nobel polonais, il snoberait aussi cette représentation.

S'il voulait les avoir tous ensemble au même endroit, c'était aujourd'hui ou jamais. Mais était-il judicieux de troubler une cérémonie officielle albanaise? Contrairement à son homologue polonais, le Premier ministre albanais était totalement pro-européen et prônait les valeurs européennes qui étaient aussi celles de Piotr Szczęsny. Par son geste spectaculaire devant les élites politiques de l'Europe, Adam voulait mettre en cause Mateusz, son frère de sang parjure, et non les ambitions européennes de l'Albanie. L'idée était de mettre Mateusz face à ses crimes, de faire en sorte qu'on lui en parle chaque jour en un lieu qu'il ne pouvait quitter, à savoir ce bateau. Mais d'un autre côté… Adam continua ainsi de ruminer ses pensées, assis dans un fauteuil club du fumoir, en caressant machinalement de la main gauche son oreille mutilée. Il eut envie de fumer une autre cigarette et se leva.

C'est alors qu'une femme entra dans le fumoir. Une femme, vraiment? Adam eut un instant de doute. Elle avait un côté très cavalier, avec ses cheveux terriblement courts, mais c'était bien une femme. Adam la salua de la tête, elle fit de même en souriant et s'assit dans un fauteuil club. Elle avait un smartphone à l'oreille mais se taisait, elle attendit ainsi un bon moment puis finit par éteindre le téléphone et alluma une cigarette.

Ylbere ne comprenait pas pourquoi elle ne parvenait pas à joindre Ismail. Elle lui avait donné les clés de son appartement, lorsqu'il avait voulu rentrer à Tirana. À son retour, il n'était pas là. Il ne répondait pas au téléphone. Elle était restée des heures dans la cage d'escalier, puis s'était décidée à faire venir un artisan qui avait ouvert la porte de l'appartement et changé la serrure. Dans l'appartement, elle ne trouva aucune trace, rien qui indiquât qu'Ismail était venu ici. Elle se rendit à son ancienne adresse. La maison n'existait plus. Des camions emportaient des conteneurs remplis de décombres. Le mur donnant sur la rue avait été démoli, lui aussi, une pelleteuse creusait dans les gravats et les rejetait dans des bennes. Manifestement, il était inutile de demander si quelqu'un ici avait des nouvelles d'Ismail. Où était-il? Que faisait-il? Elle alluma une cigarette et s'aperçut, étonnée mais aussitôt sur le qui-vive, que l'homme debout au milieu de la pièce tripotait quelque chose dans sa poche de pantalon – Ylbere se dit qu'il « remuait » quelque chose, c'était le mot le plus modéré qui lui vînt à l'esprit.

Adam se rendit compte qu'il risquait de provoquer un malentendu, et se hâta d'expliquer : Vous parlez anglais? OK. J'étais distrait et je…

Il sortit une cigarette de sa poche de pantalon.

Voilà, vous voyez! dit-il. Il se trouve que pendant mes années dans la résistance, j'étais encore tout jeune, les hommes plus âgés m'ont appris à rouler une cigarette dans une poche de pantalon en restant debout. Il y avait beaucoup de rituels, c'en était un, quand on y arrivait on faisait vraiment partie du groupe. Je pensais justement à cette époque et…

La résistance? Où donc?

Ylbere remarqua l'oreille mutilée, la cicatrice dessous. Elle lui demanda s'il accepterait de donner une interview.

Oui, volontiers, dit Adam. Demain, si vous en avez encore envie. Aujourd'hui, ça risque d'être juste.

Inutile de se stresser, dit Ylbere. Nous sommes encore cloî-trés ici pour trois jours.

Adam hocha la tête, se carra dans son fauteuil. Il ne savait toujours pas quoi faire, en fait il le savait de moins en moins. Le rassemblement dans le lobby pour le dévoilement du casque aurait lieu dans une demi-heure. Par la suite, ils ne seraient peut-être plus jamais réunis tous ensemble, les digni-taires se retireraient dans leur tour d'ivoire du pont 8. D'un autre côté…

Il n'avait pas prévu qu'il y aurait tant de « d'un autre côté » au dernier moment.

De toute façon, il devait aller se changer dans sa cabine. Et prendre le sac avec les tracts, pour pouvoir ensuite… d'un autre côté.

C'est alors qu'ils entendirent une annonce: Nous arrivons au port de Brindisi. Tous les passagers sont priés de se rendre sur leur pont-promenade respectif, à bâbord. Personne n'est autorisé à descendre à terre. Monsieur le Premier ministre va prononcer un discours. Je répète: tous les passagers sont priés de se rendre à bâbord sur le pont-promenade.

Ylbere vit combien l'annonce surprenait et rendait nerveux le dénommé Adam – c'est ainsi qu'il s'était présenté. Il se leva d'un bond, lança: Pourquoi? Je croyais…

Il la salua d'un geste et sortit précipitamment. Ylbere était déconcertée, en même temps elle se disait qu'elle aurait aimé savoir elle aussi rouler une cigarette dans la poche de son pantalon. Elle alluma une cigarette, appela une nouvelle fois Ismail, une voix informatique lui annonça aussitôt que son correspondant n'était pas joignable et qu'elle devrait essayer de rappeler plus tard.

L'arrivée à Brindisi fut bel et bien un triomphe. Le ZK salua depuis le bastingage du pont 4 la foule agitant des drapeaux albanais – y avait-il cinq mille personnes, dix mille?

Le communiqué de presse en annoncera trente mille, dit Fate.

Les journalistes et les photographes participant à la croisière prirent des photos. Presque tout le monde à bord, sauf sur le pont 8, sortit son smartphone et le brandit en l'agitant pour trouver un angle permettant de donner une idée de la grandeur du spectacle, mais c'était impossible. Le mieux était encore de recourir à la fonction vidéo. Un photographe de l'équipe de Fate prit les photos dites officielles.

On installa la passerelle. La *polizia municipale,* avec l'aide d'un service d'ordre composé d'hommes en chemises noires et brassards rouges, fit s'écarter la foule sur le quai afin de laisser passer une limousine noire avançant au pas, derrière laquelle la marée humaine se refermait aussitôt.

Quel chaos! dit le ZK. Pourquoi n'ont-ils pas barré l'accès pour le maire?

S'ils l'avaient fait, nous n'aurions pas ces images, répliqua Fate.

On croirait voir Moïse traversant la mer Rouge.

C'est tout à fait la mer Rouge, approuva Fate en regardant avec satisfaction la multitude des drapeaux albanais rouges. Il sourit et dit du coin de la bouche : N'oublie pas d'agiter la main!

La passerelle était maintenant en place. C'est alors que Fate vit un homme la descendre en courant. Que… qu'est-ce que ça signifie? Il poussa un juron et cria : Personne ne doit aller à terre! Personne n'est autorisé à quitter le bateau!

Mais l'homme était déjà sur le quai. Fate reconnut Gino Trashi, ce maudit photographe.

Hé, Trashi, qu'est-ce que ça veut dire?

Trashi ne l'entendit pas. Il regarda tranquillement le ZK qui agitait la main, puis il chercha dans son sac un objectif qu'il fixa à son appareil. Il resta planté là, les jambes écartées, indifférent à la cohue et à la bousculade, prit deux photos, qu'il contrôla sur son écran. Après quoi, il recula de quelques pas et s'enfonça dans la foule, regarda, chercha son angle idéal.

C'était tout lui. Tous les photographes accrédités à bord allaient prendre plus ou moins la même photo : vue d'en haut. Mais les lecteurs du journal avaient la perspective inverse : ils voyaient les choses d'en bas, et c'est ça qu'il fallait chercher. Trashi leur donnerait l'unique photo montrant le ZK en haut du bateau, tout petit derrière le bastingage, avec au premier plan quelques têtes par-dessus lesquelles le photographe prenait sa photo.

Fate était furieux. Et nerveux : son cœur s'emballa, il respira profondément, on aurait cru qu'il gémissait. Il sentait comme une oppression derrière son front, son visage était brûlant, des éclairs passaient devant ses yeux, comme tout à l'heure dans sa cabine. Des éclairs rougeoyants, ça lui faisait peur. Il avait l'expérience pour ne pas dire l'habitude de ces moments où il se sentait de nouveau malade, comme pendant son enfance, mais cette fois c'était différent : la souffrance arrivait par vagues. Un léger accès au matin, puis avant de quitter sa cabine, ça s'était dissipé d'un coup et voilà que ça recommençait. Quelle absurdité, pensa-t-il, je suis en plein soleil, c'est tout. Il fit quelques pas de côté pour se mettre à l'ombre de l'entrée du lobby, et il se tourna vers Endrit, le préfet de police, qui supervisait toutes les mesures pour la sécurité du ZK à bord.

Dis donc, Endrit ! lui cria-t-il. J'ai besoin de toi, le Chef a besoin de toi, il nous faut deux ou trois de tes hommes. Tu connais Gino Trashi, pas vrai ? Il a quitté le bateau sans autorisation, il mijote quelque chose. Oui. Donc, le Chef te demande de faire en sorte qu'il ne remonte pas à bord. Il faut l'en empêcher. Je ne comprends pas, qu'est-ce que tu as dit ?

Fate avait de nouveau ses acouphènes. Les sirènes dans son oreille.

Qu'est-ce que tu as dit ?

Il s'avança jusqu'au bastingage, vit que la limousine du maire avait presque rejoint le bateau mais qu'un attroupement important la séparait encore de la passerelle, un policier déclencha la sirène de sa moto pour disperser la foule. OK, dit Fate, je te fais confiance. Ce type ne doit pas monter à bord. Au besoin, jetez-le à l'eau, il sait certainement nager. Il n'aura qu'à décider lui-même où il veut aller. Comment? Je ne comprends pas ce que tu dis. Donc, le Chef compte sur toi!

Il s'accouda de nouveau au bastingage à côté du Chef, essuya son front en sueur, regarda les policiers se tenir par la main pour former une haie et permettre à la limousine de rejoindre la passerelle. Le maire de Brindisi passa entre eux, gravit la passerelle et fut accueilli à l'entrée du lobby par le commandant. Fate fit signe à un collaborateur, qui apporta en hâte un micro. Sortant un papier de la poche de sa veste, il le donna au Chef en disant: Quelques phrases pour l'éternité!

Le maire apparut alors sur le pont-promenade, s'avança vers le ZK, lui serra la main puis lui donna une accolade en lui tapant dans le dos, encore et encore, le maire voulait communier avec les Arbëresh dans leur amour pour le nouveau Skanderbeg, à quatre mois des élections locales.

Côte à côte, ils agitèrent la main. On tendit le micro au ZK, qui le passa au maire.

Heureusement que l'époque du culte stalinien de la personnalité est passée, dit Starek.

Max-Otto sourit. Il y a une grande différence, dit-il, et elle est très importante pour toi. On ne va pas t'arrêter et t'assassiner si tu te moques de cette scène!

C'est vrai. On ne m'assassinera pas. Mais il y a de quoi mourir de honte.

Ce serait maintenant le moment de reconduire à terre cette chèvre, vous ne trouvez pas ?

Excuse me, I didn't understand.

Oh, sorry. I said : the goat! We have a goat on board, you know ? Now would be a good time to bring it ashore.

A goat ?

Yes, sir.

You mean the helmet ? There's a goat sitting on it. You can see that in the photo, can't you ? But the helmet is not to be brought ashore, I suppose.

The goat is sitting on a helmet ? I didn't know that. That's very strange.

I heard it's an old tradition.

Oh !

*Vous voyez ce Chinois, là, à quelques mètres du Premier ministre ?**

*Oui.**

*Qui est-ce ? Vous le savez ?**

*Non, je ne sais pas.**

*Est-ce un envoyé du gouvernement chinois ?**

*Je ne sais pas.**

Ylbere prit quelques photos et les envoya à Ismail avec WhatsApp, en écrivant en commentaire : *Regarde ce qui se passe ici. Ton Chef est le héros de la fête. Mais j'attends juste qu'on dévoile le casque. Ont-ils pris ton avertissement au sérieux ? Qu'est-ce que tu fabriques ? Pourquoi ne donnes-tu aucune nouvelle ? Est-ce que je t'ai fait quelque chose ? Je t'en prie, réponds-moi !*

Et une minute plus tard, elle écrivit à son propre étonnement : *Je t'aime !*

Elle hésita un bon moment, mais à l'instant où elle pensait : Non ! ce fut son doigt qui appuya comme de lui-même sur

« envoyer ». Très légèrement. Le message s'envola comme une plume.

Baia Muniq et Karl Auer s'étaient enfin retrouvés, sur le pont 6, alors qu'ils se dirigeaient vers le bastingage à bâbord pour assister au spectacle.

Quand il pensait à elle, il voyait toujours la même image : Baia dans sa petite robe noire, comme le jour où elle avait été le chercher à l'aéroport Mère-Teresa de Tirana. Il fut déconcerté en la découvrant vêtue d'un tailleur-pantalon décontracté, les cheveux tirés en arrière, sans rouge à lèvres, en fait son maquillage était si discret qu'on pouvait considérer qu'elle n'était pas maquillée. Il sembla à Karl Auer qu'elle voulait dissimuler ce qu'elle était : une femme dotée d'une forte aura érotique. Mais radieux était son sourire, qui le rendait si heureux – il écarta légèrement les bras, quelque part entre l'impulsion et la réflexion, le désir et l'incertitude. C'est alors qu'elle le serra avec force, pressa la tête de Karl sur son épaule et lui chuchota à l'oreille : Je suis enceinte.

Elle l'enlaça avec une force redoublée, dit : J'ai longtemps réfléchi. Tout s'y oppose.

Des cris de joie s'élevèrent. Elle continuait de le serrer contre elle.

Il y eut encore des acclamations quand le maire rendit le micro au ZK. Cependant ce dernier était irrité, maintenant. Pendant le discours du maire (l'amitié entre l'Italie et l'Albanie, l'importance du lien entre ces deux ports frères qu'étaient Durrës et Brindisi, un vrai festival de phrases creuses) le ZK avait parcouru le papier où était écrite la harangue que Fate avait préparée pour lui. Le texte était parfaitement incompréhensible. Il se demanda si Fate était malade, s'il délirait. Il était certes habitué à ses formules fleuries, son ton lyrique, ses métaphores bizarres, c'était d'ailleurs ce qui rendait souvent si exceptionnels ses discours et ses slogans politiques, mais ce qu'il lisait maintenant était totalement insensé, en tout cas inutilisable. La tête de cerf et la tête de chèvre, au-dessus desquelles plane l'aigle bicéphale – voyons, qu'est-ce que ça voulait dire? Brindisi au temps des Romains s'appelait Brundisium, d'après le mot *brunda,* tête de cerf, à cause de la forme du port qui rappelait les bois d'un cervidé... *i mallkuar!* On n'entrait pas dans l'histoire en donnant un cours d'histoire! La tête de cerf symbolise la domination des mers et les échanges entre les deux rives de l'Adriatique. La tête de chèvre sur le casque de Skanderbeg symbolise quant à elle l'unité du continent, la défense du territoire européen. Et ces deux aspects sont réunis dans les deux têtes de l'aigle albanais qui... Non, c'était vraiment absurde! On pouvait peut-être faire ce genre de discours devant une association pour la légalisation du cannabis, mais pas ici. Le ZK bouillait de rage. Puis il se retrouva soudain avec le micro à la main, tandis que Fate lui disait: Maintenant!

Tous les Albanais unis dans une Europe unie! Cette phrase s'imposa à lui d'un coup et vraiment, après les lieux communs du maire, elle suffisait. Il chiffonna le papier de Fate dans la poche de sa veste et s'écria: Tous...

Mais il ne parvint pas à couvrir le chœur de la foule massée sur le quai, ils scandèrent son nom puis: Skan-der-beg! Skander-beg! Le ZK cria: Je vous en prie! Répéta encore et encore: Ju lutem! Ju lutem! Et il finit enfin par lancer: Tous les Albanais unis dans une Europe unie! Tel est notre avenir et...

Skan-der-beg! Skan-der-beg!

Il se retira en agitant la main.

4

Ylbere partageait sa cabine avec Edita Manaj, une jeune journaliste d'*Albania Today,* un journal de langue anglaise qui était mis gratuitement à la disposition des touristes dans tous les hôtels albanais de catégorie supérieure, mais que les diplomates et les correspondants de la presse étrangère lisaient aussi. Dans le métier, on l'avait surnommé « Albanian Pravda », mais c'était injuste. Ce journal n'était pas un organe officiel mais un ballon d'essai du gouvernement. Un homme du deuxième ou troisième cercle donnait une interview sur une question de politique étrangère. S'il suscitait des réactions inquiètes ou critiques de la part des représentations diplomatiques ou de la presse internationale, on déclarait qu'il s'agissait uniquement d'une opinion privée sans importance émise par une personnalité de second plan. S'il n'y avait aucun remous, le gouvernement continuait de travailler dans cette direction.

Comme le disait judicieusement la devise d'*Albania Today*: *That's the way it works today.*

Edita était jeune et naïve. Personne ne pouvait le nier: elle était adorable. Ylbere se fichait de savoir à quel oncle elle devait son poste. Elles étaient dans le même bateau – Ylbere s'étonna un instant elle-même d'avoir cette pensée dans ce paquebot. Le simple fait qu'elles doivent partager une cabine prouvait le peu d'importance qu'on accordait non seulement à ce journal gratuit pour hôtels mais aussi aux programmes culturels de la radio.

Ylbere était debout devant le miroir, entièrement nue en dehors d'une petite culotte et d'un bandage autour de sa poitrine.

Edita était derrière elle, et Ylbere voyait dans la glace les grands yeux de la jeune fille.

Pour commencer, Ylbere enfila un *tirq,* le tira vers le haut et sautilla un peu sur place pour arriver à boutonner ce pantalon très moulant.

C'est drôle, dit Edita, dans le nord de l'Albanie le *tirq* est un pantalon traditionnel pour les hommes, alors qu'en Europe occidentale on le considérerait comme un legging pour femme.

Ylbere mit ensuite la chemise classique en laine brute des paysans, qu'on n'enfilait pas dans le pantalon. Puis elle noua autour de sa taille le *brez,* une écharpe qui gardait en place la tenue mais servait surtout à remplacer les poches. On y glissait des montres, des cigarettes, des cuillers, des armes et des cartouches. Mais plus dans *Albania Today,* plaisanta Edita.

Maintenant, il faut que tu m'aides, dit Ylbere.

Edita prit sur le portemanteau le *mintan,* une veste rigide, et aida Ylbere à l'enfiler.

C'est incroyable, dit Edita. Quand tu mets ces vieilles fringues pour homme, on croirait une tenue à la mode, une création de couturier, le dernier cri du chic.

Il reste encore le brassard noir. Aide-moi, s'il te plaît.

Edita enroula la pièce d'étoffe en haut du bras gauche d'Ylbere et le fixa en cousant trois points.

Pourquoi mettre un brassard de deuil ? demanda Edita. Qui est mort ?

Aujourd'hui, c'est l'anniversaire de la mort de mon grand-oncle.

Et il faut que ça tombe le jour de la fête nationale !

Oui, il faut que ça tombe ce jour-là.

Tu l'aimais beaucoup, ton grand-oncle ?

Je ne l'ai jamais connu. Mais il a beaucoup compté pour ma famille, pour moi.

Edita eut tout de suite deux ou trois questions en tête, mais elle dut s'avouer qu'elle ne savait comment les formuler. Elle se contenta donc de hocher la tête, d'ajuster le brassard noir d'Ylbere et de déclarer : Puisse la vie t'offrir beaucoup d'heures consolantes.

Merci, dit Ylbere. Elle prit son smartphone, appuya sur la touche de rappel d'un numéro, encore et encore. Son correspondant n'était pas joignable.

5

Adam Prawdower enfila sa veste de smoking et fixa au revers droit son vieil insigne rouge et blanc de membre de Solidarność.

Ensuite, le nœud papillon. Il savait que les maniaques de l'étiquette considéraient qu'un nœud papillon noir s'imposait avec une veste de smoking, mais il n'était pas de cet avis. Il trouvait que les nœuds papillon noirs faisaient partie de l'uniforme des serveurs strasbourgeois ou des maîtres d'hôtel viennois. Il avait déniché récemment, dans la boutique de souvenirs de la Commission, rue Archimède, un nœud papillon du même bleu que le drapeau européen. Un cercle de petites étoiles d'or se déployait discrètement sur l'aile droite du nœud papillon. En outre, il n'était pas compliqué à fixer, il s'attachait derrière le cou avec un élastique qu'on dissimulait ensuite sous le col de la chemise. Le bleu allait bien avec sa veste blanche – dans son cas, il s'agissait évidemment d'un blanc cassé, que le vendeur avait qualifié de « coquille d'œuf ». Quant au pantalon noir, il s'en tenait au jean. Tel était son compromis avec le *dress code* de rigueur. On ne pouvait pas dire qu'Adam n'était pas prêt aux compromis. En même temps, cet instant lui rappela soudain le soir où il avait essayé pour la première fois une tenue de camouflage.

Le fonctionnement des associations d'idées était étrange, cette façon qu'avait le cerveau d'établir des liens.

Pour un exercice en forêt… comme Mateusz et lui étaient excités ! Piotr, qui était l'aîné et un combattant plus expérimenté, y avait mis bon ordre : Laissez ces enfants tranquilles, il faut qu'ils aillent se coucher, enlevez-moi ces tenues, les enfants, ce n'est pas un carnaval ! Déçus, ils étaient rentrés en cachette au séminaire. Plus tard, ils avaient appris que l'exercice avait fait l'objet d'une dénonciation. Trois morts.

Sur les cinq hommes arrêtés, l'un était mort en détention provisoire, sans doute sous la torture. Tout cela était absurde, c'était quelques semaines avant que le régime soit contraint aux concessions et entame des négociations autour de la table ronde. Il n'en restait pas moins que Piotr leur avait probablement sauvé la vie.

À présent, c'était Mateusz le régime, et Adam était devant son miroir en tenue de camouflage : veste de smoking, nœud papillon et jean noir.

6

Un instant plus tôt, Franz Starek avait été heureux de vivre. Pendant quelques minutes. Sous le jet brûlant de la douche. Il était passé de « Regular » à « Massage » puis « Gentle Rain », avant d'activer en plus les jets latéraux. Il essaya tout en pensant, avec l'ironie qui convenait : Je suis un enfant.

Après la douche, il enfila le moelleux peignoir en tissu-éponge rouge, où était brodé sur la poitrine un casque de Skanderbeg stylisé au-dessus du nom du bateau. Quelle élégance, quel luxe, quelle volupté !

Puis il prit le sèche-cheveux et se regarda dans la glace. Il prit peur.

Il voyait la mort.

Il avait l'impression de voir le masque mortuaire d'un vieillard.

Un visage ridé, d'une pâleur de plâtre.

Lorsqu'il sortit de la salle de bains, Max-Otto Hagenbeck, avec qui il partageait cette cabine, était devant lui, vêtu de noir, comme s'il s'apprêtait à prononcer une oraison funèbre.

Max-Otto était en smoking. Il avait dit : Pourquoi devrais-je m'acheter une veste blanche, alors que j'ai déjà un smoking ? D'ailleurs, le blanc ne me va pas. Je suis content qu'on ne soit plus obligé de jouer au tennis en blanc. Dépêche-toi, ça commence dans vingt minutes.

Bien entendu, Franz Starek avait acquis spécialement pour l'occasion une veste blanche, un pantalon noir et un nœud papillon noir chez Teller, le grand magasin d'habillement proposant une « mode intemporelle » à des prix avantageux pour des gens comme lui, qui ne s'intéressaient pas à la mode mais au côté intemporel, c'est-à-dire inusable. Pour convaincre le client, les vendeurs recouraient avec prédilection à des termes comme « solide » ou « gratifiant ». L'idée qu'un tissu pouvait être gratifiant fascinait Franz dans son enfance. On achetait un pantalon, et il vous gratifiait de son dévouement à toute épreuve. Pour un enfant, le mieux était de le prendre trop grand de deux tailles, afin que l'enfant ait le temps de grandir dedans et le pantalon celui de le gratifier de toute sa solide présence. C'est là-bas que Franz avait eu droit à son premier pantalon long, un achat pour lequel son père avait mis son propre costume du dimanche : « Nous allons chez Teller ! » Il s'était rappelé cette scène en se regardant, vêtu de cette stupide veste blanche, dans le beau miroir triptyque à l'ancienne mode du magasin. Car chez Teller, on achetait aussi des vêtements qui vous faisaient mal à l'idée qu'on n'en aurait besoin qu'une fois ou très rarement. Mais autant qu'ils viennent de chez Teller. En tout cas, Franz Starek ne serait jamais allé chez Knize, sur le Graben, ni chez Peek & Cloppenburg, ce magasin à la dernière mode de la Mariahilferstrasse, il avait acheté sa tenue chez Teller en retrouvant devant le miroir des souvenirs touchants et déprimants.
Il enfila rapidement son « déguisement », ce qui réveilla un autre souvenir : voilà bien des années, au temps où il n'était pas encore confiné au bureau, il avait pénétré dans la villa d'un receleur, lors d'une mission d'infiltration, en se faisant passer pour un nettoyeur de cheminée, comme on disait en Autriche... il en riait, maintenant. Quand je te vois en

smoking, je ne peux pas m'empêcher de penser à un nettoyeur de cheminée, dit-il.

Un quoi? Ah, oui, un ramoneur. Grouille-toi, s'il te plaît, on approche du moment de vérité!

Ils restèrent un instant côte à côte devant le miroir. En noir et blanc. Max-Otto Hagenbeck était d'excellente humeur, et Franz Starek se sentait maintenant prêt à se laisser dérider. Il sourit en se rappelant soudain ce que Bessa lui avait dit avant son départ: Mon beau-frère a fait croisière, sur Adriatique, a dit franchement c'était expérience, mais barbant. Beaucoup regarder. Le drôle, c'était magicien.

7

Alors qu'Adam avait une cabine pour lui tout seul, Karl Auer et David Charlton devaient en partager une, car ils étaient un peu moins haut dans la hiérarchie.

David était énervant. Cependant, Karl faisait semblant de rien. Dès cette nuit, il s'installerait sans doute dans la cabine de Baia Muniq. Il se demanda s'il devrait le dire à David, si vraiment cela se produisait. Mais pourquoi lui donner des explications? David s'en rendrait bien compte lui-même, et il pouvait penser ce qu'il voulait. Évidemment, la grossesse de Baia changeait tout. Karl devait maintenant officialiser leur liaison. Était-ce bien sûr? N'avait-elle pas dit que tout s'y opposait? Il allait devoir se demander s'il voulait cet enfant. Avec elle. Si c'était bien elle avec qui... autrement, il ne lui resterait plus beaucoup de temps, oui, il le voulait, pour la première fois il était convaincu que... Presque. Oui. Mais. Il faudrait d'abord en discuter. Avec elle. En tout cas, il n'avait aucune raison de parler de cette histoire à David.

David prit beaucoup de libertés avec le *dress code* du dîner de gala. Il revêtit un blazer vert, dont la poche de poitrine arborait un blason, c'était la veste du Cork Golf Club, expliqua-t-il. Depuis qu'il était devenu Irlandais grâce à son grand-père irlandais, en parvenant ainsi à rester citoyen de l'UE, il ne manquait pas une occasion de manifester son « irishness ». Karl le trouvait cynique, mais Nathalie avait déclaré un jour, lors d'une de leurs pauses-cigarette dans l'escalier de secours : *Le pauvre, il essaie de s'adapter à tout prix.** Mais Karl n'y croyait pas, David n'était pas assez sérieux pour ça. *Have a look!* lança David en riant. Ici, tu vois ? Le blason ! Qu'est-ce que tu vois ? C'est la veste de mon club de golf, mais un bateau figure dans le blason ! N'est-ce pas merveilleux ?

Pourquoi un club de golf aurait-il un bateau dans son blason ?

Le Cork Golf Club se trouve sur une petite île en face de la ville de Cork, dit David. Autrefois, on ne pouvait s'y rendre qu'en bateau. D'où ce blason. C'est un très vieux club, il n'est pas facile d'en devenir membre.

Karl enleva son costume gris souris et enfila son pantalon noir puis sa veste blanche, il les portait avec l'indifférence maussade d'un homme qui se fichait de ce qu'il avait sur le dos du moment qu'il ne se voyait pas dans la glace.

8

Karl Auer ne s'était pas senti bien, après être monté à bord, il s'était dit qu'il était surmené et n'avait pas assez dormi, aussi s'était-il tout de suite allongé dans sa cabine pour faire une petite sieste, pensait-il, laquelle avait finalement duré près de trois heures, avant qu'il ne se réveille en sueur. Il avait donc manqué l'exercice de sauvetage et n'avait retrouvé Baia que lors de l'escale à Brindisi. Quant à son cousin Franz, il ne l'avait toujours pas vu. Il lui écrivit un message avec WhatsApp, auquel son cousin répondit sur-le-champ : *Où es-tu ? Viens au bar pont 6.*

Un autre message suivit aussitôt : *Attention ! Il y a deux bars. Je suis au bar Ismail Qemali, du côté de la poupe.*

Franz Starek serra son cousin dans ses bras puis lui présenta Max-Otto Hagenbeck, un collègue d'Europol.

Europol? Vous êtes ici à la chasse au casque?

Max-Otto Hagenbeck sourit.

Nous allons bientôt assister au dévoilement d'un casque. Se pourrait-il que ce soit le casque volé?

Non, mon cher, dit Franz. Bien sûr que non. Mais comme toute la cérémonie tournera autour du casque, son histoire, sa signification, nous attraperons peut-être au vol un indice, une information, quelque chose que nous ignorons encore, un détail qui nous permettra de progresser. En tout cas, c'est ce qu'espère Max – il haussa légèrement les épaules.

Ce casque provoque beaucoup d'intérêt, déclara Max-Otto, mais nous ne savons pas encore exactement qui s'y intéresse particulièrement et pourquoi. Peut-être en sera-t-il question tout à l'heure.

À propos, dit Franz, il va falloir bientôt nous rendre au lobby. Dépêchons-nous de boire un verre de vin.

Il fit signe au barman.

Ce bar est sensationnel, continua-t-il. Ils ont même du vin autrichien. En fait, ils ont des vins de tous les pays d'où viennent les passagers du bateau.

Impossible, dit Karl. Je partage ma cabine avec un collègue irlandais et...

Et alors? Vous avez un vin irlandais?

Yes, sir, répondit le barman. Un vin du Thomas Walk Vineyard, en Irlande du Sud. J'ai un rouge très riche et complexe, du cépage amurensis, avez-vous envie d'un verre? Son bouquet et son arôme évoquent la cerise noire et la mûre et...

Stop! OK! Non, non, servez-nous le Grüner Veltliner que j'ai déjà pris.

Franz se tourna vers Karl: Ça t'en bouche un coin, pas vrai? Mais dis-moi, comment vas-tu? Quoi de neuf? Tu vas bientôt être père?

Karl le regarda avec stupeur. Comment le savait-il ? C'était un policier ou plutôt un enquêteur né, il l'avait compris depuis l'histoire de la photo du père de sa grand-mère, mais il n'en revenait pas que Franz lui dise de but en blanc ce qu'il venait à peine d'apprendre lui-même. Comment faisait-il ? D'où tirait-il ses informations ?

Comment sais-tu que...

Franz éclata de rire. J'ai parlé au hasard, dit-il. Ma fille est adulte. Enfin, presque. Et tu as toujours voulu avoir un enfant. Mais si tu n'es pas bientôt père, tu auras manqué le coche. Donc, j'ai raison ?

Non, non.

Mais tu as dit : Comment le sais-tu ?

Non. Je voulais dire : Qu'est-ce qui te fait croire ça ?

Messieurs, dit Max-Otto, le casque nous attend en bas. Notre bébé, si j'ose dire. Nous devrions... je crains qu'il ne soit trop tard pour le vin.

Au dîner, tu t'assiéras à côté de nous, d'accord ? Et tu pourras raconter...

Oui, bien sûr, dit Karl Auer.

Un homme attendait l'ascenseur. Un Chinois, ce qui étonna Karl Auer. Les prochaines journées devaient être consacrées aux Balkans occidentaux, et même s'il savait que la Chine avait des intérêts là-bas, il lui paraissait incroyable que le Premier ministre ait invité un représentant de ce pays à des discussions avec des représentants et des délégués de l'UE. D'un autre côté : peut-être justement pour cette raison ? À moins, pensa Karl, que ce ne soit pas un Chinois mais un Européen issu de l'immigration. Quand il songeait à la diversité de la population bruxelloise... on ne savait jamais... peu importait, d'ailleurs... il avait connu des Indiens qui étaient

Anglais, des Japonais qui étaient Écossais ou des Portugais noirs dont les grands-parents étaient originaires de l'Angola, c'était comme ça. En fait, ça allait de soi. Mais ici... Ici, la présence d'un Chinois avait une autre signification. Ou plutôt : elle signifiait quelque chose.

Quand la porte de l'ascenseur s'ouvrit, le Chinois s'effaça poliment devant eux, en tendant la main et en baissant la tête.

Karl Auer le regarda pour découvrir sur son visage la trace d'un éventuel mélange, l'indice d'une origine en partie européenne, peut-être un de ses parents, mais il ne vit rien de tel. Ce n'était donc pas un métis – aussitôt, il se dit : je m'interdis d'avoir une pensée de ce genre. Même s'il existait une façon correcte de la formuler. Il aimait bien manger chinois, dans ces nouveaux endroits chics dont le décor faisait l'impasse sur le folklore infantile des lampions et des dragons rouge et or. À Bruxelles, son chinois préféré était tenu par des Coréens. Donc, oui, c'était comme ça. Et pourtant : il trouvait bizarre de voir un Chinois ici !

Tu es rouge, lui dit Franz. Et tu m'as l'air d'avoir chaud, mon vieux, ça m'a frappé quand je t'ai serré contre moi. Tu te sens bien ?

Ils entamaient leur descente.

Tout va bien, assura Karl, plein de honte.

Ils arrivèrent dans le lobby, la porte de l'ascenseur s'ouvrit, il y avait beaucoup de mouvement, d'agitation, des agents de sécurité et des membres de l'équipage criaient de nouveau des instructions. Karl Auer s'immobilisa, incertain. Il vit le Chinois se diriger vers un homme, le saluer, dire quelque chose... Qui était cet homme ? N'était-ce pas...?

Qui est-ce ?

Qui ?

L'homme avec qui parle ce Chinois.

Où ça ? Qui ? demanda Starek.

Karl Auer voulut dire : Là-bas ! Mais le Chinois avait disparu.

Gentlemen, dit un agent de sécurité, puis-je vous prier de continuer votre chemin, par ici, s'il vous plaît, merci.

9

Adam avait encore créé en hâte une playlist sur Spotify. Avec seulement deux chansons : *Kocham wolność* (« J'aime la liberté »), la chanson que Piotr avait diffusée avec son ghetto-blaster le jour de son immolation, et *Mury* (« Murs »), l'hymne officieux de Solidarność. Il voulait diffuser ces deux chansons aussi fort que le permettrait son smartphone, au moment où il lancerait les tracts dans le lobby.

Alors qu'il faisait un essai, le téléphone sonna.

C'était Dorota.

Comment vas-tu ?

Bien.

Et ?

Et quoi ?

Tu ne veux pas savoir comment nous allons ?

Comment allez-vous ?

Écoute. Je veux te rappeler quelque chose. Tu as prêté serment.

Oui, j'en suis conscient.

Je parle de ton serment de fonctionnaire.

?

Si le serment que tu as prêté dans ton enfance en jouant à la clandestinité te paraît maintenant plus important, tu dois faire deux choses.

Quoi ?

Démissionner de la Commission. Et accepter le divorce.

?

Pourquoi tu ne dis rien ?

Que devrais-je dire ?

Ce qui compte pour toi.

Kocham wolność!

Anche io. J'ai eu le poste dans l'ONG pour le climat. Je commence dans dix jours. Romek ira au jardin d'enfants.

Bien. Très bien.

Il se pourrait que la maison soit froide, quand tu reviendras.

Adam regarda fixement le téléphone, il n'y avait plus rien à dire. Pour le moment, en tout cas. Il allait accomplir sa mission. Ensuite, il serait temps de discuter.

Il regarda sa montre. Maintenant. Il prit le sac contenant les tracts et prit l'ascenseur jusqu'au pont 5. Il s'avança jusqu'à la balustrade, regarda en bas dans le lobby... et fut stupéfait. Déconcerté. Complètement déstabilisé. Il ne s'attendait pas à ça.

10

Les gens qui sortaient par vagues des ascenseurs ou affluaient dans le lobby en provenance des escaliers, car les ascenseurs étaient évidemment sans cesse occupés, ne se rassemblaient pas autour de l'énorme cube rouge – la Kaaba albanaise, qui avait fait cette plaisanterie ? Peu importait, Adam n'était pas d'humeur à rire. Des agents de sécurité et des membres de l'équipage leur donnaient des instructions, en tendant la main en direction du théâtre. Le théâtre !

Le lobby n'était plus qu'un lieu de passage, qu'est-ce que ça voulait dire ? Adam posa le sac de tracts. Les gens de la Sécurité avaient-ils eu vent de son plan ? C'était impossible. Adam se pencha sur la balustrade, observa la scène pour tâcher de comprendre ce qui se passait, mais il ne voyait que des gens qui arrivaient dans le lobby, étaient invités à aller plus loin et s'engouffraient dans l'entrée du théâtre.

Les VIP arrivèrent peu à peu par l'ascenseur réservé au pont 8. Le ministre français des Affaires étrangères. Et là !

Mateusz ! Il était entouré de cinq hommes en costume noir – ses gardes du corps ? Il y avait aussi deux hommes en smoking. Des membres de son cabinet ? Leur troupe noire comme du raisin se dirigea vers le théâtre. Adam voulut crier : Mateusz ! J'ai quelque chose pour toi... Mais ils avaient déjà disparu dans le théâtre. Pourquoi allaient-ils tous au théâtre alors qu'on devait dévoiler le casque dans le lobby ?

Quelques minutes plus tard, le lobby était désert.

Adam inspira et expira profondément. Que faire ? Comme il ignorait pourquoi la situation était complètement différente de ce qu'il avait prévu, il ne savait pas non plus ce qu'il devait faire maintenant. Attendre la sortie du théâtre ? Mais il ne savait pas ce qui se passait à l'intérieur ni combien de temps ça durerait. Il se pouvait aussi qu'ils aillent tous directement dîner au restaurant au lieu de se rassembler dans le lobby. Attendre ? Attendre revenait à ne rien savoir. Ou attendre qu'une occasion se présente un autre jour ? Attendre revenait à ne rien savoir. Sa formation à la *Solidarność Combattante* le lui avait appris : quand une situation imprévue se présentait lors d'une mission et rendait le plan caduc, il fallait aussitôt battre en retraite. Ce faisant, on pouvait pourtant faire un geste symbolique, dans la mesure du possible, pour montrer qu'on aurait été prêt à agir.

Il prit son smartphone, appuya sur *play* et diffusa *Kocham wolność* aussi fort que possible, mais la voix énergique de l'amour de la liberté se perdit dans cet atrium s'ouvrant sur trois ponts. Saisissant le sac de tracts, il le renversa par-dessus la balustrade, sans vraiment réfléchir, comme s'il agissait sur commande. Il s'étonna en voyant que les tracts, au lieu de virevolter comme prévu, tombaient par paquets, seules quelques feuilles tourbillonnèrent un peu, le temps d'une inspiration et d'une expiration, bientôt toutes gisaient déjà sur le sol.

Il regarda en bas, les tracts s'étaient plus ou moins éparpillés sur le sol du lobby, tant mieux, peut-être des gens sortant du théâtre se demanderaient ce qu'étaient ces feuilles par terre, en ramasseraient une, la liraient. Pouvait-il l'espérer ?

À présent s'élevait *Mury*, le chant de guerre de Solidarność, les yeux d'Adam devinrent humides, mais pas sous l'effet d'une quelconque sentimentalité. Il repensait à cet après-midi à Varsovie où il était à la fenêtre avec Mateusz, tandis qu'une énorme manifestation s'avançait dans la rue. Et Mateusz avait dit : Oublie tes idéaux (il ne se rappelait plus ses paroles exactes, mais c'était à peu près ça). Ils crient maintenant qu'ils veulent la liberté de la presse, après quoi ils se contenteront de stupides journaux à sensation et de revues porno.

La chanson était terminée. Il regarda son smartphone, Spotify avait interprété ses goûts musicaux et lui proposait un nouveau choix, et il y avait bel et bien *No Nations*. Et *Easy Living*.

Il ferma les yeux. Il cherchait une pensée. Il avait besoin d'une pensée qui pourrait pour ainsi dire prendre sous son aile son action. Mais tout était noir dans son cerveau. Et noir sur noir : le chemin de l'avenir ne passait pas par un retour à de vieux idéaux. Autrement ils ne seraient pas vieux. Et il entendit Mateusz rire dans l'obscurité : Ce pour quoi nous nous sommes battus aurait fini par prendre telle ou telle forme politique et sociale, car les buts que nous nous fixions n'étaient que des concepts abstraits. C'est comme ça, maintenant. Tu peux appeler ça une trahison. Moi, j'appelle ça un résultat concret. Tu confonds le rêve et la fidélité. Je suis fidèle à ce qui est faisable.

Adam rouvrit les yeux, comme pour fuir un cauchemar. Que faisait-il ici ? C'était ridicule. Il retourna dans sa cabine, appela Dorota. Elle ne décrocha pas. Il lui écrivit un message : Au prochain port, je descends et je rentre à la maison. Je t'aime.

Ce qu'Adam ne vit pas : Cinq hommes, sous la direction du responsable de l'entretien du bateau, rassemblèrent avec d'énormes balais les tracts éparpillés sur le sol du lobby et les jetèrent dans de grands sacs-poubelle rouges. En moins de trois minutes, il n'y paraissait plus.

II

C'était une situation des plus inhabituelles. Un si grand nombre d'hommes d'État, de responsables politiques et de hauts fonctionnaires européens réunis dans un théâtre, à bord d'un paquebot. Assise sur le côté, au dernier rang, Ylbere contemplait le spectacle en songeant que c'était vraiment fou, elle avait l'impression d'avoir la fièvre et d'imaginer dans son délire une pièce de théâtre où les personnages principaux étaient assis dans la salle, sur des sièges rendus instables par le roulis. Et ils disaient un texte qu'on ne comprenait pas, car ils chuchotaient, se parlaient à l'oreille. Debout sur la scène, le Premier ministre albanais ne disait toujours rien, de sorte qu'il avait l'air d'être l'unique spectateur de cette pièce. Ce rôle semblait lui plaire. Il souriait.

En fait, on ne voyait pas le plateau car un écran de cinéma occupait tout l'espace derrière le Premier ministre. On y voyait l'image fixe d'un dessin du ZK, représentant un homme musclé, dans le style des statues de soldats et de héros socialistes, un titan qui portait sur ses épaules le globe terrestre sous la forme d'un énorme ballon de basket. On pouvait lire le titre du dessin en bas à droite : « Atlas albanais ».

J'ai toujours eu l'impression que cet homme manquait de sérieux.
Vous avez tout à fait raison, monsieur le président*, chuchota Gustave du Bois-Veretout.

Meravigliosa questa ironia.
È vero. Mais il dissimule derrière ses facéties des intérêts très concrets.

557

Vous trouvez vraiment qu'il les dissimule? Tout à l'heure, *lo spettacolo nel porto,* ce n'était pas une partie de cache-cache!

Je crois que M. le Premier ministre n'est pas vraiment au fait de la mythologie européenne, pas vrai?

En effet. Mais permets-moi d'observer que c'est lui qui décide de l'attribution des droits d'exploitation du cuivre albanais.

Il ne va quand même pas faire le guignol devant nous? Qu'en pensez-vous, monsieur le conseiller ministériel?

Je crois plutôt, monsieur le ministre, qu'il souhaite que ce soient nous les guignols, si j'ose m'exprimer ainsi.

Eh bien, attendons. Je demanderai ensuite aux Allemands ce qu'ils en pensent.

Velünk, magyarokkal bármit megtehetsz!
Nous en parlerons avec la délégation polonaise.

Qu'est-ce que ça veut dire? s'étonna Max-Otto.

Je crois que je m'en doute, répliqua Franz Starek en lui tendant son téléphone. Regarde le message que je viens de recevoir de Vienne!

Max-Otto lut le message et dit en secouant la tête: C'est… vraiment?… Comment…?

Comment? Je pense que nous allons le savoir tout de suite.

À cet instant, un autre homme s'avança sur la scène et se posta à côté du ZK, qui demanda le silence, se racla la gorge puis déclara: Excellences, mesdames et messieurs! Le préfet de police Endrit Cufaj – il désigna d'un geste son voisin – et moi-même voudrions vous montrer brièvement un film avant de vous laisser admirer la vitrine abritant le casque de notre héros national Skanderbeg. Vous vous attendiez certainement à une cérémonie rapide, où j'aurais simplement retiré un voile sous vos applaudissements polis, après quoi nous aurions enfin eu droit au magnifique menu du dîner de gala concocté par notre grand chef Bledar Kola. Je vous prie de nous pardonner si nous abusons encore un instant de votre patience, mais vous comprendrez dans quelques minutes que nous avons une bonne raison de le faire, un événement d'une portée internationale, ce n'est pas trop dire, et j'ose prophétiser que vos applaudissements ne seront pas seulement polis mais enthousiastes. Je vous commenterai le film à mesure et vous donnerai quelques explications. Et maintenant, envoyez l'image!

Les lumières s'éteignirent et le ZK appuya théâtralement sur une touche de son smartphone.

L'homme en uniforme que vous voyez dans le lobby, dit-il, est l'officier qui était en charge de la sécurité la nuit dernière. À présent, un homme sort de l'ascenseur et l'officier le salue. Vous pouvez voir l'heure affichée sur le film de la caméra de surveillance. Il est une heure trente-deux du matin. Veuillez noter le paquet que l'homme a sous le bras. Une heure et demie du matin. À cette heure-là, personne ne pouvait monter à bord, on avait retiré la passerelle. Bien. Et maintenant…

Il arrêta le film.

Je dois vous apprendre que l'homme est monté à bord la veille, dans l'après-midi, voyez ici…

Le film reprit son cours.

Nous revenons en arrière, à cet après-midi où vous voyez de nouveau cet homme, sous l'apparence d'un simple employé, il arrive à la rampe de chargement en poussant un chariot, il devait livrer cinq mille œufs de l'entreprise Afex. Je reviendrai plus tard sur cette entreprise. Pour l'instant, vous voyez qu'on contrôle ses papiers, sa livraison est confirmée et il se rend dans la cale. Tout va bien. Jusqu'ici. Sauf que…

Il arrêta de nouveau le film.

Aucune image ne le montre ensuite en train de quitter le navire. Il ne réapparaît qu'à une heure et demie du matin.

Il s'était donc caché dans la cale ou dans une cabine libre que l'officier chargé de la sécurité avait mise à sa disposition, jusqu'à ce que nos caméras le filment de nouveau dans la nuit.

Poursuivons. Nous retournons dans le lobby à une heure passée du matin. Vous voyez à présent les deux hommes retirer le voile et ouvrir la vitrine. Ce qui est intéressant, c'est que non seulement cette vitrine est en verre blindé mais un code est censé la protéger en cas de tentative d'effraction. Ce code, l'officier le connaissait. Voilà que le casque brille à la lueur de la lampe frontale du soi-disant livreur d'œufs, qui le retire de la vitrine, le pose par terre puis... attention! C'est maintenant! Regardez bien!

Il arrêta le film.

Il vient de prendre quelque chose dans la boîte qu'il a apportée, voyez-vous ce que c'est?

Il fit avancer le film par saccades jusqu'à ce qu'il eut obtenu l'arrêt sur image qu'il désirait.

Cette fois, vous le voyez clairement: encore un casque! Il le brandit d'un air presque triomphant, à la lueur de sa lampe frontale, qu'est-ce que c'est que ce casque? Continuons. Il installe maintenant dans la vitrine le casque qu'il a apporté, l'officier la referme, l'homme fourre l'autre casque dans sa boîte, et...

Interrompant de nouveau le film, il déclara: Mesdames et messieurs, je suis très fier du travail de mon préfet de police Endrit Cufaj, qui grâce à son labeur d'enquêteur intègre et opiniâtre était prêt à agir. Vous voyez la suite: les deux hommes ont été arrêtés. Et maintenant, mesdames et messieurs, nous allons vous montrer...

Nouveau plan.

Ce que je tiens dans mes mains et remets à sa place dans la vitrine, c'est le casque de Skanderbeg en tout point conforme à l'original que j'ai fait exécuter à grands frais pour ce bateau qui porte le nom du héros. Et ici, ce casque dans la boîte que le préfet de police Cufaj présente devant la caméra, c'est... la surprise. Une nouvelle sensationnelle. C'est le casque volé à Vienne !

Arrêt sur image.

Quand nous accosterons demain au Monténégro, les deux hommes seront conduits à terre et partiront en avion pour Tirana, où ils seront placés en détention provisoire. En attendant, ils sont détenus à bord dans une cabine intérieure. Le casque viennois retournera en Autriche, escorté par deux soldats d'élite albanais et par l'ambassadeur d'Autriche. Excellences, mesdames et messieurs, nous avons élucidé une affaire criminelle et sauvé le trésor de ce bateau, et...

Fate Vasa, qui était assis au premier rang, se leva d'un bond et applaudit, aussitôt imité par les parlementaires et les fonctionnaires albanais, et peu à peu toute l'assemblée ou presque se joignit à eux. Le ZK demanda d'un geste le silence et déclara, quand les applaudissements retombèrent, qu'ils pouvaient maintenant tous venir admirer le casque dans le lobby, non pas le casque volé mais celui qui était en tout point conforme à l'original. Il leur avait annoncé le dévoilement du casque, c'était le moment. Et il les priait ensuite, au nom également du commandant, de se rendre au restaurant « Valët e detit », juste en face sur le même pont, pour le dîner de gala.

Il vient de dire que la police albanaise a mené l'enquête ?

Oui.

Et nous sommes des incapables, c'est ça ?

Oui.

Et il a dit : élucidé ? Ils auraient élucidé l'affaire ?

Oui. C'est ce qu'il a dit.

Mais a-t-il dit qui avait volé le casque à Vienne ? Et pour quel motif ?

Non.

En fait, tu avais raison.

Mais vraiment pas comme je le pensais.

Tant pis. Bon appétit.

Bien entendu, le dévoilement du casque fut le grand sujet de conversation du dîner, au moins pendant les deux premiers services. Cela dit, la perplexité semblait presque l'emporter sur l'admiration. Il faut dire que nombre de politiciens et de fonctionnaires des diverses nations européennes n'avaient jamais entendu parler du vol du casque de Skanderbeg à Vienne. Si cette affaire avait fait sensation dans les médias autrichiens et albanais, il n'en avait guère été question aux Pays-Bas ou en Grèce, en France et dans d'autres pays, de sorte qu'elle avait échappé à l'attention de beaucoup de gens. Pour eux, l'histoire des deux casques que le ZK venait de raconter semblait pour le moins surréaliste. L'un de ces casques avait été volé avant d'être transporté de nuit à bord de ce bateau, pour d'obscures raisons, afin de l'échanger contre un autre casque qui lui ressemblait comme un frère et qu'on déclarait conforme en tout point à l'original. Le casque volé n'était donc pas conforme à l'original? Mais dans ce cas, pourquoi l'avait-on volé et pourquoi voulait-on l'échanger contre celui qui était conforme à l'original? L'homme qui l'avait rapporté n'était certainement pas le voleur, car quel voleur viendrait restituer l'objet qu'il a dérobé? Et si cet homme avait soutiré le casque au voleur, pourquoi voulait-il le restituer de nuit, en cachette, et non à la lumière des projecteurs, comme un héros auquel une récompense était certainement promise? Mais de toute façon, pourquoi avait-on arrêté l'homme qui rapportait le casque volé?

Ceux qui étaient au courant expliquèrent combien ce casque avait une immense importance symbolique pour les Albanais.

Il s'agit pour ainsi dire de moulins à vent, déclara Ewout Van Langen, un haut fonctionnaire du ministère néerlandais des Affaires étrangères.

Non, il s'agit de Skanderbeg, pas de Don Quichotte, pourquoi parlez-vous de moulins à vent?

Vous disiez que c'était un symbole! Comme les moulins à vent pour la Hollande, non?

Vous avez mal compris. Les moulins à vent sont un cliché sur la Hollande, pas un symbole de sa lutte pour la liberté et pour l'unité nationale.

Mais si, mijnheer, les moulins à vent ont joué un grand rôle dans la lutte pour libérer les Pays-Bas du joug espagnol: la position de leurs ailes constituait un message.

Je ne comprends pas vraiment cette histoire. Vous avez dit que Skanderbeg avait défendu l'Europe chrétienne contre les Ottomans. Du coup, il devrait avoir plus d'importance pour les Européens chrétiens que pour les Albanais musulmans?

Il a été le premier à unifier les tribus albanaises. C'est pourquoi son casque a une telle importance symbolique, vous comprenez?

J'ai trouvé ce casque très intéressant. Avec cette tête de chèvre en guise de cimier! Les chèvres ont-elle une signification symbolique particulière en Albanie? Le sauriez-vous, par hasard? Est-ce pour cela qu'on a amené une chèvre à bord?

Que voulez-vous dire? Il y a une chèvre à bord?

Vous ne l'avez pas vue? Quand on l'a amenée à bord?

Non, je ne l'ai pas vue. Quelqu'un a-t-il vu une chèvre? Non, personne.

Elle est arrivée avec la grosse caisse.

La grosse caisse. Bien sûr.

J'ai une éphéméride dans mon bureau. Sur chaque feuille, il y a une maxime du jour. Et tu sais ce qui est étrange? C'est qu'hier, avant mon départ, la maxime était une phrase énigmatique mais qui semblait s'accorder, comme par un hasard providentiel, avec le fait que j'allais monter à bord d'un bateau et te revoir.

Comment ?

Elle disait : *Lors d'une tempête, la voile gonflée par le vent croit qu'elle-même en est la cause.*

Pourquoi me racontes-tu ça ?

Parce que nous devions discuter pour savoir si nous avions bien jugé de la situation. À propos de l'enfant et…

Quel homme charmant, le commandant. Et ce jeu auquel on a joué à sa table… vous êtes au courant ?

Non. Racontez !

Il a distribué des feuilles de papier en proposant que tous les convives y notent les possessions auxquelles ils tenaient et dont ils ne se sépareraient à aucun prix. Quelqu'un a demandé s'il y avait une limite, s'il fallait s'en tenir aux trois ou cinq choses les plus importantes, mais le commandant a répondu que non, il ne fallait pas se limiter, si l'on ne pouvait pas se séparer de vingt ou de cinquante choses, il fallait en mettre vingt ou cinquante sur la liste. Il a déclaré que le papier ne manquait pas.

Et alors ? Qu'est-ce que ça a de si passionnant ? J'imagine très bien ce que tout le monde a écrit. La maison, la voiture, les bijoux, qui donc a envie de s'en séparer, et ça a continué comme ça jusqu'à l'album photo, et peut-être aussi la montre du grand-père et ainsi de suite. Je ne vois pas ce que ça a de drôle.

Le commandant avait un sourire amusé, tellement charmant, j'ai tout de suite compris qu'il y avait une astuce. Et je ne me trompais pas. Chacun a lu ce qu'il avait noté et…

Je suis toujours stupéfait qu'il existe des gens pour participer à des jeux aussi idiots, des victimes rêvées pour joyeux animateurs. Mais c'est d'autant plus idiot quand les victimes sont des politiciens…

Non, attendez, vous êtes injuste. C'était vraiment instructif. Le commandant a écouté toutes ces longues listes, puis il a dit : Mais sur un bateau, on apprend à voir les choses autrement, car les seules possessions qui comptent sont celles qu'on peut sauver en cas de naufrage. Astucieux, non ? Et il nous a dit ensuite de réfléchir à ce que nous devrions supprimer de nos listes dans cette perspective. N'est-ce pas riche d'enseignement ? Cela m'a fait vraiment réfléchir. Nous tenons à trop de choses et…

Excusez-moi.

Savez-vous ce qui me rend fou, signore ? Demain, on va lancer les discussions sur l'avenir de l'Europe et les groupes de travail sur les États balkaniques occidentaux, à propos de l'élargissement. Et là-bas, regardez, deux tables plus loin, cet homme en costume bleu nuit, il ne respecte même pas le *dress code*. Vous savez qui c'est ? Le Premier ministre polonais. Il vient participer à un congrès de l'UE, bon, tout est très informel sur ce bateau, mais quand même, et voilà qu'hier il a déclaré dans une interview : L'UE a réussi ce qu'Adolf Hitler n'avait pu accomplir. Parce que les Allemands transforment l'UE en un Quatrième Reich ! N'est-ce pas insensé ?

Insensé ? Vous parlez très bien italien, signore.

Ma femme est Italienne.

Va bene. Dans ce cas, vous allez comprendre ce que je vais vous dire maintenant : *Ci sono paesi che hanno la loro mafia, ma in Polonia la mafia ha il suo paese.* Cela n'a rien d'insensé, tant que la realpolitik reconnaît cette réalité et en tire les conséquences.

Vous voulez vraiment le savoir ? Je pourrais en parler pendant des heures.

Nous n'en sommes même pas encore au dessert.

J'ai voulu adhérer au parti et devenir fonctionnaire, parce que je voulais transformer le pays de fond en comble. Il fallait que tous les salauds corrompus se retrouvent derrière

toilettes de sa suite. C'était le majordome du pont des suites qui l'avait découvert en faisant sa tournée pour préparer les chambres pendant que les passagers dînaient – il fermait les rideaux, tirait les draps pour la nuit, remettait de l'ordre dans la chambre et la salle de bains, posait quelques friandises sur l'oreiller.

Ce qu'il avait vu dans la salle de bains était affreux, racontat-il plus tard lors du dîner de l'équipage, mais il ne pouvait en dire plus, il était tenu au secret le plus absolu.

Pendant ce temps, on servait le dessert du dîner de gala : l'*oshaf*, un gâteau aux figues et au lait de brebis, spécialité de Gjirokastra, « revisité » par le chef Bledar Kola, comme l'indiquait le menu. Le gâteau fut apprécié, même si la réinterprétation du chef ne suscita guère d'admiration car personne ne connaissait l'ancienne version. Enfin, presque personne. Un député du parti socialiste albanais, membre de la commission des lois, qui s'appelait Jonas, Junus ou Jonuz, Karl Auer n'avait pas bien compris son nom, entreprit d'expliquer avec conviction l'importance de cette réinterprétation. Voyez-vous, dit-il, Enver Hoxha était originaire de Gjirokastra. Dans son autobiographie, il a écrit que l'oshaf était son plat préféré, surtout quand il avait besoin de se consoler, mais sa mère lui en préparait aussi pour reprendre des forces. C'est écrit noir sur blanc. D'où un dilemme : le 16 octobre, jour de l'anniversaire d'Enver Hoxha, les vieux communistes postent toujours sur les réseaux sociaux un message annonçant : « Aujourd'hui, il y a de l'oshaf », sans mentionner son nom ni son anniversaire. C'est ainsi que ce dessert s'est lié à Hoxha, ce qui l'a discrédité. Mais il est tellement typique, traditionnel et délicieux qu'on ne peut quand même pas s'en priver par souci de correction politique. Ce serait comme si, en Allemagne, on ne mangeait plus de choucroute sous prétexte qu'Hitler l'aimait.

Hitler aimait la choucroute ?

À ce que je sais, il aimait les *Eiernockerln*.

Et vous? Vous en mangez?

Je n'aime pas les Eiernockerln, mais pas pour des raisons politiques.

En tout cas, Bledar Kola a réussi l'exploit de nous rendre l'oshaf, grâce à sa nouvelle version, de le remettre au goût du jour, si vous voulez.

Oui, c'est excellent. Très intéressant. Merci!

Vous parlez d'ailleurs très bien l'allemand. Vous l'avez étudié à l'école?

Oui. Et j'ai aussi obtenu une bourse en Allemagne. En 1986, après la mort de Hoxha. L'époque était passionnante. J'aurais beaucoup à dire à ce sujet. Mais savez-vous le plus drôle? Quand je suis rentré à Tirana, personne ne croyait ce que je racontais.

Comment ça?

Oui, c'était incroyable. Par exemple, le fait qu'il n'y ait pas de bananes en Allemagne. Ça paraissait inimaginable à Tirana. Ici, il y avait et il y a toujours des bananes à tous les coins de rue.

Où avez-vous étudié?

À Leipzig.

Je dois dire que j'ai été frappé par tous ces vendeurs de bananes à Tirana, dit Karl Auer. Et ils les vendent moins cher qu'au supermarché.

C'est comme ça que la coke arrive dans le pays, dit Max-Otto. Cachée dans des caisses de bananes. Comme les barons de la drogue n'ont pas besoin des bananes, ils prennent la cargaison de cocaïne et offrent les fruits à des pauvres qui peuvent gagner quelques sous en les vendant. Si leurs bananes sont moins chères qu'au supermarché, c'est qu'ils ne les paient pas. De Tirana, la coke est distribuée dans toute l'Europe orientale, pendant que les Albanais se gorgent de bananes.

Je vais me coucher, déclara Baia Muniq.

Debout derrière sa chaise, elle dit : Bonne soirée à tous. Karl Auer prit peur, devait-il dire maintenant devant les autres : Je t'accompagne ? Il lui lança un regard éloquent, qui l'implorait de lui donner une indication pour savoir s'il devait la suivre après un intervalle décent ou si elle allait se rendre au bar de son pont et l'attendre, mais il ne lut rien sur son visage, elle ne le regarda même pas. Comme il l'aimait – en exprimant ainsi ce sentiment avec des mots, il avait presque la poitrine oppressée. Ses cheveux noirs à la coupe effrontée, ses yeux sombres, ses pommettes saillantes, ses lèvres charnues, une orgie de clichés mais à ses yeux elle était unique. Il avait commis une erreur. Laquelle ? Il la suivit des yeux. Il n'avait pas pu avoir de conversation intime avec elle à cette table, il avait pensé que cela viendrait plus tard, dans un bar ou même chez elle, dans sa cabine. Ces histoires de gâteau et de bananes l'avaient-elles ennuyée ? Mais elle aurait pu quand même lui faire signe.

14

Le lendemain matin, le *Skanderbeg* fit escale au Monténégro. Le bateau resta deux heures à quai. Les deux hommes arrêtés furent conduits à terre dans une vedette, en compagnie de quatre policiers, tandis qu'un autre canot transportait le casque original, soigneusement emballé et escorté par deux soldats d'élite. Seuls quelques passagers regardèrent depuis le bastingage les deux vedettes rouge et noir qu'on mettait à la mer avant qu'elles ne rejoignent en tanguant Porto Montenegro. Dans tous les restaurants et les cafés des différents ponts du paquebot, on prit le petit déjeuner, les réunions des groupes de travail devaient commencer à dix heures. Les VIP, ainsi que leurs conseillers les plus proches et leurs interprètes, restèrent entre eux sur le pont 8. Personne ne savait s'ils entamaient eux aussi des négociations officielles ou se contentaient de discussions informelles au restaurant, dans un bar ou sur des transats. Ce n'est qu'en début d'après-midi que les suppositions et les rumeurs se mirent à aller bon train, alimentées par les documents et les informations qu'ils demandaient à leurs collaborateurs travaillant sur les ponts 5 et 6.

Sur le pont 4, on avait installé une salle de presse. Les journalistes participant à la croisière – les *embedded journalists*, comme disait Ylbere – pouvaient y recevoir des dossiers d'information, au cas où ils auraient envie de pratiquer l'exégèse de la formule creuse et l'herméneutique du mot vide de sens. Toutefois, on pouvait aussi demander des réponses à certaines questions et surtout solliciter des interviews. On disait qui on voulait interviewer, après quoi l'on recevait un rendez-vous pour tel endroit à telle heure.

Ou l'on ne recevait rien du tout.

Ylbere avait sollicité une interview avec le président français, ce qui lui fut refusé. Un collaborateur du président lui proposa aimablement de poser ses questions par écrit, afin d'obtenir à son tour des réponses écrites.

Des réponses écrites, voilà une proposition intéressante pour une journaliste de la radio, déclara Ylbere. Puis elle réfléchit qu'elle pourrait commenter ces réponses, en tirer des citations dont la source serait inattaquable. Elle pourrait mettre en pièces les phrases creuses qu'elle recevrait comme réponses, se moquer d'elles, les confronter à des informations venant d'autres sources, et le tout figurerait noir sur blanc sur un document officiel portant l'en-tête doré de l'Élysée. Elle n'apprendrait pas les vrais motifs du veto de la France aux négociations d'adhésion avec l'Albanie, pas plus qu'elle n'obtiendrait des explications claires sur le retrait de ce veto, qui s'était produit avec une rapidité sans précédent dans l'histoire de l'UE. Mais elle triturerait ces phrases creuses, jusqu'à ce qu'elles se craquèlent et révèlent le système qui se cachait derrière. Si l'on pouvait parler d'un système ! Il se réduisait en fait à deux cartes appuyées l'une contre l'autre, et les joueurs des deux partis s'imaginaient qu'ils pourraient bâtir là-dessus un château de cartes où ils seraient les maîtres. Il y avait la carte des pays du Sud, qu'un élargissement à l'Est n'intéressait pas car il coûterait cher et ils n'avaient pas un sou, or les subventions qu'on accorderait à chaque nouveau membre voire à l'ensemble des Balkans amoindriraient d'autant celles dont les États du Sud avaient besoin pour affronter leurs problèmes financiers. Le point de vue de pays aux ambitions croissantes était évidemment différent, d'autant qu'ils étaient soutenus par les États membres qui, contrairement à ceux du Sud, avaient d'énormes intérêts économiques dans l'Est, comme c'était le cas pour l'industrie allemande ou les banques autrichiennes. À quoi s'ajoutaient des motivations psychologiques singulières : la France croyait davantage assurer sa grandeur en prenant la tête d'une Union méditerranéenne, tandis que l'Autriche pensait acquérir de l'importance en s'engageant pour les Balkans, par nostalgie et aussi dans la conviction d'être particulièrement aimée dans cette région, pour des raisons historiques. De fait, les supermarchés autrichiens SPAR étaient extrêmement populaires en Albanie.

À l'endroit où les cartes s'appuient l'une contre l'autre, on trouve les ressources minières. Le reste, pour ce qui est du débat public, n'est que bavardage, avec quelques pincées de populisme ici ou là. Pendant ce temps, la présidente de la Commission est au Berlaymont et rajoute encore un peu de laque sur son casque d'or car elle a besoin des pays du Sud, elle a besoin des pays d'Europe centrale et même des nationalistes populistes pour plus de sûreté, afin d'être confirmée dans ses fonctions.

L'UE telle qu'elle existe ne sera pas détruite par ses contradictions internes, car elles s'étayent les unes les autres et s'équilibrent. On peut dire que c'est une structure nouvelle, innovante, que c'est magnifique. Mais on peut aussi dire qu'il suffirait qu'une carte bouge pour que le château s'effondre.

Oui, Ylbere aurait pu poser beaucoup de questions que *Monsieur le Président**, comme bien d'autres qui figuraient sur sa liste, n'avait certainement jamais entendues. Mais pour l'heure, elle n'avait d'autre choix que de soumettre ses questions par écrit. Très bien. Mais elle voulait qu'il soit clair qu'elle n'entendait pas aligner les sempiternelles formules creuses terminées par un point d'interrogation ou un point. Elle écrivit donc dans l'*Explanatory note* figurant en annexe du formulaire qu'elle avait reçu : J'accepte de ne poser mes questions que par écrit, mais je vous prie de votre côté d'accepter que je ne pose qu'une question à la fois, afin que je puisse formuler ma question suivante en réagissant à la première réponse. Ce ne sont pas les questions et les réponses qui font les bonnes interviews, mais les réactions permettant de tisser un dialogue. Dans cette perspective, j'espère que nous pourrons échanger plusieurs fois ce formulaire. *Avec mes salutations distinguées**, Ylbere Lenz.

Puis elle nota dans le formulaire uniquement sa première question :

Monsieur le Président*, vous avez consacré votre thèse de doctorat à Machiavel. Quelles leçons avez-vous tirées de votre étude intensive de ce philosophe, à l'égard de vos ambitions politiques européennes ?

Tandis qu'elle effectuait ce travail et attendait la réponse du pont 8 dans la salle de presse, elle lia conversation avec un homme d'âge mûr, déjà grisonnant et un peu bouffi mais dont le grand sourire avait quelque chose de vainqueur, en tout cas il sembla rapidement à Ylbere qu'il irradiait l'assurance de pouvoir gagner quelque chose en se montrant ainsi engageant.

Pour quel média vous travaillez ? demanda-t-il en anglais avec un fort accent, qui était étrangement mélodieux et fut tout de suite sympathique à Ylbere.

Pour la radio culturelle albanaise. Et vous ?

Pour le journal hongrois *Metropol*.

Avez-vous aussi du mal à obtenir des interviews ?

Non, j'ai déjà eu l'information qu'on m'accordait l'interview.

Avez-vous dû présenter vos questions à l'avance?

Non.

Il éclata de rire. Mon Premier ministre parle sur cassette, et ensuite j'ajoute les questions pour l'impression.

Ylbere le regarda avec stupeur.

Que pouvait-elle dire? À cet instant, le *service agent* de la salle de presse lui confirma que sa demande était acceptée.

Ce qui signifie?

On va vous répondre.

Elle remercia et dit qu'elle voudrait faire tout de suite une demande d'interview avec le Premier ministre polonais. Elle remplit son formulaire et n'accorda plus un regard à son collègue hongrois, qu'elle fut contente de voir partir.

Elle formula sa question: Pourquoi le Premier ministre polonais, une semaine avant ces discussions sur l'adhésion des États balkaniques occidentaux à l'UE, avait-il invité à Varsovie des représentants haut placés de plusieurs partis de la droite européenne, du Rassemblement national français au Vox espagnol en passant par le parti belge d'extrême droite Vlaams Belang, sans oublier évidemment le Premier ministre hongrois et son Fidesz, qui soutenait la Pologne dans tous ses conflits avec l'UE? Tous ces partis s'opposaient à un élargissement de l'Union. Pourquoi se mettait-il d'accord avec des adversaires de l'élargissement juste avant le début de négociations à ce sujet?

À l'instant où elle signait, les haut-parleurs annoncèrent: Code Alpha! Code Alpha!

Si elle avait su de quoi il retournait, si Karl Auer et Baia Muniq avaient compris, si Franz, Max-Otto et Adam avaient deviné ce qui se passait, ils auraient tous débarqué à Porto Montenegro. Mais comment auraient-ils pu savoir que...

Le cas d'Adam était tragique. Alors qu'il avait prévu de quitter le bateau pour rentrer en avion à Bruxelles, il avait pris son petit déjeuner et laissé passer l'occasion. Ensuite, les vedettes étaient revenues et le bateau avait repris sa route.

Code Alpha! Attention, code Alpha!

15

Quelques passagers levèrent la tête en entendant l'annonce puis retournèrent à leurs affaires. Les haut-parleurs n'avaient couvert que brièvement le brouhaha de la salle de presse.

Dans le lobby, le regard d'Ylbere tomba sur la vitrine du casque de Skanderbeg. Elle s'arrêta net, prise d'une idée subite, et retourna dans la salle de presse. Elle dut faire la queue un moment avant que vienne son tour, elle écouta ce qu'on demandait devant elle et ce qu'on racontait autour d'elle, et elle s'attrista. Oui, la tristesse l'envahit, car il ne lui avait pas été donné d'être cynique. Il n'y avait là que des journalistes de médias internationaux, qui se complaisaient à penser en termes de realpolitik, à comprendre la realpolitik, qui s'enorgueillissaient de disposer d'informations ou d'avoir accès à des informations avec lesquelles ils reconstituaient des images pour leurs médias, comme avec les pièces d'un puzzle. Même si ces images différaient au gré des intérêts des médias et des pays où elles paraissaient, les pièces du puzzle allaient toujours ensemble! Mais uniquement parce que chacune d'elles était un petit carré. De cette façon, on pouvait toujours composer une image, mais elle avait immanquablement quelque chose de surréaliste. C'était l'image du possible. La realpolitik! Si les pères fondateurs de l'unification européenne avaient été des adeptes de la realpolitik, il n'y aurait pas d'UE.

Quand ce fut son tour, Ylbere demanda s'il serait possible avec un unique formulaire de poser une question à l'ensemble des représentants politiques du pont 8.

Je ne crois pas que ce soit possible, dit la jeune femme de l'accueil, car il faut toujours mentionner dans le formulaire le nom de la personne à qui s'adresse la question.

Et si j'indique simplement comme destinataire : À tous ?

La jeune femme fut effrayée, en tout cas elle écarquilla les yeux.

Ylbere regarda cette femme assurément cultivée, cette polyglotte qui maîtrisait cinq ou six langues et redoutait de commettre une erreur, et elle lui dit : Personne ne pourra vous faire de reproche si j'essaie.

Elle prit le formulaire, inscrivit : À tous ! Sa question était : Le casque de Skanderbeg est le symbole d'une Albanie unie. Quel est le symbole d'une Europe unie ?

Ne craignez rien, dit-elle. Nous verrons bien ce qui va se passer.

Code Alpha ! Attention, code Alpha !

Était-ce la répétition de l'annonce précédente ? Ou une nouvelle annonce ? Ylbere regarda autour d'elle, personne ne semblait s'en soucier.

16

Baia Muniq – la première table ronde de son groupe de travail.

Elle découvrit avec étonnement que le premier point à l'ordre du jour était : « Maroc ».

Maroc ??

L'ordre du jour qu'elle avait dans sa serviette ne parlait pas du Maroc, le premier point prévu était : « Perspectives des Balkans occidentaux ».

Je ne comprends pas... dit-elle.

Nous avons décidé à la dernière minute...

Qui ça, « nous » ?

À la demande des Français, nous sommes convenus de… well, le fait est que le Maroc s'est porté officiellement candidat à l'UE, dit David Charlton, ce qui est le signe d'un grand intérêt pour les États membres désireux de former une Union méditerranéenne, n'est-ce pas ? L'élargissement ne se limite évidemment pas aux Balkans. Nous devons donc aussi…

Mais, pardon, le Maroc a-t-il ne serait-ce que l'ombre d'une chance d'obtenir le statut de candidat dans un avenir prévisible ?

Non, bien sûr.

Donc ce point est réglé, non ?

Ce n'est pas si simple. Nous devons réfléchir à notre position politique à ce sujet. Encore une fois, il existe des intérêts politiques, et je suppose que vous les connaissez.

Je suis prête pour des questions concernant l'adhésion de l'Albanie à l'UE, et non pour ce qui a trait au désir de quelques États membres de fonder un club dans le club, une Union dans l'Union.

Chère madame, cette histoire d'Union dans l'Union ou parallèlement à l'Union est un vrai problème. Si votre Premier ministre juge utile de former une Union balkanique avec d'autres États des Balkans, il peut peut-être comprendre que des États du Sud aspirent eux aussi à une communauté d'intérêts, n'est-ce pas ?

La Open Balkans Union est une tentative d'États candidats à l'adhésion pour se préparer en commun à une entrée dans l'UE, notamment par des mesures préalables telles que la suppression des frais d'itinérance, la reconnaissance mutuelle des certificats, l'exemption de visa et ainsi de suite, et il n'est certes pas question de former ensuite une petite Union au sein de l'Union européenne en opposition avec l'ensemble.

Hélas, qui n'est pas en opposition avec l'ensemble ? dit David Charlton en souriant. Moi, par exemple, en tant qu'Irlandais…

Écoutez! Je dois vous prier de vous en tenir à l'ordre du jour officiel et...

C'est difficile, très difficile, répliqua David. Comme vous le savez, le haut représentant de l'UE pour les Affaires étrangères est actuellement un Espagnol. Ce n'est pas bon pour les pays balkaniques, j'en ai conscience. Qu'est-ce que les Espagnols savent des Balkans? Ils s'imaginent qu'ils commencent à Vienne.

Il sourit de plus belle.

En tout cas, je dois maintenir un certain équilibre, il nous faut trouver maintenant dans nos discussions une position que je puisse présenter dans cette situation complexe et...

Baia, cette femme si forte et si correcte, se rendit compte qu'elle n'écoutait plus. Elle se ressaisit et dit: Vous venez de mentionner notre position. Ne la connaissez-vous pas? Cinq pays balkaniques veulent entrer dans l'UE. Je représente l'Albanie, plus exactement la commission des lois du Parlement qui mène toutes les réformes de la justice souhaitées par l'UE. J'ignore ce que demandent la France et l'Espagne à propos du Maroc, mais je trouve inutile que nous ayons là encore une position, comme vous dites.

Elle regarda sa main gauche avec inquiétude. Dans son irritation, elle n'avait cessé de taper avec son stylo-bille sur le dos de sa main, qui était maintenant parsemée de points bleus et douloureux. Et elle avait la nausée. Elle se leva d'un bond, elle eut peur de vomir, lança: Excusez-moi! et sortit en courant.

Devant l'ascenseur, elle rencontra Karl. Il la regarda fixement. Lui en voulait-il pour la soirée d'hier? Je me sens mal, dit-elle, je me sens tellement mal.

Moi aussi, dit Karl.

Ce n'était pas la réponse qu'elle voulait entendre. Pourquoi fallait-il que les femmes rendues malades par leur grossesse aient pitié des petits bobos des hommes? Cependant elle vit combien il était pâle, des gouttes de sueur perlaient à son front et il chancela quand la porte de l'ascenseur s'ouvrit et qu'il fit un pas en arrière.

Viens ! dit-elle.

Elle savait qu'il partageait une cabine avec le dénommé David Charlton, avec qui elle venait de faire connaissance. Elle emmena Karl dans sa cabine, où il s'effondra aussitôt sur le lit.

Tu veux dormir ?

Il murmura quelque chose.

Sans te déshabiller ?

Elle ne comprit pas ce qu'il chuchota.

Elle alla dans la salle de bains, s'aspergea le visage, se rinça la bouche, s'appuya au lavabo et se regarda dans la glace.

Elle se dit qu'elle était trop jeune pour ne pas se reconnaître. Mais elle savait que quelle que soit la décision qu'elle prendrait, tout allait changer et elle ne serait plus la même.

Elle n'allait pas vomir, sa nausée était passée.

Elle retourna près du lit, regarda Karl. Devrait-elle appeler le médecin de bord ? Elle s'allongea tout habillée à côté de lui. Que murmurait-il ? Il respirait lourdement, ne cessait de soupirer, de gémir.

Mamie savait hypnotiser les poules. Elle lui montra comment. C'était comme une aventure excitante et pourtant familière car il s'agissait de son monde, de sa mamie. Elle tendit l'index en appelant la poule qu'elle avait choisie, se pencha et tendit son doigt vers la poule en continuant de l'appeler doucement, d'un ton apaisant, son doigt s'approcha lentement du bec et la poule le regarda fixement tandis qu'il se pointait avec lenteur vers ses yeux, elle se mit à loucher et resta immobile. Mamie l'attrapa alors avec énergie par les pattes, la poule commença à battre des ailes mais se calma dès que Mamie la pressa contre son ventre en posant de nouveau l'index sur son bec. Quand elles se mettent à loucher, elles se raidissent et c'est facile de les calmer, vois-tu. Il admirait sa grand-mère, il était certain que tout le monde ne pouvait pas en faire autant, mais elle était sorcière, elle savait parler aux plantes et aux animaux. Elle appelait ça envoûter, il fallait envoûter les plantes et les animaux.

Mais ensuite. Elle lui coupa la tête sur le billot, et il poussa un cri. Effrayée, Mamie lâcha la poule qui se mit à voleter à travers le jardin, sans tête, tandis qu'ils lui couraient après. Ce fut lui qui l'attrapa ! Il la maintint et la tendit à sa grand-mère. Bouleversé, haletant. On pouvait donc vivre sans tête ?

Beaucoup le peuvent, mais pas nos poulettes.

Puis il s'assit sur un tabouret à côté de sa grand-mère, laquelle plongea la poule dans une bassine d'eau presque bouillante, la remua dans l'eau puis la sortit et se mit à la plumer en la replongeant régulièrement dans la bassine, elle ne cessait d'agiter ses doigts à cause de l'eau brûlante, et les plumes volaient et tourbillonnaient, des plumes noires, elles s'envolaient si haut qu'elles obscurcissaient le ciel, et il restait assis près de sa grand-mère, fasciné, un enfant au comble du bonheur, tant il était émerveillé, et elle disait des formules magiques, en tout cas des phrases qu'il ne comprenait pas, du moins pas totalement : elle ne pondait plus mais c'était une bonne poulette, nous lui sommes reconnaissants, mais le diable la veut, c'est pour ça que l'eau est si chaude, et les plumes restent collées, dis donc, le diable, bas les pattes, et cette eau si chaude…

L'eau si chaude, l'eau… si chaude…

Baia se blottit contre lui, essuya son front en sueur.

Le diable, bas les pattes !

Elle se pressa contre lui, elle ne comprenait pas ce qu'il disait, elle ne savait pas de quoi il rêvait, mais elle voulait partager son rêve, elle le serrait comme si elle pouvait ainsi les unir tous deux en un même rêve.

17

À l'heure du déjeuner, ils furent peu nombreux à se rendre au buffet du restaurant central du pont 4. Mais personne ne s'en étonna, il y avait plusieurs restaurants à bord, sans compter les bars qui proposaient des snacks. Les passagers devaient s'être répartis entre tous ces établissements.

Quand Ylbere arriva au restaurant, de nombreuses tables étaient libres, mais comme elle n'avait pas envie de s'asseoir seule elle fut contente de voir un officier l'inviter d'un geste à rejoindre une table où il y avait déjà plusieurs passagers.

L'officier se présenta : Docteur Schumann, médecin de bord. J'espère que je vais pouvoir boire tranquillement un verre sans qu'on m'appelle dans la minute, dit-il.

Il y a donc tant de malades à bord ?

Il sourit tristement, sans répondre. Puis il présenta à Ylbere les autres convives, mais elle ne retint pas leurs noms, elle était fascinée par l'accent doux et mélodieux avec lequel il prononçait l'anglais.

Vous vous appelez Schumann ? Parlez-vous allemand ? Mais... vous n'êtes pas Allemand, pas vrai ?

Je suis né à Vienne, déclara le médecin.

Le docteur Schumann avait travaillé pendant plusieurs décennies sur des paquebots de croisière. Cela faisait plusieurs années qu'il officiait sur le *MS Europa,* sa compétence de médecin de bord était reconnue dans la profession, et il avait accepté ce poste sur le *SS Skanderbeg,* un petit bateau en comparaison, afin de passer sans stress la dernière année de sa carrière. Ylbere fut frappée par la vitesse avec laquelle il vidait son verre, mais il ne donnait pas une impression de trouble, plutôt simplement de mélancolie chronique.

Elle n'avait pas envie d'aller au buffet et demanda au serveur de lui préparer une assiette de hors-d'œuvres accompagnée d'une petite bière. Le docteur Schumann en profita pour commander une bouteille de vin rouge. À nous tous, nous en viendrons à bout, dit-il en regardant à la ronde les buveurs d'eau, de Coca-Cola et de bière.

Manifestement, il y avait un autre Autrichien à leur table, il se manifesta en déclarant que le docteur Schumann parlait un magnifique allemand de Schönbrunn, avec ce nasillement – ne vous méprenez pas, de grâce! –, en tout cas c'était très beau et cela faisait longtemps qu'il n'avait plus entendu cet accent...

Le médecin leva son verre en souriant: À votre santé, j'espère que vous pourrez profiter de cette croisière!

Un homme en costume trois-pièces, dont la veste semblait près de craquer et dont le crâne était couronné de cheveux gris clairsemés, prit alors la parole: Nous pouvons donc parler allemand, c'est magnifique. Savez-vous ce qui m'intéresse? C'est de savoir comment il est possible qu'un chrétien soit le héros national d'un pays musulman. C'est vraiment bizarre. L'Albanie m'a l'air très étrange. J'ai aussi entendu dire qu'on y avait sauvé beaucoup de Juifs pendant la guerre. Ça aussi, c'est singulier.

Qu'est-ce que vous trouvez singulier?

Eh bien, que des musulmans sauvent des Juifs.

Peut-être n'étaient-ce pas des musulmans qui sauvaient des Juifs, mais des êtres humains qui sauvaient d'autres êtres humains, dit le docteur Schumann.

Voulez-vous dire qu'on n'est pas un être humain si on ne sauve pas des Juifs? En tant que délégué commercial, j'ai tout le temps affaire à des Juifs, et j'ai souvent l'impression que c'est moi-même qu'il faut que je sauve.

Si vous avez besoin d'assistance médicale, je suis à votre disposition.

I do not understand, I do not speak German.

C'est alors que l'annonce retentit de nouveau : Code Alpha ! Code Alpha !

Le docteur Schumann se leva : Je vous prie de m'excuser, je dois y aller. Une obligation professionnelle.

I do not understand. What is the problem?

Ylbere suivit des yeux le médecin, étrangement émue par son aura mélancolique, et elle se demanda vaguement s'il n'y avait pas un lien entre le code Alpha et son obligation professionnelle.

18

Le docteur Schumann était incapable de crier voire de vociférer. Il aurait dû le faire. Mais il dit tout ce qu'il avait à dire aussi poliment que s'il répondait à quelqu'un qui lui avait demandé l'heure, et aussi tristement que s'il regrettait qu'il soit plus tard qu'il n'aurait cru.

Nous avons maintenant quatre cas, dit-il, et nous avons à bord une infirmerie avec quatre lits. Il s'agit sans aucun doute d'un virus, qui doit être extrêmement contagieux et agressif. Les symptômes font penser à un norovirus, mais je n'en ai jamais vu de cette force. De plus, d'autres symptômes ne correspondent pas au norovirus, à savoir une atteinte pulmonaire, des difficultés respiratoires, une peur d'étouffer et une fièvre beaucoup plus élevée. J'avoue que j'ignore à quoi nous avons affaire. Mais même s'il ne s'agit que d'une infection au norovirus, vous savez quelle décision s'impose.

Le commandant regarda le médecin, son visage était fermé. C'est exclu, dit-il.

Nous sommes tenus de mettre tout de suite le navire en quarantaine et d'informer les autorités des ports où nous faisons escale.

Il s'agit de quatre cas d'une maladie mal définie, répliqua le commandant. Des cas graves, manifestement, mais il n'y en a que quatre. Et je ne peux quand même pas mettre pour cela en quarantaine les élites politiques de l'Europe…

À cet instant, le téléphone du commandant sonna. Il prit l'appel, écouta son interlocuteur en silence, hocha la tête et dit : Nous n'avons plus que trois cas. Et un mort.

19

Adam ne savait pas qu'il savait voler. Il se tenait avec Piotr derrière la balustrade, ils regardaient tous deux le lobby où se trouvait la copie conforme du camp d'Auschwitz reconstitué avec des briques de Lego, et Mateusz expliquait sous les acclamations qu'il se fichait qu'on ait volé l'original, les Juifs pouvaient se le garder. Tonnerre d'applaudissements.

Piotr pressa sa main contre l'oreille mutilée d'Adam, Adam posa un doigt sur la bouche de Piotr, qui tomba soudain en poussière. Adam escalada la balustrade, il fallait que les gens en bas apprennent… ils devaient apprendre que… et il ne tomba pas, il voltigeait comme une feuille de papier, se balançait au gré du vent, des courants ascendants, à droite et à gauche, ce n'était pas une chute, il volait, il planait, les gens en bas levaient les yeux vers lui et chantaient *Kocham wolność*. Et d'un coup, Mateusz ressemblait à Piotr, c'était une comédie, il n'était qu'une contrefaçon mais en tout point conforme à l'original, c'est alors qu'Adam se réveilla un instant, en tressaillant, si bien qu'il se balançait sur le matelas à ressorts ensachés comme s'il volait encore.

20

Deux morts.

Commandant, nous sommes à la hauteur de Corfou. Il faut que nous informions les autorités du port et…

Nous n'avons pas prévu d'escale à Corfou. De toute façon, dans ce port, nous ne pourrions que mouiller au large. Et si nous transportons en canot des morts sur l'île, il y aura un scandale. Ces cas de maladie sont regrettables, mais nous continuons notre croisière. Dans ce bateau, c'est une page de l'histoire qui s'écrit. Je ne veux pas entrer dans l'histoire comme l'homme qui a transformé la politique européenne en hôpital militaire.

Sauf votre respect, commandant, vous allez transformer la politique européenne en vaisseau fantôme.

Écoutez, docteur, j'ai parlé avec le premier officier et il est tout à fait de mon avis. Nous continuons notre croisière.

21

Le docteur Schumann soignait des malades dans leurs cabines. C'était compliqué, car la plupart avaient besoin de perfusions ou d'oxygène. Il aurait mieux valu les installer à l'infirmerie, mais elle était pleine. Il fallait aussi changer régulièrement leurs couches, mais il n'y avait pas assez d'infirmiers pour s'en charger.

La majorité des passagers souffraient maintenant de diarrhées géantes, ce qui provoquait une consommation de papier toilette d'une ampleur imprévue.

On avait jeté joyeusement tant de rouleaux par-dessus bord lors du départ, songeait le docteur Schumann. Maintenant, ils manquaient cruellement.

Six morts. À présent, la chambre froide prévue en cas de décès était pleine, elle aussi.

Bien entendu, le commandant savait qu'il tentait le sort. Mais il n'avait pas d'informations en provenance du pont 8, et encore moins d'instructions.

Rien ne filtrait de là-haut.

Était-on en train d'y créer un nouvel ordre européen, pendant que des cadavres étaient entreposés dans la chambre froide ?

Le commandant regarda le docteur Schumann et dit : Vous avez une imagination morbide.

Je vous prie une nouvelle fois d'ordonner que plus personne ne quitte sa cabine et...

Qu'est-ce que vous croyez? Que nous allons déposer trois fois par jour des repas à la porte de chaque cabine? Avez-vous une idée de l'investissement logistique que cela représenterait? Et avez-vous entendu parler du pont 8? On travaille, là-haut!

22

Encore un mort. La chambre froide était pleine. Où pouvait-on le mettre? Il restait encore une chambre froide, celle pour les vivres. Pouvait-on y installer un cadavre?

C'est alors que le commandant céda. Nous mettons le cap sur le prochain port! Ils étaient dans les parages de Crotone. Quand le *SS Skanderbeg* annonça par radio qu'il y avait sept cadavres à bord, sans doute victimes d'une épidémie, les autorités lui interdirent d'accoster. Le bateau devait rentrer à son port d'attache.

La possibilité la plus proche fut Catane, le lendemain à l'aube. Cette fois encore, on leur interdit d'accoster. Le navire en quarantaine était prié de rejoindre son port d'attache.

C'est alors qu'arriva la pire catastrophe qu'on pouvait imaginer dans ces circonstances : le code Echo.

23

Le code Echo signifiait que le bateau n'était plus gouvernable et errait sur la mer.

La maladie avait entraîné une pénurie d'officiers, de techniciens, de responsables de secteur, si bien que les moyens technologiques modernes de propulsion rendirent l'âme, l'électricité s'interrompit et tout cessa de fonctionner, il n'y avait plus d'eau, de lumière, de toilettes, des gens restèrent coincés dans les ascenseurs, le moteur tomba en panne et le bateau se mit tout bonnement à dériver. Le code Echo mobilisa tous les hommes susceptibles de réparer les dégâts, ils travaillèrent fébrilement, c'était une petite équipe d'hommes en sueur.

Aucune réaction du pont 8.

Le bateau tanguait. Dans les piscines, l'eau s'agitait en tous sens.

24

Le *Skanderbeg* dérivait maintenant sur la mer Ionienne. Quand les turbines redémarrèrent, le commandant décida de mettre le cap sur Malte. C'était plus rapide que de retourner à Durrës.

L'électricité revint, c'est-à-dire : la lumière. Et ce qu'on vit alors dégageait une terrible puanteur. Les membres du personnel encore valides couraient de cabine en cabine, récupéraient les couches, distribuaient la quantité de papier toilette autorisée par le rationnement.

On jeta à la mer des vivres afin de faire de la place dans la chambre froide pour les cadavres.

Malte leur interdit d'accoster.

25

Le docteur Schumann était assis tout seul au restaurant, où n'officiait plus qu'un unique serveur, M. Henry, un homme entre deux âges qui avait pensé lui aussi conclure sa carrière par une année sans problème en acceptant de quitter le *MS Europa*.

Monsieur Henry, demanda le médecin. Avez-vous des enfants ?

Je n'ai pas eu cette chance, docteur.

Nous sommes donc logés à la même enseigne. Nous ne laisserons rien après nous.

Ça paraît probable, docteur.

Mais si vous aviez un enfant, que voudriez-vous lui transmettre?

Je dirais à cet enfant fictif: Ne viens pas au monde. Encore un verre de vin rouge, docteur?

Il vous semble inimaginable qu'une nouvelle génération...

Oh, je peux imaginer beaucoup de choses. Si vous saviez tout ce qu'on peut imaginer, quand on entend pendant plus de quarante ans ce que les gens racontent en mangeant et en buvant! À votre santé, docteur!

Quoi?

Henry haussa les épaules. Voyez-vous, mon père m'a aussi transmis un enseignement, et j'ose dire que c'était un mensonge.

Qu'est-ce qu'il a dit?

Il a dit: Si tu essaies de rouler un rocher jusqu'au sommet de la montagne, il te retombera dessus. Je crois que ma vie aurait été différente s'il m'avait dit: Quand un rocher t'empêche de passer, fracasse-le.

Oui, dit le docteur Schumann, fracasse-le. Je crois pourtant qu'il suffit d'attendre, et tout se décompose de soi-même. Surtout ce qui s'est pétrifié. Asseyez-vous avec moi, buvons un verre, vous avez le droit, il n'y a aucun client.

Code Alpha! Attention, code Alpha!

26

Catane leur refusa l'autorisation d'accoster. Un navire en quarantaine était tenu de retourner à son port d'attache. Cependant le paquebot à la dérive s'était retrouvé dans les parages de la Sicile et, maintenant que les turbines marchaient de nouveau, il semblait plus raisonnable de mettre le cap sur Tunis que d'essayer de couvrir la longue distance le séparant de Durrës.

Troisième jour. Que se passait-il sur le pont 8? Aucune information.

Si. Baia Muniq eut des nouvelles du cabinet du ZK. Pourquoi se lançait-elle dans une discussion sur le Maroc?

Et Ylbere obtint une première réponse à sa question adressée à tous: quel était le symbole de l'unité européenne? Réponse du cabinet allemand: Les valeurs européennes.

27

À présent, le paquebot était au large de Tunis. Interdiction d'accoster. Alger, même chose.

Plus de papier toilette à bord. Douze cadavres dans la chambre froide où l'on conservait les vivres.

Et soudain, un nouveau problème.

Il y a une chèvre à bord, commandant.

Le docteur Schumann dit qu'il n'est pas vétérinaire.

Les techniciens de la salle des machines la nourrissent, au pont 2.

Mais avec tous ces malades, on ne contrôle plus rien, la chèvre se promène partout.

Comment ça, partout?

Elle est arrivée dans le lobby en montant dans l'ascenseur.

Qu'est-ce qu'elle fait là-bas?

Elle mange du papier.

Je vais m'en occuper, dit le commandant en fermant les yeux.

Alger. Interdit d'accoster.

28

Karl Auer dormait si paisiblement, maintenant, que Baia se leva, elle avait faim. Elle avait deux bouches à nourrir, avec l'enfant dans son ventre. Elle chancela, respira profondément et se rendit au restaurant. Personne n'était assis aux tables, quelques passagers s'étaient installés par terre, devant eux il y avait des bouteilles de vin debout, des bouteilles vides couchées, ainsi que du pain et du fromage, ils étaient allés chercher eux-mêmes le fromage sur l'étagère de la chambre froide, juste derrière les cadavres. Des huîtres étaient également entreposées là, mais ils n'avaient pas de couteaux pour les ouvrir, et comment savoir si elles avaient résisté aux coupures de courant. Le fromage était OK.

Elle s'assit par terre, il n'y avait rien d'autre à faire, prit un morceau de pain et mordit avec appétit dans un fromage. Elle se surprit à tenir fermement le pain et le fromage, comme si elle devait défendre sa ration contre les autres.

En fait, le corps n'est qu'une enveloppe remplie de merde. La merde dans l'intestin et la merde dans l'âme.

Tu oublies la merde dans la tête.

Oui, c'est vrai, et la merde dans la tête.

C'est très dur, c'est injuste. J'ai vu des hommes rendre leur dernier soupir en appelant leur mère.

Et alors?

Ce n'est pas de la merde. Il existe un esprit de l'amour, qui remplit complètement ce que tu nommes une enveloppe, la nostalgie, le désespoir, le deuil, ce n'est pas de la merde. La merde, c'est la mort.

Arrêtez! Ces hommes qui appellent leur mère en mourant, dans vingt ou trente ans, s'ils n'étaient pas morts, ils s'en seraient débarrassés dans une maison de retraite. Et quand les mères appellent leurs fils, ils ne viennent pas, parce que leur propre vie les rend indisponibles.

Et quand une mère a plusieurs enfants, la guerre pour l'héritage éclate aussitôt, avant même qu'elle soit morte.

Quand il y a quelque chose à hériter.

Il y a toujours quelque chose à hériter.

Il arrive aussi qu'on ne touche pas un héritage.

Ah, ne commencez pas à me casser la tête avec la politique! Nous nous mettons dans la tête que nous n'avons pas touché notre héritage. Mais nous en avons profité. Nous ne l'avons pas touché, mais nous en avons profité.

Nous devrions prendre congé avant de mourir.

Prendre congé de quoi?

De cette merde!

Nous devrions prendre congé de toutes ces différentes personnes que chacun de nous a été.

C'est trop calé pour moi.

Nous devrions pouvoir pardonner.

Je ne peux pas me pardonner.

Aux autres!

Je ne peux pas non plus pardonner aux autres que j'ai été. De même que les autres ne pardonnent pas aux autres personnes que j'étais autrefois.

Vous êtes ivre.

Écoutez-moi ! Un parent à moi est tombé gravement malade.
Il y a vingt ans de ça. Il était encore jeune. Ses symptômes n'allaient pas ensemble, on ne pouvait pas en déduire une maladie
déterminée. Certains symptômes semblaient indiquer une
maladie, d'autres allaient dans une autre direction. On traitait ses symptômes, mais ça ne servait à rien, car en soignant
un symptôme on en aggravait un autre. Quand son état se
stabilisait d'un côté, une crise plus grave se déclenchait ailleurs.
Ce qui était étrange, c'est qu'il avait passé toutes sortes d'examens, on avait tout vérifié des pieds à la tête, du cœur aux reins,
mais aucun résultat n'avait livré le moindre indice. Le cœur,
les poumons, le foie, tous les organes avaient des valeurs plus
ou moins normales. On ne découvrit pas non plus de carci-
nome caché quelque part, qui aurait rongé son énergie vitale.
Ce lointain parent, Adrian, était un peintre assez célèbre. Il y
a des tableaux de lui à la New Tate et au musée Guggenheim.
Il avait une conception extrêmement fusionnelle du monde
et de la vie. Je crois qu'il n'a jamais peint que des symbioses,
des unions, des fusions, dans des compositions abstraites mais
qui laissaient entrevoir par intuition ou par association cette
dimension concrète. S'agissait-il de corps en train de copuler
ou de la nature qui proliférait sur des pierres et cernait de
toutes parts la civilisation humaine ? Des vagues déferlaient-
elles autour de deux amants ou la nuit enveloppait-elle une
âme, si bien que nous ne reconnaissions l'obscurité que parce
qu'elle fusionnait avec le noyau lumineux ? Bref, Adrian était
hanté par l'unité de la vie. Tout chez lui devait se lier et se
fondre avec tout. Lorsqu'il tomba malade, mais sans se douter
encore de la gravité de son mal, il se mit à peindre des tableaux
complètement différents, ce qui surprit et désorienta ses collec-
tionneurs comme les conservateurs des musées s'intéressant à
son œuvre. Il représenta soudain, avec une précision presque

photographique, des corps humains qui s'ouvraient et dont les organes s'échappaient en tous sens, il peignit un ciel du soir où scintillaient non des étoiles mais des organes humains, le cœur, le foie, les reins, les poumons et ainsi de suite, sans qu'il existe le moindre lien entre eux, au contraire ils semblaient s'éloigner les uns des autres, comme après un big-bang. Son mari lui demanda pourquoi il faisait ça, qu'est-ce qui lui prenait de rompre avec tout ce qu'il avait peint jusqu'alors et qui lui avait valu une certaine reconnaissance. Apparemment, il répondit qu'il n'en savait rien. C'était comme ça.

Après quoi, il y eut donc sa grave maladie, ses médecins désemparés, sa mort rapide. Cette histoire était si étrange qu'on ordonna une autopsie, à laquelle participèrent les plus grands spécialistes. Le décès était-il dû à un poison mystérieux ? Les pathologistes et leurs assistants furent stupéfaits en ouvrant le corps d'Adrian. Le mort était en quelque sorte en bonne santé.

Tu dis des conneries !

Écoute. Le foie, les reins, le cœur, le pancréas, tout était en bon état compte tenu de son âge. C'est alors qu'un professeur a identifié la cause du décès, il avait lu un article à ce sujet dans une revue spécialisée, il s'agissait d'une maladie très rare qui était décrite pour la première fois dans cet article. En fait, les organes sains cessent de communiquer entre eux. Chaque organe présente des « valeurs normales », mais il ne collabore plus avec les autres. Pendant une brève période, tout continue de fonctionner, le cœur pompe, le foie désintoxique, les poumons tentent de transporter de l'oxygène dans le sang, puis voilà que chaque organe refuse d'accomplir sa mission vis-à-vis des autres. Le malade s'affaiblit, s'effondre, on l'hospitalise, les examens ne révèlent aucun problème dans les organes, et c'est la mort. Il faut se représenter les choses ainsi : sous l'effet d'une sorte d'énorme force de rotation, tous les organes s'envolent dans toutes les directions et cessent d'être en contact les uns avec les autres. Les médecins ne l'avaient compris qu'après l'autopsie, mais Adrian l'avait déjà peint en grand format dans ses tableaux, durant les semaines précédant son hospitalisation. Cette maladie concerne si peu de gens dans le monde qu'aucun groupe pharmaceutique n'investit dans des recherches pour la guérir. La seule documentation dont nous disposions, ce sont les tableaux d'Adrian.

Que voulez-vous dire ? Qu'il est plus chic de mourir d'une putain de maladie rare que lors d'une épidémie ?

Je n'ai jamais voulu dire ça.

Je ne veux pas mourir.

C'est un souhait qui n'a rien de rare.

Vous êtes un cynique de merde.

J'ai soif.

Moi aussi.

Voilà où nous en sommes. Nous croisons au large de l'Afrique et nous mendions un peu d'eau.

29

À quoi rêvent les matelots ?
Assis dans le bar Ismail-Qemali, Franz Starek attendait Max-Otto. Il était seul, il n'y avait pas d'autre client ni même de serveur. Il appela Max-Otto. Injoignable. Veuillez réessayer plus tard. Il attendit, puis finit par aller derrière le comptoir et sortit du frigo à vin une bouteille de Veltliner. Il y avait aussi

un lecteur pour mettre de la musique d'ambiance. Il appuya sur la touche et entendit tout bas une voix grave, la mélodie tragique d'un monde qui fonctionnait encore : *À quoi rêvent les matelots en haute mer ? Ils rêvent de filles depuis toujours, et...*

Il était fou. Que faisait-il ici ? La plus grande étendue d'eau qu'il ait jamais vue, c'était chez lui, à Vienne, le Vieux Danube dans le vingt-deuxième arrondissement. C'est là-bas qu'il l'avait demandée en mariage, au restaurant « Zur Alten Kaisermühle », au bord du fleuve, ils avaient mangé des côtes de porc et des frites. C'est merveilleux d'être comme ça près de l'eau, avait-elle dit, il avait posé un os rongé et lui avait demandé si elle voulait être sa femme et avoir une vie merveilleuse avec lui. Puis ils étaient allés canoter, il s'était tiré d'affaire avec honneur, c'était un jeune homme robuste, mais il avait pensé déjà à l'époque que ramer n'était pas son truc. Mais il trouvait ça romantique. Puis leur fille était née, sa petite abeille. Elle pleurait beaucoup, elle avait la larme facile. Nous l'avons fabriquée trop près de l'eau, avait dit sa femme. Non, ce n'est pas vrai, avait-il répliqué, nous étions déjà de retour à la maison, à Simmering. Elle avait éclaté de rire, et la petite abeille était devenue une jeune femme vigoureuse, dotée d'un grand cœur. C'était le bon temps, dommage que le temps ne fonctionne pas comme un sablier, il suffirait de le retourner. *C'est l'amour des matelots,* où était passé Max-Otto, il devrait peut-être le rappeler, il devrait. Encore un verre de vin. Tout se mit à danser. Devant ses yeux. Karli allait-il être père ? Il avait parlé au hasard. Les hasards de la mer. Compliqué, d'avoir un enfant aujourd'hui. Romantique, joyeuse et correcte, telle devait être la vie, mais maintenant ?

Un Chinois entra dans le bar, regarda à la ronde et repartit.

Mais ça ne peut pas troubler un marin.

Où est...

Ylbere se rendit à la salle de presse. Tout était très silencieux, quelques journalistes étaient assis à attendre, certains étaient plutôt couchés qu'assis dans leur fauteuil.

La jeune femme de l'accueil était en sueur. Il faisait une chaleur étouffante dans la pièce. Plus de climatisation, en panne, no air, dit-elle, no air condition.

A-t-on de nouvelles informations en provenance du pont 8 ? demanda Ylbere.

Le dernier message que nous avons reçu de là-haut, c'est celui que je vous ai déjà transmis : Les valeurs européennes.

L'atmosphère était irrespirable. Ylbere alla dehors, sur le pont-promenade.

31

Le port de Nador. Pour entrer dans ce port, le *SS Skanderbeg* aurait besoin de pilotes.

Nous ne vous envoyons pas de pilotes !

Interdiction d'accoster.

En revanche, les autorités du port se déclarèrent prêtes à fournir des médicaments et des vivres.

Vous devez absolument rester à un mille du port !

Over.

Venez, je vous en prie, venez ! Besoin urgent de papier toilette et de couches. Papier toilette et couches ! Over.

Compris. Over.

Ylbere au bastingage avec le docteur Schumann. À l'horizon, une ligne mince. L'Afrique.

Est-ce une terre promise ?

Casablanca.

Pourrons-nous accoster?

Aux dernières nouvelles: non. Mais on va nous fournir des médicaments. Nador dépend des autorités portuaires de Casablanca, qui ont donné leur feu vert. Nous aurons des couches et des opiacés.

Pour la merde et pour les rêves, dit Ylbere. Excusez-moi.

Ce n'est rien.

Parlez-moi de vous. Vous avez certainement beaucoup d'expérience.

Je n'ai que deux expériences. La première, avec le monde où j'ai grandi, la seconde, avec l'impression de n'avoir plus de place en ce monde. Je viens d'une famille où l'on faisait encore de la musique à la maison. Où votre père pouvait tout naturellement vous aider quand on avait un devoir à faire sur un texte en grec ancien pour le lycée.

Ils virent approcher deux vedettes.

Les rêves arrivent, dit le docteur Schumann.

En tout cas, c'était le monde, ajouta-t-il. Il y aurait beaucoup à dire.

?

Voyez-vous, je ne me suis rendu compte que beaucoup plus tard qu'on ne m'avait jamais appris à être un homme de bien.

?

Oui, un homme de bien. C'est étrange. J'étais censé devenir un bon médecin. Et un bon père de famille, si je m'étais marié. Mais qu'est-ce qu'un homme de bien? Les convenances étaient importantes. Combien de fois on m'a répété qu'il fallait être convenable! Mais on ne m'a jamais dit qu'il fallait être un homme de bien. Et c'est ainsi que j'ai fini par ne plus avoir ma place en ce monde. Dans mon monde, quand on parle avec mépris des bonnes âmes, on sous-entend qu'on vaut mieux que ça. Et pour les gens de gauche, la morale suffit pour bien agir. Mais ça ne m'indigne pas.

Qu'est-ce qui vous indigne ?

Le docteur Schumann haussa les épaules. Mon apathie ? Mais lorsqu'on est apathique, peut-on s'indigner de sa propre apathie ? Être médecin de bord était le métier idéal pour moi. Les situations exceptionnelles sont la routine. Et on n'a pas de port de destination, ça n'existe que pour les passagers.

Voilà longtemps qu'on n'a pas annoncé le code Alpha.

C'est qu'il faudrait faire une annonce toutes les dix minutes. Je dois continuer ma tournée. Je vous prie de m'excuser.

33

Réduisez la vitesse, tout de suite ! Un bateau pneumatique dérive vers la proue du paquebot, à un demi-mille !

Que voyez-vous, monsieur l'officier ?

Je pense qu'il y a une centaine de personnes dans ce petit bateau pneumatique, des hommes, des femmes et des enfants.

Le commandant prit sa longue-vue.

Un bateau de migrants.

Il est en détresse. Avec cette houle, il va... Oh, non, ça y est ! Il a chaviré !

Regardez ! Quelques hommes ont réussi à s'agripper au bateau, mais la plupart dérivent dans la mer. Des femmes coulent en tenant leurs enfants à bout de bras. Nous devons tout de suite...

Attendez ! Nous devons ? Nous ne pouvons pas. Nous n'avons pas le droit de faire monter des gens à bord d'un bateau où il y a une épidémie.

Mais ces gens sont en détresse. Nous avons le devoir...

Oui, c'est notre devoir, mais ce n'en est pas moins interdit ! Comment voulez-vous résoudre ce dilemme ? Et je vais vous dire très clairement autre chose : quoi que nous décidions, ces gens vont mourir. D'après le docteur Schumann, nous avons à bord un virus hautement contagieux, nous n'avons que peu de vivres, toutes les couvertures ont été distribuées aux malades, aucun port ne nous autorise à accoster. Ces migrants sont à bout de forces. Ils seront sans défense face au virus. Nous n'avons pas de médicaments pour eux. Tout ce que nous avons est pour le pont 8. En fait, nous devons décider maintenant si ces gens mourront en mer ou à bord. Et dans tous les cas, nous serons hors la loi.

Nous pouvons les isoler, nous avons des cabines libres.

Cent ?

Non.

Le commandant hocha la tête, ce que le premier officier interpréta comme un ordre. Sauvetage en mer. Il salua son supérieur et donna aussitôt des instructions. Le commandant laissa faire. Son visage figé ressemblait à un masque. Il aurait pris la responsabilité de n'importe quelle décision. Qu'est-ce que ça veut dire, montrer son vrai visage ? pensa le premier officier. Parfois, c'est le vrai masque qui apparaît.

34

Ylbere regarda danser sur l'eau les canots de sauvetage qu'on avait mis à la mer. La scène était fantomatique : des canots sans équipage.

On les avait fait descendre automatiquement, sans vérifier si l'on disposait d'un nombre suffisant de marins. Seuls deux canots avaient un équipage. Ylbere vit les marins tenter de hisser des migrants dans ces deux embarcations tandis que trois canots vides s'éloignaient à la dérive, elle vit des naufragés grimper des échelles de corde pour monter à bord, elle vit une femme se jeter d'un canot en hurlant, un homme sauta à l'eau pour tenter de la ramener, elle criait et se débattait. Elle vit le docteur Schumann, faute de couverture, envelopper un bébé dans sa veste. Elle vit le gros homme en costume trois-pièces accourir avec un thermos, mais il n'avait pas de gobelets et se contenta d'agiter son thermos d'un air désemparé. Elle vit M. Henry avec une corbeille pleine de pain, elle vit un officier à genoux devant un enfant appuyer encore et encore sur sa poitrine, elle vit un jeune homme qui n'avait plus qu'une chaussure l'enlever et la lancer à toute volée dans la mer, elle vit un homme et une femme s'enlacer, s'affaisser sur le sol et rester étendus, comme une sculpture en pierre de lune, brune et luisante, elle vit des gens dériver dans l'eau et couler, elle vit des enfants qui hurlaient, des hommes inertes, et elle vit une femme en gilet de sauvetage brandir son poing avec rage vers le ciel, sembla-t-il à Ylbere, vers le Dieu plein de bonté qui ne voulait pas baisser les yeux, qui ne voulait pas répondre.

35

Ylbere se rendit à la salle de presse.
Des nouvelles du pont 8 ?
Non. Le dernier message était : Les valeurs européennes.

36

Terre ! Vous avez vu ? Terre !
C'est Gibraltar. Mais Tanger nous interdit d'accoster.

Au-dessus du paquebot, trois hélicoptères tournoyaient en bourdonnant.

Le soleil couchant rougeoyait. Tous les haut-parleurs diffusaient l'air de *Scanderbeg*, l'opéra de Vivaldi : *S'a voi penso, o luci belle.*

DANS LA MÊME COLLECTION

RAINER MARIA RILKE

Lettres à Yvonne von Wattenwyl
Texte établi par Hugo Sarbach. Traduit
par Yvonne Gmür

Poèmes à la nuit
Édition bilingue. Traduit par Gabrielle
Althen et Jean-Yves Masson

LUISE RINSER

Miryam
Traduit par Jean-Yves Masson

LEOPOLD VON SACHER-MASOCH

L'Amour de Platon
Traduit par Jean-François Boutout

NELLY SACHS

Éclipse d'étoile
précédé de *Dans les demeures de la mort*
Traduit par Mireille Gansel

Exode et Métamorphose
Traduit par Mireille Gansel

Partage-toi, nuit
Traduit par Mireille Gansel

LUTZ SEILER

Le Poids du temps
Traduit par Uta Müller et Denis Denjean

Kruso
Traduit par Uta Müller et Bernard Banoun

Stern III
Traduit par Bernard Banoun

YOKO TAWADA

Narrateurs sans âmes
Traduit par Bernard Banoun

Opium pour Ovide
Notes de chevet sur vingt-deux femmes
Traduit par Bernard Banoun

L'Œil nu
Traduit par Bernard Banoun

Train de nuit avec suspects
Traduit (du japonais) par Ryoko Sekiguchi
et Bernard Banoun

Le Voyage à Bordeaux
Traduit par Bernard Banoun

Journal des jours tremblants
Après Fukushima, précédé de
Trois leçons de poétique
Traduit par Bernard Banoun et (du japonais)
par Cécile Sakai

Histoire de Knut
Traduit par Bernard Banoun

En éclaireur
Traduit (du japonais) par Dominique Palmé

L'Ange transtibétain
Traduit par Bernard Banoun

JOSEF WINKLER

Le Serf
Traduit par Éric Dortu

Cimetière des oranges amères
Traduit par Éric Dortu

Quand l'heure viendra
Traduit par Bernard Banoun

Natura morta
Traduit par Bernard Banoun

Sur la rive du Gange
Traduit par Éric Dortu

Langue maternelle
Traduit par Bernard Banoun

Requiem pour un père
Traduit par Bernard Banoun

Mère et le crayon
Traduit par Olivier Le Lay

Le Livret du pupille Jean Genet
Traduit par Bernard Banoun

L'Ukrainienne
Traduit par Bernard Banoun

Verdier/poche

HUGO VON HOFMANNSTHAL

Le Lien d'ombre
Édition bilingue. Traduit par Jean-Yves Masson

Jedermann
Traduit par Daniel Hurstel

RAINER MARIA RILKE

Chant éloigné
Édition bilingue. Traduit par Jean-Yves Masson

Requiem
Édition bilingue. Traduit par Jean-Yves Masson

ANNEMARIE SCHWARZENBACH

Nouvelle lyrique
Traduit par Emmanuelle Cotté

*

JEAN-YVES MASSON

*Hofmannsthal, renoncement
et métamorphose*